Jennifer Donnelly
Straße der Schatten

Jennifer Donnelly

STRASSE
DER
SCHATTEN

Roman

Aus dem Amerikanischen
von Ulrike Budde

PENDO
München Berlin Zürich

Mehr über unsere Autoren und Bücher: www.pendo.de
Aktuelle Neuigkeiten finden Sie auch auf Facebook,
Twitter und YouTube.

Von Jennifer Donnelly liegen im Piper Verlag vor:
Die Teerose
Das Licht des Nordens
Die Winterrose
Das Blut der Lilie
Die Wildrose

Die amerikanische Originalausgabe erschien 2015
unter dem Titel »These Shallow Graves«
bei Delacorte Press/Random House, New York

Zitat in Kapitel 59 aus: Der Mikado, Operette von William Schwenck Gilbert
und Arthur Seymour Sullivan; deutsche Textfassung: Bettina Bartz.
Verlag: Hartmann&Stauffacher, Köln. © Hartmann&Stauffacher GmbH,
Verlag für Bühne, Film, Funk und Fernsehen, zuvor bei
Whale Songs, Hamburg.
Zitat mit freundlicher Genehmigung des Verlags.

ISBN 978-3-86612-398-4
© 2015 by Jennifer Donnelly
© der deutschsprachigen Ausgabe:
Pendo Verlag in der Piper Verlag GmbH, München/Berlin 2015
Satz: Satz für Satz. Barbara Reischmann, Wangen im Allgäu
Gesetzt aus der Garamond Premier Pro
Druck und Bindung: GGP Media GmbH, Pößneck
Printed in Germany

DARKBRIAR-SANATORIUM, NEW YORK CITY

29. November 1890
Josephine Montfort starrte auf den frischen Grabhügel, auf das Holzkreuz und den Namen.

»Da liegt er drunter. Kinch. Den sucht ihr doch«, sagte Flynn, der Totengräber, und deutete auf das Kreuz. »Am Dienstag gestorben.«

Am Dienstag, dachte Jo. Vor vier Tagen. Bestimmt hat die Verwesung schon eingesetzt. Und auch der Gestank.

»Ich hätte jetzt gern mein Geld«, sagte Flynn.

Jo stellte ihre Laterne ab, zog Geldscheine aus der Manteltasche und zählte sie Flynn auf die Hand.

»Wenn euch einer hier draußen erwischt, bist du mir nie begegnet. Klar, Mädchen?«

Jo nickte. Flynn steckte die Scheine ein und stapfte in die Dunkelheit davon. Mondlicht ergoss sich über die Reihen der Gräber und die schemenhaft aufragenden Gebäude der Irrenanstalt. Dünn und gespenstisch stieg nächtliches Geheul auf.

Plötzlich verließ Jo ihr Mut.

»Mach mal Platz, Jo. Das erledigen jetzt wir, Oscar und ich«, sagte Eddie.

Er stand ihr gegenüber, auf der anderen Seite des Grabhügels. Mehr sagte er nicht, als sich ihre Blicke trafen. Er musste nichts sagen. Sein herausfordernder Blick sprach Bände.

Wie ist das alles passiert? Wie bin ich hierhergekommen?, fragte sich Jo. Sie wollte das hier jetzt nicht machen. Sie wollte zu Hause sein. In ihrer komfortablen, behüteten Stadtvilla am Gramercy

Square, in Sicherheit. Wäre sie doch nie Eddie Gallagher begegnet. Dem Tailor. Madame Esther. Oder Fairy Fay. Aber vor allem hätte sie am liebsten niemals etwas von dem Mann erfahren, der jetzt fast zwei Meter tief vor ihr in der Erde lag.

»Warte an der Gruft. Geh dahin zurück«, sagte Eddie. Nicht einmal unfreundlich.

Jo lachte. Zurückgehen? Wie denn? Es gab kein Zurück. Nicht in ihr altes Leben der Salons und Tanzsäle. Nicht zu Miss Sparkwell ins Pensionat. Nicht zu ihren Freundinnen oder zu Bram. Diese ganze Geschichte hier hatte längst alle Grenzen gesprengt.

»Jo ...«

»Du wartest an der Gruft, Eddie«, sagte Jo knapp.

Eddie schnaubte. Er warf ihr eine Schaufel zu. Jo zuckte zusammen, als sie sie auffing, und begann dann zu graben.

1 ⫷⫷⫷

SPARKWELL'S INSTITUT FÜR JUNGE DAMEN, FARMINGTON, CONNECTICUT

17. September 1890

»Trudy, sei bitte so lieb und lies mal für mich über diese Geschichten«, sagte Jo Montfort und breitete auf einem Teetisch Artikel für die Schulzeitung aus. »Fehler kann ich nicht leiden.«

Gertrude van Eyck, ein blonder Lockenkopf mit Grübchen, blieb abrupt mitten im Gemeinschaftsraum stehen. »Woher weißt du, dass ich es bin? Du hast doch gar nicht hergeschaut!«

»Duke hat's mir verraten«, antwortete Jo. Die Cameos von Duke rauchte Trudy am liebsten.

Trudy schnupperte an ihrem Ärmel. »Rieche ich etwa?«

»Riechen ist gar kein Ausdruck. Was hält eigentlich Gilbert Grosvenor davon, dass du Zigaretten rauchst?«

»Gilbert Grosvenor weiß nichts davon. Weder von den Zigaretten noch von der Flasche Gin unter meinem Bett und auch nichts von dem schrecklich süßen Jungen, der die Äpfel liefert«, zwinkerte Trudy.

»Eine von Farmington sollte nicht so ordinär reden, Gertrude, das passt einfach nicht«, ereiferte sich Libba Newland, die mit ihrer Freundin May Delano in der Nähe saß.

»Diese Fransen passen aber genauso wenig zu einer von Farmington, Lib«, sagte Trudy mit einem Seitenblick auf Libbas unordentlich gekringelte Stirnlocken.

»Ich krieg das halt nicht hin!«, antwortete die beleidigt.

»Das wird nie etwas bei dir«, sagte Trudy selbstgefällig.

»Sei nicht so ekelhaft, und lies hier jetzt mal drüber, Tru«, sagte Jo. »Ich muss morgen abgeben.«

Trudy setzte sich an den Tisch und nahm ein Törtchen mit Marmelade von Jos Teller. Es war drei Uhr – Teezeit in dem Pensionat –, und der Gemeinschaftsraum füllte sich mit Studentinnen, die eine Pause machten. Alle unterhielten sich und aßen, außer Jo, die noch einiges am Layout der aktuellen Ausgabe der *Jonquil* korrigierte.

»Was haben wir denn in dieser Woche?«, fragte Trudy. »Den üblichen Unsinn?«

Jo seufzte. »Ich fürchte, ja. Ein Artikel über die richtige Art, Tee zu kochen. Ein Gedicht über kleine Kätzchen. Miss Sparkwells Eindrücke aus dem Louvre und Tipps, wie man Sommersprossen bleichen kann.«

»Du liebe Güte. Sonst noch was?«

Jo zögerte, machte es spannend. »Doch, es gibt da etwas. Eine Geschichte über die Ausbeutung von jungen Arbeiterinnen in der Textilfabrik von Fenton«, sagte sie und gab ihrer Freundin einen der Artikel.

»Ha! Das soll wohl ein Witz sein, Liebe!«, erwiderte Trudy lächelnd. Doch ihr Lächeln verschwand, als sie die ersten Zeilen las. »O Gott, du hast das ernst gemeint.«

Trudy las gefesselt weiter, und Jo beobachtete sie gespannt. Jo war in der Abschlussklasse und hatte schon in den vergangenen drei Jahren für die *Jonquil* geschrieben, aber dies hier war ihre erste wichtige Geschichte. Sie hatte hart daran gearbeitet. War einige Risiken dafür eingegangen. Wie eine richtige Reporterin.

»Und, was meinst du?«, fragte sie neugierig, als ihre Freundin alles gelesen hatte.

»Ich glaube, du hast den Verstand verloren«, antwortete Trudy.

»Aber findest du das gut?«, fragte Jo drängend.

»Sehr gut.«

Jo, die auf der Stuhlkante gesessen hatte, sprang hoch und fiel Trudy mit einem breiten Grinsen um den Hals.

»Aber darum geht's überhaupt nicht«, meinte Trudy ernst, nachdem Jo sich wieder gesetzt hatte. »Wenn du Sparky das Layout gibst und dieser Artikel ist drin, bist du dran. Eine Woche Arrest und ein Brief nach Hause.«

»*So* schlecht ist der Text doch nicht. Die von Nellie Bly sind viel provokanter«, sagte Jo.

»Du vergleichst dich mit Nellie Bly?«, fragte Trudy ungläubig. »Muss ich dich daran erinnern, dass sie als Frau ein Skandal ist, eine Reporterin, die im Leben anderer Leute herumschnüffelt und niemals einen anständigen Mann heiraten wird? Du allerdings bist eine Montfort, und die Montforts verheiraten sich. Und zwar früh und gut. Darum geht es.«

»Diese Montfort wird ein bisschen mehr tun«, erklärte Jo. »Beispielsweise Artikel für Zeitungen schreiben.«

Trudy hob eine perfekt geformte Augenbraue. »Ach ja? Weiß deine Mutter davon?«

»Eigentlich nicht. Noch nicht«, räumte Jo ein.

Trudy lachte. »Du meinst wohl: *niemals*. Jedenfalls wenn du nicht in einem Kloster enden willst, weggesperrt, bis du fünfzig bist.«

»Tru, von dieser Geschichte muss man berichten«, entgegnete Jo voller Leidenschaft. »Diese armen Mädchen werden ausgebeutet. Sie schuften hart und verdienen wenig. Eigentlich wie Sklaven.«

»Jo, bitte. Woher willst du das denn wissen?«

»Ich habe mit einigen gesprochen.«

»Hast du nicht.«

»O doch. Am Sonntag. Nach dem Gottesdienst.«

»Aber nach der Kirche bist du gleich auf dein Zimmer gegangen. Du hast gesagt, du hättest Kopfweh.«

»Und dann bin ich aus dem Fenster gestiegen und runter zum Fluss gegangen. Zu einer der Pensionen dort.« Jo senkte ihre Stimme. Sie wollte nicht, dass irgendjemand lauschte. »Ein Bauer hat mich ein Stück weit auf seinem Karren mitgenommen. Ich habe mit drei Mädchen gesprochen. Eine war siebzehn, so alt wie wir. Tru, die anderen waren noch jünger. Zehn Stunden am Tag stehen sie an diesen höllischen Webstühlen. Immer wieder verletzt sich jemand. Der Umgangston ist total grob und manchmal ... passiert etwas. Man hat mir gesagt, dass es Mädchen gibt, die sich auf üble Typen einlassen und dann vom rechten Weg abkommen.«

Trudy riss die Augen auf. »Josephine Montfort. Glaubst du im

Ernst, dass Mr Abraham Aldrich damit einverstanden wäre, wenn seine Zukünftige überhaupt etwas darüber weiß, dass es solche gefallenen Mädchen gibt, geschweige denn, dass sie darüber schreibt? Die zukünftige Mrs Aldrich muss rein sein, an Körper und Geist rein. Nur Männer sollten etwas über ...«, jetzt senkte auch Trudy ihre Stimme, »... über Sex wissen. Wenn sich herumspricht, was du getan hast, musst du nicht nur die Schule hier verlassen, du kannst auch den begehrenswertesten Junggesellen von New York abschreiben. Überleg doch mal, um Gottes willen. Kein Fabrikmädchen, egal ob gefallen oder nicht, ist die Millionen der Aldriches wert!«

May Delano schaute von ihrer Lektüre hoch. »Was ist ein gefallenes Mädchen?«, fragte sie.

Jo stöhnte.

»Egal«, sagte Trudy.

»Sag schon«, drängte May.

»Na, dann«, antwortete Trudy und drehte sich zu May um. »Ein Mädchen mit Kind, aber ohne Ehemann dazu.«

May lachte. »Was du schon wieder redest, Trudy Van Eyck. Der Storch bringt die Babys erst nach der Hochzeit, nicht davor.«

»Komm, May, wir gehen«, sagte Libba Newland und sah Trudy giftig an. »Der Gemeinschaftsraum wird mir ein wenig zu gewöhnlich.«

»Ich wette um einen Dollar, dass Lib das bei Sparky petzt«, prophezeite Trudy, während die beiden gingen. »Ich habe gerade einen Arrest wegen Rauchen hinter mir. Jetzt hast du mir wieder einen eingebrockt!«

Jo nahm ihren Text wieder an sich, enttäuscht von Trudys mangelnder Begeisterung für ihre Geschichte. Wenn doch Trudy sie verstehen würde! Wenn irgendjemand sie verstehen würde! Sie hatte Blys Buch *Zehn Tage im Irrenhaus* gelesen und von Jacob Riis *Wie die andere Hälfte lebt*, und beide hatten sie sehr berührt. Erschüttert las sie darin vom Leid der Armen und beschloss, dem Beispiel dieser zwei Journalisten zu folgen, wenn auch nur mit ihren bescheidenen Mitteln.

Sie dachte an die Mädchen in der Textilfabrik, mit denen sie gesprochen hatte. So abgrundtief müde hatten sie ausgesehen. Ihre Gesichter bleich wie Milch, dunkle Ringe unter den Augen. Sie hatten die Schule abbrechen und in die Fabrik zum Arbeiten gehen müssen. Miteinander sprechen und zur Toilette durften sie nur in den Essenspausen. Eine sagte ihr, dass sie abends kaum nach Hause laufen konnte, weil ihre Beine nach dem langen Stehen so schmerzten.

Ihre Geschichten machten Jo traurig – und erfüllten sie mit einem glühenden Zorn. »Trudy, wieso bin ich Redakteurin der *Jonquil* geworden?«, fragte sie unvermittelt.

»Keine Ahnung«, antwortete Trudy. »Du hättest in den Chor gehen sollen. Sogar dir dürfte es nicht schwerfallen, *Come Into the Garden, Maud* zu singen.«

»Also, dann sag ich es dir.«

»Wusste ich's doch«, meinte Trudy trocken.

»Ich hab das gemacht, weil ich meine Leserinnen informieren will. Weil ich diesen Schleier zerreißen möchte, der die Ungerechtigkeiten um uns herum verbirgt«, sagte Jo immer lauter. »Wir haben die Möglichkeiten dazu, und uns hört man zu, und das müssen wir einsetzen für diejenigen, die das alles nicht zur Verfügung haben. Aber wie sollen wir ihnen helfen, wenn wir nichts über sie wissen? Und wie können wir etwas über sie erfahren, wenn niemand darüber schreibt? Ist es denn so falsch, wenn man etwas wissen möchte?«

Als sie geendet hatte, drehten sich einige Mädchen in dem Raum nach ihr um und glotzten sie an. Sie starrte zurück, bis sie wieder wegschauten. »Diese Fabrikmädchen leiden«, sagte sie nun etwas ruhiger, doch immer noch voller Mitgefühl. »Sie sind so unglaublich unglücklich.«

Trudy nahm ihre Hand. »Liebste Jo, niemand ist mieser dran als wir. Wir beide, du und ich, sind noch nicht verlobt. Wir sind dumme Fräuleins. Bedauernswerte Niemande. Allein dürfen wir nirgendwo hingehen. Wir dürfen weder mit dem, was wir sagen, noch wie wir uns kleiden oder mit öffentlich gezeigten Gefühlen zu sehr auffallen, weil wir sonst einen möglichen Verehrer abschrecken könnten. Wir dürfen kein eigenes Geld haben und vor allem ...«, und hier drückte sie Jos Hand ganz fest, »keine eigene Meinung.«

»Geht dir das nicht auf die Nerven, Trudy?«, fragte Jo niedergeschlagen.

»Natürlich tut es das! Deshalb will ich so schnell wie möglich heiraten.« Sie sprang auf, schlug einen imaginären Fächer auf und stolzierte herum wie eine Dame der feinen Gesellschaft. »Wenn ich erst Frau Gilbert Grosvenor bin und glücklich mein großzügiges Heim in der Fifth Avenue bezogen habe, werde ich nur noch tun, wozu ich Lust habe. Ich sage, was ich will, lese, was ich will, und jeden Abend gehe ich in Seide und Diamanten gewandet aus und lächle aus meiner Loge in der Met meinen Verehrern zu.«

Jetzt hob Jo eine Augenbraue. »Und Mister Gilbert Grosvenor? Wo ist der dann?«

»Zu Hause. Sitzt gemütlich am Kamin mit einer Ausgabe vom *Wall Street Journal*«, sagte Trudy und machte Gilberts unendlich langweiligen Gesichtsausdruck nach.

Jo lachte, obwohl ihr gar nicht danach war. »Ich werde nie verstehen, wie man dich bei der Hauptrolle im Schultheater übergehen konnte. Du gehörst auf die Bühne.«

»Man hat mich nicht übergangen, besten Dank dafür. Man hat mir die Hauptrolle angeboten, aber ich habe abgelehnt. Mr Gilbert Grosvenor findet Theater furchtbar.«

Einen Moment lang vergaß Jo ihren eigenen Kummer. Sie kannte Gilbert. Er war eingebildet, mäkelte viel herum, mit zwanzig Jahren schon ein alter Mann. Stinkreich war er auch.

»Wirst du ihn wirklich heiraten?«, fragte sie. Sie konnte sich die schöne, lebhafte Trudy genauso wenig als Gilberts Gattin vorstellen wie die Paarung einer Hummel mit einer Kröte.

»Aber ja. Warum denn nicht?«

»Weil du … du wirst …«, sie konnte das nicht aussprechen.

»Mit ihm ins Bett gehen müssen?«, ergänzte Trudy.

Jo wurde rot. »Das wollte ich nicht sagen!«

»Aber du hast es gemeint.«

Trudy sah aus einem der Fenster. Ihr Blick wanderte über die Rasenflächen zu den Wiesen weiter draußen, dann noch weiter, in eine Zukunft, die nur sie erkennen konnte.

»Nachts ein bisschen unangenehmes Herumgetue, im Gegenzug dafür entspannte Tage. Kein ganz schlechtes Geschäft«, meinte sie und lächelte dabei kläglich. »Einige hier sind nicht so gut gestellt wie andere. Mein Papa bringt kaum das Geld für die Schulgebühren auf, und bei den Rechnungen für die Schneiderin wird es ganz eng. Davon einmal abgesehen, mache ich mir nicht um mich Sorgen. Sondern um dich.« Trudy wandte sich wieder Jo zu. »Du kennst die Regeln. Sieh zu, dass du dir einen angelst, danach kannst du tun, was du willst. Aber bis du einen Mann hast, lächle wie blöd und sprich über Tulpen, aber bloß nicht über Fabrikmädchen!«

Jo wusste, dass Trudy recht hatte. Sparky wäre entsetzt, wenn sie erführe, was Jo getan hatte. Ebenso entsetzt wären ihre Eltern, die Aldriches und der ganze Rest von New York. Ihr New York jedenfalls – das alte New York. Wohlerzogene Mädchen aus guten Familien wurden in die Gesellschaft eingeführt, wurden verheiratet und kehrten wieder zurück, zurück in die Salons, zu den Dinnerpartys und Tanzabenden. Sie zogen nicht hinaus in die gefährliche, schmutzige, weite Welt, um als Reporterinnen – oder überhaupt als irgendetwas – zu arbeiten.

Die Jungs dagegen mussten raus in die Welt. Reporter konnten auch sie nicht werden – eine viel zu anrüchige Tätigkeit für einen Gentleman –, aber sie konnten eine Zeitung besitzen, Geschäftsmann werden, als Rechtsanwalt arbeiten, Pferde züchten, sich für die Landwirtschaft interessieren oder eine Aufgabe in der Regierung übernehmen, wie die Jays und die Roosevelts. Jo wusste das genau, konnte es aber nicht akzeptieren. Das war alles so eng, wie die Korsettstangen, die ihren Körper einzwängten.

Wieso, fragte sie sich jetzt, können Jungs alles Mögliche tun und werden, und Mädchen können immer nur zuschauen?

»Jo?«

Jo sah auf. Vor ihr stand Arabella Paulding, eine Mitschülerin.

»Du sollst zu Sparky in ihr Büro kommen«, sagte sie. »Sofort.«

»Weswegen?«, fragte Jo.

»Hat sie nicht gesagt. Sie hat mir aufgetragen, dich zu suchen und dir das auszurichten. Gefunden habe ich dich, also geh.«

»Libba hat gepetzt«, sagte Trudy ahnungsvoll.

Jo nahm ihre Papiere und war etwas beunruhigt wegen des Gesprächs mit der Direktorin. Jetzt ging es ihr an den Kragen.

»Mach dir keine Sorgen, Liebe«, sagte Trudy. »Du bekommst nur ein paar Tage Arrest, da bin ich sicher. Es sei denn, Sparky wirft dich von der Schule.«

»Du bist ja so eine Hilfe, ehrlich.«

Trudy lächelte betrübt. »Was soll ich denn sonst sagen? Ich rauche einfach gern. Das kann Sparky verzeihen. Du dagegen möchtest unbedingt ganz viel wissen. Und das verzeiht einem Mädchen niemand.«

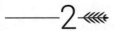

Jo verließ eilig die Hollister-Halle, überquerte den Rasen und betrat Haus Slocum, in dem sich das Büro der Direktorin befand. Ein großer, golden gerahmter Spiegel im Foyer fing ihr Bild ein, als sie vorbeilief: ein schlankes Mädchen in einem langen braunen Rock, einer Nadelstreifenbluse und Schnürstiefeln. Ihr wogendes schwarzes Haar hatte sie über ihrer hohen Stirn und dem auffallend hübschen Gesicht mit den lebhaften grauen Augen zu einem Dutt hochgesteckt.

»Du wärst eine Schönheit«, hatte ihre Mutter schon oft zu ihr gesagt, »wenn du nur nicht immer so finster dreinblicken würdest.«

»Ich blicke nicht finster drein, Mama, ich denke nach«, antwortete Jo jedes Mal.

»Lass es einfach sein. Es sieht nicht gut aus«, sagte ihre Mutter darauf.

Vor der Tür von Miss Sparkwells Büro blieb Jo stehen und stärkte sich innerlich für eine ordentliche Standpauke. Sie klopfte.

»Herein!«, rief eine Stimme.

Jo trat ein und rechnete eigentlich damit, dass die Direktorin sie sehr ernst ansehen würde. Sie war jedoch nicht darauf vorbereitet, dass Miss Sparkwell am Fenster stand und ihre Augen mit einem Taschentuch betupfte. Hatte der Artikel über die Fabrikmädchen sie so aufgebracht?

»Miss Sparkwell, ich weiß nicht, was Libba Ihnen gesagt hat, aber der Artikel gehört wirklich in diese Ausgabe«, ging Jo gleich zum Angriff über. »Es ist höchste Zeit, dass die *Jonquil* ihren Leserinnen etwas anspruchsvolleren Stoff bietet als Gedichte über Kätzchen.«

»Meine Liebe, ich habe dich nicht kommen lassen, um über die *Jonquil* zu sprechen.«

»Nicht?«, erwiderte Jo überrascht.

Miss Sparkwell legte eine Hand über ihre Brauen. »Mr Aldrich, darf ich Sie bitten? Ich – ich sehe mich außerstande«, sagte sie mit heiserer Stimme.

Jo drehte sich um und sah erstaunt, dass auf dem Sofa zwei ihrer ältesten Freunde saßen: Abraham Aldrich und seine Schwester Adelaide. Sie hatte sich so auf die Verteidigung ihres Artikels konzentriert, dass sie die beiden überhaupt nicht bemerkt hatte.

»Bram! Addie!«, rief sie und lief auf sie zu. »Was für eine schöne Überraschung! Aber ihr hättet mir sagen sollen, dass ihr kommt, dann hätte ich etwas anderes angezogen als meine Schuluniform. Ich hätte ...« Sie unterbrach sich, als ihr auffiel, dass die beiden ganz in Schwarz gekleidet waren. Kalte Furcht ergriff sie.

»Ich fürchte, wir bringen schlechte Neuigkeiten, Jo«, sagte Bram und stand auf.

»Oh, Jo, bitte sei jetzt tapfer, meine Liebe«, wisperte Addie und erhob sich ebenfalls.

Mit wachsender Furcht schaute Jo die beiden an. »Ihr macht mir Angst. Sagt mir bitte um Himmels willen, was los ist.« Und dann wusste sie es: Mr Aldrich war schon seit einiger Zeit nicht mehr recht gesund gewesen. »O nein. Ach, Bram. Addie. Ist etwas mit eurem Vater passiert?«

»Nein, Jo, nicht mit unserem«, erwiderte Addie ruhig. Sie ergriff Jos Hand.

»Nicht mit eurem? Ich ... das verstehe ich nicht.«

»Jo, dein Vater ist nicht mehr«, sagte Bram. »Es war ein Unfall. Gestern Nacht hat er in seinem Arbeitszimmer einen Revolver gereinigt, und da hat sich ein Schuss gelöst. Addie und ich bringen dich jetzt nach Hause. Wir holen deine Sachen und dann ...«

Doch Jo hörte nicht mehr, was er noch sagte. Das Zimmer drehte sich in einem Wirbel und zerplatzte. Einige Sekunden lang konnte sie weder atmen noch sprechen. Ihr Vater sollte tot sein? Wie konnte das sein? In ihrem Leben war so vieles sicher und klar, doch er war die unverrückbare Größe. Und jetzt sagte Bram, dass er nicht mehr da sei ... für immer fort ...

Unter ihren Füßen versank die Welt.

»Jo? Kannst du mich hören? Josephine, schau mich an.« Bram legte beruhigend eine Hand auf ihren Arm.

Der Klang seiner Stimme holte sie zurück und erinnerte sie daran, dass man in ihren Kreisen keine öffentlichen Gefühlsausbrüche zeigte. Öffentlich war für eine Aldrich oder Montfort jede Örtlichkeit außerhalb des eigenen Schlafzimmers.

»Geht es?«, fragte er.

Jo gelang es, zu antworten. »Ja, danke.« Sie zwang sich, weiterzusprechen. »Ich bin gleich bereit. Ich muss nur ein paar Dinge einpacken. Bitte entschuldigt mich.«

»Ich komme mit«, sagte Addie. Sie nahm Jos Arm und führte sie aus dem Zimmer. Gemeinsam gingen sie zum Wohnhaus der Schülerinnen. »Wir versuchen, den Zug um fünf nach fünf zu erreichen. Mit dem sind wir noch vor Einbruch der Dunkelheit am Grand Central. Auf keinen Fall sollten wir später ankommen. Viel zu gefährlich. Diese Stadt ist einfach nichts mehr für unsereinen. Viel zu viele Ausländer, Kriminelle und Büromädchen.«

Addies Geplapper drang kaum zu Jo durch. Sie war benommen und setzte mühsam einen Fuß vor den anderen, nahm kaum die Rasenflächen, die Gebäude wahr. Gerade eben erst war sie hier entlanggegangen und erkannte das alles jetzt fast nicht mehr. Innerhalb von einem Herzschlag hatte sich alles verändert.

Das Wohnheim war verlassen. Die Schülerinnen waren in ihren

Arbeitsgruppen oder in der Bibliothek. Addie öffnete die Tür zu Jos Zimmer. »Komm, hier haben wir Ruhe, niemand wird uns stören. Wenn du willst, kannst du jetzt weinen, niemand wird das mitbekommen.«

Jo setzte sich auf ihr Bett, ganz steif in ihrem Schock. Sie erwartete, in Tränen auszubrechen, doch nichts geschah.

Addie suchte nach Jos Koffer, doch Jo hielt sie davon ab. »Wir müssen nichts einpacken. Ich habe genug Kleidung zu Hause. Wenn du mir nur meinen Mantel, die Handschuhe und den Hut geben könntest?«

»Du bist ein tapferes Mädchen. Hältst deine Tränen zurück«, sagte Addie. »Aber so ist es ganz sicher besser. Keine roten Augen am Bahnhof. Kein Anlass für das ungewaschene Pack, dich anzuglotzen.«

Jo nickte schwerfällig. Addie täuschte sich, doch Jo ließ sie in ihrem Glauben. Sie hielt keine Tränen zurück; es kamen einfach keine. Sie wünschte sich zutiefst, weinen zu können, doch es ging nicht.

Etwas presste ihr Herz zusammen – wie das Korsett, das ihre Taille schnürte –, und es brach doch auseinander.

»Menschen sterben. Das passiert jeden Tag«, ließ Mrs Cornelius G. Aldrich III. verlauten. »Deshalb muss man unbedingt viele in die Welt setzen.«

Der Leichenschmaus zu Charles Montforts Beerdigung war eine sittsame, wenn auch langweilige Veranstaltung – jedenfalls so lange, bis Mrs Aldrich III. eintraf.

»Noch eine Tasse Tee, Grandma?«, fragte Addie Aldrich und hob die Teekanne von einem niedrigen Tisch vor ihr.

»Auf keinen Fall! Du hast mich schon dreimal gefragt! Der junge Beekman da drüben, frag den, ob er noch etwas will. Du bist ja wohl noch nicht vergeben, Mädchen, oder?«, bellte Grandma.

Addie wurde rot und stellte die Teekanne ab. Grandma thronte im Salon der Montforts in einem Ohrensessel und wandte sich jetzt wieder Jos Tante Madeleine Montfort zu, die ihr gegenübersaß. Auf einem Sofa zwischen den beiden älteren Frauen saßen Addie und Jo dicht nebeneinander in einem Berg von Kissen.

»Mir ist durchaus bewusst, dass die Familie einen Verlust erlitten hat, das ist keine Frage. Aber ich sehe nicht ein, warum man deshalb eine Verlobung aufschieben soll«, sagte Grandma gereizt. Sie nahm einen Keks von einem Teller und verfütterte ihn an den Spaniel auf ihrem Schoß. »Diese Mädchen von heute. Ich verstehe sie nicht. Heiraten erst, wenn sie zwanzig sind und haben dann so kleine Familien!«

Jo starrte vor sich hin und begriff nur schemenhaft, dass Grandma über sie sprach, über Bram und die Hochzeit. Anscheinend hätte er wohl demnächst um ihre Hand angehalten, doch das wurde nach dem Tod ihres Vaters erst einmal vertagt.

Sollte ich aufgeregt sein?, fragte sie sich. Angesichts der Situation fiel ihr das schwer, doch das wäre unter anderen Umständen kaum anders gewesen. Ein Heiratsantrag von Bram Aldrich hätte sie nicht überrascht. Solange Jo denken konnte, gingen alle davon aus, dass sie beide einmal heiraten würden. Erst im vergangenen Sommer hatte sie zufällig mitbekommen, wie ihre Mutter und ihre Tante sich im Wintergarten darüber unterhielten.

»Ein Aldrich wäre eine sehr vorteilhafte Partie, Anna«, sagte Tante Madeleine. »Bram ist ein netter junger Mann, und die Familie steht wirklich gut da. Umso mehr ...«

»Besser als wir?«, unterbrach Jos Mutter sie scharf.

»Ja«, antwortete Madeleine. »Verzeih, aber über diese Dinge muss man sprechen. Das heißt jedoch nicht, dass sie Neureiche sind. Ich meine bloß, dass es Jo, falls sie Bram heiratet, niemals an etwas mangeln würde.«

»Das sehe ich auch so, Maddie, und ich bin durchaus für diese

Verbindung, aber behalte das bitte noch für dich. Es wäre nicht so gut, wenn Grandma denkt, dass alles immer nach ihrem Willen geht«, antwortete Jos Mutter. »Ich möchte erst wissen, was Brams Vater dem jungen Paar zugedacht hat. Grandma hat ja unter ihrem Stand geheiratet. Sie hatte keine andere Wahl. Ihr Vater hatte seine Erbschaft verprasst. Seitdem versucht sie, ihre Familiengeschichte wieder mit vornehmer Verwandtschaft anzureichern. Ihren Sohn hat sie mit einer Van Rensselaer verheiratet, und für ihren Enkel wünscht sie sich jetzt eine Montfort. Die Aldriches sind eine ordentliche Familie, aber bei Weitem nicht so alt oder vornehm wie wir. Jo könnte problemlos auch einen Roosevelt oder einen Livingston heiraten, und das sollte Grandma nicht vergessen.«

Genau in diesem Moment kam Theakston, der Butler, mit einem Tablett in die Halle, und Jo musste zu ihrem Bedauern schnell verschwinden, damit er sie nicht beim Lauschen ertappte. Noch einen Moment länger und sie hätte erfahren, was sie unbedingt wissen wollte: Liebte Bram sie?

Jos Mutter und ihre Tante hatten tatsächlich ihr Stillschweigen über ihre Ansichten zu der möglichen Heirat gewahrt – zumindest sprachen sie nicht mit ihr –, der Rest der Familie redete jedoch trotzdem darüber. Vor allem Grandma.

Andererseits wälzte Grandma andauernd Heiratspläne. Sie war die Matriarchin und Herrscherin des Aldrich-Clans, eine geborene Livingston. In ihren Adern floss das Blut einiger der besten Familien von New York. Mit allen, die irgendwie Einfluss hatten, war sie verwandt, und alle diese Leute nannten sie Grandma. Ihr ganzes Herz hing an Herondale, einem Anwesen am Hudson River, das ihr Vater ihr zur Hochzeit geschenkt hatte, und nach Manhattan fuhr sie nur, wenn es unbedingt sein musste. Herondales Wälder und Wiesen waren ihr viel lieber als Hochhäuser und Straßenverkehr.

»Und ich verstehe auch nicht, Maddie, dass der jungen Generation die Blutsverwandtschaften so völlig gleichgültig sind«, fuhr Grandma fort. »Die Jüngste von Margaret DeWitt heiratet einen Whitney. Von denen habe ich noch nie etwas gehört! Der Vater von dem Jungen ist in der Politik, das schon. Für so ein neureiches Mädchen wäre der gerade richtig. Aber für eine DeWitt?« Angewidert schüttelte sie den Kopf. »Und das junge Ding hat sehr gute Hüften, das Kinderkriegen wird ihr so leichtfallen wie einem schottischen Hochlandrind.«

Madeleine erbleichte. Die Teetasse rutschte ihr aus den Fingern und landete scheppernd auf der Untertasse. »Grandma, wie geht es eigentlich dem anderen von Ihren Spaniels? Suki heißt sie doch, nicht wahr? Wo ist sie denn? Sie ist doch hoffentlich nicht krank?«

»In keiner Weise. Habe ich dir das nicht erzählt? Die ist endlich trächtig«, erzählte Grandma freudestrahlend. »Viermal habe ich sie mit Good King Harry zusammengebracht, dem Hund von Anna Rhinelander. Ich hatte sie schon fast aufgegeben, aber jetzt wird sie im nächsten Monat werfen. Wenn es mit den Töchtern auch so einfach wäre, nicht wahr, Maddie? So eine läufige Hündin sperrt man mit einem spitzen Rüden zusammen und zwei Monate später gibt's sechs dralle Welpen!«

Madeleine knetete ihre Perlenkette. »Addie, ich glaube, Mrs Hollander will gerade gehen. Sie möchte sich bestimmt noch von Jo verabschieden. Wärst du so lieb, bitte?«

»Natürlich«, sagte Addie. Sie nahm Jo an der Hand und zog sie vom Sofa hoch. »Es tut mir so leid, Jo. Dazu fällt mir gar nichts mehr ein. Sie ist einfach unmöglich«, flüsterte sie, als sie außer Hörweite waren. »Papa konnte sie immer ganz gut bändigen, aber jetzt, da es ihm so schlecht geht, schafft er das nicht mehr.«

»Ist in Ordnung, Addie«, antwortete Jo dumpf. Ihr war gleichgültig, was Grandma redete. Heute Vormittag war ihr Vater beerdigt worden und mit ihm ein Stück ihres Herzens.

Der Trauergottesdienst hatte in der Grace Church stattgefunden, die an der Ecke Broadway und 11th Street lag. Die Kirche war bis auf den letzten Platz besetzt gewesen, denn die alten Familien kamen nach wie vor zum Gottesdienst hierher, obwohl nur noch wenige nah genug wohnten. Geschäftshäuser, Industriebetriebe und die steigende Flut von Immigranten hatten sie aus diesem Teil New Yorks an die Ränder der Stadt vertrieben. Der erste Friedhof von Grace Church war so voll wie das Kirchengestühl, deshalb lag Charles Montforts Grab im nördlichen Friedhof der Kirche. Tot oder lebendig fand das reiche New York jetzt seinen Platz in diesem Teil der Stadt.

Addie brachte Jo ins Foyer, wo Theakston gerade Mrs Hollander ihre Stola reichte, und eilte dann davon, um Andrew Beekman eine Tasse Punsch anzubieten. Jo wechselte noch einige nette Worte mit Mrs Hollander und gab ihr zum Abschied ein Küsschen. Auf dem Rückweg in den Salon erschien ihr das alles auf einmal ganz und gar unwirklich, und ihr wurde schwindlig. Sie legte eine Hand auf das Treppengeländer, um wieder zur Ruhe zu kommen.

»Dies ist mein Haus«, wisperte sie. »Das ist die Bank aus Ebenholz, die Papa aus Sansibar mitgebracht hat. Darüber hängt ein Porträt von Großvater Schermerhorn. Dort hinten ist der Salon, mit einem Flügel, einem Kamin, einer Standuhr, und auch meine Mutter ist dort.«

Aber wie konnte all das da sein und ihr Vater nicht mehr? Wie konnte es sein, dass die Standuhr immer weiter tickte? Wie kam es, dass im Kamin ein Feuer brannte? Wie konnte ihr Vater tot sein?

Ein Schuss aus einem Revolver. Aus seinem eigenen Revolver. Versehentlich. Das sagten ja alle. Aber das war einfach nicht möglich. Ihr Vater war ein erfahrener Schütze. Er kannte sich mit Schusswaffen aus und hatte zum Schutz seiner Familie einige im Haus. Ihre Mutter fand das übertrieben. Nachts ging er oft im Haus umher und prüfte, ob Türen und Fenster gut verschlossen waren.

»Liebste Jo, wie schaffst du das nur?«, fragte eine Stimme. Doch in ihrem Kummer hörte Jo sie nicht. Die Stimme sprach wieder: »Josephine, geht es dir gut?«

Dieses Mal hörte Jo sie und drehte sich um. Vor ihr stand Reverend Willis, der Geistliche der Familie, und sah sie betroffen an. Jo zwang sich, zu lächeln.

»Es geht schon, Reverend. Vielen Dank. Möchten Sie eine Tasse Tee?«, fragte sie.

»Nein, meine Liebe, ich hatte genug Tee. Vielleicht solltest du dich setzen. Du bist blass.«

»Ja, das mache ich«, entgegnete Jo. Aber nicht hier. Sie musste fort von den traurigen Gesichtern und belegten Stimmen. Sie entschuldigte sich und wandte sich um, sie wollte zum Arbeitszimmer ihres Vaters. Während sie die Treppe in den zweiten Stock hinaufging, raschelten die Röcke ihres schwarzseidenen Kleids um ihre Beine. Sie erinnerte sich an die Ansprache des Geistlichen.

Charles Montfort – ein Mann voller Liebenswürdigkeit. Eine Stütze der Gesellschaft. Ein Mann, offen und ehrlich als Geschäftspartner, ein beispiellos großzügiger Gönner derjenigen, die vom Glück nicht derart gesegnet waren. Ein hingebungsvoller Ehemann und Vater, freundlich und liebevoll zu allen in seiner Familie und zu seinen Freunden.

Ja, Papa war all das, dachte Jo. Und doch hatte ihn der Reverend nicht wirklich richtig beschrieben. Nicht ganz, denn manchmal konnte er auch ganz anders sein. So still und zurückgezogen.

Jo schlüpfte in das Arbeitszimmer. Hier konnte sie beinahe glauben, er wäre noch am Leben. Sie konnte seinen Duft riechen – sein Eau de Cologne, seine Zigarren, den indischen Tee, den er gern trank. Sie konnte ihn spüren.

»Papa?«, flüsterte sie.

Die Gefühle überwältigten sie. Seit Addie und Bram ihr vor zwei Tagen die Todesnachricht überbracht hatten, hatte sie nicht weinen können. Jetzt konnte sie den Tränen ihren Lauf lassen. Endlich. Hier, wo sie ganz allein war. Sie wartete, aber wieder kam keine einzige Träne. Was war bloß los mit ihr? Sie hatte ihren Vater doch geliebt. Warum konnte sie nicht um ihn weinen?

Enttäuscht ging sie zu dem großen Erkerfenster und schaute auf den Gramercy Square hinunter. An diesem herrlichen Septembernachmittag waren viele Kinder mit ihren Kindermädchen im Park unterwegs. Sie lehnte ihren Kopf an den Fensterrahmen und drückte die schweren Vorhänge zusammen. Da fühlte sie unter ihrem Fuß etwas Hartes. Die Vorhänge waren so lang, dass sich der Stoff auf dem Boden stauchte. Sie schob eine Bahn beiseite, bückte sich und sah etwas Schmales, Kupferrotes, das sich in den Fransen des Teppichs verfangen hatte. Ein Projektil.

Jo erschauerte, als sie es aufhob, und wunderte sich, wie es dahin

gekommen war. Ihr Vater verwahrte hier in einem Schrank einen geladenen Revolver; genau der hatte ihn getötet. Wie schon tausendmal in den vergangenen zwei Tagen fragte sie sich jetzt erneut, wie
dieser Unfall passiert war.

Vielleicht hatte ihr Vater begonnen, die Trommel des Revolvers
zu leeren, die Kugeln auf seinen Schreibtisch gelegt und war dann
von irgendetwas abgelenkt worden. Er schloss die Trommel, kümmerte sich um das, was seine Aufmerksamkeit erforderte, nahm dann
den Revolver wieder zur Hand, hatte dabei aber vergessen, dass er
nicht ganz geleert war. Und irgendwie löste sich der Schuss. Das war
die einzig mögliche logische Erklärung, die ihr einfiel.

»Aber das erklärt nicht, wie du hierherkommst«, sagte sie, sah das
Projektil an und runzelte die Stirn. Sie drehte es um und betrachtete
die Unterseite. Dort waren die Buchstaben *W.R.A.Co.* eingeritzt,
unter ihnen der Stempel *.38 LONG*.

Vielleicht brach Papa nach dem Schuss über seinem Schreibtisch
zusammen und wischte die losen Kugeln von der Platte, als er zu
Boden fiel, dachte sie. Und Theakston oder ein Polizist sind dann
mit dem Schuh so an eine gestoßen, dass sie durchs Zimmer gekul-
lert ist.

Mit den Augen suchte sie eine mögliche Strecke vom Schreibtisch
bis zum Fenster.

Da muss jemand ziemlich kräftig drangestoßen sein, grübelte sie,
damit die über den dicken Teppich und durch das ganze Zimmer gerollt ist.

»Ach, was macht das schon, wie es gewesen ist?«, fragte sie sich
und seufzte. »Er ist tot. Und kein Rätselraten bringt ihn zurück.«

Sie öffnete den Schrank, in dem der Revolver verwahrt wurde –
ihre Mutter hatte ihn der Polizei mitgegeben –, und legte das Projektil neben eine Schachtel mit Munition. Manchmal kam ihre Mutter
hierher ins Arbeitszimmer, und Jo wollte nicht, dass sie es sah. Sie
würde noch verzweifelter werden, als sie ohnehin schon war.

Jo ging langsam durch das Zimmer, berührte die Kaminumrandung, dann den Humidor ihres Vaters. Die Kanten seines Schreibtischs. Seinen Stuhl. Bilder der Erinnerung tauchten auf. Wie ihr

Vater ihr ein Kätzchen mit einer rosa Schleife schenkte. Sie beim Schlittschuhlaufen herumwirbelte. Wie er mit ihrer Mutter tanzte und die beiden ein so schönes Paar abgaben: ihre Mutter, die kühle blonde Schönheit, ihr Vater mit den kräftigen Gesichtszügen der Montforts, dickem, schwarzem Haar und grauen Augen – genau wie Jo.

Oft lagen Übermut und Fröhlichkeit in diesen Augen. Doch unter dem Lachen hatte Jo manchmal einen Schatten entdeckt. Stundenlang stand ihr Vater hier am Fenster seines Arbeitszimmers und schaute auf die Straße, die Hände auf dem Rücken verschränkt – als würde er jemanden erwarten.

Jo wusste noch, wie sie ihn zum ersten Mal so angetroffen hatte. Sie war noch klein und sollte schon schlafen, doch sie war noch einmal aufgestanden, hatte sich zu ihm geschlichen und gesagt: »Auf wen wartest du, Papa?«

Er wirbelte herum, sein Gesicht kalkweiß und seine Augen voller Angst – sie wusste, was Angst war, da sie sich vor vielem fürchtete, vor Spinnen und Donner und Zirkusclowns – und voller Kummer. Den kannte sie nicht. Noch nicht.

»Oh, jetzt hast du mich aber erschreckt, Jo!«, sagte er und lächelte. Und dann erklärte er ihr, er warte auf niemanden, sondern habe nur über etwas aus seiner Arbeit nachgedacht.

Schon damals hatte sie ihm nicht geglaubt, und als sie älter wurde, hoffte sie, er würde ihr anvertrauen, was ihn quälte. Doch das tat er nie, und jetzt war es für immer vorbei.

Einen Moment lang sah Jo ihren Vater noch einmal am Fenster stehen. Wie er hinausstarrte. Wie er wartete. Und plötzlich tauchte das Wort auf, das ihr nicht eingefallen war. Genau das Wort, das ihn am besten beschrieb.

Ein Getriebener.

4

»Park Row, bitte, Dolan. Zum *Standard*«, sagte Jo und stieg in ihre Kutsche.

Der Fahrer runzelte die Stirn. »Mrs Montfort sagte, ich soll Sie erst zum Tee zu Reverend Willis und von da direkt nach Hause bringen.«

»Sollte, Dolan. Aber das hat sich geändert. Hat Mama Sie nicht informiert?«, fragte Jo leichthin. »Sie muss es vergessen haben.«

Dolan hatte eine Hand auf dem Schlag der Kutsche und warf ihr einen langen Blick zu. »Nichts hat sich geändert, hab ich recht?«

Jo war ertappt. »Stimmt, Dolan. Aber bitte fahren Sie mich in die Park Row.«

»Was sagt denn Ihre Mutter dazu, wenn sie feststellt, dass Sie dort waren?«

»Gar nichts, wenn Sie ihr nichts verraten. Ich kann jetzt nicht nach Hause. Noch nicht gleich. Es ist so trist dort, die Vorhänge sind zu, Mama bleibt den ganzen Tag in ihrem Zimmer, und das Porträt von Papa ist mit Trauerflor verhängt«, erwiderte Jo und klang verzweifelt.

Dolan schüttelte den Kopf. »Sie haben mich immer wieder rumgekriegt, seit Sie fünf Jahre alt waren. Wir fahren dahin, aber flott. Kein Herumtrödeln.«

Jo dankte ihm erleichtert. In den zwei Wochen seit dem Begräbnis ihres Vaters hatte sie das Haus nicht verlassen dürfen – eine der Regeln der Trauerzeit. Doch im Unterschied zu ihrer Mutter, die sich ihrem Kummer am liebsten in abgedunkelten Räumen hingab, sehnte Jo sich nach Ablenkung. Ihr lebhafter Geist verkümmerte, wenn er ohne Beschäftigung blieb.

Gestern hatte ihr Onkel Phillip eine Pause verschafft. Als älterer Bruder ihres Vaters war er auch sein Testamentsvollstrecker und half der Familie im Umgang mit den Hinterlassenschaften des Vaters. Die Montforts waren im New York des 17. Jahrhunderts als Schiff-

bauer reich geworden, und alle Firmen des Vaters hatten mit Seefahrt zu tun: die Tageszeitung *The Standard* – früher ein Blatt mit
täglichen Schiffsmeldungen –, drei Sägewerke und eine Seilerei. Jos
Mutter kannte sich mit den Unternehmen ihres verstorbenen Gatten nicht aus und wollte sich auch nicht damit vertraut machen,
daher hatte sie Phillip gebeten, alles an andere Firmen zu verkaufen,
bis auf Charles' größten Vermögenswert: seinen Anteil an Van Houten Shipping. Er war einer der Eigner der Reederei gewesen, neben
Phillip und vier weiteren Männern. Ursprünglich gehörte die Reederei sieben Eignern, doch einer war vor vielen Jahren gestorben.
Jetzt wollten die anderen Charles' Anteil kaufen und aufteilen.

Gestern Abend kam Phillip zu Anna und Jo, um ihnen mitzuteilen, dass er für eines der Sägewerke bereits einen Käufer gefunden
hatte. Er erwähnte auch, dass Charles in seinem Testament Verfü-
gungen über einige persönliche Dinge getroffen hatte, darunter eine
seltene Bibel aus der Zeit von King James, die Reverend Willis bekommen sollte, und ein silberner Whiskey-Flakon, der Arnold Stoatman zugedacht war, dem Chefredakteur des *Standard*. Jeder dieser
Gegenstände sollte mit einem persönlichen Schreiben ausgehändigt
werden.

»Jo, würdest du das für mich übernehmen?«, fragte er. »Die Sachen für das Hauspersonal kannst du selbst übergeben. Dolan kann
das andere zustellen – bis auf die Bibel. Die sollte schon ein Fami-
lienmitglied überreichen. Anna, wäre es dir recht, wenn Jo das an
meiner Stelle erledigt?«

Jos Mutter hatte gezögert. »Sie sollte noch nicht wieder aus
dem Haus gehen, es ist noch viel zu früh dafür«, entgegnete sie
schließlich.

»Das sehe ich im Grunde genauso wie du«, sagte ihr Onkel, »aber
Jo ist doch noch so jung, und junge Leute brauchen Ablenkung, besonders in derart schwierigen Zeiten. An einer Fahrt zum Reverend
kann eigentlich niemand Anstoß nehmen, oder?«

Für die Trauerzeit galten nicht mehr die strengen Regeln wie vor
einer Generation. Doch nach wie vor musste man eine Weile sehr
zurückgezogen leben und durfte nur dunkle Kleidung tragen. Jo

musste ein halbes Jahr, ihre Mutter zwei Jahre lang Schwarz tragen. Danach durfte etwas Weiß dabei sein und dann auch Grau oder ein gedecktes Violett.

Ein halbes Jahr lang waren Ballbesuche oder Gesellschaften verboten, doch konnten die Trauernden zu Gottesdiensten in die Kirche gehen und nach einem Vierteljahr auch in Konzerte. Mehrere Monate lang durfte man nur Familienangehörige oder enge Freunde als Gäste empfangen, und außer diesen durften die Hinterbliebenen auch niemanden außerhalb ihrer eigenen engen Kreise besuchen.

Beim Leichenschmaus nach Charles Montforts Beerdigung hatte Grandma lauthals kundgetan, dass sie diese ganzen öden Vorschriften als anmaßendes Mittelklasse-Getue betrachte und sich weigere, irgendetwas davon für sich gelten zu lassen.

»Monatelang schwarze Kleider, pah! Wenn ich nur noch Schwarz tragen wollte, würde ich Nonne werden.«

Jos Mutter lenkte schließlich ein, und Jo war ihrem Onkel unendlich dankbar, dass er ihr diese kurze Flucht ermöglicht hatte. Sie wollte ihren Ausflug unbedingt verlängern und griff, als sie das Haus verließ, schnell nach der kleinen Schachtel mit dem Whiskey-Flakon für Mr Stoatman. Vielleicht konnte sie Dolan überreden, sie zur Park Row zu bringen.

Jetzt fuhren sie die Bowery entlang. Jos Kutsche hatte als Schutz vor schädlichem Gestank und schlechtem Wetter ein geschlossenes Verdeck, doch in den Seitentüren waren große Fenster, und Jo spähte gespannt hinaus. Eine Hochbahn verlief parallel zur Straße. Lademädchen gingen Arm in Arm darunter her, lachten und unterhielten sich, Männer sahen ihnen aus Hauseingängen unverhohlen nach. Auf Holzkisten standen Ausrufer und priesen lauthals irgendeinen Flohzirkus oder die Künste eines Schlangenmenschen an. Und Zeitungsverkäufer schrien die neuesten Schlagzeilen heraus.

Jo wusste, dass sie nicht so neugierig auf der Kante der Bank sitzen sollte, das Gesicht an das Glas gepresst – *neugierige junge Damen sind keine Damen*, hätte ihre Mutter gesagt –, doch sie konnte nicht anders. Gerade dieses New York war um so vieles interessanter als das, was sie kannte, und jetzt, da sie allein in ihrer Kutsche saß und ihre Mutter sie nicht ermahnen konnte, fand ihre unersättliche Neugier endlich Nahrung.

Der Wagen überquerte die Grand Street, die Mietshäuser von Little Italy lagen auf der rechten, die der jüdischen East Side auf der linken Seite. Auf den Gehsteigen drängten sich die Einwanderer, und Jo hätte so gern mehr über sie erfahren. Sie wusste einiges, was man sich erzählte. Angeblich lebten sie zu zehnt in einem Zimmer, spuckten auf ihr Obst, um es zu säubern, aßen Saures zum Frühstück, waren arm und zerlumpt. Doch je mehr sie sah, desto mehr gewann sie den Eindruck, dass den Menschen ihr Elend vielleicht gar nicht bewusst war. Sie verhielten sich nicht so. Sie riefen sich Grüße zu, sangen ihre Waren aus, küssten einander auf die Wangen. Sie knufften und herzten ihre Kinder und gaben ihnen auch mal einen Klaps.

Besonders eine Frau fiel Jo auf. Ihre Kleidung war schmuddelig und verrutscht. Ihr Haar hatte sie zu einem unordentlichen Knoten gedreht. Sie kaufte an einem Gemüsekarren Kartoffeln, und der Verkäufer hatte offenbar etwas Witziges gesagt, denn unversehens lachte sie los – den Kopf zurückgeworfen und eine fleischige Hand auf ihren enormen Busen gepresst.

Wie fühlt es sich an, so zu lachen?, fragte sich Jo. Sie kannte das nicht. Nie hatte sie so gelacht. Nördlich vom Washington Square machte man das nicht.

Kurz darauf bog die Kutsche in die Park Row ein, Sitz etlicher New Yorker Zeitungen, und hielt vor dem alten, gedrungenen Backsteinbau des *Standard*, der sich neben dem hohen, schmalen Neubau der *Tribune* duckte.

Dolan sprang von seinem Sitz und öffnete den Schlag. »Schnell rein und wieder raus, Miss Jo«, mahnte er.

»Ich beeile mich«, versprach sie.

Ihr Herz schlug schneller, als sie das Gebäude betrat. Der kleine Raum am Eingang war der Empfang. Eine Wand trennte ihn von der Druckerei, doch das Stampfen der Druckerpressen wurde dadurch nicht leiser, und der scharfe, ölige Geruch der Druckfarben drang bis hierher. Botenjungen rasten rechts von ihr eine Treppe herunter und brachten fertige Texte zu den Setzern. Reporter liefen dieselbe Treppe hinauf zur Redaktion.

Jo beobachtete sie mit einer geradezu schmerzhaften Sehnsucht. Sie liebte diesen Ort seit ihrem allerersten Besuch. Seit zwanzig Jahren gehörte die Zeitung ihrem Vater, das Alltagsgeschäft überließ er allerdings seinem Chefredakteur. Damit der *Standard* eine Zeitung blieb, die seine Sicht der Dinge wiedergab, sah er gelegentlich nach dem Rechten, und manchmal nahm er Jo dann mit – gegen die Widerstände ihrer Mutter. Als Kind erlebte Jo den Lärm und die ganze Hektik wie ein wildes, wunderbares Spiel, doch später verstand sie, warum dort alle so in Eile waren: Sie waren auf der Jagd nach einer Geschichte.

Wie sie sie beneidete. Ein Ziel im Leben zu haben – wie fühlt sich das an? Das hätte sie gern gewusst.

»Kann ich Ihnen helfen, Miss?«, fragte die gestresste junge Frau am Empfang kurz angebunden.

»Ja«, antwortete Jo. »Ich bin Josephine Montfort. Ich möchte zu Mr Stoatman. Ich habe ein Geschenk für ihn von meinem verstorbenen Vater.«

Die junge Frau wurde sofort verbindlicher. Das geschah häufig, wenn Jo ihren Nachnamen nannte.

»Selbstverständlich, Miss Montfort, und nehmen Sie bitte mein Beileid entgegen. Mr Stoatman ist gerade in einer Besprechung, doch Sie können gern hier oder vor seinem Büro auf ihn warten.«

»Ich werde oben warten. Vielen Dank«, sagte Jo.

Sie ging die Treppe hinauf, wich knapp dem Zusammenstoß mit einem Botenjungen aus und betrat die Redaktion, einen lang gestreckten Raum, der die ganze Tiefe des Gebäudes einnahm. Zwei Büros lagen hintereinander auf der linken Seite des Flurs direkt an der Wand: das vom Redakteur der Lokalnachrichten und das Büro von Chefredakteur Stoatman.

Die Schreibmaschinen machten einen ohrenbetäubenden Lärm. Reporter brüllten den Botenjungen etwas zu, der Lokalredakteur zerknüllte zornig eine fertig getippte Geschichte und bellte, dass seine Oma diesen Job besser erledigt hätte. Gebannt ging Jo durch bis zu Stoatmans Büro und kam zu der geschlossenen Tür.

Ihr Vater sagte immer wieder gern, dass der *Standard*, als er ihn übernahm, nicht viel mehr war als ein kleines Blättchen, das täglich Informationen aus Hafen und Seefahrt veröffentlichte, und dass er daraus ein kleines Blättchen gemacht habe, das täglich Informationen über Hochzeiten brachte. Vor allem die Oberschicht las den *Standard* gern: Er war sachlich und gab sich zurückhaltend, ganz im Gegensatz zu den Zeitungen von Mr Pulitzer und Mr Hearst mit ihren reißerischen Schlagzeilen. Der *Standard* berichtete über Aktuelles aus der Stadtpolitik, über kulturelle und gesellschaftliche Ereignisse und druckte niemals geschmacklose Geschichten über Mord und Totschlag. Besonders wichtig war seinen Lesern jedoch, dass sie darin Mitteilungen über Geburten, Todesfälle und Hochzeiten aus den besten New Yorker Familien fanden.

Eine Frau, liebe Josephine, sollte nur dreimal in ihrem Leben in einer Zeitung erwähnt werden, sagte Jos Mutter oft, *bei ihrer Geburt, wenn sie heiratet und wenn sie gestorben ist.*

Die weniger Reichen, oder, noch schlimmer, die Neureichen suchten in den Spalten des *Standard* vergeblich nach ihren Namen. Nur aus den alten holländischen und englischen Familien, deren Vorfahren den rauen, chaotischen und gottverlassenen Handelsposten New York zu einer mächtigen Hafenstadt im Zentrum der Welt gemacht hatten – nur aus diesen Familien wurde dort berichtet.

»Das kann dauern, Miss«, sagte jemand. »Möchten Sie sich nicht setzen?«

Jo drehte sich überrascht um. Direkt hinter ihr stand, mit einem Stuhl in der Hand, ein Reporter. Er war achtzehn oder neunzehn Jahre alt, hatte dunkles Haar, ein angenehmes Gesicht, blaue Augen – und so ein Blau hatte sie noch nie gesehen.

»Wie meinen Sie?«, fragte sie nervös. Sie war es nicht gewohnt, mit unbekannten Männern zu sprechen.

»Ich sagte, das kann dauern. Stoatman hat so einen Lackaffen aus dem Büro des Polizeichefs da drin.« Er stellte den Stuhl neben sie.

»Danke«, sagte sie. »Sehr freundlich.«

Sie versuchte, den Blick abzuwenden, doch das gelang ihr nicht. Es lag nicht nur an diesem unfassbaren Blau seiner Augen, sondern auch daran, wie offen und amüsiert er Jo ansah. Sie hatte das Gefühl, er könne in sie hineinschauen und ihr Herz sehen und wie es ganz plötzlich, ganz dumm zu flattern anfing. Sie wurde rot und setzte sich.

Unter ihrer Hutkrempe sah sie ihm nach, als er zurück an seinen Schreibtisch ging. Hatte sie ihn als angenehm gefunden? Nein, wohl eher umwerfend. Die Ärmel seines weißen Hemds hatte er hochgekrempelt, darüber trug er eine Tweedweste. Er hatte breite Schultern und muskulöse Oberarme. Kräftiges braunes Haar fiel in weichen Locken über seine Ohren bis in den Nacken. Sein Nasenbein hatte einen Knick wie bei einem Boxer. Ein starkes Kinn, hohe Wangenknochen – ein Charakterkopf. Sein Lächeln war zurückhaltend und offen.

Schließlich zwang Jo sich, wieder wegzuschauen, löste stattdessen die Schnur um die Schachtel mit dem Geschenk für Mr Stoatman. Als sie die Schleife neu band, sah sie wieder zu dem netten Reporter. Er sprach mit zwei anderen jungen Männern über aufregende Dinge – einen Raubüberfall, eine Messerstecherei, ein Großfeuer. Ihr Gespräch unterschied sich völlig von den lähmenden Unterhaltungen bei ihr zu Hause.

Nach Newport oder nach Saratoga in diesem Sommer? Ellie Montgomery hat angeblich ihren Salon neu tapezieren lassen. Haben Sie die Staudenrabatten von Minnie Stevens gesehen?

Während Jo die drei belauschte, brachte einer von ihnen ein geradezu skandalöses Thema auf. Jo beugte sich vor, um besser zu hören.

»Sag mal, Eddie, hast du von der kleinen Tänzerin gehört, die heute früh vor einen Zug gestürzt ist?«

»Sie ist nicht gestürzt, sie ist gesprungen.«

Das war der junge Kerl, der Jo den Stuhl angeboten hatte. Jetzt wusste sie, wie er hieß: Eddie. Er wippte mit seinem Stuhl und warf einen Radiergummi in die Luft, während er sprach.

»Bist du sicher?«, hakte der andere nach.

»Ich hab's direkt aus der besten Quelle: Oscar Rubin vom Leichenschauhaus«, sagte Eddie.

»Was ist da passiert?«

»Sie hatte sich mit dem jungen Beekman eingelassen. Der alte

Beekman hat das herausgefunden und den Sohnemann sofort zu einer Tante nach Boston geschickt. Blöd war nur, dass der Idiot das Mädchen geschwängert und ihr schon das Übliche versprochen hatte, er würde sie heiraten und so. Dann ist er abgehauen.«

Jo schnappte nach Luft. Andy Beekman war tatsächlich erst vor ein paar Tagen überraschend nach Boston gefahren. Jetzt kannte sie den Grund dafür. Und Addie hatte ihm noch beim Leichenschmaus nach dem Begräbnis ihres Vaters Tee serviert!

»Weiß Stoatman davon?«

»Klar, aber er bringt's nicht«, antwortete Eddie und schnipste wieder mit seinem Radiergummi. »Hat er gekippt. Genauso wie er meine Geschichte über Charles Montfort gekippt hat.«

»Welche Geschichte? Da gibt's keine Geschichte. Montforts Revolver ist losgegangen. Ein Unfall.«

»Es war eben *kein* Unfall«, sagte Eddie.

Und plötzlich war es überhaupt nicht mehr aufregend, hier in der Redaktion zu sitzen. Plötzlich verschlug es Jo den Atem.

»Die Polizei sagt aber, doch.«

Eddie schnaubte. »Die wurden doch geschmiert, damit sie das sagen. Ein Frischling von denen war dabei, ich kenne ihn. Er hat die Leiche gesehen und sagt, dass es anders war.«

»Echt? Und was genau sagt der?«, fragte der andere Reporter und fing Eddies Radiergummi aus der Luft auf.

»Er sagt, dass sich Charles Montfort den Revolver in den Mund gesteckt und das Hirn aus dem Schädel geblasen hat.«

Das stimmte nicht. Es *konnte* nicht stimmen. Mit zitternden Beinen stand Jo auf und ging zu dem Reporter.

»Wie können Sie es wagen! Diese schreckliche Behauptung gerade eben über Charles Montfort – das ist eine Lüge. Warum haben Sie das gesagt?«, fragte sie. Sie sprach viel zu laut.

Der junge Mann sah sie an. »Was hat das mit Ihnen zu tun, Miss?«

Jo wollte es ihm gerade sagen, als sich die Tür des Büros öffnete und Chefredakteur Stoatman heraustrat, in einer Hand einen Zigarrenstummel, mit der anderen schob er einen Mann aus der Tür. Stoatman war nicht groß, hatte eine Glatze, auf seinem Hemd prangten Tintenflecken, darüber trug er eine Weste, auf seiner Hose war Zigarrenasche gelandet. Die beiden Männer verabschiedeten sich, und jetzt erkannte Stoatman Jo.

»Miss Montfort? Was für eine unverhoffte Freude! Was führt Sie hierher in die Nachrichtenredaktion?«

Jo schaute immer noch Eddie an und sah, wie sich seine Augen weiteten, als er ihren Namen hörte. *Jetzt weiß er, wer ich bin und hat Angst, dass ich ihn in Schwierigkeiten bringe,* dachte sie. *Gut. Genau das hat er verdient.*

»Dieses ... dieses ...« *Kerlchen* wollte sie zu Stoatman sagen. *Dieser Junge sollte nicht so mies über meinen Vater reden.* Doch sie besann sich. »... Erinnerungsstück«, sagte sie und gab ihm die Schachtel, »ist für Sie, von meinem Vater.«

Stoatmans gewohnt knorriger Gesichtsausdruck wurde weicher. »Wie liebenswürdig. Mein Beileid, Miss Montfort. Bitte kommen Sie doch herein.«

Er führte sie in sein Büro, schloss die Tür und bot Jo einen Stuhl an. Er bot ihr auch Tee an, doch sie lehnte ab. Sie war immer noch aufgebracht und wollte jetzt nicht im Zigarrenmief dieses Büros sitzen, sondern zurück in den Redaktionsraum und eine ordentliche Antwort von dem Jungen.

Stoatman öffnete die Schachtel. Er lächelte wehmütig, als er den silbernen Flakon sah. »Das war meiner. Ihr Vater hat ihn gewonnen, als wir 1880 um den Ausgang der Präsidentschaftswahl gewettet haben. Ich habe auf Hancock gesetzt, er auf Garfield. Charlie war immer auf der Seite der Gewinner.« Er sah sie an. »Vielen Dank, dass Sie mir das gebracht haben.«

»Sehr gern«, sagte Jo und wurde bei Stoatmans Worten wieder

traurig. Bei der letzten Wahl hatte sie ihren Vater in die Redaktion begleitet. Es schmerzte, dass sie das nie mehr erleben sollte.

Sie erhob sich, und auch Stoatman stand auf. Sie wechselten noch einige Worte über das angenehme Wetter, dann verabschiedete sich Jo. So traurig sie war, so beschäftigte sie doch auch etwas anderes. Sie musste unbedingt jetzt mit diesem Reporter sprechen. So bald würde sie keine Möglichkeit mehr haben, in die Redaktion zu kommen. Als sie aus Stoatmans Büro trat, erkannte sie, wie sie es anstellen konnte. Der Reporter stand vorn an der Treppe und unterhielt sich mit einem der Botenjungen. Er hatte sein Jackett angezogen und wollte anscheinend gerade gehen.

»Ich begleite Sie zum Ausgang, Miss Montfort«, sagte Stoatman.

»Das ist nicht nötig, Mr Stoatman«, erwiderte Jo schnell. »Ich kenne den Weg. Auf Wiedersehen.«

Sie ging zur Treppe. Als sie noch ein paar Schritte entfernt war, blieb sie abrupt stehen, schloss die Augen und presste einen Handrücken auf die Stirn. Diesen Trick kannte sie von Trudy, die im Pensionat damit erreichte, dass sie einen Tag im Bett bleiben konnte und nicht in den Unterricht gehen musste. Jo hoffte, dass Eddie sie sah, doch Stoatman war schneller.

»Miss Montfort, geht es Ihnen gut?«, fragte er.

Jo öffnete die Augen. »Ja, es geht, danke«, antwortete sie verstimmt.

»Mr Stoatman!«, rief eine andere Stimme – die Frau vom Empfang. Sie stand heftig atmend oben an der Treppe. »Der Bürgermeister ist da. Er ist stocksauer wegen Ihres Editorials über die unterirdische Eisenbahn.«

Stoatman verbiss sich einen Fluch. »Gallagher!«, bellte er zu Eddie. »Begleiten Sie Miss Montfort nach Hause!«

Jo konnte ein triumphierendes Lächeln nicht ganz unterdrücken. Während der Fahrt hätte Eddie Gallagher ausreichend Zeit für eine Erklärung.

Doch Eddie protestierte überrascht. »Es ist fünf Uhr, Chef.«

»Kein Problem, Gallagher. Die Zapfhähne in den Bars der Park Row werden schon nicht so schnell austrocknen. Setzen Sie sich in Bewegung!«, befahl Stoatman und verschwand im Treppenhaus.

»Es tut mir schrecklich leid, Mr Gallagher, dass ich Ihnen eine solche Last sein muss«, säuselte Jo und meinte ganz offensichtlich genau das Gegenteil, »aber mir ist plötzlich so schwindlig.« Sichtlich verärgert bot ihr Eddie seinen Arm. Jo ließ sich die Stufen hinunterführen. Sie durchquerten die Eingangshalle, und er hielt ihr die Tür auf. Draußen nahm er wieder ihren Arm und geleitete sie zu ihrem Wagen.

»Miss Jo, was ist los?«, fragte Dolan besorgt, als er sie sah.

»Mir war etwas unwohl«, log Jo. »Mr Gallagher war so freundlich und hat angeboten, mich nach Hause zu begleiten.«

»Hab doch gewusst, dass das keine gute Idee war«, sagte Dolan unglücklich und half Jo in ihre Kutsche. Sie setzte sich gegen die Fahrtrichtung. Dolan wartete, bis auch Eddie eingestiegen war und ihr gegenüber Platz genommen hatte, dann schloss er den Schlag.

Kaum waren sie einige Meter gefahren, ließ Jo die Maske des hilflosen Mädchens fallen. »Warum haben Sie so etwas Widerliches über meinen Vater gesagt?« Immer noch voller Zorn forderte sie eine Antwort.

»Sie haben sich ja wundersam erholt, Miss Montfort«, stellte Eddie fest. »Ich bin überaus erleichtert.«

Jo ignorierte seine Bemerkung. »Falls Sie etwas über den Tod meines Vaters wissen, müssen Sie mir das sagen, Mr Gallagher. Ich habe ein Recht darauf, das zu erfahren.«

Eddie lächelte sanft. »Wirklich, Miss Montfort, da war gar nichts. Nur ...«

Jo schnitt ihm das Wort ab. »Behandeln Sie mich nicht wie ein kleines Kind. Wir sprechen hier über meinen Vater. Wenn Sie sich weigern, mir zu erklären, was Sie vorhin gemeint haben, werde ich meinen Onkel, Phillip Montfort, darüber informieren, und dann können Sie sich mit ihm auseinandersetzen.«

Eddie beugte sich vor. Sein Lächeln war verflogen. »Ich kann wegen dem hier meine Arbeit verlieren«, sagte er. »Acht Dollar die Woche sind für Sie nichts, Miss Montfort. So viel geben Sie vermutlich für Weingummi aus. Aber ich habe nichts anderes als diese acht Dollar.«

»Weingummi interessiert mich nicht, Mr Gallagher, so etwas ist billig. Wollen Sie mit mir sprechen oder mit meinem Onkel?«

Eddies Blick verhärtete sich. »Sie wollen die Wahrheit? Die sieht so aus: Ihr Vater wurde nachts tot auf dem Boden seines Arbeitszimmers gefunden. An der rechten Schläfe gab es eine Eintrittsverletzung durch die Kugel, an der Rückseite des Kopfes eine Austrittswunde. Die Kugel steckte in der Wand.« Er hielt inne, wartete ab, welche Wirkung seine Worte zeigten. »Weiter?«

»Ja«, sagte Jo und nahm ihren ganzen Mut zusammen. Sich auszumalen, dass ihr Vater tot auf dem Boden lag, mit Schussverletzungen im Kopf, war über die Maßen belastend, doch sie musste erfahren, was Eddie zu sagen hatte.

»Ihr Vater hielt den Revolver in der rechten Hand. Er war eben *nicht* dabei, ihn zu säubern – und angeblich ist das Ding dabei losgegangen. Nur ein Idiot reinigt eine geladene Waffe, und Charles Montfort war kein Idiot. Es war Selbstmord. Die Polizei weiß das. Stoatman weiß das. Jeder Redakteur in der ganzen Stadt weiß das. In der Nacht gab es ziemlich viel Hin und Her zwischen Polizei und Presseleuten. Ihr Onkel hat den Polizeihauptmann und den Gerichtsmediziner bestochen, damit sie den Todesfall als Unfall aufnehmen, und danach gedroht, jede Zeitung, die etwas anderes behauptet, mit Strafanzeigen fertigzumachen. Stoatman musste er nicht drohen. Ihre Familie hat ihn ja schon gekauft.«

»Jetzt wollen Sie meinen Onkel ebenso miesmachen wie meinen Vater? Vielleicht hat *jemand* Geld gezahlt, aber nicht mein Onkel. So etwas würde er niemals tun«, widersprach Jo hitzig.

Mit jedem Wort wurde die Stimme höher, doch ihre tapfere Abwehr schmolz dahin. Stimmte vielleicht, was Eddie Gallagher behauptete? Eines war in jedem Fall richtig: Nur Idioten reinigten geladene Waffen, und ihr Vater war kein Idiot. Die Erklärung für seinen Tod konnte sie schon vom ersten Moment an einfach nicht glauben.

»Bringt man Ihnen in dem Mädchenpensionat auch noch etwas anderes bei als Spitzen zu häkeln, Miss Montfort?«, fragte Eddie.

»Ihr Onkel hatte einen sehr guten Grund, warum er die Polizisten geschmiert hat: Sie. Selbstmord bedeutet eine ganze Menge. Zum einen ist das hässlich und traurig, zum anderen vor allem ein Skandal. Sobald es sich herumspricht, würden die Leute fragen, warum sich Ihr Vater umgebracht hat. Eine Überlegung wäre, dass Charles Montfort in finanziellen Schwierigkeiten gewesen sein könnte. Vielleicht gab es eine andere Frau? Oder war er verrückt geworden? Die alten New Yorker Familien – und das sind doch Ihre Leute – sind nicht sehr erpicht auf Skandale. Hab ich recht?«

»Stimmt.« Jo schauderte bei dem Gedanken, jemand aus ihren Kreisen könnte herausfinden, dass ihr Vater sich umgebracht hatte.

»Niemand würde Ihnen die Tür vor der Nase zuschlagen. Dafür sind die feinen Familien viel zu fein. Aber es gäbe keine Einladungen mehr und ganz sicher keinen einzigen Heiratsantrag. Ihr Onkel will sichergehen, dass Sie einen Aldrich, Roosevelt oder Livingston heiraten. Andernfalls müssten Sie einen von den Neureichen nehmen – ein grausiges Schicksal. Verstehen Sie, was ich damit sagen will?«

Jo schwieg. Sie war zutiefst schockiert. Nicht nur über das, was Eddie gesagt hatte, sondern auch über seine Ausdrucksweise. Noch nie hatte jemand so mit ihr gesprochen. Niemals in ihrem ganzen Leben.

»Soweit ich verstehe, Mr Gallagher«, sagte sie, als sie sich ein wenig gesammelt hatte, »bereitet es Ihnen Freude, grausam zu sein. Was auch immer Sie über mich und meine *Leute* zu wissen glauben – eines ist sicher: Charles Montfort war mein Vater, und ich habe ihn geliebt.« Sie drehte sich um und klopfte an eine kleine Holztür auf der Seite zum Kutschbock.

Dolan öffnete die Tür. »Ja, Miss Jo?« Er hatte ihr den Kopf zugewandt, beobachtete dabei jedoch trotzdem den abendlichen Straßenverkehr.

»Fahren Sie hier heran, Dolan. Ich werde das letzte Stück zu Fuß gehen. Bringen Sie bitte Mr Gallagher nach Hause«, sagte Jo, um Nachdruck bemüht.

»Wie ist Ihre Adresse, Sir?«, fragte Dolan.

»Reade Street 23, aber Sie müssen mich nicht fahren, ich kann laufen«, antwortete Eddie.

»Auf gar keinen Fall«, sagte Jo.

Dolan schloss das Türchen. Gleich darauf hielt die Kutsche an. »Miss Montfort, ich ... bitte verzeihen Sie«, sagte Eddie stockend. Seine Selbstgewissheit war verschwunden. Er wirkte beschämt. »Ich bin zu weit gegangen. Wenn man mich in die Ecke treibt, reagiere ich so. Ich komme dann mit geballten Fäusten raus und versuche, den anderen zuerst zu erwischen, bevor er mich erwischt. Aber dieses Mal war der andere Kerl ein Mädchen.«

»Dolan bringt Sie jetzt nach Hause«, sagte Jo, als die Kutsche am Randstein hielt. Die breite Hutkrempe verbarg ihr Gesicht. Sie wollte ihn nicht sehen lassen, wie sehr er ihr zugesetzt hatte.

Eddie beugte sich zu ihr. »Miss Montfort, es tut mir leid. Wirklich. Wie ich mich verhalten habe, und dass Sie Ihren Vater verloren haben.« Sein Blick suchte den ihren, und ganz tief in seinen Augen sah sie, dass er es ernst meinte.

»Ist alles in Ordnung, Miss Jo?«, fragte Dolan, als er den Schlag öffnete.

»Alles bestens«, sagte Jo. Sie stieg aus der Kutsche und ging, ohne sich noch einmal umzusehen, Richtung Gramercy Square. Niemand, der sie sah, hätte vermutet, wie sehr sie darum kämpfen musste, einfach nur einen Fuß vor den anderen zu setzen. Währenddessen dachte sie über das nach, was Eddie Gallagher ihr gesagt hatte. Er hatte sie wütend gemacht und beleidigt, aber hatte er auch die Wahrheit gesagt?

Seine Worte hallten in ihr nach: *Charlie Montfort hat den Revolver in den Mund gesteckt und sich das Hirn aus dem Schädel geblasen.* Völlig außer sich stolperte sie und musste sich am Eisengitter eines Vorgartens festhalten.

»Miss? Geht's Ihnen gut? Soll ich einen Polizisten holen?«, fragte ein Zeitungsjunge.

»Alles in Ordnung, danke. Mir war nur ein wenig schwindlig.« Jo zwang sich zu einem Lächeln. Sie atmete ein paarmal tief ein und aus und ging weiter zum Irving Place.

Gern hätte sie mit jemandem gesprochen – mit jemandem, der ihr sagen konnte, ob das alles stimmte –, doch wer konnte das sein?

Sicher nicht ihre Mutter und auch nicht ihr Onkel. Sie würde ihnen beichten müssen, wie sie das erfahren hatte, und dann würden sie sehr ungehalten werden. Als sie ihr Haus erreichte, blieb sie einen Moment stehen, um sich zu beruhigen. Ihr Blick wanderte über die Eingangstreppe hinauf zum zweiten Stock und zu den Fenstern des Arbeitszimmers von ihrem Vater. Und da fiel ihr ein, dass es doch jemanden gab, der ihr sagen konnte, ob Eddies Behauptung stimmte.

»Du, Papa«, sagte sie leise.

Eine kühle nächtliche Brise zog durch Jos Schlafzimmer und blähte die Vorhänge vor den Fenstern wie Segel. Blasses Mondlicht lag auf dem Fußboden. Im Erdgeschoss schlug die alte Standuhr zur vollen Stunde – zweimal. Jo hörte ihren tiefen, vertrauten Ton.

Hellwach setzte sie sich in ihrem Bett auf und tastete nach den Zündhölzern, die auf dem Nachttisch bereitlagen. Gleich darauf tapste sie am Schlafzimmer ihrer Mutter vorbei zur Treppe, in der Hand eine brennende Kerze, und hoffte, nicht auf Theakston zu treffen.

Als Jo in das Arbeitszimmer ihres Vaters schlüpfte – behutsam, damit sie nicht auf das lose Dielenbrett direkt vor der Tür trat –, atmete sie erleichtert aus, da sie dem Butler nicht begegnet war. Theakston wieselte überall herum, und er tratschte. Eigentlich lag er um diese Zeit in seinem Bett, wie alle Bediensteten, doch manchmal hatte er schon nachts, wenn er nicht schlafen konnte, Silber poliert oder die Uhren aufgezogen.

Jo stellte den Kerzenhalter auf den Schreibtisch ihres Vaters und sah sich um. Wenn sie überhaupt Antworten auf ihre Fragen zu seinem Tod finden konnte, dann hier. Das Arbeitszimmer war sein Heiligtum gewesen. Ein durch und durch männlicher Raum: dunkles Holz, schweres Leder. Jeden Abend hatte er hier eine oder zwei Stunden gelesen, Briefe geschrieben und sich mit den Notizen aus seiner Agenda für die Verabredungen des nächsten Tages vorbereitet.

Genau diese Agenda wollte Jo finden. Sie wollte die Notizen für den 16. September 1890 sehen, seinen Todestag. Beim Abendessen hatte sie bereits ihre Mutter danach gefragt.

»Weißt du, was aus Vaters Agenda geworden ist? Ich hätte sie so gern als Erinnerungsstück an ihn«, flunkerte sie.

Ihre vom Kummer bedrückte Mutter wollte jedoch nicht darüber sprechen. Sie stocherte in ihrem Essen herum, zog sich schließlich in ihr Zimmer zurück. Sie hatte Jo auch nicht gefragt, wie der Tag für sie verlaufen war oder warum ihr Besuch bei Reverend Willis so lange gedauert hatte. Als Jo dann allein weiteraß, zweifelte sie, ob ihre Mutter überhaupt noch wusste, dass sie das Haus verlassen hatte.

»Irgendwo hier muss sie sein«, flüsterte sie jetzt und fingerte in einer Schublade des Schreibtischs herum. Sie zog Scheren heraus, Füllfederhalter, Zündhölzer – alles Mögliche, bloß nicht die Agenda. Sie suchte in den anderen Schubladen und sah auch unter die Schreibunterlage, fand jedoch nichts.

In Kriminalromanen ist das anders. In Kriminalromanen gibt es immer ein Geheimfach. Regale, die sich verschieben lassen. Irgendetwas in der Art, dachte sie. Hilf mir, Papa. Bitte.

Auf der Suche nach einer doppelten Wand ging sie um den Schreibtisch herum – wieder Fehlanzeige. Dann zog sie alle Schubladen heraus. Als sie auf dem Boden lagen, tastete sie über die Innenseite des Möbels und hoffte, auf einen Riegel oder einen Knopf zu stoßen. Nichts dergleichen. Sie seufzte tief und schob die Schubladen zurück. Gerade als die letzte wieder einrastete, hörte sie es: ein Knarzen.

Jo kannte das Geräusch. Es war das lose Dielenbrett vor der Tür. Und ihr war klar, wer das Geräusch verursacht hatte.

Theakston.

7

Jo blieben jetzt nur Sekunden.

Sie leckte ihre Fingerspitzen an und drückte den Docht der Kerze aus. Die Flamme erstarb zischend und ohne Rauch. Jo packte den Kerzenhalter und rutschte unter den Schreibtisch, dabei riss sie sich an etwas Scharfem das Knie auf. Gerade als sie den Schreibtischstuhl wieder in die richtige Position gezogen hatte, öffnete sich die Tür.

Schritte kamen langsam durch das Zimmer. Sie hörte, wie er ein Kissen aufschüttelte, dann zog er die Uhr auf. Wieso kommt er hierher?, fragte sie sich. Hatte er gehört, wie sie ihr Zimmer verlassen hatte?

Geh schon, Theakston, bat sie stumm. Verschwinde.

Aber er blieb. Er ging sogar zum Schreibtisch und rückte die Schreibunterlage gerade. »Dämliches Dienstmädchen«, murmelte er, »ich hab ihr doch gesagt, sie soll hier nichts anrühren.«

Er stand direkt vor dem Schreibtisch. Nur die Holzverkleidung trennte Jo von Theakston. Jos Herz schlug so heftig, dass er es sicher hören musste. Sie sah schon, wie er den Schreibtisch umrundete, den Stuhl beiseiteschob und mit einem öligen und triumphierenden Lächeln auf sie hinunterstarrte.

»Miss Josephine? Wie überaus ungewöhnlich. Ist alles in Ordnung?«, würde er dann fragen.

Morgens würde man das ihrer Mutter berichten. Mittags wüssten es alle vom Personal. Er hasse es, irgendetwas herumzuerzählen, das würde er jedenfalls zu Mrs Nelson, der Köchin, sagen – und die tratschte alles den übrigen Angestellten weiter –, doch er mache sich große Sorgen um Miss Jo. Sie sei gemessen an dem, was sich für eine junge Dame gezieme, viel zu dreist.

Was Jo wie eine ganze Stunde erschien, dauerte in Wirklichkeit nur eine Minute. Dann hörte sie, wie er zur Tür ging, sie hinter sich schloss. Die ganze Zeit hatte sie die Luft angehalten, jetzt konnte sie wieder atmen und krabbelte unter dem Schreibtisch hervor. Auf der

Höhe ihres Knies war etwas Blut auf ihrem Nachthemd. War nicht in einer der Schubladen eine Schachtel Zündhölzer? Sie fand sie, zündete ihre Kerze wieder an und inspizierte die Wunde. Ein schmaler, aber tiefer Schnitt. Wo kommt der denn her?, fragte sie sich.

Sie kniete sich hin, tastete mit einer Hand über den Boden. Etwas riss ihr die Handfläche auf, vor Schmerz zog sie heftig die Luft ein. Mit ihrer Kerze beleuchtete sie die Stelle, untersuchte die Dielen und entdeckte ein dünnes, scharfes Stück Metall, das aus einem Zwischenraum ragte. Eines der beiden Bretter war ein wenig kürzer als das andere.

Vor Aufregung richtete Jo sich so heftig auf, dass sie sich den Kopf an der Unterseite der Schreibtischplatte anschlug. »Mist!«, entfuhr es ihr.

Sie nahm einen Brieföffner und schob seine Spitze unter das kürzere Brett. Es ließ sich ganz leicht anheben. Darunter lag die Agenda ihres Vaters. Der schmale Hohlraum, in dem er das Buch deponiert hatte, war mit Blei ausgekleidet, damit keine Mäuse darankämen. An einem herausstehenden Randstück dieser Verkleidung hatte sie sich aufgerissen.

»Gesegnet sei dein schwarzes Herz, Theakston«, flüsterte sie. Wenn er nicht herumgegeistert wäre, hätte sie sich nicht unter dem Schreibtisch versteckt.

Jo nahm die Agenda aus dem Versteck und blätterte zum 16. September. Zwischen dieser Seite und der nächsten lagen zehn 100-Dollar-Scheine. Jo hatte noch nie so viel Bargeld gesehen und fand das hier etwas eigenartig. Sie wusste, dass ihr Vater seine finanziellen Dinge immer mit Schecks, nicht mit Barem geregelt hatte.

Die Scheine legte sie auf den Fußboden und las dann noch einmal Zeile für Zeile die ganze Seite, in der Hoffnung, auf eine Erklärung für seinen Selbstmord zu stoßen. Sie sah die Worte: *Besprechung, VH Partner, 12 Uhr*, eingetragen in der klaren Handschrift ihres Vaters. Daran war nichts Ungewöhnliches. *VH* stand für Van Houten, die Reederei, deren Teilhaber er war. Ihr Vater traf die anderen Eigner regelmäßig zu geschäftlichen Besprechungen.

Weiter unten auf der Seite stand noch etwas: *A. Jamison, 16 Uhr*.

Arthur Jamison war der Bankier ihres Vaters, das wusste Jo. War Vater an dem Tag bei der Bank und hat diese tausend Dollar abgehoben?, überlegte sie.

Sie schlug die Seite des folgenden Tags auf, den 17. September. Ganz unten fand sie als allerletzten einen Eintrag, der tatsächlich ungewöhnlich wirkte: *Kinch, VHW, 23 Uhr.*

VHW bedeutete Van-Houten-Werft, dort befanden sich die Büros der Reederei. Ihr Vater kürzte das immer so ab. Aber Kinch? Diesen Namen kannte Jo nicht. Er klang ziemlich seltsam. Vielleicht bezeichnete er nicht eine Person, sondern ein Schiff. In Verbindung mit dem VHW-Kürzel ergäbe das einen Sinn. Aber wieso sollte ihr Vater auf ein Schiff gehen, noch dazu zu nachtschlafender Zeit? Die Eigner von Van Houten inspizierten Ladung nie selbst, das erledigten ihre Angestellten.

Sie schaute jetzt einen Tag vor dem Todestag ihres Vaters nach, am 15. September. Auch dort stand ganz unten wieder *Kinch, VHW, 23 Uhr.* Doch darunter hatte er noch etwas notiert, in großen, fahrigen Buchstaben, als hätte er sich beim Schreiben beeilt: *Eleanor Owens, g. 1874.*

»Wer ist denn Eleanor Owens?«, wisperte Jo. Eine Freundin oder ein Mitglied der Familie war sie jedenfalls nicht, da Jo diesen Namen noch nie gehört hatte. Auch keine Angestellte, denn bei Van Houten arbeitete nur eine Frau – die Putzfrau –, und die hieß Tillie Polk. Wenn Eleanor Owens weder eine Freundin noch eine Angestellte war – wer war sie dann?

Dann begriff sie und schnappte nach Luft. »Um Gottes willen«, sagte sie laut. »Papa hatte eine Geliebte.«

8

Jo hatte solche Frauen schon gesehen. Sie fuhren in auffälligen Kutschen durch den Park, trugen viel zu viel Schmuck und schminkten sich.

Eigentlich sollte sie nicht wissen, dass derartige Frauen überhaupt existierten, aber Trudy erzählte ihr einmal über sie, als Jacintha Smyth, eine Schulfreundin, von einem Tag auf den anderen das Pensionat verließ.

Trudy hörte sich um und fand heraus, dass der Vater des Mädchens eine Geliebte hatte mit einem Kind von ihm. Als er sich weigerte, für das Baby zu zahlen, stattete sie seiner Familie einen Besuch ab – während einer Abendeinladung. Der Skandal, der dann folgte, war so furchtbar, dass die Familie nach Cleveland umziehen musste.

»Aber warum sollte Mr Smyth so etwas tun?«, hatte Jo Trudy gefragt.

»Weil Mrs Smyth kalt ist wie ein Fisch. Das weiß man schon, wenn man sie nur sieht. Männer muss man zufriedenstellen, sie haben Bedürfnisse.«

»Frauen nicht?«, fragte Jo.

»Nur die schlimmen«, antwortete Trudy.

Jo schaute die Notiz noch einmal an. Was bedeutet das g vor 1874?, überlegte sie. Wenn es für geboren steht, kann Eleanor Owens nicht Papas Geliebte sein, da sie erst sechzehn Jahre alt wäre. Zumindest hoffe ich, dass sie dafür zu jung wäre.

Dann kam ihr ein noch schlimmerer Gedanke: Vielleicht war Eleanor Owens das *Kind* ihres Vaters und seiner Geliebten – ein Kind, das älter wird und Geld verlangt. Vielleicht erpresste sie ihn, und deswegen legte er das Bargeld bereit.

»Vielleicht drehe ich jetzt durch«, sagte sie laut.

Ihr Vater war ein ehrenwerter Mann. Jeden Sonntag ging er zur Kirche, und er war fast immer zum Abendessen zu Hause. Jede Woche schickte er Jos Mutter einen Blumenstrauß. Er und eine Geliebte – das passte so wenig zu ihm, wie dass er für die Demokraten gestimmt hätte.

Je länger sie nachdachte, desto befremdlicher erschien ihr das alles.

Wieso habe ich Eddie Gallagher gleich geglaubt?, fragte sie sich. Vielleicht ist er einer von diesen Reportern, die alles tun für eine Geschichte – auch wenn sie etwas konstruieren müssen. Diese Notizen könnten mit Papas Arbeit zu tun haben und sein Tod könnte wirklich ein Unfall gewesen sein.

Doch schon während sie das dachte, glaubte sie nicht daran. Und auch falls ihr Vater sich wirklich das Leben genommen hatte, so musste es einen Grund dafür geben. Nur welchen?

Sie blätterte weiter zurück, las alle Einträge aus den Monaten September und August, fand jedoch nichts Auffälliges mehr. Auch als sie weiter vorn nachschaute, bei den Eintragungen für die nächsten Wochen, fiel ihr nichts auf – bis sie zum 15. Oktober kam. *Kinch, VHW, 23 Uhr* stand auf der Seite.

Was bedeutet das bloß?, fragte sie sich.

Unten schlug die Standuhr – drei Uhr. Jo wusste, dass sie morgen ziemlich müde wäre, wenn sie nicht noch etwas schlafen könnte. Sie steckte die Agenda ein und befestigte das Dielenbrett wieder. Als sie den Kerzenleuchter nahm, hörte sie etwas auf der Straße – ein lautes, metallisches Krachen.

Neugierig ging sie zum Fenster, um nachzusehen, woher das Geräusch kam. Im Schein der Straßenlaternen erkannte sie eine Frau, die eine umgestürzte Mülltonne aufrichtete. Die Lumpensammlerin Mad Mary. Jo kannte sie. Jeder hier kannte sie. Mary streifte Tag und Nacht durch die Stadt, redete mit sich selbst, während sie Müll und Asche durchsuchte, auf der Suche nach Knochenabfällen, die sie den Leimsiedern verkaufte, nach Lumpen für die Papiermacher oder nach etwas anderem, das ihr ein paar Pennys einbringen konnte.

Ihr Vater mit seinem großen Herzen ließ Mrs Nelson immer Reste für Mary einpacken, wenn Mary tagsüber kam. Ihre Mutter fand das irritierend, da Mary dann manchmal auf den Stufen vor der Haustür saß und aß, aber auch danach noch blieb und den spielenden Kindern im Park zusah. Freunde, die zu Besuch kamen, mussten an der armseligen Gestalt in ihren schmutzigen, fadenscheinigen Kleidern vorbei.

Mary hatte scheinbar genug gefunden und verstaute alles in ihrem kleinen Handkarren. Die Glöckchen an dem Karren klingelten sanft, während sie ihn durch die Straßen zog. Jo drehte sich um und wollte wieder in ihr Zimmer zurück, doch in diesem Moment fiel ihr etwas auf: ein Mann.

Er stand direkt gegenüber vom Haus und starrte zu den Fenstern des Arbeitszimmers hoch – starrte *sie* an.

Erschreckt blies Jo die Kerze aus und zog sich zurück, aus seinem Blickfeld. Einige Sekunden lang war sie wie gelähmt, bis sie den Mut aufbrachte, noch einmal nach draußen zu spähen. Er stand immer noch da, im Lichtkegel einer Straßenlaterne, und rauchte. Seine Kleidung war ungepflegt. Sein dunkles Haar war zu einem Pferdeschwanz zusammengebunden. Und sein Gesicht – das konnte ein Lichtreflex sein, aber waren da nicht Streifen von irgendetwas? Schmutz? Asche?

Während Jo mit klopfendem Herzen zu ihm hinsah, warf er seine Zigarette in den Rinnstein und ging weg. Sie versuchte, sich einzureden, er sei nur ein Herumtreiber, doch sie wusste, dass es nicht stimmte. Er hatte direkt zu den Fenstern hochgesehen – wo Nacht für Nacht ihr Vater gestanden und in die Dunkelheit gestarrt hatte. Beobachtete. Wartete.

In diesem Moment begriff Jo, dass Eddie Gallagher die Wahrheit gesagt hatte. Die Namen in der Agenda ihres Vaters, die dunkle Gestalt vor dem Haus – da gab es Verbindungen zu seinem Tod. Sie spürte es tief in ihrem Inneren.

Sie zündete die Kerze wieder an und ging in ihr Schlafzimmer. Die Agenda versteckte sie in einem Pelzmuff in ihrem Schrank. Als sie ins Bett schlüpfte, fühlte sie sich mutlos. Zwar hatte sie die Agenda gefunden, doch die hatte nichts geklärt, stattdessen nur neue Fragen aufgeworfen.

Ihre Furcht nahm noch zu, als sie einsah, dass sie ihre Fragen an die Lebenden stellen musste, nicht an die Toten.

Sie musste zu ihrem Onkel gehen.

9

Admiral William Montfort blickte aus Augen so grau wie Feuerstein und mit hartem Blick auf Jo herab.

Das Porträt des furchterregenden Admirals war 1664 auf seinem Kriegsschiff entstanden, kurz bevor er den Holländern die Kolonie Nieuw-Amsterdam abnahm und sie in New York umtaufte. Jetzt hing das Bild im Foyer des Hauses von Phillip Montfort. In der unteren linken Ecke war das Montfortsche Wappen mit seinem lateinischen Motto zu sehen:

»*Fac quod faciendum est*«, las Jo laut. »Tu, was getan werden muss.«

William Montfort hatte getreu diesem Motto gelebt, und genau das wurde auch von seinen Nachfahren erwartet. Noch in der Wiege lernten die Kinder der Montforts, den Spruch aufzusagen. Jo gaben die Worte jetzt Kraft. Wenn der Admiral es einst mit der holländischen Kriegsflotte aufnehmen konnte, dann konnte sie jetzt ihrem Onkel gegenübertreten. Es musste sein.

Menschen brachten sich nicht einfach so um; sie taten das, weil sie verzweifelt waren. Falls etwas ihrem Vater solchen Kummer bereitet hatte, dass er sein Leben beenden wollte, dann könnte Phillip darüber Bescheid wissen. Die beiden Brüder hatten einander sehr nahegestanden.

Die Entscheidung, sich an ihn zu wenden, machte Jo trotzdem Angst; sie wusste, dass das Ärger geben würde. Fragen zu stellen, Erklärungen zu fordern, bedeutete immer Ärger. Sobald ein Mädchen sprechen lernte, machte man ihm klar, dass es besser war, zu schweigen.

»Hier entlang, Miss Josephine«, sagte Harney, der Butler ihres Onkels. Er hatte ihrem Onkel in dessen Arbeitszimmer Bescheid gegeben, dass sie da war und kam gerade von dort zurück.

»Meine liebste Jo! Das ist ja eine reizende Überraschung!«, rief Phillip, als sie zu ihm ging. Er erhob sich aus seinem Sessel am Kamin und schloss sie in seine Arme.

Er sieht Papa so ähnlich, dachte Jo und fühlte einen schmerzhaften Stich. Phillip Montfort war zwei Jahre älter als ihr Vater – sechsundvierzig – und ein wenig größer, doch die grauen Augen, das kräftige schwarze Haar und das Lächeln waren bei beiden gleich. Und wie auch ihr Vater pflegte Phillip eine gewisse vornehme, förmliche Art. Obwohl er an diesem Samstag allein in seinem Arbeitszimmer saß, trug er einen Anzug mit Sakko und Weste.

»Setz dich doch«, sagte er. »Du kommst genau richtig. Gerade habe ich Harney gebeten, frischen Tee aufzusetzen. Möchtest du eine Tasse? Allerdings hast du deine Tante und deine Cousine knapp verpasst. Sie sind unterwegs zu Madeleines Mutter.«

Jo wusste, dass Madeleine und Caroline immer am Samstagnachmittag Verwandte oder Freunde besuchten, deshalb hatte sie diese Zeit abgepasst. Carolines Bruder Robert war im Internat.

»Schade, dass sie nicht da sind. Aber, um ehrlich zu sein, kam ich gerade jetzt, weil ich mit dir allein sprechen möchte«, sagte Jo und setzte sich Phillip genau gegenüber.

Jetzt lächelte ihr Onkel nicht mehr, sondern runzelte besorgt die Stirn. »Es ist doch alles in Ordnung?«, fragte er.

Jo entschloss sich, nicht lange herumzureden. Sie holte tief Luft, dann sagte sie: »Nein, Onkel Phillip, ganz und gar nicht. Ich fürchte, dass ich dir eine schwierige Frage stellen muss. Hat Papa sich umgebracht?«

Phillip blinzelte bestürzt. »Natürlich nicht! Du meine Güte, Jo, woher hast du denn so eine fürchterliche Idee?«

Ganz kurz war Jo versucht, zu schwindeln, verwarf das jedoch gleich als sinnlos. Wie ihr Vater war auch ihr Onkel nicht dumm. Er würde ihre Lüge sofort durchschauen und nur noch ärgerlicher werden. Mutig sprang sie ins kalte Wasser.

»Nachdem ich Reverend Willis das Erbstück von Papa gegeben hatte, habe ich auch Mr Stoatman das seine überbracht«, erklärte sie. »Während ich in der Redaktion war, hörte ich, wie sich einige Reporter unterhielten. Sie sagten, dass Papa Selbstmord begangen hätte.«

Phillip lief rot an. Jetzt geht's los, dachte Jo bekümmert. Und genau das passierte.

»Josephine Montfort, was zum Teufel denkst du dir eigentlich?«, donnerte er. »Treibst dich ohne Begleitung in der Stadt herum! Und ausgerechnet in die Park Row! Und wenn dich jemand gesehen hat? Bram oder Addie oder Grandma?«

»Grandma hätte mich nie beim *Standard* gesehen. Sie liest immer *The World*«, versuchte Jo, den Zorn ihres Onkels mit einem kleinen Scherz zu zerstreuen. Grandma Aldrich las *The World* genauso wenig – und niemals hätte sie deren Redaktionsräume besucht –, wie sie niemals rote Strumpfbänder trug.

»Daran ist überhaupt nichts witzig, Josephine. Ich bin viel zu verärgert, um da über irgendetwas lachen zu können. Nur dass du es weißt, ich bin ausgesprochen wütend.«

Jo zuckte zurück. »Bitte schrei mich nicht an, Onkel Phillip. Ich bin doch nur zur Park Row gefahren, weil ich noch nicht nach Hause wollte. Da halte ich es nicht mehr aus.«

Phillip war ungerührt. »Das ist keine Entschuldigung.«

»Aber du hast keine Vorstellung, wie es bei uns momentan ist«, wandte Jo ein. »Papa ist tot, Mama kommt kaum noch aus ihrem Zimmer heraus, die Vorhänge sind immer zugezogen. Ich habe das Gefühl, als ob ich in einem Grab eingeschlossen wäre!« Sie erschrak. »Du wirst Mama doch nicht erzählen, dass ich in der Zeitung war? Sie würde mich nie wieder aus dem Haus gehen lassen.«

»Das sieht dir ähnlich. Dir ist es wichtiger, dass du deine Ausflüge machen kannst, anstatt auch nur einen Gedanken daran zu verschwenden, dass so etwas völlig fehl am Platz ist«, schäumte Phillip immer noch ziemlich erregt. »Du warst immer schon ein eigensinniges Mädchen und hast dich noch nie darum gekümmert, wenn man dich ausschimpft. Nicht, als du damals in viel zu hohe Bäume geklettert bist ...«

»Caros Katze kam nicht mehr herunter!«

»Oder viel zu weit vom Ufer weggeschwommen bist ...«

»Ich musste Tante Maddies Hut holen!«

»Und auch nicht, als du den jungen Beekman von seinem Fahrrad geworfen hast!«

»Das hatte er verdient! Er war ganz fies zu Robert gewesen!«

Phillip schloss die Augen. »Was soll ich bloß mit dir machen?«
Dann öffnete er die Augen wieder. »Deiner Mutter werde ich nichts
sagen. Noch nicht. Zum Teil finde ich, dass sie mitschuldig ist, da sie
dich so einsperrt. Doch es gibt eine Bedingung: Du musst mir versprechen, dass du das niemals wieder machst.«

»Verspreche ich. Und es tut mir auch leid.« Das war ehrlich.
Schlimm, dass sie ihn so aufgeregt hatte. Er hatte es schwer genug,
da musste sie ihm nicht noch mehr aufladen. »Ich weiß, dass ich
nicht zur Zeitung hätte fahren sollen, aber dann war ich da und hörte
dort, was die Reporter geredet haben, und ich muss wissen, ob es
stimmt. Ich muss es *wirklich* wissen, Onkel Phillip. Die ganze Zeit
denke ich an Papa. Ich verstehe seinen Tod überhaupt nicht. Papa
wusste genau, dass man eine geladene Waffe nicht reinigt. Selbst ich
weiß das.«

Phillip sah zur Seite. »Wir machen alle Fehler. Vielleicht war er
mit seinen Gedanken woanders. Vielleicht hat er nur gedacht, dass
der Revolver nicht geladen war.«

Er log. Jo hörte das an seiner Stimme, und sie sah es ihm an. »Sag
mir die Wahrheit, Onkel Phillip. Deshalb bin ich doch zu dir gekommen. Weil ich die Wahrheit wissen möchte.«

»Die Wahrheit kann sehr wehtun, Jo. Oft ist es besser, wenn sie
verborgen bleibt.«

»Ich kann mit schmerzhaften Dingen umgehen. Ich bin kein
Kind mehr. Ich bin erwachsen, siebzehn.«

»Ja, mir scheint auch, dass du erwachsen geworden bist«, räumte
Phillip ein und sah Jo wieder an. »Aber wenn ich dich so sehe, sehe
ich immer noch das Kind, das du einmal warst, und dieses Kind
möchte ich beschützen. Vor Kummer beschützen. Vor Schmerz. Vor
der ganzen Hässlichkeit dieser Welt.«

»Bitte, Onkel«, bat Jo.

Phillips Augen füllten sich mit Traurigkeit. Plötzlich sah er alt und
sehr müde aus. »Du liebes Mädchen, wie viel gäbe ich darum, dass
wir dieses Gespräch niemals hätten führen müssen. Ja, Charles hat
sich umgebracht. Es tut mir leid, Jo. Es tut mir so unendlich leid.«

10

Obwohl Jo sich gewappnet hatte, trafen sie die Worte ihres Onkels doch sehr.

Oh, lieber Gott, es ist also wahr, dachte sie. Eddie Gallagher hatte recht.

»Ich mache mir solche Vorwürfe.« Phillips Stimme brach fast vor Kummer. »Ich habe Charles am Tag seines Todes getroffen. Wir hatten in seinem Arbeitszimmer eine Besprechung aller Firmeneigner wegen eines Schiffs, das wir kaufen wollten. Irgendwie war Charles anders als sonst. Wir sprachen miteinander, als die anderen schon fort waren, und er gestand mir, dass er Sorgen hatte. Er sagte schlimme Dinge.«

»Was denn?«, fragte Jo.

»Er sei hoffnungslos. Und dass er besser tot wäre.«

»Papa hat so etwas gesagt?«, sagte Jo befremdet. Das klang überhaupt nicht nach ihrem Vater.

»Ja, ausgerechnet *er* hat so etwas gesagt, und mich hat das zornig gemacht. Ich habe ihn an seine Familie erinnert, an seine vielen Freunde. Wir stritten. Hätten wir doch bloß keinen Streit bekommen. Ich bedrängte ihn, damit er mir anvertraute, was der Grund seiner Sorgen war, doch er weigerte sich, und dann habe ich mich verabschiedet. Auf dem Weg nach draußen ging ich in die Küche. Vor unserer Besprechung hatten wir alle gemeinsam zu Mittag gegessen, und ich wollte Mrs Nelson sagen, wie gut sie gekocht hatte. Ich habe mit ihr gesprochen und ging dann, und in dieser Nacht hat sich mein Bruder das Leben genommen.«

Phillip barg sein Gesicht in den Händen. »Ich habe ihn gesehen. Wie er tot auf dem Boden seines Arbeitszimmers lag. Dieses Bild werde ich niemals wieder vergessen können. Nie. Immer und immer wieder durchlebe ich diesen einen Tag, und ich weiß, dass ich den Tod meines Bruders vielleicht verhindert hätte, wenn ich nicht mit ihm in diesen Streit geraten wäre. Hätte ich ihn doch nur davon überzeugen können, dass er mir sagt, was ihm solchen Kummer bereitet. Wie konnte ich ihn nur so im Stich lassen?«

»Das ist nicht deine Schuld«, sagte Jo voller leidenschaftlicher Zuneigung zu ihrem Onkel. »Du warst der Einzige, dem er vertraut hätte.«

Phillip nahm die Hände vom Gesicht. Er nickte, doch Jo konnte erkennen, dass er ihr nicht glaubte. Wenn sie den Grund für den Tod ihres Vaters herausfand, konnte sie ihren Onkel davon überzeugen, dass ihn keine Schuld traf.

»Irgendetwas hat Papa zu dieser Tat getrieben«, sagte sie. »Vielleicht Geldsorgen? Oder etwas mit seinen Unternehmen? Gab es Unstimmigkeiten mit den Partnern in der Firma?«

»Die finanziellen Angelegenheiten deines Vaters sind wirklich kein geeignetes Thema«, erwiderte Phillip. »Aber um deine Frage zu beantworten: Nein, sie waren in Ordnung, und soviel ich weiß, hatte er mit niemandem eine Meinungsverschiedenheit.«

Jo nahm die Agenda ihres Vaters aus ihrer Tasche. »Die hier habe ich in Papas Arbeitszimmer gefunden«, sagte sie und erklärte lieber nicht, unter welchen Umständen sie darangekommen war. Ihr Onkel schätzte es nicht, wenn man herumschnüffelte. »Einiges, was Papa eingetragen hat, klingt verwirrend. Könnte das etwas mit seinem Tod zu tun haben?« Sie zeigte ihm die Seite vom 15. September und deutete auf die Zeilen mit *Kinch, VHW, 23 Uhr* und *Eleanor Owens, g. 1874.* Dann zeigte sie ihm den 17. September, wo wieder *Kinch, VHW, 23 Uhr* stand.

Phillip las die Einträge, dann schüttelte er den Kopf. »Leider kann ich mit diesen Namen gar nichts anfangen.«

Jo war entmutigt. Sie spürte genau, dass es eine Verbindung zwischen Eleanor Owens und dem Tod ihres Vaters gab, und hatte gehofft, ihr Onkel könne ihr sagen, wer die Frau war.

»Wenn du mir die Agenda geben möchtest, kann ich die anderen Partner fragen«, sagte Phillip und streckte die Hand aus.

Doch Jo konnte sich nicht davon trennen. »Ich möchte sie lieber behalten. Sie ist ein Erinnerungsstück an Papa«, erklärte sie. »Ich werde die Namen für dich aufschreiben.«

Phillip nickte. »Gut.«

Jo wollte noch mehr wissen. »Kannst du mir sagen, warum sich Papa am Tag seines Todes mit seinem Bankier getroffen hat?«, hakte sie nach und zeigte auf den Eintrag *A. Jamison, 16 Uhr* vom 16. September. »Er hat sich Geld auszahlen lassen. Es lag in der Agenda. Ich hebe es wohl am besten zu Hause auf.«

»Nein, aber das erscheint mir nicht ungewöhnlich. Er besprach sich oft mit denen aus der Bank«, antwortete Phillip. »Was das Bargeld betrifft, so weiß ich nur, dass er darüber gesprochen hatte, ein neues Paar Kutschpferde zu kaufen. Vielleicht hatte er inzwischen zwei gefunden, die ihm zusagten.«

»Gibt es einen Abschiedsbrief?«, fragte Jo voller Hoffnung.

Phillip schüttelte den Kopf. »Jo, ich meine, das ...«

... reicht jetzt. Jo wusste, dass er genau das sagen würde. Er wollte das Gespräch beenden, doch sie war noch nicht fertig.

»Ich weiß nicht, ob es etwas mit Papas Tod zu tun hat«, fiel sie ihm schnell ins Wort, »aber gestern Nacht stand draußen vor dem Haus ein merkwürdiger Kerl. Er hatte etwas auf dem Gesicht, irgendwelche Zeichen. Kannte Papa so einen Mann? Hat er ihn einmal dir gegenüber erwähnt?«

»Nein, er hat nie über jemand Derartigen gesprochen«, sagte Phillip sichtlich erregt. »Was hat dieser Mann gemacht? Wollte er einbrechen?«

»Nein, er stand unter der Straßenlaterne und starrte zu den Fenstern von Papas Arbeitszimmer hoch. Dann ging er weg.«

»Vielleicht nur ein Herumtreiber«, meinte Phillip und entspannte sich ein wenig. »Aber wenn du ihn noch einmal siehst, soll Theakston die Polizei rufen.«

Für die nächste Frage musste Jo allen Mut zusammennehmen. »Hatte Papa ... hatte er jemanden? Jemand anderen, meine ich.«

Phillip sah sie irritiert an. »Ich verstehe nicht ganz.«

»Eine andere als meine Mutter. War vielleicht Eleanor Owens diese andere?«

»Gütiger Gott! Josephine!«, rief Phillip außer sich. »Wie

kommt eine wohlerzogene junge Dame darauf, so etwas überhaupt zu fragen? Selbstverständlich gab es niemanden neben deiner Mutter!«

Jo duckte sich unter dem scharfen Tonfall ihres Onkels, doch sie war erleichtert, dass ihr Vater keine Geliebte gehabt hatte.

»Jetzt reicht es mir mit diesen Fragen«, warnte Phillip. »Ich verstehe, warum du sie stellst, aber jetzt ist es genug. Das tut dir nicht gut. Du wirst keinen Grund finden können. Ich habe es doch schon versucht. Du quälst dich nur selbst.«

Jo wollte etwas dagegen einwenden, wollte ihm sagen, dass sie den Grund mit Sicherheit herausfinden könnten, wenn sie nur weiter danach suchten, doch Phillip hob den Finger und gebot ihr, zu schweigen.

»Bevor du redest, Jo, denk nach. Überleg einmal, was du gerade gesagt hast. Du hast über Unstimmigkeiten zwischen deinem Vater und seinen Geschäftspartnern gesprochen und über die Möglichkeit, dass er sich mit seltsam aussehenden Männern und nicht gesellschaftsfähigen Frauen getroffen haben könnte. Findest du, irgendetwas davon hätte zu ihm gepasst? Oder könnte erklären, warum er sich das Leben genommen hat? Nein. All das hat bloß zur Folge, dass sein Andenken, seine Ehre in den Schmutz gezogen werden«, sagte Phillip ungehalten.

Jo antwortete nicht, sondern betrachtete nur ihre Hände, die sie in ihrem Schoß gefaltet hatte. Sie wusste, dass ihr Onkel das alles sagte, damit sie sich schämte. Das war die übliche Methode, wenn man ein Mädchen davon abbringen wollte, etwas zu tun – man brachte es dazu, sich zu schämen.

Nimm dir nicht so viel auf deinen Teller, das wirkt gierig. Trag nicht so grelle Farben, du siehst billig aus. Stell nicht so viele Fragen, die Leute halten dich noch für frech.

»Und überlege bitte auch, wie unverantwortlich du dich verhalten hast«, fuhr Phillip fort. »Du kannst von Glück reden, dass dich in der Park Row niemand gesehen hat. Niemand aus unseren Kreisen, meine ich. Da haben wir alle Glück gehabt.«

»Wen meinst du mit wir alle?«, fragte Jo und sah ihn an.

Phillip antwortete nicht gleich. Als er dann sprach, schien er seine Worte genau abzuwägen.

»Ich habe etliches veranlasst, damit die Wahrheit über den Tod deines Vaters nicht in den Zeitungen auftaucht. Wenn ich das nicht getan hätte, wären deine Chancen auf eine gute Heirat zunichte gewesen. In den ersten Tagen nach dem Tod deines Vaters gab es einiges Gerede, und ich möchte nicht, dass das wieder anfängt. Sobald du an Orten aufkreuzt, an denen du nichts zu suchen hast und mit Leuten sprichst, mit denen du nichts zu reden hast, riskierst du genau das. Ich weiß, wie groß dein Kummer ist, Jo, aber lass dich von ihm nicht ins Verderben reißen. Das wäre das Letzte, was dein Vater gewollt hätte.«

Auch damit hatte Eddie recht, erkannte Jo. Onkel Phillip hat bei den Behörden Leuten etwas dafür bezahlt, damit sie sagen, Papas Tod sei ein Unfall gewesen.

Phillip nahm ihre Hand. »Das ganze Glück einer Frau hängt von ihrer Ehe ab, und ich setze alles daran, dass du dich sehr gut verheiratest.«

Jo nickte, als ob sie ihm zustimmte. Sie wusste, dass ihr Onkel nur ihr Bestes wollte, doch was er von ihr forderte, ging einfach nicht. Sie konnte nicht aufhören, Fragen zu stellen, und sie konnte auch nicht ihre Gefühle in eine hübsche kleine Schachtel packen. Ihr Vater hatte sich das Leben genommen. Was immer ihn dazu getrieben hatte musste schrecklich gewesen sein.

Ihren Vater hatten sie begraben, doch sein Geist war noch da – in den stillen Straßen um den Gramercy Square, in den dunklen Zimmern ihres Hauses, in der Tiefe ihres Herzens. Fand sie den Grund für seinen Tod nicht heraus, würde sie das bis ans Ende ihres Lebens umtreiben.

Phillip hielt immer noch ihre Hand. »Ich habe mit dir wie mit einer Erwachsenen gesprochen, Jo, und erwarte, dass du dich wie eine Erwachsene verhältst. Deine Mutter ahnt die Wahrheit nicht, und darüber bin ich erleichtert. Auch deine Tante, deine Cousine, dein Cousin wissen nichts. Ich bitte dich inständig, tapfer und für deine Familie weiterhin eine Quelle der Freude zu bleiben, kein Anlass für Kummer. Sind wir uns da einig?«

»Selbstverständlich, Onkel Phillip«, sagte Jo und bemühte sich um ein Lächeln.

Er drückte ihre Hand kurz und fest. »Das ist mein Mädchen«, sagte er und ließ sie los.

Jo stand auf, um sich zu verabschieden, und Phillip begleitete sie ins Foyer. Während ihr Harney in den Mantel half, kreuzte ihr Blick noch einmal den ihres Vorfahren. Im Ausdruck des Admirals mit seinen harten Augen lag etwas Provozierendes.

Fac quod faciendum est. Jo schien es, als hätte er die Worte laut ausgesprochen.

»Ach, Jo, beinahe hätte ich etwas vergessen«, sagte Phillip. »Gestern traf ich Mrs Aldrich. Sie hat Caroline und Robert für nächstes Wochenende nach Herondale eingeladen. Gertrude Van Eyck und Gilbert Grosvenor kommen auch. Sie hat überlegt, wie man deine Mutter davon überzeugen könnte, dass sie dich ebenfalls mitfahren lässt. Hättest du Lust dazu? Falls ja, könnte ich mit Anna sprechen. Es ist nur ein kleines, ganz privates Zusammensein unter Freunden – nichts, was die Regeln der Trauerzeit verletzen könnte –, und ich meine, dass eine kleine Abwechslung genau das Richtige für dich wäre. Auf dem Land vergehen trübsinnige Gedanken wie von selbst.«

»Ich würde sehr gern mitfahren. Vielen Dank, Onkel«, erwiderte Jo. Sie gab ihm einen Abschiedskuss und ging die Treppe hinunter zu ihrer Kutsche.

Doch während Dolan den Schlag für sie öffnete, grübelte sie nicht darüber nach, wie sie nach Herondale kommen könnte.

Sondern in die Reade Street 23.

—11—«««

»Und wie komme ich da jetzt hinein, so ohne Klingel und ohne Butler?«, überlegte Jo laut.

Sie stand vor einer Pension und spähte durch die Scheiben der Eingangstür. Eine schwache Glühbirne erleuchtete den schäbigen Vorraum mit einem rostigen Heizkörper und einigen leeren Milchflaschen. Eine schmale Treppe führte in die oberen Stockwerke.

Jo hob ihre behandschuhte Hand und klopfte, doch niemand reagierte. Als sie gerade noch einmal klopfen wollte, brüllte hinter ihr auf dem Gehsteig ein Mann so laut los, dass sie zusammenzuckte.

»He, Tommy! Tommy Barton!« Er wartete ein paar Sekunden, dann legte er seine Hände um seinen Mund und schrie: »Barton, du fauler Sack! Mach auf!«

Über Jos Kopf wurde ein Fenster hochgeschoben. »Herrgott noch mal, Al, was willst du? Ich schlafe noch!«

»Jetzt nicht mehr. Bei der *Trib* steht die Druckerpresse still. Der Chef sagt, du sollst deinen Hintern in Bewegung setzen, und zwar sofort!«

Nach ein paar weiteren Freundlichkeiten dieser Art wurde das Fenster nach unten geknallt, und Al trottete davon. Eine Minute später stolperte ein völlig verschlafener und zerzauster junger Mann die Treppe hinunter. Er riss die Tür auf und raste an Jo vorbei, die sofort ihre Chance erkannte und die Tür festhielt, bevor sie wieder zufallen konnte.

»Entschuldigen Sie bitte, Sir!«, rief sie ihm hinterher. »Ich suche Edward Gallagher. Könnten Sie mir sagen, auf welcher Etage sich seine Wohnung befindet?«

Tommy Barton blieb stehen und drehte sich um. Er musterte Jo von oben bis unten. Sie trug ein schiefergraues Kostüm, ein schlichtes, aber gut geschnittenes Modell, schon zwei Jahre alt. Ihre Haare hatte sie ganz einfach mit einem Kamm aus schwarzem Jett hochgesteckt.

»Also ich, ich muss ja immer bis zu Della McEvoy laufen, damit ich überhaupt ein Mädchen zu fassen kriege, und egal, welche ich nehme – die sieht nie im Entferntesten so aus wie Sie«, sagte Barton. »Aus welchem Haus kommst du denn, Schwester?«

Was für eine dumme Frage, dachte Jo. »Aus meinem eigenen natürlich. Am Gramercy Square«, antwortete sie.

Tommy Barton pfiff leise. »So eine also. Von den gut Betuchten. Beim *Standard* gibt's anscheinend gute Honorare.«

Jo blinzelte verwirrt. »Mit Mr Gallaghers finanzieller Situation bin ich nicht vertraut. Wenn Sie so freundlich wären und ...«

»Zweiter Stock. Zweite Tür rechts. Seien Sie nett zu ihm.«

Jo nickte unsicher. »Natürlich.« Sie betrat den Vorraum und sah sich um. Verschmierte Wände, abgetretenes Linoleum. Saurer Kohlgeruch lag in der Luft. Jemand rief etwas.

Geh nach Hause, sofort, sagte eine innere Stimme. Das hier ist Wahnsinn ...

Und das stimmte. Sie riskierte unglaublich viel. Vormittags hatte sie aus dem Schreibtisch ihres Vaters seinen Hausschlüssel und aus seiner Agenda einen 100-Dollar-Schein an sich genommen. Dann schickte sie ihre Zofe Katie zur Bank und ließ dort den großen Schein in kleinere wechseln. Vor einer halben Stunde, um 22 Uhr, ging sie ohne Begleitung aus dem Haus, um einen Mann aufzusuchen. Damit das klappte, musste sie Theakston austricksen. Kein Mädchen aus ihren Kreisen war nach Einbruch der Dunkelheit allein in der Stadt unterwegs. Sollte jemand das herausfinden, war ihr Ruf ruiniert.

Jo wusste, dass sie der inneren Stimme folgen sollte. Erst vor zwei Tagen hatte ihr Onkel sie ermahnt, dass ihr Benehmen untadelig bleiben musste. Als ihr seine dringende Warnung wieder einfiel, verlor sie fast die Nerven.

Wenn mich hier einer sieht, wenn jemand das erfährt ... Blockiert von solchen Gedanken starrte sie ängstlich auf die Treppe.

Sie wollte gerade wieder gehen, da erinnerte sie sich an Nellie Bly. Bly simulierte einen Anfall von Wahnsinn, damit sie in eine Irrenanstalt eingeliefert wurde und über die schrecklichen Behandlungen berichten konnte, die die Insassen erdulden mussten. Wenn Bly so viel Mut aufbrachte, um zehn Tage Misshandlungen zu ertragen, damit sie die Wahrheit erfuhr, dann konnte doch wohl sie, Jo Montfort, eine Treppe hinaufgehen.

Mit einer Hand raffte sie ihren Rock und umfasste mit der anderen das Geländer. Auf halber Höhe hörte sie, wie weiter oben eine Tür zugeschlagen wurde. Schritte trampelten über den Treppenabsatz, und dann kam ein junger Mann auf sie zu. Er trug derbe Hosen, eine Weste und ein Jackett aus Tweedstoff. Sofort erkannte sie das attraktive Gesicht, die etwas zu langen Haare und die Augen mit diesem erstaunlichen Blau.

»Mr Gallagher! Jetzt habe ich Sie gefunden!«, rief sie aufgeregt.

Einige Stufen über ihr blieb Eddie stehen. Seine Augen weiteten sich. »Was zum Teufel tun Sie denn hier, Miss Montfort?«

»Ich besuche Sie.«

»Um halb elf an einem Montagabend? Weiß Ihre Mutter, dass Sie hier sind?«

»Ich hoffe sehr, dass das nicht der Fall ist«, sagte Jo ernst. »Katie, das ist meine Zofe, habe ich einen Dollar gezahlt, damit sie mein Nachthemd anzieht und sich in mein Bett legt, für den Fall, dass meine Mutter noch einmal nachschaut, ob ich schon schlafe.«

»Wie schlau von Ihnen, Miss Montfort.«

»Das ist eine ziemlich wohlwollende Interpretation meines Verhaltens, Mr Gallagher. Ich finde es eigentlich ausgesprochen betrügerisch, um ehrlich zu sein, aber ich sah keine andere Möglichkeit, um mit Ihnen zu sprechen.«

Eddie schüttelte den Kopf. »Jetzt können wir nicht reden. Tut mir leid. Bin an einer Geschichte dran.«

»Ach, wirklich? Wie spannend!«, rief Jo und fand es aufregend, dass sie tatsächlich mit einem Reporter zu tun hatte, der einer richtigen Geschichte nachjagte. Neidisch war sie aber auch. Gern wäre sie jetzt selbst in den Straßen der Stadt einer Geschichte auf der Spur gewesen. »Kann ich mitkommen? Ich könnte Ihnen unterwegs sagen, weshalb ich hergekommen bin.«

»Das ist ein freies Land«, erwiderte Eddie und zuckte die Schultern.

Jo war überglücklich über sein Zugeständnis. Sie verließen die Pension und gingen zum Broadway. Eddie schlug ein ziemlich flottes Tempo an. Sie musste fast laufen, um mit ihm Schritt zu halten. Unterwegs erzählte sie ihm von der Agenda ihres Vaters, den merkwürdigen Eintragungen darin, und wie sie den seltsamen Mann gesehen hatte, der zu den Fenstern vom Arbeitszimmer ihres Vaters hochstarrte. Und sie erzählte ihm auch von dem Gespräch mit ihrem Onkel.

»Deshalb kam ich zu Ihnen nach Hause«, erklärte sie. »Mein Onkel hat mir untersagt, in die Park Row zu fahren.«

»Das ist ja alles ziemlich interessant, Miss Montfort, aber was hat das mit mir zu tun?«

»Ich brauche Ihre Hilfe. Sie sind Reporter. Reporter finden Dinge heraus. Ich muss herausfinden, warum sich mein Vater das Leben genommen hat. Werden Sie mir helfen? Ich werde mich sicher erkenntlich zeigen.«

In diesem Moment stolperte Jo über einen Pflasterstein und stürzte beinahe. Mit sicherem Griff fing Eddie sie auf.

»Mr Gallagher, müssen wir wirklich so schnell gehen?«, fragte sie ärgerlich, weil ihr ihre Unbeholfenheit ebenso peinlich war wie Eddies Hand auf ihrer Taille.

»Müssen wir, Miss Montfort«, sagte Eddie und hielt sie fest. »Ich habe einen Tipp bekommen, ganz kurz, bevor Sie aufgetaucht sind. Ich muss rauskriegen, was da dran ist. Hier geht's nicht um Kinkerlitzchen. Sondern um meinen Job.«

»Für mich geht es auch nicht um Kinkerlitzchen«, entgegnete Jo aufgebracht. »Es geht um meinen Vater. Und ich riskiere eine Menge, damit ich mit Ihnen reden kann. Eine ganze Menge.«

Eddie ließ ihre Taille los und bot ihr seinen Arm. Jo nahm ihn. Sie hatte keine Wahl. Kopfsteinpflaster, Spurrillen und die Schienen der Pferdebahn machten das Gehen für sie zu einem teuflischen Hindernislauf.

Als sie den Bürgersteig erreichten, blieb Eddie stehen. Seinen Arm nahm er nicht fort, und Jo ließ ihre Hand, wo sie war. »Wenn Sie hier dranbleiben, riskieren Sie noch mehr«, sagte er, und sein Ton war etwas weicher geworden. »Sehr viel mehr. Ich hab's Ihnen schon gesagt: Selbstmord ist eine hässliche Sache.«

»Ich bin auf alles vorbereitet, Mr Gallagher«, sagte Jo.

»Tatsächlich?«, fragte Eddie und schien sie mit seinen Blicken abzuschätzen. »In Ordnung, Miss Montfort. Darum geht's: Vor zwei Tagen wurde ein Mann als vermisst gemeldet. Heute Abend fand man seine Leiche hinter einem Lagerhaus in der Cherry Street. Dann stellte sich raus, dass ihn seine Frau wegen einem anderen verlassen hatte. Sie wollte die Scheidung, er nicht. Jetzt klagen die Eltern des Toten den Geliebten seiner Ehefrau an, er hätte ihren Sohn umgebracht. Der Geliebte ist im Knast. Der Tote in der Bellevue.«

Er lächelte sie herausfordernd an. Jo schluckte. Ihre Hand hielt seinen Arm ziemlich fest.

»In der Bellevue?«, stammelte sie. »Also im ...«

»Also im Leichenschauhaus. Genau da gehen wir jetzt hin. Wollen Sie immer noch mitkommen?«

—12—⫷⫷⫷⫷

»Wenn das nicht Eddie ist! Hast wohl mein Rufen vernommen. Endlich, ich sterbe nämlich vor Hunger. Wo gibst du nachher ein Essen aus?«, fragte der junge Mann in der schwarzen Lederschürze.

Er hatte ein rundes Gesicht, trug eine Brille und war über und über mit Blut bespritzt. Als Jo sah, wie purpurfarbene Tropfen vom Saum seiner Schürze zu Boden fielen, rebellierte ihr Magen. Zum ersten Mal in ihrem Leben war sie für ihre Erziehung dankbar, die sie gelehrt hatte, Emotionen so fest im Griff zu haben wie ein eng geschnürtes Korsett. Dadurch konnte sie jetzt ihre Gefühle unter Kontrolle und ihr Abendessen im Magen behalten.

»Es ist fast elf, Oscar. Die meisten Läden machen gerade dicht«, sagte Eddie. »Ich lade dich morgen zum Essen ein.«

»Lass dir eine gute Adresse einfallen«, sagte Oscar. »Ich hab was gut bei dir. Es waren schon Jungs vom *Herald* und von der *World* hier, aber die hab ich abblitzen lassen.«

»Wie wär's mit Moretti's?«

»Da war ich gestern Abend.«

»Und Donlon's?«

»Austern kann ich nicht mehr sehen.«

»Und Mook's?«

»Monsieur Mouquin! Das ist mal eine gute Idee!« Oscar hielt einen blutigen Finger hoch. »Aber nur, wenn es Bouillabaisse gibt.«

Du liebe Güte, dachte Jo. Wir sind in einem Leichenschauhaus. Wie können die nur über Essen reden?

»Wer ist das?« Eddie deutete auf einen übel zugerichteten Körper auf einem weißen Keramiktisch. Jo sah nicht hin. Sie wusste, dass sie sonst schreiend hinauslaufen würde.

»Der heißt John Doe. Von einer Kutsche überfahren. Die von der Polizei haben ihn gerade erst gebracht. Und wer ist die?«, fragte der Mann in der Schürze und deutete auf Jo.

»Ach, sie?«, sagte Eddie. »Sie ... also sie ist ... unser Nachwuchs ... Josephine ...«

»Jones. Josie Jones«, fiel Jo schnell ein, froh über Eddies Flunkerei. Sie musste verhindern, dass jemand erfuhr, wie Miss Josephine Montfort vom Gramercy Square in ihrer Freizeit das Leichenschauhaus besuchte. »Sehr erfreut, Mister ...«

»Oscar. Oscar Rubin. Ein Mädchen in der Redaktion? Jetzt will wohl jede Zeitung ihre eigene Nellie Bly.« Er streckte ihr eine Hand entgegen. Geronnenes Blut bedeckte die Haut. Jo starrte entsetzt darauf. »Entschuldigung«, sagte er.

Er wischte das Blut fast ganz ab und streckte ihr die Hand von Neuem hin. Jo musste sie schütteln. Eddie beobachtete, ob Jo schlappmachte. Ihr war klar, dass er sie testete – und dass sie jetzt alles richtig machen musste, damit er ihr weiterhalf.

»Ins Leichenschauhaus?«, hatte sie wiederholt, als er ihr vorhin erzählte, wohin er unterwegs war.

»Ja, ins Leichenschauhaus. Sind Sie dabei?«

»Ja, Mr Gallagher, bin ich«, antwortete sie und tat so, als ob ihr das überhaupt nichts ausmachte.

Am Bellevue-Krankenhaus zitterten ihre Hände. Auf dem Weg hinunter in die Pathologie schlackerten ihre Knie.

Der Raum wirkte wie eine riesige Höhle, und es war kalt. Weiße Keramiktische standen in mehreren Reihen. Auf den Tischen lagen Körper: vier Männer, zwei Frauen, ein kleiner Junge. Abflüsse in den Tischen sammelten das Blut und die anderen Körperflüssigkeiten und auch das Wasser, das aus Sprinklern unter der Decke ununterbrochen auf die Leichen tropfte. Sägen, Bohrer und Zangen lagen ordentlich aufgereiht auf einem Tisch. Über allem hing ein unsäglicher Geruch nach verwesendem Fleisch, dem metallischen Odeur von Blut und dem Teergeruch der Karbolseife.

Die Kälte und die Feuchtigkeit setzten Jo sofort zu, doch am schlimmsten fand sie die Traurigkeit an diesem Ort. Die Menschen, die auf den Tischen lagen, waren nicht dort gestorben, wo sie hätten sterben sollen: zu Hause, im Kreis ihrer Lieben. Sie waren gewaltsam zu Tode gekommen – im Straßenverkehr wie John Doe oder hinter einem Lagerhaus, allein und verlassen.

»Ich nehme an, du willst ihn sehen?«, fragte Oscar jetzt.

»Gäb mein Leben drum«, sagte Eddie.

Oscar rollte seine Augen. »Hoffentlich ist die Bouillabaisse bei Mook's etwas frischer als deine Scherze.«

Eddie und Oscar pflegten hier in Gegenwart dieser Toten einen ziemlich lockeren Ton. Die Leichen, all das Blut – das schien ihnen nichts auszumachen.

»Er ist hier drüben.« Oscar führte Eddie an einen Tisch an der Rückwand. Jo folgte den beiden.

Auf dem Tisch lag ein Mann. Schlank, mit schütterem Haar und einem dünnen Oberlippenbart. Ein weißes Tuch bedeckte ihn von der Körpermitte abwärts. Er sah eingefallen aus. Sein Brustkorb war schmal, bleich und unbehaart. Jo hatte noch nie die nackte Brust eines Mannes gesehen. Ein leichter Knoblauchgeruch ging von ihm aus. Auf Lippen und Kinn war getrockneter Speichel, seine Hände waren bläulich verfärbt, seine Augen offen.

»Darf ich bekannt machen: Oliver Little«, sagte Oscar.

Das war zu viel. Die bleiche und verletzliche Brust des armen Mannes. Seine traurigen, leeren Augen. Das Geräusch des stetig herabtropfenden Wassers. Der Geruch. Jo wurde übel. Sie ballte ihre Hände zu Fäusten, presste die Fingernägel in die Handflächen. Der Schmerz hielt sie aufrecht.

»Wofür ist das Wasser, Mr Rubin?«, fragte sie und versuchte, möglichst nicht auf die Leiche zu schauen. Sondern auf Oscar. Oder auf Eddie. Irgendwo anders hin als auf Oliver Little.

»Es kühlt. Das zögert die Verwesung hinaus«, erklärte Oscar.

»Hat ihn der andere erwürgt?«, wollte Eddie wissen.

»Haben die von der Polizei auch gedacht. Stimmt aber nicht. Wie immer«, sagte Oscar.

»Was ist passiert?«

»Oliver Little hat sich vergiftet, mit einem Rattengift auf Arsenbasis.«

»Woher wissen Sie das, Mr Rubin?«, erkundigte sich Jo, bloß damit sie reden oder nachdenken oder irgendetwas anderes tun konnte, aber auf keinen Fall ihre Gefühle wahrnehmen.

»Sagen Sie einfach Oscar. Ich weiß das, weil es Forensik gibt.«

»Forensik?«, wiederholte Jo. Diesen Begriff kannte sie nicht.

»Die Wissenschaft vom Tod.«

»Oscar studiert Medizin«, erklärte Eddie. »Nachts arbeitet er hier, tagsüber auch manchmal, wenn er keine Vorlesung hat. Er will einfach immer noch mehr lernen. Keine Ahnung, wieso. Er weiß schon viel mehr als die meisten Ärzte in der Stadt und mehr als alle von der Polizei.«

»Wie wird Forensik betrieben?«, fragte Jo mit weitaus mehr Neugier als Ekel.

»Indem man alles detailliert beobachtet, meine Liebe«, dozierte Oscar professorenhaft. »Man stellt fest, in welcher Position sich der Körper eines Opfers befindet, wie steif und wie verfärbt er ist, wie weit fortgeschritten die Verwesung. Man sucht nach Blutspritzern. Überprüft, ob es Brandspuren an einem Einschuss gibt oder nicht. Man unterscheidet zwischen den Verletzungen, die ein Beil verursacht und denen von einem Schnitzmesser. Man sucht nach den Spuren, die die chemischen Wirkungen eines Gifts, einer Säure und eines Lösungsmittels verursachen. Und …«, jetzt lächelte er verlegen, »man durchsucht die Taschen der Toten.« Er hielt sechs leere Schachteln mit Rattengift und eine flache Whiskeyflasche hoch. »Mit dem Whiskey hat er sich vermutlich Mut angetrunken, dann das Gift mit dem Rest gemischt und das Ganze in einem Zug runtergekippt.«

»Könnten ihm denn die Ehefrau oder ihr Freund das Gift verabreicht und dann die Sachen in seine Taschen gesteckt haben?«, fragte Eddie. »Arsen schmeckt doch nach nichts. Vielleicht hat ihm einer von den beiden etwas in den Whiskey getan, ohne dass er es gemerkt hat.«

Oscar schüttelte den Kopf. »Arsen ist nur in kleinen Dosen ohne Geschmack. Sechs Portionen Rattengift in einem Glas Whiskey sind eine akute Dosis, und damit entsteht ein bitterer, metallischer Geschmack. Ein Schluck davon und Little hätte gewusst, dass da etwas nicht koscher ist. Dann hätte ihm der andere den Whiskey mit Gewalt verabreichen müssen, und dieser Kampf hätte Spuren hinterlassen – zumindest Risse oder Abschürfungen um den Mund. Außerdem weisen seine anderen Symptome – Austrocknung, die blauen Hände und Füße, der starke Speichelfluss und der Knoblauchgeruch – eindeutig auf eine akute Arsenvergiftung hin. Und sobald ich ihn aufschneide, finde ich bestimmt Läsionen im Magen und Darm und Klümpchen im Herz. Arsen hinterlässt Spuren.«

»Die Gattin und ihr Freund …«, fiel Eddie ihm ins Wort.

»… haben ein Alibi«, fuhr Oscar fort. »Ein Polizist, den ich kenne, hat mir erzählt, dass die beiden zwischen halb sechs und ungefähr neunzehn Uhr in einem Restaurant gesehen wurden, danach in einem Theater. Ein Ladenbesitzer hat sich daran erinnert, dass er das Gift gegen sechs Uhr an Mr Little verkauft hat, und ein paar Minuten später hat er dann bei einem Barmann den Whiskey erworben. Nach acht Uhr fand man seine Leiche, und das Theaterstück, das die Ehefrau und ihr Geliebter sich angesehen haben, war genau um neun Uhr aus.«

»Das ist bemerkenswert!«, staunte Jo. »Sie haben den Fall ge-löst!«

»Gute Arbeit, Holmes«, sagte Eddie.

»Kleines Einmaleins, Watson«, erwiderte Oscar. »Der Freund kommt frei, kriegt die Ehefrau von Oliver Little. Für den bleibt eine Kiste aus Kiefernholz. Der Mörder in dieser Story? Ein gebroche-nes Herz.«

Oscar ging weiter, um an einem anderen Körper zu arbeiten. Eddie folgte ihm, fragte ihn noch mehr zu Oliver Little und schrieb die Antworten auf einen Notizblock.

Während sie weggingen, zog Jo Mr Little das Leintuch hoch bis an den Hals. Wie schrecklich, dachte sie, dass man hier so liegen muss, nackt und tot, und Fremde starren einen an. War auch ihr Vater hierhergebracht worden? Sie stellte sich vor, dass er da lag wie ein Stück Fleisch in einer Auslage – und das brachte sie plötzlich aus der Fassung.

»Mr Ru... Oscar«, rief sie laut und unterbrach Eddie mitten in einer Frage. »Wissen Sie zufällig, ob auch Charles Montforts Leiche hergebracht wurde?«

»Nein«, sagte Oscar, »wir wurden in das Haus gerufen.«

»Ihr wart in dem Haus?«, wunderte sich Eddie. »Hast du gar nicht gesagt.«

»Du hast nicht danach gefragt«, antwortete Oscar.

Jo war erleichtert, dass ihr Vater nicht hergebracht worden war. »Er war auch ein Selbstmord«, flüsterte sie und sah dabei immer noch den armen Oliver Little an.

Doch Oscar hatte sie gehört. »Nein, war er nicht.«

Jo wandte sich zu ihm um. »Was sagten Sie gerade?«

»Ich habe gesagt, dass es kein Selbstmord war.«

Jo konnte nicht glauben, was sie gehört hatte. Sie warf Eddie einen schnellen Blick zu. »Dann war sein Tod tatsächlich ein Unfall?«

»Nein, Miss Jones.«

»Aber wenn es nicht das eine war und auch nicht das andere ...«

Oscar sah Eddie an. »Die muss schon noch ein bisschen gewiefter werden, oder die Park Row macht sie fertig.«

»Oscar, bitte«, drängte Jo.

»Charles Montfort hat sich nicht selbst umgebracht«, wiederholte Oscar und sah Jo über seine Brillengläser hinweg an. »Charles Montfort wurde ermordet.«

—13—◀◀◀

»Miss Montfort? Miss Montfort, wo laufen Sie denn hin? Halt!«, rief Eddie und wirkte besorgt.

»Nach Hause, Mr Gallagher«, sagte Jo, schwankend wie eine Betrunkene. »Ich gehe nach Hause.«

»Da geht's aber nicht zu Ihnen nach Hause. Sondern zum East River.«

Jo blieb stehen. Sie drehte um und ging in die andere Richtung. Gerade eben erst war sie aus dem Leichenschauhaus gestolpert, und Eddie rannte ihr nach.

»Sie können nicht nach Hause. Nicht in diesem Zustand. Sie stehen unter Schock«, sagte er jetzt.

»Mir geht's gut«, widersprach Jo.

Doch das stimmte nicht. Sie war kreideweiß im Gesicht, fror am ganzen Körper und wusste kaum, wo sie sich befand. Mit voller Wucht hatte die schreckliche Wahrheit sie vorhin getroffen.

»Wie kommst du darauf, dass Charles Montfort ermordet wurde?«, hatte Eddie Oscar gefragt.

»Dr. Koehler – mein Chef – wurde zu den Montforts gerufen. Ich bin mit. Er schaute kurz auf den Körper, öffnete den Revolver und schon war für ihn klar, dass es ein Selbstmord war«, erzählte Oscar verächtlich. »Dann kam Phillip Montfort. Als er die Leiche sah, brach er zusammen. Koehler half ihm wieder auf die Beine und ging mit ihm in ein anderes Zimmer, und in dieser Zeit konnte ich alles selbst überprüfen. Einige Polizisten waren auch in dem Raum.

Ich sagte ihnen, dass ich für Koehler einiges aufschreiben müsste. Denen war völlig egal, was ich gemacht habe. Sie waren mit dem Kaffee und den Donuts beschäftigt, die ihnen der Butler gebracht hatte.«

»Wieso wolltest du dir alles selbst anschauen?«, fragte Eddie.

»Es gab einiges, was nicht zusammenzupassen schien«, antwortete Oscar. »Die Einschusswunde war an der rechten Schläfe, und Charles Montfort war Rechtshänder...«

»Das passt doch«, unterbrach Eddie ihn.

»Stimmt, ist allerdings auch das Einzige«, entgegnete Oscar. »Montfort hielt die Waffe noch in der Hand. Selbstmörder lassen sie aber normalerweise fallen. Und an der Einschusswunde war auch etwas nicht richtig. Die meisten Selbstmörder drücken die Mündung der Waffe direkt gegen ihren Kopf. Wenn der Schuss losgeht, geraten Gase und kleine Partikel des Schießpulvers direkt in die Haut, die wird versengt und reißt auf. Manchmal sieht man auch den Abdruck der Mündung. An Montforts Wunde hatte sich nichts eingedrückt, nichts war versengt, nichts aufgerissen. Es gab auch kein eingeritztes Muster – das sieht wie getüpfelt aus und entsteht, wenn Pulver aus kurzer Entfernung, etwa fünfzehn bis sechzig Zentimeter, auf die Haut auftrifft. Das bedeutet, die Kugel wurde aus einem größeren Abstand als sechzig Zentimeter abgefeuert.«

»Das schafft man nicht so einfach, wenn man sich selbst umbringen will«, wandte Eddie ein.

»Genau. Und dann die Austrittswunde auf der Rückseite des Schädels, in ziemlich steilem Winkel zur Eintrittswunde – auch das legt den Schluss nahe, dass die Kugel aus größerer Entfernung abgeschossen wurde. Ich würde eine geradere Flugbahn erwarten und eine Austrittswunde, die sich mehr oder weniger deutlich auf der linken Seite des Schädels befindet – falls Charles Montfort die Waffe selbst abgefeuert hat«, erklärte Oscar.

Jo musste sich auf einen Tisch stützen, ihre Beine zitterten wieder. Eddie bemerkte es nicht. Er schrieb in sein Notizbuch. Auch Oscar sah nichts, er sprach immer weiter.

»Nachdem ich mir die Wunden von Charles Montfort angesehen hatte, öffnete ich die Trommel des Revolvers. Die Markierungen auf der Unterseite der Patronenhülse von der Kugel, die Montfort getötet hatte, passten nicht zu denen der Kugeln, die noch in der Trommel steckten. Das waren alles lange .38er, aber die Kugel, die abgefeuert wurde, war mit *UMC .38 S & W* gestempelt, also eine Remington. Die anderen waren markiert mit *W.R.A.Co. .38 LONG.* Eine Markierung von Winchester.«

»Hast du das jemandem erzählt?«, fragte Eddie düster.

»Meinem Chef, nachdem wir wieder gegangen waren. Ich habe schon längst begriffen, dass ich während einer Untersuchung meine Meinung besser für mich behalte. Ich sagte ihm, dass die tödliche Kugel meiner Ansicht nach aus einer anderen Waffe stammte. Das sah er nicht so. Die unterschiedlichen Markierungen waren ihm zwar aufgefallen, er hielt sie aber nicht für wichtig. Er meinte, dass Charles Montfort seinen Revolver ganz einfach mit zwei verschiedenen Sorten Munition geladen hatte. Vielleicht hatte er nur noch eine Patrone von Remington, deshalb öffnete er dann eine Schachtel mit Winchesters.«

»Könnte sein«, sagte Eddie.

»Schon. Aber nirgendwo war eine leere Schachtel mit Remington-Patronen. Nicht in dem Schrank, in dem Montfort seine Munition aufbewahrte. Und auch nicht im Papierkorb. Ich habe nachgesehen.«

»Was meinte Koehler dazu?«

»Dass Montfort die Waffe schon Tage zuvor geladen und die Schachtel weggeworfen haben könnte. Vielleicht hatte er sie auch auf einem Schießstand geladen. Allem Anschein nach trainierte er gern. Koehler sagte, dass Charles Montforts Tod ein klarer Selbstmord sei, dass er sich aber nach dem Gespräch mit Phillip Montfort dafür entschieden habe, einen Unfall zu attestieren, um der Familie weiteren Kummer zu ersparen.« Oscar schnaubte. »Und damit er sich auch in Zukunft solche Extrahonorare verdienen kann. Ich wette, Phillip Montfort hat ihm eine nette Summe gezahlt, damit er die Unfall-Version beglaubigt, und Koehler wollte nicht, dass ich ihm dieses Geschäft kaputt mache. Er hat mir sogar gesagt, ich könne selbstverständlich ganz unabhängig meine eigene Meinung haben – und mir ebenso unabhängig eine neue Arbeitsstelle suchen, wenn ich darauf beharre.«

Oscars Bericht brachte Jo an den Rand eines Zusammenbruchs. Nur mit äußerster Willenskraft konnte sie sich aufrecht halten, denn sie wusste genau: Wenn sie jetzt unvermutet zu heftig und emotional reagierte, würde Oscar den Grund dafür erfahren wollen. Als er endlich fertig war, gelang ihr zum Abschied ein Lächeln, dann taumelte sie aus dem Leichenschauhaus und zurück auf die Straße.

»Ermordet«, sagte sie jetzt zu Eddie. »Mein Vater wurde ermordet. Jemand jagte ihm eine Kugel in den Kopf und ließ ihn dann sterbend liegen. Ich muss das melden, Mr Gallagher. Sofort.«

»Wir suchen erst einmal eine Bank, damit Sie sich kurz setzen können«, versuchte Eddie, sie zu beruhigen.

»Sagen Sie mir einfach, wo die nächste Polizeiwache ist«, bat Jo. Sie stolperte über einen Haufen Pferdedung. Wieder musste Eddie sie auffangen, bevor sie stürzte.

»Kommen Sie.« Er legte einen Arm um sie. »Wir fahren jetzt mit dieser Droschke da drüben zu mir. Ich mache etwas Warmes zu trinken, dann bringe ich Sie nach Hause.«

Jo schüttelte den Kopf. »Ich glaube nicht, dass das eine gute Idee ist, Mr Gallagher.«

»Momentan gibt es keine einzige wirklich gute Idee, Miss Montfort. Ich habe versucht, Ihnen das klarzumachen.«

»Ja, stimmt. Entschuldigen Sie«, sagte Jo gebrochen.

»Mir tut das auch leid«, sagte Eddie sanft. »Bitte kommen Sie jetzt mit zu mir, bevor Sie auf der Straße ohnmächtig werden.«

»Mir geht es gut. Wirklich, ich bin nur ein wenig gestolpert, mehr nicht«, protestierte Jo.

Mit düsterem Blick sagte Eddie: »Gestolpert – ja, ganz genau. In etwas viel Schlimmeres als Pferdeäpfel.«

14

Eddies Wohnung – keine vierzig Quadratmeter groß, mit einem Alkoven für sein Bett – war klein, spartanisch eingerichtet und voller Bücher.

»Nehmen Sie Platz.« Er deutete auf einen wackeligen Holztisch und zwei Stühle, zog sein Jackett aus und hängte es an einem der beiden Stühle über die Lehne.

Jo setzte sich, doch im selben Moment hörte sie wieder Oscars Stimme in ihrem Kopf. In dem verzweifelten Versuch, sich abzulenken, stand sie auf und ging auf und ab.

Eddie versuchte, sein Bett ordentlich zu machen, ohne dass sie es merkte, füllte dann einen Kessel mit Wasser und trug ihn zu dem kleinen Ofen, in dem einige Stücke Kohle glühten. Er blies sie an, bis sie wieder brannten, stellte einen Dreifuß darauf und obenauf den Kessel.

»Einen Herd hab ich nicht. Die Vermieterin kocht für uns«, erklärte er. »Aber Wasserkochen geht. Möchten Sie Kaffee?«

»Tee, bitte.«

»Äh, oder doch Kaffee?«

Jo nickte. »Mit Sahne bitte. Und zwei Stück Zucker.«

Während Eddie in einer kleinen hölzernen Kaffeemühle einige Bohnen zerkleinerte, sah sich Jo fasziniert um. Sie war noch nie im Zimmer eines Jungen gewesen, außer bei ihrem Cousin Robert, als sie noch klein waren. Eddies Wohnung war völlig anders.

Der Alkoven beherbergte außer dem Bett noch einen Nachttisch und eine Leselampe. Es gab ein kleines Waschbecken. Auf einem Brett darüber standen Becher, Gläser und eine Flasche Whiskey. Unter dem einzigen Fenster befand sich auf einem kleinen Tisch eine Schreibmaschine. Vor einer Wand war eine Kommode, darauf verstreut lagen Manschettenknöpfe, ein Taschenmesser, Kleingeld. *Grashalme* von Walt Whitman lag auch noch da, daneben *Walden* von Henry David Thoreau. Überrascht entdeckte Jo auch Nellie Blys Buch *Zehn Tage im Irrenhaus*.

Sie nahm es in die Hand, blätterte darin und erinnerte sich dabei an den ungeheuren öffentlichen Aufruhr nach Blys Bericht über die Misshandlungen, die sie als Insassin der Irrenanstalt für Frauen auf Blackwell's Island ertrug. Dank ihrer Arbeit war vieles an der Art der Behandlung von Geisteskranken verändert worden.

»Miss Bly ist unglaublich mutig, finden Sie nicht?«, meinte Jo und legte das Buch zurück.

»Sie lesen Nellie Bly?«, fragte Eddie überrascht.

»Alles, was sie bisher geschrieben hat. Ich versuche auch, wie sie zu schreiben. Wenigstens ein bisschen«, fügte sie schüchtern an.

Eddie mühte sich mit dem französischen Kaffeebereiter ab und wandte sich ihr zu. »Wirklich?«

Jo nickte. »Ich habe einen Artikel über die Ausbeutung der jungen Frauen in der Textilfabrik bei Farmington geschrieben, für die Zeitung meines Internats. Dafür habe ich einige der Frauen interviewt.«

»Miss Montfort, Sie stecken voller Überraschungen. Den Artikel würde ich gern einmal lesen.«

»Dann muss ich Ihnen das Original zukommen lassen«, seufzte Jo, »denn vermutlich wird er nie veröffentlicht. Unsere Direktorin interessiert sich mehr für Gedichte über Katzen als für das Wohlergehen von Textilarbeiterinnen.«

»Kennen Sie Julius Chambers? Jacob Riis?«

Jo nickte energisch. Wie Bly gehörten auch Chambers und Riis zu einer neuen Sorte von Journalisten, die über soziale Missstände schrieben in der Hoffnung, sie zu verbessern.

»Ich lese alles von denen, was ich bekommen kann, aber das ist nicht einfach. Mama duldet keine Zeitungen im Haus. Ich muss sie von Katie einschmuggeln lassen, wenn ich zu Hause bin, in der Schule bitte ich einen Lieferantenjungen darum. Von Riis habe ich *Wie die andere Hälfte lebt*, aber ich habe es unter meinem Bett versteckt.«

Eddie lachte. »Bei mir liegt es direkt neben dem Bett. Ich bewundere ihn sehr. Er berichtet über Dinge, von denen sonst niemand spricht. Das möchte ich später auch einmal tun.«

»Warum nicht schon jetzt?«

Eddie schnaufte. »Beim *Standard*? Ich bitte Sie.«

Der Wasserkessel pfiff. Eddie schlang ein Geschirrtuch um den Griff, nahm den Kessel von den Kohlen und goss das dampfende Wasser in den Kaffeebereiter. »Geht's auch ohne Sahne, ohne Zucker?«, fragte er und stellte zwei Becher auf den Tisch. »Ich habe nämlich weder das eine noch das andere.«

»Schwarz ist auch gut«, antwortete Jo. Sie setzte sich wieder und freute sich darauf, etwas Warmes zu trinken.

Eddie trug die Presskanne zum Tisch. Er nahm zwei Becher von dem Brett über dem Wasserbecken, prüfte, ob sie sauber waren, und stellte sie ebenfalls auf den Tisch. »Sie müssen nachsichtig sein mit Oscar. Er weiß ja nicht, wer Sie wirklich sind. Sonst hätte er sich bestimmt vorsichtiger ausgedrückt. Andererseits – so wie ich ihn kenne, ist das auch nicht sicher.«

Jo nickte. Sie wollte jetzt nicht darüber sprechen. Sie hatte sich wieder einigermaßen im Griff, aber damit konnte es jeden Moment vorbei sein. Das konnte sie erst später zulassen, wenn sie wieder allein in ihrem Zimmer war.

»Die Adirondacks«, sagte sie und griff nach einem Fahrplan der New York & Central Bahn, der vor ihr lag. »Fahren Sie oft dorthin?«, fragte sie, um das Thema zu wechseln.

»So oft ich kann«, sagte Eddie.

»Wir sind auch immer wieder dort. Jedes Jahr im August. Wir haben eine Hütte am Saranac Lake. Mein Vater nimmt mich in seinem Kanu zum Fischen mit. Wir rudern bis ... ja, also, wir *sind* gerudert ...« Eine Träne fiel auf den Fahrplan. Jo berührte ihre Wange. Sie war nass.

»Verzeihung«, sagte sie, zog ein Taschentuch aus ihrer Jackentasche und drückte es auf ihre Augen, damit die Tränen aufhörten, doch sie flossen nur umso stärker. Voller Scham stand sie auf. »Vielen Dank ... ich gehe dann mal«, stammelte sie. Sie musste so schnell wie möglich hier weg. *Jetzt.* Bevor es zu einer peinlichen Szene kam.

»Miss Montfort«, sagte Eddie. »Ich finde, Sie sollten wirklich noch ein wenig dableiben.«

»Ich ... ich kann nicht. Ich muss gehen.« Jo hielt den Kopf gesenkt, damit Eddie ihre Tränen nicht sah. »Ich muss nach Hause und wenn Theakston noch wach ist ...« Sie stockte mitten im Satz und hob ihr Gesicht. »Es war schon schlimm genug, dass ich meinen Vater verloren habe, aber jetzt ... jetzt ...« Sie sah ihn hilflos an. »Jemand hat ihn umgebracht, Mr Gallagher. *Warum?* Warum sollte jemand meinen Papa umbringen?«

Und plötzlich schluchzte sie wie ein kleines Kind. Seit Bram und Addie ihr gesagt hatten, dass ihr Vater tot war, hatte sie noch nicht um ihn geweint. Es ging einfach nicht. Die Tränen kamen nicht. Doch jetzt flossen sie. Sturzbachartig.

Sofort sprang Eddie von seinem Stuhl auf. Er zog sie an sich. Sie vergrub ihr Gesicht an seinem Hals und weinte.

Eddie hielt sie fest, ließ sie weinen.

—15—

»Trinken Sie«, sagte Eddie. »Das muss sein.«

»Ich kann nicht. Es riecht scheußlich.«

»Runter damit. In einem Zug.«

Jo setzte sich an Eddies Tisch, nahm das Schnapsglas, das er ihr hinhielt und trank es auf einen Satz aus. Der Whiskey verbrannte ihr die Kehle. Sein Feuer breitete sich in ihrer Brust aus, trieb ihr das Wasser in die Augen und ließ ihre Wangen erglühen.

»Brennt nur ganz kurz.«

»Aber hilft es auch, Mr Gallagher?«, fragte sie mit kratziger Stimme.

»Ja. Und sagen Sie Eddie zu mir. Ich finde, wir können uns jetzt mit Vornamen ansprechen.«

»Ja, das können wir tun, stimmt. Es tut mir leid, ich weiß nicht, was in mich gefahren ist«, sagte Jo beschämt, weil sie sich vor ihm so hatte gehen lassen.

»Man nennt das Kummer. Und dafür braucht sich niemand zu entschuldigen.«

Der Kaffee war inzwischen gezogen. Eddie drückte den Stempel in der Kanne nach unten und goss den Kaffee in die beiden Becher, einen reichte er Jo. Sie bedankte sich und hielt den Becher mit beiden Händen, um sich zu wärmen. Sie fühlte sich vollkommen leer, als wäre ihr Körper nur eine Hülle ohne jeden Inhalt. Ein Schock nach dem anderen. Der von heute Nacht war zu viel gewesen.

»Ich konnte die ganze Zeit nicht recht glauben, dass sein Tod ein Unfall war«, erklärte sie. »Selbstmord ergab auch keinen Sinn – obwohl mir mein Onkel erzählt hatte, wie niedergeschlagen mein Vater war. Ich habe mich immer wieder gefragt: Wer könnte meinen Vater so aus der Fassung gebracht haben, dass er sich das Leben nahm? Aber ich kam auf keine Antwort. Ein Mord – da könnte die Lösung liegen. Die einzige, auch wenn das ganz verrückt klingt.« Sie nahm einen Schluck Kaffee, stellte dann den Becher ab. »Ich gehe zur Polizei. Morgen früh«, sagte sie resolut.

»Das würde ich nicht tun. Nur mit Beweisen«, wandte Eddie ein.

»Aber ist das nicht die Aufgabe der Polizei?«, fragte Jo erstaunt. »Beweise finden?«

»In dieser Stadt sucht und findet die Polizei vor allem Geld. Ihr Onkel hat sie geschmiert, damit der Todesfall als Unfall deklariert wurde. Die würden nie zulassen, dass jetzt noch jemand daherkommt und diese Festlegung hinterfragt. Damit würden sie wie ein Haufen Idioten dastehen.«

»Ich könnte Oscar fragen, ob er mir hilft«, sagte Jo und überlegte, ob sie damit weiterkäme. »Er könnte einem Richter mitteilen, was er uns gesagt hat.«

»Ein Richter würde ihn genauso wegschicken wie Koehler das getan hat. Er hat nichts anzubieten außer seiner Privatmeinung. Ich vertraue ihm hundertprozentig, aber wahrscheinlich bin ich der Einzige. Andere halten ihn für verrückt. Die meisten haben nie etwas von Forensik gehört und …« Eddie unterbrach sich abrupt.

»Und was?«, hakte Jo nach.

»Und der größte Teil Ihrer Beweise befindet sich inzwischen fast zwei Meter unter der Erde. Es tut mir leid, dass ich das so direkt sagen muss, aber der Leichnam Ihres Vaters verwest jetzt seit rund zwei Wochen.«

Diese Vorstellung wollte Jo lieber ausblenden. »Ich gehe zu meinem Onkel. Er wird wissen, was zu tun ist.« Dann schüttelte sie den Kopf. »Nein, das mache ich nicht. Als ich auf eigene Faust zum *Standard* gefahren bin, war das schlimm genug. Wenn er herausfindet, wo ich heute Abend gewesen bin – Sie können sich nicht vorstellen, welchen Ärger das für mich bedeutet. Mit Beweisen würde ich es riskieren, dass er zornig wird. Aber, wie Sie so richtig sagten, ich habe keine. Und ich weiß auch nicht, wie ich welche finden sollte.«

»Ich werde Ihnen bei der Suche helfen.«

»Sie?«, sagte Jo überrascht. Sie freute sich über seinen Sinneswandel, war jedoch auch irritiert. Auf dem Weg ins Leichenschauhaus hatte er sich noch nicht so engagiert gezeigt.

»Wir werden wie ein Team arbeiten«, fuhr Eddie fort. »Ich werde mich umhören. Hier und dort die Namen aus der Agenda Ihres Vaters erwähnen. Sie halten bei den Freunden und den Geschäftspartnern Ihres Vaters die Ohren offen. Bei Einladungen zum Abendessen, Festen, beim Pferderennen.«

»Ich gehe nicht zu Pferderennen.«

Eddie verdrehte die Augen. »Na, dann eben, wenn man sich zum Tee trifft. Was auch immer Sie hören, erzählen Sie mir.«

»Wenn ich etwas herausfinden will, muss ich in der Stadt bleiben«, sagte Jo und dachte laut nach. »Ich werde meiner Mutter sagen, dass ich mich nicht so stark fühle, um ins Pensionat zurückzukehren. Ich sage ihr, dass ich in diesen Ferien noch zu Hause bleiben möchte. Aber, Mr ... aber, Eddie ...«

»Ja?«

»Wie kommt es, dass Sie sich entschieden haben, mir zu helfen?«

»Ich muss mir einen Namen machen, und diese Geschichte kann mir dabei nützen.«

Da verstand Jo, dass er seine Meinung aus Ehrgeiz geändert hatte. Einen Augenblick lang hatte sie gehofft, dass ihr schlimmer Zustand ihn dazu bewogen hätte, doch nein. Überrascht merkte sie, dass sie das verletzte, erkannte jedoch gleich, wie dumm das war. Es ging jetzt darum, dass Eddie Gallagher ihr helfen würde, nicht um seine Beweggründe dafür.

»Ich möchte eine neue Stelle«, erklärte er. »Beim *Standard* kann ich nicht länger arbeiten. Stoatman ist nur eine Marionette. Ihre Familie sagt ihm, welche Geschichten er bringen soll und welche nicht. Ich hatte einen Text über Ihren Vater angefangen, als ich noch dachte, es sei ein Selbstmord gewesen, aber Stoatman hat sogar das gestoppt. Jetzt ist das ein viel größeres Thema und könnte wirklich eine ganze Menge Aufmerksamkeit erregen.«

»Aber Mr Stoatman wird das niemals bringen. Das haben Sie eben selbst gesagt. Mein Onkel würde das nie zulassen.«

Eddie rutschte auf seinem Stuhl nach vorn. »Das schlage ich bei einer anderen Zeitung vor. Damit ich dort vielleicht eine Stelle bekomme. Beim *Standard* bin ich zwar in der Redaktion, aber ich schreibe auch für andere. Wird pro Artikel bezahlt. Stoatman weiß das nicht. Ich verwende ein Pseudonym. Die Geschichte von Oliver Little? Das ist etwas für die *World*.«

»Ach so.«

»Große Themen bringen einem die großen Jobs«, fuhr Eddie fort. »Der Tod von Charles Montfort stellt sich als Mordfall heraus? Das wäre eine große Geschichte. Das klingt jetzt nicht schön, aber es ist so. Niemand interessiert sich für die Oliver Littles dieser Welt – der bekommt ein paar Zeilen auf Seite drei, und das war's. Aber Charles Montfort? Reich, mit besten Beziehungen, eine Stütze der Gesellschaft? Das ist ein ganz anderes Kaliber. Wenn wir solide Beweise finden könnten, muss der Fall wieder aufgenommen und neu untersucht werden. Das könnte auch ein Phillip Montfort nicht unter den Teppich kehren lassen.«

»Das würde er auch nicht wollen«, verteidigte Jo ihren Onkel.

Eddie zog eine Augenbraue hoch.

»Sie kennen ihn nicht so wie ich. Er hat den Selbstmord meines Vaters vertuscht, das ist richtig. Aber er hatte seine Gründe dafür. Und er weiß so gut wie wir, dass Selbstmord eine Sache ist und Mord eine ganz andere. Sobald er glauben müsste, dass jemand meinen Vater ermordet hat, würde er alles tun, was in seiner Macht steht, damit der Mörder vor Gericht kommt.«

Eddie nickte. »Wie ich vorhin schon sagte, das kann ziemlich unangenehm werden. Und ich lasse mich nicht von einer Geschichte abbringen. Ich tue alles, was notwendig ist. Sind wir uns einig?«

»Ja«, stimmte Jo zu, dankbar für seine Unterstützung. »Wir sind uns einig.« Die Todesumstände ihres Vaters stellten sich jetzt zwar anders dar, doch sie suchte immer noch nach Antworten.

Eddie hielt ihr seine Hand hin, sie ergriff sie und schüttelte sie. Da Jo noch nie eine solche Vereinbarung getroffen hatte, hörte sie gar nicht mehr auf.

»Sie können wieder loslassen«, sagte Eddie.

»Oh. Ja, klar.« Selbstbewusst nahm sie ihren Becher mit dem inzwischen etwas abgekühlten Kaffee und nippte daran. »Wann legen wir los?«

»Gleich jetzt, aber ...«

»Jetzt gleich?«, fragte Jo und stellte ihren Becher hart auf den Tisch. »Wirklich?«

Eddie hob die Hände. »Ja, aber warten Sie noch einen Moment. Bevor wir überhaupt Antworten finden können, müssen wir die Frage neu formulieren. Die lautet jetzt nicht mehr: *Wer könnte Charles Montfort so fertiggemacht haben, dass er sich das Leben nahm?* Sondern: Wen könnte Charles Montfort so fertiggemacht haben, dass der ihn umbrachte?«

16

Eddie holte seinen Notizblock aus der Brusttasche seines Jacketts. »Nachdem der Tod Ihres Vaters bekannt wurde, habe ich den Polizeibericht gelesen. Das war zwar vor unserem Gespräch mit Oscar, doch die Informationen, die ich da gefunden habe, könnten für uns immer noch interessant sein.«

»Was war das?«, fragte Jo neugierig.

Eddie schlug seinen Block auf. »Da stand, dass alle Anteilseigner von Van Houten an diesem Tag zum Mittagessen und einer anschließenden Besprechung bei Ihnen im Haus waren. Ihr Butler Mr Theakston hat sie alle ins Haus und später wieder hinaus gelassen – bis auf Phillip Montfort, der durch den Dienstboteneingang unter der Treppe nach draußen ging, weil er erst noch in der Küche die Köchin loben wollte.«

»Ja, genau das hat mir mein Onkel erzählt.«

»Laut Theakston haben sich Ihr Vater und Ihr Onkel, bevor der dann in die Küche ging, gestritten. Der Butler hat ihre lauten Stimmen gehört.«

»Das stimmt. Mein Onkel hat gesagt, dass mein Vater deprimiert war und behauptete, er hätte keinen Grund mehr, zu leben. Mein Onkel hat versucht, ihn wieder zur Räson zu bringen. Es war wohl eine ziemlich hitzige Diskussion.«

Eddie runzelte die Stirn. »Das würde passen, wenn Ihr Vater Selbstmord begangen hätte – aber das ist nicht der Fall.«

»Ich finde, es passt schon«, preschte Jo vor. »Vielleicht haben ihn Ärger mit der Person, die ihn umgebracht hat, oder Drohungen von ihr so unglücklich gemacht, dass er sich das Leben nehmen wollte.«

Eddie dachte darüber nach, sagte aber nichts, sondern sah wieder in seine Notizen. »Theakston hat auch angegeben, dass spätestens um vier Uhr nachmittags alle gegangen waren und dass er das Haus um neun Uhr abends abgeschlossen hat – Haustür, Dienstboteneingang, Gartentor. Ungefähr gegen Mitternacht wurde er durch das Geräusch eines Schusses geweckt, wie auch die anderen vom Personal: Ada Nelson, Katharine McManus, Pauline Klopp und Greta Schmidt.«

»Ich bin sicher, dass jeder den Schuss hören konnte. Das Zimmer von Mrs Nelson ist gleich bei der Küche. Theakstons Zimmer ebenfalls. Die drei Dienstmädchen wohnen unter dem Dach. Nur Dolan, unser Fahrer, hätte es nicht hören können, er wohnt hinter dem Gramercy Square über unserer Remise.«

»Mr Theakston und Mrs Nelson haben angegeben, dass sie sofort nach oben gelaufen sind und an der Tür zum Arbeitszimmer Ihres Vaters Ihre Mutter angetroffen haben. Sie war aus ihrem Schlafzimmer im dritten Stock gekommen. Die Dienstmädchen waren im Treppenhaus. Ihre Mutter klopfte an die Tür und rief nach Ihrem Vater, erhielt jedoch keine Antwort. Alle sechs Personen haben angegeben, dass die Tür von innen verschlossen war. Theakston versuchte, sie aufzubrechen, das gelang ihm jedoch nicht. Er lief dann los, um Dolan zu holen. Auf dem Rückweg haben sie einen Streifenpolizisten getroffen. Dieser – er heißt Buckley – hat die Tür aufgebrochen. Im Arbeitszimmer sah er dann die Leiche Ihres Vaters und sagte zu den Frauen, dass sie nicht hereinkommen sollten. Er stellte fest, dass weder bei Theakston noch bei Dolan, Mrs Nelson, den Dienstmädchen oder Ihrer Mutter Blut an der Kleidung war.«

Es dauerte einige Sekunden, bis Jo begriff, was Eddie gemeint hatte. »Sie wollen damit aber nicht sagen, dass Theakston, die anderen Dienstboten und meine Mutter verdächtig waren?«, fragte sie aufgebracht.

»Ich sage gar nichts. Die Polizei hat die Fragen gestellt. Aber selbst wenn man die Sache mit den nicht vorhandenen Blutflecken außer Acht lässt, so hat sie die von innen verschlossene Tür von jedem Verdacht befreit.«

»Und wie ist es mit einem wie auch immer gearteten, nicht vorhandenen Wunsch, meinem Vater Schaden zuzufügen? Hat sie auch das von jedem Verdacht befreit?«, fragte Jo scharf, voller Zorn darüber, dass er so etwas überhaupt in Erwägung gezogen hatte.

Eddie ignorierte den Tonfall ihrer Bemerkung. »Der Wachtmeister vergewisserte sich, dass Ihr Vater tot war. In dessen rechter Hand fand er einen Revolver, den Theakston als einen erkannte, der Ihrem Vater gehört hatte. Der Polizist hat die Waffe nicht berührt. Als Dr. Koehler eintraf, nahm er Ihrem Vater den Revolver aus der Hand und öffnete die Kammer. Sie enthielt eine Patronenhülse und fünf

Patronen.« Eddie schaute von seinen Notizen auf. »War der Revolver Ihres Vaters immer geladen?«

»Ja. Mein Vater war sehr auf unseren Schutz bedacht, immer um unsere Sicherheit besorgt.« Jo kniff die Augenbrauen zusammen, konzentrierte sich. »Oscar sagte doch, dass die Markierung auf der Patronenhülse von der Kugel, die meinen Vater getötet hat, nicht mit denen von den fünf anderen übereinstimmt, die noch im Magazin waren.«

»Wie Oscar uns erzählt hat, war das Koehler ziemlich egal. Und den Polizisten auch.«

»Und Sie? Finden Sie das wichtig?«, wollte Jo wissen.

Eddie nickte. »Ziemlich. Sportler haben meistens Lieblingszeug. Die Lieblingsangel. Den Lieblingsköder. Die bevorzugte Marke für ihre Waffen und für die Munition. Warum sollte Ihr Vater das Fabrikat seiner Revolvermunition wechseln?« Er sah wieder auf seinen Block. »Koehler fand die unterschiedlichen Markierungen nicht weiter beachtenswert. Den Polizisten war das so gleichgültig, dass sie es nicht einmal in ihren Bericht aufgenommen haben. Laut Oscar bedeutete das Vorhandensein einer anders markierten Kugel, dass der Mörder eine andere Waffe benutzt hat.«

»Aber wenn das der Fall war – wie kommt dann die leere Hülse aus der Waffe des Mörders in die von meinem Vater?«, entgegnete Jo.

»Gute Frage.« Er blätterte die nächste Seite in seinem Notizblock auf. »Oscar sagte, dass die Hülse mit *UMC .38 S & W* beschriftet war. Und auf den nicht abgefeuerten Patronen stand *W.R.A.Co. .38 LONG.*«

Jo zog scharf die Luft ein. Diese Markierung kannte sie. Sie hatte sie erst vor Kurzem gesehen.

Eddie sah sie aufmerksam an. »Was ist?«

»Mir ist gerade etwas wieder eingefallen«, sagte Jo. »Ich hätte schon im Leichenschauhaus daran denken sollen, aber ich war zu durcheinander. Am Tag des Begräbnisses ging ich in das Arbeitszimmer meines Vaters und fand dort ein Projektil. Es lag auf dem Boden, war in den Teppichfransen verknäuelt. Damals dachte ich, dass Papa

81

vielleicht ein paar Kugeln auf dem Schreibtisch liegen ließ, während er den Revolver reinigte und sie von der Tischplatte gewischt hat, nachdem er sich erschossen hatte und zu Boden fiel. Und dass jemand – vielleicht Theakston – mit dem Fuß daran gestoßen ist und das Ding dadurch durch das Zimmer gerollt ist.«

Eddie rutschte auf seinem Stuhl ganz nach vorn. »Erinnern Sie sich an die Beschriftung der Hülse?«

»Ja. W.R.A.Co. .38 LONG. Eddie, wenn …«

»Der Mörder feuerte den tödlichen Schuss aus seiner Waffe ab, fand danach den geladenen Revolver Ihres Vaters …«

»Dann hat er eine von den Kugeln meines Vaters durch die Patronenhülse ersetzt und ihm den Revolver in die Hand gedrückt? Das könnte so gewesen sein, oder nicht?«, fragte Jo voller Aufregung darüber, dass sie eine mögliche Erklärung für das Vorhandensein von zwei unterschiedlichen Munitionstypen gefunden hatten.

Doch Eddie fand das nicht so aufregend wie sie, sondern dachte wieder konzentriert nach.

»Was ist?«, fragte Jo.

»Wie konnte dieser Mörder einerseits so schlau sein und die Kugel durch die leere Patronenhülse ersetzen, andererseits so dumm, dass er die Kugel auf den Boden fallen ließ?«

»Vielleicht hat ihn etwas abgelenkt. Schritte draußen oder dass jemand gesprochen hat«, schlug Jo vor.

Eddie nickte, wirkte aber nicht überzeugt. Wieder blickte er in seine Aufzeichnungen. »Nachdem Buckley den Tod Ihres Vaters festgestellt hatte, geriet Ihre Mutter – die sich immer außerhalb des Arbeitszimmers befand – ganz und gar außer sich. Mrs Nelson brachte sie in ihr Zimmer. Theakston schickte Miss Klopp los, um Phillip Montfort zu holen, und die beiden anderen Dienstmädchen sollten Kaffee kochen. Buckley änderte diese Anordnung. Er sagte, dass eine der beiden zur Polizeistation gehen und seinem Hauptmann sagen sollte, was geschehen war. Miss McManus hat das übernommen. Miss Schmidt ging in die Küche. Vorher sind aber alle noch einmal in ihre Zimmer gegangen, um sich etwas anderes anzuziehen.«

Eddie trank einen Schluck Kaffee und fuhr dann fort.

»Buckley hat Dolan losgeschickt, um Dr. Koehler zu holen. Dann bat er Theakston, ihm sämtliche Ausgänge des Hauses zu zeigen. Sie probierten die Tür vom Dienstboteneingang und die Tür, die von der Küche in den rückwärtigen Garten führt. Beide waren verschlossen. Theakston war zuvor durch die Haustür hinausgelaufen, um Dolan zu holen, sagte aber, dass er die erst aufsperren musste. Für die Türen gibt es vier Hauptschlüssel. Buckley hat angegeben, dass er nicht sofort nach allen vier suchen konnte, da der Gerichtsmediziner eintraf, nach ihm der Hauptwachtmeister und auch Phillip Montfort, die er erst einmal über die Situation informieren musste. Aber bevor er ging, klärte er noch, wo sich die Schlüssel dann befanden. Einer der Schlüssel gehörte Ihrem Vater und lag im Schreibtisch. Der von Ihrer Mutter war in ihrem Schlafzimmer. Theakstons Schlüssel steckte in dessen Westentasche. Der vierte, der von Mrs Nelson, hing an einem Haken neben der Küchentür.«

Eddie sah noch nachdenklicher drein.

»Was ist denn?«, fragte Jo.

»Mrs Nelson hat gesagt, dass sie den Schlüssel nicht finden konnte, als sie an diesem Abend zu Bett gehen wollte. Laut Buckley war sie sehr nervös deswegen, da sie befürchtete, der Mörder könnte mit ihrem Schlüssel in das Haus gelangt sein. Theakston konnte sie beruhigen, als er ihr versicherte, dass der Schlüssel tatsächlich an seinem vorgesehenen Platz hing.« Eddie sah Jo an. »Irgendetwas daran finde ich komisch.«

»Nicht, wenn man Mrs Nelson kennt. Sie ist recht vergesslich. Und ständig verlegt sie Sachen. Vielleicht hat sie durch den Schock nach dem Tod meines Vaters gedacht, dass sie den Schlüssel verloren hätte, dabei war er doch da.«

»Könnte eine Erklärung sein«, gab Eddie zu. »Als Letztes vermerkt der Bericht die Ankunft Ihres Onkels. Miss Klopp holte ihn bei sich zu Hause ab. Er öffnete dort selbst die Tür. Er hatte noch bis spät in seinem Arbeitszimmer gearbeitet, sein Personal war bereits zu Bett gegangen. Zu Ihrem Haus kam er in Begleitung von Miss Klopp. Als er die Leiche seines Bruders sah, brach er zusammen. Dr. Koehler und einer der Polizisten halfen ihm und brachten ihn in ein anderes Zimmer. Dr. Koehler wollte, dass er sich hinlegte, aber Mr Montfort sagte, ihm gehe es gut, er wollte nur ein Glas Wasser. Er ging in die Küche. Koehler und der Wachtmeister – Perkins – gingen mit.«

Jo war tief bewegt vom Schmerz ihres Onkels. Er hatte ihr nicht gesagt, dass er zusammengebrochen war. So kannte sie ihn. Stoisch und fürsorglich. Die Leiche seines Bruders zu sehen – das musste ihn tief getroffen haben. Doch sein erster Gedanke galt seiner Familie, die er vor einem Skandal bewahren wollte.

Plötzlich knallte Eddie sein Notizbuch auf den Tisch, und Jo fuhr zusammen.

»So ergibt das keinen Sinn«, sagte er enttäuscht. »Wie kam der Mörder ins Haus, konnte einen Schuss abgeben und dann wieder verschwinden, ohne dass irgendjemand etwas davon merkte? Die Türen Ihres Hauses waren alle verschlossen. Auch die Tür zum Arbeitszimmer Ihres Vaters war versperrt, und zwar von innen. Der ganze Ablauf funktioniert so überhaupt nicht.«

Jo resignierte. Sie hatte gehofft, sie würden einer Antwort näher kommen.

Eddie fuhr mit einer Hand durch seine Haare. »Wir übersehen etwas. Es kann nicht anders sein. Hat einer der Anteilseigner von Van Houten einen Schlüssel? Hätte einer von denen später am Abend noch einmal zurückkommen können?«, fragte er.

»Ziehen Sie wirklich in Betracht, dass einer der Partner meines Vaters ihn umgebracht hat? Nach Ihrer lächerlichen Idee, meine Mutter wäre es vielleicht gewesen?«, gab Jo ungläubig zurück.

»Eine Möglichkeit wäre es.«

»Nein, wäre es nicht«, entgegnete Jo. »Keiner von denen hat einen Schlüssel für unser Haus. Mein Vater ist mit diesen Männern groß geworden, Eddie. Sie stammen aus alten und angesehenen Familien. Undenkbar, dass einer ihm schaden wollte. Und ich bin sicher, dass sie alle für den Abend seines Todes für sich einstehen konnten.«

»Ja, ja, das konnten sie«, sagte Eddie und schaute wieder in seinen Notizen nach. »Sie waren alle zu Hause – Scully, Beekman, Brevoort, Tuller. Und Ihr Onkel? Hat er einen Schlüssel?«

»Mein Onkel«, sagte Jo mit flachem Atem. »Einziger Bruder meines Vaters. Der wie ein zweiter Vater für mich ist.«

Eddie nickte.

»Sie haben doch selbst vorhin gesagt, dass er in seinem Haus war, während mein Vater getötet wurde. Pauline Klopp, eines unserer Dienstmädchen, hat ihn geholt. Sie hat ihn in seinem Haus angetroffen. Er hat ihr die Tür geöffnet. Doch auch wenn das nicht so gewesen wäre, so ist schon die Vorstellung, dass er meinen Vater getötet haben könnte, völlig abwegig.«

»Wie ist es mit Rivalen? Geschäftlichen Konkurrenten?«

Jo hob eine Augenbraue. »Können Sie sich wirklich vorstellen, dass der betagte Mr Woolcott Sloan von der Reederei Sloan and Thorpe meinen Vater erschießt? Für was halten Sie diese Leute eigentlich, Eddie? Piraten?«

Eddie trommelte mit seinen Fingern auf den Tisch, dann griff er nach einem Stift. »Kann ich mal die Namen und Eintragungen sehen, von denen Sie auf unserem Weg zum Leichenschauhaus gesprochen haben? Die aus der Agenda Ihres Vaters?«

Jo zog die Agenda aus ihrer Rocktasche und gab sie ihm.

Er schrieb die Einträge für den 15. September ab: – *Kinch, VHW, 23 Uhr, Eleanor Owens, g. 1874*, und hielt fest, dass für den 17. September und den 15. Oktober dasselbe eingetragen war.

Als er fertig war, sagte er: »Und wenn Ihr Onkel sich täuscht? Wenn Eleanor Owens doch die Geliebte Ihres Vaters war? Sie versucht, ihn zu erpressen. Er weigert sich, zu zahlen. Sie kommt spät abends zu seinem Haus. Er lässt sie ein, nimmt sie mit in sein Arbeitszimmer, und sie zückt eine Waffe, vielleicht nur um ihm Angst zu machen. Versehentlich löst sich ein Schuss. Sie legt die Waffe in seine Hand und ...«

»... rennt durch zwei verschlossene Türen aus dem Haus?«

»Was ist mit den Fenstern des Arbeitszimmers?«, fragte Eddie. »Im Polizeibericht steht nichts darüber. Waren sie verschlossen?«

»Nein, das sind alte Riegel, die funktionieren nicht mehr richtig, aber das müssen sie auch nicht.«

»Warum?«

»Weil die Fenster auch alt sind und man sie nicht sehr weit hochschieben kann. Vielleicht gerade mal dreißig Zentimeter. Papa hat sie nur geöffnet, wenn es sehr heiß war, deshalb waren sie in der Nacht, als er getötet wurde, bestimmt geschlossen. Und sie sind auch sehr weit oben. Das Arbeitszimmer liegt im zweiten Stock, über dem Erdgeschoss und dem ersten Stock. Ich würde sagen, dass die Fenster wenigstens sechs Meter über dem Boden sind – das wäre schon ein ziemlich tiefer Sturz.«

Eddie seufzte. »Wunderbar. Logistisch klappt es nicht, trotzdem bleibt Eleanor Owens verdächtig. Was ist mit dem Namen Kinch? Haben Sie den früher schon einmal von Ihrem Vater gehört?«

»Nein, aber da es ein einzelnes Wort ist, könnte ich mir auch vorstellen, dass eher der Name eines Schiffes gemeint ist als der einer Person.«

»Was könnte ein Schiff mit alldem zu tun haben?«

»Keine Ahnung«, gab Jo zu. »Und der Mann, den ich gesehen habe, als er zu den Fenstern meines Vaters hochschaute? Wenn er der Mörder ist? Er sah jedenfalls wie einer aus.«

»Er könnte ein Verdächtiger sein, aber es gibt immer das gleiche Problem: Wie ist er hinein- und wieder hinausgekommen?«

»Wir haben gar nichts, stimmt's?«, sagte Jo entmutigt. »Nur ein Phantom als Mörder, das durch geschlossene Türen gehen oder sich unsichtbar machen kann, oder ... O mein *Gott*.«

Jo hatte das Gefühl, als fegte ein eisiger Hauch durch sie hindurch.

»Was ist?«, fragte Eddie und sah ihr fest in die Augen.

»Er war da, Eddie«, sagte Jo. »Im Arbeitszimmer. Er war die ganze Zeit dort.«

—17—⋘

»Ruhig, Jo. Noch mal von vorn. Fangen Sie am Anfang an«, sagte Eddie. »Sie reden so schnell, dass ich nicht folgen kann.«

Jo holte tief Luft, atmete aus, und versuchte, langsam zu sprechen. »Die Vorhänge. Der Mörder hat sich hinter den Vorhängen versteckt.«

Eddie lehnte sich zurück und sah sie skeptisch an.

»Sie sind sehr bauschig und lang und stauchen sich auf dem Boden. Als Kind habe ich mich in ihnen versteckt. Mein ganzes Personal könnte sich dahinter verstecken. Und genau *dort* habe ich das Projektil gefunden. Verstehen Sie denn nicht?«

»Ich glaube schon.« Eddie setzte sich sehr aufrecht hin.

Er sah Jo mit einem tiefen Blick an, intensiv und voller Energie. Auf einmal hatten sie ein Stück des Puzzles gefunden, und das war allen beiden bewusst.

»Der Mörder kam am späten Abend in das Arbeitszimmer meines Vaters ...«, fing sie an.

Eddie fiel ihr ins Wort. »Wie ist er ins Haus gelangt?«

»Irgendwie ist er an einen Schlüssel gekommen.«

»Unwahrscheinlich. Die vier Schlüssel waren alle an Ort und Stelle, erinnern Sie sich? Vielleicht hat Ihr Vater ihn eingelassen. Weil er ihn kannte.«

»Oder sie«, sagte Jo mit düsterer Miene.

Eddie nickte. »Sie gehen ins Arbeitszimmer Ihres Vaters. Der Mörder erschießt ihn. Er findet den Revolver Ihres Vaters und legt ihn in seine Hand. Über sich hört er Schritte. Die Ihrer Mutter. Panik befällt ihn. Er weiß, dass er den Raum nicht verlassen kann, da man ihn bemerken würde.«

Für Jo war es schlimm, sich vorzustellen, wie sich der Tod ihres Vaters abgespielt hatte, doch Eddie ersparte es ihr nicht. Er brachte sie dazu, nachzudenken. Das war sie von einem Mann nicht gewohnt, und es gefiel ihr.

»Deshalb versperrt er die Tür, um Zeit zu gewinnen«, sagte sie, »und verbirgt sich hinter den Vorhängen. In der Eile versucht er, die Kugel, die er aus dem Revolver meines Vaters entnommen hat, in die Tasche zu stecken, doch er lässt sie fallen. Allerdings bekommt er nicht mit, dass er sie verliert, da sie unhörbar genau auf den Rand des Teppichs fällt.«

»Und dann wartet er. Atmet kaum. Steht völlig regungslos. So regungslos, dass sich die Vorhänge nicht bewegen.«

»Er hört, wie meine Mutter weint und mein Onkel zusammenbricht«, sagte Jo bitter. »Und dann, als alles still und die Polizei gegangen ist, geht er.«

»Vielleicht hat er doch nicht so lange gewartet«, widersprach Eddie.

»Aber er konnte nicht vorher gehen. Meine Mutter war da und die Angestellten und Wachtmeister Buckley«, hielt Jo dagegen.

»Nicht die ganze Zeit«, erinnerte Eddie sie. »Nachdem Buckley den Tod Ihres Vaters festgestellt hatte, gingen alle aus dem Raum. Dolan lief los, um Dr. Koehler zu holen. Mrs Nelson brachte Ihre Mutter in ihr Zimmer. Die Dienstmädchen zogen sich in ihren Zimmern um. Theakston und Buckley kontrollierten im ganzen Haus die Türen. Der Mörder hätte kurz Zeit gehabt, um zu fliehen, wenn er den Mut dazu aufbrachte.«

Jetzt schwiegen sie beide, schauten einander aber immer noch an. Noch nie hatte ein Mann Jo so lange oder so intensiv angesehen. Das gehört sich nicht. Er sollte damit aufhören, dachte sie. Doch dann merkte sie, dass sie selbst genau das Gleiche mit ihm machte.

»Dann haben wir jetzt also wenigstens eine Theorie«, meinte sie verlegen und unterbrach damit die Stille.

»Und zwei Verdächtige. Eleanor Owens und den merkwürdigen Mann, der auf Ihr Haus gestarrt hat.« Er nahm noch einmal Charles Montforts Agenda zur Hand und blätterte darin. Er deutete auf die Notiz für den 15. Oktober – *Kinch. VHW, 23 Uhr.* »Ich gehe am 15. zur Werft von Van Houten und sehe mich da mal um.«

»Aber mein Vater lebt nicht mehr. Er geht nicht an Bord der Kinch«, entgegnete Jo irritiert.

»Das Schiff wird vermutlich trotzdem noch da sein. Vielleicht geht jemand an seiner Stelle an Bord. Dieser Jemand könnte etwas wissen.«

»Ich komme mit«, kündigte Jo an.

»O nein, das werden Sie nicht tun«, sagte Eddie. »Das Hafenviertel ist keine angenehme Gegend.«

»Aber wie soll ich sonst erfahren, was passiert ist?«, fragte Jo enttäuscht und verärgert. Gerade eben arbeiteten sie noch als gleichwertige Partner zusammen daran, ein Verbrechen aufzuklären. Jetzt trieb er alles ohne sie voran. »Wie wollen wir uns verständigen?«, fragte sie weiter. »Ich kann nicht plötzlich Briefe oder Besuche von einem jungen Mann bekommen, den meine Mutter nicht kennt. Und ich kann nicht unter meinem Namen an Ihre Adresse schreiben. Was ist, wenn Ihre Vermieterin herumtratscht?«

»Wir werden uns schreiben, aber als Absender falsche Namen angeben«, schlug Eddie vor. »Ich schreibe Ihnen alles, was ich herausfinde.«

»Das könnte funktionieren«, sagte Jo ein wenig besänftigt. Das war nicht das, was sie eigentlich wollte, aber immerhin wäre sie nicht ganz ausgeschlossen. »Ich bin ... Joseph. Joseph Feen. Sie könnten Edwina Gallagher sein. Sogar das werde ich erklären müssen – einen Brief von einem Mädchen, dessen Namen meine Mutter noch nie gehört hat. Ich sage, Sie sind eine Schneiderin, die mir meine Freundin Trudy empfohlen hat.«

Die Uhr auf Eddies Kaminsims schlug ein Mal – ein Uhr nachts.

»Ich wusste gar nicht, dass es schon so spät ist. Ich muss nach Hause«, sagte Jo besorgt, weil sie unbemerkt wieder in ihr Haus kommen musste.

»Ich begleite Sie«, erklärte Eddie und stand auf.

»Aber das ist nicht nötig«, protestierte Jo.

»Lassen Sie's gut sein, Jo«, erwiderte Eddie, und Jo war klar, dass er nicht mit sich reden lassen würde.

Eddie nahm sein Jackett von der Stuhllehne und schlüpfte hinein. Jo hatte ihres gar nicht ausgezogen. Sie sah sich noch einmal in dem

Zimmer um, denn sie wäre gern noch geblieben. Es war klein, aber nicht beengend. Ganz im Gegenteil.

Hier kann ich atmen, dachte sie. Anstatt zwischen Topfpalmen und dem ganzen Porzellan fast zu ersticken.

Auf dem Broadway hielten sie eine Droschke an. Jo erklärte Eddie, sie werde am Irving Place aussteigen, und er dürfe ihr nicht folgen. Falls jemand sie erwischte, wenn sie durch die Küche ins Haus ging, akzeptierte man vielleicht die Erklärung, dass sie nicht schlafen konnte und ein wenig an die frische Luft gehen wollte. Aber wenn er dabei war, würde sie das ganz sicher niemals erklären können. Widerwillig sah Eddie das ein. Als er den Kutscher bezahlen wollte, ließ Jo das nicht zu. Sie gab dem Mann auch das Fahrgeld für Eddies Rückweg.

»Jedes Zusammentreffen mit Ihnen wird zum Abenteuer, Jo Montfort. Sie sind ein sehr ungewöhnliches Mädchen«, sagte er, als sie aus der Kutsche stieg.

»Ach nein, nicht wirklich. Die meisten Mädchen sind in vielem so wie ich. Auf unsere Fragen wollen wir Antworten«, entgegnete Jo.

»Allerdings suchen sie die wenigsten im Leichenschauhaus. In dem Punkt gebe ich Ihnen recht.«

Eddie lächelte, wurde dann wieder ernst. »Das war eine sehr anstrengende Nacht für Sie. Das tut mir leid. Ich hoffe, Ihnen ist klar, auf was Sie sich eingelassen haben. Was jetzt kommt, wird nicht einfach werden. Ich bezweifle, ob Sie heute zum letzten Mal um Ihren Vater geweint haben.«

Jo sah zu ihm auf, in seine unglaublich blauen Augen. Schon einige Male hatte sie Verärgerung darin gesehen. Arroganz. Vergnügen. Sogar Zorn. Doch jetzt erkannte sie noch etwas anderes – eine tiefe, von Herzen kommende Freundlichkeit.

»Nein, sicher nicht«, sagte sie traurig. »Aber es war das erste Mal.«

18 ◀◀◀

»Mädchen, Hündinnen, Stuten – es geht doch immer um dieselbe Frage: Wird sie trächtig?«

»Grandma«, sagte Mrs Aldrich mit warnendem Unterton.

»Nimm bloß mal meine Lolly hier. Sie ist eine stramme kleine Madame und wirft sich immer willig ins Gefecht, aber sie wird einfach nicht schwanger. Ich hab's mit einem Rüden nach dem anderen versucht. Sie ist niedlich. Auch pfiffig. Aber wenn eine Hündin keinen Nachwuchs bringt, ist sie wertlos.«

Jo sah Trudy an und Trudy Jo. Ihre Augen wurden immer größer. Sie standen im Foyer von Herondale vor den geschlossenen Türen zum Salon und warteten auf Addie, Bram, Gilbert Grosvenor, Jos Cousin Robert und ihre Cousine Caroline. Die beiden Mädchen hatten nicht mitbekommen, dass jemand im Salon war, doch dann hörten sie Grandmas Stimme. Trudy war grinsend zur Tür geschlichen und winkte Jo, auch zu kommen. Natürlich sollten sie nicht horchen, aber sie konnten nicht widerstehen.

»Sie sind es eben gewöhnt, dass immer alles nach Ihrem Willen geht, Grandma, aber in dieser Angelegenheit müssen Sie Anna Montfort zugestehen, dass sie entscheidet«, sagte Mrs Aldrich.

Trudy griff nach Jos Arm. »Jede Wette, dass die über dich und Bram reden!«, flüsterte sie. Sie machte einen Kussmund. Jo stieß sie mit dem Ellbogen an.

»Das werden wir noch sehen«, sagte Grandma. »Wenn Anna sich nicht auf die Partie einlassen will, dann gibt es genügend andere, die sofort zugreifen. Wir sollten nicht vergessen, dass sie eine Schermerhorn war, bevor sie eine Montfort wurde.«

»Und was, bitte, bedeutet das? Die Schermerhorns sind eine sehr angesehene Familie.«

»Anna stammt aus einem Nebenzweig dieser Familie, und deren Frauen sind nicht gerade die produktivsten im Kinderkriegen«, sagte Grandma. »Sie hatte nur zwei Babys und hat eines davon ein paar Tage nach der Geburt verloren. Schade drum. Es war ein Junge. Wie wäre es mit der hübschen Harriet Buchanan für Bram? Sie hat eine gute Figur und selbst sechs Geschwister. Und ihre Mutter war eins von acht Kindern. Allerdings war Hannah Buchanan, Harriets Großmutter, ziemlich verrückt. So etwas vererbt sich ja nun auch.«

»Und Bram? Hat er da auch etwas zu sagen? Er möchte Harriet Buchanan nicht heiraten. Er macht sich überhaupt nichts aus ihr«, erwiderte Mrs Aldrich hitzig.

»Leidenschaft ist etwas für die unteren Stände«, schnaubte Grandma. »Wir Aldriches sind weder Buchhalter noch Ladenmädchen. Unsere Ehen werden mit dem Verstand geschlossen, nicht mit dem Herzen, damit unsere Familien und unsere Vermögen erhalten bleiben. Die Liebe kommt dann im Lauf der Zeit. Und falls nicht, na ja, für den Fall haben wir unsere Hunde und Gärten, um uns zu trösten.«

Das Gespräch wurde unterbrochen, weil einer der Hunde ermahnt werden musste, dann sprach Grandma weiter. »Mein Sohn wird das nicht gut geregelt hinterlassen können.« Jo konnte hören, wie traurig sie war.

»Darüber möchte ich nicht sprechen«, sagte Mrs Aldrich.

»Aber wir müssen darüber sprechen«, beharrte Grandma. »Peter hat vielleicht noch ein Jahr zu leben, dann wird Bram das neue Familienoberhaupt. Was wird aus dem Jungen? Ein Junggeselle in einer tristen Wohnung in der Stadt? Wie soll er mit den Belastungen eines Lebens als Geschäftsmann fertigwerden, wenn er niemanden an seiner Seite hat? Wie soll der Name Aldrich ohne neue Söhne weiterbestehen? Bram hätte schon längst um Jos Hand angehalten, wenn nicht diese schreckliche Geschichte mit Charles passiert wäre. Wie lange müssen wir denn warten?«

Jo hielt die Luft an, voller Angst vor der Antwort. Sie wollte weg, doch Trudy zog sie zurück.

»Ich habe Anna dazu gefragt. Sie ist nicht dafür, dass es jetzt schon einen Heiratsantrag gibt. Das hält sie für verfrüht«, sagte Mrs Aldrich. »Besonders nach dem Tod des armen Charles.«

Jo atmete erleichtert aus.

»Verfrüht, dass ich nicht lache. Anna Montfort will sich einfach noch nach ein paar besseren Kandidaten umsehen. Sie möchte ihre Tochter sehr gut versorgt wissen und wird nur die besten Angebote annehmen.«

»Grandma! Wie können Sie so etwas sagen!« Empört hob Mrs Aldrich ihre Stimme.

Jo war gekränkt. Nach Grandmas Worten fühlte sie sich wie ein Sack Mehl oder ein Haufen Kleider.

»Ist aber wahr«, widersprach Grandma. »Die Montforts haben Geld, allerdings nicht so viel wie wir. Aber ihre Brut hat Klasse, das muss man ihnen lassen. Ihr Stammbaum gehört zu den besten im ganzen Land. *Das* kann das ganze Geld von New York nicht kaufen, und Anna weiß das genau. Mein Enkel ist ein Narr, wenn er noch mehr Zeit vertut. Er sollte sich das Mädchen schnappen, bevor sie ihm ein anderer wegnimmt.«

»Jo ist erst siebzehn. Anna findet, dass achtzehn das richtige Alter für eine Heirat ist.«

»So ein Unsinn! Heutzutage wird in diesen Dingen viel zu viel Rücksicht genommen. Ich wurde mit sechzehn verheiratet. Meine Mutter mit fünfzehn. Die Mädchen haben ihre oberste Pflicht aus den Augen verloren: Ehe und Mutterschaft. Wie soll eine ordentliche Familie heranwachsen, wenn man nicht jung damit anfängt? Bram sollte mit Jo zum Ball der Jungen Kunstfreunde gehen.«

Mrs Aldrich brach in Gelächter aus. »Jo ist noch in der Trauerzeit wegen ihrem Vater. Sie kann auf keinen Ball gehen!«

»Kann sie wohl, so lange sie nicht tanzt.«

»Sagt wer?«

»Ich.«

Der Ball der Jungen Kunstfreunde war *das* gesellschaftliche Ereignis in dieser Zeit. Er fand im Metropolitan Museum of Art statt, um Geld für Kunstankäufe zu sammeln. Die Mädchen erhielten Tanzkarten und verkauften jeden Tanz an einen jungen Mann. Dieser Ertrag kam dem Museum zugute. Der Ball war als ziemlich genauer Gradmesser für die Zuneigung der jungen Leute untereinander bekannt. In den Wochen danach gab es immer viele Heiratsanträge.

93

»Lass Bram Jos ganze Karte kaufen, auch wenn sie selbst nicht tanzen kann. Damit wissen es alle: Miss Josephine Montfort ist vergeben«, sagte Grandma. »Sie kann ein schwarzes Kleid tragen und ganz außen im Saal sitzen. Dann haben die Klatschtanten nichts zu reden.«

»Das wird Anna nie erlauben.«

»Wird sie. Ich werde selbst mit ihr darüber sprechen«, entgegnete Grandma geheimnisvoll. »Komm, Lolly, runter da. Wir müssen ein neues Fohlen besuchen.«

Jo und Trudy hörten, wie Grandma aufstand. Schnell liefen sie aus dem Foyer ins Musikzimmer, damit sie nicht entdeckt wurden.

Trudy warf sich kichernd auf ein Sofa. »Wenn eine Hündin nicht wirft, ist sie nutzlos!«, wiederholte sie im selben Ton wie Grandma.

Jo kicherte nicht und prüfte vor einem Spiegel den Sitz der Brosche an ihrem Hals. »Bei ihr klingt das alles wie etwas, das sich in einer Hundezucht abspielt«, sagte sie ärgerlich.

»Wenn es nach Grandma geht, heiratest du nächstes Jahr und bist ein Jahr darauf Mutter. Bram Aldrich ist eine so gute Partie. Er ist klug. Auf seine Art sehr nett. Und sogar noch reicher als Gilbert Grosvenor.«

»Ja, stimmt«, erwiderte Jo unkonzentriert.

»Deine Hochzeit muss sagenhaft elegant werden, da solltest du um die Taille noch ein wenig abnehmen.«

Jo streckte ihrem Spiegelbild die Zunge heraus.

Trudy sah es. »Willst du denn in deinem Hochzeitskleid aussehen wie ein Bierfass?«, fragte sie.

»Sechzig Zentimeter Taille machen wohl kaum ein Bierfass aus mir«, gab Jo zurück. »Außerdem ist es nicht gesund, wenn man zu dünn ist. Die Frauen mit den modernen Kleidern sagen das alle.«

»Ja, genau. Und die kriegen alle keinen ab.«

Trudys Taille hatte ungefähr fünfzig Zentimeter. Jo wusste, dass sie Tag und Nacht ein extra eng geschnürtes Korsett trug, das so stramm gezogen wurde, dass sie eine Figur wie eine Sanduhr bekam. Jo weigerte sich, so ein enges Korsett zu tragen, sehr zum Verdruss ihrer Mutter.

»Eure Hochzeitsreise geht natürlich nach Europa«, fuhr Trudy aufgeregt fort. »Und dann wohnt ihr in einem schönen neuen Haus an der Fifth Avenue. Direkt gegenüber von mir. Im Sommer wirst du in Newport sein, und du wirst Wagenladungen Kleider und Schmuck besitzen. Oh, Jo, das ist so eine gute Nachricht, nachdem du so einen schrecklichen Verlust erleben musstest. Du bist sicher das glücklichste Mädchen der Welt!«

»Hm, vermutlich.« Jo wusste, dass sie es sein sollte. Der Gedanke an einen Heiratsantrag von Bram Aldrich, einem der begehrtesten Junggesellen von New York, hätte die meisten Mädchen schwindlig gemacht, sogar noch in einer Trauerzeit.

Trudy musterte sie. »Was ist los, Jo Montfort, du bist ja überhaupt nicht glücklich. Wieso denn nicht?«

Jo schaute immer noch in den Spiegel und antwortete nicht. Ja, Jo, warum eigentlich nicht?, fragte sie sich. Mrs Aldrich hatte sie für das Wochenende aufs Land eingeladen, um sie ein wenig aufzumuntern. Und ihr Onkel hatte sich bei ihrer Mutter dafür eingesetzt, dass sie fahren durfte. Gestern Abend war sie angekommen – am Freitag. Jetzt war es erst Samstagmorgen, und sie wollte einfach nur zurück in die Stadt. Zeit mit ihren alten Freunden, die aufregende Aussicht, dass es vielleicht einen Heiratsantrag gab – das alles wäre im Grunde genug, um sie heiterer zu stimmen. Früher hätte das funktioniert, doch jetzt nicht mehr.

Seit ihrem Besuch in der Reade Street hatte sich alles verändert. Sie hatte die Wahrheit über den Tod ihres Vaters wissen wollen, und die kannte sie nun. Dieser Moment teilte ihr Leben seitdem in ein Davor und ein Danach. Sie war unruhig und unaufmerksam und musste immer wieder an ihren Besuch im Leichenschauhaus denken, an das, was sie dort gehört hatte. An Oscar Rubin und seine Wissenschaft vom Tod, an Eleanor Owens, das Schiff Kinch, den merkwürdigen Mann, der zu den Fenstern des Arbeitszimmers hochgestarrt hatte …

… und an Eddie Gallagher.

In seinen Armen hatte sie geweint. Sie hatte sein Hemd ruiniert. Noch nie hatte sie vor einem anderen Menschen so geweint. Nicht einmal vor ihrer Mutter. Wieso hatte sie einem Jungen, den sie kaum kannte, ihr Herz so offenbart? Oder warum presste sie ihre Jacke, nachdem sie sie in jener Nacht in ihrem Zimmer ausgezogen hatte, an ihr Gesicht und sog tief seinen Duft ein?

»Josephine Montfort, der Sohn von einem der reichsten Männer in New York wird um deine Hand anhalten. Warum bist du nicht glücklich darüber?«

»Darum, Trudy«, antwortete Jo gereizt.

»Wie *darum*?«

»Weil ich kein Spaniel bin! Und ich habe keine Lust, dass sich mein ganzes Leben nur um ...«, sie senkte ihre Stimme, »... *Brut* dreht!«

»Wird es auch nicht, Dummerchen! Es wird jede Menge Partys und Ausflüge geben. Tapeten. Schönes Porzellan. Und Polstermöbel.«

Jo knurrte.

»Also wenn dir das alles auch nicht gefällt – was willst du denn dann?«

»Etwas anderes als drei Hündchen – ich meine *Babys* –, bevor ich zwanzig bin!«

»So schlimm wird das nicht. Die wirfst du aus und gibst sie dann dem Kindermädchen.«

Jo seufzte.

Trudy sah sie fragend an. »Hast du gerade diese Tage im Monat?«

»Nein!«, rief Jo errötend.

»Aber was ist denn dann? Oh! Ich glaube, ich weiß es.«

»Wirklich?«, fragte Jo alarmiert. Sie teilte sich mit Trudy ein Zimmer. Hatte sie etwa im Schlaf über Eddie gesprochen?

»Es ist wegen deinem Geschreibsel, stimmt's? Das möchtest du nicht aufgeben.«

»Ja, Trudy, das möchte ich nicht aufgeben«, gab Jo erleichtert zu. »Und es ist kein Geschreibsel. Das heißt Journalismus.«

»Vielleicht musst du das gar nicht sein lassen. Bram könnte dir doch erlauben, dass du irgendwo eine Kolumne schreibst. Wie man

Blumensträuße arrangiert oder Zimmer dekoriert. Unter einem anderen Namen natürlich«, schlug Trudy vor.

Jo ließ sich auf das Sofa fallen und lehnte ihren Kopf an die Schulter ihrer Freundin. »Wie wird das, was glaubst du? Ob das sehr scheußlich ist?«

Trudy tätschelte Jos Hand. »Heiraten? Natürlich nicht. Vielleicht ein bisschen nervenaufreibend, mit den ganzen Vorbereitungen, aber nicht scheußlich.«

»Nein, nicht das Heiraten. Ich meine das andere. Das, womit die ganzen Babys entstehen, die ich laut Grandma unbedingt bekommen muss.«

»Ach, *das*. Das beschäftigt dich?«

»Unter anderem.«

»Ich befürchte, dass ich dir da keine Auskunft geben kann, da ich mich ganz rein erhalten habe für Mr Gilbert Grosvenor. Zumindest ab der Taille.«

Jo hob den Kopf und sah Trudy an. »Wie meinst du das denn?«

Trudy kicherte. »Na ja, dieser süße Junge, der die Äpfel für das Pensionat liefert. Also, seine Lippen sind nicht das Einzige, was an ihm reizvoll ist. Seine Hände beispielsweise auch. Er durfte mich anfassen. Unter meiner Bluse.«

»Trudy, ich glaub's nicht«, flüsterte Jo schockiert. Sie biss sich auf die Lippe. »Und wie war das?«

»Herrlich«, seufzte Trudy. »Wenn doch bloß *der* ein Grosvenor wäre.« Sie senkte ihre Stimme. »Und wegen dem anderen hab ich mich ein bisschen umgehört. Die Frau, die unsere Wäsche wäscht, die sagt, dass man einfach die Augen zumacht und ein paar Ave-Marias aufsagt, bis er fertig ist. Aber unser Küchenmädchen Maggie sagt, wenn du den Jungen richtig gernhast, wenn er sich gut anstellt und sauber ist, dann ist es das Tollste überhaupt.«

Jo versuchte, sich das vorzustellen, doch dank Grandma sah sie immer nur zwei Hunde, einer auf dem anderen, und das sah überhaupt nicht toll aus.

»Und wenn man ihn nicht gernhat? Hast du daran mal gedacht? Nackt im Bett mit einem Mann, den man nicht mag?«, fragte sie.

»Die ganze Zeit«, antwortete Trudy und starrte düster auf ihren Verlobungsring. Gilbert Grosvenor hatte vor einer Woche um ihre Hand angehalten. Im Mai sollte ihre Hochzeit stattfinden.

»Oh, Trudy. Wie willst du das ...«

»Keine Ahnung. Irgendwie«, erwiderte Trudy knapp. »Aber *du* bist doch verliebt in Bram. Kann ja gar nicht anders sein. Deshalb wird das für dich überhaupt kein Problem.«

»Nein, natürlich nicht«, sagte Jo schnell und sah zur Seite. Sie starrte auf den Kamin. »Aber ich meine nicht mich. Ich rede von dir. Und wenn du deine Verlobung rückgängig machst?«

Trudy schnaubte verächtlich. »Wofür soll das denn gut sein? Um den Apfeljungen zu heiraten und in Armut zu leben bis ans Ende meiner Tage? Nein, vielen Dank. Ich werde nicht arm sein. Oder so ein altes Mädchen. Oder ein Blaustrumpf mit Fliege. Äpfel und Küsse sind ganz nett, aber das hier ist netter.« Mit einer Armbewegung umfasste sie das gesamte Musikzimmer mit der bemalten Decke, den seidenen Kissen und wertvollen Statuen.

Für Trudy ist das ein Tauschgeschäft, erkannte Jo. Sie war beeindruckend schön und würde ihre Schönheit für Geld einsetzen – das Geld von Gilbert Grosvenor. Liebe war in diesem Geschäft nicht vorgesehen. Diese Erkenntnis ließ Jo ein wenig frösteln – und noch etwas mehr, als sie sich an Grandmas Versicherung erinnerte, ihre Mutter würde genauso ein Tauschgeschäft auch für sie planen.

»Und wenn wir unser eigenes Geld hätten, Tru?«, fragte sie, weil ihr plötzlich bewusst wurde, wie ungerecht dieser ganze Handel war. »Wenn *wir* diejenigen mit Arbeit wären, mit eigenen Konten, eigenen Investments? Wäre das Leben dann nicht ganz anders?«

»Du bist heute wirklich seltsam. Red doch keinen Unsinn.« Sie nahm Jos Hand. Jetzt starrten sie beide in den leeren Kamin. »Und zerbrich dir nicht so den Kopf über das Ding mit der Hochzeitsnacht. Ich bin als Erste dran. Ich erzähl dir alles darüber. Dann weißt du genau, was dich erwartet. Du kannst mich in meinem neuen, grandiosen Haus besuchen, sobald wir von der Hochzeitsreise zurück sind. Wenn du kommst, gibt's ein wunderbares Frühstück, nur für uns beide. Von meiner Köchin zubereitet und von meinem Dienstmädchen serviert.«

Jo drückte Trudys Hand. »Und wo genau auf der Fifth Avenue wird dieses grandiose Haus sein? In den 70ern? Oder eher bei den 80er-Hausnummern?«, fragte sie.

»Ich bin mir noch nicht ganz sicher, aber du wirst es bestimmt finden«, antwortete Trudy kläglich. »Halt einfach Ausschau nach einer ganzen Menge Hunde und einem ziemlich großen Garten.«

—19—

Schritte auf dem Gang vor dem Musikzimmer, dann eine Männerstimme: »Hab ich dich gefunden!«

Jo drehte sich lächelnd um. Bram war da. Mit ihm kamen Addie und Gilbert ins Musikzimmer, hinter ihnen Caroline und Rob.

»Ist Grandma in der Nähe? Ich hab doch ihre Stimme gehört?«, fragte Addie und sah besorgt aus.

»Sie will ein neugeborenes Fohlen begutachten«, sagte Jo.

»Gut. Am besten verziehen wir uns, bevor sie auch noch dein Gebiss prüfen will, Jo. Oder Trudys Bein hochhebt, um sich den Huf anzuschauen«, warf Bram boshaft ein.

Alle lachten, außer Gilbert. Er hatte erst gestern zu verstehen gegeben, dass er Anspielungen auf Körperteile in Anwesenheit von Damen unangebracht fände.

Die Freunde verließen das Haus, um ein wenig spazieren zu gehen. Es war ein sonniger, heller Oktobervormittag und noch so warm, dass die Frauen nur ein Schultertuch umzulegen brauchten. Die ganze Gruppe war in bester Stimmung und unterhielt sich angeregt – bis auf Trudy. In den wenigen Minuten, seit sie gemeinsam das Musikzimmer verlassen hatten, hatte sie sich völlig verändert. Ihre Heiterkeit und Lebendigkeit waren verflogen. Still und in sich gekehrt gab sie andauernd Gilbert recht und wiederholte seine Ansichten.

Ein nickender, lächelnder Affe, grollte Jo innerlich.

Einmal hatte Trudy zu ihr gesagt, sie würde sich von Gilbert nicht ihren Humor nehmen lassen, doch Jo war sich da nicht sicher. Wie eine dunkle Wolke war Gilbert imstande, allen die Stimmung zu vermiesen. Wie würde sich das auf Trudy auswirken, wenn sie erst einmal ein paar Monate mit ihm verheiratet war? Oder einige Jahre? Besiegt wird sie sein, dachte Jo, eine Langweilerin. Allein diese Vorstellung fand sie schon deprimierend.

Bram bot Jo seinen Arm, sie nahm ihn. Gilbert bot einen Arm Trudy, den anderen Caroline. Addie hatte Rob als Kavalier. Die sieben gingen hinunter zum Fluss.

»Du siehst heute reizend aus«, sagte Bram zu Jo.

»Oh, besten Dank, mein lieber Herr«, antwortete sie.

Er legte seine Hand auf ihre – eine sehr offenherzige Geste für ihn. »Du hast wieder Farbe auf den Wangen, und das freut mich. Obwohl du immer noch verändert bist. Du wirkst so abgelenkt. Ich hoffe, dass dich die Tage hier etwas aufheitern.«

»Das haben sie schon getan.« Jo musste angesichts seiner Besorgtheit lächeln. »Hattet ihr drei heute früh einen schönen Ausflug?«, erkundigte sie sich. Bram, Rob und Gil waren ziemlich früh in einer Kutsche aufgebrochen.

»O ja. Ich hab den beiden den Kai gezeigt, wo bei Kip's Landing die Fähren ankommen sollen. Gil findet auch, dass wir den Kai vergrößern sollten und dass die Einnahmen aus Schiffen, die dort zusätzlich anlanden könnten, die Baukosten ziemlich schnell wieder einspielen würden.«

Jo sah Bram an, während er sprach. Ein groß gewachsener, schlanker Mann von zwanzig Jahren, den man eher bewunderte, als dass man ihn mit Leidenschaft in Verbindung bringen würde. Er war intelligent, kultiviert und hatte vor Kurzem sein Studium an der Columbia Law School abgeschlossen. Mit seiner hohen Stirn und dem leicht zurückweichenden Haaransatz wirkte er älter, doch Trudy hatte recht: Auf seine Art war er anziehend. Er hatte ein offenes

Lächeln, warme, braune Augen und bewegte sich leicht und mit ruhigem Selbstbewusstsein. Er hatte sich immer im Griff und trat der Welt stets unbeschwert gegenüber – vielleicht deshalb, dachte Jo, weil seiner Familie so viel von dieser Welt gehörte.

Während sie eine Wiese überquerten, sprach er über Fähren, Züge und unterirdische Eisenbahnen. Die Aldriches besaßen mehrere Tausend Hektar Land im Tal des Hudson, ein ansehnliches Stück von Manhattan sowie ausgedehnte Gebiete der Bronx. Zurzeit ließen sie auf dem Ackerland dort einige breite Straßen anlegen, um neue Häuser bauen zu lassen für Leute, die jetzt noch in engen Mietshäusern in Manhattan lebten und dann hoffentlich dorthin umziehen würden. Brams Vater Peter Aldrich war durch eine Krankheit ans Bett gefesselt, daher lastete die Verantwortung für das Vermögen der Familie ganz und gar auf Brams Schultern. Für einen so jungen Mann war das eine schwere Bürde, und aus diesem Grund war Grandma so darauf erpicht, dass er möglichst bald heiratete.

Während Jo den jungen Mann betrachtete, der sehr wahrscheinlich bald ihr Ehemann werden würde, erinnerte sie sich an eine Bemerkung von Trudy: *Aber du bist doch verliebt in Bram. Kann ja gar nicht anders sein.*

Stimmt das?, fragte eine leise Stimme in ihr.

Natürlich stimmte das, keine Frage. Ja, ganz sicher, sie liebte Bram. Er war einer ihrer liebsten Freunde. Sie kannten einander seit ihrer frühesten Kinderzeit.

Aber bist du verliebt in ihn?, fragte die Stimme hartnäckig.

Und Jo musste feststellen, dass sie darauf keine Antwort hatte. Sie liebte Bram, das schon, denn er war freundlich und anständig und ein aufrechter Kerl. Er ließ den Leuten den Vortritt an der Tür und unterhielt sich mit halb tauben Tantchen und benutzte nie anstelle einer Fischgabel eine Salatgabel. Doch aus den gleichen Gründen liebte sie auch ihren Cousin Rob.

Verliebt sein in jemanden – das war allerdings etwas komplett anderes. Trudy riskierte dafür, dass sie von der Schule verwiesen wurde – wegen ein paar Küssen von ihrem Apfeljungen. Die Sänger von Liedern wie *Oh, Promise Me*, die Mrs Nelson immer sang, schmachteten von nichts anderem. Verrückt, schlimm und gefährlich war das, und obwohl Jo keine Ahnung hatte, wie es sich anfühlte, vermutete sie doch, dass es eher nichts mit alten Tantchen oder Fischgabeln zu tun hatte.

»Wahrscheinlich langweile ich dich unendlich«, sagte Bram jetzt, nachdem er ihr ein neues Wohnhaus geschildert hatte, das gerade direkt am Central Park gebaut wurde.

»Überhaupt nicht!«, protestierte Jo. Sie war zwar mit ihren Gedanken ganz woanders gewesen, doch die rasanten Veränderungen in der Stadt und die Kräfte, die dahinter wirkten, faszinierten sie tatsächlich.

»Du bist schon eine schamlose Lügnerin. Meine Arbeit kannst du doch nicht wirklich interessant finden. Kein Mädchen könnte das. Welches Thema wäre denn für weibliche Interessen geeigneter? Das Wetter? Ist das heute nicht einer der schönsten Herbsttage, die du je erlebt hast? Und Herondale ist wirklich genau der richtige Ort dafür.«

Jo war enttäuscht von diesem Themenwechsel, doch sie lächelte und stimmte Bram zu. Und wer ist jetzt der Affe?, fragte sie sich.

»Ich liebe das alles hier, Jo. Ich bin unglaublich gern hier. Die Grenzen von Herondale wirken auf mich wie hohe Mauern, die uns vor der Welt da draußen schützen.«

»Ja, stimmt«, sagte Jo. »Das fand ich auch schon immer.«

Bisher war das tatsächlich so, doch jetzt erlebte sie diese Mauern zum ersten Mal anders. Sie hielten die Welt fern, doch sie sperrten sie, Jo, auch ein. Sie schaute auf ihre behandschuhte Hand, die so ruhig auf Brams Arm lag, und sah wieder, wie dieselbe Hand sich in Eddies Hemd gekrallt hatte. Und mit einem Mal fühlte sie sich unendlich einsam. Sie hätte sich Bram so gern anvertraut und ihm von ihrem Vater erzählt. Doch das ging nicht, er würde das alles nicht verstehen.

Eddie verstand sehr wohl.

Sie sah ihn vor sich – zerknittert, schnoddrig, mit seinen Frotzeleien, seinem schnellen Schritt, den Manschetten voller Tintenflecken und seinen sprühenden blauen Augen. Er war so anders als die

Jungen, die sie bisher kennengelernt hatte, mit ihrem verbindlichen Lächeln, den gut sitzenden Anzügen und gebügelten Hemden. So anders als Eddie.

So gern wäre Jo jetzt mit Eddie zusammen. In seinem Zimmer. Mit seinen Sachen. Sie wünschte sich, dass sie ihren Kopf noch einmal an seine Schulter lehnen und spüren könnte, wie er sie in seinen Armen hielt. Sie wusste, dass sie sich das alles nicht wünschen sollte, doch sie tat es, und das machte ihr Angst.

Rob rief nach Bram. Er deutete auf ein Schiff. Bram entschuldigte sich und ging zurück zu Rob, um zu sehen, was der wollte.

Robs Rufen riss Jo aus ihren Träumereien. Sie stand allein am Hochufer von Herondale. Ihr war nicht aufgefallen, dass sie so weit gegangen waren. Keine drei Meter von ihr brach die Klippe ab. Als Kinder machten sie, Addie, Bram und die anderen daraus eine Mutprobe: Man ging so nah an den Rand, wie man sich traute. Sie war immer diejenige, die sich am weitesten vorwagte.

Was mache ich denn da?, fragte sie sich. Ich bin hier, gehe mit Bram spazieren und denke gleichzeitig an Eddie. Wenn Bram das wüsste, wenn er wüsste, dass ich mich nachts aus dem Haus schleiche, dass ich im Leichenschauhaus war und in Eddies Wohnung ...

Jo schauderte bei dem Gedanken daran. Schon eine einzige dieser Grenzüberschreitungen konnte für sie alles zerstören. Neulich, als sie von der Reade Street zurückkam, hätte Theakston sie beinahe erwischt. Ganz knapp hatte sie es noch geschafft, vor ihm die hintere Treppe hinaufzulaufen. Und wenn er schneller gewesen wäre?

Jo blickte auf den breiten, majestätischen Hudson und spürte, dass sie am Rand eines wesentlich gefährlicheren Abhangs stand. Sie ging noch ein paar Schritte weiter und spähte vorsichtig über die Kante in das Nichts. Der Fluss schien sich zu ihr emporzuwölben. Eine Sekunde lang hatte sie das Gefühl, sie könnte wirklich über den Rand treten. Schrecklich – und berauschend.

»Jo!«, rief eine Stimme. »Pass auf!«

Bram. Er lief auf sie zu.

»Du machst mir Angst«, sagte er und nahm ihre Hand. »Komm zurück, Jo, bitte. Du bist dem Abgrund viel zu nah.«

20

Der Betrunkene schwankte bedrohlich. Er zog seine speckige Jacke glatt, wischte den Rotz von der Nase und lächelte: »Wie viel, hübsche Dame?«, fragte er nun schon zum dritten Mal.

Jo stand im Hauseingang der Van-Houten-Reederei an der South Street und verlor jetzt die Geduld. Der sollte endlich weggehen. In der Dunkelheit war ohnehin schwer zu erkennen, wer auf der Reede unterwegs war, und er stand ihr direkt im Blickfeld.

»Bitte, Fräulein«, lallte er, »Sie sind das hübscheste Ding, das ich je gesehen hab. Darf denn ein Mann nicht einmal in seinem Leben ein hübsches Ding kriegen? Wie viel muss ich denn berappen, damit Sie mit mir lustwandeln?«

»Lustwandeln?«, schnaubte ihm Jo ins Gesicht. »Mein Herr, kein Betrag, egal wie viel, wird mich dazu verleiten, mit Ihnen zu lustwandeln, zu spazieren oder irgendeine andere Form der Fortbewegung mit Ihnen zu pflegen. Guten Abend.«

»Mein Geld ist dir nicht gut genug? Ist es das?«, schrie der Mann. »Es ist so gut wie das von jedem anderen. Hier, da hast du's!« Aus einer Hosentasche zog er eine Handvoll Münzen und warf sie auf den Gehsteig.

»Um Gottes willen«, schimpfte Jo. Sie kniete sich hin – und war froh, dass sie wieder alte Sachen angezogen hatte –, sammelte die Münzen auf und gab sie ihm. »Sie sollten Ihr Geld nicht in der Gegend herumwerfen, sondern sich davon besser mal einen Kaffee leisten«, riet sie dem Mann. Dann ging sie. Sie hatte das Objekt ihrer Begierde entdeckt. Es trug derbe Hosen, das vertraute Tweedjackett und ein offenes Hemd ohne Kragen.

»Mr Gallagher!«, rief sie laut und rannte über die South Street zu den Docks.

Eddie überquerte gerade den schmalen Holzsteg zwischen zwei massiven Schiffsrümpfen. Als er Jo erkannte, wurde er sichtlich wütend.

O Mann, dachte Jo. Sogar wenn er sauer ist, sieht er gut aus.

»Eigentlich hätte ich jetzt gesagt, dass Sie das nicht sein können. Aber aus Erfahrung weiß ich, dass das sehr wohl Sie sein können«, begrüßte er sie. »Was machen Sie hier?«

»Ich habe Sie gesucht.« Jo lächelte ihn direkt an, in der Hoffnung, das würde ihn milde stimmen.

»Ich dachte, Sie machen sich eine schöne Zeit auf dem Landsitz der Aldriches? So steht es jedenfalls in den Klatschspalten.«

»Ich bin zurückgefahren.«

»Woher haben Sie gewusst, dass ich hier bin?«

»Heute ist der 15. Oktober. Sie sagten doch, dass Sie herkommen wollten.«

»Es war ausgemacht, dass Sie jetzt nicht hier sind«, bemerkte er und war immer noch ärgerlich. »Wir hatten eine Abmachung. Ihre Aufgabe war es, Informationen über die geschäftlichen Angelegenheiten Ihres Vaters zu sammeln, meine, hier bei den Docks zu recherchieren.«

»Eine Abmachung hatten wir schon, aber ich finde es ziemlich schwierig, meinen Teil einzuhalten. Über die Angelegenheiten meines Vaters habe ich absolut nichts erfahren können. Solange ich da bin, spricht niemand über solche Dinge. Weder mein Onkel noch sonst jemand. Sobald ich einen Raum betrete, wird nicht mehr über Schiffe und Gewürze gesprochen, sondern über Ponys und Petunien«, sagte sie seufzend.

»Haben Sie eine Vorstellung, wo Sie sich gerade befinden?«

»Das ist ja wohl eine dumme Frage.«

»Sie sind am Hafen.«

»Ach, ja? Deshalb sind vermutlich diese ganzen Dinger da.« Sie deutete auf die Kais und die Silhouetten der Schiffe, die dort Bug an Bug lagen, mit ihren hoch in den nächtlichen Himmel ragenden Masten.

Eddie fand das nicht witzig. »Das ist nicht lustig, Jo. Das ist hier eine der gefährlichsten Gegenden der ganzen Stadt.«

»So schlimm ist es auch wieder nicht«, meinte Jo leichthin. »Die Leute sind eigentlich ganz nett. Während ich auf Sie gewartet habe, wollte mir ein Mann sein ganzes Geld überlassen. Davor machte mir eine Frau Komplimente wegen meinem Kleid. Sie hat mich in ihr Haus eingeladen und sagte, dass ihre Freundin Della sicher Arbeit für mich hätte.«

Eddies Augen weiteten sich. »Versprechen Sie mir, dass Sie nie, nie wieder allein hierherkommen.« Mit jedem Wort wurde er immer lauter. »Versprechen Sir mir das, Jo. *Jetzt*. Oder wir brechen die ganze Geschichte ab.«

»Heute Abend sind Sie aber furchtbar aufgebracht«, sagte Jo. »Was hat Sie denn so aufgeregt?«

Eddie strich sich über das Nasenbein und wusste offenkundig nicht mehr, was er noch sagen sollte. »Gibt es irgendetwas, womit ich Sie davon überzeugen kann, dass Sie in eine Droschke steigen und nach Hause fahren sollen?«, fragte er.

»Nein, gibt es nicht. Sie könnten mir aber sagen, ob Sie die Kinch gefunden haben.«

Mit einer resignierten Handbewegung fand sich Eddie mit Jos Anwesenheit ab. »Hab ich nicht, und ich habe alle Kais abgesucht.«

»Vielleicht handelt es sich um ein gechartertes Schiff. Wenn viel los ist, macht man das bei Van Houten manchmal – zur Tee- oder Getreideernte beispielsweise –, weil die eigenen Schiffe nicht so viel Ladung auf einmal in die Häfen transportieren können. Wenn die Kinch eines von unseren Schiffen wäre, hätte ich sicher schon davon gehört. Papa hat vor mir nur selten von seiner Arbeit gesprochen, doch von seinen Schiffen hat er erzählt und mich auch auf einige mitgenommen. Er war sehr stolz auf sie«, erklärte Jo. »Die hier habe ich früher schon mal gesehen.« Mit einem Kopfnicken wies sie auf den eleganten Segler, dessen Bug sich über ihnen erhob. »Die *Emma May*. Ein Tee-Klipper.«

Während sie zur *Emma May* hochschauten, tauchte auf ihrem Deck plötzlich ein Mann auf. Er trug einen Anglersack aus Leinwand über der Schulter und betrat die Gangway. Drei schwarz-weiße Terrier mit großen Augen liefen hinter ihm her.

Eddie erkannte ihn. »Bill!«, rief er. »Bill Hawkins!«

Der Mann winkte und kam zu ihnen auf den Kai. »Schön, dich zu sehen, Eddie. Und wer ist das hübsche Ding da? Bist du eine von Dellas Mädchen?«, fragte er Jo.

»Sie ist ein Lehrling. Ich lerne sie an«, antwortete Eddie schnell, um Jo zuvorzukommen. »Bill Hawkins ... Josie Jones.«

»Entschuldigung, Fräulein, ich wollte nicht ... Na ja, ist egal«, sagte Bill verlegen. »Sehr erfreut.« Er zog galant seinen Hut, darunter kam lockiges rotes Haar zum Vorschein. Auch sein Bart war rot, seine Zähne beschädigt und gelb verfärbt.

»Ganz meinerseits, Mr Hawkins«, erwiderte Jo und überlegte, wer diese Della wohl war.

»Wie läuft's bei dir?«, erkundigte sich Eddie schnell. Jo merkte, dass er unbedingt das Thema wechseln wollte.

Bill öffnete den Sack, und Jo schaute hinein, obwohl sie es komisch fand, dass jemand nachts zum Fischen ging. Doch anstelle silbern schimmernder Schuppen wuselte eine schwarze Masse in dem Sack: Ratten. Dutzende Ratten. Einige waren tot. Andere lebten, wanden und krümmten sich, quiekten in Todesangst. Mit einem Aufschrei wich Jo zurück.

»Bill ist Rattenfänger«, erklärte Eddie. »Er und seine Hunde jagen die Viecher nachts in den Laderäumen der Schiffe.«

»Verstehe«, sagte Jo und wollte auf keinen Fall ihren Widerwillen zeigen.

Während Eddie noch sprach, wickelte Bill ein Tau um das obere Ende des Sacks und tauchte ihn dann ins Wasser. Die Hunde schauten winselnd zu, wie er unterging. »Hört auf zu jammern, Jungs!«, schimpfte Bill. »Von denen gibt's noch reichlich. New York wimmelt von Ratten!«

»Bill, wir suchen ein Schiff namens Kinch. Hast du eine Ahnung, ob die zurzeit hier liegt?«, fragte Eddie.

»Falls die da ist, ist sie mir nicht untergekommen. Den Namen hab ich noch nie gehört«, erwiderte Bill und spuckte einen Strahl Kautabak ins Wasser.

Enttäuscht wähnte sich Jo schon fast wieder in einer Sackgasse, doch Bill setzte noch nach: »Gibt einen, der könnte was wissen.

107

Shaw heißt der. Jackie Shaw. Einer vom alten Schlag. Ist auf ein paar Dutzend Schiffen gefahren.«

»Wo finde ich den?«, wollte Eddie wissen.

»Im Walsh's.«

Eddie stöhnte. »Nicht in *dem* Loch.«

»Doch. Wenn Jackie in der Stadt ist, dann findest du ihn da.« Bill pfiff seine Hunde zu sich. Sie ließen von einem Haufen mit Fischabfällen ab und liefen zu ihm.

»Danke, Bill.«

»Gern. Und gute Nacht«, verabschiedete sich Bill und trottete zum nächsten Schiff, die Hunde dicht an seinen Fersen.

Jo wollte herausfinden, was ein *Loch* war, doch zuvor bewegte sie noch etwas anderes. »Wer ist denn diese Della, von der dauernd die Rede ist? Und wo ist ihr Haus?«

»Della.« Eddie räusperte sich. »Also, Della ...«

»Ja, Della«, sagte Jo ungeduldig.

»Sie ... äh ... sie ... also, sie führt ein Haus ... ein Haus für Mädchen«, erklärte er verlegen. »Bill hat nur gemeint ... Ist ja schon spät und Sie hier so an den Docks ...«

»Ein Haus für Mädchen?«, wiederholte Jo. »Eine Art Institut, wo sie ihre Ausbildung fertig machen?«

»Ja, genau so etwas. Sie werden da fertiggemacht. Und wie.«

»Das ist ja jetzt wieder schrecklich geheimnisvoll«, stöhnte Jo genervt.

»Hier läuft etwas ganz falsch. Von Grund auf falsch.« Eddie schüttelte den Kopf. »Sie sollten nicht hier sein. Sie sollten zu Hause sein. In Ihrem hübschen Haus. Bei Milch und Keksen.«

»Ich habe doch nur gefragt ...«

»Machen wir jetzt wieder mit *unserem* Thema weiter, ja?«

»Von *mir* aus«, sagte Jo und war erstaunt, weil er so brüsk reagierte. Das Gespräch schien ihm sehr peinlich zu sein. Sie verstand nicht, wieso. »Vermutlich gehen wir jetzt zu Walsh's. Was ist denn ein *Loch*?«

»Ein Rattenloch von Bar im Keller eines Gebäudes«, sagte Eddie unkonzentriert. Skeptisch schaute er zur *Emma May* hoch.

Jo folgte seinem Blick. »Was ist?«

»Komisch, dass Bill nichts von der Kinch weiß. Sehr seltsam. Er arbeitet als Rattenfänger auf den Kais, seit er überhaupt laufen gelernt hat. Er kennt jedes Schiff, das in den Hafen kommt und ihn wieder verlässt. Falls die Kinch hier war, falls sie überhaupt jemals hier war, wüsste er das.«

Jo überlegte. »Vielleicht täuschen wir uns und Kinch ist gar nicht der Name eines Schiffes, sondern der einer Person. Als ich das Wort in der Agenda meines Vaters zum ersten Mal gelesen habe, kam es mir wie der Name eines Menschen vor, doch je länger ich darüber nachdachte, desto eigenartiger erschien mir das.«

»Aber Ihr Vater hat direkt neben das Wort *Kinch* die Buchstaben *VHW* für *Van-Houten-Werft* geschrieben. Warum sollte er sich um diese Uhrzeit mit einem Mann an den Kais verabreden?«

»Weil er mit den Buchstaben VHW vielleicht nicht direkt die Kais gemeint hat«, sagte Jo. »Mit Van-Houten-Werft hat er immer sowohl die Kais wie auch die Büros bezeichnet, denn die liegen direkt gegenüber an der Straße.«

Mit einem Kopfnicken deutete Eddie zum Bürogebäude von Van Houten. »Einen Schlüssel für die Büros haben Sie vermutlich nicht?«

»Nein. Warum?«

»Haben Sie Geld dabei?«

»Ja«, gab Jo zögerlich zu. Nach wie vor verwendete sie das Geld, das sie in der Agenda ihres Vaters gefunden hatte. Sie hatte ein schlechtes Gewissen dabei, doch wie sonst sollte sie ihre Fahrten in die Reade Street oder zum Hafen bezahlen? Ihre Mutter gab ihr kein eigenes Geld, junge Damen, die Bargeld mit sich führten, galten als gewöhnlich. »Warum fragen Sie?«

Eddie antwortete ihr nicht. »Warten Sie kurz hier«, sagte er nur.

Er lief die Straße hinunter zu einer Kneipe namens Sullivan's. Vor der Tür stand ein kleiner Junge, neben ihm ein dünnes, vielleicht sechzehn oder siebzehn Jahre altes Mädchen. Eddie sprach ein paar Worte mit den beiden und kam dann in Begleitung des Jungen zurück.

»Das ist Tumbler«, sagte er.

Bevor Jo Eddie fragen konnte, warum er ihn mitgebracht hatte, platzte Tumbler hervor: »Zwei Dollar.«

»Netter Versuch«, sagte Eddie.

»Dann eben einen Dollar.«

»Wie wär's mit fünfzig Cents?«

»Wie wär's, wenn du mich mal am Arsch leckst, du blöder Hurensohn.«

Jo blinzelte entsetzt. Der Bub war kaum älter als zehn.

»In Ordnung. Ein Dollar«, knurrte Eddie. »Dafür bringst du uns rein und *auch* wieder raus.«

Tumbler streckte seine Hand aus.

»Geld gibt's erst, wenn alles erledigt ist«, sagte Eddie zu ihm.

Tumbler spuckte aus und ging dann über die Straße zum Eingang der Van-Houten-Büros.

»Kommen Sie. Der ist fix«, sagte Eddie zu Jo.

Tumbler sah sich aufmerksam um, zog dann einen Stiefelknöpfer aus seiner Tasche und einen dünnen Metallstreifen, der an einem Ende wie ein L gebogen war. Beides schob er in das Türschloss.

Jo packte Eddie am Arm. »Der bricht da ein«, flüsterte sie.

»Ja«, grinste Eddie finster, »genau das macht der.«

21

»Eddie, das geht aber nicht«, protestierte Jo aufgebracht.

»Manchmal muss man etwas Falsches tun, um das Richtige zu erreichen«, sagte Eddie. »Nellie Bly hat gelogen, damit sie in die Irrenanstalt eingeliefert wurde und über die Misshandlungen dort berichten konnte. Wir brechen doch nicht ein, um Sachen zu klauen. Wir brechen ein, weil wir ein Verbrechen aufklären wollen. Falls Kinch *wirklich* ein Mensch ist und Ihr Vater ihn hier am 15. September getroffen hat – nach dem Eintrag in der Agenda könnte das ja so sein –, könnte es irgendwo Notizen darüber geben. Etwas, woraus wir erfahren, wer er ist.«

Jo zögerte, fassungslos angesichts der Vorstellung, dass sie jetzt ein Verbrechen begingen, ganz gleich, aus welchem Grund.

»Ich habe Ihnen doch schon gesagt, dass ich alles tun werde, damit ich diese Geschichte bekomme«, fügte Eddie hinzu. »Sie müssen hier nicht mitmachen. Ich ziehe das auch alleine durch.«

Aber ich bin Teil von dieser ganzen Geschichte, dachte Jo. Ich wurde in dem Moment zu einem Teil von ihr, als ich die Agenda meines Vaters aufgeschlagen habe.

Sie hörte ein metallisches Kratzen, während Tumbler herumwerkelte, dann klickte es ein paarmal, und schließlich drehten sich die Zähne im Schloss. Als sich die Tür öffnete, war Jo als Erste drinnen.

»Schließ hinter uns ab, für den Fall, dass ein Wachmann unterwegs ist. Vielleicht probiert er den Türgriff aus. Bleib dann in der Nähe«, sagte Eddie zu Tumbler. »Wir klopfen ans Fenster, wenn wir wieder rauswollen.«

Tumbler nickte, und Jo hörte, wie die Tür hinter ihnen abgeschlossen wurde.

Das Licht der Straßenlaternen fiel durch die Fenster und erleuchtete den Vorraum. An den Wänden hingen gerahmte, handkolorierte Landkarten der über die ganze Welt verstreuten Handelsplätze, an denen Van Houten tätig war. Immer, wenn Jos Vater mit ihr als Kind hierherkam, hatte ihr ein Angestellter Tee und Kekse gebracht. Die Landkarten lernte sie auswendig, während sie an den trockenen Keksen knabberte.

Es gab auch einige Fotografien, und eine zeigte ihren Vater und ihren Onkel vor vielen Jahren. Sie standen auf einem Kai voller Leute und sahen in ihren Leinenanzügen und mit sonnengebräunten Gesichtern richtig gut aus. Sie lächelten. Auf einem Schild hinter ihnen stand *Sansibar*. Jo wusste, dass das eine Insel vor der ostafrikanischen Küste war, eine wichtige Handelsstation für den Gewürzhandel von Van Houten. Es versetzte ihrem Herzen einen Stich, als sie ihren Vater so jung und lebenslustig sah.

Eddie betrachtete das Foto. »Wir sollten uns nicht lange hier aufhalten«, sagte er mit weicher Stimme.

Jo drehte sich zu ihm um. »Was kann ich tun?«

»Wir müssen nach Aufzeichnungen von Besprechungen suchen«, antwortete Eddie. »Wo könnte so etwas sein?«

»Keine Ahnung.«

»Überlegen Sie.«

Jo dachte kurz nach. Das Haus hatte zwei Stockwerke. Die Angestellten arbeiteten im Erdgeschoss. In hohen Schränken wurden dort Kontenbücher verwahrt, es gab einige lange, breite Holztische und einen eisernen Ofen. In der oberen Etage arbeiteten ihr Vater und die anderen Eigner. Besprechungen, so nahm sie an, fanden am ehesten dort statt.

»Oben, glaube ich«, sagte sie.

»Dann los.«

Im ersten Stock war alles dunkel. Die drei Fenster an der Straßenseite lagen höher als die Laternen, deshalb drang nur wenig Licht von draußen herein. Die vordere Hälfte der Etage war offen, in der Mitte standen ein rechteckiger Tisch und einige Stühle. Im hinteren Bereich befanden sich die Büros der Eigner, die man über einen kurzen, engen Flur erreichte.

»Wir versuchen es erst in den Büros«, sagte Jo.

Auf ihrem Weg dorthin stolperte Eddie in einen Garderobenständer, und Jo fiel fast über einen Hocker. Sie wagten es nicht, die Gaslampen anzuzünden, damit nicht jemand den Lichtschein durch die Fenster sah und misstrauisch würde, doch sie brauchten irgendeine Art von Beleuchtung.

»Hier muss doch eine Kerosinlampe sein«, sagte Jo. »Schauen Sie mal da drüben ...«

Ein Geräusch im Erdgeschoss ließ sie schweigen. Sie fröstelte. Das war die Tür. Jemand hatte sie gerade geschlossen. Ein Schlüssel drehte sich und sperrte sie zu.

Dann hörten sie Stimmen. Männerstimmen. Zwei. Jo erkannte eine. »Richard Scully«, flüsterte sie Eddie zu. »Einer von den Eignern.«

Eddie fluchte leise. »Ich wette, der andere ist ein Bulle. Jemand muss uns gesehen haben und hält uns für Diebe.«

»Die dürfen mich hier nicht finden!«, zischte Jo in Panik.

»Vielleicht sehen sie sich nur unten um und gehen dann wieder«, flüsterte Eddie.

Doch genau das geschah nicht. Stattdessen hörten sie Schritte, schwere und ruhige Schritte auf der Treppe. Scully und sein Begleiter – wer immer es sein mochte – kamen nach oben.

Jo und Eddie saßen in der Falle.

Jo hatte nur ein paar Sekunden, um ein Versteck zu finden – Sekunden, bevor Richard Scully sie entdecken würde, in einem dunklen Raum, mitten in der Nacht, mit einem etwas ungewöhnlichen Mann.

Panik erfasste sie. Eddie probierte die Türen der Büros, doch alle waren verschlossen. Die Schritte kamen näher. Scully und sein Begleiter mussten schon auf halber Höhe der Treppe sein. In wilder Aufregung sah Jo sich um, und da entdeckte sie die rettende Zuflucht: eine Besenkammer, direkt links neben der Treppe.

Sie packte Eddies Hand, und sie rannten durch den Raum. Jo betete, dass die Männer zu sehr in ihr Gespräch vertieft wären und das Knacken der Dielenbretter nicht hörten. Die Tür der Besenkammer hatte keinen Griff, nur einen Haken. Eddie schob ihn hoch und öffnete die Tür. Die Kammer war so groß wie ein Sarg. Ein Putzkittel hing an der Rückwand. Fast den ganzen Platz auf dem Boden nahm ein Kübel ein, in dem ein Wischmopp stand.

»Rein da!«, zischte Eddie. »Ich finde etwas anderes.«

Die beiden Männer waren jetzt auf dem Treppenabsatz. Im nächsten Moment würden sie in den Raum kommen.

»Keine Zeit«, flüsterte Jo. Sie trat in den Eimer und zog Eddie hinter sich her. Sie schlossen die Tür genau in dem Moment, als die Lampen zu sehen waren. Jo fand keinen festen Stand, verlor das Gleichgewicht und fiel auf Eddie. Wie durch ein Wunder gelang es ihr, dass der Eimer nicht klapperte.

»Ich kann in diesem Ding nicht gerade stehen«, flüsterte sie und klammerte sich an Eddie.

»Lehnen Sie sich an«, antwortete er flüsternd.

Er griff nach ihren Armen und hielt sie damit gerade. Eine seiner Schultern wurde gegen die Rückwand der Kammer gedrückt. Die andere befand sich nur wenige Zentimeter von der Tür. Jo war ihm so nah, dass sie seinen Herzschlag spüren konnte. Sein Geruch – nach Seife, Bier und Zigaretten – war so neu, so ungewohnt und überwältigend, dass sie einige Sekunden lang ihre ganze Angst vergaß.

Dann begann Richard Scully zu sprechen, und die Angst war wieder da. Jo konnte Scully deutlich verstehen. Der Haken war nicht eingerastet, die Tür stand einen winzigen Spalt offen. Durch den Spalt konnte Jo einen Teil des Tisches und die Wand dahinter sehen, die beiden Männer allerdings nicht.

»Whiskey?« Das war Scully.

Jo hörte keine Antwort, doch Scullys Begleiter musste genickt haben, denn als Nächstes hörte sie, wie ein Glasstöpsel aus einer Flasche gezogen und dann eine Flüssigkeit in ein Glas gegossen wurde.

»Setz dich«, sagte Scully.

Als der zweite Mann in Jos Gesichtsfeld trat und sich dann an den Tisch setzte, hielt sie den Atem an.

»Was ist?«, wisperte Eddie, und seine Lippen waren ganz dicht an ihrem Ohr.

»Das ist *er*.«

»Wer?«

»Der Mann vor meinem Haus, der zu dem Fenster hochgestarrt hat!«

—23—

Das im Nacken zusammengebundene Haar, die Zeichen im Gesicht – alles passte genau. Jo hatte die Zeichen für Schmutz oder
Asche gehalten, doch jetzt erkannte sie, dass es Tätowierungen waren, Muster aus Linien und Zacken. Sie beugte sich so weit wie möglich zum Türspalt, um den Mann besser sehen zu können.

»Kinch, ist das richtig? Neues Gesicht, neuer Name«, sagte Scully.

Jo zog scharf die Luft ein. Sie presste Eddies Arm, Eddie drückte
sie zurück.

»Unter meinem alten Namen hätte ich ja wohl nicht weitermachen können«, entgegnete Kinch.

»Was ist mit dir passiert? Diese Zeichen ...«

»Piraten. Der Kapitän war ein Kerl aus Ostindien, die Mannschaft waren Araber und Afrikaner. Mit Tattoos erzählen die ihre
Geschichten. So haben sie meine erzählt.«

»Dein Aussehen ist wirklich ganz verändert. Ich habe dich nur
an deinen Augen erkannt.«

»Siebzehn Jahre, ohne einen einzigen Christenmenschen zu sehen. Ohne Freunde. Ohne Trost. Siebzehn Jahre Hunger, Skorbut,
Fieber. Mein *Aussehen*«, er spuckte das Wort förmlich aus, »ist so,
wie ihr es gemacht habt. Schau mich an, und du siehst das Monster,
das ihr geschaffen habt.«

»Du ... du glaubst doch nicht, dass ich etwas wusste? Keine Spur!
Bis vor fünf Minuten, als du selbst mir das alles berichtet hast. Ich
schwöre es!«, rief Scully und klang dabei verängstigt.

Was gewusst?, fragte sich Jo und hoffte inständig, dass Scully noch
mehr dazu sagen würde, doch Kinch ließ ihn nicht weiter zu Wort
kommen.

»Ich bin nicht zum Plaudern hergekommen. Ich bin wegen dem
Geld hier, das mir Charles Montfort versprochen hat, als ich ihn
getroffen habe. Tausend Dollar wollte er mir geben. Und er hat versprochen, dass er mir helfen wird, sie zu finden.«

»Ja«, sagte Scully und durchquerte eilig den Raum. »Der arme, arme Charles. So ein Unglück. Was für ein schrecklicher Unfall.«

»Montforts haben keine Unfälle«, widersprach Kinch düster. Während er seinen Whiskey herunterstürzte, glitt sein Blick über die Wand mit den Porträts der Anteilseigner von Van Houten – fünf am Leben, zwei tot.

»Charles Montfort, Phillip Montfort, Richard Scully, Alvah Beekman, Asa Tuller, John Breevort und Stephen Smith«, sagte Kinch und hob sein Glas. »Cheers, meine Herren.« Er wandte sich wieder Scully zu. »Bleich bist du, Richard. Keine Sorge, ich erzähle niemandem von unserem Geheimnis.« Er legte eine Hand auf seine Brust. »Das ist auf meinem Herzen eingeschrieben, und da bleibt's auch. So lange, wie du mitmachst.«

»Ich werde tun, was ich kann. Aber du musst vernünftig sein. Es gibt Grenzen.«

Kinch ließ seine Faust auf die Tischplatte krachen. »Du nimmst vor mir das Wort *Grenzen* in den Mund, Richard? Vor *mir*? Gab es Grenzen für das, was Van Houten mir genommen hat?«

Scully entschuldigte sich eilig. »Ich hab doch nichts gewusst«, wiederholte er mit schwacher Stimme.

»Aber über die *Bonaventure* hast du Bescheid gewusst«, sagte Kinch.

»Damals waren harte Zeiten. Für die Firma. Für uns alle. Wir ...«

Kinch schnitt ihm das Wort ab. »Genug geredet. Ich will mein Geld. *Jetzt.*« Er packte die Whiskeyflasche, goss sich noch ein Glas ein und kippte es hinunter.

Jo hörte, wie Stuhlbeine über den Boden schrappten, dann Schritte. Scully kam kurz in ihr Blickfeld, verschwand dann wieder.

Kinch lachte bitter auf. »Der Safe der Eigner. Der war mal leer, aber jetzt wohl nicht mehr, was? Man sagt, Geld redet, aber ich glaube das nicht. Wenn es so wäre, würden diese Scheine heulen. Schreien würden sie.«

Eine metallene Tür wurde geschlossen, dann Schritte. Scully war wieder zu sehen. Er legte einen Packen Banknoten vor Kinch auf den Tisch.

»Eintausend«, sagte er.

»Das passt. Für den Anfang.« Kinch steckte das Geld ein.

»Wie viel mehr willst du denn noch? Natürlich muss es eine Entschädigung geben. Aber was du verlangst, ist unmöglich. Charles hat Zusagen gemacht, die er nicht hätte geben sollen«, sagte Scully. »Wir werden uns sicher einigen.«

»Ich will *alles*, Richard. Das sind meine Bedingungen. Ich werde Van Houten genauso zerstören, wie ihr mich zerstört habt.«

»Das ist ... das ist *ungeheuerlich*!«, platzte Scully heraus. »Ich werde gar nichts mehr für dich tun. Erst, wenn ich mit den anderen gesprochen habe.«

»Sprich mit allen, wie du willst. Es gibt Beweise. Es gibt Ladelisten, unterschrieben und gestempelt. Mach, was ich verlange, und ich verlasse New York in dem Augenblick, wenn ich sie gefunden habe. Du wirst nie wieder von mir hören. Wenn du dich weigerst, werde ich jedes einzelne Dokument öffentlich machen. Dann ist nicht nur Van Houten ruiniert, sondern auch jeder von den Eignern«, drohte Kinch.

»Das sagst du jetzt. Das ist alles so lange her und nie ist etwas davon publik geworden«, hielt ihm Scully verzweifelt entgegen. »Und was ist, wenn du bluffst?«

Kinch lachte. Ein tiefes, drohendes Geräusch. »Bete darum, dass ich bluffe, Richard. Wenn du das überhaupt noch kannst.« Er stand auf.

»Wo kann ich dich finden?«, fragte Scully.

»Ich finde dich«, antwortete Kinch. »Gute Nacht, Richard.«

Kinch nahm den Schlüssel, und Jo hörte, wie seine Schritte auf der Treppe widerhallten. Nachdem die Tür geöffnet und wieder geschlossen wurde, stand Richard Scully auf. Jo konnte ihn gut sehen. Er räumte die Whiskeyflasche weg, setzte seinen Hut auf und ging zur Treppe. Dann blieb er plötzlich stehen und starrte direkt geradeaus. *Zu ihr.*

Jo drückte sich an Eddie. Wie konnte Scully sie gesehen haben? Der Spalt war winzig. Die Kammer war innen dunkel. Er kam direkt auf sie zu und sah ziemlich zornig aus.

»Jetzt hat er uns«, flüsterte Eddie und hielt Jos Arme noch fester.

Was sollte sie zu Mr Scully sagen? Zu ihrer Mutter, wenn er sie nach Hause brachte und an der Tür läutete? Mit dem Leben, wie Jo es gewohnt war, war es jetzt gleich vorbei. Niemals wieder würde sie sich irgendwo in New York blicken lassen können.

Scully blieb direkt vor der Kammer stehen. »Dieses faule Weib!«, schimpfte er. »Tausendmal hab ich ihr schon gesagt, dass die Türen geschlossen bleiben sollen.«

Er drückte fest auf die Tür der Besenkammer. Sie fiel krachend zu. Das Geräusch erschreckte Jo, doch sie bewegte sich nicht. Völlig regungslos standen sie und Eddie da, bis sie hörten, dass die untere Tür geöffnet und wieder geschlossen wurde.

»Er ist fort«, sagte Jo und atmete aus, ihr ganzer Körper entspannte sich. »Gott sei Dank.«

Eddie rüttelte an der Tür. Ohne Erfolg.

»Eddie, sind wir ...«, setzte Jo an.

»Ja. Sieht wohl so aus«, antwortete Eddie.

Jo und Eddie waren in der Kammer eingeschlossen.

24 ⫷⫷⫷

»Wir können doch jetzt nicht hier eingesperrt sein!«, rief Jo panisch. »Versuchen Sie's noch mal an der Tür.«

Eddie donnerte an die Tür, doch nichts geschah. Der Haken befand sich an der Außenseite der Tür und war ordnungsgemäß eingerastet.

»Ich will Kinch hinterher«, sagte Eddie aufgeregt. »Ich verlier den, wenn wir hier nicht rauskommen, und den wieder zu finden, könnte ziemlich schwierig werden.«

»Ich verliere meinen guten Ruf, wenn wir hier festsitzen, und den bekomme ich niemals mehr zurück.«

»In meiner Tasche ist ein Taschenmesser. Vielleicht kann ich den Haken ausheben. Ich muss Sie loslassen. Können Sie sich an die Wand lehnen?«

»Das wird schon gehen.« Jo hielt sich an der Wand fest. Eddie holte das Messer aus seiner Tasche und klappte vorsichtig die Klinge auf. Er schob sie in den Spalt zwischen Tür und Rahmen und riss sie nach oben. Im weichen Holz des Türstocks blieb sie hängen und brach sofort ab.

»Vielleicht kann ich die Tür aufbrechen. Treten Sie zurück«, sagte Eddie.

»Zurücktreten?«, fragte Jo. »Wie denn? Ich stehe in einem Eimer!«

Eddie warf sich so fest, wie er konnte, mit einer Schulter gegen die Tür. Viel Kraft war allerdings nicht dahinter, da er kaum Platz hatte, um sich zu bewegen, doch es reichte, um ihn aus dem Gleichgewicht zu bringen und gegen Jo zu schleudern. Ihre Köpfe stießen zusammen. Der Eimer kippte. Jo fiel nach hinten an die Wand.

»Au!«, rief sie. »Das hat wehgetan!«

»Entschuldigung! Ist alles in Ordnung?«, erkundigte er sich und streckte die Hand aus.

»Ja, alles in Ordnung. Aber nur, wenn wir hier möglichst schnell rauskommen«, sagte sie, als sie wieder aufrecht stand. »Was machen wir jetzt?«

»Ich weiß es nicht. Vielleicht kann ich mit den Füßen gegen die Tür treten.«

Er lehnte sich mit dem Rücken an die Wand hinter ihm und versuchte, seine Füße zu heben, doch der Platz war zu eng, er kam nicht hoch genug, um richtig zustoßen zu können. Er fluchte verhalten.

»Ich muss aus dem Eimer raus. Meine Füße haben einen Krampf«, stellte Jo fest.

»Machen Sie einen Schritt raus und drehen Sie sich zur Seite«, sagte Eddie. »Das ist ziemlich eng, aber Sie können Ihre Füße zwischen meine schieben.«

Jo tat, was er vorschlug. Vorher hatten sie mit den Gesichtern zueinander gestanden, die Schultern dicht an der Tür beziehungsweise der Rückwand der Kammer, doch jeweils mit etwas Spielraum hinter dem Rücken. Jetzt drehte Eddie sein Gesicht zur Tür, seinen Rücken zur hinteren Wand, und Jo quetschte sich vor ihn, mit dem Rücken an der Tür, und zwischen ihnen war überhaupt kein Abstand mehr. In der Dunkelheit sah sie nichts, doch ihr Tastsinn war hellwach. Sie spürte jeden einzelnen Punkt, an dem sich ihre Körper berührten. Eines ihrer Beine war zwischen seinen, und eines seiner Beine zwischen ihren. Ihre Hüften wurden gegen seine gedrückt, und ihre Brüste pressten sich an seinen Brustkorb. Ihre Wange berührte seinen Kiefer.

Jo fühlte sich plötzlich warm und schwindlig. Sie versuchte, sich das damit zu erklären, dass sie in der Enge nicht gut atmen konnte, doch daran lag es nicht. Es lag an Eddie.

Erst vor ein paar Tagen hatte sie Trudy gefragt, wie das war, wenn man einen Mann richtig begehrte, und Trudy hatte es ihr erklärt, doch sie hatte es nicht verstanden. Jetzt begriff sie es. Eddie ließ alle ihre Sinne explodieren. Seinetwegen fühlte sie sich so euphorisch. Voller Sehnsucht. Er weckte einen Hunger in ihr, einen neuen, tiefen und gefährlichen Hunger.

»Na, das ist ja gemütlich«, sagte er. »Wie geht's Ihren Füßen?«

»Meinen was?«, fragte sie benommen.

»Ihren Füßen?«

»Ach so, meinen Füßen. Viel besser, vielen Dank.«

Plötzlich spürte sie, wie etwas an ihren Lippen nagte. Seine Lippen. Sie war sicher. War das ein Versehen, oder hatte er das mit Absicht gemacht? Es gab nur eine Möglichkeit, das herauszufinden. Sie stand stocksteif, ihr Gesicht in der Dunkelheit erhoben. Sie wartete. Hoffte. Fürchtete sich davor, dass er – und dass er vielleicht nicht.

»Jo«, sagte er leise.

Ihr Herz klopfte so heftig, dass sie meinte, es würde bersten. Sie schloss ihre Augen. Sehnte sich nach einem Kuss von ihm.

Nach einer Berührung. Meinte sterben zu müssen, wenn er sie nicht küsste, nicht berührte.

»Jo, ich glaube, ich ...«

»Ja, Eddie?«, flüsterte sie.

»... höre etwas.«

Und dann wurde die Tür aufgerissen, und Jo fiel nach hinten. Mit einem schmerzhaften Plumps schlug sie auf dem Boden auf. Eddie fiel auf sie und fing seinen Sturz mit den Händen ab, um sie nicht zu verletzen.

»Sich im Wandschrank verstecken, was?«, sagte eine wütende Stimme. »Wusste ich's doch, dass du versuchst, mich auszutricksen, du fieser Hund. Gib mir sofort meinen Dollar. Oder ich schick dir den Tailor auf den Hals.«

Jo und Eddie sahen auf.

Vor ihnen stand Tumbler.

—25—

»Und? Alles in Ordnung?«, fragte ein gertenschlankes, blondes Mädchen, diejenige, die zuvor mit Tumbler draußen vor der Bar gewesen war. Jetzt stand sie vor der Reederei.

Nichts war in Ordnung. Jos Rücken schmerzte nach dem Sturz. Ihre Füße schmerzten vom Stehen in dem Eimer. Sie war verwirrt von dem, was in der Besenkammer geschehen, und dem, was nicht geschehen war.

»Ich hab sie gefunden, Fay«, sagte Tumbler, als er die Eingangstür von Van Houten wieder abschloss. »Die haben sich in 'ner Kammer versteckt.«

»Wir haben uns nicht versteckt«, stellte Jo klar. »Wir waren eingesperrt.«

»Wo ist sein Geld?«, fragte Fay. Ihr Kleid aus einem zart gemusterten Stoff war ausgebleicht und abgetragen, ihr Gesicht fein geschnitten und hübsch.

Jo zog einen Dollar aus ihrer Rocktasche und gab ihn Fay. Mit hartem, räuberischem Blick schaute sie auf Jos Tasche.

»Lass es«, warnte Eddie.

Fay bedachte ihn mit einem bösen Blick. Sie wollte gerade etwas sagen, als von der Straße her ein scharfer Pfiff zu hören war. Ihr Gesichtsausdruck änderte sich. Eine Sekunde lang wirkte sie wie das Wild, nicht mehr wie der Jäger.

»Los jetzt. Wir sollen zu ihm kommen«, sagte sie zu Tumbler.

Jo hörte, wie der Zylinder des Türschlosses wieder einhakte. Tumbler steckte sein Werkzeug ein, dann lief er mit Fay in die Nacht davon.

»Wer ist dieses Mädchen?«, fragte Jo und sah den beiden nach.

»Eine der besten Taschendiebinnen dieser Stadt. Sie arbeitet für den Tailor. Tumbler auch. Sie sollten ihr Geld übrigens nicht in der Tasche aufbewahren. Stecken Sie es an Ihre ... Ihre ...« Er deutete auf seinen Brustkorb und errötete dabei leicht. »Da ist es sicher.«

Jo wollte nicht in seiner Gegenwart ihre Jacke aufknöpfen. Sie schob die Geldscheine in einen ihrer Stiefel. »Wer ist der Tailor?«, wollte sie wissen und richtete sich wieder auf.

»Der Fagin von New York«, antwortete Eddie. »Er nimmt Waisen auf und bildet sie als Diebe aus. Tailor heißt er, weil er für seine Armee von kleinen Taschendieben Kleidung anfertigt, in der sie zwischen ihren Opfern nicht auffallen. Manches sieht richtig klasse aus.«

»Aber Fays Kleid war nicht toll, sondern verschlissen«, sagte Jo.

»Sie kleidet sich so, wie es die Arbeitsumgebung erfordert. Erste Regel für Taschendiebe: Nicht bemerkt werden.«

Zwei Bettlerinnen kamen auf sie zu. Eine war sehr aufgeregt, die andere versuchte, sie zu beruhigen. Jo erkannte die aufgeregte Frau: Mad Mary, die Lumpensammlerin. Sie jammerte über einen schrecklichen Geist, der aus der Welt der Toten zu ihr zurückgekommen sei und sie verfolge.

»Mary, nimm einen Schluck«, sagte die andere und drückte ihr eine Flasche in die Hand. »Das macht jeden Geist platt.«

Jo betrachtete die beiden. Es war eine kalte Nacht, und sie waren viel zu dünn dafür angezogen. Sie waren so mager. Aus einem Impuls ging Jo zu ihnen und gab jeder einen Dollar. Mary war immer noch durcheinander und fragte sie, ob sie den Geist auch gesehen habe.

»Leider nicht, Mary«, sagte Jo.

Die andere Frau versprach Jo einen Schluck aus ihrer Flasche, wenn sie ihr noch einen Dollar gäbe. Doch da nahm Eddie Jo am Ellbogen und führte sie weiter die South Street hinauf. Mary rief ihr einen leisen Abschiedsgruß nach.

»Da haben wir wirklich Glück gehabt.« Er wies mit dem Kopf noch einmal zum Haus von Van Houten. »Haben Sie das Gesicht von Kinch gesehen?«

Jo nickte.

»Eine Ahnung, wer er sein könnte?«

»Nein«, antwortete Jo. »Mr Scully kannte ihn, allerdings unter einem anderen Namen. ›Neues Gesicht, neuer Name‹, sagte er. Und darauf Kinch: ›Unter meinem alten Namen hätte ich ja wohl nicht weitermachen können.‹« Sie hielt inne und meinte dann: »Glauben Sie, dass Kinch es getan hat? Laut der Agenda meines Vaters haben sie sich in der Nacht getroffen, bevor mein Vater gestorben ist.« Ein Schauer durchlief sie, als sie daran dachte, dass sie sich womöglich in einem Raum mit dem Mörder ihres Vaters befunden hatte.

»Nein, das glaube ich nicht. Es ergibt keinen Sinn«, antwortete Eddie. »Ihr Vater wollte Kinch noch einmal treffen. Am 17. September und heute Abend. In seiner Agenda befanden sich tausend Dollar. Die waren für Kinch. Das hat er jedenfalls zu Scully gesagt. Weshalb sollte Kinch einen Mann umbringen, der ihm tausend Dollar geben wollte? Vielleicht sogar noch mehr?«

»Sie haben recht.« Halb war sie erleichtert, halb enttäuscht. Das Geheimnis um den Tod ihres Vaters schien sich noch mehr zu verdunkeln.

»Wir müssen trotzdem herausfinden, wer Kinch ist und was ihm die Eigner von Van Houten angetan haben«, sagte Eddie, während sie an einem Betrunkenen vorbeikamen, der auf dem Gehsteig döste, und weiter Richtung Innenstadt gingen.

»Mir fällt die Vorstellung schwer, dass jemand von Van Houten ihm etwas angetan haben soll«, wandte Jo ein. »Das sind alles ehrbare Männer.«

Eddie rollte mit den Augen.

123

»Was sollte *das* denn?«, fragte Jo indigniert.

»Sie sollten sich damit anfreunden, dass vielleicht doch *irgendeiner* von Van Houten nicht ganz so ehrbar ist.«

»Weshalb? Weil ein seltsamer, geheimnisvoller Kerl auftaucht und das behauptet?«

»Weil Scully niemals tausend Dollar aus dem Firmentresor hergeben würde, wenn er das nicht unbedingt muss. Niemand würde das tun. Kinch weiß von schmutziger Wäsche bei Van Houten. Scully ist das klar. Und anscheinend wusste Ihr Vater auch davon.«

Eddies Überlegungen erschienen Jo plausibel, doch sie konnte das nur schwer akzeptieren. Die Eigner kannte sie seit ihrer Kindheit. Sie waren zu Abendessen und Festen bei ihr zu Hause gewesen, sie selbst war bei ihnen eingeladen. Und nun sah es so aus, zumindest nach dem, was Kinch gesagt hatte, als hätten sie etwas ziemlich Falsches getan.

»Falls die Firma Kinch tatsächlich etwas angetan hat – und ich kann mir das immer noch nicht wirklich vorstellen –, bin ich sicher, dass mein Vater versucht hat, das wieder in Ordnung zu bringen. Scully hat gesagt: ›Charles hat Zusagen gemacht, die er nicht hätte geben sollen.‹ Das hätte ihm entsprochen, dass er versprach, zu helfen.«

Eddie sah sie zweifelnd an und blieb bei seiner Sicht der Dinge. »Kinch hat über Ladelisten gesprochen und über etwas namens *Bonaventure*. Vielleicht meint er ein Schiff? Er sagte auch: ›Er hat versprochen, dass er mir helfen wird, sie zu finden.‹ Ein Schiff wird in der Regel als ›sie‹ bezeichnet. Wenn die *Bonaventure* ein Schiff ist, dann könnte Van Houten es ihm doch irgendwie weggenommen haben. Haben Ihr Vater oder Ihr Onkel das jemals erwähnt?«

»Nicht mir gegenüber.«

»Vielleicht hatten die irgendein Geschäft miteinander laufen, und das ist danebengegangen. Wenn dieses *Bonaventure* ein Schiff war und Van Houten das an Kinch verkauft hat – vielleicht war es kein gutes Schiff? Oder sie hat ihm gehört, und die haben sie ihm auf irgendeine Weise abgeluchst. Möglicherweise ...«

Jo knurrte vor Enttäuschung. »Möglicherweise sollten wir versuchen, uns an die Tatsachen zu halten. Denn unsere ganzen Theorien sind nichts weiter als eben das: Theorien. Wenn wir Antworten wollen, müssen wir Kinch finden.«

»Nein, *ich* muss ihn finden«, sagte Eddie. »*Sie* werden unter keinen Umständen versuchen, ihn irgendwo aufzutreiben. Das ist zu gefährlich. Ich werde den Tailor fragen, ob er etwas über ihn weiß. Er kennt alle zwielichtigen Typen, die sich in der Stadt herumtreiben. Aber erst frage ich Bill Hawkins und Jackie Shaw wegen dieser *Bonaventure.*«

»Und was mache ich? Daumen drehen?«

Eddie dachte kurz nach und sagte dann: »Wir wissen immer noch nicht, wer Eleanor Owens ist. Ihr Name stand auch in der Agenda Ihres Vaters. Vielleicht könnten Sie etwas über sie herausfinden.«

»Wo fange ich damit an?«, fragte Jo, sehr angetan von der Idee.

»Im Geburtenregister. Wenn sie hier in der Stadt geboren wurde, sind ihre Daten da verzeichnet. Vielleicht finden Sie dort eine Adresse und ...«

»Eddie!«, rief Jo aufgeregt und blieb abrupt auf dem Gehweg stehen. »Ich habe eine Idee! Könnte Eleanor Owens diese ›sie‹ von Kinch sein?«

»Wie meinen Sie das?«

»Vielleicht meinte Kinch Eleanor Owens, als er sagte: ›Er hat versprochen, dass er mir helfen wird, sie zu finden!‹«

»Daran hatte ich noch gar nicht gedacht. Gute Arbeit«, meinte Eddie bewundernd.

Jo errötete aus Freude über sein Lob. Heute Nacht waren sie weitergekommen. Aber sie wollte noch mehr. »Wir sollten zu Walsh's gehen, vielleicht ist Jackie Shaw dort. Wir müssen immer noch herausfinden, was *Bonaventure* ist. Falls das ein Schiff ist, kennt er es eventuell.«

»Hm. Das Einzige, was wir heute Nacht noch auftreiben werden, ist eine Droschke, mit der ich Sie sicher nach Hause bringe«, sagte Eddie und sah sich schon nach einer um. »Sie können nicht noch einmal hierherkommen. Ich meine das total ernst. Das ist keine Gegend ...«

125

Er wurde unterbrochen, weil sich zwei Häuser vor ihnen eine Haustür öffnete. Licht, Gelächter und eine Wolke von Parfüm strömten nach draußen. Einige Sekunden später kamen auch zwei junge Männer heraus und stolperten auf die Straße. Im Eingang drängten sich mindestens ein halbes Dutzend kichernde und winkende Frauen. Sie trugen wenig mehr als dünne Seidenhemden, Strümpfe und Strumpfbänder. Ihre Haare waren offen, ihre Lippen rot geschminkt. Eine – sie wirkte nicht älter als Jo – trank Champagner aus einer Flasche.

»Was ist das denn?«, fragte Jo entgeistert.

»Äh ... also, na ja ... das gehört Della«, antwortete Eddie nervös. »Das Haus gehört ihr. Eines von mehreren.«

»Bye-bye, Georgie!«, zwitscherte eine der Frauen.

»Komm bald mal wieder, Teddy!«, rief eine zweite.

Jo sah die Männer an und schnappte nach Luft.

»Was ist los?«, fragte Eddie.

»Das sind George Adams und Teddy Farnham«, sagte sie pikiert. »Ich kenne die!«

George und Teddy gingen rückwärts die Straße hinunter und warfen den Mädchen Kusshände zu. Es war zu spät, um den beiden aus dem Weg zu gehen. Sie waren nur noch ein paar Meter entfernt. In jedem Moment konnten sie sich umdrehen, und dann erkannten sie Jo unweigerlich.

Eddie griff nach Jos Hand. Er zog sie in den Schatten der Veranda eines Nachbarhauses und drehte sie so, dass die beiden Männer nur ihren Rücken sehen konnten. Dann nahm er sie in seine Arme und küsste sie. Das war nicht die sanfte Berührung der Lippen, nach der sie sich in der Besenkammer gesehnt hatte, sondern ein harter, hungriger Kuss wie ein Überfall, und er nahm ihr den Atem.

»Hey, Junge, nimm dir doch ein Zimmer!«, grölte George, als er an ihnen vorbeiging.

Teddy johlte, und sie zogen singend davon. Sowie sie weg waren, ließ Eddie Jo los.

Sie stolperte rückwärts, presste eine Hand auf ihre Brust und versuchte, wieder zu Atem zu kommen. »Wie können Sie es wagen!«, brach es aus ihr heraus, und sie wurde rot vor Zorn. »Wie können Sie sich unterstehen?«

»Hey, geht's noch?«

»Wie bitte?«

»Ich habe Ihnen gerade Ihren guten Ruf gerettet. Da wäre ein kleines Dankeschön doch recht?«

Jo machte einen Schritt auf ihn zu und wollte ihn ohrfeigen, doch sein gelassenes, reizendes Lächeln und seine so unglaublich blauen Augen ließen sie innehalten.

Sie packte ihn an seinem Revers, zog ihn zu sich und küsste ihn.

—26—⫷⫷⫷

»Bram weiß Bescheid.«

Jo schnappte nach Luft. Der Teelöffel fiel ihr aus der Hand und klappernd zu Boden.

»Ach ... wirklich?« Sie brachte kaum mehr als ein Flüstern zustande.

»Natürlich«, sagte Addie Aldrich und hob den Löffel auf.

»Aber wie das denn? Wer hat ihm etwas gesagt?«, fragte Jo voller Panik.

»Niemand, Dummerchen. Man braucht dich bloß anzuschauen. Bram weiß einfach, wie sehr es dich mitnimmt, dass du beim Ball der Jungen Kunstfreunde nicht dabei sein kannst. Wir alle wissen es. Sieh dich doch mal an. Du wirkst einfach so unglücklich.«

Jo lachte und fühlte sich vor Erleichterung ganz schwach. »Oh, Addie, du kennst mich einfach viel zu gut. Vor dir kann ich nichts verbergen.«

Ganz kurz war sie einem Herzstillstand nahe vor Entsetzen, dass Addie meinte, Bram wüsste etwas von Eddie. In den vergangenen vier Tagen dachte sie ununterbrochen und ausschließlich an Eddie und daran, wie sie sich am Hafen geküsst hatten. Sie badete sich in dem wahnsinnigen Gefühl, als er sie in seine Arme nahm, kostete den Geschmack seiner Lippen – und erinnerte sich an den Schrecken gleich danach.

»Das ... das hätte ich nicht tun sollen«, hatte sie gestammelt und sich von ihm abgewandt. »Es tut mir leid.«

»Tatsächlich?«

»Ja! Ihnen nicht?«

»Nein.«

»Sollte es aber, Mr Gallagher!«

»Eddie, schon vergessen? Und warum sollte es mir leidtun?«

»Weil ich ... weil Sie ... weil ...«

Eddie zog sie wieder an sich und küsste sie. Langsam und gründlich.

»Immer noch?«

»Ja.«

Er küsste sich über ihre Wangen und dann über die ganze zarte Kontur ihres Unterkiefers.

»Immer noch?«

»Ja.«

Er küsste ihren Nacken und das feine Grübchen darunter.

»Oh, Eddie, nicht. Überhaupt nicht.«

Nein, sie wollte in keine Droschke steigen. Sie wollte nicht von ihm getrennt sein. Also gingen sie Hand in Hand bis zum Gramercy Square. Den ganzen Weg über wechselten sie kein Wort, und dann sprach Jo als Erste.

»Eddie, ich habe ...«

»Bram Aldrich. Ich weiß. Will Livingston und Henry Jay sind auch in dich verliebt. Ich lese die Klatschspalten.«

»Und ich kann nicht ...«

»Ich bitte dich nicht darum.«

»Was ...«

»Ich weiß es nicht, Jo. Ich weiß es nicht.«

Dann nahm er ihr Gesicht in seine Hände und küsste sie erneut, und sein Körper war so warm und seine Lippen so süß und sein Herzschlag unter ihrer Hand so stark, dass diese Fragen einfach keine Rolle spielten. Er ließ Jo los und wartete auf der Straße, bis sie im Haus und in ihrem Zimmer war, wo sie eine Kerze anzündete und ins Fenster hielt, damit er wusste, dass sie gut angekommen war.

Als sie sich zum Schlafen umzog, erblickte sie sich im Spiegel – und da schaute ihr ein Mädchen entgegen, das ihr ganz, dann aber auch gar nicht vertraut war. Dieses Mädchen wirkte etwas zerknittert und mitgenommen von den vergangenen Abenteuern. Neugierig. Entschlossen. Jo war klar, dass sie dieses Mädchen noch nicht wirklich war, aber sie wollte so werden. Und Eddie hatte ihr gezeigt, dass sie so sein konnte. Wenn sie mit ihm zusammen war, war sie ganz anders als sonst. Mutiger. Besser. Voller Leben.

Über eine Stunde lang hatte sie dann in ihrem Bett gelegen, die Zimmerdecke angestarrt und versucht, Worte für das zu finden, was sie empfand. Bram hatte noch nie solche Gefühle in ihr geweckt wie Eddie – dieses Verlangen nach seiner Berührung, nach seinen Küssen. War es das, was der Apfeljunge in Trudy auslöste? Nein, das konnte nicht sein, denn in dem Moment, als Gilbert um ihre Hand anhielt, hatte sie ihn schneller fallen lassen als einen alten Hut.

Und genau da, als sie dann doch einschlief, wurde Jo klar, was das für ein Gefühl war. »Ich glaube, ich bin dabei, mich in ihn zu verlieben«, flüsterte sie in die Dunkelheit hinein.

Für diesen Sonntagnachmittag hatten Jo und ihre Mutter ein paar enge Freunde und Familienmitglieder eingeladen. Jo saß bei ihrer Cousine und einigen anderen Mädchen. Andere Besucher standen am Kamin oder irgendwo im Raum beieinander. Fast alle sprachen über den Ball, der in knapp zwei Wochen stattfinden sollte.

Jo lächelte und bemühte sich, eine gute Gastgeberin zu sein, doch sie wollte nicht hier sein. Sie wollte bei Eddie sein, mit ihm durch die Straßen der Stadt laufen, Bill Hawkins und Fay und Tumbler begegnen, sich in einer Besenkammer verstecken. Sie fühlte sich wie eine Prinzessin aus einem Märchen, die durch einen Kuss aufgeweckt worden war und jetzt eine neue Welt, neue Menschen, neue Gefühle kennenlernte. Wach auf, lass dieses Verschlafene hinter dir, sagte diese neue Welt. Aber wie? Sie würde unangenehm auffallen, wenn sie jetzt den Salon tatsächlich verlassen würde.

»Diese Trauerkleidung lässt dich so elend aussehen, Jo«, sagte Caroline gerade. »Schwarz macht aus jedem Mädchen eine müde alte Frau.«

Jo war so gekleidet, wie die Etikette es verlangte: in ein schwarzes Tageskleid, schlicht und langweilig. Katie hatte ihr das Haar zu einem einfachen Knoten hochgesteckt. Am Hals trug sie eine Brosche aus Jett.

»Elizabeth Adams hat in Paris eigens für den Ball ein Kleid bestellt. Edie Waring hat es gesehen und sagt, es sei hinreißend«, schwärmte Jennie Rhinelander.

Jo hatte sich immer auf den Ball der Jungen Kunstfreunde gefreut, bevor ihr Vater starb – und bevor sie Eddie begegnete. Jetzt interessierte sie nichts mehr daran.

»Mir ist es egal, was Elizabeth macht. Ich finde jedes Mädchen vulgär, das seine Pariser Kleider nicht erst einmal für mindestens ein Jahr wegpackt«, schnaubte Addie.

»Du weißt doch, dass sie das nur aus einem einzigen Grund trägt, weil sie Bram den Kopf verdrehen will«, sagte Jennie. »Sie will ihn haben. Sie möchte, dass er ihr Ballführer wird. Jede, die Augen im Kopf hat, kann das sehen.«

»Jennie, meine Liebe, du hast wirklich ein Talent für ausgesprochen unpassende Bemerkungen«, schimpfte Caroline.

»Das ist nicht unpassend, sondern wahr!«, protestierte Jennie.

»Du bist so kindisch. Die Wahrheit ist meistens unpassend«, warf Caroline ein. »Deshalb reden wir nicht darüber.«

»Elizabeth vergeudet ihre Zeit. Bram ist in jemand ganz anderen verliebt«, sagte Addie und drückte Jos Hand. »Und glaubt ihr wirklich, Grandma würde es zulassen, dass ihr Enkel eine Adams heiratet? Elizabeths Vater hat sein Geld mit Schuhcreme verdient, ist euch das klar? Sie wurde nur auf den Ball eingeladen, weil den Organisatoren nichts anderes übrig blieb: Ihr Vater hat dem Museum zehntausend Dollar gestiftet.«

»Es ist jammerschade, dass du nicht mitkommen kannst, Jo«, sagte Jennie. »Gibt es denn gar keine Möglichkeit?«

»Tante Anna würde das niemals erlauben«, sagte Caroline. »Nicht so bald nach dem Tod von Onkel Charles.«

»Das warten wir mal ab«, entgegnete Addie süffisant.

»Was meinst du damit?«, fragte Caroline.

»Anna Montfort hält sich an die Regeln, Grandma macht sie. Und wenn es ihr passt, bricht sie sie«, erklärte Addie. »Sie ist heute hier und will mit Mrs Montfort ein Wörtchen wegen dem Ball reden.«

Mit leichtem Grauen erinnerte sich Jo an die Unterredung zwischen Grandma und Mrs Aldrich, die Trudy und sie zufällig belauscht hatten. Grandma meinte es offenkundig ernst.

Nein!, dachte Jo alarmiert. Sie darf nicht mit Mama sprechen. Ich möchte Bram nicht noch ermutigen.

Sie sah sich möglichst unauffällig nach ihrer Mutter um, ohne dass jemand bemerkte, wie dringlich ihr das war. Falls sie sich zu ihrer Mutter setzen konnte, bevor Grandma auftauchte, konnte sie vielleicht ein Gespräch über den Ball verhindern. Schließlich entdeckte Jo sie. Mit Phillip und Madeleine saß sie in einer Ecke, die Jo den *Dschungel* nannte, weil sie von vier großen Topfpalmen beherrscht wurde. Neben Jos Mutter stand ein leerer Stuhl.

»Oje. Onkel Phillip hat man noch gar keine Zitronenwaffeln angeboten, und er mag die doch so gern. Wo ist bloß das Mädchen? Ich muss ihm selbst welche bringen. Entschuldigt mich bitte«, sagte Jo zu ihren Freundinnen.

Sie lief zu dem Büfett, auf dem die Erfrischungen aufgebaut waren. Dabei sah sie Grandma am Klavier sitzen – nicht weit von ihrer Mutter. Jo musste schnell sein. Sie legte ein paar Kekse auf einen Teller und wollte gerade zu ihrem Onkel gehen, als Bram sie aufhielt.

»Sind das die Zitronenwaffeln von Mrs Nelson? Ich muss eine essen, bevor Grandma die alle an Lolly verfüttert«, sagte er. Er nahm einen Keks vom Teller und schluckte ihn mit einem Bissen.

»Du bist gierig. Lolly macht wenigstens Männchen für so einen Keks«, witzelte Jo, lächelnd und höflich sogar noch in ihrer Verzweiflung.

Bram zwinkerte ihr zu und ging weg. In Jo stieg ein Schuldgefühl auf, drängend und so stark, dass ihr fast übel davon wurde. Er erhofft sich etwas, dachte sie, während sie ihm nachsah. Das sollte er nicht. Jetzt nicht mehr. Ich muss mit ihm sprechen.

Worüber denn?, fragte eine innere Stimme. Willst du ihm sagen, dass du dich in einen armen Schlucker von Reporter verliebt hast, den du kaum kennst? Eine großartige Idee, Jo. Wenn du das Bram erzählt hast, kannst du damit gleich zu deiner Mutter gehen. Ich bin sicher, dass sie überaus erfreut sein wird.

Jo sah, wie Bram sich zur alten Mrs DePeyster hinunterbeugte und mit ihr sprach. Mrs DePeyster hatte schreckliche Arthritis in ihren Beinen und saß nahe beim Kamin. Bram nahm ihre dünne, faltige Hand und sagte etwas, das sie zum Lachen brachte. Ihre Augen blitzten, und ihre Wangen röteten sich. Liebevoll tätschelte sie seine Hand.

Der Unterschied versetzte Jos Herz einen Stich. Bram war so *gut*. Ein solider, ehrenwerter Mann, der immer dafür Sorge tragen würde, dass es ihr an nichts fehlte. Doch sie wusste auch, dass er ihr, sollte sie seine Ehefrau werden, niemals gestatten würde, Zeitungsartikel zu schreiben oder ins Leichenschauhaus zu gehen. Und er würde sie niemals so küssen, wie Eddie sie küsste, mit Haut und Haaren – und sie wusste auch, dass sie ihn niemals so küssen würde, mit allem, mit Haut und Haaren.

Was soll ich bloß machen? Was um Himmels willen soll ich bloß machen?, fragte sie sich.

Ich weiß es nicht, Jo. Ich weiß es nicht, hatte Eddie gesagt.

Sie wusste es ebenso wenig, und das machte ihr Angst. Aber sie wusste *genau*, dass sie den Ball der Jungen Kunstfreunde vermeiden musste. Um jeden Preis.

Sie ging auf den freien Platz neben ihrer Mutter zu, doch inzwischen hatte sich bereits Grandma dort hingesetzt. Mist!, dachte Jo. Jetzt konnte sie sich nicht mehr zur Gruppe um ihre Mutter gesellen. Es gab keinen Sitzplatz für sie, und einfach nur dort in der Nähe herumzustehen wäre schlechtes Benehmen.

Dieser rückwärts gelegene Teil des Salons bestand eigentlich aus zwei Räumen, jeder mit einem eigenen Eingang, ein Bogen verband sie. Jo verdrückte sich durch die eine Tür und hoffte, dass niemand sie bemerkte, ging über den schmalen Gang hinter den Räumen und kehrte durch die andere Tür zurück. Jetzt stand sie im Schutz der Palmen hinter ihrer Mutter und den anderen. Viel konnte sie von diesem günstigen Platz aus nicht sehen, aber sie konnte alles hören.

»... ein unbeständiges Mädchen, Anna, und ruhelos. Ein Mädchen voller Leidenschaften«, sagte Grandma gerade.

Sie spricht über mich, merkte Jo, und ihre Beklommenheit wuchs.

»Am besten erledigt man das alles möglichst schnell, bevor sie anfängt, zu malen oder zu rauchen, oder, Gott behüte, zu schreiben. Addie hat mir erzählt, dass sie schon Zeug für ihre Schulzeitung zusammenkritzelt.«

»Sie *kritzelt* nicht.«, verteidigte Phillip Jo. »Sie schreibt ziemlich gut. Was übrigens nicht gerade ein Ausdruck von Unbeständigkeit ist. Sondern eher einer von Intelligenz.«

Eine Welle der Dankbarkeit für ihren Onkel überkam Jo. Er war immer auf ihrer Seite.

»Ich erkenne durchaus, dass eine gewisse Geschicklichkeit im Umgang mit Worten einem jungen Mädchen gut zu Gesicht steht«, sagte Grandma. »Schließlich muss sie sich mit Geschäftsleuten unterhalten, um ihren Mann bei seinen Aufgaben zu unterstützen. Aber damit hat es sich dann auch. Diese komische Edith Jones war verrückt nach Büchern«, fügte sie düster an. »Aber Teddy Wharton hat ihr das ausgetrieben. Die Whartons sind ziemlich sportliche Leute. Aus Büchern machen die sich nicht viel. Edith hatte Glück, dass sie sich den gegriffen hat. Sie hatte sowieso Glück, egal mit wem. Immerhin war sie schon dreiundzwanzig, als sie geheiratet hat. Dreiundzwanzig! Und nach fünf Jahren immer noch keine Kinder. Wenn ihr mich fragt, dann kommt man mit einem Mädchen am besten zurecht, wenn man sie möglichst jung verheiratet und sie schnell Mutter wird, bevor sich irgendwelche eigenartigen Ideen bei ihr festsetzen können. Je länger jemand schlechte Gewohnheiten pflegt, desto schwerer wird man sie los.«

»Grandma, seien Sie doch so nett und begrüßen Sie Mrs DePeyster. Sie möchte Sie gern sehen.« Das war Brams Mutter. Sie war gerade erst zu der Gruppe gestoßen.

»Wieso kann Theodora denn nicht hierherkommen?«, fragte Grandma gereizt.

»Weil ihr die Beine wehtun.«

Jo hörte, wie Grandma aufstand. »Schlechtes Blut«, sagte sie süffisant. »Theodora war eine Montgomery. Die haben *alle* schwache Knochen.«

»Sie ist unerträglich«, zischte Jos Mutter, nachdem Grandma gegangen war. »Eine Frechheit, meine Tochter mit einem Spaniel zu vergleichen!«

»Vielleicht sollte deine Mrs Nelson anstelle von Zitronenwaffeln lieber Markknochen für die anwesenden jungen Damen austeilen«, sagte ihr Onkel boshaft.

Jo verbiss sich ein Lachen.

»Mach bitte keine Witze, Phillip. Kannst du dir vorstellen, dass sie der Meinung ist, Jo soll zum Ball der Jungen Kunstfreunde gehen? Das kommt überhaupt nicht infrage.«

Jo fühlte sich unendlich erleichtert. Jetzt war sie aus dem Schneider.

»Sie ist schlimmer als jemals, stimmt, aber dafür gibt es doch einen Grund: Peter hatte letzte Woche einen schrecklichen Anfall. Er hat sich zwar erholt, aber nur ein wenig. Der Arzt sagt, dass er noch so eine Attacke nicht überleben wird. Sie will einfach unbedingt, dass Bram bald heiratet«, erwiderte er ruhig.

O nein, dachte Jo erschüttert – sowohl von Mr Aldrichs schlechtem Zustand wie auch davon, was das für sie bedeuten könnte.

»Es tut mir sehr leid, das zu hören, aber Jo kann jetzt keinen Heiratsantrag annehmen«, insistierte ihre Mutter. »Die Aldriches müssen sich schon gedulden, bis die Trauerzeit vorüber ist.«

Phillip schwieg einen Moment, dann sagte er: »Und wenn sie das nicht tun? Du weißt so gut wie ich, dass Bram der ideale Partner für Jo ist. Die Aldriches werden wie immer zum Ball gehen. Bram möchte Jos Ballführer sein. Wenn das nicht geht, wird er sich vielleicht eine andere junge Dame suchen.«

»Und du wiederum weißt, dass Jo die ideale Partnerin für Bram ist. Es gibt keine andere junge Dame«, sagte Jos Mutter voller Stolz. »Nicht mit ihrer Klasse.«

»Doch, es gibt eine, Anna.«

»Wen?«

Jo kannte die Antwort.

»Elizabeth Adams«, sagte ihr Onkel.

Anna lachte geringschätzig.

»Sie hat vielleicht nicht Jos Klasse, aber sie ist sehr zielstrebig, und Zielstrebigkeit kann ein Mädchen ziemlich weit bringen. Ich bin in meiner Trauerzeit viel unterwegs, weil das für Männer nun mal so ist. Dabei treffe ich auch immer mal wieder Bram, und mir ist aufgefallen, dass Miss Adams ihm inzwischen manchmal Gesellschaft leistet …«

Phillip senkte seine Stimme, und Jo konnte nicht mehr hören, was er sagte. Sie wagte es, die Palmwedel auseinanderzubiegen, und sah, wie ihre Mutter ihrem Onkel kurz zunickte. Das war's dann also. Sie musste gar nichts mehr hören, denn sie wusste auch so, was geschehen war.

Dank Grandma, dieser alten Streitaxt, ging sie also zum Ball der Jungen Kunstfreunde.

Jo stand auf dem Treppenabsatz eines Mietshauses in der Varick Street und versuchte, nicht auf die riesige, nackte Brust vor sich zu starren. Eine bleiche, von blauen Adern durchzogene Brust, die aus der Bluse ihrer Besitzerin quoll und bis zur Taille herunterhing.

Eine derartig große Brust hatte sie noch nie gesehen. Sie hatte noch überhaupt keine Brüste gesehen außer ihren eigenen, die nicht im Entferntesten die Ausmaße dieser hier hatten. An der Brust hing ein kleines Baby, das gierig nuckelte.

»Ich bin Eleanor Owens. Um was geht's?«, fragte die Frau, auf deren Busen Jo starrte. Hinter ihren Röcken linsten zwei kleine Kinder schüchtern hervor.

»Guten Morgen«, sagte Jo und sah die Frau an. Sie hatte ihre Geschichte gut eingeübt. »Ich suche eine Eleanor Owens, die als Putzfrau bei der Reederei Van Houten beschäftigt war. Trifft das vielleicht auf Sie zu?«

»Nein. Und ich weiß auch gar nichts von einer Reederei Van Houten«, antwortete die Frau verunsichert. »Hat diese Eleanor Owens irgendwie Probleme? Kommen deswegen vielleicht die Bullen her?«

Jo war enttäuscht, zwang sich jedoch zu einem Lächeln. »O nein, ganz und gar nicht. Miss Owens hat die Firma vor Kurzem verlassen, jedoch versäumt, sich den letzten Lohn auszahlen zu lassen«, schwindelte sie. »Sie hat keine Adresse hinterlassen. Wir versuchen, sie zu finden und ihr das Geld zu geben, das ihr zusteht.«

Die Frau blickte erleichtert drein. »Wäre nicht schlecht, wenn ich doch sie wäre. Das Geld könnt ich gebrauchen.«

Jo schaute auf die beiden Kinder, die sich noch immer hinter ihrer Mutter versteckten. Sie waren barfuß, ihre Kleider ziemlich verschlissen.

»Wie es der Zufall will, hat mich die Firma bevollmächtigt, die entsprechenden Personen für alle Unannehmlichkeiten durch unsere Befragung zu entschädigen.« Diesen Teil der Geschichte hatte sie zwar nicht geübt, doch die Worte kamen trotzdem wie von selbst.

»Wie bitte?«

»Ich kann Ihnen für Ihren Zeitaufwand einen Dollar zahlen«, sagte Jo. Sie gab der erfreuten Frau das Geld, wünschte ihr einen guten Tag und ging zurück zu dem Hansom, den sie gemietet hatte. Diese zweirädrige Kutsche wurde nur von einem Pferd gezogen. Es war ein leichtes, wendiges Fahrzeug, an den Seiten geschlossen und nach vorn offen. Erhöht hinter den Fahrgästen saß der Fahrer.

»126 East an der 36th Street, bitte«, sagte sie zu ihm, als sie wieder einstieg.

Ihr Dienstmädchen Katie erwartete sie. »Das nimmt noch ein schlimmes Ende mit Ihnen, Miss, wenn Sie weiter mit *solchen* Männern unterwegs sind. Wie war's denn mit der Schwester vom Mann meiner Cousine Maeve? *Die* ist mit einem *Schauspieler* abgehauen. Geschwängert, sitzen gelassen. Als Maeves Vater das rausgefunden hat, hat er sie rausgeschmissen. Sie musste in ein Arbeitshaus gehen. Hat das Kind verloren und ist zu Tode verblutet. Mit achtzehn in einem Armengrab gelandet. Das hat sie sich schon selbst gegraben, und ihr schicker Mann hat ihr die Schaufel dafür in die Hand gedrückt.«

»Besten Dank für diese überaus aufmunternde Geschichte, Katie.« Jo sah sie wütend an. »Allerdings bin ich nicht mit einem *solchen* Mann unterwegs.«

»Und warum schleichen Sie dann nachts heimlich fort? Und jetzt auch am Tag. Ihrer Mutter sagen Sie, Sie gehen da und dahin, und dann sind Sie aber ganz woanders.«

»Ich sammle Material für eine Geschichte, an der ich arbeite«, antwortete Jo.

Katie hob eine Augenbraue. »Von was handelt diese Geschichte?«

»Kann ich nicht sagen. Noch nicht.«

»Weil es keine Geschichte gibt, oder doch, Miss Jo?«, fragte Katie.

»Natürlich gibt es eine. Würde ich mir so viel Mühe machen, wenn es keine gäbe?«

Katies skeptischer Blick wurde ganz besorgt. »Diese Verrücktheit hat mit dem Tod von Mr Montfort angefangen. Seit er nicht mehr ist, sind Sie nicht mehr dieselbe. Alle sagen das. Die Köchin. Die anderen Mädchen. ›Miss Jo ist nicht mehr sie selbst‹, sagen die. ›Miss Jo benimmt sich ziemlich komisch.‹«

»Wollen Sie den schwarzen Samtmantel aus dem Schaufenster von Lord and Taylor oder nicht?«, entgegnete Jo, die von Katies seltsamen Bemerkungen genug hatte.

»Für diesen Mantel würde ich einen Platz an der rechten Seite vom lieben Gott im Himmel verkaufen.«

»Dann seien Sie still, oder Sie bekommen den Extradollar nicht, den ich Ihnen versprochen habe.«

Katie deutete stumm an, dass sie ihre Lippen verschloss und den Schlüssel wegwarf.

»Wir werden ja sehen, wie lange *das* jetzt hält«, sagte Jo.

Katies Augen funkelten. Sie strich ihren Rock glatt. Betrachtete ihre Stiefel. Zupfte an ihrem Hut. Schließlich brach die Frage aus ihr heraus. »Warum müssen Sie zu solchen Tricks greifen ...«

»Immerhin zehn Sekunden. Ein neuer Rekord.«

»... wenn doch bald der Ball ist und Sie dafür ein Kleid aussuchen müssen und neue Schuhe kaufen? Wer könnte sich mehr wünschen als das alles?«

»Jede mit einem Hirn«, erwiderte Jo.

»Sie hätten bei Miss Addie bleiben sollen. Mit Miss Jennie und Miss Caroline. Mrs Montfort haben Sie gesagt, dass Sie dort sind«, sagte Katie vorwurfsvoll. »Ich sollte Sie da hinbringen, auf Sie warten und dann nach Hause begleiten. Mrs Montfort hat nichts davon gesagt, dass Sie sich in der Stadt herumtreiben.«

»Ich würde das kaum als herumtreiben bezeichnen. Und außerdem konnte ich nicht bei der Teegesellschaft bleiben. Viel zu gefährlich. Ich wäre beinahe gestorben.«

»Woran?«

»Langeweile.«

Addie Aldrich hatte Jo, Caroline und Jennie zum Tee eingeladen. Anlass des Treffens war, über den Ball der Jungen Kunstfreunde zu sprechen und darüber, was jede von den vieren dabei tragen würde.

Ihre Mutter war sich nicht sicher, ob sie Jo zu der Einladung gehen lassen sollte, doch wie immer setzte sich ihr Onkel für sie ein. Er sagte, dass junge Damen in ihrer Trauerzeit Kontakt mit ihren Freundinnen brauchten, und das akzeptierte ihre Mutter. Jo hatte sich gefreut. Der Tee war ihr egal, doch ihr sagte die Idee sehr zu, das Treffen bald wieder verlassen zu können.

Nachdem sie sich eine Stunde lang über Ballkleider unterhalten hatten, was Jo überhaupt nicht interessierte, da sie keines tragen durfte, sondern sich in Schwarz gewanden musste, entschuldigte sie sich damit, dass sie sich erschöpft fühlte. Ihre Freundinnen wechselten besorgte Blicke. Jennie meinte, sie solle vielleicht einen Arzt rufen. Jo dankte ihnen für ihre Anteilnahme und versicherte ihnen, dass sie nichts weiter brauchte als ein wenig Ruhe. Sowie Katie und sie hinter der nächsten Ecke waren, hielt sie eine Droschke an. Erst in drei Stunden wurde sie wieder zu Hause erwartet, und diese Zeit wollte sie sinnvoll nutzen.

»Eigensinnige Mädchen nehmen *immer* ein schlechtes Ende«, sagte Katie jetzt.

»Eigensinnig ist auch nur ein Wort, Katie – ein Wort, mit dem einen andere bezeichnen, wenn man nicht tut, was sie wollen«, erwiderte Jo.

Sie nahm den Notizblock, der neben ihr auf dem Sitz lag und schlug ihn auf. Katie hatte ihn bei Woolworth's besorgen müssen. Er sah aus wie der von Eddie. Auf der ersten Seite standen sechs Adressen. Vier waren bereits durchgestrichen. Jetzt zog Jo einen Strich durch *84 Varick Street*. Das ergab fünf Fehlversuche.

Eleanor Owens, g. 1874 hatte Jos Vater in seine Agenda eingetragen. Jo nahm an, dass g für das Geburtsjahr von Eleanor stand, demnach wäre sie jetzt sechzehn. Doch sicher war sie sich nicht, deshalb hatte sie sich vorgenommen, jede Eleanor Owens in der Stadt aufzusuchen, egal wie alt sie war, um herauszufinden, ob sie irgendeine Verbindung zur Reederei Van Houten hatte. Einige Adressen hatte sie in einem Einwohnerverzeichnis gefunden, das Theakston in seinem Depot aufbewahrte, einige andere dann bei einem Ausflug, bei dem sie angeblich ins Metropolitan Museum fuhr, den sie jedoch zu einem Besuch im Büro des Städtischen Geburtenregisters umgewidmet hatte.

Nachdem sie Addies Haus verlassen hatte, fuhr sie den ganzen Nachmittag kreuz und quer durch die Stadt und klopfte an fremden Türen. Jetzt kam sie zu dem Schluss, dass keine der Frauen mit Namen Eleanor Owens, deren Adressen sie notiert hatte, ihre gesuchte Person war. Eine war schon fünfzig, eine andere achtundsiebzig, eine war sechs, eine zwei Jahre alt, und die Frau, mit der sie zuletzt gesprochen hatte, sah aus wie dreißig. Ihre Geschichte über die Putzfrau hatte sie immer angebracht, nur nicht bei den beiden Kindern. Keine einzige hatte eine Verbindung zu Van Houten.

Jetzt blieb nur noch eine Adresse. Über diese letzte Eleanor hatte sie Informationen im Geburtenregister gefunden. Laut ihrem Geburtsschein hießen ihre Eltern Samuel Owens und Lavinia Archer Owens, sie wohnten in der 36th Street. Zumindest hatten sie 1848, dem Geburtsjahr von Eleanor, dort gelebt. Hoffentlich waren sie noch dort. Die Adresse lag in einem eleganten Teil von Murray Hill. Jo wusste, dass dort keine Putzfrau leben würde. Sie musste sich eine neue Version ihrer Geschichte ausdenken.

»Mr Theakston weiß, dass Sie hinter etwas her sind«, unterbrach Katie ihre Gedanken. »Ich habe gehört, wie er mit Mrs Nelson darüber geredet hat. Sie haben Glück, dass er Sie beim letzten Mal nicht erwischt hat, als Sie abgehauen sind. Aber früher oder später schafft er das. Dann geht er direkt zu Mrs Montfort, und *dann* sind Sie dran!« Ihre Augen wurden zu Schlitzen. »Was haben Sie denn überhaupt in der Nacht da gemacht?«

Ja, was habe ich gemacht?, überlegte Jo und dachte an ihren Ausflug von vor einer Woche zum Hafen. Ich bin zum Hafen gefahren, habe einen Einbrecher und eine Taschendiebin kennengelernt, bin bei Van Houten eingebrochen und habe Eddie Gallagher geküsst.

Die Erinnerung an seine Küsse wärmte ihr nach wie vor das Herz, doch jetzt runzelte sie die Stirn, da ihr bewusst wurde, was er *nicht* mit ihr geteilt hatte. Etwas, worüber sie immer noch rätselte.

»Katie, haben Sie schon einmal von einer Frau namens Della McEvoy gehört?«, fragte sie.

Katie wurde blass. »Gütiger Gott, Miss, waren Sie etwa *dort*? Bitte sagen Sie mir, dass Sie *da* nicht waren.«

»War ich auch nicht. Ich habe Ihnen gesagt, dass ich an einer Geschichte arbeite. Eine meiner Quellen hat Dellas Namen erwähnt. Wer ist sie?«

»Kann ich Ihnen nicht sagen. Das gehört sich nicht. Das fände ich jetzt gar nicht recht.«

Jo zog einen Dollar aus ihrer Tasche und ließ ihn vor der Nase ihres Mädchens baumeln. »Würde das hier es Ihrem besorgten Gewissen leichter machen?«

Katie griff schnell nach dem Schein. »Della McEvoy verkauft Mädchen. An Männer.«

Jo sah wieder die leicht bekleideten Frauen im Hauseingang von Della vor sich, sie erinnerte sich, wie George Adams und Teddy Farnham aus der Tür stolperten.

»Was meinen Sie mit *verkauft Frauen*?«, fragte sie verwirrt.

»Damit sie für sie arbeiten?«

»Nein, nicht zum Arbeiten. Jedenfalls nicht so, wie Sie sich das vorstellen. Della verkauft Mädchen für die Nacht.«

Jo dachte an Theakston und was er alles manchmal nachts erledigte. »Und was tun die dann? Silber polieren? Uhren aufziehen?«

»Nein! Della führt ein unordentliches Haus.«

»Mir ist es egal, wie unordentlich es bei ihr ist«, sagte Jo zunehmend irritiert. »Was genau macht sie denn?«

»Du meine Güte, Miss«, sagte Katie entnervt. »Della McEvoy ist eine Zuhälterin. Eine Puffmutter. Ein weiblicher Lude. Sie hat ein Bordell. Die Mädchen, die da leben, machen gegen Geld Sex mit Männern. Man nennt sie Prostituierte. Hab ich's damit jetzt einigermaßen genau erklärt?«

Schockiert rutschte Jo auf ihrem Sitz nach hinten. »Woher wissen Sie das denn?«

Katie schnaufte. »Wie soll ich das denn nicht wissen? Della ist nur eine von vielen. Solche liederlichen Häuser gibt's in der ganzen Stadt. Sie wüssten das auch, wenn Sie überall zu Fuß hingehen müssten, anstatt in einem Wagen zu fahren. Gehen Sie doch mal durch den Tenderloin-Distrikt. Die Mädchen hängen sich da quasi zu den Fenstern raus – und ihre Korsetts. Rotzfrech sind die, sprechen einen direkt auf der Straße an.«

Jo erinnerte sich an ein Gespräch mit Trudy. »Sind die wie Liebhaberinnen?«

»Eine Geliebte hat's leicht. Die muss nur einen Mann zufriedenstellen. Er zahlt ihr die Miete. Zahlt ihre Rechnungen. Einigen geht es damit recht gut. Dellas Mädchen gehen mit jedem, der daherkommt«, erklärte Katie.

141

»Aber was wird aus diesen Mädchen? Nachdem sie ... sie ...« Jo wusste nicht, wie sie sich ausdrücken sollte.

»Nachdem sie mit jedem Tom, Dick und Harry geschlafen haben, der einen Dollar in der Tasche hat? Die werden nicht alt, die meisten jedenfalls. Die stecken sich mit irgendwas an.«

»Wie entsetzlich!« Jo erschauderte. »Warum machen die das denn?«

Katie sah Jo an, als wäre sie entsetzlich dumm. »Weil sie keine Wahl haben, Miss. Vielleicht hat sie jemand missbraucht – ein lieber Onkel oder ein Stiefvater. Vielleicht haben sie Hunger und finden keine richtige Arbeit. Vielleicht sind sie von Rauschgift oder Alkohol abhängig, und die Puffmütter geben ihnen das Zeug. Hundert verschiedene Gründe sind möglich. So viele wie es Mädchen gibt.«

Jo war es plötzlich peinlich, dass sie Eddie jemals nach Della gefragt hatte. Ihre Betroffenheit wurde noch größer, als sie sich an den Mann vor seiner Pension erinnerte, der annahm, sie wäre aus einem Haus wie dem von Della. Er hatte sie für eine Prostituierte gehalten, nur weil sie in jener Nacht allein in der Stadt unterwegs war. Männer konnten nachts unterwegs sein, und niemand dachte deshalb schlecht über sie, doch eine Frau ohne Begleitung – das war so skandalös, dass sie gleich als Prostituierte betrachtet wurde.

Jo sträubte sich gegen diese Ungerechtigkeit, doch ihr Wagen war gerade in der 36th Street angekommen, und jetzt musste sie ihre Gefühle erst einmal hintanstellen. Das Haus der Owens lag auf halber Höhe, zwischen Lexington und 3rd Avenue auf der Südseite der Straße. Ein schmaler Weg verlief zwischen dem Haus und dem auf dem westlichen Nachbargrundstück. Nachdem Jo den Fahrer gebeten hatte, zu warten, und zu Katie gesagt hatte, dass sie im Wagen bleiben solle, stieg sie aus, ging die Treppen zur Haustür hinauf und klopfte.

Wenige Sekunden später öffnete sich die Tür. »Was kann ich für Sie tun, Miss?«, fragte ein Butler lächelnd.

»Guten Tag, ich suche Eleanor Owens.«

Das Lächeln des Butlers erstarb. »Hier gibt es niemanden mit diesem Namen«, erwiderte er brüsk und schloss die Tür.

»Warten Sie, bitte«, sagte Jo und hielt die Tür mit ihrer Hand auf. »Können Sie mir sagen, wohin sie gegangen ist?«

»Ich muss Sie bitten, die Tür loszulassen«, entgegnete der Butler kalt.

»Mr Baxter, ist alles in Ordnung?« Ein Dienstmädchen, das einen Kohleneimer trug, blieb im Foyer stehen. Sie musterte Jo von oben bis unten.

»Alles bestens, Sally. Kümmern Sie sich um Ihre Aufgaben«, befahl der Butler.

»Was ist da los, Baxter?«, erkundigte sich eine andere Stimme. Sie gehörte einem gut gekleideten, grauhaarigen Mann, der jetzt im Flur auftauchte.

Der Butler trat einen Schritt zurück, und Jo sah ihre Chance. Schnell zog sie eine Visitenkarte aus ihrer Tasche und reichte sie dem grauhaarigen Mann. Es war ein schreckliches Risiko, wenn sie hier mit ihrem richtigen Namen in Erscheinung trat, doch sie hatte keine Wahl. Hier hatte eine Eleanor Owens gelebt. Vielleicht *ihre* Eleanor Owens. Sie musste herausfinden, wo sie jetzt war.

»Mr Owens, nehme ich an? Mein Name ist Josephine Montfort. Ich suche nach einer Eleanor Owens, und vielleicht ...«

Das Gesicht des Mannes verdunkelte sich. »Es gibt hier keine Eleanor Owens.«

»Samuel? Wer ist da an der Tür?«, rief von drinnen eine zitternde, dünne Frauenstimme.

»Mr Owens, darf ich ...«, setzte Jo an.

»Sie dürfen nicht. Guten Tag«, sagte der Mann. Er zerriss ihre Visitenkarte, warf die Fetzen auf den Boden und knallte ihr die Tür vor der Nase zu.

Jo stand wie vom Donner gerührt da und starrte auf den Türklopfer. »Sie lügen, Mr Owens. Ich weiß das. Ich weiß nur nicht, warum.« Sie drehte sich um, immer noch gekränkt von der rüden Behandlung, die ihr zuteil geworden war, und ging die Stufen hinunter.

»Ich nehme an, dass es hier nichts mehr zu gewinnen gibt«, neckte Katie sie, als Jo wieder in der Kutsche Platz nahm. »Und wohin jetzt, Nellie Bly?«

143

»Nach Hause«, sagte Jo seufzend.
»Gott sei Dank.«

Jo sank in die Polster, zutiefst entmutigt, weil sie Eleanor Owens nicht gefunden hatte. Eddie hätte sie gefunden, dachte sie, der ist ein echter Reporter, nicht so ein Möchtegern wie ich.

Sie stellte sich sein hübsches Gesicht vor und fragte sich, was er wohl gerade an diesem Mittwochnachmittag tat. Wahrscheinlich saß er beim *Standard* an seinem Schreibtisch und tippte wie wild in die Schreibmaschine. Wie gut er es doch hat, dachte sie, dass er mit seinem Leben etwas Richtiges anfangen kann. Etwas, das zählt.

Der Wagen fuhr Richtung Westen, dann in die Park Avenue und weiter nach Süden. Zum Gramercy Square. Und zu ihrem Haus. Und einem langen, trüben Abend entgegen, an dem sich nichts ereignen würde, was zählte.

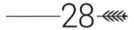

Jo starrte an die Decke ihres Schlafzimmers und zählte die Vierecke in dem getriebenen Metall. Acht Uhr, sie sollte aufstehen, doch sie wollte nicht aus dem Bett. Wenn sie aufstand, musste sie es ansehen – ihr Kleid für den Ball der Jungen Kunstfreunde.

Gestern war es von der Schneiderin geliefert worden. Es war natürlich schwarz, mit hohem Kragen und langen Ärmeln. Katie hatte es über die Tür der Garderobe gehängt, damit sich die Knitterfalten aushängen konnten. Aus dem Augenwinkel konnte Jo es sehen, es wirkte wie ein langes, schwarzes Gespenst.

Sie drehte sich auf die Seite, weg von ihrer Garderobe, damit sie das Kleid nicht sehen konnte. Sie zürnte immer noch mit Grandma, weil sie darauf bestanden hatte, dass Jo auf den Ball ging. Auf keinen Fall wollte sie dort hin.

Aber vielleicht sollte sie wollen.

Weil Eddie Gallagher ein Flegel war. Und sie ein undankbares Luder, das seinem Glücksstern dafür danken sollte, dass ein feiner Kerl wie Bram Aldrich sie zum großartigsten gesellschaftlichen Ereignis des Jahres mitnehmen wollte.

Vor neun Tagen hatte sie Eddie getroffen, hatte er sie im Schatten von Dellas Etablissement geküsst und seitdem – kein einziges Wort von ihm. Natürlich konnte er sie nicht besuchen, und da sie hier kein Telefon hatten – ihre Mutter fand das ordinär –, konnte er auch nicht anrufen. Aber er hatte ihr auch nicht geschrieben. Immer, wenn Post gekommen war, hatte Jo sie eilig durchgesehen und nach etwas von Edwina Gallagher gesucht, und jedes Mal war sie enttäuscht worden.

Sie sagte sich, dass er nicht geschrieben hatte, weil es nichts Neues zu berichten gab, und sie versuchte hartnäckig, das zu glauben. Doch er hätte sich einen anderen Grund suchen können, um etwas zu schreiben – um beispielsweise zu sagen, dass ihre Augen wie unergründliche Teiche aus Mondlicht waren und ihre Lippen weich wie Rosenblätter oder etwas anderes in der Art, was Verliebte sich gegenseitig so schrieben.

Am Tag, nachdem er sie geküsst hatte, konnte sie nur daran denken, wie wunderbar diese Küsse waren. Jetzt war sie überzeugt davon, dass er sich gar nichts aus ihr machte, und sie fragte sich, warum er sie überhaupt geküsst hatte. Und warum sie ihn auch geküsst hatte. Was hatte sie sich denn gedacht? Sie hatte Bram noch nie auf die Lippen geküsst, und den kannte sie schon ihr ganzes Leben lang. Warum war sie bei einem Jungen, den sie kaum kannte, so forsch gewesen?

Jo stöhnte unter einem schlimmen Anfall von Zerknirschung und zog sich das Kissen über den Kopf. Sie wäre den ganzen Tag in diesem Zustand geblieben, doch ein Klopfen an ihrer Tür brachte sie in Bewegung. Katie kam mit dem Morgentee.

»Den werden Sie am besten schnell austrinken, Miss«, sagte sie. »Ein Mädchen ist unten und möchte mit Ihnen sprechen. Sie sagt, es sei dringend.«

Jo setzte sich irritiert auf. »Ist es nicht ein bisschen früh für einen Besuch? Wer ist sie?«

»Eine Miss Sally Gibson. Sie hat sich entschuldigt, weil es noch so zeitig ist, aber sie sagt, dass sie für ihren Arbeitgeber etwas besorgen muss und nicht lange bleiben kann.«

»Wie eigenartig. Ich kenne niemanden, die so heißt. Was will sie denn?«

»Wollte sie mir nicht sagen. Sie hat nur gesagt, dass sie etwas hat, das *Sie* haben wollen.«

Jo schlug ihre Bettdecke zurück und stand auf. Diese Miss Gibson wollte sie jetzt unbedingt kennenlernen.

»Wo ist Theakston? Wo ist meine Mutter?«, fragte sie und zerrte an ihrem Nachthemd. »Helfen Sie mir, dieses Ding auszuziehen.«

»Mr Theakston ist beim Blumenladen und bestellt die Buketts für diese Woche. Mrs Montfort ist auf dem Friedhof. Sie ist vor einer halben Stunde gegangen. Nach dem Besuch am Grab Ihres Vaters möchte sie zu Ihrer Tante Madeleine fahren«, sagte Katie und zog Jo das Nachthemd über den Kopf.

»Gut, dann habe ich mindestens eine Stunde Zeit, bis Theakston zurückkommt. Mama wird noch länger brauchen.«

Nackt wie am Tag ihrer Geburt stand sie jetzt da, und Katie gab ihr ihre langen Unterhosen. Vor ihrer Zofe empfand sie keine Scheu. Irgendjemand – eine Kinderfrau, eine Zofe – hatte ihr in ihrem Leben immer beim Anziehen geholfen. Jo schlüpfte in die Unterhosen und knöpfte sie hinten zu. Dann zog sie sich ein Baumwollhemd über. Darüber kam ein steifes Korsett aus Seide. Jo hielt es, während Katie die Schnüre festzurrte. Am Schluss rutschte dann ein Kleid – eines aus schwarzem Crêpe – über ihren Kopf.

»Mit den Knöpfen komme ich klar. Frisieren Sie mich, bitte? Dann bringen Sie Miss Gibson in den Salon.«

Katie bürstete Jos Haar, steckte es hoch und lief nach unten. Jo schloss die lange Knopfreihe, bürstete sich die Zähne und lief ebenfalls die Treppe hinunter.

Sally Gibson stand am Klavier und hielt eine silberne Vase in der Hand, als Jo den Salon betrat. Sie war klein, wirkte listig und inspizierte den Stempel auf dem Fuß der Vase.

»Mögen Sie die Sachen von Louis Tiffany, Miss Gibson?«, fragte Jo mit einem verschmitzten Lächeln.

Sally drehte sich zu Jo um, und die erkannte sie jetzt doch – zumindest wusste sie, wer sie war. »Sie sind das Mädchen der Familie Owens«, sagte sie.

»Genau«, sagte Sally.

»Was führt Sie hierher?«, fragte Jo.

Sally lächelte Jo durchtrieben an. »Ich möchte Ihnen von Eleanor Owens erzählen«, antwortete sie und stellte die Vase zurück. »Falls Ihnen das etwas wert ist.«

—29—⫷

Jos Herz machte einen Satz wie ein übernervöses Pferd, doch sie hatte sich schnell wieder in der Gewalt. Diese unerwartete Wendung fand sie aufregend, trotzdem blieb sie wachsam. »Wie haben Sie mich gefunden, Miss Gibson?«, wollte sie wissen.

»Ich habe die Stücke von Ihrer Visitenkarte aufgehoben. Die Seine Lordschaft zu Boden geworfen hat«, sagte Sally sarkastisch.

Jo wusste noch, dass sie Mr Owens vor zwei Tagen ihre Karte gegeben hatte und dass er sie zerrissen hatte.

»Ich komme gleich zum Thema, Miss Montfort. Ich weiß alles über Eleanor Owens, und ich werde Ihnen alles erzählen – für zwanzig Dollar.«

»Das ist eine Menge Geld, Miss Gibson«, erwiderte Jo kühl. In letzter Zeit hatte sie so oft mit Katie verhandelt, dass sie im Feilschen inzwischen ganz gut war.

»Für manche durchaus«, sagte Sally und umfasste mit einem Blick Jos schön eingerichteten Salon.

»Ich suche Informationen über Miss Owens, weil ich ein Verbrechen aufklären möchte. Vielleicht sollten Sie mir nicht wegen des

Geldes von ihr erzählen, sondern weil es von Rechts wegen geboten ist«, gab Jo zu bedenken.

Sally schnaufte. »Soweit es mich betrifft, ist es nur recht, wenn ich ein bisschen Geld zusammenkriege, damit ich im nächsten Sommer nach Coney Island fahren kann.«

»Fünf Dollar«, bot Jo an. »Ihre Eleanor Owens ist ja vielleicht gar nicht diejenige, nach der ich suche.«

»Fünfzehn.«

»Zehn.«

»In Ordnung.«

»Bitte setzen Sie sich, Miss Gibson. Ich bin gleich wieder da«, sagte Jo.

Sie lief in ihr Schlafzimmer und holte das Geld. Als sie Katie sah, bat sie sie, Erfrischungen in den Salon zu bringen. Einige Minuten später begann Sally, mit zehn Dollar in ihrem Geldbeutel und einer Tasse Tee in der Hand, zu sprechen. »Eleanor war das einzige Kind von Mr und Mrs Owens. Sie wuchs in dem Haus an der 36th Street auf, doch sie ging weg.«

»Warum wollte mir das Mr Owens nicht sagen?«, erkundigte sich Jo.

»Er spricht nie über sie. Auch sonst darf niemand über sie sprechen«, erklärte Sally. »Das alles hat angefangen, als Eleanor sich in einen Mann verliebt hat, den ihre Eltern nicht mochten. Er war geschieden. Er hatte zwar keine Kinder, doch ihre Eltern haben Eleanor nicht erlaubt, auch nur an eine Verbindung mit einem geschiedenen Mann zu denken. Zumindest hat Mrs Kroger das so gesagt.«

»Wer ist Mrs Kroger?«

»Die Köchin der Familie Owens«, antwortete Sally und nahm sich eine Zitronenwaffel. »Beziehungsweise: Sie *war* die Köchin. Vor zwei Jahren ist sie gestorben. Sie hat mir Eleanors Geschichte erzählt. Sie hat gesagt, dass sich Eleanor heimlich verlobt hat. Ihr Verlobter musste für seine Arbeit weit reisen – nach Sansibar in Afrika –, aber er hatte versprochen, sie nach seiner Rückkehr zu heiraten.«

Jo klingelten die Ohren, als sie das hörte. Van Houten hatte eine Niederlassung in Sansibar. Ihr Vater und ihr Onkel hatten dort als

junge Männer eine Weile gelebt und die Geschäfte der Firma in dieser ostafrikanischen Niederlassung geleitet.

»Ihr Verlobter hat ihr einen Ring mit Saphiren und Diamanten
gekauft«, fuhr Sally fort, »und er gab ihr einen Anhänger in der
Form eines halben Herzens, in dem sein Name eingraviert war. Die
andere Hälfte, die mit ihrem Namen, behielt er. In den Wochen vor
seiner Abreise trafen sie sich heimlich nachts. In einer Laube im
Garten. Am Haus führt an einer Seite ein Weg vorbei, den Sie vielleicht gesehen haben. Zwischen dem Garten und diesem Weg ist
eine Mauer. In der gibt es eine hölzerne Tür, die man vom Garten aus
öffnen kann. Eleanor hat sie um Mitternacht immer aufgemacht
und ließ ihn dann rein.«

Sally bürstete Kekskrümel von ihrem Rock. »Eins führte zum anderen und schließlich war Eleanor schwanger. Das stellte sie aber erst
fest, als ihr Hübscher weg war. Sie schrieb ihm sofort, doch von New
York bis Sansibar braucht die Post eine ganze Weile, und ihr Verlobter bekam ihren Brief erst nach einem Monat. Und seine Antwort
brauchte dann auch wieder einen Monat. Er schrieb Eleanor, dass sie
sich keine Sorgen machen solle, er würde zurückkommen. Aber zu
dem Zeitpunkt sah man schon etwas, und ihr Vater war außer sich. Er
und seine Frau sagten allen Leuten, Eleanor sei auf Reisen in Europa,
doch in Wirklichkeit hatten sie sie in ihrem Zimmer eingeschlossen.
Sie konnte nur lesen und Babysachen anfertigen – Wäsche und
Spielzeug. Und auf den Vater ihres Kindes warten. Aber er kam
nicht. Als es Zeit für die Geburt war, wurde sie mitten in der Nacht
nach Darkbriar gebracht.«

»Darkbriar?«, wiederholte Jo verwirrt. »Wieso denn? Das ist
doch eine Irrenanstalt.«

»Eleanor wurde schwierig«, erklärte Sally. »Sie hat ein paarmal
versucht, aus ihrem Zimmer auszubrechen. Sie bestand darauf, das
Baby zu behalten. Sie bekam Wutanfälle und Weinkrämpfe. Mr und
Mrs Owens sagten, sie sei nicht mehr ganz richtig im Kopf und ließen sie abholen.«

Jo kannte Darkbriar, sie hatte es viele Male gesehen. In dem Bau
vom Anfang des 19. Jahrhunderts brachten reiche Familien Ange-

hörige unter, die Stimmen hörten oder Dinge sahen, die nicht da waren. Die Anstalt stand zwischen der 34th Street und 42nd Street am Ufer des East River, wo es vorher nur brach liegendes, von dornigem Gestrüpp überwuchertes Ackerland gab. Die Stadt reichte längst bis an die Tore des Geländes, doch hinter denen erhob sich immer noch das alte Darkbriar, schwer und zeitlos, die Mauern schwarz vom Ruß, der Friedhof voller Grabsteine, und in den düsteren Häusern lebten gut gekleidete, hohläugige Männer und Frauen.

»Und hat Eleanor dort ihr Baby bekommen?« Jo verzog das Gesicht bei der Vorstellung, an einem solchen Ort ein Kind auf die Welt bringen zu müssen.

»Ja. Ein Mädchen. Mrs Kroger hat es gesehen. Sie sagte, es war niedlich, mit blondem Haar und blauen Augen. Die Geburt war allerdings hart. Eleanor bekam Fieber, das Kind starb.«

»Wie entsetzlich«, seufzte Jo traurig. Eine derart schlimme Geschichte wie das, was Sally ihr jetzt erzählte, hatte sie nicht erwartet.

»Ja, das war wohl wirklich entsetzlich«, sagte Sally, als sei ihr diese Idee noch nie gekommen. »Ein Mr Francis Mallon, einer der Pfleger, hat das Baby dort auf dem Friedhof begraben. Er gab Mrs Kroger den Totenschein, trug ihr jedoch auf, dass sie Eleanor nicht die Wahrheit sagen dürfe. Ihre Wutanfälle wurden schlimmer, sagte Mr Mallon, und ihr Arzt glaubte nicht, dass sie den Tod ihres Kindes verwinden könnte.«

Jo goss Sally noch etwas Tee ein. Sally schaufelte Zucker in die Tasse, rührte etwas Milch dazu und griff nach einem weiteren Keks – in Jos Salon fühlte sie sich anscheinend wie zu Hause.

»Als es Eleanor wieder besser ging, fragte sie nach ihrem Kind«, fuhr Sally fort. »Man musste ihr irgendetwas erzählen, deshalb sagte Mr Mallon, dem Mädchen gehe es gut und man habe es in ein Waisenhaus gebracht, mit all den hübschen Sachen, die Eleanor angefertigt hatte, und dass es ein gutes Zuhause mit liebenden Eltern habe. Er hatte gehofft, sie damit zu beruhigen, doch das klappte nicht. Einige Tage später schlug sie ein Fenster entzwei, griff ihn mit einer Glasscherbe an und ist geflohen.«

»Tatsächlich«, sagte Jo, erstaunt von Eleanors Mut. »Wo ist sie hingegangen?«

»Sie suchte ihr Baby. Sie ging in jedes Waisenhaus in der Stadt und bettelte um ihr Kind. Aber natürlich war das nirgendwo, es war ja tot. Als Eleanors Eltern von ihrer Flucht erfuhren, baten sie die Polizei, sie zu suchen, doch sie ist ihnen entkommen. Mrs Kroger hat sie einmal gesehen. Sie versuchte, mit ihr zu sprechen, doch Eleanor lief weg.«

»Ist sie noch irgendwo da draußen?«, fragte Jo voller Hoffnung. Falls Eleanor noch in der Stadt war, konnte man sie vielleicht finden.

»Nein, sie ist tot«, sagte Sally, und Jos Hoffnungen zerrannen. »Zwei Monate nach ihrer Flucht aus Darkbriar hat man ihre Leiche aus dem East River gezogen. Ein Fischer fand sie bei Corlears Hook. Man konnte sie nicht wirklich identifizieren. Also, ihr Gesicht, meine ich. Die Fische ... Na ja, das können Sie sich ja vorstellen. Die Behörden haben sie durch die Jacke, die sie trug, identifiziert, und ein Schmuckstück – eine Taschenuhr, die sie zu ihrem achtzehnten Geburtstag von ihren Eltern bekommen hatte. Ihr Anhänger war verschwunden, der mit dem Namen ihres Verlobten. Und auch ihr Verlobungsring. Die Polizei sagte, dass sie vielleicht ausgeraubt worden war und die Diebe sie dann ins Wasser gestoßen hatten. In der Eile haben sie die Taschenuhr dann übersehen.«

»Wann ist das alles passiert?«, fragte Jo, denn sie dachte wieder an das Datum, das ihr Vater neben Eleanor Owens Namen notiert hatte.

»Eleanor bekam ihr Baby im Jahr 1874«, antwortete Sally.

Jo war perplex. Sie konnte es nicht glauben. Sie hatte tatsächlich die Eleanor Owens aus der Agenda ihres Vaters gefunden und erfahren, dass 1874 nicht *Eleanors* Geburtsjahr, sondern das ihres *Kindes* war. Sie war hocherfreut, doch dieses Gefühl verflog, als ihr klar wurde, dass sie noch immer keine Antwort auf die wichtigste Frage hatte: Warum hatte ihr Vater diese Notiz gemacht? Wer war Eleanor Owens für ihn?

Ein hässlicher Gedanke hatte sich ihrer bemächtigt, als sie die Notiz zum ersten Mal sah, und jetzt tauchte dieser Gedanke wieder auf. War vielleicht *er* der Vater von Eleanors Kind? Und falls ja: Hatte das etwas mit seinem Tod zu tun?

Jo rechnete schnell nach. Ihr Vater war 1874 in Sansibar gewesen, wie Eleanors Verlobter. Jo spürte, wie eine angstvolle Übelkeit in ihr aufstieg. War er vor seiner Abreise mit Eleanor Owens zusammen gewesen? Damals war er schon mit Jos Mutter verheiratet. Hatte er zur gleichen Zeit noch eine Beziehung mit Eleanor Owens? Hatte er ihr irgendeine irrwitzige Geschichte erzählt, um zu vertuschen, dass er verheiratet war?

»Was ist mit dem Vater des Kindes? Ist er jemals aus Sansibar zurückgekehrt?«, fragte sie ängstlich.

»Nein«, sagte Sally.

Jo strengte sich an, damit ihre Stimme nicht zitterte. »Wissen Sie, wer er war? Können Sie sich an seinen Namen erinnern?«

»Er war einer der Eigner von ... ach, wie heißt bloß diese große Reederei? Van Houten! Genau. Bei denen.«

Jo wurde schlecht. »Bitte, Miss Gibson, Sie müssen mir seinen Namen sagen.«

»Stephen Smith.«

Jo schloss die Augen und atmete heftig aus, sie war unglaublich erleichtert.

»Geht es Ihnen gut, Miss?« Sally sah ihr prüfend ins Gesicht.

»Ziemlich«, sagte Jo und gewann ihre Fassung wieder.

»Es hat sich dann herausgestellt, dass Stephen Smith auf See gestorben ist«, erklärte Sally. »Vor siebzehn Jahren. Kurz bevor er nach New York zurückkehren sollte. Sein Schiff ging während eines Sturms im Indischen Ozean unter.«

Jo wusste das. Als sie bei einem Besuch bei Van Houten zum ersten Mal das Porträt von Stephen Smith sah, fragte sie ihren Vater, wer das sei. Sie kannte die Gesichter der anderen sechs, dieses jedoch nicht.

»Mr Smith ist ertrunken«, antwortete ihr Vater. »Vor langer Zeit.« Sie hätte gern mehr erfahren, doch sie hörte heraus, dass ihr Vater nicht mehr dazu sagen wollte, also bedrängte sie ihn nicht.

»Mrs Kroger glaubte, dass Eleanor nie mitbekommen hat, dass Mr Smith ertrunken ist«, sagte Sally. »Als sein Tod hier in den Zeitungen stand, war sie in Darkbriar. Er war ein netter Mann, sagte Mrs Kroger. Mrs Kroger hat sich nie wohlgefühlt mit alldem, was da passiert ist. *Nicht abgeschlossen*, so sagte sie immer.«

»Nicht abgeschlossen? Warum?«

Sally schenkte sich Tee ein. »Weil Stephen Smith ein Geheimnis hatte. Zumindest hat Mrs Kroger das so gesagt. Er hat etwas über seine Firma herausgefunden. Etwas Schreckliches. Und er meinte, das müsse er in Ordnung bringen. Er hat Eleanor Pakete geschickt. In denen waren Papiere, die mit dem Geheimnis zu tun hatten. Ladelisten nennt man die, glaube ich. Mr Owens hat nicht gestattet, dass Briefe von ihm im Haus angenommen wurden, deshalb hat Mrs Kroger den Postboten abgefangen, alles von Mr Smith an sich genommen und das zu Eleanor reingeschmuggelt. Mr Smith wollte, dass Eleanor diese Papiere bis zu seiner Rückkehr sicher verwahrt.«

Jos Nackenhaare sträubten sich. Auch Kinch hatte Ladelisten erwähnt, in dem Gespräch mit Mr Scully im Büro von Van Houten. Es gibt Beweise. *Es gibt Ladelisten, unterschrieben und gestempelt*, hatte er gesagt.

Kinch hatte wie Smith ein Geheimnis. Er war ebenfalls in Afrika gewesen. Und er kannte Scully. Er nannte ihn Richard. Und Scully kannte Kinch, trotz seiner Tätowierungen. *Dein Aussehen ist wirklich ganz verändert. Ich habe dich nur an deinen Augen erkannt*, hatte er gesagt.

Und Kinch hatte wie Smith eine *sie* verloren. Vielleicht eine Frau, kein Schiff, wie Jo und Eddie angenommen hatten, als sie am Hafen über Kinch sprachen.

Könnte das möglich sein?, fragte sie sich immer aufgeregter. Könnte Kinch Stephen Smith sein?

Er muss es sein, dachte sie. Afrika, Ladelisten, Van Houten, ein Geheimnis – zu viele Übereinstimmungen, als dass dies ein Zufall sein könnte. Das ergibt einen Sinn. Das passt perfekt.

Bis auf einen ziemlich unpassenden Umstand, gab eine innere Stimme zu bedenken. Stephen Smith ist tot.

Jo überlegte angestrengt, ob es irgendetwas gab, was sie übersah, etwas, das das Unmögliche möglich machen könnte. Wenn es so etwas gab, bekam sie es nicht zu fassen. Sie entschloss sich, es auf einem anderen Weg zu versuchen.

»Miss Gibson, hat Ihnen Mrs Kroger jemals gesagt, welche schrecklichen Dinge Stephen Smith entdeckt hatte?«, fragte Jo tapfer. Sie fürchtete sich vor der Antwort auf ihre Frage ebenso sehr wie sie sich davor gefürchtet hatte, die Identität von Eleanor Owens zu erfahren.

»Nein. Miss Eleanor hat es ihr nie verraten«, antwortete Sally.

»Mrs Kroger hatte keine Ahnung, was in diesen Papieren stand?«

Sally schüttelte den Kopf. »Sie hat Miss Eleanor danach gefragt. Sie bat sie sogar darum, diese Papiere sehen zu dürfen, doch Miss Eleanor hat es ihr verweigert. Sie hat nur gesagt: ›Die Briefe sind sicher unter dem Firmament. Die Götter wachen über sie. Und über uns.‹«

»Und wurden die Briefe jemals gefunden?«

»Nein. Als Miss Eleanor nach Darkbriar kam, hat Mrs Kroger überall danach gesucht. Sie dachte, dass Mr und Mrs Owens sie lesen sollten und dann einsehen würden, dass Mr Smith ein ehrbarer Mann war und sich ihre Meinung über ihn ändern könnte. Aber sie hat sie nie gefunden. Dann ist Miss Eleanor gestorben, und damit gab es keinen Grund mehr, weiter danach zu suchen.«

Elektrisiert von dieser letzten Information klammerte sich Jo an die Armlehnen ihres Sessels.

»Die folgende Frage ist sehr wichtig, Miss Gibson«, sagte sie voller Nachdruck. »Hat jemals ein Mann mit sehr auffallenden

Tätowierungen im Gesicht – schwarze Wirbel und Dornen – die Owens besucht?«

»*Ich* habe so jemanden nie gesehen«, antwortete Sally. »Und ich kann mir nicht vorstellen, dass Mr Baxter einen Mann, der so aussieht, ins Haus lassen würde.«

»Hat Mrs Kroger vielleicht einmal etwas darüber gesagt, dass so ein Mann zu Besuch gekommen wäre?«

»Nein, aber sie hätte das sicher erwähnt. Sie hat immer viel geredet.«

»Wurde einmal in das Haus der Owens eingebrochen?«, fragte Jo.

»Nicht, dass ich wüsste.«

Jo saß wieder sehr gerade in ihrem Sessel und dachte über das nach, was Sally ihr gerade berichtet hatte.

Kinch und Stephen Smith sind ein und derselbe – ich weiß zwar nicht, wie das zugeht, aber es ist so –, und dieser Mann ist ein Lügner, wurde ihr klar. Er hat vor Richard Scully geblufft und vermutlich auch vor meinem Vater. Er hat die Ladelisten nicht. Sie sind immer noch dort, wo Eleanor sie versteckt hat.

Jo wusste, was sie als Nächstes anzupacken hatte: Sie musste diese Ladelisten finden. Sie würden ihr offenlegen, welche schrecklichen Vergehen Van Houten vorgeworfen wurden.

Jo betrachtete Sally Gibson. »Soviel ich weiß, ist Atlantic City wesentlich hübscher als Coney Island.«

»Ganz bestimmt, Miss Montfort. Und auch ganz hübsch teurer«, erwiderte Sally.

»Ich glaube nicht, dass das für ein geschäftstüchtiges Mädchen wie Sie ein Problem sein sollte.«

Sally hob eine Augenbraue. »Ihnen schwebt da etwas vor, stimmt's?«

Jo lächelte. »Ganz genau, Miss Gibson.«

155

31 ◀◀◀

Miss Edwina Gallagher an Miss Josephine Montfort

24. Oktober 1890

Liebe Jo,

In Eile ... Bill Hawkins hat nie von der Bonaventure *gehört, und Jackie Shaw ist nicht in der Stadt, aber mit Tumblers Hilfe konnte ich zweimal in das Büro von Van Houten. Ich habe die Hälfte der Geschäftsbücher der Firma durchforstet, konnte jedoch noch nichts über die* Bonaventure *finden. Ich gehe dort noch so oft hin, bis ich alles durch habe. Das sage ich Dir, damit Du Bescheid weißt, aber Du darfst nicht nach Downtown kommen. Denk nicht einmal daran. Immer mit der Ruhe! Ich werde Dich auf dem Laufenden halten.*

Grüße
EG

Brief von Mr Joseph Feen an Mr Edward Gallagher

24. Oktober 1890

Lieber Eddie,

es tut mir leid, dass Deine Zeit bei Van Houten kein Ergebnis gebracht hat. Es interessiert Dich vielleicht zu erfahren, dass Eleanor Owens nicht mehr lebt, doch sie hatte 1874 ein Kind von Stephen Smith. Leider ist das Kind auch tot. Wie es scheint, glaubte Mr Smith, dass bei Van Houten etwas Ungehöriges geschehen ist. Das glaubt ja auch Kinch. Genau genommen bestehen zwischen den beiden etliche Übereinstimmungen. Smith hat Dokumente an Eleanor geschickt. Könnten das die Ladelisten sein, von denen Kinch gesprochen hat? Ich bin sicher, dass sie die Antworten enthalten, die wir brauchen. Ich werde versuchen, sie zu finden. Ich sage Dir das, damit Du Bescheid weißt, aber Du darfst nicht nach Uptown kommen. Denk nicht einmal daran. Immer mit der Ruhe! Ich werde Dich auf dem Laufenden halten.

Grüße
JM

32

»Phillip Montfort mit Gattin, Ma'am«, sagte Theakston und reichte Anna Montfort eine Visitenkarte.

Er machte einen Diener und entfernte sich aus dem Salon. Kurz darauf traten Jos Onkel, ihre Tante und ihre Cousine ein, alle mit geröteten Wangen. Phillip rieb sich die Hände und rief aus, wie frisch doch diese Herbstluft sei. Madeleine und Caroline trugen Kaschmirschals um die Schultern. Sie traten zu Anna an den Kamin, während Jo Tee einschenkte. Ein stürmischer Dienstagnachmittag.

Jo begrüßte ihre Verwandten so herzlich, dass sie nie auf die Idee gekommen wären, wie scheußlich sie sich fühlte.

Dreizehn Tage war es jetzt her, dass sie Eddie Gallagher gesehen hatte, und sie besaß nur eine ziemlich geschäftsmäßige schriftliche Nachricht von ihm. Sie befürchtete von Tag zu Tag mehr, dass sie wahrscheinlich alles, was zwischen ihnen vorgefallen war, ganz und gar falsch beurteilt hatte und die Küsse für ihn nichts weiter als ein nettes Spielchen waren. Warum hatte er ihr nichts Persönlicheres geschrieben? Warum hatte er nicht versucht, sie zu treffen?

»Die Zitronenwaffeln von Mrs Nelson! Das sind mir die liebsten!«, rief Phillip, als Jos Mutter eine Schale mit den köstlichen Keksen herumgehen ließ. Er aß einen und sagte dann: »Anna, ich habe gute Neuigkeiten für dich. Die Sägewerke von Charles sind so gut wie verkauft.«

»Oh, Phillip, das ist tatsächlich eine gute Nachricht!«, sagte Anna lächelnd.

Auch Jo lächelte und tat so, als würde sie das Gespräch sehr interessieren.

»Der Interessent meint es ernst, und ich gehe davon aus, dass wir das Ganze noch vor Jahresende abschließen können«, fügte Phillip hinzu.

»Und Van Houten?«, fragte Anna. »Wie geht es da voran?«

»Der Transfer der Anteile von Charles an die übrigen Eigner ist auf dem Weg. Die Papiere sollten nächsten Monat fertig sein.«

»Ich kann dir gar nicht genug danken. Ich bin so froh, dass du dich der Angelegenheiten von Charles annimmst.«

Phillip hob die Hände. »Jetzt noch keinen Dank, Anna. Wir müssen noch den *Standard* loswerden, und wie sich zeigt, ist das doch ein wenig schwieriger.«

Jo heuchelte nicht länger Interesse an dem Gespräch und schaute ihren Onkel über den Rand ihrer Teetasse an.

»Wieso denn das?«, fragte Anna.

Phillip nahm einen Schluck Tee. »Das Zeitungsgeschäft ist inzwischen doch eine ziemlich oberflächliche Angelegenheit, befürchte ich. Egal, wie hartnäckig ich versuche, beim *Standard* einen zivilisierten Ton durchzusetzen, ich scheitere jedes Mal. Je eher wir das Blatt los sind, desto besser.«

Anna beugte sich in ihrem Sessel vor und sah bekümmert aus. »Aber Mr Stoatman ist doch keiner, der es dem *Herald* oder der *World* gleichtun möchte«, sagte sie.

»Nein«, antwortete Phillip. »Stoatman macht mir keine Sorgen, eher die Sorte Reporter, die er einstellt.«

Jo schenkte ihrem Onkel nach und hörte jetzt gespannt zu.

»Was meinst du damit, mein Lieber?«, erkundigte sich Madeleine.

»Gestern ging ich zu Stoatman – wir treffen uns einmal in der Woche –, und als ich kam, telefonierte er gerade, deshalb habe ich gewartet. Und während ich draußen vor seinem Büro saß, hörte ich eine Unterhaltung von so einem Rudel Reportern, und bei Gott, die waren wirklich ein Rudel – ein Wolfsrudel!« Phillips Gesicht war rot vor Zorn. »Einer von denen, ein drahtiger, dunkelhaariger Junge – Gleeson oder Gilligan, irgendwie ein irischer Name –, nahm den Mund etwas voll vor den anderen wegen einer Geschichte, an der er schrieb. Er redete überaus abfällig über eine junge Frau, die ihm bei der Geschichte half. Sie machte das, weil sie in ihn verliebt sei, sagte er. Und er, das war ziemlich eindeutig, ermutigte das arme Mädchen, damit es für ihn etwas tat.« Phillip schüttelte seinen Kopf. »Ich sage euch, ich hatte nicht übel Lust, dem arroganten jungen Kerl eines überzuziehen!«

Jo erstarrte, mit der Teekanne in der Hand. Ihr stockte kurz der Atem.

»Papa!«, schimpfte Caroline.

»War aber so!«, sagte Phillip indigniert. »Ich möchte, dass der *Standard* so schnell wie möglich verkauft wird. Journalismus ist kein Geschäftszweig mehr, mit dem diese Familie in Verbindung sein sollte. Die Typen, die das jetzt betreiben, möchten nur selbst an die Spitze kommen, und es ist ihnen gleich, auf wem sie dafür herumtrampeln. Du würdest das nicht verstehen, Caro. Jo, du auch nicht. Ihr seid noch keine Eltern. Doch ich habe eine Tochter und eine Nichte, und wenn ich mir vorstelle, dass jemand von meinen Angestellten so über eine junge Frau spricht, regt mich das über alle Maßen auf.«

Jo zwang sich, zu atmen. Sie stellte die Teekanne zurück auf das Tablett. Eddie hatte sich bereit erklärt, Informationen über ihren Vater zu sammeln, da er wusste, dass die Story über den Mord an ihm ziemlich groß werden würde und ihm helfen könnte, eine bessere Stelle zu finden. War *er* der Reporter, den ihr Onkel gehört hatte? War sie selbst das bemitleidenswerte Mädchen?

»Papa, du wirst so ein alter Griesgram!«, neckte ihn Caro. »Genau wie Grandma.«

Phillip beruhigte sich wieder und tätschelte die Hand seiner Tochter. »Vielleicht bin ich das wirklich. Ich muss mir einen Spazierstock besorgen und ein Dutzend Spaniels.«

Alle lachten. Alle außer Jo. Ihr war übel. Sie war eine Närrin. Eine impulsive kleine Idiotin, die nichts von Männern verstand.

»Da wir gerade von Grandma sprechen … Ich habe gehört, dass es bald ein kleines Abendessen anlässlich ihres Geburtstags geben soll. Nur Familie und enge Freunde, hier in der Stadt«, sagte Madeleine. »Zwei Wochen nach dem Ball der Jungen Kunstfreunde.«

»Ich bin ganz sicher, dass wir alle eingeladen werden«, meinte Anna belustigt. »Die Trauerzeit ist ihr gleichgültig.«

»Werdet ihr kommen?«, fragte Madeleine.

Anna sah sie scharf an. »Wir werden nicht kommen. Ich kann immer noch nicht glauben, dass ich zugestimmt habe, dass Jo zum Ball gehen darf.«

»Sie bleibt ja am Tisch sitzen und wird nicht tanzen. Das wird alles ganz anständig sein«, sagte Madeleine. Sie wandte sich an Jo. »Ist dein Kleid schon da, meine liebe Jo?«

Doch Jo starrte ins Feuer und hörte sie nicht.

»Jo? Was ist mit dir?«, fragte Madeleine.

Jo begriff, dass sie gemeint war. »Nichts, Tante Maddie. Gar nichts«, sagte sie mit angespannter Stimme.

Anna und Madeleine sahen einander besorgt an.

»Ich habe dich zu sehr aufgeregt, Jo, nicht wahr?«, fragte Phillip unglücklich. »Ich sollte unpassende Themen nicht in der Gegenwart von jungen Damen ansprechen. Tut mir leid.«

»Unsere Jo ist so sensibel«, sagte Madeleine sanft. »Lasst uns von erfreulicheren Dingen sprechen, ja?«

Jo gelang ein Lächeln. Sie nickte zustimmend. Doch Phillips Worte hallten in ihr nach: *Und er, das war ziemlich eindeutig, ermutigte das arme Mädchen, damit es für ihn etwas tat … ein drahtiger, dunkelhaariger Junge – Gleeson oder Gilligan, irgendwie ein irischer Name …*

Nein, Onkel Phillip, nicht Gleeson oder Gilligan, dachte sie und fühlte sich elend dabei. Das hast du falsch verstanden. Er heißt Gallagher.

33

In ihren seidenen Kleidern sahen die hübschen Mädchen, die über den Tanzboden wirbelten, wunderschön aus, wie ein lebender Garten. Von ihrem Sitzplatz aus sah Jo das blasse Rosa von Päonien, das staubige Rot später Sommerrosen – und das lebhafte Blau des Rittersporns: Elizabeth Adams' aufsehenerregendes Kleid aus Paris.

»Ich warte bloß darauf, dass sie mal einatmet«, sagte Caroline Montfort gehässig, während sie Elizabeth beim Walzertanzen mit Teddy Farnham zusah. »In genau der Sekunde wird ihr Busen das Oberteil sprengen. Das wäre doch ein Anblick!«

»Du bist ein fieses Mädchen, Caro«, meinte Trudy van Eyck. »Wenn du schon nichts Nettes zu sagen hast«, sie machte eine Kunstpause und grinste dann teuflisch, »sag's einfach mir.«

»Ihre Taille hat nur achtundvierzig Zentimeter. Hat sie mir erzählt«, wandte Jennie Rhinelander ein. »Seht ihr, wie hervorragend das Kleid sitzt?«

»Es ist wirklich wunderschön«, stimmte Jo wehmütig zu und musterte das sagenhafte Kleid von Elizabeth. »Es ist schon so lange her, dass ich so eines getragen habe. Heute Abend seht ihr alle so fantastisch aus, nicht nur Elizabeth. Wie seltene Paradiesvögel. Und ich? Wie eine triefäugige alte Eule.«

»Das stimmt nicht, Jo. Überhaupt nicht«, widersprach Addie.

»Liebe Addie, ich sehe aus wie ein Serviermädchen, und das weißt du sehr wohl.«

»Oh, Miss, würden Sie mir bitte einen Punsch bringen?«

Das war Bram, und er hielt ihr ein leeres Glas hin. Der Walzer war aus. Er hatte ihn mit seiner Mutter getanzt und kam jetzt zu ihnen an den Tisch.

»Du bist wirklich ein Witzbold«, sagte Jo und tat so, als sei sie entrüstet.

»Ich will dich nur ein bisschen ärgern, Jo«, erwiderte Bram. »Schwarz steht dir.«

»Schwarz steht niemandem«, gab Jo zurück.

»Einem Kaminkehrer steht es. Oder einer Gouvernante. Oder einem Pinguin«, warf Trudy ein.

Bram verbeugte sich tief, nahm Jos Hand in seine und küsste sie. »Oder einem seltenen und strahlenden Stern, der vor einem nächtlichen Himmel hell erstrahlt.«

»Mein Gott, was ist bloß in dem Punsch drin, Bram Aldrich?«, fragte Trudy. »Und woher kriege ich auch etwas davon?«

Alle lachten über Trudys Kommentar. Jennie stand auf, um zu tanzen, und Bram und die drei übrigen Mädchen blieben den nächsten Walzer über sitzen und leisteten Jo Gesellschaft.

Addie, Caro, Trudy – alle sind reizend zu mir, dachte Jo. Und Bram hat sich sehr bemüht, um mir zu sagen, ich sähe gut aus, auch wenn das nicht stimmt. Sie sind so gut, so freundlich, und ich bin so glücklich, dass ich noch zur Vernunft gekommen bin, bevor es zu spät ist. Bevor ich all das weggeworfen hätte, wegen Eddie, der sich nicht für mich interessiert. Soll er doch Kinch finden. Soll er doch den Mord aufklären. Soll er doch die ganze schmutzige Angelegenheit den Behörden mitteilen. Das ist nicht meine Aufgabe. War es nie.

Seit Jo von ihrem Onkel die Geschichte von seinem Besuch beim *Standard* gehört hatte, hatte sie sich all das immer wieder eingeredet, und inzwischen war sie an dem Punkt, dass sie es fast glaubte.

Der nächste Walzer verklang. Der Dirigent kündigte eine kurze Pause an, danach sollte eine Quadrille getanzt werden. Daraufhin verließen die Paare das Tanzparkett, um sich Erfrischungen zu besorgen. Jennie stieß wieder zu der Gruppe, im Schlepptau Elizabeth Adams. Elizabeths Wangen glühten in zartem Rosa. Der Blauton ihres Kleides betonte noch ihre kobaltfarbenen Augen. Sie begrüßte alle, doch Bram schenkte sie ihr allerwärmstes Lächeln. Addie sah das und blickte finster drein. Caroline rollte mit den Augen. Jo registrierte einen unerwarteten Anflug von Eifersucht.

Nach einigen Minuten stimmte das Orchester die Instrumente neu ein. Ein Roosevelt und ein Van Alstyne schossen heran und baten Caroline und Jennie um den Tanz – und sie versprachen, ganz brav für dieses Privileg zu bezahlen. Caro und Jennie zeichneten ihre Tanzkarten ab und folgten den Jungs auf das Parkett. Trudy machte sich auf die Suche nach Gilbert, der Bälle nicht mochte. Und auch keinen Punsch. Oder Museen. Jo, Bram, Addie und Elizabeth unterhielten sich verlegen miteinander. Bram, ganz Gentleman, war so höflich, Elizabeth um den nächsten Tanz zu bitten, da er Jo schlecht fragen konnte.

»Mach dir wegen Elizabeth keine Gedanken«, sagte Addie, als die beiden gingen. »Bram ist einfach nur höflich. Er hat alle deine Tänze gekauft, erinnerst du dich? Da macht das Museum einen guten Schnitt! Ich wäre sowieso überhaupt nicht überrascht, wenn er dir in ein paar Monaten ...«

»Addie Aldrich, da bist du ja!« James Schermerhorn kam an den Tisch, ein Verwandter von Jo. »Ich habe dich überall gesucht. Caro braucht noch ein viertes Paar für ihre Quadrille. Hab ich die Ehre, die mit dir zu tanzen?«

»Oh, Jim, das geht nicht«, sagte Addie. »Ich möchte Jo nicht allein lassen.«

»Addie, geh doch«, entgegnete Jo. »Stell dir mal vor, wie Jim aussieht, wenn du ihn jetzt abweist – das würde ich nicht ertragen.«

Addie zögerte. »Bist du sicher, dass du dich nicht einsam fühlst?«

»Ich fühle mich sehr wohl.«

Jo lächelte, als Jim Addie aufs Parkett führte. Er verbeugte sich, sie machte einen Knicks, und beide verschwanden in einem Meer wirbelnder Röcke.

An diesem Abend verwandelte sich die riesige Eingangshalle des Metropolitan Museums mit ihren verzierten Bögen, den Marmorsäulen und der himmelhohen Decke in einen Ballsaal, der im Licht von Tausenden Kerzen erstrahlte. Auf marmornen Säulen standen Porzellanvasen mit Treibhausblumen. Kellner in weißen Jacketts servierten auf Silbertabletts Punsch, ein zwanzigköpfiges Orchester spielte zum Tanz.

Und obwohl Jo nicht am Ball teilnehmen konnte, schaute sie den Tänzern gern zu. Sie gaben ein so atemberaubend prachtvolles Bild ab, dass sie wünschte, sie könnte es zwischen Buchseiten legen und für immer bewahren, so wie sie es als kleines Kind mit Blumen gemacht hatte. Die Mädchen sahen zauberhaft aus mit ihren kunstvollen Frisuren, den Juwelen auf der blassen Haut, den schlanken Armen in eleganten Glacéhandschuhen, und die jungen Männer waren elegant und vornehm. Sie strömte über vor Emotionen, da sie wusste, dass viele ihrer Freundinnen heute Abend nicht nur einen Partner zum Tanzen, sondern für ihr ganzes Leben suchten.

... einen Heiratsantrag macht. Das wollte Addie vorhin sagen, dachte Jo. In ihrem Magen zog sich der Klumpen aus Kummer – den sie spürte, seit sie gehört hatte, wie Grandma über ihren Wunsch einer Heirat von Bram und Jo gesprochen hatte – wieder zusammen.

Was ist, wenn Bram mich eines Tages fragt? Was werde ich sagen?, überlegte sie.

Etwas Blaues stach ihr ins Auge. Elizabeth, die wie ein grelles Leuchten in den Armen von Bram vorbeischwebte. Jos Blick verweilte auf den beiden. Sie sahen gut aus als Paar, und wieder fühlte sie eine stechende Eifersucht. Ihre Gefühle irritierten sie. Erst wollte sie Bram nicht weiter ermutigen, gleich darauf hatte sie Angst davor, ihn zu verlieren.

»Vielleicht solltest du ein wenig auf Miss Adams achten«, hatte ihre Mutter gesagt, als Jo zum Ball aufbrach. »Soviel ich weiß, nimmt sich dieses Mädchen ohne jeden Skrupel das, was ihr nicht gehört.«

»Dann passe ich mal besonders auf meine Armbanduhr auf«, witzelte Jo.

»Du weißt genau, was ich meine, Josephine«, erwiderte ihre Mutter. »Es war die Idee deines Onkels, dass du auf diesen Ball gehst. Anfangs war ich unsicher, doch jetzt halte ich es für richtig. Es ist nicht klug, dem Markt zu lange fernzubleiben, sonst bleibt man als Ladenhüter übrig.«

»Da komme ich mir jetzt vor wie eine Ananas, Mama. Und du

bist anscheinend nicht auf dem Laufenden. Bram nimmt mich sowieso nicht. Er nimmt Annie Jones«, sagte sie und bezog sich verschmitzt auf eine bärtige Dame, die in Mr Barnums Zirkus auftrat.

»Eine übergroße Nähe zu den Vergnügungen der niederen Stände schickt sich nicht für eine junge Dame«, war die frostige Entgegnung ihrer Mutter.

Jo schüttelte es bei der Erinnerung an die Szene. Die kalte Ablehnung ihrer Mutter war die Quittung für einen kleinen Witz. Sie konnte sich vorstellen, was geschehen wäre, wenn sie ihr wirklich einmal von Eddie erzählt hätte. Gott sei Dank hatte sie das nicht getan.

Eddie bist du egal. Das weißt du jetzt genau, sagte sie sich. Und anstatt sich vor Brams Antrag zu fürchten, solltest du alles tun, um ihn herbeizuführen. Weil Bram sich wirklich für dich interessiert. Und wenn du noch länger die Hände in den Schoß legst, so wie jetzt gerade, dann verlierst du ihn an Elizabeth Adams.

Jos finstere Gedanken ließen sie verkniffen aussehen, das spürte sie. Da ihr klar war, dass verkniffen aussehende Mädchen keine Heiratsanträge erhielten, setzte sie ein breites Lächeln auf und konzentrierte sich wieder auf das farbenprächtige Bild vor ihr.

Aber während das Orchester immer weiter und weiter spielte, hatte sie plötzlich das Gefühl, in der Musik geradezu unterzugehen. Der Duft der Treibhausblumen widerte sie jäh an, und die Tänzer, die sich lächelnd in den komplizierten Figuren der Quadrille drehten, erschienen ihr wie Aufziehpuppen. In der prächtigen Szenerie nahm sie etwas Dunkles wahr. Es wurde unter der Oberfläche sichtbar wie der Metallgrund unter schlecht gearbeitetem Schmuck.

Der Ball war mit seinem ganzen Geglitzer ein Sinnbild ihres Lebens. Alles war wunderbar und perfekt, so lange jede Person wusste, was sie zu tun hatte und sich entsprechend verhielt. Die Frauen durften nur beobachten und warten. Die Männer trafen die Entscheidungen. Sie waren immer diejenigen, die auswählten. Sie übernahmen die Führung. Und es waren immer die Frauen, die ihnen folgten. Heute und immerdar.

Trotz ihres Entschlusses von vorhin löste sich Jos aufgesetztes Lächeln auf. Plötzlich wollte sie hinaus – raus aus dem Saal, weg von dem Ball, raus aus dem vergoldeten Vogelkäfig, in dem sie lebte. Dieses Gefühl wurde so übermächtig, dass sie sich nur mit Mühe daran hindern konnte, zum Ausgang zu laufen.

Sie wollte eine größere Welt – die, die Eddie ihr gezeigt hatte. Sie wollte Freiheit, doch was geschah mit dem Kanarienvogel, der davonflog? Sie wusste es. Ab und zu sah sie die kleinen bunten Körper der Vögel, die, ihrer Gefangenschaft entflohen, am Ende im Central Park auf dem Boden lagen, an Hunger und Kälte eingegangen. Und ihr war klar, dass sie nicht viel mehr Ahnung davon hatte, wie sie außerhalb ihres Käfigs überleben sollte als diese hübschen, zerbrechlichen, dummen Vögel.

»Hallo, Miss«, sagte eine Stimme neben ihrem Ellbogen, und sie fuhr aus ihren Gedanken auf. »Wie wäre es mit einem Glas Punsch?«

So ein unglaublich unhöflicher Kellner, dachte Jo. »Nein danke«, sagte sie und schaute ihn nicht einmal an.

»Der ist richtig gut. Probieren Sie mal.«

Jo konnte nicht glauben, wie aufdringlich der Mann sich benahm. »Ich habe momentan keinen Durst«, erwiderte sie kühl.

»Herrschaftszeiten, Schwester, nehmen Sie endlich den Punsch.«

Jo drehte sich um und wollte dem unverschämten Kerl eine ordentliche Antwort verpassen. Doch ihre scharfen Worte blieben ihr im Hals stecken, als sie die blauen Augen erkannte, das verwuschelte Haar, das breite Lächeln.

Es war Eddie.

34

»Was machst du denn hier?«, zischte Jo und blickte sich schnell um, ob sie jemand beobachtete. Glücklicherweise hatten alle rundum nur Augen für die Tanzenden.

»Ich spiel hier den Kellner, damit ich mit dir reden kann.«

»Aber wie bist du ...«

»Nimmst du jetzt mal den Punsch, bitte?« Eddie hielt ihr das Tablett entgegen, das er trug. »Bevor der Maître von irgendwas, der mich dauernd anstarrt, herauskriegt, dass ich gar kein Kellner bin.«

Jo nahm den Punsch. Sie trank einen Schluck, hielt dann einen Finger hoch, als ob sie ihm signalisieren wollte, er möge bitte warten, bis sie ihr Glas geleert hatte.

»Sieht nett aus«, sagte Eddie und gab ihr eine Serviette.

»Wieso bist du hier?«, fragte Jo nach wie vor unterkühlt. Sie hatte weder vergessen, was ihr Onkel über den kaltschnäuzigen Reporter erzählt hatte, noch, dass Eddie ihr seit ihrer letzten Begegnung nur eine einzige, ziemlich knappe Botschaft geschickt hatte.

»Ich bin hier, weil Jackie Shaw in der Stadt ist«, antwortete Eddie.

Jos Augen weiteten sich, ihr Zorn war wie weggeblasen. »Das ist doch der, von dem Bill Hawkins gesprochen hat? Der über die *Bonaventure* Bescheid wissen könnte.«

Eddie nickte. »Das kostet etwas, und ich bin pleite. Musste gestern meine Miete zahlen. Ich habe gehofft, du hättest vielleicht ein paar Scheine.«

»Schon, aber ich habe nichts hier. Ich müsste ...« Jo unterbrach sich abrupt. Aus einem Augenwinkel hatte sie ihren Onkel entdeckt. Er beobachtete sie – und Eddie. Sie trank ihren Punsch aus und stellte das leere Glas auf Eddies Tablett zurück. Phillip war schon zu ihnen unterwegs.

»Beug den Kopf«, flüsterte sie.

»Was?«

»Du bist einer vom Personal. Ich habe dich gerade weggeschickt. Nick einfach, bevor mein Onkel denkt, dass irgendetwas faul ist.«

Eddie tat, was sie gesagt hatte.

»Wir treffen uns in fünf Minuten im ersten Stock in der Skulpturengalerie. Bei Cicero.«

»Aber ...«

»Geh jetzt.«

Sekunden später war Phillip an ihrer Seite. »Ist alles in Ordnung, Josephine? Hat dich dieser Mann belästigt?«, fragte er und starrte auf Eddies Rücken.

»Überhaupt nicht, Onkel Phillip. Er war sogar sehr nett zu mir. Ihm war aufgefallen, dass ich ziemlich erhitzt aussah, und da hat er mir gleich etwas gebracht.«

Phillip runzelte besorgt die Stirn. »Geht es dir etwa nicht gut?«

»Mir ist nur ein bisschen warm. Hier drinnen ist es so heiß geworden. Ich werde mir am besten etwas kaltes Wasser auf die Wangen tupfen. Bitte entschuldige mich.«

Während sie aus der Eingangshalle zu den Erfrischungsräumen der Damen ging, gratulierte sich Jo zu ihrem schnellen Einfall. Sie hatte es geschafft, ein paar Minuten für sich herauszuschlagen, in denen sie nicht auf dem Ball anwesend sein musste, und damit auch schon eine Erklärung ihres vorzeitigen Aufbruchs, den sie bereits plante. Sie wollte sagen, dass ihr schwindlig war und sie gern nach Hause möchte. Das wäre nicht einmal ganz und gar gelogen. Ihr war tatsächlich schwindlig. Allerdings war nicht Überhitzung die Ursache dafür.

Sie sagte sich, dass sie ausschließlich wegen Jackie Shaw so aufgeregt war und wegen dem Hinweis, den er vielleicht geben konnte – nicht wegen Eddie.

Doch sie wusste, dass das eine Lüge war. Allein die Tatsache, dass er hier aufgetaucht war, hatte sie völlig aus der Fassung gebracht. Er war ein Feuer, und das hatte sie entflammt, und die Schmerzen waren schrecklich, doch sie machten das Feuer nicht weniger verlockend.

Sobald ihr Onkel sie nicht mehr sehen konnte, wandte sie sich nach rechts zu einer Treppe, raffte ihre Röcke und lief die Stufen hinauf. Im Met kannte sie sich aus. Sie war oft dort, allerdings nur bei Tageslicht. Die oberen Etagen lagen jetzt dunkel und verlassen da, und es war nicht einfach, sich zu orientieren.

Mondlicht lag auf den Statuen und ließ sie geisterhaft wirken. Vor den Eingang zur Skulpturengalerie hatte man eine Bank gestellt, damit niemand dort hineinging. Jo sah sie zu spät. Sie knallte mit dem Schienbein dagegen, blieb stehen und rieb sich die Stelle mit der Hand, dann durchquerte sie die große Halle bis zur Statue von Cicero.

Eddie stand dahinter, in einem Streifen Mondlicht, immer noch in der Kellneruniform.

»Diese Jacke ist dir zwei Nummern zu groß«, stellte Jo kühl fest. Ihr Herz, der Verräter, schlug schneller, als es sollte, doch das musste er nicht wissen. Sie würde sich nicht noch einmal zum Narren machen lassen.

»Ich bin hintenrum rein und hab einem Typen meinen letzten Dollar gegeben, damit er sie mir leiht«, sagte Eddie. »Es gab keine andere Möglichkeit, um mit dir zu sprechen. Anscheinend ist meine Einladung in der Post verloren gegangen.«

»Woher hast du gewusst, dass ich hier bin?«, fragte Jo.

Eddie lächelte. »Das ist das wichtigste gesellschaftliche Ereignis der ganzen Saison. Wo sollte Miss Josephine Montfort vom Gramercy Square sonst sein?«

Jo erwiderte sein Lächeln nicht. Sie hatte keine Lust auf Scherze. Nicht von ihm.

Eddie schnitt eine Grimasse. »Geht's nur mir so, oder ist es hier drinnen kalt?«

Jo schaute zur Seite.

»Habe ich irgendwas falsch gemacht?«, fragte er. »Verstehst du, es tut mir leid, dass ich hergekommen bin. Vielleicht habe ich dich damit in eine schwierige Situation gebracht. Das wollte ich nicht, aber wie sonst ...«

Jo blickte ihn an. Er sah verwirrt aus, in der Tiefe seiner Augen lag Schmerz. Hatte sich ihr Onkel vielleicht geirrt? Hatte er das Gerede eines anderen Reporters mit angehört? Sie biss sich auf die Lippen. Was sie jetzt tat, war einfältig, doch sie konnte nicht anders.

»Eddie, tut dir das leid?«

»Hab ich doch gerade gesagt, oder?«

»Ich meine die Nacht neulich.« Jo hasste sich dafür, dass sie das fragte, doch sie musste es wissen. »Ich ... ich habe mehr als zwei Wochen nichts von dir gehört. Nur eine ziemlich geschäftsmäßige Nachricht. Deswegen? Weil es dir leidtut? Das, was zwischen uns passiert ist, meine ich?«

»Nein, Jo. Das ist nicht der Grund. Es ist wegen der Arbeit. Ich bin den ganzen Tag beim *Standard*, und nachts arbeite ich an jedem Hinweis, den ich über Kinch finden kann.« Er winkte ab und seufzte tief. »Ach, vergiss es.«

Jo sah ihn fragend an.

»Na ja, alles, was ich gerade gesagt habe, ist dummes Zeug. In Wahrheit habe ich kaum geschlafen, seit wir uns gesehen haben. Die ganze Zeit denke ich an dich. Ich wollte nie ... Verdammt, Jo.« Er hob die Hände. »Ich sollte dir das alles nicht sagen. Du bist ja heute Abend nicht mit mir hier. Sondern mit Bram Aldrich, und ich habe kein Recht ...«

Eddie konnte seinen Satz nicht zu Ende sprechen. Jo nahm sein Gesicht zwischen ihre Hände, zog ihn zu sich und küsste ihn. Mit ihren Lippen, ihrem Atem, ihrem Körper gab sie ihm, was ihm zustand.

Ihr Onkel hatte sich wirklich geirrt. Auch sie, als sie an Eddie zweifelte. Er hatte sich so zurückgehalten, weil er annahm, sie sei bereits fest versprochen. Sie bedeutete ihm etwas, wie auch er ihr etwas bedeutete. Das zu wissen, erfüllte sie mit einem wilden Glücksgefühl.

Doch dann war es Eddie, der ihr Küssen unterbrach. Er strich ihr eine Haarsträhne aus dem Gesicht. »Das klingt jetzt wie aus einem ganz bescheuerten Lied, aber du siehst wunderbar aus, so im Mondlicht.«

Er beugte sich vor, wollte noch einen Kuss – da hörten sie beide das Geräusch: ein Krachen. Es kam von dem Aufgang. Sie erstarrten.

»Die Bank«, flüsterte Jo. »Jemand ist daran gestoßen. Da ist einer.«

Sie linsten hinter der Statue hervor. Der breite Streifen Mondlicht, der Ciceros Rücken erhellte, fiel auch auf die Bank – und den Mann, der über sie gestolpert war. Jo konnte ihn für einen Moment sehen – kurz geschorenes Haar, ein harter Blick, und über seine rechte Wange verlief eine lange, dunkle Narbe.

Der Mann stieg über die Bank und stand in der Galerie. Eddie zog Jo wieder hinter die Statue. Sie kauerten sich so hin, dass das Mondlicht sie nicht streifte. Den Mann konnten sie jetzt zwar nicht sehen, aber hören. Er ging in ihre Richtung, seine Schritte hallten in der Dunkelheit.

Jo wagte kaum zu atmen. Ihr Herz pochte. Sie hatte Angst davor, hier allein mit Eddie entdeckt zu werden, wie damals, als sie sich bei Van Houten in der Besenkammer versteckt hatten. Doch dieses Mal ging ihre Angst tiefer. Der Mann hatte etwas an sich, eine brutale, raubtierhafte Art, die ihr Angst einflößte.

Eddie kam ganz dicht an ihr Ohr. »Gibt es noch einen Ausgang?«, flüsterte er.

Jo nickte.

»Bei drei läufst du los«, sagte er. »Ich halte ihn auf.«

Jo schüttelte den Kopf.

»Doch!«, zischte Eddie. »Das ist die einzige Chance.«

Der Mann kam näher und näher, mit langsamen, gemessenen Schritten.

»Eins«, flüsterte Eddie.

Noch ein paar Schritte und er würde sie sehen. Er brauchte bloß den Kopf nach links zu drehen.

»Zwei.«

Jos Herz hämmerte gegen ihre Rippen. Sie lehnte mit dem Rücken am Fuß der Statue, ihr Gesicht lag an Eddies Brust. Sie wusste, dass er versuchte, sie zu retten. Wenn sie es aus der Galerie und zurück in den Ballsaal schaffte, käme niemand auf die Idee, sie wäre nicht in den Erfrischungsräumen gewesen. Aber was würde aus Eddie? Sie verkrampfte sich, aus Furcht vor dem, was er vorhatte.

Und dann blieb der Mann wie durch ein Wunder stehen. Einige Sekunden lang hörten sie nichts, danach nur seine Schritte, die sich entfernten. Einen Augenblick später war er verschwunden.

Jos Atem ging stoßweise. »Ein Aufseher?«, fragte sie.

»Wahrscheinlich«, antwortete Eddie. »Wo ist der andere Ausgang?«

»Ganz hinten in dem Saal ist noch ein Flur.« Jo nahm seine Hand.

Sie führte ihn dorthin, dann eine Treppe hinunter, die in einem Saal mit Renaissance-Gemälden endete. Auch dort lag alles dunkel und verlassen da, doch hier im Erdgeschoss kam man wieder ins Foyer. Von da fiel Licht herein, und Jo und Eddie konnten jetzt die Tanzenden sehen, hinter ihnen das Orchester, das gerade einen Walzer spielte.

»Von hier kann ich zurück auf das Fest gehen«, sagte Jo. »Hoffentlich sieht mich niemand dabei. Du machst das dann genauso, aber nicht zu schnell nach mir, damit niemand auf eine falsche Idee kommt.«

»Oder auf die richtige.« Er zog sie an sich und küsste sie noch einmal.

In seinen Armen wusste sie nicht mehr, wer oder was sie war, nur noch, was sie wollte: ihn. Die Macht ihrer Gefühle erschreckte sie. Diese Leidenschaft war der Wind, der sie über die Klippe treiben und mit zerschmetterten Knochen auf den Felsen zurücklassen würde.

Dieses Mal war sie es, die das Küssen beendete. Unsicher trat sie einen Schritt zurück, ihr Brustkorb bebte. Glanz lag in Eddies Augen, und sie wusste: Er empfand ebenso wie sie.

»Mein Gott, Jo. Was machst du mit mir?«

Sie hörten das Schluchzen der Geigen. Der Walzer war fast vorbei. »Ich muss zurück zu den anderen«, sagte sie. »Ich werde mich entschuldigen und gleich nach Hause gehen. Dort tue ich so, als ob ich mich ins Bett lege, nehme das Geld und verschwinde wieder.«

»Nein, das machst du nicht.«

»Ich komme mit dir.«

»Tust du nicht. Walsh's ist in der Mulberry Bend, und dort ist es gefährlich.«

»Wir treffen uns in einer Stunde Ecke Irving und 19th Street.«

»Jo, ich schwöre bei Gott ...«

»Ich möchte hören, was Shaw zu sagen hat.« Jo blieb stur. »Es ist deine Geschichte, Eddie, aber es ist mein Vater. Wenn du mein Geld nimmst, nimmst du auch mich.«

»Du kannst nicht in der Bend auftauchen«, protestierte Eddie. »Du könntest diese Quelle verschrecken und alles verderben.«

Die letzten Töne des Walzers verklangen. Am anderen Ende des Ballsaals drehten sich Elizabeth Adams und Bram in einem letzten Takt. Bram führte elegant, und Elizabeth folgte ihm voller Grazie, in einer Woge aus Farbe und Stoff. Ihr Gesicht glühte. Ihre Augen blitzten. Als die Musik endete und der Applaus einsetzte, verbeugte sich Bram vor ihr. Sie knickste. Beide lächelten.

»Zu spät, Mr Gallagher«, sagte Jo. »Schon passiert.«

35 ⫷⫷⫷

Entsetzt starrte Jo auf den schmutzigen Fetzen, den Eddie ihr entgegenstreckte. »Das ziehe ich nicht an!«

Sie waren gerade aus einer Droschke ausgestiegen. Eddie hatte den Fahrer gebeten, sie an der Ecke Mulberry und Bayard aussteigen zu lassen, doch der hatte sich geweigert, weiter als bis zur Canal Street zu fahren. »Nicht um diese Zeit, Junge«, hatte er gesagt.

»Entweder du ziehst das an, oder du gehst nicht mit«, sagte Eddie und gab ihr den Lumpen.

»Und was ist das?«, fragte sie und hielt das Ding zwischen Daumen und Zeigefinger.

»Die Schürze von einem Handwerker. Ich hab sie gefunden, als ich aus dem Museum kam. Leg sie dir um, wie einen Schal.«

»Aber das stinkt nach Terpentin!«

»Prima. Dann kommen die anderen Gerüche nicht durch.«

Jo zog ein Gesicht und drapierte die Schürze vorsichtig um ihre Schultern.

173

»Nein. So«, sagte Eddie und schob sie nach oben, bis der Stoff ihren Kopf bedeckte. »Schau zu Boden. Sieh niemandem ins Gesicht.« Sein Ton war schroff, er war ziemlich besorgt. »Wir sind jetzt in der Bend. Hier ist es gefährlich.«

»Das weiß ich doch. Ich habe Jacob Riis gelesen.«

Eddie schnaufte. »Riis war bloß ein Tourist. Los jetzt.«

»Bist du denn keiner?«

Er antwortete nicht, sondern legte ein solches Tempo vor, dass sie kaum mitkam. Vielleicht war das doch nicht so eine glorreiche Idee, dachte Jo. Doch umkehren wollte sie auf keinen Fall.

Vor ungefähr zwei Stunden hatte sie das Museum verlassen, und seitdem verflog die Zeit in einem verrückten, atemlosen Sturm. Auf dem Ball sagte sie sowohl Bram wie auch ihrem Onkel, sie fühle sich nicht gut. Phillip bot betroffen an, sie nach Hause zu begleiten, doch sie lehnte ab. Auch als sie zu Hause ankam, entschuldigte sie sich bei ihrer Mutter mit Unwohlsein und ging in ihr Schlafzimmer. Katie kam zu ihr nach oben und half ihr beim Umziehen, sie lag jetzt an Jos Stelle in deren Bett. Wieder einmal erkaufte ein knisternder Dollar ihre Unterstützung.

Sobald sich ihre Mutter zurückgezogen hatte und Theakston in seinem Zimmer verschwunden war, lief Jo – jetzt in Katies Arbeitskleidung – aus dem Haus, in ihre Rocktasche hatte sie fünf 1-Dollar-Scheine und zwei 5-Dollar-Scheine gesteckt.

Am Irving Place traf sie Eddie und gab ihm die Einer, dann nahmen sie einen Wagen nach Downtown. Die dunkle, an den Seiten geschlossene Droschke wäre perfekt gewesen, um sich wieder zu küssen, wenn sie gewollt hätten, doch es gab zu viel zu besprechen. Jo erzählte Eddie alles von ihrer Begegnung mit Sally Gibson und was die berichtet hatte.

Sie sprachen immer noch, als sie jetzt die Canal Street überquerten und in die Mulberry kamen, vorbei an dunklen Läden und an Bars, die der Schein von Gaslampen erhellte, vorbei auch an überquellenden Mülltonnen und leeren Bierfässern. Sie wichen stolpernden Betrunkenen und streunenden Katzen aus und einer verhutzelten alten Frau, die in einem Korb gebackene Kartoffeln anbot. »Seit dem Gespräch mit Sally bin ich überzeugt davon, dass Kinch Stephen Smith ist. Er muss es sein. Das wären sonst einfach zu viele Zufälle«, sagte Jo und hielt unter ihrem Kinn die beiden Enden des hässlichen Lumpenteils zusammen. Sie war sicher, dass sie den Geruch nie wieder aus ihren Haaren bekäme.

»Schon, bloß hat deine Theorie einen klitzekleinen Fehler: Smith ist tot. Er ist ertrunken. Sein Schiff ist irgendwo im Indischen Ozean untergegangen, bei den Seychellen.«

»Bei den Seychellen? Woher weißt du das?«, fragte Jo. Sie konnte sich nicht daran erinnern, dass sie ihm das erzählt hätte.

»Nach deinem Brief habe ich das recherchiert. Der *Standard* hat 1874 eine Geschichte darüber gebracht, von einem Reporter aus Sansibar. In einem Interview mit deinem Onkel hat der ihm erzählt, dass Smith Ende 1873 auf einem Schiff namens *Gull* Richtung Seychellen aufgebrochen ist, um zu prüfen, ob man auf einer der kleineren Inseln Muskatnüsse anbauen könnte. Er ist nie zurückgekommen. Auch die Crew nicht. Und das Schiff wurde auch nie wieder gesehen. In der Gegend, in der Smith unterwegs war, gab es damals Stürme – das haben die Crews von anderen Schiffen aus der Ecke berichtet –, und man hat angenommen, dass einer die *Gull* zerstört hat.«

»Vielleicht hat Smith überlebt«, überlegte Jo.

Eddie sah sie zweifelnd an. »Das ist eine ziemlich kühne Vermutung. Niemand sonst von der Crew hat überlebt.«

»Vielleicht doch.«

»Und wo sind die hin? Nach Sansibar sind sie nicht zurückgekommen. Keiner von denen ist je wieder aufgetaucht. Wie auch ihr Schiff.«

»Sie könnten es auf eine der Inseln geschafft haben«, insistierte Jo.

»Wenn sie auf einer der größeren gestrandet sind, hätten andere Leute sie gesehen. Die kleineren sind unbewohnt. Wie hätten sie da überlebt?«

»Fischen«, sagte Jo. »Oder ... oder mit Kokosnüssen.«

Eddie prustete. »Siebzehn Jahre lang?«

Jo grübelte und versuchte, eine Antwort zu finden. Es gab eine, da war sie ganz sicher. Kinch war Stephen Smith. Er musste es sein.

Sie dachte wieder an die Situation bei Van Houten, an das Gespräch zwischen Kinch und Scully und ging es Wort für Wort durch. Und plötzlich hatte sie es.

»Piraten, Eddie!«, rief sie. »Das hat er selbst gesagt! Erinnerst du dich? Vielleicht haben sie ihn auf einer Insel gefunden und an Bord genommen.«

»Bei vielen dieser Inseln kommen die Schiffe nicht einmal nah genug heran.«

»Sie könnten ihn nach dem Sturm entdeckt haben, schiffbrüchig, auf einem Wrackteil. Vielleicht hatte er ein Floß gebaut und ist von der Insel aufgebrochen, und die Piraten haben ihn auf See entdeckt.«

Eddie hob eine Augenbraue. »Hat da jemand vielleicht *Robinson Crusoe* gelesen?«

»Ich weiß, dass das stimmt«, beharrte Jo. »Ich weiß es einfach.«

»Wissen reicht nicht. Wir brauchen Beweise. Ohne die kann ich meine Geschichte nicht schreiben, und du kannst nicht zur Polizei gehen, und wir haben keine Beweise.«

»Noch nicht«, erwiderte Jo trotzig.

Sie waren jetzt schon ein ganzes Stück weit die Mulberry Street hinuntergegangen. Jo wollte unbedingt die berüchtigten Slums von Sixth Ward sehen und ignorierte Eddies Anordnung, nur auf den Boden zu schauen.

Sie sah niedrige Häuser aus Holz, rußgeschwärzte Mietshäuser, Pfandleihen und einen billigen Kaffeeausschank. Sie wich einem kleinen Kind aus, das einen Krug Bier trug, einem toten Hund auf dem Gehsteig und einem Tramp, der auf einem warmen Lüftungsgitter schlief. Um sie herum vibrierte eine Geräuschkulisse – Schreie, das Weinen eines Babys, die klingenden Glöckchen am Karren eines Lumpensammlers. Als Eddie und sie in die Bench Street einbogen, kam auch noch Gestank auf – ein so durchdringender, starker Gestank, dass Jo das Gefühl hatte, gegen eine Mauer zu rennen.

»Eddie! Um Gottes willen!« Sie rang nach Luft. »Was ist das denn?« Der Geruch nach Fäulnis stach ihr in Nase und Kehle und verursachte einen Brechreiz. Ihre Augen tränten.

176

»Plumpsklos. Halt dir die Schürze vors Gesicht.«

Das machte Jo. Jetzt kam ihr der Terpentingeruch wie das reinste Parfüm vor. Sie fragte sich, wie die armen Menschen, die hier lebten, überhaupt atmen konnten. Sie gingen noch einen halben Block weiter, dann blieb Eddie stehen.

»Wir sind da.« Er deutete auf eine steile Stiege, die vom Gehsteig hinunter in eine Pfandleihe im Keller führte. Sie endete vor einem schmalen Gang. Ein dünnes gelbes Leuchten drang von dort heraus. Fetzen eines derben Liedes waren zu hören. »Vermutlich kann ich dich auch jetzt nicht davon überzeugen, nach Hause zu gehen?«

Jo schüttelte den Kopf. Eddie ging die Treppe hinunter. Jo folgte ihm, und gleich darauf stand sie in einem Raum mit Lehmboden und einer niedrigen Decke, die schwarz war vom Zigarrenrauch. Die Luft roch nach Schweiß, Moder und Gin, die Wände waren feucht. Schmutzige, zerlumpte Männer rauchten und tranken, und Jo sah zwei Frauen, die auf dem Boden saßen und sich an die Wand lehnten. Eine war ganz hinüber, auf ihrem Schoß schlief ein Baby. Die andere starrte in ihren Drink, als gäbe es sonst nichts auf der ganzen Welt.

Jetzt verstand Jo, warum man solche Orte als Spelunken bezeichnete: Die ruinierten Menschen hier waren in den tiefsten aller Abgründe angekommen.

Wacklige Tische und Stühle standen herum. Ein über zwei Fässer gelegtes Holzbrett diente als Bar. Die beiden Männer, die dort standen, beäugten Jo gierig, als sie mit Eddie auftauchte. Einer murmelte etwas vor sich hin, sein Kumpel lachte. Jo sah sich nervös um auf der Suche nach einem zweiten Ausgang. Nur für den Notfall. Doch sie konnte keinen entdecken.

Der Barkeeper schaute sie an. »Wir vermieten keine Zimmer«, sagte er.

Eddie wurde rot. »Wir wollen kein Zimmer, Mick.«

Der Barmann musterte ihn genauer und grinste. »Eddie Gallagher, so wahr ich hier stehe und atme! Das ist ja ewig her! Wie geht's, Junge?«

»Gut. Und selbst?«

»Kann nicht klagen. Was kann ich für dich tun?«

Eddie schob eine von Jos Dollarnoten über die Bar. »Wir suchen jemanden«, sagte er ruhig. »Einen Kerl namens Jackie Shaw.«

Der Barmann steckte den Dollar ein und wies mit einem Kopfnicken auf einen Mann, der zusammengesunken an einem Ecktisch saß.

Eddie bedankte sich und ging dann mit Jo dort hinüber. Jo wunderte sich, woher Eddie den Barmann kannte, konnte sich jedoch nicht länger mit dieser Frage beschäftigen, da ganz knapp neben ihr ein Streit losbrach. Beschimpfungen flogen hin und her, dann packte einer der Streithähne den Kopf seines Gegners, zog ihn nach unten und rammte ihm ein Knie ins Gesicht. Jo hörte ein unschönes Krachen, und schon schoss aus der gebrochenen Nase das Blut. Sie unterdrückte einen Schrei und klammerte sich an Eddies Arm.

Mick griff nach einem Baseballschläger, knallte ihn auf die Bar und verkündete lautstark, beiden Männern die Köpfe einzuschlagen, wenn sie sich nicht nach draußen verdrücken würden. Seine wüsten Drohungen gaben Jo ein merkwürdiges Gefühl von Sicherheit. Sie bezweifelte, dass nach Micks Warnung auch nur einer von den Kerlen in der Kneipe ihr oder Eddie etwas tun würde.

»Jackie Shaw?«, sagte Eddie, als er mit Jo zu dem Ecktisch kam.

Der Mann hob seinen Kopf. »Wer will das wissen?«, fragte er mit trübem Blick. Er wirkte wie um die fünfzig. Ein Auge war von einem Katarakt getrübt, seine Zähne ramponiert.

Eddie zog zwei Stühle an den Tisch und setzte sich auf einen, Jo nahm den anderen. Er hatte eine Geschichte vorbereitet. »Ich heiße Eddie Gallagher. Ich bin Reporter und arbeite an einer Story über die Montforts und die Schiffsindustrie von New York. Ich wollte wissen, ob ...«

»Zieh ab«, murrte Shaw.

»Eddie, ich glaube, er ist betrunken«, flüsterte Jo.

»Bin ich vielleicht, Schwester, aber ich bin nicht taub«, knurrte Shaw. »Und ich müsste komplett blau sein, damit ich über die Montforts rede. Mit euch oder sonst jemandem.« Während er sprach, hielt er sein Glas fest.

Als sie den Namen ihrer Familie aus dem Mund dieses Mannes

hörte, stellten sich bei Jo die Nackenhaare auf. Er wusste etwas, da war sie sicher. Sie sah Eddie an und erkannte an seinem Gesichtsausdruck, dass er dasselbe dachte. Diese Chance durften sie nicht ungenutzt lassen. Sie entschied sich für Risiko. »Mr Shaw, mein Name ist Josie Jones. Ich bin auch Reporterin.«

»Ich geb einen Scheißdreck auf das, was du bist«, sagte Shaw.

Jo machte weiter. »Lassen Sie mich offen reden. Mein Kollege und ich arbeiten nicht an einer Geschichte über die Schiffsindustrie. Wir untersuchen den Tod von Charles Montfort. Wir glauben, dass er ermordet wurde. Und wir versuchen, den Grund dafür zu finden.«

»Ermordet, so?« In seinem klaren Auge stand Entsetzen. »Wenn du die Vergangenheit begräbst, Mädchen, dann vergrab sie tief. Flache Gräber geben ihre Toten immer frei.« Er tippte an den Rand seiner Mütze. »Gute Nacht miteinander.«

Shaw wollte schon aufstehen, während Jo und Eddie einander panisch ansahen. »Mr Shaw, kann ich Sie noch auf einen Drink einladen?«, fragte Eddie.

Shaw schüttelte den Kopf. »Da braucht's mehr als einen, Sohn.«

»Und eine ganze Flasche?«, bot Jo an, denn er musste einfach dableiben. »Und das noch drauf.« Damit legte sie einen 5-Dollar-Schein auf den Tisch, verdeckte ihn jedoch zur Hälfte mit ihrer Hand. Fünf Dollar waren für Shaw ein kleines Vermögen – und für alle anderen dort unten auch.

Shaw starrte sie an und kämpfte sichtlich mit sich. Sie war unsicher, was gewinnen würde – seine Angst oder sein Bedürfnis nach Gin. »Wo zum Teufel kommst du denn her, Schwester? Meinst du das ernst?«, sagte er schließlich.

»Ja. Ich meine es genau genommen sogar ziemlich ernst«, erwiderte Jo und hoffte, dass er sich anders entscheiden und wieder setzen würde.

Er setzte sich tatsächlich. Jo schob ihm den Schein zu, und Eddie ging schnell zur Bar. Gleich darauf kam er mit Gläsern und einer schmutzigen braunen Flasche zurück. Nachdem er drei Drinks eingegossen hatte, nahm er sein Glas. »Cheers«, sagte er, nahm einen Schluck und zuckte zusammen.

Jo tat nur so, als würde sie trinken. Das Zeug roch wie Kerosin.

»Und die ist meine, wenn wir geredet haben?«, fragte Shaw und deutete mit einem Nicken auf die Flasche.

Eddie versicherte ihm, dass die ihm gehöre, wenn er ihre Fragen beantwortete. »Kennen Sie ein Schiff namens *Bonaventure*?«

Shaw sah Eddie an, als hätte der ihn mit kaltem Wasser übergossen. Er trank noch zwei Gläser, dann, als Eddie drohte, die Flasche wegzunehmen, begann er zu sprechen.

»Die *Bonaventure* lag manchmal in Sansibar. Sie hatte portugiesische Papiere und eine portugiesische Crew. Mörder, allesamt. Bringen dich um, wenn sie dich nur anschauen. Die sind da nur wegen dem Geld gefahren, und die Fracht der *Bonaventure* hat Geld gebracht. Eine Menge Geld.«

»Tee? Gewürze?« Eddie warf Jo einen aufgeregten Blick zu, und sie konnte ein erregtes Lächeln kaum unterdrücken.

Shaw starrte in sein Glas. Er sah aus, als hätte er Eddie gar nicht gehört. Jo drängte ihn still, zu sprechen, ihnen zu sagen, was er wusste.

»Es gab Gerüchte über die *Bonaventure*. Manche sagten, dass sie gar kein portugiesisches Schiff, sondern eines von Van Houten war. Hat natürlich nie jemand bewiesen. Und man wäre verrückt gewesen, wenn man das versucht hätte. Die Montforts, Charlie und Phillip – das waren keine Männer, denen man in die Quere kommen wollte.«

Jo wusste, dass ihr Vater und ihr Onkel hart im Verhandeln sein konnten und strenge Chefs waren. Sie wusste auch, dass die Partner und Angestellten in einem Unternehmen nicht immer glücklich waren über die Regelungen jedes abgeschlossenen Geschäfts. Matrosen und Kapitäne beschwerten sich oft, dass sie schlecht bezahlt wurden. Jo ging davon aus, dass auch Shaws Stichelei jetzt gegen ihren Vater und ihren Onkel mit so etwas zu tun hatte.

Eddie goss Gin nach. Shaw schaute zu, wie der Alkohol in sein Glas floss. »Aller Gin aus ganz New York könnte mir nicht die Erinnerung an die Töne ertränken, die von dem Schiff zu hören waren«, sagte er.

180

»Töne? Was für Töne?«, fragte Jo überrascht. Tee und Gewürze gaben keine Töne von sich.

»Ich war auf der *Albion*, einem Tee-Klipper«, fuhr Shaw fort. »Das ist jetzt fast zwanzig Jahre her. Wir machten Fahrt vor der Küste von Mosambik. Es war Nacht, und dicker Nebel war aufgekommen. Aus dem Nichts kam die *Bonaventure* auf uns zu. Unser Kapitän ist fast durchgedreht. Er hat sie angerufen, die hat aber nicht geantwortet. Ein paar Meter neben uns ist sie vorbei, so still wie ein Geisterschiff. Und da hab ich's gehört. Wir alle haben's gehört. Manchmal hör ich's nachts immer noch.« Er legte eine zitternde Hand über sein Gesicht. »Der Nebel hat sie wieder verschluckt, und wir sind weitergefahren. Was hätten wir sonst tun können?«

»Mr Shaw, was war auf dem Schiff?« Jo wollte unbedingt eine Antwort.

Shaw antwortete nicht. Er sah an Jo vorbei, zur Bar, und ihr schien, als würde er seinen ganzen Mut zusammennehmen. Dann weiteten sich plötzlich seine Augen, er sprang auf die Füße, sie schrak zusammen.

»Hey! Wo gehen Sie hin? Wir hatten eine Abmachung!«, rief Eddie.

»Tut mir leid, Junge. Mein Leben ist mehr wert als eine Flasche Gin.«

»Mr Shaw, bitte gehen Sie nicht«, bat Jo.

Shaw wollte davonstürzen, doch Jos Verzweiflung ließ ihn innehalten. »Folgt der *Nausett*«, sagte er knapp. »Folgt der *Nausett*, dann findet ihr die *Bonaventure*. Gott steh euch bei, wenn ihr sie habt.«

Er stolperte durch den Raum, ging die Treppe hinauf und war verschwunden. Jo war bitter enttäuscht und schaute zur Bar hinüber, um zu sehen, was ihn so erschreckt hatte. Ein Mann lief aus dem Lokal, direkt hinter Shaw her. Er verbarg sein Gesicht hinter einem Hut, doch Jo konnte trotzdem knapp das kurz geschnittene Haar erkennen, den harten Blick – und eine Wange, die von einer langen, dunklen Narbe verunstaltet wurde.

36

»Das war *er*, Eddie, ich weiß es!«, rief Jo. Auf dem Gehsteig drehte sie sich einmal schnell um sich selbst auf der Suche nach dem narbengesichtigen Mann, doch er blieb verschwunden.

»Wer denn? Von wem redest du?«, fragte Eddie und kam hinter ihr her. Wie von Furien gehetzt war sie aus der Kneipe gerannt.

»Der Mann, der gerade bei Walsh's raus ist! Das ist der, den wir im Museum gesehen haben. Der uns in die Skulpturengalerie gefolgt ist.«

»Bist du sicher, Jo?«

»Absolut. Verfolgt uns der? Wer ist er?«

»Ich weiß es nicht«, antwortete Eddie. »Jedenfalls hat Shaw Angst vor ihm.«

Eddie ging wieder in Richtung Mulberry Street, Jo lief im Gleichschritt mit ihm.

»Was war bloß auf dem Schiff?«, murmelte Eddie und klang enttäuscht. »Womit außer mit Tee und Gewürzen hat Van Houten noch gehandelt?«

»Kaffee, Chinin und Kakao. Aber wir wissen noch nicht einmal sicher, ob es wirklich ein Schiff von Van Houten war. Shaw war sich auch nicht sicher«, sagte Jo.

Eddie sah sie von der Seite her an. »Du glaubst immer noch, dass nie jemand von Van Houten krumme Geschäfte gemacht hat? Dein Vater wurde umgebracht. Ein seltsamer Mann zwingt Scully in die Knie. Ein geheimnisvolles Geisterschiff transportiert verdächtige Ladung. Ach, das habe ich fast vergessen: Ein Typ mit Narben im Gesicht könnte uns auf den Fersen sein.«

Sein sarkastischer Ton verletzte sie, Jo mochte das nicht und antwortete ihm nicht gleich. Sie hörte noch, was Shaw gesagt hatte: *Wenn du die Vergangenheit begräbst, Mädchen, dann vergrab sie tief. Flache Gräber geben ihre Toten immer frei.* Ein Unbehagen hatte sie befallen, so kalt und unheilschwanger wie eine Winternacht.

182

»Ich weiß nicht, was ich glauben soll«, räumte sie ein.

Eddie applaudierte. »Na endlich!«

»Musst du unbedingt so herablassend sein?«, fragte Jo genervt.

»Bitte verzeih mir«, sagte Eddie mit gespielter Reue. »Ich wollte dich nur ein bisschen piesacken, nicht herablassend sein.«

Jo schaute ihn an. War es wirklich erst ein paar Stunden her, dass sie solche Sehnsucht nach einem Kuss von ihm hatte? Jetzt hätte sie ihn am liebsten erwürgt. Sie war es gewohnt, von jungen Männern höflich und rücksichtsvoll behandelt zu werden, und vergaß immer wieder, dass Eddie nicht besonders höflich oder rücksichtsvoll war. Sie begannen, heftiger zu diskutieren, doch eine Stimme unterbrach sie.

»Eddie. Eddie Gallagher.«

Eddie blieb sofort stehen. Er streckte eine Hand aus und hielt Jo fest.

Vor ihnen stand plötzlich ein Mädchen. Sie trug ein gestreiftes Kleid aus Seide, ein Samtcape und einen Hut mit Feder. Das ganze Ensemble hätte auch Jo sehr gefallen, und dem Mädchen stand das alles gut, doch dass sie so aus dem Nichts aufgetaucht war, machte Jo ziemlich perplex. Sie sah wunderschön aus und passte ganz eindeutig nicht in diese Gegend, doch das schien niemandem aufzufallen. Ohne sie weiter zu beachten, gingen Menschen an ihr vorbei. Jo schien es, als hätte jemand auf einer schmutzigen Straße einen herrlichen Edelstein verloren und niemand machte sich die Mühe, ihn aufzuheben.

»Fay«, sagte Eddie und sah das Mädchen an. Er klang nicht sehr erfreut.

Das Mädchen nickte, und da erkannte Jo sie. Sie war damals am Hafen dabei, in Begleitung von Tumbler, doch jetzt sah das Mädchen völlig anders aus. Sie war nicht nur viel schöner und ganz anders gekleidet als an dem Abend. Ihr Gesicht hatte mehr Farbe, und ihr Haar war kastanienbraun, nicht mehr blond.

»Er will dich, Schreiberling«, sagte sie.

Eddie warf einen raschen Blick in die Mulberry Street. Da trat auch schon Tumbler aus dem Schatten. Zwei Jungen kamen aus den

183

Hauseingängen, auf einem Treppenabsatz saßen zwei Mädchen, die jetzt aufstanden. Sie alle waren so schön herausgeputzt wie Fay. Mit ihren bleichen, ausdruckslosen Gesichtern erinnerten sie Jo an Porzellanpuppen, die plötzlich zum Leben erweckt waren.

»Ich würde nicht davonrennen, wenn ich du wäre«, riet Fay. »Tumbler und Ashcan haben Messer.«

Eddie fluchte. Seine Hand packte Jos Arm fester.

»Nur ich, Fay«, sagte Eddie. »Sie nicht. Ich komme mit dir mit, aber sie fährt in einem Wagen nach Hause.«

Fay schüttelte den Kopf. »Tut mir leid, Schreiberling«, erwiderte sie mit einem bedauernden Lächeln. »Er will euch beide.«

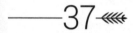

37

Die Gasse, durch die Eddie sie führte, war so eng und dunkel, dass Jo kaum erkennen konnte, wohin sie trat, doch sie hatte den Namen gesehen, als sie einbogen. *Bandits Roost* hatte jemand auf eine Wand gekritzelt.

Eddie hielt ihre Hand ganz fest, während sie liefen. Er ging mit festem und sicherem Schritt, wusste genau, wohin er wollte. Fay, Tumbler und die anderen vier Kinder kamen hinter ihnen her. »Wohin gehen wir?«, flüsterte Jo.

»Den Tailor treffen. Wir wurden vorgeladen«, antwortete Eddie.

»Das ist doch der Mann, für den Fay arbeitet? Der Fagin von New York?«

»Genau der«, sagte Eddie grimmig.

»Sollte ich mich jetzt fürchten?«

»Du solltest zu Hause sein. Warum habe ich dich bloß mitgenommen? Wenn wir das jetzt überstehen, nehme ich dich nie mehr irgendwohin mit. Nie mehr. Das schwöre ich.«

Das »wenn« irritierte Jo. »Was will er denn von uns?«

»Reden. Zumindest hoffe ich, dass es das ist, was er will.«

Die Gasse mündete in einen viereckigen Hof zwischen acht windschiefen Holzhäusern, jedes hatte drei Etagen. Dünne, hohlwangige Männer in Lumpen saßen in dem Hof, rauchten Pfeifen oder tranken aus schartigen Bechern. Jo konnte durch eine offene Tür in ein Zimmer schauen. Frauen und Kinder lagen durcheinander auf dem Boden des kleinen Raums.

»Gleich da«, sagte Eddie und führte sie zu dem am meisten heruntergekommenen Haus im Hof. Die Fenster im Erdgeschoss waren dunkel und die Tür fest verschlossen, doch den zweiten Stock schmückte ein Balkon. Eddie sah dort hinauf. Währenddessen kam ein junger Mann, der im Hof herumgelungert hatte, auf ihn zu.

»Mensch, wenn das nicht Eddie Gallagher ist«, sagte er. »Auf Tour in den Slums, du Zeitungsknecht, was? Wer ist denn deine hübsche Lady?«

Jo erstarrte. Der Mann schien Eddie zu kennen, wie auch Mick Walsh ihn kannte, doch in seiner Stimme lag ein drohender Unterton. Wie die anderen Männer im Hof trug er einen alten Bowler, den er tief ins Gesicht gezogen hatte. Eine Augenklappe bedeckte sein linkes Auge.

»Pretty Will«, sagte Eddie. »Ist lange her. Kann leider nicht quatschen, hab was mit dem Tailor zu bereden.«

Der junge Mann trat direkt vor ihn hin.

»Ich will keine Probleme«, sagte Eddie und hob die Hände.

»Ich sag ja nicht, dass du keine nicht kriegst«, sagte Will. »Erst mal will ich die Manschettenknöpfe. Und das Jackett. Und dann alles aus euren Taschen.« Er starrte gierig auf Jo. »Und dann noch die da.«

Eddie schob Jo hinter sich. Er ballte seine Fäuste.

»Was soll das denn, Schreiberling? Wir sind zehn gegen einen.« Will deutete auf die Männer im Hof.

»Lasst euch von dem nicht ärgern«, sagte Fay. Sie schoss an Jo und Eddie vorbei und baute sich vor Will auf. »Du solltest dir mal überlegen, was ich dann mache.« Sie wies auf den Balkon. »Ich sag's ihm. Wenn er hört, dass du seine Gäste belästigt hast, kommt er runter, mit seinen Scheren. Er schleift sie jeden Abend.« Mit einem behandschuhten Finger tippte sie an Wills Augenklappe. »Aber das brauche ich dir doch nicht zu sagen, oder?«

Im anderen Auge von Will flackerte Angst auf. Tumbler sah das, grinste und machte eine Handbewegung, als wollte er zustechen.

»Pass bloß auf, du kleiner Scheißhaufen«, knurrte Will und verzog sich.

Tumbler steckte die Finger in seinen Mund und ließ einen schrillen Pfiff los. Sekunden später wurde eine Leiter von dem Balkon heruntergelassen. Er kletterte hinauf.

Mit einem Kopfnicken deutete Fay auf Jo. »Was hast du dir dabei gedacht, dass du sie hierher mitgebracht hast?«, fragte sie Eddie.

»Ist eine lange Geschichte«, erwiderte Eddie.

Fay schüttelte ihren Kopf. »Du bist ein Idiot, Schreiberling. Die ist noch dein Tod.« Sie stieg die Leiter hoch.

»Jetzt bist du dran«, sagte Eddie zu Jo und beobachtete aufmerksam Pretty Will.

Jo legte eine Hand auf eine Sprosse, holte tief Luft und begann hinaufzusteigen.

38

Jo erwartete finster blickende Schurken. Knarren und Messer. Bündel mit Geldscheinen. Ginflaschen.

Auf keinen Fall hätte sie mit Spitze gerechnet.

Als sie durch das Fenster in das Krähennest von Tailor kletterte, landete sie beinahe in einem Korb voller Spitzen. An den Wänden lehnten Stoffballen – feiner Chintz, Moiréseiden, schwerer Brokat. Knöpfe und Bänder quollen aus randvollen Kaffeebüchsen. Ganz hinten standen mehrere Schneiderpuppen. Eine trug ein so exquisites mauvefarbenes Gewand, dass man es gut und gern für eine Kreation von Charles Frederick Worth halten konnte. Jo berührte einen Ärmel des Kleids, sie konnte sich einfach nicht zurückhalten.

»An Ihnen sähe das göttlich aus, meine Liebe«, sagte eine Stimme.

Jo wandte sich um und sah einen Mann, der an einem Arbeitstisch aus Holz saß. In einer Hand hielt er eine lange Schere. Er war schlank, sein Gesicht schmal und eckig, eine hohe Stirn, die Augen lagen tief. Sie glitzerten dunkel im Licht der Lampen. Sein braunes, von grauen Strähnen durchzogenes Haar hatte er zurückgekämmt und mit einem Band zusammengefasst. Er trug ein schmuddeliges weißes Hemd, eine graue Wollweste und eine passende, schmal geschnittene Hose. An einem Handgelenk klemmte ein Nadelkissen.

»Jacob Beckett, erstklassiger Schneider, zu Ihren Diensten«, sagte er und machte eine Verbeugung.

In seinem Lächeln lag etwas, was Jo Angst einjagte, doch sie wusste, dass sie das nicht zeigen durfte. Ihre Blicke trafen sich, und sie sagte: »Josie Jones, Reporterin. Freut mich, Sie kennenzulernen.«

Genau da tauchte von unten eine kleine, schmutzige Hand über der Tischkante auf und schloss sich über einem glitzernden Knopf. In einer einzigen fließenden Bewegung rammte der Mann seine Schere in den Tisch. Jo schnappte nach Luft, sie war sicher, dass er dem Kind die Klingen ins Fleisch gestoßen hatte, doch er hatte nur die Manschette getroffen. Das Kind, ein kleiner, blonder Junge mit ausdruckslosen Augen, jaulte auf bei dem Versuch, sich zu befreien.

Der Tailor legte dem Jungen eine Hand auf den Kopf. »Du stiehlst für mich, Noggin, nicht von mir, weißt du das noch? Wenn du mir etwas bringst, dann … Was mache ich dann, Junge?«

»Gibt's was zu essen für Noggin«, sagte der Junge.

»Und wenn du etwas nimmst, dann …. Komm schon, sag's.«

»Gibt's Prügel für Noggin.«

»Sehr gut. Zieh ab.« Der Mann zog seine Schere aus dem Tisch, der Junge kam wieder frei, und dann wandte er sich Jo zu. »Der ist so schlicht wie ein Apfel, aber er hat ein Gesicht wie ein Engel. In dem Matrosenanzug, den ich ihm gemacht habe, sieht er so süß aus, dass die Damen einfach stehen bleiben, um ihn zu streicheln.«

187

»Und nicht mitbekommen, dass Fay sich anschleicht«, sagte Eddie. Er war gerade durch das Fenster geklettert und hatte auch die Leiter hochgezogen.

Der Tailor ignorierte seine Bemerkung. »Setzt euch doch«, sagte er und geleitete sie zu zwei leeren Stühlen am Tisch. »Fay, meine Liebe, bringst du unseren Gästen Kaffee?«

Jo sah Fay nach, die zu einem großen schwarzen Herd ging. Sie entdeckte noch mehr Kinder, Dutzende. Sie waren dünn und misstrauisch und mieden ihren Blick. Einige hatten verschrammte Arme oder Gesichter. Die kleinsten schliefen in Holzkisten. Ältere polierten Silber, reinigten Schmuck oder sortierten Münzen.

Da begriff Jo, wie umfassend das ganze Unternehmen vom Tailor war. All diese Waisen wuchsen in ein Leben als ausgebildete Verbrecher hinein. Der Anblick dieser Kinder nahm sie so mit, dass sie sprach, ohne nachzudenken.

»Sie haben hier ja eine ganze Fabrik – eine Fabrik mit kleinen Dieben. Der Artful Dodger würde sich hier wie zu Hause fühlen.«

»Jo ...«, warnte Eddie.

Doch der Tailor lächelte. »Besten Dank für das Kompliment. Die Bücher von Dickens sind für mich eine Inspiration, Fagin ist ein Held.«

»Das hatte ich nicht als Kompliment gemeint, mein Herr«, gab Jo zurück. »Dickens hat *Oliver Twist* zur Abschreckung gegen das Verbrechen geschrieben, nicht um es zu fördern. Sie beuten unschuldige Kinder aus. Sie machen Kriminelle aus ihnen. Schlägt Ihnen denn nicht Ihr Gewissen?«

»Bei Ihnen Uptown ist das Leben schwarz-weiß gezeichnet, doch hier in der Bend ist es von einem schmutzigen Grau.« Der Tailor lächelte nicht mehr. »Ich habe verlassenen Kindern das Leben gerettet – das ist mein Werk. Sehen Sie Jake da drüben?« Er deutete auf einen kleinen Jungen. »Den habe ich in dem Plumpsklo gefunden, in dem er geboren wurde. Und Muttbait ...« Er zeigte auf ein dünnes Mädchen mit deutlichen Narben im Gesicht. »Sie lag in einer Gasse und wurde von Hunden angegriffen. Snow habe ich«, er wies auf ein ungefähr zehnjähriges Mädchen, »halb erfroren auf der

Mott Street aufgelesen. Ihre Mutter hatte sie dort zurückgelassen. Sie hatte keine Wahl. Sie hat noch sieben zu Hause und verdient im Jahr weniger als Sie für einen einzigen Hut ausgeben. Bei mir wohnen sie und bekommen zu essen, im Gegenzug müssen sie ihren Unterhalt verdienen. Deshalb, Miss Montfort, mahnt mich mein Gewissen nicht. Und wie ist das mit Ihrem?«

Jo blinzelte. »Woher wissen Sie meinen ...«

»Mir ist es wichtig, zu wissen, wer mein Heim betritt.«

Jo war verdutzt, doch sie gab noch nicht auf. »Es gibt Waisenhäuser, wo diese Kinder leben könnten. Und die Missionen.«

»Ganz recht«, gab der Tailor zu. Mit einem Funkeln in den Augen wandte er sich an Eddie. »Und die meisten hier würden lieber auf den Straßen verhungern, als bei denen zu leben. Hab ich recht, Mr Gallagher?«

Eddie sah ihn verächtlich an. »Wollen wir die ganze Nacht nur quatschen? Was willst du?«

Bevor der Tailor antworten konnte, tauchte Fay – immer noch in ihrem eleganten Kleid – hinter Jo und Eddie auf und stellte Becher mit schwarzem Kaffee vor sie hin. Dann ging sie zum Tailor und ließ eine Handvoll silberne Knöpfe auf den Tisch regnen.

Seine Augen blitzten. »Sehr schön! Wo hast du die her?«, fragte er Fay.

»Aus dem Theater von Tony Pastor«, sagte sie. »Ich bin in die Garderobe und hab sie dort abgeschnitten.«

Jo verfolgte fasziniert, wie Fay die Trophäen des Abends ausbreitete. Zwei Brieftaschen und eine goldene Uhr kamen aus geschickt zwischen den Rockfalten eingearbeiteten Taschen hervor. Ein silbernes Zigarettenetui wurde aus einem Stiefel gezogen, eine Geldklammer aus dem anderen. Fünf Silberdollar tauchten aus dem Korsett auf, dazu ein Goldring mit einem Diamanten.

Der Tailor pfiff voller Bewunderung, als er den Ring begutachtete, und Fay spielte stolz vor, wie sie vor dem Theater zum Schein stolperte, ein Mann ihr aufhalf und sie ihm dabei den Ring vom Finger zog.

»Gut gemacht.« Der Tailor strahlte sie an.

»Warte«, sagte Fay. »Ich hab noch etwas.«

Mit einem höhnischen Lächeln zog sie eine goldene Damenuhr heraus. Und einen 5-Dollar-Schein.

Jo erkannte die Uhr. Sie fühlte in ihrer Rocktasche nach: Sie war leer. »Das gehört mir!«, rief sie.

»Jetzt nicht mehr«, sagte der Tailor glücklich.

»Gib das zurück«, forderte Eddie.

»Könnte ich«, erwiderte der Tailor. »Ich könnte sie auch behalten, euch beide verprügeln und vom Balkon werfen.«

Eddie stand auf. Sofort umringten ihn ein Dutzend Kinder, jedes bewaffnet – mit einer Schere, einem Küchenmesser, Eispickel, Schraubenschlüssel.

Jo legte eine Hand auf Eddies Arm und zog ihn zurück auf den Stuhl. Sie war jetzt sehr verstört, doch sie wusste, dass sie einen kühlen Kopf behalten musste. Vor ihrem inneren Auge erschien das Porträt von Admiral Montfort. Sie hörte die sonore Stimme, die sagte, dass eine Montfort das tut, was getan werden muss. Jetzt ging es darum, dass sie und Eddie hier wieder herauskamen. Lebend.

»Weswegen seid ihr hier?«, fragte der Tailor. »Ich mag keine Reporter. Ganz besonders mag ich sie nicht in meinem Hinterhof.«

»Wir arbeiten an einer Geschichte. An einem Exposé über die Lebensbedingungen in der Bend«, log Eddie.

Der Tailor schüttelte den Kopf. »Ich will die Wahrheit, Junge.« Und wieder: Mit derselben fließenden Bewegung wie zuvor beugte er sich über den Tisch und rammte seine Schere ins Holz – dieses Mal wenige Zentimeter vor Jos Hand.

»Verdammt noch mal!«, schrie Eddie.

Mit einem Satz sprang er hoch und wollte dem Tailor an den Kragen, doch Muttbait ging dazwischen.

Lautlos wie eine Schlange schoss sie unter dem Tisch hervor, zwischen Eddie und die Tischplatte, und hielt dabei immer noch den Eispickel, den sie zuvor schon drohend gezeigt hatte. Doch jetzt richtete sie ihn genau unter Eddies linkes Auge. Die Spitze hatte bereits seine Haut geritzt. Ein Tropfen Blut lief langsam über seine Wange.

»Du bist vielleicht weggegangen, Junge, aber ich bin immer noch hier«, zischte der Tailor. »Du vergisst mich? Vergisst, wer ich bin? Ganz schön dreist, hier in der Bend herumzuschnüffeln, meiner Bend, ohne meine Erlaubnis. Rede. Jetzt. Oder du wirst es zu spüren bekommen.«

Nicht Eddie begann zu sprechen, sondern Jo, voller Angst und Schrecken nicht um sich selbst, sondern seinetwegen. Sie war so entsetzt, dass sie losprudelte wie eine Verrückte.

»Mein Vater wurde ermordet. Ich versuche herauszufinden, wer das getan hat. Eddie hilft mir. Deshalb sind wir hier.«

Der Tailor hob eine Augenbraue. »Weiter«, befahl er.

Und Jo sprach weiter. Ohne Eddie anzusehen. Sie wusste, dass sie in dem Moment, wenn sie ihn anschaute, den Faden verlieren würde. Sie berichtete dem Tailor von dem Besuch im Leichenschauhaus. Über Kinch, Eleanor Owens, und die *Bonaventure*. Sie sagte, dass sie gerade bei Mick Walsh waren und dort mit einem Mann namens Jackie Shaw gesprochen hatten.

»Was hat Shaw euch erzählt?«, fragte der Tailor. »Die Wahrheit, Mädchen.«

»Nicht viel. Shaw weiß nicht, wer Kinch ist«, sagte Jo und kämpfte darum, nicht ihrer Angst nachzugeben.

»Was ist mit dem Schiff?«

»Er sagte, die *Bonaventure* hätte in Sansibar gelegen«, erklärte Jo. »Nach dem, was er erzählte, hatte sie anscheinend eine geheimnisvolle Fracht geladen, aber er sagte uns nicht, was das war. Ich glaube, er hätte mehr erzählt, doch jemand hat ihn erschreckt. Ein Mann. Er hatte eine Narbe im Gesicht. Dunkle Augen. Kurzes Haar. Shaw hat ihn gesehen und rannte dann ganz schnell aus der Kneipe.«

Der Tailor dachte über das nach, was sie gesagt hatte, dann nickte er. »Runter, Muttbait.«

Das kleine Mädchen senkte den Eispickel und verschwand wieder unter dem Tisch, und Jo merkte, wie sich ihr Herzschlag auf ein halbwegs normales Tempo reduzierte. Ihre Angst verflog, stattdessen stieg Zorn in ihr auf. Der Tailor war ein brutaler Kerl, und solche

Typen verachtete sie. Er lebte auf Kosten der Kinder und hielt sie, wie auch seine Besucher, mit Gewalt unter Kontrolle.

Eddie wischte sich mit dem Handrücken das Blut aus dem Gesicht. »Sie hat dir gegeben, was du wolltest. Lass uns gehen.«

»Davor möchte ich noch meine Uhr zurück«, sagte Jo.

Der Tailor brach in Gelächter aus. »Das kann ich mir denken.«

Jo kochte innerlich, doch sie blieb nach außen hin gelassen und sprach mit ruhiger Stimme. Ihr war klar, dass der Tailor zwei Sprachen verstand: die der Gewalt und die des Geldes. Die erste war ihr nicht zugänglich, doch die zweite beherrschte sie sehr wohl.

»Ich fürchte, Sie verstehen nicht ganz«, fuhr sie fort. »Meine Mutter wird feststellen, dass ich die Uhr nicht mehr habe, und sie wird wissen wollen, was daraus wurde. Ich möchte lieber nicht ihren Verdacht erregen. Für mich ist es sowieso schon schwierig genug, nachts aus dem Haus zu kommen. Die fünf Dollar können Sie behalten.«

Der Tailor sah aus, als könnte er nicht glauben, was er da hörte. »Oh, kann ich das, ja? Wie reizend von Ihnen«, erwiderte er voller Sarkasmus. »Ich bin wirklich versucht, das zu tun, was ich vorhatte, und euch vom Balkon zu werfen.«

Jo runzelte bedauernd die Stirn. »Das wäre eine schlechte Entscheidung.«

»Sehr schlecht«, stimmte der Tailor zu. »Für euch.«

»Nein, mein Herr. Für Sie.«

»Wie darf ich das verstehen?«

»Wenn Sie meine Sachen entwenden und mich umbringen, entgeht Ihnen ein lukratives Geschäft«, erläuterte sie. »Die Uhr ist nur vergoldet. Sie ist von Woolworth. Glauben Sie, ich wäre wirklich so dumm, in die Bend irgendetwas Wertvolles mitzunehmen? Natürlich nicht. Tumbler habe ich für seine Dienste bereits bezahlt. Auch Ihnen zahle ich für ähnliche Hilfe oder für jede Information, die mich zu Kinch oder der *Bonaventure* führt.« Sie deutete auf den Raum und seine Bewohner. »Diese Kinder kommen doch überall hin, oder? Vielleicht findet eines von ihnen Kinch. Mein Angebot bringt Ihnen mehr ein, als Sie beim Verkauf einer billigen Imitation erzielen.«

Eddie blinzelte.

Der Tailor neigte seinen Kopf zur Seite und musterte sie. »Du bist durch und durch eine Montfort«, sagte er. Dann nickte er kurz zu Fay. Sie gab Jo die Uhr zurück, aber ihm den 5-Dollar-Schein.

»Und wie soll ich ihr einen Wagen rufen, damit sie nach Hause kommt, wenn ich kein Geld habe?«, fragte Eddie.

»Du bist ein kluger Junge. Dir fällt schon etwas ein. Aber passt gut auf euch auf, meine Lieben. In der Bend ist es gefährlich«, sagte der Tailor mit verschlagenem Lächeln.

Jo war egal, ob sie in einer Droschke fuhr oder weit gehen musste. Sie war nur erleichtert, dass sie ihre Unterhaltung mit diesem gefährlichen Mann überlebt hatten. Sie stand auf und wollte nur eines: ihn weit hinter sich lassen.

Als sie und Eddie gerade aufstanden, um zu gehen, sah sie, wie Fay – die sich die Schminke wieder aus dem Gesicht gewischt hatte – mit einem Griff ihre Haare vom Kopf zog. Eine Perücke. Ihr echtes Haar war dicht an den Kopf gesteckt, und es war silberblond. Sie starrten einander an.

Jo war wütend auf Fay, weil sie sie hergebracht und bestohlen hatte, doch gleichzeitig fand sie sie interessant. Sie sah, dass sie ungefähr gleichaltrig sein mussten, doch mehr Ähnlichkeiten gab es nicht.

»Du siehst jetzt ganz anders aus«, stellte sie fest.

»Darum geht's ja«, antwortete Fay.

»Sie ist so hellblond wie das Elfenvolk. Deshalb nenne ich sie Fairy Fay. Sie kam als ganz kleines Mädchen zu mir. Ihre Mutter hing an der Ginflasche und hatte das Kind in einem Treppenhaus abgelegt. Sie war krank und fast verhungert und war froh, als ich sie gefunden habe. Sie ist brillant, meine Fay. Hat das Handwerk schnell gelernt. Mit diesem Gesicht und den Kleidern, in die ich sie stecke, passt sie in jede Umgebung, doch leider beginnt man sie langsam zu kennen. Trotz Rouge und Perücke.« Der Tailor seufzte. »Ihre Karriere als Taschendiebin geht zu Ende, und etwas anderes erwartet sie. Unter ihren Röcken hat sie etwas noch viel Wertvolleres als Geldbörsen oder Knöpfe.«

193

Fay schaute zur Seite, doch Jo konnte trotzdem die Hoffnungslosigkeit in ihrem Blick erkennen.

Auch der Tailor sah das. »Hey, was soll das? Das ist keine Art, mir meine Freundlichkeit so zu vergelten«, schimpfte er. Er stand auf und stellte sich hinter sie. »Ich habe dich aufgenommen, Mädchen. Hab dir ein Handwerk beigebracht.« Mit seinen Händen strich er über ihre Taille bis zu den Hüften. Sie wurde steif, bewegte sich jedoch nicht. »Und wenn die Zeit reif ist, wird dich Madame Esther etwas Neues lehren. Nur die Reichen können es sich leisten, nichts zu tun«, sagte er und sah demonstrativ Jo an.

Jo überlief eine Gänsehaut, als sie sah, wie der Tailor Fay anfasste.

»Wer ist Madame Esther?«, fragte sie, an Fay gerichtet.

Angst flackerte in Fays Augen. Sie ging weg, ohne zu antworten, und machte sich am Herd zu schaffen.

Jo wollte eine Antwort. Sie wandte sich an den Tailor. »Wer ist Madame Esther?«

Eddie nahm Jos Arm. »Vergiss es. Wir gehen. Jetzt.«

Der Hof war leer, als sie die Leiter hinunterstiegen. Sobald sie wieder nach oben gezogen war, streckte der Tailor seinen Kopf über den Rand des Balkons.

»Sie sind nicht so besonders gut im Verhandeln, wie Sie meinen, Miss Montfort«, rief er spöttisch.

»Nicht?« Jo sah zu ihm nach oben.

»Nächstes Mal will ich einen Zehner für jede Information, die ich Ihnen gebe. Und Tumblers Honorar verdopple ich auch«, verkündete er grinsend. »Wenn Sie meine Hilfe wollen, Miss, dann zahlen Sie dafür.«

»Das werde ich schon tun«, räumte Jo ein. »Aber ganz so schlecht war ich auch wieder nicht«, fügte sie hinzu. »Erinnern Sie sich noch an die Woolworth-Uhr, die Sie mir zurückgegeben haben?«

Er nickte.

Jo lächelte. »Die ist in Wirklichkeit von Cartier.«

39

Eddie und Jo standen an der Ecke von Baxter und Canal Street und rangen nach Luft. Sie waren den ganzen Weg gerannt.

»*Cartier*? Du kommst hierher und hast eine Cartier-Uhr dabei? Spinnst du? Ich kann nicht glauben, dass er uns nicht hinterher ist. Kann er immer noch. Steck sie in dein Korsett – jetzt«, befahl Eddie.

»Was? Wie denn? Das kann ich nicht!«, protestierte sie.

»Steck sie dir in die Wäsche, oder ich mache das.«

Jo sah, dass er es ernst meinte. Sie öffnete die obersten Knöpfe ihrer Jacke, dann an ihrer Bluse und schob die Uhr in das Korsett.

»Seine Augen lassen anscheinend nach. Oder es lag am Licht«, sagte Eddie, während Jo alles wieder zuknöpfte. »Wenn er erkannt hätte, wie wertvoll die Uhr tatsächlich ist, hätte er uns wirklich vom Balkon geworfen. Ich glaube einfach nicht, dass er sie dir zurückgegeben hat. Woher kannst du überhaupt so verhandeln? Hast du das von deinem Vater?«

»Bestimmt nicht. Er hat nie von seinen Geschäften gesprochen, wenn ich dabei war. Das hab ich von Katie, meiner Zofe. Wir feilschen die ganze Zeit.«

»Worüber denn?«

»Was mich ihre Dienste kosten. Ich bezahle sie dafür, dass sie Dinge ins Haus bringt, die meine Mutter nicht schätzt, und dass sie mir hilft, rauszukommen. In den letzten Tagen bin ich ein kleines Vermögen bei ihr losgeworden. Genau jetzt liegt sie in meinem Bett und tut so, als ob sie ich wäre. Und möchte bestimmt wissen, wo ich mich herumtreibe.«

Eddie sah auf die Uhr. »Es ist schon spät. Wenn wir zügig gehen, kommst du vor zwei nach Hause.« Er nahm ihre Hand, und sie gingen auf der Canal Street nach Osten. »Das war ein sehr interessanter Abend in Ihrer Gesellschaft, Miss Montfort. Wie immer. Aber wir scheinen wieder einmal mit mehr Fragen dazustehen als zuvor.«

»Da wir gerade von Fragen reden«, sagte Jo. »Niemand hat mir bisher meine beantwortet. Worüber sprach der Tailor, als er sagte, Fay müsste etwas Neues lernen? Wer ist Madame Esther?«

»Du solltest vielleicht deine Mutter danach fragen«, erwiderte Eddie. Dann schüttelte er den Kopf. »Was rede ich denn da? Egal, was du tust, frag deine Mutter auf keinen Fall nach Madame Esther. Sie würde dich nie mehr aus dem Haus lassen.«

»Was meinst du damit?«

»Esther ist ... wie Della McEvoy.«

Jo erinnerte sich an ihr Gespräch mit Katie. »Du meinst, sie ist ein Lude?«

Eddie verschluckte sich fast. »Also eigentlich nennt man solche Frauen Madame. Wo hast du denn das Wort her?«

»Bedeutet das, Fay wird für Esther arbeiten? Als Prostituierte?«

»So sieht's aus«, sagte Eddie grimmig.

»Weil der Tailor das so bestimmt?«

»Ja.«

»Aber das ist furchtbar«, rief Jo außer sich. »Sie ist keine Sklavin, die man kauft und verkauft. Wir müssen ihn daran hindern, Eddie.«

»Wäre schön, wenn wir das könnten.«

»Wir könnten die Polizei über ihn informieren. Sie verhaften ihn dann.«

Eddie schüttelte den Kopf. »Nein, das täten die nicht. Ihm gehört die Polizei. Zumindest die Polizisten im Sixth Ward. Er bezahlt sie, damit sie ein Auge zudrücken bei dem, was er treibt.«

»Wir könnten ihnen aber etwas über Madame Esther sagen.«

»Die zahlt den Bullen vermutlich noch mehr als der Tailor.«

»Eddie, das geht doch alles nicht«, sagte sie entrüstet.

»Richtig, Jo, richtig.«

»Wie kann die Polizei zulassen, dass solche Dinge geschehen? Sie sollen die Menschen doch beschützen!«

»Fay ist für die kein Mensch, sondern ein Wegwerf-Mädchen. Eines von Tausenden in der Stadt.«

»Es muss eine Möglichkeit geben, wie wir ihr helfen können«, sagte Jo, die nicht zurückstecken wollte. »Es muss doch etwas geben, was wir tun können. Ich könnte …«

»Zu deiner Mutter gehen? Deinem Onkel? Ihnen erzählen, dass du eine Taschendiebin kennengelernt hast, die Nutte werden soll und der du helfen willst, damit das nicht passiert?«, schlug Eddie vor.

Jo begriff, wie verfahren die Situation war. Sie verstummte und dachte wieder daran, wie verängstigt Fay ausgesehen hatte, als der Tailor Esther erwähnte. Wie jung sie unter dem ganzen Rouge war. Jo erinnerte sich auch an etwas anderes: als Fay mit Eddie gesprochen und ihn gewarnt hatte, dass Jo sein Tod sein würde. Zwischen ihnen war etwas Vertrautes, als ob sie sich gut kannten.

Eine neue Frage tauchte auf, die nach einer Antwort verlangte, eine Frage, die Jo schon beschäftigte, seit sie bei Mick Walsh waren. »Eddie, woher kennst du all die Leute in der Bend?«

»Arbeit«, antwortete er schnell. Zu schnell.

Jo sah ihn von der Seite an. Sein Gesichtsausdruck war unergründlich.

»Nein, das scheint mir nicht so«, sagte sie langsam. »Mick Walsh war überrascht, als er dich sah. Er sagte, das sei jetzt schon lange her. Das hätte er nicht gesagt, wenn du auf der Jagd nach Themen dauernd in der Gegend wärst. Fay kennt dich doch auch. Und Pretty Will. Und der Tailor. Der sagte, du seist weggegangen. Er sagte …«

»Jo«, fiel Eddie ihr ins Wort. »Bloß weil du meinst, du wärst Reporterin, bist du noch lange keine.« Sein Ton war kalt.

Jo blieb abrupt stehen. Sie war wie vor den Kopf gestoßen. »Das war jetzt scheußlich, Eddie. Und gemein. Und es passt überhaupt nicht zu dir«, sagte sie verletzt.

Eddie lachte, doch sein Lachen klang hohl. »Passt nicht zu mir?«, äffte er sie nach. »Und woher willst du das wissen? Du kennst mich nicht, Jo. Überhaupt nicht.«

Er schloss sekundenlang die Augen, öffnete sie wieder und blickte sich um. Als ob er die Bend ganz neu wahrnahm.

Oder vielleicht, dachte Jo, so wie früher.

40

»Du kennst die alle, weil du einer von ihnen warst.«

Während Jo das aussprach, wusste sie, dass es stimmte.

Eddie nickte. »Mit Pretty Will hab ich gerauft. Mit Fay gespielt. Micks Gin geklaut. Für den Tailor gestohlen.«

Er sah sie an, und sie erkannte, warum er sich abgewendet hatte: Seine Augen waren voller Trauer.

»Das hier war meine Heimat.«

»Du hast hier in einer Wohnung gelebt?«, fragte Jo. »In der Bend?«

»So feudal hatten wir es nicht. Wir hatten bloß ein Zimmer in einer Wohnung.« Mit einem Kopfnicken wies er auf ein baufällig wirkendes Haus an der Ecke Canal und Mott Street. Die Haustür hing schief in den Angeln. »In so einem war das. Meine Eltern hatten fünf Kinder, aber zwei sind als Babys gestorben.« Er sah zu dem Gebäude hinüber, doch Jo spürte, dass er etwas anderes sah: seine Vergangenheit.

»Ich möchte da hineingehen«, sagte Jo.

»Nein, das machst du nicht.«

Doch Jo hörte ihm nicht zu. Sie ging die Treppe vor dem Eingang hinauf und stieß die Tür auf. Der Gestank trieb ihr Tränen in die Augen – ungewaschene Körper, Urin, Rauch. Eine kleine Gaslaterne flackerte in dem dunklen, stickigen Flur und beleuchtete die bröckelnden Wände. Auf der dreckigen Treppe streckte ein volltrunkener Mann alle viere von sich. Auf dem Treppenabsatz über ihm saßen zwei dünne, schmutzige Kinder, stachen mit einem Stock nach ihm und lachten dabei.

Tote Kakerlaken krachten unter Jos Füßen, als sie ganz nach hinten ging. Lebendiges Ungeziefer verzog sich in die Risse in der Wand. Auch die Tür zu dem Zimmer ganz hinten stand halb offen. Im gelblichen Schein einer Kerosinlampe konnte Jo erkennen, dass das Zimmer klein war, kaum größer als drei mal vier Meter. Auf dem Boden schliefen Kinder. Am einzigen Fenster stand eine magere Frau, eine dunkle Silhouette im Mondlicht. In ihren Armen wiegte sie ein wimmerndes Baby. Auf einem Stuhl saß ein Mann, den Kopf zwischen den Händen. Er sagte zu der Frau, sie solle dem Balg den Mund stopfen, sonst würde er das tun.

Jo hatte noch nie solche Armut gesehen oder Menschen, die ihr so hilflos ausgeliefert waren. Sie verließ das Haus wieder, voller Kummer über Eddies Jugend in derartigem Elend, und überrascht, dass er das überlebt hatte.

Er stand im Schatten des Gebäudes und betrachtete den Nachthimmel, als Jo zurückkam.

»War's interessant?«, fragte er.

Jo ignorierte die Schärfe, die wieder in seiner Stimme lag, und nahm seinen Arm. Sie gingen weiter. »Die Gegend hier ist der Grund, oder? Deswegen bist du Reporter geworden.«

Eddie nickte. »Ich möchte die Geschichten der Menschen aus diesen Häusern erzählen. Die nie erzählt werden. Ich möchte, dass die Welt erfährt: Diese Leute existieren. Nellie Bly tut das. Riis und Chambers tun es auch. Sie verändern etwas. Ich möchte auch etwas verändern. Deshalb will ich weg vom *Standard*.«

Jo merkte, dass sie Tränen in den Augen hatte. Sie blinzelte sie weg, Eddie sollte sie nicht sehen. Er war stolz und würde sie für Tränen aus Mitleid halten, nicht aus Kummer.

»Wo sind sie jetzt? Deine Brüder und Schwestern? Deine Eltern?«, fragte sie.

»Meinen Vater habe ich nicht mehr gesehen, seit ich fünf war. Er hat uns verlassen. Als meine Mutter starb, war ich zehn. Zwei Tage vor ihrem Tod brachte sie uns – mich, meinen Bruder und meine Schwester – ins Waisenhaus von St. Paul. Wir wollten da nicht hin, aber sie sagte, der Tailor sollte ihre Kinder nicht kriegen. Was sie nicht wusste, war, dass er mich schon hatte. Manchmal war unser einziges Geld das, was ich bei ihm durch Diebstähle verdient hatte. Die Kirche nahm uns auf. Sie haben uns ernährt, unterrichtet und grün und blau geprügelt. Meine Schwester Eileen hat dadurch auf einem Ohr ihr Gehör verloren. Da war sie erst acht.«

Die Gefühle ließen Eddies Stimme kippen, doch er hatte sich schnell wieder im Griff. »Sie ist jetzt Dienstmädchen bei einer reichen Familie, in einem großen Haus. Sie sind gut zu ihr. Tom lebt auch in einem großen Haus«, fuhr er bitter fort. »Im Gefängnis. Wegen Mord.«

»Er hat jemanden umgebracht?«, fragte Jo ungläubig.

»Er ging auf den Priester los, der Eileen geschlagen hat«, erklärte Eddie. »Tom hat ihn ins Gesicht geschlagen. Der Priester stürzte und knallte mit dem Kopf auf eine Stufe vor dem Altar. Schädelbruch, tot. Tom hat zwanzig Jahre bekommen. Ist aber lebenslänglich für ihn geworden. Im Gefängnis ist er an Tuberkulose erkrankt. Er hat nicht mehr lange zu leben.«

»Oh, Eddie«, sagte Jo, der fast das Herz brach aus Mitgefühl für ihn. »Das tut mir so leid.«

Er blickte sie an, und sie erkannte in seinen Augen mehr als Trauer: Sie sah Bedauern.

»Warum erzähle ich dir das alles? Ich sollte das nicht machen. Weißt du was, Jo? Du hast recht damit, dass es dir leidtut. Nicht um mich, sondern um dich. Und mir sollte das auch leidtun. Denn ich habe kein Recht, dich an Orte wie diese mitzunehmen ...«

»Du hast mich nicht *mitgenommen*. Ich bin gekommen.«

»... und ich habe kein Recht, dich in die Höhle vom Tailor zu schleppen und zu Mick Walsh oder in meine Vergangenheit. Ich bedaure das wirklich, Jo.«

Jo nahm sein Gesicht in ihre Hände und unterbrach ihn mit einem Kuss. »Vor ein paar Stunden, im Museum, hat's dir noch nicht leidgetan.«

»Lass das«, warnte er. »Das ist kein Scherz.«

Sie küsste ihn noch einmal. »Bist du sicher, dass es dir leidtut? Mir nämlich nicht.«

»Mehr als du je verstehen wirst.«

Sie küsste seine Wangen, den zarten Punkt unter seinem Ohr. »Immer noch?«

»Jo ...«

Sie küsste ihn auf sein Kinn, den Nacken und wieder auf den Mund. »Tut's dir leid, Eddie?«, flüsterte sie.

Er zog sie an sich und hielt sie fest. »Nein. Lieber Gott, nein. Aber bei dir wird es einmal so sein, Jo. Und wenn der Tag kommt, bringt mich das um.«

»Wo ist das Geld?«, zischte Sally Gibson und öffnete die Dienstbotentür unter dem Treppenabsatz.

»Nett, Sie zu sehen, Miss Gibson«, sagte Jo und gab ihr einen 10-Dollar-Schein.

Sally spähte die Straße entlang. »Kommen Sie rein. Schnell!«

Jo war wie ein Dienstmädchen gekleidet. Sie hatte sich von Katie abermals ein Arbeitskleid ausgeliehen. Auf dem Kopf trug sie einen zerbeulten Strohhut. Dieses Treffen hatten sie während Sallys Besuch im Haus von Jo vereinbart.

»Kommen Sie am Sonntagnachmittag, wenn niemand zu Hause ist«, hatte Sally gesagt. »Das Personal hat an dem Tag frei, und die Owens besuchen Mrs Owens' Schwester.«

Jo hatte Eddie gestern von dem Plan erzählt, als er sie nach dem Besuch in der Mulberry Bend nach Hause begleitete. Sie hatte Sally gebeten, sie in Eleanors Zimmer zu schmuggeln, und Sally war einverstanden. Jo wollte es von oben bis unten durchsuchen, da sie hoffte, die Dokumente und Ladelisten zu finden, die Stephen Smith ihr geschickt hatte.

»Sei vorsichtig, Jo. Mr und Mrs Owens sind nicht der Tailor. Die rufen die Polizei, wenn sie dich erwischen. Du spielst ein gefährliches Spiel«, hatte Eddie sie gewarnt.

Ein gefährliches Spiel? Sie spielte so viele, dass sich ihr der Kopf davon drehte. Und keines war weniger gefährlich als das, was sie mit ihm spielte. Doch sie konnte ihn nicht aufgeben. Nach ihrer Nacht in der Bend, nachdem sie von seiner Vergangenheit erfahren und gesehen hatte, was er hinter sich gebracht hatte, waren ihre Gefühle für ihn nur noch tiefer geworden. Der Gedanke an einen Tag ohne ihn – das war das Allerschlimmste. Schlimmer als der Narbengesichtige oder sogar als der Tailor.

Für Jo war es nicht einfach gewesen, hierherzugelangen. Ihre Mutter war ständig im Haus unterwegs, deshalb konnte Jo nicht einfach verschwinden und eine Nachricht hinterlassen. Stattdessen klagte sie über Kopfschmerzen und sagte, dass sie in den Central Park gehen wolle, an die frische Luft. Katie solle sie begleiten.

Anna hatte das gestattet, und Theakston bot an, den Wagen kommen zu lassen, doch Jo lehnte ab mit der Begründung, dass sie zu Fuß gehen wollte. Sie brach mit Katie auf, doch gleich hinter dem Gramercy Square hielt Jo eine Droschke an. Als sie im Wagen saßen, zog sie die Vorhänge zu und tauschte mit Katie die Kleider. Dann bat sie den Kutscher, Katie am St. Mark's Place aussteigen zu lassen, wo ihre Mutter wohnte. Jo fuhr von da weiter nach Murray Hill.

»Wie angenehm, wenn man wie Bram oder mein Cousin Rob jederzeit überallhin fahren kann«, beschwerte sie sich vor Katie, doch die antwortete nichts darauf. Sie war zu beschäftigt, ihr Geld zu zählen.

»Seien Sie leise«, sagte Sally jetzt und führte Jo zur Hintertreppe. »Sie müssen ganz still sein, für den Fall, dass jemand früher zurückkommt.« Sie brachte Jo zu einem Zimmer im ersten Stock und sperrte die Tür auf. »In zwei Stunden hole ich Sie ab. Die Köchin und der Butler kommen gewöhnlich als Erste zurück, gegen halb sieben. Um sechs Uhr müssen Sie wieder draußen sein.«

Jo nickte, entmutigt von der Aufgabe, die vor ihr lag. Sie fühlte sich wie eine Diebin. Sie erinnerte sich an etwas, das Eddie gesagt hatte: *Manchmal muss man etwas Falsches tun, um das Richtige zu erreichen.* Sie holte tief Luft, öffnete die Tür zu Eleanors Schlafzimmer und trat ein.

—42—

In der abgestandenen Luft voller Traurigkeit lag ein schwacher Duft nach Veilchen, und Jo hatte das Gefühl, als betrete sie ein Grab.

Anscheinend war seit dem Tag ihrer Einlieferung in Darkbriar nichts angerührt worden, was ihr gehörte. Neben dem Bett standen seidene Pantoffeln. Auf dem Nachttisch lag ein Stapel Bücher. Eine Uhr tickte. Jo bewegte sich langsam durch das Zimmer, ihr war schmerzlich bewusst, ein Eindringling zu sein.

Die Möbel waren von guter Qualität, jedoch etwas altmodisch. Den Boden bedeckte ein verschossener Teppich. In einer Ecke stand ein eleganter Sessel ohne Armlehnen. Nirgendwo lag Staub, die Dienstmädchen hatten anscheinend Anweisung, das Zimmer sauber zu halten, doch alles so zu lassen, wie es war.

Weshalb?, wunderte sich Jo. Kommen Eleanors Eltern hierher, weil sie Trost suchen? Oder um sich zu strafen?

Silberne Haarbürsten lagen auf dem Frisiertisch, Parfümflaschen und gerahmte Fotografien standen dort. Die meisten Fotografien zeigten Haustiere: eine Katze mit einem Halsband, zwei Hündchen, ein Pferd. Auf einem Bild war eine hübsche junge Frau zu sehen mit einem zarten Gesicht, hellem Haar und einem Lächeln in den Augen. Das Kleid, das sie trug, war seit Jahren aus der Mode. Jo erinnerte sich, dass Eleanor 1874 gestorben war. Vieles hatte sich seitdem verändert. Die Welt blieb nicht stehen.

Neben dem Foto stand ein Schmuckkästchen. Jo hob den Deckel. Darin lagen eine Perlenkette, einige Ohrringe, Armbänder und Broschen. Auch eine goldene Taschenuhr war da, offenbar ruiniert durch Wasser.

Ein Schauder überlief Jo, als ihr klar wurde, dass sie die Uhr vor sich sah, die Eleanor bei sich trug, als man ihre Leiche fand. Sally hatte ihr das ja erzählt und auch, dass der goldene Anhänger von Eleanor – die Hälfte eines Herzens, mit dem eingravierten Namen

Stephen – sowie ihr Verlobungsring mit Saphiren und Diamanten vermutlich gestohlen worden waren.

Jo drehte die Uhr um. *Für Eleanor, zu ihrem 18. Geburtstag. In Liebe Mutter und Vater,* stand auf der Unterseite.

Ihre Eltern haben sie geliebt, aber sie haben sie in ihrem Zimmer eingesperrt, dachte Jo. Sie hofften, ihre Ehre zu retten und sie zu schützen, stattdessen haben sie sie zerstört.

Eleanor hatte selbst eine Wahl getroffen, oder es zumindest versucht. Sie hatte sich für einen Mann entschieden. Sie hatte sich entschieden, noch vor der Hochzeit mit ihm zu schlafen. Sie hatte sich entschieden, ihr Kind zu behalten. Sie hatte die Regeln gebrochen und dafür bezahlt – mit ihrem Leben.

Jo dachte an Eddie und stellte sich vor, ihrer Mutter von ihm zu erzählen. Sie würde zwar nicht in einem verschlossenen Zimmer enden, doch zweifellos säße sie bald in einem Zug nach Winnetka und müsste ziemlich lange Zeit bei ihrer unverheirateten Tante leben.

Denn genau das passiert den Mädchen, die die Regeln brechen, dachte sie.

Die Porzellanuhr auf dem Kaminsims schlug einmal: Viertel nach vier. Keine Zeit zu verlieren. Jo legte die Taschenuhr in das Schmuckkästchen zurück und begann ihre Suche.

Die Vorhänge vor den beiden Fenstern des Zimmers waren geschlossen. Jo wollte mehr Licht, ging zu einem der Fenster und zog den schweren, seidenen Store auf. Dabei schaute sie in den großen Garten. Die Blumen waren verblüht, die Blätter schon verfärbt. An den äußeren Rändern des Gartens standen Statuen aus weißem Marmor. Bei einer Laube in der Mitte wachten zwei weitere Figuren, eine männliche und eine weibliche. Jo konnte nicht erkennen, wen sie darstellten.

Sie wandte sich vom Fenster ab, dem Zimmer zu. »Wo fange ich an?«, flüsterte sie.

Das Bett bot sich an. Zügig nahm sie die Bettdecken, Zierkissen und Leintücher ab und fühlte in der Matratze, ob etwas Festes darin steckte, doch sie fand nichts. Dann hob sie den Teppich an, klopfte die Dielen und die Wandleisten ab. Sie zog alle Schubladen aus Frisiertisch und Schreibtisch und tastete die Korpusse innen ab. Sie nahm Bilder von den Wänden und schaute auf den Rückseiten nach, ob etwas aufgeklebt worden war. Unbeirrt öffnete sie den Wandschrank und griff in die Taschen aller Kleider, die dort noch hingen. Sie klopfte den Kamin ab und horchte, ob es einen versteckten Hohlraum gab. In Eleanors Badezimmer schaute sie in den Medizinschrank, unter die Badewanne und hinter die Toilette.

Fast zwei Stunden später gab Jo ihre Suche auf. Sie hatte nichts gefunden. Wo auch immer Eleanor die Briefe versteckt hatte – in diesem Zimmer war es jedenfalls nicht.

Sie könnten überall im Haus sein, dachte sie verzagt. Sie kann sie im Klavier oder in der großen Standuhr versteckt haben. Auf dem Dachboden oder hinter dem Kohlenverschlag. Um das zu durchsuchen, brauche ich zwei Monate, nicht zwei Stunden.

Jo sah zur Kaminuhr. Fast sechs. Jeden Moment konnte Sally hier sein, um sie abzuholen. Sorgfältig hatte sie alles wieder aufgeräumt und an seinen Platz gestellt, doch bei einem letzten Blick durch das Zimmer sah sie, dass sie vergessen hatte, die Vorhänge zu schließen. Als sie nach den schweren Seidenbahnen griff, fiel ihr Blick in den Garten, und sie erstarrte.

Vor der Laube stand ein unordentlich gekleideter Mann mit Tätowierungen im Gesicht. Er musste ihren Blick gespürt haben, denn er sah nach oben, und seine dunklen, rachsüchtigen Augen schauten Jo direkt ins Gesicht.

Es war Kinch.

—43—

»Er war hier! Ich schwöre es! Ich habe ihn gesehen!«, sagte Jo vor der Laube im Garten. »Er stand genau hier! Ein Mann mit schwarzem Haar und mit Strichen auf seinem Gesicht. Wie ist er reingekommen?«

Sie war außer Atem. Weil sie Kinch unbedingt zur Rede stellen wollte, war sie aus Eleanors Zimmer über die Hintertreppe in die Küche und von da nach draußen gelaufen, Sally dicht hinter ihr her.

»Ich habe keine Ahnung, wie er reingekommen ist, und es ist mir auch egal«, sagte Sally. »Sie müssen gehen, Miss Montfort. Jetzt.« Ängstlich sah sie zum Haus zurück. »Es ist schon nach sechs. Wenn Sie jemand hier sieht, bin ich dran!«

Jo schaute noch ein letztes Mal auf die Laube. Sie war nah genug, dass sie die beiden marmornen Figuren an ihren Seiten erkennen konnte: Selene, die Mondgöttin, und Helios, der Sonnengott.

»Wenn Sie nicht mitkommen, lasse ich Sie hier draußen und tue so, als ob ich nicht wüsste, wie Sie dahingekommen sind, und dann können Sie das Mr Owens alles selbst erklären«, drohte Sally. »Oder Sie fliegen über die Gartenmauer davon, so wie Ihr angeblicher Besucher hier.«

»Genau das war's!«, rief Jo. »Haben Sie mir nicht erzählt, dass es in der Gartenmauer eine Tür gibt? Und dass die zu einem kleinen Weg führt?«

»Ja, aber die ist versperrt. Würden Sie jetzt bitte gehen?«, sagte Sally verzweifelt.

Doch Jo ging nicht. Mit den Blicken überprüfte sie die Seite der Gartenmauer, hinter der der Weg lag, und suchte nach der Tür. Die Mauer war dick von Efeu überwachsen, doch an einer Stelle sah man die Unterseiten einiger Blätter und die Ranken hingen lose herunter, als ob sie durcheinandergebracht worden wären. Jo hechtete an die Stelle und entdeckte gleich die dahinter verborgene Holztür. Sie war alt und vom Wetter gegerbt, ihre Angeln verrostet. An der Tür gab es einen Riegel, den man aufschieben konnte, doch das Gegenstück fehlte. Jo schaute auf dem Boden nach und fand die Halterung dort.

»Kinch hat sie aufgetreten«, flüsterte Jo. Sie wandte sich an Sally. »Haben Sie nicht gesagt, dass Stephen Smith sich immer so mit Eleanor getroffen hat? Indem er durch diese Tür kam?«

In diesem Moment ging im Salon ein Licht an. Sally sah es. Sie packte Jo an der Hand und zerrte sie in den Schatten des Hauses. »Mr Baxter ist wieder da!«, zischte sie. »Los jetzt!« Sie lief in die

Küche und zog Jo hinter sich her. Sie rannten am Arbeitsraum des Butlers vorbei, in den vorderen Teil des Hauses, zum Dienstboteneingang. Gerade als sie ihre Hand auf den Türgriff legte, wurde die Tür aufgestoßen.

»Du liebe Güte, Sally!« Eine kleine rothaarige Frau stand im Eingang, die Hand auf der Brust. »Hast du mich erschreckt!«

»Ent... Entschuldigung, Mrs Clarkson«, stammelte Sally.

Jo erinnerte sich, dass Sally gesagt hatte, Mrs Clarkson sei die Köchin der Familie Owens.

»Wer ist das?«, fragte Mrs Clarkson und sah Jo misstrauisch an.

»Josie Jones. Eine Cousine von Sally«, sagte Jo schnell. »Sehr erfreut.«

»Du weißt, dass du hier keinen Besuch empfangen kannst, Sally«, erwiderte Mrs Clarkson ernst. »Das muss ich Mr Baxter melden.«

»Ich bin nicht auf Besuch, Mrs Clarkson. Ich bin nur gekommen, um Sally Bescheid zu geben. Unsere Großmutter ist ziemlich krank geworden. Der Arzt sagt, sie hat nur noch ein paar Tage. Das musste ich Sally einfach sagen. Sie ist Omas Liebling.« Jo war selbst überrascht, wie leicht ihr die Lüge über die Lippen kam.

Mrs Clarkson wurde versöhnlicher. »Oh. Na, dann geht das sicher in Ordnung. Es tut mir leid, das zu hören.«

»Ich muss dann los«, sagte Jo. »Auf Wiedersehen, Sally. Und versuch bitte, dich nicht allzu sehr aufzuregen.«

»Ich versuch's, Josie. Und vielen Dank, dass du gekommen bist«, sagte Sally verblüfft.

Wenige Sekunden später stand Jo wieder auf der Straße. In ihren Gedanken hörte sie die Stimme von Kinch, als er Scully gedroht hatte: *Es gibt Beweise. Es gibt Ladelisten, unterschrieben und gestempelt.*

Es gibt Beweise, nicht: *Ich habe Beweise.* Weil er sie *nicht hatte.* Aber er benötigte sie, wenn er weiter Geld aus den Eignern von Van Houten pressen wollte.

Sein Gesicht tauchte wieder vor Jos innerem Auge auf. Sie sah seine Augen, die einem Angst machen konnten, und obwohl der Abend nicht kalt war, fröstelte sie. Seit ihrem ersten Gespräch mit

Sally war sie der festen Überzeugung gewesen, dass Kinch und Stephen Smith ein und dieselbe Person waren. Beide hatten sich sogar auf dieselbe Art und Weise Zutritt zum Garten verschafft. Doch jetzt, nachdem sie Kinch von Neuem gesehen hatte, stiegen Zweifel in ihr auf. Auf dem Porträt an der Wand bei Van Houten wirkte Smith wie ein freundlicher, sanfter Mann, Kinch jedoch sah völlig anders aus.

Er hatte sie am Fenster des Arbeitszimmers von ihrem Vater gesehen, er wusste, wer sie war. Und jetzt hatte er sie am Fenster von Eleanors Zimmer gesehen. Wusste er, dass auch sie nach den Briefen von Stephen Smith suchte?

Seit Jo Kinch zum ersten Mal zu Gesicht bekommen hatte, nahm sie ihn als rücksichtslosen Mann wahr, der sich wahrscheinlich nicht dabei aufhalten lassen würde, das zu bekommen, was er wollte.

Jedenfalls nicht von einer Gartenmauer.

Und ebenso sicher nicht von einem Mädchen.

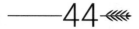

44

Brief von Mr Joseph Feen an Mr Edward Gallagher

3. November 1890

Lieber Eddie,

ich habe in Eleanors Schlafzimmer nach den Briefen gesucht, sie aber nicht gefunden. Kinch ist im Garten aufgetaucht.
Ich habe ihn gesehen. Das entwickelt sich also gut. Er hat mich auch gesehen. Weniger gut.

JM

Brief von Miss Edwina Gallagher an Miss Josephine Montfort

4. November 1890

Liebe Jo,

Du machst Witze.

EG

Brief von Mr Joseph Feen an Mr Edward Gallagher

5. November

Lieber Eddie,

ich mache kein Witze, obwohl ich bei Gelegenheit witzig sein kann. Das hier ist allerdings keine solche Gelegenheit. Wir treffen uns im Met. Bei der etruskischen Keramik. Morgen um 15 Uhr. Ich trage Schwarz, wie immer.

JM

Jo saß auf einer gepolsterten Bank ohne Rückenlehne, zwischen den Altertümern des Metropolitan Museum of Art, und starrte ein von Sprüngen durchzogenes Tongefäß an.

Sie hatte diese Ausstellungsräume vorgeschlagen, da hier nie jemand war. Kein Mensch interessierte sich für etruskische Keramik.

Warum auch? Etruskische Keramik erzählte nichts. Sie war todlangweilig.

Jo sah sich um und wusste noch gut, wie es beim letzten Mal hier oben war – vor fünf Tagen, beim Ball der Jungen Kunstfreunde. Seitdem hatte Bram sich noch nicht wieder bei ihr gemeldet, doch sie hatte gehört, dass man ihn vor drei Tagen in lebhafter Unterhaltung mit Elizabeth Adams auf einem Fest gesehen hatte. Jo wusste, dass sie etwas gegen die Avancen dieses Mädchens unternehmen sollte, doch im Grunde ihres Herzens hoffte sie, dass sie erfolgreich wäre. Jos Gefühle gingen immer noch hin und her und verwirrten sie, aber eines war klar: Einen Heiratsantrag von Bram konnte sie nicht annehmen. Nicht mit derart starken Empfindungen für Eddie.

»Wo steckst du denn?«, flüsterte sie ungeduldig. Es war Viertel nach drei. Er kam zu spät, und sie brannte darauf, ihm alles zu berichten, was sie seit ihrem letzten Treffen in Erfahrung gebracht hatte.

Hinter sich hörte sie Schritte, ihr Herzschlag wurde heftiger. Erwartungsvoll drehte sie sich um, doch es war nur ein Aufseher. Wenige Minuten darauf hörte sie Schritte, die anders klangen, rasch und bestimmt. Wieder drehte sie sich um, und dieses Mal schlug ihr Herz nicht einfach nur schneller, sondern es sprang ihr fast aus der Brust.

Wie kann ein Mann nur so gut aussehen?, fragte sie sich. Eddie sollte sich mal wieder rasieren, und sein ohnehin langes Haar war noch länger geworden. Seine Kleidung war verknittert und wie immer voller Tintenflecke. Doch ein altes Tweedjackett, eine schief gebundene Krawatte und eine zerbeulte Hose sahen an ihm besser aus als der beste, von Hand gearbeitete Anzug an jedem anderen jungen Mann. Sein Gesicht war gerötet, er runzelte die Stirn. Er lächelte, als er Jo sah, doch sein Blick blieb angespannt.

»Tut mir leid, dass ich zu spät komme. Es ist etwas passiert«, sagte er und setzte sich neben sie.

»Du darfst dich da nicht hinsetzen!«, flüsterte sie. »Setz dich auf die andere Seite der Bank, mit dem Rücken zu mir. Falls uns jemand sieht!«

Eddie schaute sich um. »Hier ist aber niemand.«

»Eddie!«

Er rutschte auf die andere Seite der Bank, ihre Rücken berührten sich.

»Ich muss dir so viel erzählen«, begann Jo. »Über Eleanor Owens und die Briefe und ...«

»Ist mir klar, aber ...«

Jo unterbrach ihn. »Kinch will diese Briefe, Eddie. Mit denen kann er Van Houten erpressen. Wir müssen zuverlässig herausbekommen, ob Kinch und Stephen Smith ein und derselbe sind. Und ich habe mir überlegt, wie das gehen könnte: Wir folgen Mr Scully. Kinch wird versuchen, von Mr Scully noch mehr Geld zu bekommen. Wenn wir Scully verfolgen, sind wir dabei, wenn Kinch auftaucht und dann können wir ...«

»Jo, hör bitte mal zu«, sagte Eddie eindringlich. »Wir können Scully nicht verfolgen.«

Sie blickte ihn direkt an und vergaß, dass sie das eigentlich nicht tun sollte. »Warum nicht?«

Auch Eddie hatte sich umgedreht. Er sah betroffen aus. »Weil Richard Scully heute Vormittag bei der Reede von Van Houten gefunden wurde.«

»Das überrascht mich nicht. Er arbeitet dort.«

»Man hat ihn nicht im Büro gefunden, Jo. Sondern im Wasser. Tot.«

—46—⋘

Jo starrte auf den toten Mann, der da auf dem Rücken lag. Seine Lippen waren geöffnet, wie zum Protest.

»Könnten wir nicht wenigstens seinen Mund schließen?«, fragte sie.

»Dazu müssten wir ihm den Kiefer brechen«, sagte Oscar nüchtern. »Die Muskeln sind zu steif. Die Totenstarre hat schon eingesetzt. In ein paar Stunden löst sich das wieder. Keine Sorge. Der Leichenbestatter wird ihn zum Begräbnis hübsch herrichten.«

Das hoffe ich, dachte Jo voller Entsetzen darüber, dass ein alter Freund der Familie, ein Mann, den sie Zeit ihres Lebens kannte, auf den kalten Kacheln eines Arbeitstisches im städtischen Leichenschauhaus lag. Der Schock über Eddies Nachricht wirkte noch nach, und sie fragte sich jetzt, angesichts des Toten vor sich, ob es eine Verbindung zwischen Scullys Tod und dem ihres Vaters geben könnte.

»Die Polizei sagt, Scully sei ertrunken«, hatte Eddie ihr noch im Museum erklärt. »Er hat bis spät bei Van Houten gearbeitet, und als er nach Hause ging, war es neblig. Sie nehmen an, dass er die Orientierung verloren hat und in den Fluss fiel.«

Jo fand das wenig glaubhaft und sagte ihm das auch. »Richard Scully ist jeden Tag außer am Sonntag zu Van Houten gegangen. Er hätte sich auch mit verbundenen Augen zurechtgefunden.«

»Ich habe da ein ganz schlechtes Gefühl, Jo. Die Leiche ist jetzt im Leichenschauhaus. Ich will direkt von Oscar hören, was er dazu meint.«

Er versuchte noch, sie davon abzubringen, dass sie ihn begleitete, doch sie wollte auf jeden Fall mitkommen. Sie verließ das Museum wenige Minuten, nachdem er gegangen war, damit man sie nicht zusammen sah, und sie fuhren auch in getrennten Wagen.

»Schreibt schneller, Leute«, riet ihnen Oscar jetzt. »Der Bestatter ist unterwegs. Die Polizei hatte Phillip Montfort und Alvah Beekman hergebracht, damit sie die Leiche identifizieren. Als sie fertig waren, ist Beekman zum Leichenbestatter gefahren, Montfort wollte die Familie informieren.«

Armer Onkel Phillip, dachte Jo, erst verliert er meinen Vater und jetzt Mr Scully.

Während Eddie seinen Notizblock zückte, beugte sich Jo über den Körper von Richard Scully. Die Haut war von einem wächsernen Grau, bis auf einige dunkelrote Flecken auf seinem Gesicht, dem Oberkörper und der Oberseite der Beine. Seine Augen waren halb geschlossen, die Haut um die Augen war stark angeschwollen durch dunkles Blut, das fast schwarz wirkte. Seine Finger drückten sich in die Handflächen. Auf der Stirn waren Streifen von Schlick vom Boden des East River. Als Jo und Eddie eintrafen, hatte Oscar aus Rücksicht auf Jos Empfindsamkeit ein Handtuch über das Gemächt gelegt.

Doch Jo war der Meinung, dass ihre Empfindsamkeit keinen Schutz brauchte. Bei ihrem letzten Besuch im Leichenschauhaus waren Entsetzen und Trauer übermächtig. Diese Gefühle gab es zwar schon noch, doch sie wurden überlagert von einem ausgeprägten Interesse daran, wie Richard Scully in den East River geraten war.

»Weiß man ungefähr, wann Richard Scully ertrunken ist?«, fragte Eddie. »Heute früh? Gestern Nacht?«

»Er ist nicht ertrunken«, widersprach Oscar.

»Also bitte, Oscar. Man hat ihn im Wasser gefunden«, wandte Eddie ein. »Die Polizisten haben ihn herausgezogen. Es gab jede Menge Augenzeugen.«

»Ich sag ja nicht, dass er nicht im Wasser gefunden wurde. Ich sage, dass er nicht ertrunken ist.«

»Willst du mir gerade sagen ...«

»... dass Richard Scully ermordet wurde? Ja, genau das sage ich.«

Eddie stieß einen leisen Pfiff aus.

Jo begann am ganzen Körper zu frieren. Ihr war es schon schwergefallen zu glauben, dass Mr Scully einfach ins Wasser gestürzt sein sollte, doch noch härter traf es sie, wieder das Wort *ermordet* zu hören. »Woher weißt du das, Oscar?«

»Es fängt damit an, dass es in den Atemwegen keinen Schaum gibt.« Oscar deutete auf Scullys Nase und Mund.

»Schaum?«, wiederholte Jo.

»Eine Mischung aus Wasser, Luft, Schleim und manchmal auch Blut, das Blasen bildet, wenn die ertrinkende Person zu atmen versucht. Da das nicht vorhanden ist, heißt das, dass Scully *nicht* versucht hat, zu atmen, als er ins Wasser geriet. Bedeutet: Er war schon tot. Und dann gibt es noch das.« Er drehte den Körper auf die Seite.

Jo verzog das Gesicht, als sie die klaffende Wunde auf Scullys Hinterkopf sah. Sein Schädel war eingeschlagen, der Knochen geborsten wie eine Eierschale.

»Trauma durch stumpfen Gegenstand«, erklärte Oscar. »Die Waffe hatte einen runden Querschnitt, würde ich sagen. Ein Baseballschläger. Oder ein Schlagstock. Der Schlag hat sowohl das Scheitelbein wie auch das Hinterhauptbein gebrochen, und die periorbitale Blutung ausgelöst ...«

»Bitte in einfacher Sprache«, sagte Eddie, der wie wild mitschrieb.

»... die Waschbäraugen. Aus der von der Fraktur verursachten Wunde drang Blut in die Nebenhöhlen und in das Gewebe um die Augenhöhlen und hat die Haut verfärbt. Der Mann, der ihn niedergeschlagen hat ...«

»Woher weißt du, dass es ein Mann, war?«, unterbrach ihn Jo.

»Man braucht viel Kraft für einen Schlag, der einem Menschen die Schädeldecke aufbricht. Und Selbstvertrauen.«

Jo war überrascht. »Man braucht Selbstvertrauen, um zu töten?«

»Es hilft«, bestätigte Oscar. »Mit Wut schafft man es auch, aber das wird unschön. Das hier war schnell und sauber. Der Mörder hat hart und genau zugeschlagen. Männer beherrschen diese Bewegung, mit der man Schwung holt, sowieso besser als Frauen, da sie eher Übung darin haben. Sie schwingen Schmiedehämmer und Äxte. Beile. Sensen.«

»Hat Dr. Koehler das gesehen?«, fragte Eddie.

Jo wusste noch, dass Dr. Koehler der Gerichtsmediziner war, Oscars Chef.

»Ja«, sagte Oscar und klang enttäuscht dabei.

»Und er bezeichnet das immer noch als Tod durch Ertrinken?«

»Er sagt, als Scully ins Wasser fiel, hätte er sich an einem Poller den Kopf aufgeschlagen.«

»Wäre das möglich?«, fragte Jo.

Oscar sah sie über den Rand seiner Brillengläser hinweg an. »Nur, wenn er gewöhnlich rückwärts ging.« Er strich mit einer Hand über Scullys Rücken. »Seht ihr das?« Er tippte auf einen dunkelroten Flecken. »Das ist ein Leichenfleck. Wenn das Herz zu schlagen aufhört, staut sich Blut im zuunterst liegenden Teil des Körpers und verursacht Verfärbungen. Rund um die Reede von Van Houten ist das Wasser nicht sehr tief, und der Seemann, der Scully entdeckt hat, sagte, er hätte auf dem Rücken gelegen. Und wie wir sehen, hat er tatsächlich die entsprechenden Flecken auf dem Rücken.«

»Ich dachte immer, Tote treiben auf«, wandte Eddie ein.

»Das passiert später, wenn sich der Körper zersetzt. Im Inneren produzieren Bakterien ein Gas, dadurch bläht sich der Körper auf und kommt nach oben. Meistens sinkt ein frischer Leichnam erst einmal auf den Boden. Besonders, wenn er einen so schweren Wollmantel trägt wie Scully«, erläuterte Oscar. »Die Polizisten, die ihn aus dem Wasser gezogen haben, bestätigen, dass er auf dem Rücken lag. Aber«, Oscar drehte den Leichnam wieder flach auf den Tisch zurück, »wir haben auch hier Anzeichen von Totenflecken.« Er wies auf einige feine dunkelrote Stellen auf Scullys rechter Wange, auf seinem Brustkorb und an seinen Beinen.

»Bedeutet was?«, fragte Eddie.

»Bedeutet, dass er nach vorn fiel, als er starb, und eine Weile so liegen blieb. Mindestens eine halbe Stunde, möglicherweise drei oder vier. Als man ihn in den Fluss warf und er dort auf dem Rücken zu liegen kam, verlagerte sich das Blut in den Rückenbereich. Da die Flecken am Rücken deutlich ausgeprägt sind, heißt das, der Körper lag ungefähr zehn Stunden in dieser Position. Entdeckt wurde er gegen Mittag, also kann man davon ausgehen, dass er gegen zwei Uhr nachts ins Wasser geworfen wurde. Rechnet noch drei Stunden drauf, in denen sich die Flecken an der Vorderseite ausbilden konnten, dann kommen wir auf einen Todeszeitpunkt von ungefähr dreiundzwanzig Uhr.« Er betatschte Scullys Hüfte wie eine Hausfrau ein Stück Fleisch betupft. »Die fortgeschrittene Leichenstarre untermauert meine Hypothese.«

»Du sagst, er wurde gegen elf Uhr ermordet, aber nicht vor zwei Uhr in den Fluss geworfen ... Wo war er in der Zwischenzeit?«, wollte Eddie wissen.

»Gute Frage«, sagte Oscar. »Gewöhnlich handelt es sich bei solchen Fällen wie diesem hier – gut gekleideter Mann wird mitten in der Nacht niedergeschlagen – um einen Raubüberfall.«

»Und du glaubst das nicht?«, fragte Jo.

»Erst schon, bis ich die Flecken an Scullys Vorderseite sah. Kein Räuber schlägt einen Mann nieder, lässt ihn mehrere Stunden auf der Straße liegen, kommt dann zurück und wirft ihn in den Fluss. Dazu kommt, dass anscheinend nichts von dem fehlt, was er dabeihatte. Ein Räuber würde seine Brieftasche nehmen, seine Uhr, den Ehering. Vielleicht auch den Mantel und die Schuhe. So ergibt das keinen Sinn. Auch der Fluss nicht.«

»Der Fluss auch nicht? Warum?« Eddie schrieb immer noch mit.

»Wie schon gesagt, das Wasser ist rund um die Reede von Van Houten relativ flach, besonders dort, wo Scully lag. Und am Hafen ist immer so viel los, da war eigentlich klar, dass er gefunden wird. Warum sollte ein Mörder, der sein Verbrechen vertuschen möchte, eine Leiche ganz offen ablegen?«

Jo wusste, warum. Und dieses Wissen machte ihr Angst. Sie sah Eddie an. Er hörte auf zu schreiben. Auch er wusste, wie das gemeint war, sie konnte es sehen.

»Oscar ...«, setzte er an, doch seine Worte wurden von einer kräftigen Stimme abgeschnitten. Die Stimme kam aus dem Gang vor den Schwingtüren.

»Das ist der Chef«, sagte Oscar. »Er kann es nicht leiden, wenn ich Besucher hier habe. Haut ab.«

Eddie packte Jo am Arm und zusammen liefen sie durch eine andere Schwingtür nach draußen. Sowie sie auf der Straße waren, begann Jo zu reden.

»Das ist Kinch, nicht wahr? Er ist der Mörder. Er wollte Scullys Leiche nicht verstecken. Er wollte, dass sie gefunden wird. Wie bei meinem Vater. Er wollte bei beiden Morden, dass sie wie Unfälle aussehen. Dann suchen die Behörden nicht nach einem Mörder, er läuft frei herum und kann die anderen Eigner unter Druck setzen. Er knöpft sich einen nach dem anderen vor.«

Eddie nickte. »Ich glaube, du hast recht. Als wir damals zufällig Kinch und Scully gehört haben, dachte ich, dass Kinch deinen Vater nicht ermordet haben kann, weil er tausend Dollar von ihm bekommen sollte. Aber vielleicht wollte ihm dein Vater auch nicht *mehr* geben. Vielleicht hat er sich geweigert. Scully ganz bestimmt.«

»Also hat Kinch beide umgebracht. Und das hat er auch mit den anderen Eignern vor, wenn sie seine Forderungen nicht erfüllen.«

»Das ist gut möglich«, sagte Eddie ernst.

Jos Furcht verwandelte sich in Entsetzen. »Gütiger Gott, und wenn mein Onkel der Nächste ist?«

Ein hübscher Apfelschimmel zog die geräumige und bequeme Kutsche von Phillip Montfort auf der Madison Avenue. Der Fahrer hatte das Pferd gut unter Kontrolle – er wusste, dass zu viel Spiel in den Zügeln nur zu unerwünschtem Verhalten führte.

Im Inneren des Wagens – man war auf dem Rückweg von Richard Scullys Beerdigung zu einem Essen in seinem Haus – herrschte die gleiche Kontrolle, die Insassen des Wagens hielten ihre Gefühle im Zaum und litten doch unter dem Verlust eines weiteren Mitglieds ihrer eng miteinander verknüpften Kreise.

Nur Jo knetete tief in ihrem Muff ihre Hände in quälender Unentschiedenheit.

Sie musste ihrem Onkel einfach über Kinch berichten und über die Gefahr, die von ihm ausging, doch ihr war klar, dass sie sich damit großen Ärger einhandelte und möglicherweise das Haus nicht mehr verlassen durfte; und ihre Möglichkeiten, den Mörder ihres Vaters zu verfolgen, wollte sie auf keinen Fall einschränken.

»Ich muss mit meinem Onkel sprechen. Ich muss das tun«, hatte sie vor zwei Tagen zu Eddie gesagt, nachdem sie das Leichenschauhaus verließen.

»Und was willst du antworten, wenn er dich fragt, woher du das weißt?«, hatte er entgegnet. »Dass du ins Leichenschauhaus gegangen bist, um dir Richard Scully persönlich anzuschauen?«

Jo wusste noch keine Antwort. Da nicht und jetzt auch noch

nicht, doch sie wusste, dass sie ihren Onkel ohne Rücksicht auf die Folgen schützen musste. Wenn Kinch schon zwei Leben ausgelöscht hatte, so würde er bedenkenlos ein drittes vernichten.

»Richards Tod ist so widersinnig«, sagte ihre Tante Madeleine und holte Jo damit wieder zurück in die Gegenwart. »Mitten aus dem Leben gerissen. Nur weil er danebengetreten ist.«

Da sah Jo ihre Chance – sie konnte ihren Onkel warnen, ohne offenzulegen, was sie selbst tat.

»Und wenn die sich irren?«, fragte sie und wählte ihre Worte sorgfältig, um sich nicht zu verraten.

»Wenn wer sich irrt, meine Liebe?«, wollte ihre Tante wissen.

»Die Polizei. Was ist, wenn das kein Unfall war? Wenn Mr Scully ermordet wurde?«

Jos Tante sah sie verblüfft an. Ihre Mutter war zutiefst entsetzt. »Josephine Montfort, wie kannst du so etwas Abscheuliches sagen!«, schimpfte sie. »Wie kommst du denn auf so eine Idee?«

»Das könnte doch sein«, beharrte Jo. »Jemand sagte, er wurde vielleicht getötet und dann ins Wasser geworfen.«

»Wer, wenn ich fragen darf, ist *jemand*?«

»Die Zeitungen, Mama.«

Ihre Mutter war empört. »Liest du etwa Zeitungen? Du weißt, dass ich das verboten habe.«

»Ich habe gehört, wie die Zeitungsverkäufer das ausgerufen haben«, antwortete Jo schnell und verwischte damit die Spur.

Das zumindest war wahr. Zeitungsjungen von *World* und *Herald* riefen die ganze Zeit die Artikel über die doppelte Tragödie aus, die über Van Houten hereingebrochen war. Zuerst Charles Montfort, dann Richard Scully. Es wurde schon öffentlich darüber gerätselt, wie in so kurzer Folge zwei Eignern eines einzigen Unternehmens derart fürchterliche Unfälle zustoßen konnten. Die eher reißerisch aufgemachten Blätter behaupteten, ein Fluch liege auf Van Houten.

»Die sind so lästig!«, sagte Madeleine.

»Vielleicht wurde Mr Scully ja auf den Kopf geschlagen«, setzte Jo nach. »Und wenn es wirklich so war? Und wenn dieser schreckliche Mensch immer noch am Hafen herumläuft und nur darauf wartet, dass er wieder jemanden überfallen kann? Onkel Phillip könnte in Gefahr sein. Jeder von den Eignern.«

»Josephine, das reicht«, warnte Anna. »Es ist verständlich, dass du vollkommen durcheinander bist, aber du musst dich trotzdem beherrschen. Mord ist kein geeignetes Gesprächsthema für eine junge Dame.«

Jo sah ihren Onkel an. »Onkel Phillip, pass auf, wenn du zu Van Houten gehst oder von dort kommst. Und auch sonst. Du musst jedem aus dem Weg gehen, der merkwürdig und gefährlich aussieht. Das musst du. Versprich mir das«, forderte sie nachdrücklich.

Jos Mutter und ihre Tante wechselten besorgte Blicke, Jo sah es. Phillip beugte sich vor und tätschelte ihre Hand. »Ich werde besonders gut auf mich achtgeben. Du hast mein Wort, Josephine. Und jetzt hör bitte auf, dich zu sorgen.«

Er lächelte sie an, doch sie konnte sehen, dass er mit seinen Gedanken woanders war. Zweifellos bei Richard Scully, dachte Jo. Gerade erst hatte er die Beerdigung eines seiner ältesten Freunde durchgestanden. Ihre Sorgen hatte er zwar nicht zurückgewiesen, sie aber auch nicht ganz ernst genommen, und Jo war damit nicht zufrieden. Sie entschloss sich, ihm die ganze Geschichte zu erzählen. Es gab keine andere Möglichkeit.

Die Gruppe fuhr schweigend weiter, bis der Wagen an der Villa der Scullys hielt. Phillip und Rob stiegen aus und halfen dann den Frauen beim Aussteigen. Als ihr Onkel zur Eingangstreppe ging, hörte Jo ein Klimpern. Sie sah, dass Münzen auf dem Boden lagen.

»Du liebe Güte«, sagte Madeleine, »Phillip, du verstreust Geld auf dem ganzen Platz.«

Phillip seufzte. »In meiner Manteltasche ist ein Loch«, erwiderte er müde und machte sich nicht die Mühe, die Münzen aufzuheben. »Ich vergesse immer wieder, das dem Hausdiener zu sagen.«

Jo fühlte so sehr mit ihm. Er vernachlässigte seine ganze Erscheinung, und die Familie veralberte ihn deswegen schon. Dass er vergessen hatte, die Manteltasche richten zu lassen, war nur ein kleines, aber beredtes Zeugnis dafür, wie schwer der Kummer auf ihm lastete.

»Das wird ein Festtag für die Bettler, Papa«, sagte Rob, als er sei-

219

ner Mutter den Arm bot und sie die Treppe zur Haustür der Scullys hinaufführte.

Phillip ging mit Jos Mutter hinter ihnen, dann folgten Jo und Caroline. Obwohl Caroline laut losplapperte, welchen Punsch es wohl bei den Scullys geben würde und dass die dicke kleine Anna Scully bloß nicht zu viel davon bekommen dürfte, konnte Jo das Gespräch zwischen ihrer Mutter und ihrem Onkel hören.

»Ich habe dir schon ein paarmal gesagt, Anna, dass sie ein sehr empfindsames Mädchen ist. Ein Schock wie jetzt nimmt solche Menschen sehr mit und führt zu verhängnisvollen Einbildungen. Du musst sie entweder wieder ins Pensionat schicken, oder für eine längere Zeit zu deiner Schwester nach Winnetka ...«

Jo hielt die Luft an. Genau das wollte sie eben nicht.

»... oder lass ihr wenigstens mehr Freiheit, damit sie ihre Freundinnen treffen kann, für Spaziergänge im Park, einen Einkaufsbummel und all das, was junge Mädchen in ihrem Alter gern tun.«

Bei seinem letzten Vorschlag nickte ihre Mutter, und Jo entspannte sich wieder erleichtert, weil sie nicht ins Haus ihrer Tante verbannt wurde. Doch Phillips Worte verstärkten nur ihren Wunsch, mit ihm zu sprechen. Ihre Ängste hatte er nicht ernst genommen; er glaubte, sie würde sich die Bedrohung seiner Sicherheit nur einbilden. Doch wie konnte sie ihn allein erwischen? Und was genau würde sie ihm sagen?

Die ganze folgende Stunde über wartete Jo auf den richtigen Augenblick. Sie war mal hier, mal da im Haus der Scullys, tröstete Mrs Scully, sprach mit ihren Freundinnen über Belanglosigkeiten, beobachtete, wie Bram Elizabeth Adams etwas zu trinken brachte, ging Grandma aus dem Weg, und achtete die ganze Zeit darauf, wo sich ihr Onkel befand.

Als sie sah, wie er den Salon verließ – wohl auf dem Weg zur Toilette –, tat sie den ersten Schritt. Sie hüstelte ein paarmal, dann entschuldigte sie sich mitten in einem Gespräch, angeblich um eine Bedienstete zu suchen, die ihr ein Glas Wasser geben könne. Im langen Foyer der Scullys sah sie dann ihren Onkel. Er ging gerade zurück zum Salon.

»Onkel Phillip? Hättest du einen Moment Zeit?«

»Jo, für dich habe ich stundenlang Zeit.«

Für die Jahreszeit war es seit Kurzem ungewöhnlich warm, und die Scullys hatten eine Flügeltür geöffnet, die an der Rückseite des Hauses im ersten Stock zu einer abgeschlossenen Veranda führte. Von dort aus kam man hinunter in den Garten. Jo hatte die offenen Türen zuvor schon gesehen und ging mit Phillip jetzt dorthin. Ihr war eingefallen, wie sie ihm erzählen konnte, was sie wusste, ohne zu verraten, woher sie das alles wusste.

»Das ist ja sehr geheimnisvoll«, sagte Phillip amüsiert, als sie ihn unter einem Bogengang kahler Äste hindurch zu einem kleinen Pavillon in der Nähe der rückwärtigen Gartenmauer führte. »Hast du Neuigkeiten für mich? Sollte mich nicht erst Bram um eine Zustimmung bitten?«

»Ach, Onkel Phillip«, sagte Jo mit brüchiger Stimme. Er hatte sich frohe Nachricht erhofft, und sie wollte ihm eine schreckliche Wahrheit unterbreiten.

Phillips Lächeln verschwand. »Was ist denn los, Jo?«, fragte er besorgt.

Jo holte tief Luft.

Und begann zu erzählen.

—48—⫸

Phillip wurde leichenblass. Jo hatte ihm alles berichtet, was seit ihrer letzten Unterredung über den Tod ihres Vaters geschehen war, und nur einen wichtigen Aspekt ausgelassen – ihre eigene Rolle bei der Beschaffung der Informationen. Sie wollte nicht, dass er erfuhr, wie oft sie zu jeder Tages- und Nachtzeit aus dem Haus entwischt war.

Als sie geendet hatte, schwieg ihr Onkel. Er hielt ihr keine Standpauke, schimpfte nicht oder drohte damit, sie wegzuschicken. Er setzte sich nur schwer in einen Gartenstuhl und schloss die Augen. Als er sie wieder öffnete, sah er so besorgt aus, wie Jo ihn noch nie erlebt hatte. Wie mit gebrochenem Herzen. Leer.

Jo verstand seine Reaktion, er stand unter Schock. Ihr war es ja genauso ergangen, als sie zum ersten Mal die Wahrheit über den Tod ihres Vaters erfahren hatte.

»Es tut mir so leid, Onkel Phillip. Es ist schwer, das alles zu akzeptieren. Das weiß ich. Ich war wie zerschlagen, als ich es herausgefunden habe.«

Phillip sah sie forschend an. »Josephine, was du da sagst ... das ist ... na ja ...«

»Ich weiß, dass es verrückt klingt, Onkel Phillip ...«

»In der Tat.«

»Aber ich schwöre, dass das alles stimmt.«

»Wie in Gottes Namen hast du von alldem erfahren?«, fragte er und klang fast ängstlich.

Jo war auf diese Frage vorbereitet. Sie hoffte, dass die Antwort, die sie sich zurechtgelegt hatte, ihr weiteren Ärger ersparen würde. »Ich habe einen Privatdetektiv engagiert.«

»Einen Privatdetektiv?«, wiederholte Phillip skeptisch. »Wie heißt er?«

»Er heißt ... Oscar. Oscar Edwards«, gab sie zur Antwort. Das hatte sie sich gerade eben ausgedacht, indem sie Oscars und Eddies Namen kombinierte.

»Ich würde ihn gern kennenlernen.«

»Das geht im Moment nicht. Er ist nicht in der Stadt«, schwindelte Jo.

»Verstehe. Und wie hast du ihn für seine Nachforschungen bezahlt?«

Jo zögerte, an diese Frage hatte sie nicht gedacht. »Mit etwas Geld, das ich ... das ich beiseitegelegt habe«, antwortete sie.

»Und du glaubst das, was dieser Mr Edwards dir erzählt hat?«

»Als wenn ich selbst dabei gewesen wäre«, entgegnete Jo und setzte sich ihm gegenüber. »Kannst du denn jetzt verstehen, warum ich so in Angst um dich bin?«

Phillip nickte. Ermutigt beschloss Jo, ihr Glück noch weiter zu versuchen. Vielleicht konnte er ihr die Information geben, die sie und Eddie noch brauchten.

»Mir ist klar, dass ich dich überfallen habe, Onkel Phillip, und dafür entschuldige ich mich, aber ich muss dich etwas fragen. Vielleicht kann deine Antwort Mr Edwards helfen. Dieses Schiff, das Kinch erwähnte ... die *Bonaventure* ... gehört sie Van Houten?«

»Nein, von der habe ich nie etwas gehört.«

»Und eines, das *Nausett* heißt?«

»Ja, die war von uns«, sagte Phillip.

Jo saß auf der Stuhlkante. Sie dachte an die Worte von Jackie Shaw: *Folgt der* Nausett, *dann findet ihr die* Bonaventure. *Gott steh euch bei, wenn ihr sie habt.*

»Die war viel zu kurz bei uns«, fuhr Phillip fort. »Wir haben sie 1871 zurückgekauft, nach Kriegsende. Sie sollte von Sansibar aus fahren, das hat aber nie geklappt. Starkwind hat sie nach dem Kap der Guten Hoffnung während einer Fahrt auf die Felsen getrieben. Sie ist zerschellt. Die meisten von der Crew sind umgekommen, ein paar haben es überlebt.«

Jo war frustriert. Shaw irrt sich, die *Nausett* führt uns nicht zur *Bonaventure*, dachte sie. Sie bemühte sich, ihre Enttäuschung möglichst zu verbergen und versuchte, auf einem anderen Weg mehr herauszubekommen. »Ist etwas dran an den Behauptungen von Kinch? War das Unternehmen jemals in etwas Unrechtes verwickelt?«

»Selbstverständlich nicht, Josephine«, sagte Phillip beleidigt.

»Ist es möglich, dass Kinch Stephen Smith sein könnte?«

»Wie denn? Du weißt doch, dass er mit einem unserer Schiffe, der *Gull*, zu den Seychellen gefahren ist. Er kam nie zurück. Keiner von der Mannschaft ist je wieder aufgetaucht. Die *Gull* wurde nie mehr gesehen. In unserer Branche gibt es viele Risiken. Schiffe gehen ziemlich häufig verloren.«

»Aber könnte er doch überlebt haben? Kinch sprach von Piraten. Könnte ihn ein Piratenschiff gerettet haben?«

»Piraten?«, wiederholte Phillip ungläubig. »Männer mit Ohr-

223

ringen und Augenklappen und Papageien auf den Schultern? Jo, du siehst doch ein, dass diese ganzen Theorien von dir etwas ... nun ja, absurd sind«, fügte er freundlich hinzu. »Falls Smith einen Schiffbruch überlebt haben sollte und irgendwie gerettet wurde, wäre er nach Sansibar zurückgekehrt.«

Jos Überzeugung, dass Kinch Stephen Smith war, geriet wieder ins Wanken. Vielleicht war ihre Theorie wirklich absurd. Zumindest vermittelte ihr Onkel ihr dieses Gefühl.

»Smith hatte in Sansibar eine Wohnung und eigene Sachen«, fuhr Phillip fort. »Und wie du mir gerade gesagt hast, gab es auch die Verlobte in New York, Eleanor Owens, die ihr gemeinsames Kind erwartete. Ich kann mir nicht vorstellen, dass er sie ohne Not aufgegeben hätte.«

»Hatte er Familie?«, fragte Jo.

»Er war geschieden, hatte keine Kinder. In Boston lebte noch seine Mutter. Ich ließ ihr seine Sachen schicken. Und das war dann das Ende.« Phillip sah Jo voller Ruhe an. »Für mich ist der deutlichste Beweis dafür, dass Stephen gestorben ist, dass er in all den Jahren nie etwas von sich hat hören lassen. Weder in Sansibar noch in New York oder irgendwo anders. Er war ein ehrenhafter Mann, einer, der sich seinen Verpflichtungen niemals entzogen hätte, weder gegenüber seinen Partnern noch gegenüber seiner Zukünftigen.«

Sie schwiegen beide, dann sagte Phillip: »Ich muss dir gegenüber ehrlich sein, Josephine. Es fällt mir wirklich schwer zu akzeptieren, was du mir gesagt hast – dass mein Bruder ermordet wurde und auch Richard. Dass ein mysteriöser Mann mit Tätowierungen hinter alldem steckt ...«

Jo schnitt ihm das Wort ab. »Du *musst* es einfach glauben, Onkel Phillip. Dein Leben und das der anderen Partner könnte davon abhängen«, beharrte sie.

Sie dachte, ihn davon überzeugt zu haben, dass Kinch – wer auch immer das war – eine echte Gefahr darstellte, und war bestürzt über ihren Misserfolg.

Phillip hob seine Hände. »Bitte sei nicht verärgert. Ich verspreche, dass ich aufpassen und auch die anderen Eigner vor diesem Mann namens Kinch warnen werde. Doch du musst mir auch etwas versprechen: dass das alles unter uns bleibt. Den anderen werde ich sagen, ich hätte das erfahren. Ich möchte nicht, dass sie denken, du hättest etwas damit zu tun. Das könnte Gerede geben, und ich ...«

»... möchte nicht, dass mein lupenreines Bild getrübt wird«, sagte Jo gereizt. Sogar in einer solchen Lage bedachte ihr Onkel ihre Heiratsaussichten. Das machte sie wütend, doch es rührte sie auch.

»Ja. Genau. Allen Widrigkeiten werde ich auf den Grund gehen, glaub mir das. Doch du musst an die Zukunft denken, Josephine. Was so oder anders war oder nicht war, darf dein zukünftiges Leben nicht beeinträchtigen. Und auch nicht das von Caroline und Robert. Verstehst du das?«

Jo wusste, dass er auf Bram Aldrich anspielte. Sie brachte es nicht übers Herz, ihm zu sagen, dass sie diese Pläne vielleicht schon zerstört hatte. Stattdessen versprach sie ihm, den anderen Eignern nichts zu sagen.

Sie war froh, dass ihr Onkel keine weiteren Fragen zu Oscar Edwards gestellt hatte. Ihre Befürchtung war, er könnte ihre Nachforschungen unterbinden, doch auch das hatte er nicht getan. Alles war gut gegangen. Eigentlich besser als erwartet, und so war sie hochzufrieden. Doch als sie das Gesicht ihres Onkels sah, immer noch bleich und voller Sorgen, krampfte sich ihr das Herz zusammen.

»Alles wird gut, Onkel Phillip«, sagte sie und nahm seine Hand. »Du bist jetzt auf Kinch vorbereitet, falls er dir einen Besuch abstatten sollte. Und Mr Edwards wird herausfinden, wo Kinch sich aufhält, und er wird versuchen, Beweise für seine Taten zu erhalten. Und wenn wir all das beisammenhaben, können wir Gerechtigkeit walten lassen. Für Papa und Mr Scully.«

»Das alles tut mir so leid. Dein Vater. Und Richard. Es ist traurig, dass so schmale Schultern wie die deinen eine derart schwere, kummervolle Last tragen müssen. Das ist zu viel für einen so jungen und zarten Menschen.«

Sein Blick begegnete ihrem. In seinen Augen stand Sorge um sie und noch etwas anderes, das sich schwerer fassen ließ. War es Bedauern? Mitleid?

»Mir geht es wirklich gut, Onkel Phillip, ganz bestimmt«, versicherte Jo.

Dann standen sie auf, und Jo nahm den Arm ihres Onkels. Er bedeckte ihre Hand mit der seinen, zusammen verließen sie den Pavillon und gingen unter den kahlen Ästen zurück zu den anderen Trauernden.

Jo lief die Stufen zum Metropolitan Museum hinauf, sie war aufgeregt, weil sie Eddie treffen wollte.

Sie hatte ihm am Samstagnachmittag geschrieben, nach ihrer Rückkehr von den Scullys, und ihn gebeten, sich am heutigen Montag um zehn Uhr bei der etruskischen Keramik mit ihr zu treffen, damit sie ihm berichten konnte, wie das Gespräch mit ihrem Onkel verlaufen war und er ihr eventuell neue Informationen geben konnte.

Ihre Mutter hatte sie am Morgen ohne weitere Diskussion ins Museum gehen lassen. Der Rat ihres Onkels – ihr mehr Freiheiten zu lassen – war anscheinend auf fruchtbaren Boden gefallen.

»Miss? Bitte, Miss ...«, sagte eine Stimme, als sie die oberste Stufe erreichte.

Es war ein Bettlerjunge. Er stand am Museumseingang. Jo wollte ihm gerade ein paar Münzen geben, als ein Aufseher auf ihn zuging.

»Hau ab, du Straßenratte«, knurrte er.

Der Junge zog ab, und Jo wollte die Tür öffnen.

»Miss Jo, warte!«, rief der Junge.

Jo blieb stehen und drehte sich um. Woher kennt der meinen Namen?, überlegte sie.

»Ich bin's, Tumbler!«, schrie er und tauchte hinter dem wartenden Aufseher wieder auf. Er war hochrot im Gesicht. Er wirkte aufgewühlt.

Sowie er seinen Namen genannt hatte, erkannte ihn Jo. Sie lief zu ihm, legte einen Arm um seine Schultern und ging mit ihm ein Stück, weg von dem Aufpasser. »Was ist denn? Was ist passiert?«

»Fay schickt mich. Heute früh waren wir im Leichenschauhaus, sie und ich. Muttbait war auch dabei ...«

Tumbler redete so schnell, dass Jo ihm kaum folgen konnte. »Langsamer«, sagte sie.

Der Junge holte tief Luft. »So ein Idiot ist von einer Kutsche überfahren worden. Ich und Fay und Muttbait haben so getan, als wären wir seine Familie. Oscar wirft uns normalerweise raus, aber er hatte zu tun und hat uns nicht gesehen, deshalb haben wir die Krawattennadel von dem, der tot ist, und seine Taschenuhr. Aber seine Brieftasche haben wir nicht gekriegt. Deshalb brauchen wir dich.«

Jo war entsetzt. »Ihr braucht mich, damit ich euch helfe, eine Leiche auszurauben?«

»Nein! Hör mal zu, ja? Auf dem Heimweg sind wir an einer Gasse vorbeigekommen, die am Leichenschauhaus vorbeiführt«, fuhr Tumbler fort. »Fay hat von da was Komisches gehört. Sie hat nachgeschaut, was das war, und hat Eddie Gallagher gefunden, der da total zusammengeschlagen auf so einem Haufen gelegen ist.«

Jos Herz setzte aus. Sie packte den Jungen an den Schultern. »Was ist passiert?«

»Er wollte zu Oscar wegen einer Geschichte, ist da aber nie angekommen. Jemand ist in der Gasse hinter ihm her. Er sieht ziemlich übel aus. Wir haben ihn nach Hause gebracht. Er hat Angst, dass der Mann, der ihn verprügelt hat, auch hinter dir her ist.«

»Wer war das?«, fragte Jo.

»Keine Ahnung, Miss. Fay hat mir gesagt, dass ich sagen soll, dass er einen Arzt braucht, und sie kann aber keinen bezahlen, weil sie und ich und Muttbait die Brieftasche von dem, der tot ist, nicht gekriegt haben, und jetzt hat sie kein Geld. Hast du welches, Miss?«

Doch Tumbler bekam weder Geld noch eine Antwort, denn bevor er zu Ende gesprochen hatte, lief Jo schon die Treppen vor dem Museum wieder hinunter und suchte eine Droschke.

50

Jo hatte Angst wie noch nie in ihrem Leben. Ihre ganze Sorge war gewesen, dass Kinch vielleicht ihren Onkel angreifen könnte, und sie hatte nie bedacht, dass er sich vielleicht Eddie vornehmen würde.

Als sie in die Reade Street kam, sah sie vor Eddies Haus Blutspuren auf dem Gehsteig. Auch an der angelehnten Haustür war Blut. Sie lief ins Foyer und die Treppen hoch und klopfte heftig an Eddies Tür.

»Wird aber auch Zeit!«, sagte Fay, als sie die Tür öffnete. »Hier, nimm das mal.« Sie reichte Jo einen blutigen Fetzen. »Ich hole einen Arzt. Er spuckt Blut. Ich habe Muttbait zu Oscar geschickt, aber er ist noch nicht da.« Sie nahm Jacke und Hut, lief aus dem Zimmer und knallte die Tür zu.

Auf dem Boden neben Eddies Bett stand eine Schüssel mit rötlichem Wasser. Jo trat fast hinein, als sie zu Eddie lief. Sie setzte sich auf das Bett und nahm sanft eine seiner blutigen Hände.

Eddies linkes Auge war zugeschwollen. Seine Lippe aufgeplatzt. Seine Nase verschrammt und blutig. Auf seinem ehemals weißen Hemd war noch mehr Blut. Jo konnte nicht erkennen, ob es von seinem Gesicht getropft war oder von Verletzungen am Brustkorb stammte.

Eddie öffnete das unverletzte Auge. »Jo? Gott sei Dank ist dir nichts passiert. Ich hatte Angst um dich.«

»Mir geht's gut«, sagte Jo. Sie hatte keinen Gedanken für sich, nur für ihn. »Blutest du noch woanders als in deinem Gesicht? Fühlt sich irgendetwas so an, als wäre es gebrochen?« Sie tauchte den Fetzen, den Fay ihr gegeben hatte, in die Wasserschüssel, zog ihre Jacke aus und rollte die Ärmel hoch. In der Schule hatte sie Erste-Hilfe-Unterricht gehabt. Jetzt fiel ihr wieder ein, was sie da gelernt hatte.

»Die Rippen vielleicht. Er hat mich zu Boden geworfen und mir ein paar richtig harte Schläge verpasst.«

Jo knotete seine Krawatte auf und nahm sie ab. Sie knöpfte sein Hemd auf und öffnete es.

»Hübsches Pokerface«, keuchte Eddie.

Jo schüttelte den Kopf, sie war zu aufgebracht, um zu sprechen. Sein Brustkorb war ein einziges Muster aus Schrammen und Blutergüssen. Daran, wie seine Rippen sich bewegten, konnte sie erkennen, dass ihm das Atmen Schmerzen bereitete. Das war alles ihre Schuld. Kinch hatte Eddie zusammengeschlagen, weil Eddie ihn verfolgte – auf ihre Bitte hin. Sie blinzelte Tränen weg, nahm die Schüssel vom Boden, ging zum Waschbecken und schüttete das blutige Wasser weg. Sie füllte frisches Wasser nach und drückte den Lappen von Fay darin aus, dann machte sie sich daran, Eddies Wunden zu säubern.

»Das war Kinch, oder?«, fragte sie und versuchte, ganz ruhig zu sprechen.

Bevor er antworten konnte, wurde die Tür aufgerissen, und Fay stolperte wieder ins Zimmer, Oscar Rubin im Schlepptau. Er trug eine große Ledertasche. Ein kleines Mädchen mit narbigem Gesicht folgte ihnen ins Zimmer und schloss hinter ihnen die Tür. Als sie den kleinen Ofen sah, setzte sie sich daneben und wärmte sich die Hände.

»Ich hab ihn und Muttbait in der Reade Street getroffen«, sagte Fay atemlos.

Oscar sah seinen Freund. Er stieß einen leisen Pfiff aus. »Und womit genau hast du dir eine derart gründliche Abreibung eingehandelt?«, fragte er und stellte seine Tasche auf Eddies wackeligen Tisch.

Jo stand auf, damit Oscar sich auf das Bett setzen konnte.

»Das würde ich auch gern wissen«, sagte Fay mit einem Blick voll Sorge und Zorn.

»Nichts«, erwiderte Eddie und sah Jo an. Sie wusste, dass er versuchte, nicht mehr zu sagen, als sie selbst sagen wollte.

»Logisch«, meinte Oscar sarkastisch. Er hatte ein Stethoskop umgehängt, lehnte sich jetzt vor und drückte es auf Eddies Brust. Dabei hielt er einen Finger hoch, damit die anderen still waren. Dann schaute er in Eddies Nase und ließ ihn seinen Mund weit öffnen. Er untersuchte das geschwollene Auge und die anderen Kratzer und

Beulen, dann lehnte er sich zurück. »Die gute Nachricht ist, dass deine Lungen in Ordnung sind. Das Blut, das du hustest, kommt von einem geplatzten Blutgefäß in deiner Nase. Es tropft in deine Kehle und löst da einen Reflex aus. Dein Auge ist nur äußerlich verletzt, und du hast auch noch alle Zähne im Mund. Die schlechte Nachricht ist, dass anscheinend zwei Rippen gebrochen sind, du vielleicht eine Gehirnerschütterung hast und der Riss an deiner Stirn genäht werden muss.«

Er holte eine Flasche Laudanum und ein Schnapsglas aus seiner Tasche. Das Glas füllte er zur Hälfte und gab es Eddie, der es in einem Rutsch austrank.

»Also, was war los?«, hakte Oscar nach, als ihm Eddie das Glas zurückgab.

»Ich wollte zum Met, hatte mir aber überlegt, dass ich auf dem Weg bei dir vorbeischauen könnte«, erklärte Eddie. »Ich wollte sehen, ob es eine interessante Person gab, die auf schreckliche und gewalttätige Art zu Tode gekommen ist.«

»Keine anderen Sensationen heute?«

»Nein.« Eddie hustete. »Ein Mann ging mir nach. Er schubste mich in die Gasse hinter dem Leichenschauhaus und hat mich nach Strich und Faden vermöbelt.«

»Bloß einer? Bist du sicher? Er hat bei dir eine Menge angerichtet.«

»Der war stark. Und schnell. Als ich ausgeholt habe für einen Schwinger, hat er ihn abgewehrt. Ich hab's noch mal probiert, da hat er meine Hand gepackt und die Finger nach hinten gebogen. Er hat mich umgedreht und in den Würgegriff genommen.«

Oscar unterbrach ihn, dann suchte er etwas in seiner Tasche, zog ein sauberes weißes Handtuch aus Leinen heraus und breitete es über den Tisch. »Eine Idee, wer das war?«, fragte er und ordnete säuberlich Bandagen, Jod, Schere, Wattebausch, Nadel und schwarzen Faden auf dem Handtuch an.

Jo erwartete, dass Eddie den Namen Kinch nannte.

»Leider ja. Ich weiß seinen Namen nicht, aber sein Gesicht habe ich erkannt. Ich habe ihn schon mal gesehen«, sagte Eddie. Er wandte

230

sich an Jo. »Das war der Kerl mit der Narbe auf der Wange. Der uns im Met gefolgt ist. Und der Jackie Shaw bei Walsh's aufgescheucht hat.«

Fay, die mit verschränkten Armen im Zimmer stand, fluchte leise. Eddie sah sie an und wollte sie schon etwas fragen, aber Jo kam ihm zuvor.

»Eddie, bist du sicher?«, fragte sie. Ihrer Meinung nach war das zweifelsfrei Kinch gewesen.

»Ganz bestimmt. Ich konnte ihn gut erkennen. Er hat sich über mich gebeugt, als er mit mir fertig war, und sagte, dass das nur eine Warnung war. Er sagte, dieses Mal würde ich mir wünschen, lieber tot zu sein, aber beim nächsten Mal wäre ich sicher tot, wenn ich mich nicht um mein eigenes Zeug kümmere. Er kannte meinen Namen. Er kannte deinen auch, Jo. Er hat ihn genannt. Deshalb habe ich Tumbler zu dir geschickt, damit er dich warnt. Vielleicht waren wir die ganze Zeit hinter dem falschen Mann her. Das Narbengesicht ist vielleicht unser Mörder, nicht Kinch.«

»Euer Mörder?«, wiederholte Oscar und schaute von Eddie zu Jo.

Doch Eddie sagte nichts darauf. Auch Jo nicht. Sie waren zu vertieft in ihr Gespräch.

»Aber woher kennt er unsere Namen?«, fragte Jo.

»Von Jackie Shaw?«, überlegte Eddie. »Vielleicht hat das Narbengesicht Jackie Shaw vor der Kneipe eingeholt. Ihn genauso bearbeitet, wie er mich bearbeitet hat.«

»Aber ich habe Shaw doch einen falschen Namen gesagt, weißt du noch?«

»Stimmt. Hab ich vergessen«, sagte Eddie.

»Wartet mal, du bist nicht Josie Jones? Ein Lehrling?«, warf Oscar ein.

Jo schüttelte den Kopf. Sie bedauerte es, dass sie Oscar einen falschen Namen genannt hatte. Als sie ihm im Leichenschauhaus zum ersten Mal begegnete, wusste sie nicht, ob sie ihm vertrauen konnte; inzwischen war ihr das klar. »Mein richtiger Name ist Josephine Montfort. Ich bin die Tochter von Charles Montfort.«

Oscar pfiff leise. »Das erklärt einiges, aber ich habe das Gefühl, dass mir noch die eine oder andere Information fehlt.« Er blickte von Jo zu Eddie und dann zu Fay. »Wer ist dieses Narbengesicht? Und woher kennt er euch?«

»Eine große Frage«, meinte Eddie.

»Ich wünschte, wir würden das wissen«, sagte Jo.

Fay gab keinen Laut von sich, doch sie schien sich ziemlich unwohl zu fühlen. Eddie sprach es an.

»Fay, du weißt doch irgendwas?«, fragte er und sah sie durchdringend an, doch Fay wich ihm nicht aus.

»Der Tailor darf das nicht mitkriegen. Wenn er herausfindet, dass ich es euch gesagt habe, bin ich tot.« Ihre Stimme war ruhig, doch Angst flackerte in ihren Augen.

»Was denn?«, fragte Eddie.

»Ich weiß, woher das Narbengesicht deinen Namen kennt.« Sie nickte Jo zu. »Und ihren auch. Und ihre ganze verdammte Geschichte.«

»Woher denn?«, fragte Jo.

Fay schaute sie an. Halb mitleidig, halb verächtlich stieß sie hervor: »Ihr habt es ihm gesagt.«

—51—⫷⫷

Voller Wut setzte Eddie sich auf. »So ein Hurensohn!«, schrie er und erschreckte Jo damit.

»Du hast wohl vergessen, wie der Tailor ist, Schreiberling?«, fragte Fay hart. »Der hat mit dir gemacht, was er wollte. Und du hast ihn gelassen.«

»Das Narbengesicht war da, stimmt's? Warum hast du mir denn nichts gesagt, Fay?«

»Was sollte ich denn machen? Das laut herausbrüllen?« Sie riss ihre Jacke herunter und knöpfte ihre Bluse auf. Ihr ganzer Nacken war voller blauer Flecken. »Die sind vom Abend davor, da hab ich nämlich zu wenig mitgebracht. Was, glaubst du, hätte er mit mir gemacht, wenn ich euch das gesagt hätte – noch dazu vor ihm?«

Eddies Wut verflog, stattdessen wurde er traurig. Jo konnte es sehen. Der Anblick von Fays blauen Flecken schien ihn mehr zu schmerzen als seine eigenen Wunden.

»Du bist rausgekommen, Schreiberling. *Du.* Ich nicht«, sagte Fay und knöpfte ihr Hemd wieder zu.

»Es tut mir leid«, erwiderte Eddie sanft.

Jo war erschüttert von den Spuren der Gewalt an Fay, schockiert von Eddies Ausbruch und verstand nichts von dem, was sie redeten. »Kann mir bitte einer von euch sagen, um was es hier geht?«

»Mir auch, bitte, wenn ihr schon dabei seid«, wandte Oscar ein, der seine Hände in Eddies Waschbecken schrubbte.

»Der Mann mit der Narbe im Gesicht war beim Tailor, als wir da waren, Jo. Er hat jedes Wort von dir gehört«, erklärte Eddie.

»Wo war er?«, fragte Jo voller Entsetzen über die Vorstellung, dass sie sich mit einem derart gewalttätigen Menschen in einem Raum aufgehalten hatte. Und auch Fay und die anderen Waisen. Es machte ihr Angst, dass er es geschafft hatte, Eddies und ihren Namen zu erfahren und jetzt auch die Einzelheiten über den Tod ihres Vaters wusste.

»Hinten im Zimmer ist eine Nische mit einem Vorhang abgeteilt«, sagte Fay. »Da schläft der Tailor. Das Narbengesicht war die ganze Zeit dort. Saß auf dem Bett.«

»Wer ist er? Was hat er mit alldem zu tun?«, wollte Jo wissen.

»Ich weiß es nicht«, antwortete Fay. »Der Tailor hat seinen Namen nicht gesagt, und ich hab nicht viel von dem gehört, was sie miteinander geredet haben.« Ihre Lippen verzogen sich zu einem harten Lächeln. »Aber ich habe gesehen, was zwischen ihnen gewechselt wurde, nämlich ein 20-Dollar-Schein. Das Narbengesicht hat dem Tailor gesagt, worauf er aus ist: herauszufinden, was ihr beiden vorhabt. Und der Tailor hat's ihm geliefert. Den Mann hab ich vorher noch nie gesehen, und ich bin schon fast mein ganzes Leben beim Tailor, aber ich hatte den Eindruck, dass sie sich ziemlich gut kannten.«

Oscar kam vom Waschbecken wieder an Eddies Bett, Fay und Jo traten zur Seite.

»Oh, das geht schon so«, sagte Oscar, als er sich wieder auf das Bett setzte und begann, Eddies Wunden zu versorgen. »Ich kümmere mich nur darum, dass das alles sauber ist und du nicht an Wundbrand oder einer Blutvergiftung stirbst.« Er wandte sich an Jo. »Da mich hier niemand aufklären möchte – könntest du wenigstens etwas Wasser heiß machen?«

Jo fühlte sich nicht wohl. Oscar hatte ihnen Informationen gegeben, die sie von niemandem sonst erhalten hätten, und jetzt kümmerte er sich um Eddie. Es war nur recht, ihm alles zu erklären. Sie sah Eddie an und fragte ihn stumm, ob es auch für ihn in Ordnung war.

»Ich vertraue ihm ganz und gar. Auch Fay«, sagte er, als könnte er ihre Gedanken lesen.

»Was ist mit ihr?«, fragte Jo leise und deutete auf Muttbait, die immer noch am Ofen saß.

»Mach dir wegen ihr keine Sorgen«, meinte Fay. »Sie sagt dem Tailor nichts. Der nimmt sie nicht in den Arm, wenn sie nachts schreiend aus ihren Albträumen aufwacht. Immer noch dieselben, Mädchen? Hunde in einer Gasse?«

Muttbait nickte stumm.

Doch Jo zögerte. Sie war es nicht gewöhnt, Geheimnisse zu teilen. In der Schule und auch mit den meisten Freundinnen galt: Je weniger die Leute über dich wissen, desto besser. Klatsch war eine tödliche Waffe, und die Mädchen in ihren Kreisen wussten genau, wie man sie einsetzte.

Fay warf Jo einen vernichtenden Blick zu. »So läuft das also, ja? Eddie ist wegen dir zusammengeschlagen worden. Und wenn der Tailor spitzkriegt, was ich getan habe, geht es mir genauso. Oscar hängt jetzt ebenfalls mit drin. Dabei weiß er nicht einmal, um was es geht. Und du willst es ihm nicht sagen.«

Jo verstand Fays Herausforderung. Sie sollte Vertrauen haben, sich anvertrauen. Allen. Und sie erkannte noch etwas: Genau das wünschte sie selbst so sehr. Sie füllte den Wasserkessel, wie Oscar gebeten hatte, und stellte ihn auf den Ofen. Dann setzte sie sich an den Tisch und erzählte ihre Geschichte – von Anfang bis Ende. Oscar hörte aufmerksam zu, Fay ebenso. Manches war ihnen neu, da sich seit Jos Besuch beim Tailor einiges getan hatte.

»Jetzt wisst ihr Bescheid«, endete Jo. »Es tut mir leid, dass ich dich mit hineingezogen habe, Oscar, und dich auch, Fay, aber ich bin euch beiden für eure Hilfe dankbar.«

Oscar sagte nichts zu alldem. Sein Blick wanderte von Jo zum Fenster, und er runzelte die Stirn.

Jo sah Eddie an. »Ist er böse auf mich?«, fragte sie ängstlich.

»Nein. So sieht er aus, wenn er nachdenkt«, erwiderte Eddie. »Lass ihn nur. Gleich ist er wieder dabei.«

»Ich halte die Augen offen wegen Narbengesicht. Und gebe euch Bescheid, falls ich ihn sehe«, sagte Fay. »Der Tailor lässt uns schon nach Kinch suchen. Narbengesicht will *den* auch haben. Aber anscheinend will Kinch nicht gefunden werden. Der hält sich versteckt. Vielleicht in so einem Flohzirkus von Absteige, wo niemand zu viele Fragen stellt. Bloß gibt's von denen eine Menge in der Stadt.«

Oscar holte plötzlich tief Luft, als wenn er aus einem tiefen Wasser wieder auftauchte. Über die Ränder seiner Brillengläser sah er Eddie an, scharf und sehr konzentriert. »Der ist ein Bulle. Ein Bulle oder einer aus einem Krankenhaus.«

»Wer denn?«, fragte Eddie. »Kinch?«

»Das Narbengesicht.«

»Wie kommst du darauf?«

»Wegen dem Griff, den er bei dir angewendet hat. Als er deine Hand gepackt und die Finger nach hinten gebogen hat. Bullen machen das, um aufsässige Gefangene kleinzukriegen. Und im Bellevue habe ich gesehen, wie Pfleger das mit gewalttätigen Patienten gemacht haben. Wenn ihr ihn finden wollt, sucht mal im Umfeld von Polizeiwachen und Krankenhäusern.«

»Mach ich. Vielen Dank, Oscar«, sagte Eddie.

Oscar zog die Stirn kraus. Er griff Eddie ans Kinn und drehte seinen Kopf. »Das da blutet immer noch.« Er deutete auf den Riss an Eddies Schläfe und zog einen Faden durch seine Nadel, dann rieb er beides mit Alkohol ein.

»Das hört bestimmt gleich wieder auf«, sagte Eddie und schaute nervös auf die Nadel.

»Nein, wird es nicht. Du wirst nichts spüren, du hast Laudanum drin.«

»Nicht genug.«

Jo drehte sich weg, als Oscar die ersten Stiche machte.

»Aua, Oscar!«, schrie Eddie, als die Nadel in seine Haut eindrang.

»Jetzt halt mal die Luft an, du Waschlappen«, sagte Oscar.

Als Oscar fertig war, zog er Eddie das blutgetränkte Hemd aus und reinigte die Wunden mit Seife und dem Wasser, das Jo aufgesetzt hatte. Während er seine Instrumente wieder in die Tasche packte, grummelte sein Magen vernehmlich.

»Klingt ja reizend«, sagte Eddie.

»Die ganz natürliche Folge von Muskelkontraktionen, die Speisebrei durch den Verdauungstrakt befördern.«

»Speisebrei?«, wiederholte Eddie. »Was ist das denn für ein widerliches Zeug?«

»Die flüssige Mischung aus Essen und Verdauungssäften. Das Rumpeln entsteht durch Gas, das mit der wässrigen Mischung durch den Trakt in Richtung Anus gepresst wird. Laut wird's, wenn der Magen leer ist. So wie meiner. Ich habe das Mittagessen verpasst, weil ich hergekommen bin. Was hast du zu essen da?«

»Nichts.«

»Verstehe«, sagte Oscar. »Ich bin dann mal weg. Hab heute Nachmittag zwei Autopsien. Das schaffe ich nicht mit leerem Magen.«

»Und wie schaffst du das mit vollem?«, fragte Eddie.

»Wir müssen auch los«, sagte Fay mit einem scharfen Blick auf Oscar. »Wir müssen noch arbeiten, da wir die schöne dicke Brieftasche, die wir vorhin haben wollten, nicht gekriegt haben.«

»Denkt ihr euch eigentlich gar nichts dabei, wenn ihr Leichen ausraubt?«, fragte Oscar sie.

»Denkst du dir eigentlich gar nichts dabei, wenn du sie aufschneidest?«, fragte Fay ihn.

»Nein, weil sie ja schon tot sind«, entgegnete er.

»Genau«, sagte Fay.

Sie rief Muttbait und tätschelte auf dem Weg zur Tür Eddies Wange. »Pass auf dich auf, Schreiberling.«

Eddie nahm ihre Hand. »Mach ich. Danke, Fay. Wenn du nicht gekommen wärst, würde ich immer noch in der Gasse liegen. Ich schulde dir was.«

»Wohl kaum.« Fay wirkte plötzlich schüchtern. Sie zog ihre Hand fort und lief zur Tür. Dort blieb sie stehen, drehte sich noch einmal um und deutete auf Jo. »Bring ihn bloß nicht um, Jo Montfort. Oder du hast mit mir auch noch eine Rechnung offen, außer mit dem Tailor und dem Narbengesicht und Kinch und noch dem einen oder anderen mörderischen Wahnsinnigen, die schon hinter dir her sind.«

»Von all denen habe ich vor dir am meisten Angst«, sagte Jo.

Fay lächelte. »Das nehme ich mal als Kompliment.« Dann war sie draußen.

»Ich komme heute Abend noch mal vorbei und schau nach dir. Vielleicht bringe ich etwas fürs Abendessen mit«, sagte Oscar und nahm seine Tasche. »Magst du Gulasch?«

»Ich esse alles. Danke, Oscar.«

Jo schloss hinter Oscar die Tür und lehnte sich an sie.

»Jo, in der obersten Schublade in meiner Kommode ist ein altes Hemd«, sagte Eddie. »Würdest du mir das geben, bitte?«

Jo zog die Schublade auf. Ein verschossenes Stehkragenhemd aus grober Baumwolle lag zuoberst auf einem sorgfältig geschichteten Stapel. Darunter waren zwei gebügelte weiße Hemden, wie man sie im Büro trägt. Etwas an dieser kleinen Auswahl an Kleidung zog Jo das Herz zusammen. Als Kind durfte sie oft für ihren Vater sein Hemd aussuchen, während er sich rasierte. Er hatte unzählbar viele Hemden, mehrere Fächer voll. Eddie besaß drei. Nur drei.

»Hast du's gefunden?«

Jo schnellte herum. »Das hier?«, fragte sie und hielt es hoch.

Eddie nickte. Sie stützte ihn, als er sich vorbeugte, half ihm in das Hemd und beim Zuknöpfen, dann lehnte sie ihn wieder in die Kissen. Er schloss die Augen.

»Fay mag dich. Das sehe ich«, sagte er.

»Wirklich? Ich möchte nicht wissen, was sie mit mir macht, wenn sie mich hassen würde.« Sie setzte sich auf eine Ecke des Bettes, damit er genügend Platz hatte.

»Das wirkt nur nach außen so. Sie hat nichts Schlimmes im Sinn.« Er öffnete wieder die Augen.

Jo dachte an die blauen Flecken auf Fays Nacken. »Der Tailor ... schlägt er sie?«

»Er schlägt sie alle, wenn sie nicht genug Beute mitbringen. Mich hat er grün und blau geschlagen.«

Jo zuckte zusammen, als er das sagte. »Mir tut es so leid. Um dich und Fay. Um all diese Kinder.«

»Mir geht's gut. Sorgen muss man sich um Fay machen. Sie ist die Älteste. Sie bekommt die volle Wucht von Tailors Wut zu spüren.«

Jo sah auf ihre Hände. Als Fay sie gewarnt hatte, Eddie nicht umzubringen, war etwas in ihr vorgegangen – eine Art Eifersucht hatte sich breitgemacht.

»Du kennst Fay ja ziemlich gut. Als ihr damals in der Bend gelebt habt, wart ihr euch beide da ... also ... nah?«

»Meinst du, ob wir verliebt waren? Nein, waren wir nicht. Fay ist für mich wie eine Schwester. Wir haben beide den Tailor überlebt. Zumindest bis jetzt. Das verbindet uns.«

Jo nickte erleichtert, aber etwas anderes trieb sie immer noch um. Obwohl sie versuchte, sie zurückzuhalten, kamen ihr doch die Tränen, rollten über ihre Wangen und fielen auf ihre Hände.

»Hey, was ist los?«, fragte Eddie. »Ich sag die Wahrheit über Fay und mich. Ich schwöre es.«

»Das ist es nicht.« Jo hob ihren Kopf. »Das alles ist meine Schuld, Eddie. Ich bin schuld an dem, was dir passiert ist. Wenn ich dich nicht in meine Angelegenheiten hineingezogen hätte, wärst du jetzt nicht hier, so voller Blut und blauer Flecken und ...«

»Hey, warte mal«, unterbrach Eddie sie. »Wenn du mich nicht

in deine Angelegenheiten hineingezogen hättest, wärst *du* jetzt nicht hier. Und das wäre viel schmerzhafter als Oscars dämliche Näherei.«

Jo wischte sich mit dem Handrücken die Wangen ab.

»Es tut weh, wenn ich mich aufsetze. Würde ich sonst. Dann könnte ich dich küssen.«

»Dann muss wohl ich dich küssen.« Ihr Herz schlug heftig angesichts ihrer Dreistigkeit, doch sie beugte sich zu ihm und wollte ihn auf den Mund küssen.

Doch er schüttelte den Kopf. »Nicht da. Zu wund.«

Sie probierte es auf einer Wange, doch die war zerschürft.

»Da auch nicht.«

Über die andere Wange lief eine Blutspur von dem Riss, den Oscar genäht hatte. »Das ist unmöglich!«, sagte sie.

»Ja, stimmt.« In seiner Stimme schwang Trauer mit, und Jo spürte, dass er mehr meinte als nur diesen Kuss.

Sie nahm seine Hand, drehte sie um und küsste die Innenseite. Dann hielt sie sie an ihre Wange, mit geschlossenen Augen, er sollte spüren, was sie empfand und dass es vielleicht doch einen Weg für sie beide gab. Sie mussten ihn nur finden.

»Ja, Eddie?«, flüsterte sie. »Ist es unmöglich?«

Doch Eddie gab ihr keine Antwort.

Seine Augen waren geschlossen, sein Atem ruhig und tief.

Er war eingeschlafen.

—52—

Sanft strich Jo eine Locke aus Eddies Stirn, dann stand sie leise auf. Eddie war erschöpft von der ganzen Anstrengung. Wahrscheinlich hatte er auch Hunger, wenn er aufwachte. Er hatte nichts zu essen da, und Oscar käme erst in ein paar Stunden mit seinem Abendessen. Jo wollte sicher sein, dass alles vorhanden war, was Eddie brauchte.

Als sie durchs Zimmer ging, quietschte eine Bodendiele. Eddie bewegte sich. »Geh nicht weg«, murmelte er.

»Ich kaufe nur ein wenig ein«, antwortete Jo. »Bin gleich wieder da.«

Sie rollte ihre Ärmel wieder hinunter, schlüpfte in ihre Jacke und ging zum ersten Mal in ihrem Leben los, um etwas für einen normalen Haushalt einzukaufen. Sie wusste nicht so recht, wie man das machte, mit den Kaufleuten, aber es gefiel ihr, das kennenzulernen.

In der Reade Street fand sie eine Drogerie, in der sie Seife, Bandagen, Jod und Laudanum kaufen konnte. Am Karren eines Italieners bekam sie Obst und auch gleich einen Weidenkorb, in dem sie ihre Einkäufe transportieren konnte. In einem Laden von Deutschen, der *Delikatessen* hieß, erhielt sie Brot, Käse, Wurst, Kaffee, eine Flasche Milch, Hühnersuppe in einer Blechbüchse – die sie später zurückbringen sollte – und eine dicke Scheibe Butterkuchen.

Als sie in Eddies Zimmer zurückkehrte, schlief er noch. Auf Zehenspitzen packte sie die Sachen aus, stellte die Suppe auf dem Ofen warm, Brot, Kaffee und Kuchen kamen auf den Tisch, die verderblichen Dinge legte sie auf die kühle Fensterbank. Als alles an seinem Platz war, merkte sie, dass auch sie müde war. Die Aufregung über den Überfall auf Eddie hatte sie viel Kraft gekostet.

Ich ruhe mich ein bisschen aus, dachte sie, dann muss ich nach Hause, bevor mich dort jemand vermisst.

Doch es gab nichts, wo sie sich hinlegen konnte – nur das Bett, auf dem schlief aber Eddie, oder den harten Tisch mitten im Zimmer. Am Fußende des Bettes lag ein Kissen, und sie beschloss, sich da auszustrecken.

Sie rollte sich unten am Bett zusammen, ganz vorsichtig, damit Eddie nicht gestört wurde, und kuschelte sich in das Kissen. Dabei sah sie sich in dem kleinen Zimmer um – sah Eddies Mantel und sein Angelzeug an der Tür, seine Schreibmaschine auf dem Tisch und die Bücher, die da lagen.

Wie lebt er eigentlich, in so einem kleinen Zimmer?, überlegte sie. Und wie wäre mein Leben, wenn ich hier mit ihm wäre?

Arm, aufregend, einfach, ein bisschen wie Künstler – all das ging ihr durch den Kopf, doch ein Wort strahlte heller als alle anderen: *glücklich.*

Wir hätten nicht viel, dachte sie, aber wir hätten einander. Er würde dort arbeiten, wo er wollte, bei der *World* oder der *Tribune.* Ich würde auch arbeiten. Er würde mich nie daran hindern, Geschichten zu schreiben – echte Geschichten –, solche über Fabrikmädchen, den Tailor, über Fay. Jeden Morgen würden wir an dem kleinen Tisch frühstücken, und das wäre wunderbar. Und jeden Abend würden wir Arm in Arm einschlafen, in diesem Bett, und auch das wäre wunderbar. Das dachte sie und wurde rot dabei. Sie war *sicher*, dass mit Eddie alles wunderbar wäre. Das Leben wäre romantisch und liebevoll und hätte überhaupt nichts mit den fürchterlichen Spaniels von Grandma zu tun.

Es muss doch einen Weg geben. Wenn Mama einverstanden wäre, ihn kennenzulernen, würde sie sehen, dass er ein guter, ehrlicher, hart arbeitender Mann ist. Wenn sie ihm doch eine Chance gäbe. Aber das wird sie nie tun, dachte Jo.

Auch ihr Onkel nicht. Sie wollten Bram für sie. Ihr wurde klar, dass sie sich zwischen Eddie und ihrer Familie würde entscheiden müssen. Wählte sie den einen, verlor sie das andere. So oder so – es würde ihr das Herz brechen.

»Es ist *wirklich* unmöglich. Ein Traum«, flüsterte sie. »Ein Traum, den ich nie hätte zulassen sollen. Und jetzt muss ich daraus erwachen.«

Sehnsüchtig sah sie den schlafenden Mann an, der so nah bei ihr lag. Dann schloss sie die Augen.

»Wenn ich doch nur wüsste, was ich tun soll.«

53

»Du schnarchst, Miss Montfort.«

Jo öffnete verschlafen ihre Augen.

»Wie ein Hund«, sagte Eddie, der sie ansah.

»Tu ich nicht!«, gab Jo gekränkt zurück. Sie hatte sich doch nur ausruhen wollen, nicht richtig schlafen.

»Wie ein alter Hund. Mit einer starken Erkältung. Sehr hübsch.«

Jo brach in Gelächter aus. »Du solltest wohl kaum darüber urteilen, was hübsch und was nicht hübsch ist, Mr Gallagher. Nicht, solange dir noch das Blut aus der Nase läuft.«

»Oh, wirklich?« Er wischte sich die Nase am Ärmel ab. Rote Flecken.

»Ich hole dir ein Taschentuch.« Jo stand auf, suchte in seinem Schreibtisch und fand eines. Sie gab es ihm und setzte sich wieder. »Wie geht es dir jetzt?«

»Das Laudanum hilft«, antwortete er.

»Ich habe Nachschub mitgebracht. Und auch Suppe, Brot und ein paar andere gute Sachen, damit du durchhältst, bis Oscar mit deinem Abendessen kommt.«

Eddie lächelte. »Das war echt lieb von dir. Vielen Dank«, sagte er und wurde wieder ernst. »Da wir von Oscar sprechen ... Wenn es mir besser geht, werde ich mich in den städtischen Krankenhäusern umhören, wie er das vorgeschlagen hat. Vielleicht kann ich da unseren Mann ausfindig machen.«

»Bitte sei vorsichtig. Versprich mir das.«

»Ich versprech's.«

»Ich will auch einer neuen Spur nachgehen«, sagte Jo. »Beim Einkaufen habe ich darüber nachgedacht.«

»Und was ist das?«

»Ernst & Markham, Schiffsversicherer. Sie halten die Garantien für alle Schiffe von Van Houten und für die meisten anderen Schiffe, die in den Hafen von New York einlaufen oder von dort

242

abfahren. Als ich mit meinem Onkel gesprochen habe, sagte er, dass er über die *Bonaventure* nichts weiß. Und dass sie nicht Van Houten gehörte. Aber vielleicht hat sie Geert Van Houten gehört, dem Mann, der das Unternehmen an meinen Vater und meinen Onkel verkauft hat. Er ist tot, aber Mr Markham könnte das wissen. Ich muss mir nur etwas Gutes einfallen lassen, damit ich ihn besuchen kann.«

»Das klappt schon«, sagte Eddie. »Ich überlege auch, wie ich selbst mal in das Haus der Familie Owens komme. Vielleicht hat Eleanor die Papiere nicht in ihrem Zimmer versteckt, sondern im Keller oder unter dem Dach.«

»Und wie willst du das machen?«, fragte Jo.

»Weiß ich noch nicht so genau«, gab Eddie zu.

Eine Kirchenglocke in der Nähe läutete.

»Was, zwei Uhr?«, rief Jo. »Schon so spät?« Schnell stand sie auf, doch Eddie griff nach ihrer Hand.

»Bleib bei mir, Jo.«

»Ich kann nicht, Eddie. Ich muss nach Hause, bevor mich dort jemand vermisst.«

»Nein. Ich meinte, dass du heute hierbleibst. Und morgen. Und jeden Tag.« Er klang ernst, und auch sein Blick war ernst.

»Wenn ich das mache, lässt mich meine Mutter von der Polizei, wenn nicht sogar von der Armee nach Hause holen«, erwiderte Jo und versuchte, unbeschwert und witzig zu klingen. Sie wollte ihn davon abhalten, sich auf gefährliches Terrain vorzuwagen.

»Jo, das ist kein Scherz. Ich meine es ernst. Ich ...«

»Bitte, Eddie, nicht«, flehte sie voller Furcht, dass er etwas sagen könnte, was sie so sehnlich hoffte zu hören, aber auch wieder auf keinen Fall hören wollte. Wenn er sie drängte, würde sie sich entscheiden müssen, und das konnte sie nicht.

Sie küsste ihn auf die Lippen, obwohl sie wund waren, und versiegelte damit alle weiteren Worte. Mit Worten würde das, was zwischen ihnen war, Wirklichkeit werden. Und in diesem Moment wäre alles vorbei.

»Ich muss los. Ich schreibe dir. Und ich versuche, so bald wie möglich wiederzukommen.« Sie nahm ihre Sachen, küsste ihn ein letztes Mal und ging zur Tür.

»Eddie«, sagte sie, die Hand schon auf dem Türgriff, »du hast versprochen, aufzupassen. Vergiss das nicht.«

»Werd ich nicht.«

»Der Mann mit der Narbe – was ist, wenn er dir noch einmal auflauert?«

»Vor dem hab ich keine Angst.«

»Nach allem, was passiert ist, solltest du das aber«, warnte Jo.

Eddie schüttelte kläglich den Kopf. »Der kann mir nur die Rippen brechen, Jo. Nicht mein Herz.«

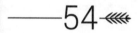

Schreiben an Mr Reginald Markham, Ernst & Markham, Schiffsversicherer, 116 Fulton Street, Brooklyn, von Miss Josephine Montfort

10. November 1890

Sehr geehrter Mr Markham,

gestatten Sie, dass ich mich vorstelle. Mein Name ist Josephine Montfort. Ich bin die Tochter des verstorbenen Charles Montfort. Ich möchte Sie um einen Gefallen bitten. Ich möchte eine Geschichte der Reederei Van Houten schreiben, deshalb würde ich Sie gern in Ihren Geschäftsräumen aufsuchen und Ihnen einige Fragen zu verschiedenen der etwas spezielleren Schiffe des Unternehmens stellen.

Da mit meinem Vater und Richard Scully zwei der Firmeneigner gestorben sind, möchte ich die Geschichte des Unternehmens und die Leistungen seiner Gründer für zukünftige

Generationen bewahren. Ich hoffe sehr, Sie stimmen mir darin
zu, dass das eine passende Würdigung der Verdienste dieser
beiden Männer wäre.

Mit freundlichen Grüßen
Josephine Montfort

Einladung an Miss Josephine Montfort
von Mr Abraham Aldrich

Mr und Mrs Peter Aldrich
beehren sich, Sie zu Ehren von Mrs Cornelius Aldrich III.
anlässlich ihres Geburtstags zu einem Essen einzuladen,
am Samstag, den 15. November 1890, um sieben Uhr abends,
1 East 65th Street.

                                        10. November 1890

Meine liebe Jo,

Deine Mama hat bereits eine Einladung zu Grandmas
Geburtstagsfest bekommen, doch ich sende Dir noch eine eigene.
Bitte komm. Das wird nur eine kleine Sache, die Anstands-
polizei muss also nicht aktiv werden. Frag Deine Mutter. Falls
sie ablehnt, frag Deinen Onkel Phillip. Falls der auch ablehnt,
frag Theakston. Aber komm.

Herzlich
B.

Brief von Miss Edwina Gallagher an Miss Josephine Montfort

11. November 1890

Liebe Jo,

ich habe bei Dir abgekupfert und mich in das Haus der Familie Owens geschwindelt. Vor Baxter, dem Butler, hab ich so getan, als wäre ich ein Inspektor der Gasversorgung. Habe den ganzen Keller durchsucht. Mit Ruß in den Augen und Spinnen im Hemd, aber die Briefe habe ich nicht gefunden. Sie sind sicher gut verwahrt irgendwo unter dem Firmament, aber nicht im Keller.

Brief an Miss Josephine Montfort, 26 Gramercy Square, New York, von Mr Reginald Markham

11. November 1890

Liebe Miss Montfort,

bitte nehmen Sie mein Beileid entgegen. Ihr Vater war nicht nur mein Kunde, sondern auch mein Freund, und ich bin unendlich traurig, ihn verloren zu haben.
Eine Geschichte von Van Houten halte ich für ein überaus lohnendes Projekt, und ich unterstütze Sie sehr gern darin auf jede mögliche Weise. Wäre Ihnen Donnerstag um elf Uhr recht?

Mit herzlichem Gruß
Ihr Reginald Markham

—55—

Brooklyn ist nicht besonders schön, dachte Jo, aber es ist aufregend.

Von ihrem Platz auf dem Oberdeck der Fulton-Street-Fähre sah sie einen Wald aus Schiffsmasten, die in den dunstigen Himmel ragten, und die Gleise der Eisenbahn sowie Güterzüge, Lieferwagen, Bierfässer, Rinderhälften, Teekisten, Fische, Blumen und Möbel.

Sie roch das Salz des Meeres im Wind. Der Duft von schwarzem Pfeffer wehte aus einem Lagerhaus herüber. Teer. Saures Gemüse und Brezeln. Kohlenrauch. Und der scharfe Geruch der Kaffeeröstereien.

Nachdem die Fähre festgemacht hatte, liefen die Passagiere zum Ausgang, sie wollten zügig weiter. Jo ließ sich jedoch Zeit, sie wollte nicht, dass ihre erste Fahrt über den East River schon zu Ende war; wie immer war sie glücklich darüber, mitten im Trubel und nicht ausgeschlossen daraus zu sein.

Sie sollte gar nicht hier sein. Ihre Mutter hätte ihr niemals erlaubt, mit einer Fähre den East River zu überqueren. Sie sollte in der Astor-Bibliothek in Manhattan sitzen. Die hatte sie jedenfalls als Ziel genannt. Und sie war *tatsächlich* dorthin aufgebrochen – Dolan hatte sie gefahren –, doch sobald er weg war, nahm sie sich einen Wagen zur Fähre.

Nur dem Plan, den sie ganz kurz erst ausgeheckt hatte, war es zu verdanken, dass sie überhaupt aus dem Haus durfte: Eine Geschichte von Van Houten wollte sie schreiben. Eine hervorragende Idee, das fand sie selbst, und ihre Mutter hatte sich dem auch angeschlossen, obwohl zuvor doch ein wenig Überzeugungsarbeit nötig war.

»Eine Geschichte von Van Houten?«, meinte sie skeptisch, nachdem Jo ihr die Idee unterbreitet hatte. »Weshalb?«

Jo erklärte ihr, dass sie die Ursprünge der Firma festhalten wollte, bevor die Erinnerung daran verschwunden wäre. Die Erlebnisse ihres Vaters und von Richard Scully waren jetzt mit ihnen verloren. Sie wollte sicherstellen, dass deren Leistungen erhalten blieben.

»Wenn ich diesen Überblick fertiggestellt habe«, erklärte sie, »möchte ich ihn den anderen Eignern und ihren Familien zum Geschenk machen. Doch als Erster soll ihn dann Onkel Phillip erhalten. Er hat so viel für uns getan, seit wir Papa verloren haben. Ich glaube nicht, dass wir ihm jemals angemessen dafür danken können, aber vielleicht ist das ein Anfang.«

Wie erwartet gab ihre Mutter nach. Sie schätzte Phillip über die Maßen und war ihm und Madeleine für ihre große Unterstützung nach dem Tod ihres Gatten unendlich dankbar.

»Nun ja, du hast tatsächlich eine Begabung im Umgang mit Worten«, räumte ihre Mutter ein, »und ich bin sicher, dass sich dein Onkel und die anderen Eigner sehr über ein solches Geschenk freuen würden.«

Jo geriet ganz außer sich vor Freude, wollte dies jedoch nicht zeigen, damit ihre Mutter nicht misstrauisch wurde und ihre Meinung noch änderte.

»Ich werde in jedem Fall auch mit Onkel Phillip und den anderen sprechen«, sagte Jo so beiläufig wie möglich. »Aber ich möchte am Anfang, als Hintergrund, etwas über den Aufstieg von New York als Hafenstadt schreiben. Könnte ich in die Astor-Bibliothek gehen, um dort einiges nachzusehen?«

»Aber da musst du ins Stadtzentrum. Und Katie hat heute frei. Du wärst ganz allein unterwegs«, protestierte ihre Mutter.

»Es ist eine Bibliothek, Mama, kein Saloon«, drängte Jo. »Ich brauche eine Aufgabe. Sonst werde ich noch verrückt.«

Bei dem Wort *verrückt* fiel ein Schatten auf Annas Gesicht. Jo hatte es mit Bedacht gewählt, sie hoffte darauf, dass Phillips Warnung über schwermütige Gedanken, die sensible Gemüter verstören könnten, nicht ohne Wirkung geblieben war. Damit lag sie richtig, denn Anna reagierte sofort.

»In Ordnung. Aber achte darauf, dass du in einem gut beleuchteten Bereich sitzt. Ich möchte nicht, dass du anfängst zu schielen, Josephine, das wäre nicht sehr zuträglich. Dolan bringt dich hin, Punkt vier holt er dich dort wieder ab.«

Vor lauter Glück wollte Jo am liebsten durchs Zimmer tanzen.

Jetzt wäre es zumindest tagsüber etwas leichter für sie, aus dem Haus zu kommen.

Jo verließ die Fähre und suchte in der quirligen Fulton Street nach der richtigen Hausnummer. Es dauerte einige Minuten, bis sie das Gebäude von Ernst & Markham fand. Ein Angestellter begrüßte sie, als sie das Haus betrat und informierte sie dann, dass Mr Reginald Markham zu einer Besprechung ins Büro seines Geschäftspartners gerufen worden war, jedoch jeden Moment wieder zurück sein würde. Bis dahin würde sie sein Enkel, Master Clarence Markham, gern in das Büro im ersten Stock begleiten.

Wie aufs Stichwort tauchte Clarence Markham auch schon auf. Jo schätzte ihn auf fünfundzwanzig Jahre. Dicklich, blond, mit struppigem Schnauzbart sah er aus wie ein Walross.

»Miss Montfort, welche Freude, Sie kennenzulernen«, begrüßte er sie und geleitete sie nach oben ins Büro seines Großvaters. »Mein Beileid zum Tod Ihres Vaters.«

Jo dankte ihm und ließ ihn ihren Mantel auf einen Haken hängen. Dann führte Clarence sie zu einem von zwei Sesseln vor einem großen Schreibtisch aus Walnussholz. Der Angestellte von vorhin brachte Tee, und Clarence setzte sich neben sie.

»Also, Miss Montfort, erzählen Sie mir doch mal ausführlich alles über Ihr kleines Projekt. Vielleicht kann ich Ihnen helfen. Wenn Sie möchten, könnte ich Ihnen das Versicherungswesen erläutern. Es ist ziemlich kompliziert.«

»Das ist sehr nett von Ihnen«, sagte Jo und bemühte sich, ihren Sessel unauffällig etwas nach hinten zu schieben, denn ihre Knie berührten fast die von Clarence. »Doch ich habe sehr darauf gesetzt, Ihren Großvater zu sprechen, da meine Fragen einige Schiffe betreffen, die Van Houten vor etlichen Jahren erworben hat.«

Clarence beugte sich vor und tätschelte ihre Hand. »Sie können mich fragen. Ich habe mit den Policen von Van Houten zu tun und kenne deren Schiffe ziemlich gut.«

Jo ging der aufgeblasene Clarence auf die Nerven, doch offenbar musste sie hier mit ihm aushalten, bis sein Großvater kam. Sie zwang sich zu einem Lächeln, zog ihre Handschuhe aus und nahm einen

Füller und einen Notizblock aus ihrer Handtasche. »Wenn ich mich nicht irre, war das erste Schiff die ...«

»Bevor wir da einsteigen – darf ich Ihnen sagen, wie gut Ihnen Ihr Kleid steht?« Clarence verschlang sie mit den Augen, sein Blick blieb an ihrem Busen hängen.

Jo wurde rot vor Zorn. Sie hatte ihr schönstes schwarzes Tageskleid angezogen und sich sehr sorgfältig frisiert. Jetzt wünschte sie, sie hätte das nicht getan. »Sehr freundlich, Mr Markham«, erwiderte sie und bemühte sich, ihren Unwillen zu verbergen.

»Hier in der Hafengegend hat man nicht oft Anlass, jemanden vom schönen Geschlecht zu bewundern.«

»Wie bedauerlich. Ich glaube, das erste Schiff der Reederei war die ...«

»Versicherungen sind ein sehr fordernder Zuchtmeister, Miss Montfort«, sagte Clarence ernst. »Meine Aufgaben lassen mir wenig Zeit, Freundschaften mit jungen Damen zu pflegen. Ich vermute, Sie haben genau das gegenteilige Problem. Ein so schönes Mädchen wie Sie hat doch sicher viele Verehrer. Sind Sie verlobt?«

Jo war außer sich angesichts dieser indiskreten Frage. »Nein, Mr Markham, bin ich nicht«, sagte sie und wurde dunkelrot im Gesicht. »Die Schiffe von Van Houten ...«

Clarence rutschte noch näher. »Dann darf ich vielleicht auf ein wenig Glück hoffen?«

Jo presste sich tief in ihren Sessel. »Mr Markham, könnten wir jetzt bitte über ein Schiff sprechen. Eines Ihrer Wahl.«

»Selbstverständlich, Miss Montfort«, entgegnete Clarence mit öligem Lächeln. »Wie wäre es mit Ihnen als Wahl?«

Jo erstarrte, war sprachlos. Clarence betatschte wieder ihre Hand. Seine Hand war feucht. Auf seiner Stirn standen Schweißperlen. Sein Fuß berührte ihren Fuß. Und zum Entsetzen von Jo begann er dann, mit seinem Zeh an ihrem Stiefel nach oben zu rutschen.

Jo wusste nicht, wie sie sich verhalten sollte. In ihren Kreisen hätte kein Mann es gewagt, sich so zu benehmen. Hier allerdings war sie ungeschützt. Liebend gern hätte sie Clarence Markham einfach einen Flegel genannt und wäre dann gegangen. Doch sie stellte sich vor, was Eddie sagen würde, wenn sie ihm erzählen müsste, dass sie die Chance gehabt hatte, etwas über die *Nausett* zu erfahren und sie vertan hatte, weil sie sich von einem Fuß auf Abwegen irritieren ließ.

Dafür braucht's immer zwei, dachte sie sich. Sie holte tief Luft, hob ihren Fuß und trat Clarence Markham mit aller Kraft auf die Zehen.

Er jaulte auf und rutschte in seinen Sessel zurück.

»Tut mir leid«, sagte Jo, und es war klar, dass das Gegenteil zutraf. »Irgendetwas ist über meinen Stiefel gerannt. Eine Ratte, könnte sein. Wie soll ich meinem Onkel bloß erklären, dass der junge Markham jetzt meinetwegen humpelt? Er wird wissen wollen, wie das passiert ist, und ich finde es überaus peinlich, wenn ich ihm das berichten muss.«

Clarence Markham wurde blass. »Oh, keine Sorge, Miss Montfort. Ich sehe dazu gar keinen Anlass, das versichere ich Ihnen.« Er schob seinen Sessel ein Stück zurück. »Also, zu den Schiffen …«

Jo lächelte zufrieden. »Ja, Mr Markham, zu den Schiffen …«

—56—⋘

Eine Stunde später standen in Jos Notizbuch die Namen von fünfzehn Schiffen, die Van Houten gehörten, jeweils mit detaillierten Beschreibungen, doch die *Bonaventure* war nicht darunter.

Der Großvater von Clarence traf kurz nach Jos Attacke gegen seinen Enkel ein, der dann auch schnell das Büro verließ. Markham senior war um die siebzig. Er hatte dichtes, graues Haar und breite Koteletten und trug einen Anzug, der vor mindestens zwanzig Jahren einmal modern gewesen war. Er war ein liebenswürdiger, zuvorkommender Herr – das Gegenteil von seinem Enkel – und ziemlich weitschweifig.

Gerade erzählte er Jo ausführlich von der *Emma May*. Dezent sah

Jo immer mal wieder auf ihre Armbanduhr. Van Houten besaß ungefähr hundert Schiffe. Wenn sie ihn nicht ein wenig antrieb, würde sie noch um Mitternacht hier sitzen. Sie nickte, lächelte, machte sich Notizen und überlegte gleichzeitig, wie sie nach dem fragen könnte, was sie wirklich wissen wollte. Sie hatte sich mit ihm verabredet, um irgendetwas über die *Bonaventure* zu erfahren, doch ihr Instinkt riet ihr, umsichtig vorzugehen. Wenn das Schiff in dunkle Geschäfte verwickelt gewesen war und Markham dies wusste, könnte er sich weigern, ihr überhaupt noch etwas zu sagen. Wenn sie nicht fragte, erhielt sie allerdings auch keine Antwort. Sie entschied sich, am besten doch direkt auf das Schiff zu sprechen zu kommen.

»Sie geben mir so unglaublich viele Informationen, herzlichen Dank dafür«, sagte sie, als Mr Markham ihr die Dimensionen der *Emma May* darlegte. »Doch es gibt ein Schiff, das Sie noch gar nicht erwähnt haben, für das ich mich aber besonders interessiere, da einer der Eigner – ich weiß gar nicht mehr, wer – von ihr gesprochen hat. Ich meine die *Bonaventure*.«

Mr Markham verneinte. »Von der habe ich nie gehört. Die hat ganz sicher nicht Van Houten gehört.«

Jo war gleichzeitig erleichtert und enttäuscht. Erleichtert, weil das verdächtige Schiff nicht zur Flotte von Van Houten gehört hatte. Wie konnten die Eigner – wie Kinch behauptete – finstere Dinge getrieben haben, wenn ihnen das Schiff, das die verdächtige Ladung transportiert haben sollte, nicht einmal gehörte? Enttäuscht war sie, weil sie nichts über den tatsächlichen Eigner der *Bonaventure* erfuhr. Weder Bill Hawkins noch ihr Onkel konnten etwas über sie sagen, und diese beiden Männer wussten ziemlich viel über Schiffe. Markham war ihre letzte Hoffnung.

Während Jo sich anhörte, was Mr Markham über die *Peregrine* zu sagen wusste, ein Schiff, das ihr so egal war wie manche andere, blitzte der Hinweis von Shaw in ihrer Erinnerung auf, wie damals, als sie ihren Onkel nach der *Bonaventure* gefragt hatte. *Folgt der* Nausett, *dann findet ihr die* Bonaventure. *Gott steh euch bei, wenn ihr sie habt.*

»Ein wunderbares Schiff, die *Peregrine*«, sagte sie und unterbrach Mr Markham so höflich wie es irgend ging. »Ich möchte gern noch mehr über sie hören, aber vorher ... hm, Mr Markham ... nur mal wegen der alphabetischen Reihenfolge ... Könnten Sie mir vielleicht etwas zur *Nausett* sagen?«

Jo hatte darauf vielleicht eine zurückhaltende Antwort erwartet oder wieder einen Schwung nutzloser Einzelheiten. Mit dem Anflug von Schwermut, der Mr Markham jetzt befiel, hatte sie sicher nicht gerechnet.

»Du meine Güte.« Er lehnte sich in seinem Sessel zurück. »An *dieses* Schiff habe ich ja schon seit Jahren nicht mehr gedacht.«

Jos Puls schlug schneller.

»Die *Nausett* war einer dieser schnellen Baltimore-Klipper«, erklärte Mr Markham.

»Mit diesem Schiffstyp bin ich leider nicht vertraut«, sagte Jo und schrieb eifrig jedes Wort mit.

»Das sind die wenigsten Leute in Ihrem Alter«, erwiderte Mr Markham. »Von diesen Klippern sind nicht mehr sehr viele unterwegs. Sie war ein Sklaventransporter. Vor dem Sezessionskrieg auf Fahrt im Atlantik. Nach dem Verbot des Sklavenhandels hat Van Houten sie für einen guten Preis gekauft. Sie wurde nach Portugal gesegelt, denn da kostet Arbeit nicht viel, und sollte dort für den Gewürzhandel umgebaut werden.«

Als er Portugal erwähnte, setzte sich Jo etwas aufrechter hin. Jackie Shaw hatte ja gesagt, dass die *Bonaventure* ihre Mannschaft und Papiere aus Portugal hatte.

»Phillip sagte mir, dass er die Ketten und Handfesseln entfernen lassen wollte«, fuhr Mr Markham fort, »und auch die Zwischendecks, in denen die Sklaven gehalten wurden.«

Jo erschauerte bei den Worten *Ketten* und *Handfesseln*, sie stellte sich vor, was die armen Menschen an Bord eines solchen Schiffes hatten erleiden müssen.

»Gewürze sind ein einträgliches Geschäft, und so etwas ist immer wichtig, aber eine solche lukrative Fracht war besonders in den wirtschaftlich schwierigen Zeiten nach dem Krieg von Bedeutung«, erklärte Mr Markham. »Die Währung war nicht viel wert, und viele

Unternehmen haben gelitten, besonders die Schiffbauer.« Er hielt inne. »Verstehen Sie diese Begriffe, Miss Montfort? Finanzen, Wirtschaft – das kann für ein weibliches Wesen leicht zu viel sein.«

»Ich werde mich bemühen, Ihnen zu folgen, Mr Markham«, antwortete Jo. Die leichte Ironie in ihrer Bemerkung entging ihm allerdings.

»Recht so. Wo waren wir stehen geblieben?«

»Die wirtschaftlichen Probleme in der Zeit nach dem Bürgerkrieg ...«, antwortete Jo.

»Ja, ja, da haben Sie recht.«

»... die paradoxerweise verursacht waren durch die Inflation, die Entwertung des Silbers als Währungsreserve, durch spekulative Investitionen, den Bankrott von Eisenbahngesellschaften, den Schwarzen Freitag von 1869 – ein Börsenkrach aufgrund von Goldspekulationen – und ein ziemlich großes Handelsdefizit«, fuhr Jo fort.

In ihrer Jahresarbeit über den wirtschaftlichen Wiederaufbau des Südens hatte sie eine Eins plus erhalten.

Mr Markham starrte sie mit halb offenem Mund an. »Ja. So war das. Also, hm, vermutlich wissen Sie ebenfalls, dass Ihre Familie schon seit mehr als hundert Jahren mit Schiffbau, noch viel mehr als mit dem Reedereiwesen, ihr Vermögen gemacht hatte.«

Jo nickte. Ihr Vater zeigte ihr einmal im Westteil der Stadt eine Möbelfabrik, auf deren Gelände sich die erste Werft der Montforts befunden hatte.

»Nach dem Krieg erkannten Ihr Vater und Ihr Onkel das Menetekel, das drohende Unheil. Sie waren jung, aber gewitzt und wussten, dass sie aus dem Schiffbau raus und in den Handel einsteigen mussten«, erläuterte Mr Markham. »Sie haben es gewagt – die Werft verkauft und vom alten Geert Van Houten eine Reederei erworben. Das Unternehmen selbst lag fast ganz danieder, aber die Docks von Van Houten waren weitläufig und nicht ausgelastet – erstklassige Grundstücke am Hafen.«

Jo wusste das alles schon, aber sie unterbrach Mr Markham nicht, da sie befürchtete, ihr könnte sonst vielleicht ein wichtiges Detail über die *Nausett* entgehen.

»Der Verkauf der Werft hat allerdings nicht so viel eingebracht, wie Ihr Vater und Ihr Onkel gern bekommen hätten. Sie brauchten mehr flüssiges Geld, deshalb haben sie weitere Eigner in die Firma aufgenommen. Sie kannten diese Männer und vertrauten ihnen. Gemeinsam haben sie das Unternehmen einigermaßen am Laufen gehalten. Zu guter Letzt fehlte ihnen noch ein potenter Partner, und den haben sie dann gefunden – Stephen Smith hieß er.«

Jos Spannung stieg. Vielleicht erfuhr sie von Markham mehr über Stephen Smith und auch über die *Nausett*.

»Mr Smith ist während seiner Zeit in Sansibar auf See geblieben«, sagte sie.

»Ja. Eine Tragödie. Stephen Smith war eine Bereicherung für Van Houten. Er hatte mehrere Jahre in Indien gelebt und kannte sich im Gewürzhandel hervorragend aus.«

»Ich wäre Ihnen sehr dankbar, wenn Sie ihn mir für meine Arbeit ein wenig genauer schildern könnten«, bat Jo. Mr Markham sollte unbedingt noch mehr über Stephen Smith sagen. »Kannten Sie ihn?«

»Nur durch seinen Ruf bei anderen. Ich hörte, dass er ein ehrlicher Geschäftsmann sei, aber er kam ursprünglich aus Boston und war geschieden – das wird heute schon kaum akzeptiert und erst recht nicht vor zwanzig Jahren. Ich bezweifle, dass Charles und Phillip ihn in besseren Zeiten in ihr Konsortium aufgenommen hätten, aber sie brauchten Finanzmittel, und meiner Überzeugung nach war es das Geld von Smith, das der Firma den Kauf der *Nausett* ermöglicht hat. Ihr Verlust war ein schwerer Schlag für die Firma, aber sie war Gott sei Dank versichert.«

Jos Hoffnungen begannen zu verfliegen. Eine Frage wollte sie noch anbringen und suchte jetzt nach einem Einstieg. »Wissen Sie, ob Van Houten jemals einen Mr Kinch als ... Kapitän auf der *Nausett* fahren ließ? Oder auf einem anderen Schiff?«

Mr Markham schüttelte den Kopf. »Dieser Name sagt mir gar nichts. Allerdings kenne ich nicht die Namen von allen Angestellten der Firma. Also, was die *Peregrine* betrifft ...«

Entmutigt sah Jo ein, dass sie wieder vor eine Wand gelaufen war.

Ihr ganzer Ausflug nach Brooklyn hatte ihr nichts gebracht, Markham hatte ihr weder etwas über die *Bonaventure* sagen können noch etwas Interessantes über die *Nausett*, Stephen Smith oder Kinch. Sie biss die Zähne zusammen, während er weiter und weiter sprach, und überlegte, wie sie sich elegant verabschieden könnte, als mit einem Mal die Wanduhr schlug – es war halb eins.

»Oje! Ist es schon so spät? Ich befürchte, ich muss unser erfreuliches Zusammentreffen abbrechen, Mr Markham. Meine Mutter erwartet mich um halb zwei wieder zu Hause.«

Mr Markham zog seine buschigen Augenbrauen hoch. »Aber ich bin noch gar nicht fertig mit dem, was ich Ihnen über die anderen Schiffe von Van Houten sagen wollte!«, protestierte er.

»Ich würde das alles unglaublich gern erfahren«, schwindelte Jo. »Darf ich ein anderes Mal wiederkommen, wenn es Ihnen keine Umstände macht?«

»Selbstverständlich, Miss Montfort«, sagte Mr Markham freundlich. »Es wäre mir ein Vergnügen.«

Jo erhob sich. Mr Markham brachte ihren Mantel. »Soll ich Clarence rufen, damit er Sie hinunterbegleitet?«, fragte er. »Er würde sich bestimmt gern von Ihnen verabschieden.«

»Ich glaube auch, dass er das gern möchte«, entgegnete Jo, ohne zu überlegen. »Ich … ich meine damit, dass ich mich gern verabschieden würde«, sagte sie verlegen. »Von ihm verabschieden. Aber ich muss zur Fähre. Jetzt sofort. Sonst komme ich zu spät zu meiner … Klavierstunde. Auf Wiedersehen, Mr Markham.«

Schnell verließ sie das Gebäude. Ihr Elan war dahin. Die *Nausett* führte doch nicht zur *Bonaventure*, sondern direkt zum Meeresgrund. Sie wollte Eddie gleich von zu Hause aus schreiben, dass sie nichts herausbekommen hatte. Mit einem tiefen Seufzer fragte sie sich, was er als Nächstes tun würde.

Während sie durch die Fulton Street zu den Kais ging, hatte sie plötzlich das unangenehme Gefühl, dass jemand sie beobachtete. Irritiert drehte sie sich schnell um. Viele der Menschen gingen wie sie zur Fähre, andere waren auf dem Weg zum Mittagessen. Sie sah in die Gesichter derjenigen, die an ihr vorbeiliefen, und rechnete damit, den furchteinflößenden Mann mit der Narbe auf der Wange zu entdecken, aber er war nicht da.

»Du spinnst«, sagte sie sich, doch ihre Unruhe legte sich nicht. Sie beeilte sich, zu den Kais zu kommen.

57

»Oh, Mist«, sagte Jo, als sie sah, dass die Fähre gerade ablegte.

Sie stand hinter der hölzernen Absperrung am Kai und musste jetzt warten, bis die Passagiere in Manhattan an Land gegangen waren und das Boot dann wieder zurückkam. Sie fühlte sich noch immer unwohl und war nicht erpicht darauf, eine gute Stunde in der geschäftigen Hafengegend zu verbringen.

»Fähre weg ohne Sie, Miss?«, rief eine freundliche Stimme zu ihr hinauf.

Auf dem Deck einer kleinen Barkasse stand eine untersetzte Frau und lächelte sie an. Das Boot war direkt neben dem Landungssteg der Fähre festgemacht. Die Frau hatte ein wettergegerbtes Gesicht, ihre Ärmel hochgerollt und wischte sich gerade die Hände an einem Handtuch ab.

»Ja, sieht so aus!«, rief Jo ihr zu.

»Wir könnten Sie mitnehmen, mein Mann und ich. Wir müssen ein paar Säcke zum Peck Slip bringen. Da lassen wir Sie raus. Kommen Sie runter zu uns. Die Kais sind nicht der richtige Ort für eine junge Dame. Ich bin Mrs Rudge.«

»Vielen Dank!« Jo war erleichtert. In dem Moment, als sie schon zu der Barkasse hinuntersteigen wollte, fühlte sie eine feste Hand auf ihrem Arm.

»Nicht«, sagte eine Stimme.

Überrascht drehte Jo sich um und sah eine junge Frau. Sie hatte rotes Haar, trug einen modischen Hut und ein karamellfarbenes

Kostüm – wie die junge Gattin eines erfolgreichen Kaufmanns hier am Hafen.

»Fay?«

»Fahr nicht mit ihr«, sagte Fay und ließ Jos Arm immer noch nicht los.

Jo schaute wieder zu der Barkasse. Das Lächeln der freundlichen Frau war wie weggeblasen. »Lass sie los, Fairy Fay. Du hast auf dieser Seite vom Fluss nichts zu suchen.«

»Zieh ab, Wilma«, sagte Fay.

»Das wird dir noch leidtun, Mädchen«, fauchte Mrs Rudge. Sie kletterte über die Wand der Barkasse auf den Kai.

Wie von Zauberhand erschien zwischen Fays Fingern eine Rasierklinge. Fay schob Jo hinter sich. »Na, dann komm mal her, Wilma.« Sie klemmte die Klinge zwischen Daumen und Zeigefinger. »Wir wollen doch mal sehen, ob deine hässliche Fratze ohne Nase besser aussieht.«

Mrs Rudge blieb sofort stehen. »Hank!«, brüllte sie und starrte Fay hasserfüllt an. »Komm mal rauf! Sofort!«

»Was ist los, Frau?«, bellte eine Stimme unter Deck.

Fay wartete nicht, bis Wilma ihm das geschildert hatte. Sie packte Jos Arm und lief mit ihr in die Fulton Street zurück.

»Wo gehen wir hin?«, fragte Jo atemlos und ziemlich verunsichert, so Arm in Arm mit einem Mädchen unterwegs zu sein, das sie vor Kurzem noch ausgeraubt hatte.

»Nach Manhattan«, sagte Fay und lief eilig weiter.

»Aber die Kais sind in der Richtung!«, widersetzte sich Jo und deutete nach hinten.

»Das weiß ich doch. Wir umgehen die.« Sie blickte zum Hafen zurück. »Ich hoffe mal, dass Wilma uns nicht gefolgt ist. Dann kommst nicht nur du, sondern ich auch mit dem Leben davon.«

»Mit *dem Leben* davon? Fay, wovon sprichst du? Ich habe die Fähre verpasst, und Mrs Rudge hat mir angeboten, mich mitzunehmen.«

Fay feixte. »Glaub ich gern. Der Geschäftszweig von Wilma und Henry Rudge besteht darin, nichts ahnende Menschen auf ihr Boot zu locken. Sie warten, bis sie draußen auf dem Fluss sind, weit genug weg von anderen Booten. Dann rauben sie ihre Passagiere aus und werfen sie ins Wasser. Die meisten schaffen es zurück ans Ufer. Aber nicht alle.«

Jo war schockiert. Da sie schwimmen konnte, hätte sie eine solche Attacke vermutlich überlebt – aber vielleicht auch nicht. Im Sommer in einem geschützten Bereich in Newport zu schwimmen war das eine, mit Kleid und Mantel an einem kalten Herbsttag durch die starken Strömungen des Flusses wieder ans Ufer zu kommen etwas ganz anderes.

»Vielen Dank«, sagte sie herzlich. Fay hatte ihr vermutlich das Leben gerettet.

Fay wedelte mit der Hand. »Lauf weiter. Wir haben's noch nicht hinter uns.«

»Aber wie kommen die damit durch? Geht niemand von den Überlebenden zur Polizei?«, fragte Jo im Laufschritt neben Fay.

»Manchmal schon. Aber es steht immer Aussage gegen Aussage«, erklärte Fay. »Mitten im East River gibt's nicht viele Zeugen. Und Wilma entsorgt sofort alles Beweismaterial, und wenn die Polizei dann kommt, findet sie nichts.«

»Ich bin froh, dass du gerade in der Fulton Street warst. Ich hatte das Gefühl, dass mich jemand beobachtet. Warst du das?«

Fay nickte. »Ich hab gesehen, wie du aus einem Haus kamst und ziemlich durcheinander warst. Jemand anderes hat dich auch gesehen. Ein Taschendieb, ich kenne ihn vom Sehen, weiß aber nicht, wie er heißt. Ich bin dir nach, damit er dir nicht zu nahe kommt.«

»Wieso bist du so weit weg von der Bend?«, fragte Jo.

»Momentan ist der Boden für mich in Manhattan ein bisschen zu heiß geworden. Vor ein paar Tagen haben sie mich geschnappt. Eine Nacht in der Zelle. Der Bulle, der mich reingebracht hat, hat gesagt, beim nächsten Mal käme ich in den Knast, nicht mehr nur auf die Wache.«

Während Fay sprach, fiel Jo unter ihrem Gesichtspuder ein verblasster Kratzer auf. »Was ist da passiert?«

Fay zuckte mit den Schultern. »Berufsrisiko.«

»Das bedeutet was?«, fragte Jo. Dann begriff sie. »Die Polizei?«

»Nein, der, dem ich was geklaut hatte«, antwortete Fay. »Die Polizei ist nicht so blöd und schlägt jemandem ins Gesicht. Die gehen auf den Bauch los, da bleiben keine sichtbaren Spuren. Aber der blöde Bulle hat meine Arme festgehalten.«

»Wieso?«

»Der andere hatte Schiss, mich direkt anzugreifen.«

Jo blieb stehen. »Wie? Zwei *Männer* gegen ein Mädchen?«

»Ich bin mir nicht sicher, ob ich die als Männer bezeichnen würde«, erwiderte Fay und scheuchte sie weiter.

»Aber das müssen wir doch melden«, sagte Jo wütend.

»Klasse Idee«, entgegnete Fay sarkastisch. »Komm, wir gehen zur Polizei.«

Jo begriff, mit welchen Schwierigkeiten Fay sich herumschlagen musste. Der Tailor verprügelte sie, wenn sie nicht genügend für ihn stahl, und die Polizei verprügelte sie, wenn sie genau das tat. »Wenn ich doch etwas für dich tun könnte. Es tut mir so leid, dass dir das passiert ist«, sagte Jo und fühlte sich ziemlich unbehaglich angesichts ihres bequemen Lebens im Vergleich zu dem von Fay.

Fay lächelte finster. »Nicht so sehr, wie es diesem Typen leidtun wird. Ich weiß, wo er wohnt. Auf der Wache habe ich gehört, wie der Sergeant ihn nach Name und Adresse gefragt hat.«

Sie hielt immer noch die Rasierklinge in der Hand, mit der sie Wilma Rudge in Schach gehalten hatte. Vor Jos Augen legte sie sie jetzt auf ihre Zunge und presste sie in ihre Mundhöhle.

»Lass das! Du wirst dich verletzen!«

»Nicht, wenn man's richtig macht. Du musst eine mit nur einer Klinge nehmen. Und ziemlich stark biegen. Willst du's ausprobieren?«

Jo verneinte.

»Mit dir ist es hoffnungslos, oder? Mir scheint, du kannst überhaupt nichts«, sagte Fay. »Wenn du noch mal in die Mulberry Bend oder zu den Docks gehen willst, solltest du dich wenigstens selbst verteidigen können. Oder die Wilma Rudges dieser Welt machen Fischfutter aus dir.«

Jo fand die Vorstellung, dass sie sich selbst schützen konnte, ziemlich gut.

»Kannst du mir etwas zeigen?«, fragte sie. »Bloß ohne Rasierklingen, bitte.«

Fay nickte wieder. »Ein paar Grundlagen kann ich dir beibringen. Aber nicht hier. Oben auf der Brücke. Da ist es ruhiger.«

»Auf der Brücke?«, wiederholte Jo.

»Ja. Also das ist dieses Riesending über uns, ja?« Fay deutete nach oben zur Brooklyn Bridge.

»Ja, klar, die Brücke. Gehen wir da zu Fuß drüber?«

»Wie denn sonst? Kannst du fliegen?« Fay sah sie skeptisch an. »Du kommst nicht sehr viel raus, oder?«

»Über die Brooklyn Bridge bin ich noch nie gegangen, aber ich wollte das immer schon. Papa hat gesagt, für junge Damen ist es nicht sicher, wenn sie da unterwegs sind. Wie aufregend!« Jo hatte ihr knappes Entkommen von Wilma Rudge schon fast vergessen. Gleich würde sie die Stadt von ganz weit oben sehen können!

Jetzt blieb Fay auf einmal stehen. »Was ist denn an so einem langen Weg über eine langweilige alte Brücke aufregend? Jo Montfort, bitte erklär mir mal: Haben alle reichen Leute einen Vogel?«

»Für mich ist alles aufregend, wo ich allein hingehen kann«, antwortete Jo und blickte zu den himmelhoch ausgreifenden, eleganten Bögen der Brücke hoch.

Einen Augenblick lang vergaß sie, dass sie, eine vornehme junge Dame der besseren Gesellschaft, mit einer hinterhältigen, gefährlichen Taschendiebin unterwegs war. Einen Augenblick lang waren sie einfach zwei abenteuerlustige junge Mädchen.

»Du hast doch gesagt, wir sollten uns beeilen. Also los, Fay!«

Fay lachte, als Jo sie fortzog. Ein langes, rostiges Lachen. Als ob sie vergessen hätte, wie das geht.

Oder es nie gelernt hätte.

58

»Okay, jetzt ziehen wir mal ein kleines Ding durch: das hübsche Mädchen. Du bist ein großer, dicker Mann, der gerade ein Fünf-Gänge-Menü in Rector's Hummer-Palast hinter sich gebracht hat und auf dem Weg in die Oper ist, weil er da die Sopranistin anglotzen will«, sagte Fay.

Kichernd sprang Jo von der Bank auf der Aussichtsplattform, die im Turm auf der Manhattan zugewandten Seite eingebaut war, und stapfte herum wie ein Bär. Niemand beachtete sie. Außer ihr und Fay waren nur wenige Leute hier, die meisten bestaunten die Freiheitsstatue.

»Sehr gut.« Mit räuberischem Blick und katzenhaften Bewegungen begann Fay, Jo zu umkreisen. »So. In einer Hand hast du eine Zigarre, den Mantel in der anderen. Dein Kummerbund sitzt zu eng, du bist etwas blau von zu viel Brandy, und sauer bist du auch, weil du das Tanzmädchen, das du zu Rector's mitgenommen hattest, nicht mal richtig betatschen durftest.«

»Fay!«, rief Jo schockiert.

»Bleib in deiner Rolle!«, schimpfte Fay. »Jetzt komme ich. Ich bin so angezogen, dass ich nicht auffalle. Ich tu nichts, sage nichts und habe nichts an mir, was mich irgendwie heraushebt.« Während sie noch sprach, stieß sie Jo an und ließ ihre Geldbörse fallen. Jo bückte sich und gab sie ihr.

»Jetzt kommt das kleine Einmaleins der Taschendiebin für solche Situationen. Erstens: der Flirt.« Sie lächelte verführerisch, klimperte mit den Wimpern und bedankte sich bei Jo. »Zweitens: Schöntun.« Anmutig legte sie Jo eine Hand auf den Arm. »Oh, wie galant von Ihnen, Sir, mir meine Geldbörse aufzuheben«, umschmeichelte sie Jo in den süßesten Tönen. »Und drittens: Geschicktheit.« Fay trat zurück und hielt Jos Taschenuhr hoch.

»Ich hab's nicht mal gespürt!«, rief Jo und applaudierte. »Zeig mir das doch!«

Fay grinste und freute sich über Jos Lob. »Uhren ziehen ist schwer. Wir fangen lieber mit etwas Leichterem an. In meiner Rocktasche habe ich eine kleine Geldbörse. Versuch mal, die zu kriegen.« Fay drehte sich mit dem Rücken zu Jo.

Jo schlich auf Zehenspitzen zu Fay hin, sprang sie dann an und schob eine Hand tief in ihre rechte Tasche.

Fay drehte sich wieder um und schüttelte den Kopf. »Willst du was aus meiner Tasche oder mir das Hemd über den Kopf ziehen?«, fragte sie.

»Entschuldigung«, sagte Jo kleinlaut.

»Probier's noch mal. Nimm nur den Zeigefinger und den Mittelfinger, nicht die ganze Hand. Du musst ganz leicht und schnell sein.«

Jo versuchte es noch ein paarmal, zielte auf Fays rechte Tasche, doch Fay ging langsam im Kreis umher und Jo erwischte sie einfach nicht. Endlich versank ihre Hand doch in den Falten von Fays Rock, und ihre Finger krallten sich fest um etwas. »Ha!«, rief sie und grinste, doch ihr Triumph währte nur kurz.

»Du liebe Güte!«, schrie sie, als sie erkannte, dass sie anstatt einer Geldbörse einen kleinen silbernen Revolver in der Hand hielt.

»Oh, falsche Tasche.«

»Das meine ich aber auch.«

»Steck's zurück und dann noch mal«, schlug Fay vor.

»Trau ich mich nicht. Was hast du da sonst noch drin? Eine Machete?«, fragte Jo vorwurfsvoll.

»Sei nicht so dumm.«

Beim nächsten Versuch erwischte Jo etwas Weiches. Das muss es sein, dachte sie. Doch als sie ihren Fund herauszog, war es wieder nicht die Geldbörse, sondern ein kleines Stoffpüppchen in einem ausgefransten Kattunkleid. Das Garn, aus dem seine Haare gemacht waren, war einmal gelb, inzwischen jedoch schmutzig braun. Rote Stiche zeichneten den lächelnden Mund, kleine blaue Knöpfe waren die Augen. Das Spielzeug eines kleinen Kindes, und Jo fand es komisch, dass ein Mädchen wie Fay so etwas dabeihatte.

»Mein Glücksbringer«, erklärte Fay. Sie setzte sich auf die Bank.

263

»Ich brauche eine Pause. Bin völlig fertig. Und durstig. Leuten wie dir etwas beizubringen, das ist harte Arbeit.«

Seit ungefähr einer Stunde waren sie bei der Aussichtsplattform, und die ganze Zeit hatte Fay Jo sowohl Übungen zur Selbstverteidigung gezeigt wie auch Unterricht im Stehlen gegeben. Jo hatte gelernt, wie sie einem Mann einen Stoß auf den Adamsapfel verpassen konnte und wie sie ihm das Knie in den Unterleib rammte, wenn er vor ihr stand, oder ins Gesicht, wenn er sich bückte.

Fay zog einen schmalen silbernen Flakon und ein passendes Zigarettenetui aus ihrem Rock. Sie gab Jo die Flasche, doch Jo sah Fay fragend an.

»Los, trink schon, ist bloß Gin.«

Jo setzte sich neben sie, nahm einen Schluck, hustete. »Das Zeug ist ja fast so schlimm wie Eddies Whiskey.« Sie wischte sich die Lippen ab.

»Je mehr du trinkst, desto besser schmeckt's«, sagte Fay und bedeutete Jo, sie sollte noch einmal trinken.

Und Jo trank. Und noch einmal. Dann gab sie Fay die Flasche zurück. Der Alkohol durchströmte warm ihren Brustkorb. Seine Wärme breitete sich in ihrem Körper aus, machte sie träge und weich. Ihr gefiel dieses Gefühl.

Fay zog die Rasierklinge aus dem Mund und legte sie sorgfältig auf die Armlehne der Bank. Sie nahm einen Schluck aus der Flasche, verschloss sie wieder und zündete sich eine Zigarette an. Nach einigen tiefen Zügen reichte sie sie an Jo weiter. Jo zog daran und brach in höllisches Gehuste aus.

»Und das soll Spaß machen?«, krächzte sie, als sie wieder sprechen konnte.

»Wenn man daran gewöhnt ist, ist es ganz erträglich«, entgegnete Fay. »Wie die meisten Sachen.«

Jo bemerkte, dass sie immer noch Fays Puppe in der Hand hielt. »Sehr stark ist dieser Glücksbringer aber nicht, wenn man bedenkt, dass du vor ein paar Tagen von der Polizei geschnappt wurdest.« Sie gab Fay das Püppchen zurück.

»Da hast du wahrscheinlich recht.« Fay steckte es ein. »Der

Tailor sagt, er hat es für mich gemacht, als ich klein war. Damit ich still bin. Er sagt, anfangs hätte ich die ganze Zeit geheult.«

Jo erinnerte sich, dass der Tailor Fay angeblich verlassen in einem Treppenhaus gefunden hatte. »Weißt du noch etwas von deinem Leben vor dem Tailor?«, fragte sie neugierig.

»Gar nichts. Ich kann mich an kein Gesicht erinnern, an keine Stimme. Nicht an den Ort, wo ich gefunden wurde. Nichts. Nicht einmal meinen eigenen Namen weiß ich noch, also den richtigen. Ich kenne nur den Tailor. Er ist Scheiße, aber ich verdanke ihm alles. Er hat mich die ganzen Jahre über durchgebracht. Hat mich gekleidet. Hat mir ein Dach über dem Kopf gegeben. Das ist mehr als viele Kinder in der Bend haben. Mehr als Eddie und Tommy und Eileen hatten.«

Jo konnte sich nichts Schlimmeres vorstellen, als mit dem Tailor zu leben. »Eddie hat mir ein wenig aus seinem Leben erzählt. Das klang nach einer harten Kindheit.«

Fay nickte, ihr Blick war jetzt stahlhart. »Hart – das stimmt. Seine Mutter hat an den Küchen von Restaurants um Reste gebettelt – Knochen, Maiskolben, Kartoffelschalen – und daraus eine Brühe gekocht. Manchmal gab es nur eine oder zwei Tassen solche Brühe pro Tag.«

Jos ging es sehr zu Herzen, dass Eddies Mutter um Essen für ihre Kinder hatte betteln müssen und dass Eddie und seine Geschwister gehungert hatten. »Wie war er, als er klein war?«

Fay lachte. »Ein verdammt guter Dieb. Hart im Nehmen, rücksichtslos. Wie wir alle. So musst du sein, wenn du die Bend überleben willst. Und den Tailor.« Fay zog kurz an ihrer Zigarette. »Er hat dich wahnsinnig gern. Ich weiß das. Und du magst ihn doch auch, oder?«

Jo wurde rot. Fay stupste sie mit dem Ellbogen an. Scharfsinnig wie sie war, fixierte sie Jo mit ihren Augen, und Jo war außerstande, sich diesem Blick und ihrer Frage zu entziehen.

»Ja«, sagte sie schließlich, »tu ich.«

»Das ist verrückt«, meinte Fay. »Kann mir eigentlich nicht vorstellen, wie das gehen soll. Wenn er er ist und du bist, was du bist.«

»Ich ja auch nicht«, erwiderte Jo traurig.

»Auf den Klatschseiten steht dauernd, dass Bram Aldrich dein Hauptverehrer ist.«

»Du liest das?« Jo fand es eigenartig, dass Fay im Schlupfwinkel vom Tailor die Nachrichten über Bälle, Opern und Theaterstücke studierte.

»Natürlich. Ich hol's mir von den Reichen, verstehst du? Ich muss wissen, wo die sich aufhalten. Wie auch immer. Stimmt das? Bist du die Liebste von Bram?«

Jo schüttelte den Kopf. »Ich glaube nicht. Nicht mehr. Ich habe eine starke Konkurrentin, und ich glaube, sie wird gewinnen.«

»Du könntest immer mit Eddie abhauen«, schlug Fay vor. Sie lehnte sich zurück, während sie sprach, streckte ihre Beine aus und kreuzte die Füße. Jetzt schaute sie direkt auf das Herz des New Yorker Hafens und zog an ihrer Zigarette.

Auch Jo lehnte sich zurück und streckte die Beine aus. Sie fühlte sich unbeobachtet und offen, ganz anders als sonst. Das ist der Gin, dachte sie. Sie griff nach Fays Zigarette, zog daran und blies langsam den Rauch aus.

»Die Wahrheit ist, dass ich mir manchmal wünsche, ich könnte ihn heiraten – mehr als alles andere –, und manchmal wäre es mir lieber, ich wäre ihm nie begegnet«, sagte sie nachdenklich und sah in den blauen Himmel. »Ich wünsche mir dann, dass ich damals nicht zum *Standard* gegangen wäre und ihn nie zufällig hätte reden hören. So habe ich nämlich das mit meinem Vater herausgefunden. Seit diesem Tag mache ich Dinge, die ich mir niemals hätte vorstellen können. Und die meisten sind nicht besonders toll. Ich gerate immer mehr aus meiner Welt hinaus, immer weiter weg von allem und von den Menschen, die ich kenne. Das macht mir Angst, Fay. Angst, dass ich eines Tages zu weit gehe und meinen Weg zurück nicht mehr finde.«

Fay war still. Jo sah sie von der Seite an. »Sag du mir doch, dass alles in Ordnung ist. Dass es mir gut gehen wird. Dass alles gut ausgeht.«

Fay verzog das Gesicht. »Das gibt's nur in Geschichten.« Sie nahm ihre Zigarette, zog ein paarmal daran. »Welchen würdest du nehmen, wenn alle beide sagen würden, gleichzeitig, dass sie dich heiraten wollen, und du müsstest dich entscheiden?«

»Aber genau das kann ich nicht«, sagte Jo verzweifelt.

»Und wenn du es könntest?«

Jo wollte auf diese Frage nicht antworten. Fay kam ihr sehr nahe. Zu nah.

»Ach, das weiß ich nicht«, entgegnete Jo nach einer Weile. »Sag du doch mal. Welchen soll ich nehmen? Was ist besser – Sicherheit oder Liebe?«

Fay antwortete nicht direkt. Sie starrte eine Zeit lang auf den East River, dann sagte sie mit einer Stimme voll rauer Sehnsucht: »Das ist das Beste, Jo. Vor dir liegt die Stadt, glitzernd wie ein Sack Diamanten. Gehört alles dir. Etwas zu trinken, etwas zu rauchen und niemand, zu dem du nett sein musst, außer zu dir selbst. Freiheit. Das ist meine Antwort. Die Freiheit, dass du dir selbst am wertvollsten bist.«

Ohne Vorwarnung fing Jo zu weinen an. Keine von ihnen konnte sich ihre Zukunft frei wählen, das war wahr – doch Jo wusste, dass ihr Leben als Ehefrau von Bram oder von irgendeinem anderen der reichen Jungs der Stadt im Vergleich zu Fays Aussichten das reinste Paradies bedeutete.

Sie nahm Fays Hand. »Du gehst nicht zu Madame Esther. Ich lass dich nicht. Lass dich einfach nicht.«

»So schlimm wird das schon nicht werden«, sagte Fay tapfer. »Zumindest bin ich bei Esther dann weg von der Straße. Und ihre Aufpasser sorgen dafür, dass es keinen Ärger gibt. Jeder, der Krawall macht, fliegt raus.«

»Du kannst dich gut ausdrücken. Kannst du auch lesen und schreiben?«

»Ja. Hat mir der Tailor beigebracht.«

»Du könntest doch eine gute Arbeit bekommen«, sagte Jo zuversichtlich. »Als Schreibkraft oder in einem Laden.«

»Der Tailor sagt, wenn ich versuche, abzuhauen, um richtig arbeiten zu gehen, dann wird er meinen Arbeitgeber über meine Vergangenheit informieren. Dann werde ich sofort entlassen.«

Zorn stieg in Jo auf. »Du gehörst ihm doch nicht. Du bist nicht seine Sklavin.«

Fay inhalierte wieder tief den Rauch der Zigarette und blies ihn dann aus. »Alles schon vereinbart.«

»Es muss einen Weg geben, damit das nicht stattfindet«, beharrte Jo. »Wir müssen ihn nur finden.«

Fay stand auf und streckte sich. »Du hast mir noch gar nicht gesagt, was du eigentlich so allein in Brooklyn gemacht hast.«

»Lenk nicht ab. Das ist ernst. Es gibt da Krankheiten. Du könntest krank werden.«

»Ging es um den Mann, den ihr sucht? Kinch? Ich versuche immer noch, ihn für euch zu finden.« Sie ließ den Zigarettenstummel fallen und drückte ihn mit ihrem Fuß aus.

»Fay, hör mir zu ...«

»Ich will darüber einfach nicht mehr reden«, sagte Fay wütend. »Also zwing mich nicht dazu, ja? Ich habe keine Alternative. Wir können nicht alle einen Aldrich heiraten.«

Jo zuckte zusammen.

»Das tut mir jetzt wirklich leid«, sagte Fay sanfter. »Es ist lieb, dass du dir Gedanken machst. Vielen Dank.« Sie zögerte, als müsste sie ihren ganzen Mut zusammennehmen und meinte dann: »Du bist eine Freundin für mich, Jo. Die einzige, die ich habe. Die einzig *echte*. Und ich weiß, dass du es gut meinst, aber du kannst da nichts machen.«

Fay klang resigniert, doch in ihren Augen lag Angst. Jo sah es, und ihr war klar: Da durfte sie nicht weiter drängen. »In Ordnung. Ich sage nichts mehr.«

»Gut.«

»Aber nur jetzt.«

Fay schüttelte den Kopf, dann lächelte sie.

Da hörten sie, wie Kirchenglocken auf beiden Ufern des Flusses schlugen.

»Was? Drei Uhr? Das kann nicht sein. Ich muss zurück. Mein Fahrer holt mich Punkt vier an der Astor-Bibliothek ab«, sagte Jo. Sie fühlte sich wie eine Sklavin der Uhr, weil sie immer aufpassen musste, nirgendwo zu lange zu bleiben, damit ihre Mutter keinen Verdacht schöpfte.

»Ich bring dich hin. Das schaffen wir. Du kannst eine Droschke nehmen, wenn wir auf der anderen Seite vom Fluss sind.« Fay nahm ihre Rasierklinge, hakte sich bei Jo ein, und so liefen sie zusammen los. Zehn Minuten später standen sie auf der Pearl Street. Jo sah jede Menge Mietdroschken und wusste, dass sie rechtzeitig bei der Bibliothek eintreffen würde.

»Wir müssen uns jetzt verabschieden«, sagte Fay, »aber ich hab das schon ernst gemeint, was ich wegen Kinch gesagt habe. Ich suche weiter. Irgendwo in der Stadt hat ihn sicher irgendjemand gesehen.«

»Vielen Dank«, sagte Jo. »Und vielen Dank für den Gin und die Zigarette und auch für den Spezialunterricht.«

Fay lachte. Sie gab Jo einen kleinen Klaps, dann ging sie fort. Jo sah ihr nach, voller Sorge um sie – dieses schlanke, mutige, harte Mädchen, das schon so viel durchgemacht und noch viel mehr und viel Schlimmeres vor sich hatte, wenn der Tailor und Madame Esther bekamen, was sie wollten.

Fay kam an einer Frau vorbei, die in einem Papierkorb wühlte und gab ihr eine Münze. Es war Mad Mary. Sie küsste Fay. Fay klopfte ihr auf die Schulter und ging weiter.

Jo schwirrten ihre eigenen Worte durch den Kopf: *Ich gerate immer mehr aus meiner Welt hinaus, immer weiter weg von allem und von den Menschen, die ich kenne.*

Sie dachte über diese Welt und ihre Menschen nach. Es waren gute Leute, anständig und ehrbar. Sie dachte an ihre Freundinnen – Addie, Jennie, Trudy und Caro. Keine von denen hatte eine Ahnung, wer Madame Esther war, geschweige denn, was sie machte. Sie wussten nichts von Menschen wie Fay, Tumbler oder dem Tailor.

Und von mir wissen sie auch nichts. Nicht wirklich, dachte Jo. Sie wissen nicht, was sich in meinem Leben abspielt, und wären entsetzt, wenn sie es wüssten. Sie würden mir nie Unterricht im Stehlen anbieten, oder wie man einen gefährlichen Mann findet, der Narben im Gesicht hat und die Dunkelheit im Herzen trägt.

»Fay!«, rief sie. Viel zu laut. Aber das war ihr egal.

Fay, die schon gute zwanzig Meter weiter war, drehte sich um und sah Jo fragend an.

Jo ging ein paar Schritte, dann lief sie auf Fay zu. »Du bist auch die einzige Freundin, die *ich* habe«, sagte sie, als sie vor ihr stand. »Die einzig *echte*.«

Die beiden Mädchen – die eine vom Gramercy Square, die andere von der Mulberry Bend – nahmen sich in die Arme. Dann trennten sich ihre Wege.

59 ⫷⫷⫷

Rabenschwarzes Haar
Mandelaugenform
macht noch keinen Star
schöner als die Norm.

Jo stieg aus der Badewanne und zog den Stöpsel heraus. Während sie sich abtrocknete, sang sie weiter *Rabenschwarzes Haar*, ein Lied aus der Operette *Der Mikado*, die ihre Mutter zu derb fand, Jo dagegen mochte sie sehr.

Doch etwas Geschick
Schminke und Frisur
sind der Zaubertrick
jeder Weltkultur.

Sie nahm ihr weißes Spitzennachthemd vom Haken an der Badezimmertür und schlüpfte hinein. Ihr rabenschwarzes Haar hatte sie hochgesteckt, damit es beim Baden nicht nass wurde. Sie zog die Nadeln heraus, bürstete ihr Haar, öffnete die Badezimmertür und ging in ihr Schlafzimmer, auf den Lippen die letzten Zeilen aus dem Lied.

Spart nur nicht mit Fantasie
und erst recht nicht mit Chemie.

»Nicht schreien«, sagte eine männliche Stimme.

Jo schrie auf.

»Jetzt hast du es doch getan.« Es war Eddie. Er saß auf ihrem Bett.

Jo trug keinen Morgenrock. Ihr Haar war offen. Sie stand da mit nackten Füßen. Sie war entsetzt.

»Ich hab es getan?«, sagte sie zornig und zitterte noch vor Angst, weil er sie so erschreckt hatte. »Was machst du in meinem Schlafzimmer?«

Bevor er noch antworten konnte, hörten sie vom Flur her Schritte, die näher kamen.

»Wo ist mein Morgenrock?«, fragte Jo panisch. Dann sah sie ihn – Eddie saß darauf. »Gib her!«, rief sie und zog ihn unter ihm heraus.

Sie warf ihn über und war sich bewusst, dass Eddie ihr dabei zusah. Gerade als sie den Gürtel knotete, hörte sie, wie jemand an ihre Tür klopfte.

»Miss Josephine! Ist alles in Ordnung?«

»Miss Jo, was ist denn los?«

»Theakston und Katie!«, flüsterte Jo. »Du darfst hier nicht gefunden werden!« Sie sah sich blitzschnell um. »Unters Bett! Schnell!«

In dem Moment, als Eddie unter das Bett rutschte und die Beine hinter die gerüschte Bettumrandung zog, öffnete sich die Tür. Jos Mutter betrat das Zimmer, gefolgt von Butler und Zofe.

»Josephine, was ist hier los?«, fragte sie. »Warum hast du geschrien?«

Jo presste eine Hand auf die Brust. »Es tut mir so leid, Mama. Da war eine Maus«, log sie. »Eine ziemlich große. Sie ist über meine Füße gerannt, als ich aus der Badewanne gestiegen bin. Ich hätte mich nicht so aufregen sollen, aber sie hat mich einfach zu Tode erschreckt.«

271

Ihre Mutter wirkte erleichtert. »Du Arme. Wie scheußlich.« Sie fühlte an Jos Stirn. »Du hast ein bisschen Temperatur. Das muss dich ziemlich durcheinandergebracht haben.« Sie wandte sich an Theakston. »Sorgen Sie dafür, dass das elende Ding wegkommt.«

»Ja, Mrs Montfort«, sagte Theakston und lief ins Badezimmer. Er kam fast sofort wieder heraus. »Die ist nicht mehr da. Ich kann mir nicht vorstellen, wie die hereingekommen ist. Vielleicht ist sie vom Keller aus in den Wasserrohren hochgeklettert.«

»Rufen Sie gleich morgen früh den Kammerjäger, Theakston«, befahl Jos Mutter und wandte sich zur Tür. »Gute Nacht, Josephine. Sieh zu, dass du dich ausruhst.«

»Ja, Mama«, sagte Jo. »Gute Nacht.«

Theakston und Katie verließen mit Mrs Montfort das Zimmer. Jo schloss schnell die Tür hinter ihnen, lehnte sich dagegen und hoffte, ihr rasend klopfendes Herz würde sich beruhigen. Sie wartete, bis die Schritte im Flur verklungen waren, dann flüsterte sie: »Komm raus!«

Eddie linste unter den Rüschen heraus. »Gute Story. Ganz schön abgebrüht.«

»Das ist doch unwichtig! Wie bist du hier hereingekommen?«

Sein Auge war wieder abgeschwollen, die Prellungen in seinem Gesicht waren blasser geworden, und sie freute sich, das zu sehen, war jetzt jedoch viel zu sauer, um ihm das zu sagen.

»Ich war vor deinem Haus.« Er kroch unter dem Bett hervor. »Und habe überlegt, wie ich dir eine Nachricht zukommen lassen könnte, als dein Mädchen rauskam und Asche in die Mülltonne gekippt hat. Ich hab sie gefragt, ob sie dir einen Zettel gibt, aber sie wollte nicht. Da habe ich mich auf der anderen Seite von eurer Haustreppe versteckt und gewartet. Als sie noch einmal mit einem Ascheneimer kam, hab ich mich reingeschlichen. Ich bin durchs Foyer und die Hintertreppe hoch und hab gehofft, dass ich dein Zimmer finde, bevor mich jemand entdeckt. Dann hast du gesungen, und da wusste ich, welches Zimmer es ist. Du hast eine sehr schöne Stimme.«

»Bist du verrückt geworden? Man hätte dich sehen können!«

»Es ging nicht anders. Ich muss mit dir reden. Tumbler hat Kinch gefunden«, sagte Eddie, der sich wieder auf Jos Bett setzte.

Jo blinzelte. »Im Ernst? Wo ist er?«

»In einer Pension. Aber Tumbler will zwanzig Dollar, damit er mir sagt, in welcher.«

»Zwanzig Dollar?«, rief Jo. »Das ist lächerlich viel Geld!«

»Wenn Fay das erfährt, gibt sie ihm einen Tritt in den Hintern. Und wenn der Tailor es herausbekommt, ist Tumbler dran. Ich muss wohl nicht sagen, dass ich das Geld nicht habe. Hab gehofft, du hättest so viel.«

Wütend ging Jo zu ihrem Schrank, zog ein Bündel Geldscheine aus dem Stiefel, den sie als Versteck ausgewählt hatte, und gab Eddie, was er brauchte. Sie hatte keine Wahl und musste Tumbler sein Honorar geben. Kinch durften sie nicht entkommen lassen.

»Danke. Ich muss gleich los. Tumbler wartet in einer Bar am Irving Place auf mich«, sagte Eddie und ging zur Tür.

»Warte! Weißt du, wie du wieder rauskommst?«

»Äh, ja. Ich glaube, schon.«

Jo konnte sich nicht vorstellen, wie er seine Anwesenheit hier im Haus erklären wollte, falls ihre Mutter oder Theakston ihn erwischten.

»Ich zeig's dir«, sagte sie.

Sie öffnete die Tür, blickte rechts und links den Flur entlang, ob jemand zu sehen wäre, dann schlüpfte sie aus dem Zimmer und winkte Eddie, ihr zu folgen.

»Du musst wieder so hinaus, wie du reingekommen bist«, flüsterte sie. »Die Haustür ist zwar näher, aber wir müssten dann über die Haupttreppe, und die ist ganz nah beim Zimmer meiner Mutter. Sie könnte uns hören.«

Eddie nickte. Sie schlichen leise über die Hintertreppe, und Jo hoffte die ganze Zeit, dass sie ihn zum Dienstboteneingang hinauslassen könnte, doch sie kamen nicht einmal bis zur Küche. Als sie um die letzte Biegung der engen, gewundenen Treppe kamen, sah sie, dass die Küche nicht dunkel und leer war, sondern hell erleuchtet.

»Theakston, Mist«, flüsterte sie. Von ihrem Platz beim Vorratsraum aus konnten sie den Butler sehen. Er saß beim Ausguss, tunkte Stückchen von altem Brot in Rattengift und legte sie dann in Mausefallen.

»Das sind ja mehr Köder als Fallen«, sagte er plötzlich und stand auf, um zum Vorratsraum zu gehen. Jo packte Eddies Hand und zog ihn unter die Treppe. Keiner von beiden wagte es, zu atmen, bis Theakston zum Ausguss zurückkehrte. Dann liefen sie die Treppe hinauf.

»Wann geht er schlafen?«, erkundigte sich Eddie, als sie wieder sicher in Jos Zimmer waren.

»Keine Ahnung. Manchmal, wenn er nicht schlafen kann, macht er solche Aktionen«, sagte Jo beunruhigt. »Heute Nacht baut er jedenfalls Mausefallen, deinetwegen. Sonst hat er nachts schon mal das Silber poliert oder füllt jeden Federhalter im ganzen Haus mit Tinte auf. Er ist dann meistens bis zum Morgengrauen auf.«

»Bis zum Morgengrauen?« Eddie strich sich durchs Haar. »Ist ja toll. Großartig. Ich hänge total fest. Jo, warum hast du bloß gesagt, dass du wegen einer Maus so geschrien hast?«

Jo sah ihn ungläubig an. »Stimmt, Eddie. Ich hätte sagen sollen, es war wegen einem Mann.« Sie ging im Zimmer auf und ab. »Was soll ich machen?«

Eddie zog einen Kaschmirschal von ihrem Bett. »Ich möchte nur, dass du weißt ...«

Jo schnitt ihm das Wort ab. »Dass es dir sehr leidtut. Und dass du so etwas nie wieder tun wirst?«

»... dass du gerade jetzt wunderschön bist. Und wenn ich ein Schuft wäre, würde ich dich küssen.«

Er klang so, als sollte das ein Scherz sein, doch seine Augen sagten Jo, dass er es ernst meinte. Jo sah weg, sie fürchtete sich vor seinem Begehren. Und vor ihrem.

Als sie sich wieder traute, ihm in die Augen zu sehen, hatte er seinen Blick schon abgewendet. Er hatte die Schuhe ausgezogen und streckte sich auf Jos Chaiselongue aus. Den Schal breitete er über sich aus, schob ein Kissen unter den Kopf und schloss die Augen.

»Eddie? Was machst du da?«, fragte Jo voller Panik.

»Ich schlafe. Zumindest versuche ich es.«

»Schlafen? In meinem Zimmer? Mit mir?«

»Du bist aber ganz schön direkt heute Nacht, Miss Montfort. Ich schlafe *in* deinem Zimmer, stimmt. Aber nicht *mit* dir. Wir wollen nichts überstürzen. So einer bin ich nicht.«

Jo wurde dunkelrot. »Das hab ich nicht gemeint! Ich ... ich meinte schlafen, nicht ... *schlafen*.«

Eddie kicherte. »Du solltest jetzt schlafen, Jo. Damit ich das auch kann. Vielleicht gibt Theakston in ein paar Stunden auf. Ich schlafe jetzt mal, dann versuche ich, abzuhauen. Hoffentlich wartet Tumbler so lange in der Bar.«

»Und wenn du nicht rauskommst?«, fragte Jo ängstlich.

»Dann bin ich ruiniert. Meine Ehre im Eimer. Mein guter Ruf in Stücken. Mach das Licht aus, bitte. Ich bin heute den ganzen Tag durch die Stadt gerannt. Auf der Jagd nach Kinch. Hab mich bei Polizeiwachen und Krankenhäusern herumgedrückt, ob ich da vielleicht das Narbengesicht sehe. Ich bin fix und fertig.«

Zögerlich löschte Jo das Licht. Dann stand sie mitten in ihrem dunklen Zimmer und rang ratlos die Hände. Sie hatte nicht erwartet, diese Nacht mit einem Mann in ihrem Zimmer zu verbringen. Ihre Mutter würde ziemlich sicher nicht noch einmal nach ihr sehen, aber wie sollte sie in Ruhe schlafen, wenn Eddie da war?

Als sie dann doch einsehen musste, dass sie an der Situation nichts ändern konnte, stieg sie in ihr Bett, zog die Bettdecke bis unters Kinn und starrte nach oben. Sie konnte Eddie zwar nicht sehen, ihn aber hören. Sein Atem ging immer langsamer, wurde dann tiefer. Als sie sicher sein konnte, dass er schlief, setzte sie sich auf. Katie hatte vergessen, die Vorhänge zuzuziehen. Mondlicht fiel ins Zimmer und auch auf Eddie. Sie stützte sich auf ihre Hände, schaute ihn an und kostete es aus, dass er schlief und sie nicht. In aller Ruhe studierte sie seine Gesichtszüge. Die Kontur seines Kinns. Den Knick in seinem Nasenrücken.

»Wenn du doch bloß ein Schuft wärst, Eddie Gallagher«, flüsterte sie. »Wäre das schön, wenn du mich küssen würdest.«

»Echt?«

Perplex schnappte Jo nach Luft. »Ich dachte, du schläfst!«

»Hab ich auch. Du hast mich aufgeweckt. Musst du eigentlich immer reden?«

»Entschuldigung. Ich ... ich wollte dich nicht wecken«, stammelte sie. »Ich ... ich wollte nur ...«

»Wenn du dir so dringend einen Kuss wünschst, dann komm her und hol ihn dir.«

Jo stieg aus dem Bett. Ihr Herz klopfte noch heftiger als damals, als Eddie sie überrascht hatte. Sie setzte sich auf die Liege. Eddie sah ihr in die Augen. Er nahm ihre Hand und verschränkte ihre Finger mit seinen. Sie beugte sich über ihn und küsste ihn auf die Lippen. Er schmeckte nach Zigaretten und Kaffee. Er schmeckte nach kühler Herbstnacht, Kohlenrauch und Tinte. Ihm so nah zu kommen ... das war ganz anders als das Gefühl, am Rand einer Klippe zu stehen – es fühlte sich an, als würde sie mit voller Kraft auf diesen Rand zustürzen.

Sie löste den Kuss und zog mit dem Finger die Linien von Eddies Lippen nach. Voller Staunen berührte sie seine Wange. Seinen Hals. Das weiche V aus nackter Haut in seinem offenen Hemdkragen.

Er lachte. »Ich bin wirklich in eine Lasterhöhle geraten. Bei Tailor und Pretty Will und jedem Dieb und Halsabschneider in der Bend bin ich sicherer als bei Miss Josephine Montfort vom Gramercy Square.« Dann zog er sie an sich, küsste sie auf die Stirn und schloss wieder die Augen.

Jo legte den Kopf auf seine Brust. Er fühlte sich so warm an, so stark, auf so ungewohnte und wunderbare Art männlich. In seine Arme gebettet konnte sie fast schon daran glauben, dass das Unmögliche möglich sein könnte. Sie war noch einige Zeit wach, blinzelte immer wieder in der Dunkelheit, dann schlief sie endlich ein, dicht an seinem pochenden Herzen.

—60—⫷⫷⫷

Anna Montfort lächelte.

Wie lange hatte Jo ihre Mutter schon nicht mehr so gesehen!

»Du bist so schön, Josephine«, sagte Anna, und Tränen schimmerten in ihren Augen. »Wenn dich doch dein Vater so sehen könnte.«

»Ach, Mama!« Jo war überrascht, wie sanft ihre Mutter auf einmal klang. Sie nahm ihre Hand und drückte sie. »Nicht. Bitte nicht. Sonst fange ich auch an.«

»Dann darf ich nicht. Wenn wir es wagen sollten, mit roten Augen bei Grandmas Empfang zu erscheinen, müssten wir uns sicher eine Bemerkung über unsere schlechte Erziehung anhören.«

Jo lachte und genoss diese wenigen liebevollen Minuten mit ihrer Mutter. Sie fuhren in ihrer Kutsche zum Abendessen anlässlich von Grandmas Geburtstag.

Jo hatte eigentlich gedacht, dass es ihr nicht erlaubt werden würde, dorthin zu gehen, und war ziemlich erstaunt, als ihre Mutter das doch gestattete und dann auch noch sagte, sie würde sie begleiten.

»Es ist nur eine kleine Runde«, hatte sie erklärt. »Nur die Familie und einige enge Freunde. Es wird musiziert werden, wie ich erfahren habe, aber nicht getanzt. Ich würde es überhaupt nicht schätzen, wenn du allein fahren müsstest, Josephine.«

Die nächste Überraschung kam, als am Nachmittag eine große Schachtel für sie ins Haus geliefert wurde. Sie kam von Tante Maddies Schneider, Jo erkannte den Absender. Erst dachte sie, dass sie an die falsche Montfort-Adresse geliefert worden sei, doch ihre Mutter versicherte ihr, dass das schon richtig ist.

»Die ist für dich«, sagte sie. »Ein besonderes Geschenk von Phillip und Maddie. Mach sie mal auf.«

Jo hob den Deckel der Schachtel, strich Wolken von Seidenpapier auseinander und nahm ein Kleid aus schiefergrauer Seide heraus. Es hatte ein spitz zulaufendes Oberteil mit rechteckigem Halsaus-

277

schnitt und lange Ärmel mit leicht gepufftem Ansatz an der Schulter – aber nur ganz leicht gepufft, da weder Madeleine noch Anna es mochten, sich allzu sehr nach der neuesten Mode zu kleiden. Das Kleid war schlicht, ohne Stickerei oder Spitze, da sich das für eine junge Frau, die noch Trauer trug, nicht schickte. Doch es war nicht schwarz, und allein dafür liebte Jo das Kleid schon.

»Dein Onkel und deine Tante sind viel progressiver als ich, und sie fanden es höchste Zeit, dass du etwas anderes trägst als Schwarz«, erklärte Anna. »Ich habe gern nachgegeben.« Sie hielt einen Finger hoch. »Aber nur für heute Abend.«

Jo umarmte ihre Mutter, kritzelte schnell ein Dankeschön an ihre Tante und ihren Onkel auf eine Karte, die Katie noch überbringen würde, dann ging sie nach oben, um zu baden.

Sie freute sich sehr über die Ablenkung durch das neue Kleid. Grandmas Einladung war ihr nicht wirklich angenehm, da sie dann wieder Grandmas Ansichten anhören müsste, und sie war auch aus anderen Gründen etwas ängstlich – vor allem wegen Bram und seinen unausgesprochenen Erwartungen, die er vielleicht hegte. Sie musste ihm sagen, dass sie eine Verbindung mit ihm nicht weiter im Sinn hatte. Wie sollte das auch gehen, da sie doch in Eddie Gallagher verliebt war?

Jo dachte wieder an die Nacht, die sie miteinander verbracht hatten. Das Klirren der Flaschen des Milchmanns, der rund um den Gramercy Square Milch auslieferte, hatte sie kurz vor dem Morgengrauen geweckt. Eddie hatte geflucht, als er sah, wie spät es war, da Tumbler garantiert nicht mehr in der Bar wartete und diese Chance, Kinch zu finden, damit verpasst war.

Sie liefen die Treppe hinunter und durch die Küche, bevor Mrs Nelson aus ihrem Zimmer kam und das Frühstück für die Dienstboten zubereitete. Jo schaffte es ganz knapp, dass Eddie aus dem Haus konnte, ohne dass ihn jemand sah, und er holte sich doch noch einen letzten Kuss von ihr.

Mrs Nelson war überrascht, als Jo in die Küche kam, noch dazu so früh, doch ihr fiel sofort eine plausible Erklärung ein. Sie sagte, sie hätte gern eine Tasse warme Milch, weil sie nicht schlafen konnte.

Mrs Nelson wollte ihr die Milch unbedingt selbst aufwärmen. Jo bedankte sich, nahm die Tasse mit in ihr Zimmer, legte sich wieder ins Bett. Und dort wurde jede einzelne Sekunde, die sie mit Eddie hier verbracht hatte, wieder sehr lebendig.

Sie hörte noch seinen Atem, spürte seinen Herzschlag, sah die Verwirrung auf seinem Gesicht, als er erwachte, und auch das warme Lächeln, das sich ausbreitete, als er gewahr wurde, wo er sich befand. Und wie eigenartig fremd es war, seinen Körper an ihrem zu spüren! Sie fühlte seinen Arm, der sie umschlang. Sein kratziges Kinn. Und sie wusste, wie anders sich ihr eigener Körper angefühlt hatte. Endlich einmal sollte er nicht gezähmt, in Spitzen und Korsettstangen gezwängt werden, sondern war wunderbar leicht und nachgiebig.

Während sie so in Eddies Armen lag und ihm zuhörte, wie er schlief, hätte sie ihn so gern aufgeweckt und ihm tausend Fragen gestellt. Sie wollte mehr über seine Kindheit wissen. Was ihn zornig machte. Was ihn zum Lachen brachte. Sie wollte etwas über seine Hoffnungen und Träume erfahren und ihm von den ihren erzählen. Sie wollte ihm sagen, wie aufregend es für sie war, in den Straßen der nächtlichen Stadt unterwegs zu sein und dort den ihr so fremden Menschen zu begegnen. Und dass sie gern eine Geschichte über sie alle schreiben wollte. Eddie war der einzige Mensch, dem sie das sagen konnte. Der einzige, der es verstand.

Ist das Liebe?, fragte sie sich. Vor einigen Wochen glaubte sie, sie sei dabei, sich zu verlieben. Als der Himmel vor ihren Fenstern heller wurde, wusste sie, dass genau das geschehen war.

Sie wusste allerdings nicht, wie die Dinge zwischen ihr und Bram standen. Sie wollte das bereinigen, ihm die Wahrheit sagen. Auf Grandmas Geburtstagsfeier ging das nicht – es wäre schrecklich, an diesem Abend, der ein fröhliches Fest sein sollte, irgendetwas derart Unschönes zu tun –, doch wenn sie Bram heute Abend traf, würde sie ihn bitten, sie morgen in ihrem Haus zu besuchen. In der geschützten Atmosphäre ihres Zimmers würde sie ihm die Wahrheit sagen, danach wollte sie mit ihrer Familie sprechen.

Bram würde sich bestimmt wie ein Gentleman verhalten. Er würde keinen Skandal daraus machen und wäre vielleicht sogar erleichtert. Inzwischen verbrachte er anscheinend sogar schon etwas mehr Zeit mit Elizabeth Adams. Allerdings würden sich ihre Mutter und ihr Onkel ziemlich aufregen. Wenn sie Bram zurückwies und sich zu ihren Gefühlen für einen mittellosen Reporter bekannte, würde sie Brams Familie kränken und ihre eigene beschämen. Das bedeutete den Bruch mit ihrer Welt.

Was da vor ihr lag, machte ihr Angst, und als ihr Mut sie verließ, rief sie sich ins Gedächtnis, was Eddie in seinem Zimmer zu ihr gesagt hatte, an dem Tag, als er zusammengeschlagen wurde: *Ich meinte, dass du heute hierbleibst. Und morgen. Und jeden Tag.*

Sie hatte das für unmöglich gehalten. Aber vielleicht ging es doch. Wenn sie sich nur trauen würde und stark genug wäre, die Dinge zu fordern, die sie sich wünschte: Liebe, einen Lebenszweck, ein Leben. Aber würde ihr das gelingen?

Als Dolan die Kutsche an der imposanten Villa der Aldriches in der Fifth Avenue vorfuhr, stählte sich Jo innerlich. In den nächsten Stunden ging es erst einmal nur um Spaniels und Small Talk. Sie spähte aus dem Fenster und erkannte Mrs Livingston und Mrs Schuyler, die beide in dicke Pelze gehüllt die breiten Marmorstufen hinaufgingen.

Bram, hochgewachsen, schlank, im eleganten Dinnerjacket, erwartete sie oben an der Treppe. Jo sah, dass in der Eingangshalle Vasen mit Rosensträußen verteilt waren, sah die in prächtigen Satin gewandete Mrs Aldrich mit ihren Perlenketten, im Hintergrund erklang Vivaldi. Alles war vornehm und heiter, und einen Augenblick lang ergriff Jo ein bittersüßes Gefühl angesichts der Schönheit ihrer Welt und der Menschen darin. Und doch war es so, als hätte sie diese Welt bereits hinter sich gelassen und schaute nur noch auf sie zurück wie aus weiter Ferne.

Ein livrierter Diener öffnete den Schlag der Montfortschen Kutsche und war Jo und ihrer Mutter beim Aussteigen behilflich. Sowie Bram sie sah, kam er zu ihnen und begrüßte sie. Doch bevor er sie erreichte, watschelte die alte Mrs Rensselaer daher.

»Anna, meine Liebe! So gut, dass du wieder unter die Leute

gehst!«, rief sie laut und nahm Jos Mutter am Arm. »Würdest du mir helfen, die Treppe hinaufzusteigen? Meine Arthritis plagt mich heute wieder ganz besonders.«

Anna stützte die alte Dame, und so konnte Bram Jo seinen Arm bieten.

»Oh, Jo, du siehst hinreißend aus«, sagte er und lächelte sie an.

Und so war es. Ihr neues Kleid saß hervorragend und passte gut zum Grau ihrer Augen. Katie hatte sie wunderschön frisiert, ihr das Haar hochgesteckt und am Hinterkopf zwei violette Rosen befestigt. Jos Mutter kam genau in dem Moment ins Zimmer, als Jo in ihre Schuhe schlüpfte. Sie schickte Katie weg und vervollständigte selbst die Ausstattung ihrer Tochter für diesen Abend: mit einer Halskette aus Amethysten, blass und züchtig, die Jos Vater ihr zur Hochzeit geschenkt hatte.

Jo lächelte bei Brams Kompliment und wollte ihm darauf antworten, als jemand mit dem unverkennbaren warmen Akzent der Südstaaten sagte: »Bram Aldrich, da bist du ja, alter Hund!«

Bram drehte sich um. »Clem!«, rief er und wandte sich erneut an Jo. »Jo, darf ich dir Clement Codman vorstellen. Er kommt aus Raleigh. Wir sind Cousins, ein bisschen entfernte Cousins. Clem, das ist meine liebe Freundin Josephine Montfort.«

»Das ist Jo? Oh, sie ist ja zehnmal schöner, als du gesagt hast, du altes Wiesel!« Clement nahm Jos Hand und küsste sie. »Er versucht, Sie unter Verschluss zu halten, Miss Montfort. Er will keine Konkurrenten!«

»Sehr erfreut, Sie kennenzulernen, Mr Codman«, sagte Jo und lächelte dem ungestümen Südstaatler zu.

Jo lächelte immer weiter, zog sich jedoch in sich selbst zurück, da es ihr nicht gefiel, dass Bram mit seinem Cousin über sie gesprochen hatte. Wenigstens hatte er sie nur als eine Freundin vorgestellt. Sie hoffte, dass er Clement schon vor längerer Zeit über sie erzählt hatte und dass er jetzt über Elizabeth Adams sprach.

Clement und Bram unterhielten sich inzwischen über ein anderes Mitglied der Familie, doch Jo hörte ihnen nicht mehr zu. Ihre Hand lag noch auf Brams Arm, und es wäre unhöflich gewesen, einfach fortzugehen. Während sie auf das Ende des Gesprächs wartete, sah sie, dass die Van Eycks eintrafen und winkte Trudy zu.

Gerade als sie überlegte, ob Bram und Clement überhaupt jemals ein Ende finden würden, ging draußen auf der Straße jemand in der Menge der Paare und Familien vorbei. Er trug ein Tweedjackett, keinen Smoking, und sein langes, lockiges Haar schaute unter dem Rand seiner Mütze heraus. Es war zu lang – wie immer. Er lächelte.

Und an seinem Arm ging ein Mädchen.

Sie war sehr hübsch, hatte ebenfalls dunkles Haar. Blaue Augen. Rosa Wangen. Der junge Mann sagte etwas zu ihr, und sie neigte ihren Kopf zu ihm. Sie sah ihn verliebt an und küsste seine Wange.

Das Mädchen kannte Jo nicht. Sie hatte sie nie zuvor gesehen.

Aber sie kannte den Mann.

Es war Eddie Gallagher.

61

In Jos Kopf hallten Stimmen wider.

Sie selbst: *Wie war er, als er klein war?*

Fays Antwort: *Ein verdammt guter Dieb. Hart im Nehmen, rücksichtslos. Wie wir alle.*

Ihr Onkel: *Ein drahtiger, dunkelhaariger Junge – Gleeson oder Gilligan, irgendwie ein irischer Name ...*

Und dann noch Eddie: *Du kennst mich nicht, Jo. Überhaupt nicht.*

Ja, Mr Gallagher, sagte sie tonlos, während sie sah, wie er mit seinem Mädchen um eine Ecke bog und verschwand, ich kenne dich nicht.

»Miss Montfort, vergessen Sie den alten Clem bitte nicht! Wir sehen uns dann drinnen, ja?«

Obwohl Jo gerade das Herz gebrochen war, obwohl sie nur noch in ein Zimmer laufen und dort weinen wollte, lächelte sie Clement an und sagte: »Aber ja, Clement, gern.«

»Tut mir leid, dass diese Familiengeschichten so lang gedauert haben«, sagte Bram und tätschelte ihre Hand. »Sollen wir ins Haus gehen?« Er ging die Stufen hinauf, blieb dann irritiert stehen. »Jo? Was ist mit dir? Du bist so blass.«

»Mir geht's gut, Bram«, erwiderte Jo und nahm alle Kraft zusammen. »Mir ist nur ein bisschen kühl, das ist alles.«

»Wie unaufmerksam von mir. Komm und wärm dich drinnen auf.«

Er führte sie schnell ins Foyer, wo ein Dienstmädchen ihren Umhang nahm. Dann betraten sie den Salon, wo wie ein Pascha Grandma saß, Freunde, Familie und ein halbes Dutzend Hunde um sie herum.

»Alles Gute zum Geburtstag, Grandma«, sagte Jo und schaffte es, begeistert zu klingen. »Und ich wünsche dir noch viele schöne weitere.« Jo gab der alten Dame eine hübsche weiße Schachtel mit einer blauen Schleife. Grandma öffnete sie und freute sich über das Geschenk: eine silberne Brosche in Form eines Spaniels.

»Danke, Josephine. Das ist entzückend.«

»Du hast heute hoffentlich viele schöne Geschenke bekommen?«, fragte Jo hölzern.

»O ja. Aber nicht das, was ich mir am meisten gewünscht habe.«

»Und was war das?«, fragte Jo.

Grandma sah Bram sehr direkt an. »Ein Urenkel.«

Bram lächelte angestrengt. »Wir holen uns einen Punsch, Jo.« Er nahm ihren Arm und führte sie zum Tisch mit den Erfrischungen. Dort war ein aufwendiges kaltes Büfett aufgebaut, an dem sich die Gäste selbst bedienten. Es gab glasierten Schinken, Tomaten in Aspik, auf verschiedene Weise gewürzte Brathühner, sauer eingelegtes Gemüse, Salate, Käse, Obstkompott.

»Es tut mir leid wegen eben«, sagte Bram und goss Jo ein Glas Punsch ein. »Wir hatten gehofft, Grandma würde sich heute mal anständig benehmen, aber das klappt leider nicht.«

Jo hörte ihn kaum. Sie hatte auch Grandma kaum gehört. Ihre Tante und ihr Onkel kamen strahlend zu ihnen und machten Jo

Komplimente wegen des Kleids. Sie lächelte, bedankte sich, trank von dem Punsch. Und die ganze Zeit über fühlte sie sich wie eine Marionette. Als zöge jemand an den Fäden, die ihren Kopf nicken ließen und ihre Mundwinkel oben hielten.

Ein armes, dummes Ding hatte ihr Onkel vor ein paar Tagen gesagt, als er über ein Mädchen sprach, das ein Reporter benutzte, um eine Story zu bekommen. Das war sie – das dümmste aller Mädchen.

Sie hatte Eddie vertraut, sich in ihn verliebt, war bereit gewesen, ihr ganzes Leben und alle Menschen darin für ihn aufzugeben, und während der ganzen Zeit hatte er sie nur benutzt, um eine Geschichte zu schreiben. Und er hatte noch nicht einmal gewartet, bis er die ganze Story komplett hatte, sondern war jetzt schon mit einem anderen Mädchen zusammen. Zorn stieg in ihr auf und überlagerte schnell die Traurigkeit.

»Komm, wir setzen uns und hören uns die Musik an«, schlug Bram vor.

Während sie neben ihm vorbei an flackernden Kerzen, an Blumengestecken, Freundinnen in wunderschönen Kleidern, Bediensteten mit kristallenen Gläsern auf Silbertabletts schritt, wurde ihr mit brutaler Wucht etwas klar: Nur noch eine Haaresbreite entfernt hatte sie vor dem Rand der Klippe gestanden und hätte beinahe den größten Fehler ihres Lebens begangen, um den Preis dieser eleganten und herrlichen Welt und all der Menschen darin.

Sie setzten sich auf zwei der Stühle, die lose verteilt vor den Musikern standen, und Jo bemerkte, dass man ihr ihre Stimmung ansehen konnte, da Bram ihre Hand nahm und sie drückte.

»Lass das alles für ein paar Stunden hinter dir, Jo. Die Trauer und den Kummer. Heute Abend möchte ich auf diesem hübschen Gesicht keine Sorgen sehen, nur ein Lächeln.«

Er ist immer so lieb, dachte Jo und sah ihn an. So gut, so beständig.

Er ließ ihre Hand los, doch sie griff wieder nach seiner. »Bram«, sagte sie mit schwacher Stimme.

»Ja?«

Küss mich, wollte sie sagen. Leg deine Arme um mich und halt mich fest und küss mich. Lass mein Herz und meinen Kopf jubeln, so wie Eddie das geschafft hat. Mach, dass ich mich nach dir sehne, nicht nach ihm. Damit ich ihn vergesse. Und wenn es nur für einen Augenblick wäre.

»Ja, Jo?«

»Ich wollte nur ... also ... ich wollte dir danken.«

Bram sah sie überrascht an. »Wofür?«

»Weil du immer so unglaublich fürsorglich bist«, antwortete sie voller Gefühl.

Er lachte und fühlte sich sichtlich nicht wohl. Gefühle jeder Art waren ihm peinlich. »Das ist doch dumm.« Er zog seine Hand aus Jos.

Jo faltete ihre Hände in ihrem Schoß und saß sehr still da, ein gefrorenes Lächeln im Gesicht, unablässig gepeinigt von Erinnerungen an Eddies Küsse, daran, wie ihre Haut prickelte, als er sie berührte, an seine Wärme, seinen Geruch, den Klang seiner Stimme. Sie hasste ihn jetzt zutiefst, doch sie begehrte ihn immer noch mit jeder Faser ihres Herzens.

Die Musiker spielten weiter, doch nach einer halben Stunde hörten sie auf. Grandma wurde nach vorn geleitet, obwohl sie die ganze Zeit dagegen protestierte, und man brachte einen Kuchen. Nach dem gemeinsamen Geburtstagslied und dem Ausblasen der Kerzen sahen alle zu, wie die erste Scheibe des Kuchens an die Spanielhündin Lolly verfüttert wurde.

»Es wird wohl noch etwas dauern, bis wir ein Stück bekommen«, meinte Bram trocken. »Da warten noch fünf Hunde.« Dann sagte er, als wäre er irgendwie unter Druck: »Ich habe keine Lust mehr, hier zu sitzen. Meine Mutter hat eine neue Orchidee. Sie ist purpurfarben. Sie hat sie im Wintergarten an einen besonders schönen Platz gestellt. Möchtest du sie sehen?«

»Sehr gern«, antwortete Jo mechanisch.

Sie verließen den Tanzsaal, liefen durch Flure, vorbei an Gesellschaftszimmern, einem Rauchsalon, einer Bibliothek bis zum Wintergarten. Jo sah die herrliche Orchidee und ging sofort zu ihr hin.

»Sie ist wunderschön, Bram. Eine so reine Farbe.« Die Orchidee war Jo völlig gleichgültig. Sie wollte nur nach Hause und in ihr Kissen weinen. Ihr schmerzte schon das Gesicht von der dauernden Anstrengung, das falsche Lächeln zu präsentieren.

»Jo, ich habe dich unter Vorspiegelung falscher Tatsachen hierhergelockt«, sagte Bram. »Die Orchidee war nur ein Vorwand.«

Überrascht drehte sie sich zu ihm um. »Das ist aber sehr geheimnisvoll. Ein Vorwand wofür?«

Und dann begriff sie. Sie rang nach Luft. Legte die Hände auf den Mund.

Bram lächelte und dachte, sie wäre einfach überrascht und glücklich. Er beugte ein Knie.

»Liebste Jo«, sagte er und zog einen Diamantring aus seiner Brusttasche. »Möchtest du mich heiraten?«

Jo hatte das Gefühl, als drückten ihr eiserne Bänder die Brust zusammen. Sie wusste nicht, was sie tun sollte. Das hatte sie nicht vorausgesehen.

»Bram, ich ... ich ...«, stammelte sie.

»Ist das ein Ja?«

Verzweifelt versuchte Jo, Zeit zu gewinnen. »Ich kann dir darauf nicht antworten. Ich muss meine Mutter um Erlaubnis fragen. Und meinen Onkel.«

Bram lächelte. »Die hast du. Ich habe die beiden schon vor einer Woche gefragt.«

Der Schrecken verursachte Jo Magenschmerzen. Deshalb also hatte ihr ihre Tante das Kleid geschickt. Ganz sicher war es nicht besonders angebracht, in Schwarz einen Heiratsantrag anzunehmen, aber in Grau ging das. Deshalb also hatte ihre Mutter auf der Fahrt hierher in der Kutsche Tränen in den Augen gehabt und sich gewünscht, Jos Vater wäre dabei. Und deshalb hatte ihr Onkel sie so angestrahlt, und deshalb war Clem eingeladen worden. Und Trudy. Sie alle wussten, was Bram vorhatte, doch niemand hatte mit ihr gesprochen, da niemand das als notwendig erachtete. Selbstverständlich würde sie Ja sagen.

»Ich weiß, dass das ein wenig unvermittelt kommt«, sagte Bram, »aber ich kann nicht länger warten.« Dann stand er auf und küsste sie auf die Lippen. Zart. Sanft. Als befürchtete er, sie zu zerbrechen. »Du bist ein so wichtiger Mensch für mich, Jo. Wir wären ein schönes Paar. Wir kennen uns schon unser ganzes Leben lang. Wir sind uns über so vieles einig, und das ist die beste Grundlage für eine Heirat, denke ich.«

Während Jo dagegen ankämpfte, einfach wegzulaufen, sprach Bram weiter und zählte die positiven Aspekte seines Antrags auf, als würde er ein Geschäft vorschlagen. Als er geendet hatte, schob er Jo den Ring auf den Finger.

»Ich hoffe, du magst ihn. Er funkelt so strahlend, aber nicht so strahlend wie du.«

»Oh, Bram.« Jo war den Tränen nahe.

Er lächelte und küsste sie dann noch einmal. »Deine Mutter und dein Onkel erwarten uns. Kann ich ihnen die Nachricht bringen, dass sich die Dinge zum Guten wenden? Und Grandma ein schönes Geburtstagsgeschenk? Ich glaube, sie wünscht sich noch mehr als ich, dass du mich heiratest.« Er lachte. »Sag mir doch, Jo, willst du meine Frau werden?«

—62—

Jo kam aus der Grace Church. Es war ein herrlicher Tag, frisch und sonnig, der Himmel von einem tiefen Blau, obwohl sie das kaum wahrnahm. Die vergangene Woche hatte sie wie in Trance erlebt.

Sie trug ein neues graues Kostüm, mit schwarzer Spitze an den Kanten, und einen Muff aus Nerz. Auf Grandmas dringende Bitten hin erklärte sich Jos Mutter einverstanden, dass ihre Tochter nicht mehr nur strenge Trauerkleidung trug. Das Kostüm wurde gestern vom Schneider geliefert und saß ein wenig zu eng, doch Katie schnürte das Korsett heute früh so fest, dass es jetzt perfekt passte. Jo konnte zwar nicht gut atmen, doch das war ihr egal. Wenn sie durchatmen würde, ihren Gefühlen freien Lauf ließe und dem folgte, was ihr Herz ihr sagte, würde sie in Stücke brechen.

Was hast du bloß getan? Du liebst Bram nicht, sagte ihr Herz immer und immer wieder. Warum hast du das getan?

Um meine Familie glücklich zu machen, antwortete sie jedes Mal und versuchte, die Stimme zum Schweigen zu bringen. Weil man es von mir erwartet. Weil Bram recht hat: Wir verstehen uns gut. Weil er mich wenigstens will. Und Eddie nicht.

Eddies Verrat hatte mehr angerichtet, als Jo nur zu verwunden – er hatte ihr Herz und Seele gebrochen. Sie hatte gelernt, dass es gefährlich war, jemanden so lieb zu gewinnen, wie sie Eddie lieb gewonnen hatte. Es war besser, jemanden zu heiraten, für den sie nicht so viel empfand. So konnte er ihr niemals derart großen Schmerz zufügen.

»Das war eine gute Predigt! Eine wirklich gute Predigt!«, sagte der alte Mr DeWitt zu Reverend Willis, der sich von seinen Gemeindemitgliedern verabschiedete.

»Wunderbar, Reverend, einfach wunderbar«, sagte Mrs Newbold. »Ach, Josephine! Da bist du ja, meine Liebe! Ich habe schon gehört! Du wirst die schönste Braut von ganz New York. Bram kann sich wirklich glücklich schätzen.«

Jo lächelte und bedankte sich bei Mrs Newbold, so wie sie sich auch schon bei zig anderen Gratulanten bedankt hatte. Vor einer Woche hatte sie Brams Antrag angenommen, und fast die ganze Stadt, wenn nicht sogar der ganze Bundesstaat war dank Grandma über die Verlobung im Bilde. Die Hochzeit sollte im Juni stattfinden. Zu der Zeit wären die sechs Monate Trauerzeit, die eine Tochter für einen Elternteil einhalten musste, verstrichen.

Jo suchte ihre Mutter und sah, dass sie sich mit einigen aus dem Livingston-Clan unterhielt. Sie trug nach wie vor die komplette Witwentracht, sogar eine schwarze Haube mit Schleier. Jo wollte nicht noch mehr Glückwünsche zu ihrer Verlobung hören und daher in ihrem Wagen auf ihre Mutter warten.

Als sie zu der Kutsche ging, spürte sie, dass jemand ihre Hand berührte. Sie drehte sich um und entdeckte eine attraktive, braunhaarige Frau in einem blauen Seidenkleid.

»Fay?«, sagte sie voller Überraschung. »Was machst du denn hier?«

»Hab auf dich gewartet«, erwiderte Fay knapp. Sie lächelte, beugte ihren Kopf und wirkte auf alle Umstehenden wie jemand aus der Upperclass-Gemeinde der Grace Church.

»Woher wusstest du, dass ich hier bin?«, fragte Jo.

Fay rollte mit den Augen. »Wo sollte Miss Josephine Montfort vom Gramercy Square denn sonst an einem Sonntagmorgen sein?« Sie blickte sich um und sagte dann leiser: »Ich kann hier nicht länger herumstehen und die ganze Zeit so tun, als wäre alles in Ordnung. Ich habe Kinch gefunden.«

Jo blinzelte.

»Wie? Ist das alles? Du blinzelst?«, flüsterte Fay. »Ich hab gesagt, ich habe Kinch gefunden. Was ist überhaupt los mit dir? Du siehst aus, als wärst du gerade aus einer Opiumhöhle in der Mott Street gestolpert.«

»Ich bin verlobt. Vermutlich macht das genau dasselbe mit einem.«

»Verdammt.« Fay sah Jo jetzt direkt ins Gesicht. »Und mit wem?«

»Bram Aldrich.«

»Ich hab auf Eddie gewettet.«

»Die Wette hast du wohl verloren«, sagte Jo, der es einen Stich ins Herz gab, als Fay Eddies Namen aussprach.

»Hör mal, Jo, sieh zu, dass du aus dem Ganzen hier abhauen kannst. Es war ganz schön schwierig, deinen Kerl, diesen Kinch, zu finden, aber ich hab's geschafft. Das könnte deine einzige Chance sein, dass du mal mit ihm redest.«

Jo nickte, und etwas Leben kehrte in ihre Adern zurück.

»Er ist in einer Pension in der Pitt Street. Nummer 16. Gestern Nacht hab ich ihn in der Canal Street gesehen und bin ihm gefolgt. Eine harte Gegend. Du solltest da nicht allein hin. Ruf Eddie dazu.«

Jo holte tief Luft, ihre Rippen schmerzten unter dem Korsett. »Weiß der Tailor davon? Oder der Mann mit der Narbe im Gesicht?«

»Falls die etwas wissen, dann nicht von mir.«

»Josephine?«, unterbrach sie eine Stimme.

»Meine Mutter«, sagte Jo, ohne sich umzudrehen. »Danke, Fay. Du hast etwas gut bei mir.«

»Ein Päckchen Duke's bei nächster Gelegenheit.« Fay lächelte aufs Reizendste und ging weg.

»Kommst du?« Anna trat neben Jo. »Ich möchte jetzt fahren.«

»Mama, würde es dir sehr viel ausmachen, wenn Dolan dich nach Hause bringt und mich dann zum Park fährt?«, fragte Jo, die fieberhaft überlegte, wie sie in die Pitt Street kommen könnte. »Es ist so ein schöner Morgen. Ich möchte noch etwas an die frische Luft.«

»Ein Spaziergang im Park! Eine ausgezeichnete Idee!« Das war Onkel Phillip. Plötzlich stand er neben ihr, dicht hinter ihm Tante Madeleine und Caroline.

Nein!, dachte Jo.

»Wir könnten doch alle zusammen gehen«, strahlte Jos Tante. Sie nahm Annas Hand. »Ich weiß, dass du in Trauer bist, aber niemand kann dir verwehren, dass du ein wenig an die frische Luft kommst. Wir wollen ja in den Central Park, nicht zu Mr Barnum in den Zirkus.«

Anna zögerte. Jo versuchte, sie im Stillen dazu zu bringen, dass sie ablehnte.

»Komm mit, bitte«, sagte Phillip. »Das war für uns alle eine so schwere Zeit, und jetzt hat Jo dieser Familie das Glück zurückgebracht. Du solltest auch daran teilhaben.«

Schließlich gab Anna nach. »Wie recht du wieder einmal hast, Phillip. Fahren wir.«

»Großartig!«, sagte Phillip. »Unser Wagen steht direkt hinter eurem. Vielleicht wollen die Aldriches auch mitfahren.«

»Ich frage sie«, bot Madeleine an und machte sich auf die Suche nach Grandma.

Anna ging mit Caroline zu den Kutschen. Phillip gesellte sich zu Jo, sah sie verschwörerisch an, und Jo lächelte, obwohl sie tausend Tode starb. Er meinte es ja gut. Er hatte gehört, wie sie darum bat, in den Park fahren zu dürfen, und wollte sie unterstützen, doch sie wollte gar nicht in den verflixten Park! Dolan sollte sie nur dort aussteigen lassen, und sobald er fort wäre, würde sie in einer Mietdroschke zu Eddie fahren, mit ihm weiter in die Pitt Street, wo sie Kinch befragen konnten. Und stattdessen? Ein Spaziergang! Sie war so enttäuscht, dass sie hätte schreien können.

Seit dem Fest bei den Aldriches hatte Eddie keinen Kontakt mehr zu ihr aufgenommen, und sie hatte selbstverständlich nichts unternommen, um ihn zu treffen. Die Vorstellung, zu ihm zu fahren, ihn leibhaftig zu treffen, war überaus schmerzhaft, doch sie wusste sich keinen anderen Rat. Fay hatte recht. Sie konnte Kinch nicht allein aufsuchen.

»War das eine neue Freundin?«, erkundigte sich Phillip. »Ich habe sie vorher in der Kirche gar nicht gesehen.«

»Wer?«, fragte Jo zerstreut.

»Die junge Frau, mit der du gesprochen hast. Gerade vorhin.«

»Du meinst wohl Miss Pitt. Die habe ich gerade kennengelernt«, schwindelte Jo, als sie bei den Kutschen ankamen. »Ich bin ihr auf den Saum getreten und musste mich entschuldigen. Sie kommt aus Philadelphia und ist nur über das Wochenende hier.«

»Philadelphia? Kommt sie von den Horace Pitts oder von den Morrison Pitts?«

»Das hat sie gar nicht gesagt, Onkel Phillip.«

Phillip überlegte und wollte augenscheinlich noch etwas fragen, doch da stieß Madeleine zu ihnen.

»Die Aldriches kommen mit in den Park«, verkündete sie. »Ich befürchte, dass uns auch die Hündchen begleiten werden. Grandma hat sie bei sich im Wagen. Ich bin überrascht, dass sie sie nicht mit in die Kirche genommen hat.«

»Ganz bestimmt hat sie es versucht«, sagte Jos Mutter und unterdrückte ein Lächeln. Zu Dolan, der schon den Schlag für sie öffnete, meinte sie: »Zum Central Park, bitte, Dolan. Bethesda Terrace.«

Dolan half erst ihr, dann Jo beim Einsteigen, dann kletterte er auf seinen Sitz, knallte mit der Peitsche und fuhr Richtung Park los. Phillip, Madeleine und Caroline waren im Wagen dahinter, den Schluss bildete die Kutsche der Aldriches.

291

»Es ist schon so, wie Maddie sagt. Es wird mir guttun, etwas an der frischen Luft zu sein«, sagte Jos Mutter. »Wir werden alle zusammen einen schönen Spaziergang machen, Familie und Familie in spe. Findest du nicht auch, Jo?«

»O ja, sehr schön.« Jo lächelte ihre Mutter an.

Sie klang gelassen und wirkte ganz ruhig, doch in ihrem Muff ballte sie die Hände zu Fäusten.

63

Mrs Byrne, Eddies Vermieterin, musterte Jo von Kopf bis Fuß.

Keine Frage, für sie war Jo ein schamloses, durchtriebenes Flittchen, das nur darauf aus war, Eddie zu verführen und ihr einen Mieter abspenstig zu machen.

»Tut mir leid, Miss«, schnaubte sie. »Ich habe keine Ahnung, wo Mr Gallagher ist.«

»Bitte, Mrs Byrne. Ich muss ihn ganz dringend finden.«

Es war spät, schon fast zehn Uhr abends. Sie hatte Katie noch einmal überredet, sich an ihrer Stelle in ihr Bett zu legen und war gerade erst bei Eddies Pension angekommen, nur um dort zu erfahren, dass er nicht da war.

»Ach? Und weswegen ist das so?« Mrs Byrne verschränkte die Arme vor ihrem riesigen Busen.

»Es geht um eine Spur für eine Geschichte, an der er arbeitet. Eine wichtige Geschichte«, erklärte Jo. »Ich will wirklich nicht daran schuld sein, wenn er da nicht weiterkommt.«

In Mrs Byrnes Augen war eine Spur Besorgnis zu erkennen. »Er ist hier weiter unten«, lenkte sie ein. »Im Saloon von Jimmy Mac.«

Jo dankte ihr und hastete davon. Jimmy Mac's hatte sie schnell gefunden: Die Musik von da hörte man schon einen Häuserblock vorher. Drinnen überfiel sie der Geruch von Schweiß, Rauch und Bier.

Der Raum war übervoll und heiß, und die Leute unterhielten sich laut. Männer in fadenscheinigen Jacken und Frauen in schlecht sitzenden Kleidern tranken und lachten.

Weiter hinten hämmerte ein junger Mann mit fliegenden Händen einen Cakewalk, hart und voller Synkopen, in die Tasten eines ramponierten Klaviers. Die Tänzer juchzten und schrien, die Absätze ihrer Stiefel donnerten den Rhythmus. Jo kannte erst eine einzige Bar in ihrem Leben: das finstere Kellerloch von Mick Walsh, wo die Leute sich systematisch zu Tode tranken. Der Saloon hier war ganz anders. Er war hell, laut und voller Leben.

Jo suchte in der Menge nach Eddie. Ihr verräterisches Herz machte einen Satz, als sie ihn an der Bar entdeckte. Er trug sein Baumwollhemd und eine Tweedweste, hatte die Ärmel hochgerollt. Durch seinen offenen Kragen konnte Jo ein Stück seiner blanken Brust sehen. Sein dunkles Haar fiel ihm in die Stirn. Und in seinen blauen Augen tanzte das Lachen über das, was sein Nebenmann gerade gesagt hatte.

O Gott, er sieht so gut aus, dachte Jo. So gut sieht er aus und ist so herzlos und grausam.

Da schaute Eddie hoch. Sein Blick traf ihren, seine Augen weiteten sich vor Überraschung. Jo ging durch die Menge auf ihn zu.

»Sie sind ja so rot, Miss Montfort. Waren Sie beim Tanzen?«, fragte er, als sie vor ihm stand.

»Nein, ich ...«, setzte Jo an, doch er unterbrach sie.

»Willst du tanzen?«, fragte er ironisch. »Der Klavierspieler spielt gerade *Good enough*, eines meiner Lieblingsstücke. Komisch, nicht?« Er lächelte, als ob er etwas bedauerte und sagte: »Ach, du kannst nicht mit mir tanzen, stimmt. Du bist ja jetzt vergeben, und ich bezweifle, dass Mr Aldrich das so gut fände. Alles Gute zur Verlobung, nebenbei. Ich hab's in der Zeitung gelesen.«

Er klang immer noch ironisch, doch sein Lächeln war voller Bitterkeit.

Jo packte der Zorn. Du hast kein Recht, so bitter zu sein, wollte sie sagen. Du hast eine andere. Du hast mich nur benutzt.

»Ich bin nicht zum Tanzen hier, Mr Gallagher«, entgegnete sie kalt.

»Nein? Warum denn dann? Noch ein paar Herzen brechen? Oder auf den Resten von meinem herumtrampeln?«

Jos Augen verengten sich. »Du musst gerade reden, Eddie!«

»*Ich*? Ich werde nicht Bram Aldrich heiraten!«

»Nein. Warum auch? Er würde dir für deine Karriere auch nichts nützen«, erwiderte sie scharf.

»Was meinst du damit?«, fragte Eddie verwirrt.

»Erspar mir das Getue. Ich bin hier, weil ich etwas für dich habe. Etwas, was du *sicher* lieben wirst – einen Knüller. Ich weiß, wo Kinch ist, Fay hat's mir gesagt. Sie ist ihm letzte Nacht gefolgt. Er ist in einer Pension in der Pitt Street.«

»Du hättest mir sagen können, dass du dich verlobst, anstatt es mir durch die Zeitung mitzuteilen. Warum hast du nichts gesagt?«

Sein Blick suchte ihren, und sie sah darin denselben Zorn, den auch sie im Herzen trug. Und noch etwas anderes. Etwas, das sie nicht erwartet hatte – eine tiefe und raue Verletztheit. Sie war sicher, dass er das nur vortäuschte. Schnell sah sie zur Seite und wollte sich nie wieder von ihm umstimmen lassen.

»Wir hatten eine Vereinbarung, erinnerst du dich? Meine Antworten, deine Geschichte«, sagte sie. Er sollte nicht sehen, wie tief er sie verletzt hatte.

Eddies Blick wurde hart. »Eine Vereinbarung. Mehr war das nicht? Hab ich vergessen.« Er nahm seinen Mantel und seinen Hut von einem Barhocker. »In Ordnung, dann bringen wir das zu Ende.«

Er ging voran durch die Menge. Jo musste sich beeilen, um mit ihm Schritt zu halten. Ihm so nah zu sein, war härter, so viel härter, als sie es sich vorgestellt hatte. Ein Teil von ihr wünschte sich, dass sie ihn nie mit seiner Freundin gesehen hätte, dass sie immer noch keine Ahnung davon hätte, was für ein Typ er wirklich war. Dann könnte sie sich wenigstens einbilden, dass ihm etwas an ihr lag. Denn diese Begegnung führte ihr wieder schmerzlich vor Augen, dass ihr noch sehr viel an ihm lag.

Eine Geschichte. Eine Möglichkeit, um sich einen Namen zu machen. Mehr ist das nicht für ihn, sagte sie sich und versuchte damit, ihre Abwehr zu verstärken.

Eddie hielt ihr die Tür auf, dann liefen sie hinaus in die Nacht.

64

Auf der Eingangstreppe von Haus Nummer 16 in der Pitt Street saß ein Mann und reinigte mit einem Messer seine Fingernägel. Die roten Ziegelmauern des Hauses waren schwarz vom Ruß, die Stufen brüchig, die Haustür hing schief in alten Angeln.

Der Mann hatte schmutzige Hände, seine Kleidung war zerlumpt und geflickt. Als Jo und Eddie vor ihm standen, zog er etwas aus seinen Haaren und zerdrückte es zwischen seinen Fingern.

»Sind Sie der Vermieter?«, fragte Eddie.

Der Mann deutete zur Tür.

Jo und Eddie betraten das Foyer einer einstmals vornehmen Villa. Hundert Jahre zuvor war die Pitt Street eine begehrenswerte Adresse, doch die eleganten Häuser von damals waren verkauft und in Pensionen umgewandelt worden, als die Stadt sich weiter nach Norden ausdehnte.

Auf der linken Seite der Eingangshalle lag ein großer Gesellschaftsraum, dessen hohe Bogentüren längst verschwunden waren. Eddie betrat als Erster den Raum, Jo kam ihm nach. Große Brocken vom Verputz waren von der Decke gefallen. Die Reste der Tapeten schimmelten, ein paar alte Stühle, deren Polsterung aus den Sitzen quoll, standen herum, ein Gaskronleuchter spendete dumpfes Licht.

An einem kümmerlichen Feuer wärmten sich einige hohläugige, gebrochene Menschen. Einige hielten Gläser mit trübem Gin, den ein Mann in einer Ecke für einen Penny das Glas verkaufte. Jo sah, wie ein anderer Mann sorgfältig ein Stück Zeitung in seine Schuhe hineinfaltete, um die Löcher in den Sohlen zu verdecken. Eine Frau in einer mottenzerfressenen Jacke wischte sich im Schein einer Spiegelscherbe Rouge ins Gesicht. Dann griff sie sich vorne ins Kleid und schob ihre Brüste so hoch hinauf, dass sie fast zum Ausschnitt herausquollen.

»Braucht ihr 'n Zimmer?«, sagte jemand.

Der Gin-Verkäufer. Er hatte helle Augen, fettiges Haar und einen struppigen Bart.

Jo erstarrte und fühlte sich durch die bloße Vermutung beleidigt. »Brauchen wir nicht.«

»Wir möchten gern mit einem von Ihren Mietern reden. Einem Mr Kinch«, sagte Eddie.

»Mit dem Namen hab ich hier keinen«, meinte der Mann.

»Sind Sie sicher?«, fragte Jo.

»Denken Sie, ich weiß nicht, wer in meinem eigenen Haus wohnt?«, knurrte der Mann.

Unbeeindruckt sagte Jo: »Er sieht ungewöhnlich aus. Sein Gesicht ist tätowiert.«

»Oh, der. Der ist weg. War nur eine Nacht da. Hat seinen Namen nicht gesagt.«

»Wann?«, erkundigte sich Jo.

Der Mann bearbeitete zwischen seinen Zähnen Essensreste mit seiner Zunge. Er starrte still vor sich hin. Als hätte er sie nicht gehört. Eddie drückte ihm einen Dollar in die Hand.

Der Mann tippte an den Rand seines Huts und sagte: »Heute Nachmittag. Gegen drei.«

»Ist das Zimmer schon vermietet?«, wollte Eddie wissen.

»Nein.«

»Können wir es sehen?«

Der Mann schaute von Eddie zu Jo, dann lachte er. »Klar könnt ihr das *sehen*. Kostet einen Vierteldollar. Fürs *sehen* oder was immer ihr da vorhabt.«

Eddie blickte den Mann abschätzend an, dann gab er ihm das Geld und erhielt dafür einen Schlüssel. »3c. Dritter Stock. Hinten raus.«

Jo folgte Eddie die Treppe hoch. Sie musste sich sehr zusammennehmen, um da hinaufzugehen. Kakerlaken liefen über die Stufen und die Wand hoch. Der Gestank nach ungewaschenen Körpern und Nachttöpfen war unbeschreiblich. Doch unter alldem lag ein noch viel schrecklicherer Geruch – der Geruch der Verzweiflung.

Jo war froh, als sie endlich den dritten Stock erreichten. Neben dem Treppenabsatz öffnete sich eine Tür, ein schwankender Mann kam heraus, auf dem Weg zur Toilette. Sekunden später hörte Jo, wie er sich übergab. Sie linste in sein Zimmer und sah eine Frau, die auf dem Bett saß, den Kopf zwischen den Händen.

»Glaubst du wirklich, dass wir hier etwas finden?«, fragte sie Eddie.

»Versuchen können wir es.«

Eddie sperrte die Tür zu Kinchs Zimmer auf. An der Wand fand er einen Lichtschalter, und die einzige Gasflamme in diesem Raum sprang an. Als Jo eintrat, weiteten sich ihre Augen. In der Bend hatte sie solche Zimmer gesehen, aber noch nie eines betreten. Vor einem kleinen, schmutzverkrusteten Fenster hing ein zerrissener Vorhang. Es gab einen dreckigen Teppich, einen kleinen Kamin und ein schmales Bett mit einer fleckigen Matratze. Wenn Jo auch nur eine Nacht in diesem Zimmer verbringen müsste, würde sie aus dem Fenster springen – das wusste sie, als sie die rissigen Wände und die vom Rauch geschwärzte Zimmerdecke sah.

»Das verstehe ich nicht. Er hat doch Geld, Richard Scully hat ihm tausend Dollar gegeben. Er könnte sich ein anständiges Zimmer nehmen. Warum dann so eines?«, fragte sie.

»Damit er verschwinden kann«, antwortete Eddie. »Ich wette, dass er andauernd woanders ist. Bleibt vermutlich nie mehr als eine Nacht, egal wo.«

Auf dem ganzen Weg von der Reade Street hierher hatte er bisher fast nichts zu ihr gesagt und sie auch kaum angesehen. Sogar jetzt sprach er nur so wenig wie nötig. Jo hasste dieses neue Schweigen zwischen ihnen, doch sie unternahm nichts, um die Situation zu verändern.

Nachdenklich ging Eddie durch das kleine Zimmer, hob am Bett die Matratze hoch, dann auch den Teppich, fand jedoch nichts. Jo schaute in den Kamin, in dem Aschereste lagen, allerdings nicht von Holz oder Kohle, sondern solche wie nach dem Verbrennen von Papier. Sie kniete sich hin und sah sich die Reste genauer an. An der Seite lag ein Stückchen Papier. Es war fast ganz verbrannt, doch dieser winzige Rest war noch erhalten. Jo nahm ihn, einige Buchstaben waren noch lesbar.

CIS MALLO
ARKBRI

Jo hielt den Atem an. Das war ein Schlüssel. Ein wichtiger. Das wusste sie einfach.

»Eddie, schau!«, rief sie und vergaß in der Aufregung über die Entdeckung ihren Ärger. »Diese Buchstaben sind Teile von Namen: Francis Mallon und Darkbriar, glaube ich. Mallon war der Pfleger, den Eleanor Owens angegriffen hat, als sie aus Darkbriar geflohen ist, erinnerst du dich? Kinch ist anscheinend unterwegs, um Mallon zu treffen. Er wird ihn wegen Eleanor fragen wollen. Vielleicht will er so herausfinden, ob sie ihm etwas über die Ladelisten gesagt hat.«

»Weißt du was, Jo?«

Sie sah ihn gespannt an. »Was denn?«

Doch Eddie schaute sie nicht an. Er starrte aus dem schmutzigen Fenster. Mit müder, tonloser Stimme antwortete er ihr: »Mir ist das inzwischen egal.«

65

»Das war's also? Ist es jetzt aus?«, sagte Jo wütend.

»Der Fahrer wartet. Steig ein«, entgegnete Eddie mit zusammengebissenen Zähnen. Er hielt ihr den Einstieg einer Droschke auf.

Nachdem Eddie erklärt hatte, dass er mit alldem fertig war – mit

Kinch, dem Narbengesicht, Eleanor Owens, der *Nausett*, der *Bona-venture* und mit ihr, Jo, vor allem mit ihr – hatten sie die Pension verlassen, waren von der Pitt Street bis zur Houston Street zu Fuß gegangen.

»Du lässt mich hier so einfach stehen?«, fragte Jo. Sie hatte sich geweigert, in die Kutsche einzusteigen.

»Ja. Ich schaffe das alles nicht mehr«, erwiderte er und ging weg.

Einige Sekunden lang war Jo sprachlos. Erst brach er ihr das Herz, und jetzt ließ er sie mit den ganzen ungelösten Fragen im Stich. Wie konnte er so etwas bloß tun?

»Irgendwie bin ich wohl blind, kann ja nicht anders sein«, rief sie ihm nach. »Du hast mich ganz schön ausgetrickst, Eddie.«

Eddie blieb stehen und drehte sich um. »*Ich* habe *dich* ausgetrickst? Worüber redest du da?«

»Ich dachte, du wärst ein netter Mensch. Ich dachte, ich bedeute dir etwas. Aber leider stimmt das nicht. Du bist grausam!«, rief Jo wütend.

Da machte er eine Kehrtwendung. »Ich? *Ich?* Meinst du das wirklich, Jo?«

»He, Schwester, willste fahren oder nicht?«, rief der Droschkenkutscher.

»Nein!«, brüllte Jo und knallte die Tür der Kutsche wieder zu.

Mit geballten Fäusten marschierte sie zu Eddie. »Hast du vergessen, warum ich zu dir gekommen bin? Wegen meinem Vater. Mir ist das nicht egal. Mir hat das damals etwas bedeutet, und das tut es immer noch. Ich will meine Antworten.«

»Um Gottes willen, Jo, bei mir ist das auch so! *Du* bedeutest mir etwas!« Seine Worte hallten laut durch die dunkle Straße.

Jo musste fast auflachen. »Ach ja? Ich muss sagen, du hast eine *sehr* merkwürdige Art, das zu zeigen.«

»*Ich?*«

»Ja, Eddie, *du*!«

Eddie hob die Hände. »Ich gehe jetzt. Denn das ist wirklich verrückt. Aber davor sag mir noch eines, nur eines …«

Jo streckte ihm ihr Kinn entgegen. »Und was, bitte?«

»Warum hast du das gemacht? Warum hast du mir das Herz aus dem Leib gerissen? Warum wirst du Bram heiraten?«

Jo fühlte sich, als hätte er sie geohrfeigt. Sie trat einen deutlichen Schritt zurück. »Mach *das* jetzt nicht, Eddie. Meine Nerven halten noch mehr Aufregungen im Moment nicht mehr aus.«

Eddie schnaubte. »Jetzt aber mal halblang. Deine Nerven sind stark wie Stahlseile. Ich weiß doch, warum du das gemacht hast. Weil ich dir nicht gut genug bin. Denn egal, was ich tue, wie hart ich arbeite, ich werde nie ein Van Rensselaer sein oder ein Astor oder ein Aldrich.«

»Was redest du da?« Jo bebte vor Zorn.

»Ich glaube, du hast es ganz gut verstanden.«

»Ach, das glaubst du also, Eddie? Na, dann hör mir mal zu. Ich glaube, dass du ein Schuft bist. Und ich glaube, dass sich deine Freundin ziemlich aufregen würde, wenn sie dich jetzt so hören könnte.«

Eddie wirkte plötzlich verwirrt. »Meine *was*?«

Jo starrte ihn an. »Tu nicht so unschuldig. Ich hab dich doch mit ihr gesehen. Auf der Fifth Avenue. Vor dem Haus der Aldriches. Ist gerade mal eine Woche her.«

»Auf der Fifth Avenue?«, wiederholte Eddie ziemlich verdutzt. »Vor einer Woche?« Dann schien er zu verstehen. »Das war Eileen. Meine Schwester. Ich hatte sie zum Essen eingeladen.«

Jo war verblüfft. »Deine … deine *Schwester*?«, sagte sie kleinlaut.

Eddie hatte ihr in der Nacht, als sie in der Bend unterwegs waren, von Eileen erzählt. Sie hatte auf einem Ohr ihr Gehör verloren, als ein Priester sie schlug. Jo erinnerte sich jetzt, dass sich das Mädchen an Eddies Arm dicht zu ihm gebeugt hatte – weil sie hören wollte, was er gesagt hatte.

»Du dachtest, Eileen wäre meine Freundin«, flüsterte Eddie kaum hörbar. Die Wut in seinen blauen Augen verwandelte sich in Schmerz. »Und für so einen Typen hältst du mich? Du denkst, ich könnte dich küssen, mit dir im Arm einschlafen und dann mit einer anderen losziehen?«

Jos Herz schmolz wie Blei, als sie begriff, was sie angerichtet hatte. Ich habe einen Fehler gemacht, schoss es ihr durch den Kopf, einen schrecklichen Fehler.

»Ich ... ich wusste nicht, was ich davon halten sollte.« Sie brachte die Worte kaum heraus. »Ich habe dich mit einem Mädchen gesehen ... Und mein Onkel, er hatte gehört, wie ein Reporter beim *Standard*, einer mit einem irischen Nachnamen, hässliche Dinge über eine junge Frau sagte, die er für eine Geschichte ausgenutzt hat.«

»Ich weiß nicht, was dein Onkel gehört hat, aber von mir kam das nicht.« Er lächelte sie traurig an. »Eileen und ich sehen uns ziemlich ähnlich. Bist du überhaupt nicht auf die Idee gekommen, dass sie meine Schwester sein könnte? Vielleicht *wolltest* du einfach denken, dass ich mit einem anderen Mädchen zusammen bin. Das macht für dich alles einfacher, Jo, oder nicht? Wenn ich ein Schuft bin, dann musst du dich nicht entscheiden.«

»Das ist nicht wahr!«, protestierte Jo.

Eddie schüttelte den Kopf. »Wie schon gesagt, ich schaffe das alles nicht mehr. Mich mit dir treffen. So nah bei dir sein. Über das reden, was zwischen uns war oder nicht war.«

»Eddie, es tut mir leid, ich ...«

»Ich liebe dich, Jo«, fiel Eddie ihr ins Wort. »Du bist das bemerkenswerteste, schönste und verstörendste Mädchen, das ich je kennengelernt habe. Ich weiß, das sollte ich dir nicht sagen. Und ich sage es nicht, weil ich will, sondern weil ich muss. Damit du verstehst, warum ich dich nicht mehr treffen kann. Es wäre nicht recht. Du bist jetzt die Verlobte eines anderen Mannes.«

Jo starrte ihn an. Er wirkte so elend nach seinem Bekenntnis. Sie wollte etwas sagen, irgendetwas, doch sie glaubte, beim ersten Wort in Tränen auszubrechen.

Eddie hielt eine andere Droschke an. »Dieses Mal steigst du ein.« Er öffnete den Schlag. »Zur Ecke Irving und 16th Street«, sagte er zum Kutscher.

Stumm stieg Jo ein, und Eddie schloss hinter ihr die Tür. Das Fenster war heruntergeschoben. Jo legte eine Hand auf den Fensterrahmen.

»Auf Wiedersehen, Miss Montfort. Ich hoffe, Sie finden, was Sie suchen«, sagte Eddie mit traurigem Lächeln.

Tränen schossen Jo in die Augen. »Eddie, nicht. Das kannst du doch nicht machen. Du kannst doch nicht solche Dinge sagen und dann weggehen.«

»Doch, Jo, kann ich.« Mit diesen Worten drehte er sich um und ging die Straße hinunter.

»Eddie, warte!«, rief ihm Jo hinterher, doch die einzige Antwort war das Geräusch seiner verhallenden Schritte.

Verzweifelt saß sie da und versuchte, klar zu denken. Doch es ging nicht. »Verdammt! Verdammt noch mal!« Sie hieb einen Handschuh auf die Sitzbank und schluckte schwer, um den Kloß in ihrer Kehle zu lösen. »Was habe ich bloß getan?«

Doch sie wusste, was sie getan hatte. Sie hatte von Eddie das Schlechteste angenommen, anstatt das Beste von ihm zu denken. Sie hatte den Glauben an ihn verloren, weil sie nicht an sich glaubte. Weil sie nicht daran glaubte, dass sie über sich selbst entscheiden konnte. Dass sie selbst wählen konnte. Oder sie selbst *sein* könnte.

Und jetzt war es zu spät. Sie war Bram versprochen. Die Verlobung war bekannt gegeben, ein Termin für die Hochzeit vereinbart. Alle waren so glücklich. Alle, außer ihr.

»Was soll ich tun?«, flüsterte sie.

Die Tränen, die sich über so lange Zeit angestaut hatten, flossen endlich, und sie schluchzte hemmungslos.

Ihr Herz lag in Tausenden Scherben. Und sie hatte es selbst zerstört.

66

Jo atmete tief durch. »Reiß dich zusammen«, ermahnte sie sich, als sie zum Irving Place ging.

Der Fahrer hatte sie bis zur gewünschten Stelle gebracht. Jo bezahlte ihn und ging Richtung Gramercy Square, konzentrierte sich dabei ganz auf ihren Atem. Sie musste sich beruhigen. Es war nicht einfach, zurück ins Haus zu gelangen, da musste sie ihre Sinne beisammenhaben.

Mitternacht war gerade vorbei, es war sehr dunkel. Auf der Irving Street gab es nur ein paar schummrige Gaslaternen, und sie musste noch ein paar Blocks gehen.

Wie konnte sie noch Bram heiraten, wenn sie jetzt Eddies wahre Gefühle kannte? Aber wie konnte sie ihre Verlobung mit Bram wieder lösen?

Und die Nachforschungen über den Tod ihres Vaters – wie sollte sie ohne Eddies Hilfe weitermachen? Sie waren ein Team, ein gutes Team. Sie waren so nah dran, Kinch zu finden. So nah, ihn von Angesicht zu Angesicht zu treffen. Obwohl sie vor dem Mann Angst hatte, wollte sie in seine fürchterlichen Augen sehen und ihn fragen, wer er war. War er Stephen Smith? Hatte er ihren Vater getötet?

Wenn es so war, würde er ihr das zwar kaum sagen, aber sie wüsste es dann ohnehin. In seinen Augen stünde die Wahrheit.

Jo dachte darüber nach, was sie in der Pitt Street erfahren hatte. Kinch wollte nach Darkbriar, um mit Francis Mallon zu sprechen. Da war sie sich sicher. Er suchte immer noch nach den Ladelisten. Wenn sie die doch bloß vor ihm finden könnte! Wenn sie sie in Händen hielt, könnte sie selbst sehen, woraus die Fracht der *Bonaventure* bestand und ob es tatsächlich eine Verbindung zwischen Van Houten und dem Schiff gab.

Ich werde Francis Mallon allein aufsuchen, dachte sie. Eddie brauche ich dazu nicht. Ich muss nur nach Darkbriar und mit ihm reden.

Sie schüttelte sich bei der Vorstellung, durch die schweren Tore von Darkbriar und direkt in das Sanatorium zu gehen, doch sie sagte sich, dass das ziemlich dumm war. Dort wäre sie vollkommen sicher.

Sie war derart vertieft darin, eine Geschichte zu erfinden, die sie morgen ihrer Mutter auftischen konnte, damit sie aus dem Haus kam, nach Darkbriar und zurück fahren konnte, dass sie die Schritte erst nicht hörte. Und dann war es zu spät.

Eine Hand verschloss Jo den Mund. Ihr Arm wurde nach hinten gedreht. Entsetzt kämpfte Jo gegen ihren Angreifer, doch sie kam nicht gegen ihn an. Er zog sie in eine dunkle Seitenstraße zwischen zwei Häusern und drückte sie gegen eine Mauer. Als sie sich den Kopf anschlug, sah sie Sterne. Die rauen Ziegel zerkratzten ihr die Wange. Der Angreifer nahm die Hand von ihrem Mund, hielt ihren Arm aber noch fest. Sie hatte das Gefühl, er würde ihr gleich die Schulter auskugeln. Plötzlich glitzerte etwas silbern vor ihren Augen. Ein Messer, die Klinge blitzte in einem Streifen Mondlicht auf, der in die Gasse fiel. Jo wimmerte ängstlich.

»Kein Laut mehr, oder ich steche zu«, sagte die Stimme – eine männliche Stimme, derb und tief.

Jo nickte, so gut sie konnte.

Der Mann presste sich an sie. »So ein hübsches Mädchen.« Sein Atem war heiß an ihrem Ohr. »Was tut die denn so allein hier draußen? Sie sollte zu Hause sein, wo brave Mädchen um diese Zeit sind. Nur Nutten sind jetzt auf der Straße. Bist du eine Nutte, Miss Montfort?«

»Bitte«, flüsterte Jo. Sie hatte die Augen geschlossen. Sie zitterte, außer sich vor Angst.

»*Bitte*«, äffte der Mann sie nach. »Sagst du das auch zu deinem Zeitungsjungen?«

Er küsste sie auf den Hals und zog die Spitze seines Messers über ihre Wange bis zu ihrer Nase. Jo wimmerte wieder, sie konnte es nicht verhindern.

»*So* hübsch aber auch. Aber ohne Nase bist du nicht mehr hübsch. Mach nur weiter so, dass du in den Geschichten anderer Leute herumstocherst, dann komme ich eines Nachts zu dir nach Hause, in dein Schlafzimmer, und schneide das niedliche Näschen einfach ab. Und bin schon wieder weg, bevor du überhaupt anfängst zu schreien. Glaubst du, dein Zeitungsjunge mag dich dann noch? Niemand mag dich dann mehr.«

Der Mann senkte das Messer. Er küsste sie noch einmal. Sein Atem stank.

»Jetzt gehe ich, Miss Montfort. Aber du bleibst schön hier. An dieser Mauer. Du wirst bis zehn zählen, schön langsam, und dann gehst du nach Hause und tust, wie ich dir gesagt habe. Wie ein braves Mädchen. Wenn du das machst, müssen wir uns nie wieder sehen. Fang an zu zählen. Ganz langsam ...«

Jo zählte – mit geschlossenen Augen und gepresster Stimme.

Als sie bei zehn war, öffnete sie die Augen. Der Mann war fort. Sie war allein.

Schwankend versuchte sie, einen Schritt zu machen. Und dann noch einen. Und dann fiel sie auf ihre Knie und übergab sich.

—67—

»Weiß kann so grell sein«, stellte Anna Montfort fest. »Elfenbein wäre wahrscheinlich besser zu deinem Teint. Sowohl für das Kleid wie auch für die Blumen. Ach, das wäre alles so viel leichter, wenn Grandma nicht darauf bestehen würde, dass die Hochzeit in Herondale gefeiert wird!«

»Das ist doch wegen Mr Aldrich, Mama«, sagte Jo sanft. »Er kann sonst nicht dabei sein.«

Sie saßen im Salon beim Frühstück. Seit gestern war entschieden, dass Jo bei ihrer Hochzeit Weiß tragen sollte. Eigentlich waren für eine Braut, die gerade erst die Trauerzeit beendet hatte, gedeckte Farben üblich, doch Grandma hatte erklärt, dass Jo zum Altar ging, nicht in ein Mausoleum und sich strikt geweigert, über ein malvenfarbenes Hochzeitskleid auch nur nachzudenken.

»Natürlich hast du recht, Josephine«, erwiderte Anna. »Peter soll bei der Hochzeit seines Sohnes dabei sein. Außerdem ist Herondale Privatgrund. Dort gibt es ein schönes großes Tor, das all die lästigen Reporter draußen halten wird, die der Welt berichten wollen, welche Canapés serviert werden.«

»Ja«, murmelte Jo. »Lästige Reporter können wir nicht gebrauchen.«

»Aber es gibt immer noch das Problem, wie wir Dutzende von Treibhausrosen aus der Stadt aufs Land bringen können«, fuhr ihre Mutter fort.

Jo hörte kaum zu. Ihre Hand wanderte unbewusst zu ihrer rechten Wange und zu den Schrammen dort, verursacht von der Ziegelmauer, an die der Angreifer ihren Kopf gepresst hatte.

Ich bin gestolpert, Mama. In meinem Badezimmer. Heute früh. Ich habe an die Hochzeit gedacht, nicht aufgepasst, bin gefallen und habe mir am Rand der Badewanne den Kopf aufgeschlagen.

So hatte sie die Schrammen erklärt. Jetzt, zwei Tage nach dem Angriff, begannen sie zu verheilen. In ihr selbst heilte nichts.

In jener Nacht stolperte sie nach Hause, hielt ihr Schluchzen zurück, bis sie in ihrem Badezimmer war. Dort zog sie sich aus, ließ ein heißes Bad ein und setzte sich in das Wasser, mit dem Gefühl, nie wieder sauber zu werden.

Seit dem Überfall schlief sie kaum noch und hatte keinen Appetit. Der Angreifer hatte sie terrorisiert. Verletzt. Beschmutzt. Und sie konnte nichts dagegen machen. Das schien er zu wissen. Er schien zu wissen, dass sie niemandem davon berichten würde, weder ihrer Mutter noch ihrem Onkel noch der Polizei. Dass sie niemandem davon berichten *konnte*. Als ob er *sie* kennen würde.

Und sie hatte ihn gar nicht richtig gesehen. Dafür hatte er schon gesorgt. Seine Stimme hatte sie zwar gehört und glaubte nicht, dass es die von Kinch war, doch sicher war sie nicht. Ihre Angst war zu groß, um genau hinzuhören. War der Angreifer Kinch? Oder war er der Mann mit dem narbigen Gesicht, der auch Eddie überfallen hatte?

Seine Stimme kam immer wieder. Sie war ständig in ihrem Ohr, immer und immer wieder. *Dann gehst du nach Hause und tust, wie ich dir gesagt habe. Wie ein braves Mädchen.*

Ja, ich bin ein braves Mädchen, dachte sie. Ich habe keine andere Wahl. Ich werde nicht weiter nach dem Mörder meines Vaters suchen. Nicht weiter davon träumen, Reporterin zu werden. Und ich werde den Mann aufgeben, den ich liebe. Ich werde ein braves Mädchen sein und tun, was alle von mir erwarten. Denn wenn nicht, dann kommt eines Nachts ein Mann mit einem Messer in mein Schlafzimmer.

Jos strahlende Augen waren stumpf, ihr frisches Gesicht zur Maske geworden. Angst dämpfte das Feuer, das in ihr brannte, zu einer schalen Glut, und die würde bald verlöschen. Vielleicht nicht heute und nicht in einem oder in zwei Jahren. Doch Stückchen für Stückchen würde das alles verschwinden. Bis von ihren Wünschen, die sie einmal an das Leben hatte, und von der Person, die sie werden wollte, nur noch ferne Erinnerungen blieben.

Sie hatte begriffen, dass die Welt außerhalb von Gramercy Square dunkel und gefährlich sein konnte und dass man stark sein musste, wenn man sich in ihr bewegen wollte. Nellie Bly war stark. Fay war stark. Auch Eleanor Owens war stark gewesen. Aber Jo Montfort? Sie fühlte sich jetzt so schwach, dass schon das Heben der Teetasse eine Herausforderung war.

»Egal, für welche Farbe wir uns entscheiden – die Blumen müssen auf jeden Fall von Meeker's kommen. Nur denen vertraue ich ...«

Ihre Mutter sprach immer noch über die Blumen. Jo nickte lustlos, Blumen und alles andere waren ihr gleichgültig. Plötzlich wurde die Tür aufgerissen, und ein bleicher und verwirrter Theakston betrat den Salon.

»Ma'am, verzeihen Sie bitte, aber das Mädchen von Mrs Phillip Montfort ist hier«, sagte er sichtlich aufgebracht.

Anna sah ihn kühl an. »Warum sagen Sie mir das, Theakston? Ich empfange gewöhnlich nicht die Dienstboten anderer Leute.«

»Das ist mir sehr wohl bewusst, Ma'am. Aber es handelt sich hier um äußerst ungewöhnliche Umstände. Sie ist gekommen, um Sie und Miss Jo zu Mrs Phillip Montfort zu bringen. Anscheinend ...« Theakston sprach nicht weiter. Er rang nach Worten.

»Was ist denn, Theakston? So fassen Sie sich doch, um Gottes willen!«, tadelte Anna ihn.

Theakston nickte. Er drückte die Schultern durch. »Mr Alvah Beekman wurde ermordet, Ma'am. Von einem Wahnsinnigen, mit einem Messer. Gestern Nacht ist das passiert, und es scheint, als hätte der Wahnsinnige noch jemandem nach dem Leben getrachtet ... Mr Phillip Montfort.«

68

»Mir geht es gut«, beharrte Phillip Montfort. »Das ist nur ein Schnitt. Das verheilt wieder. Wir sollten an Alvahs Familie denken, nicht an mich.«

Jo saß in Tränen aufgelöst neben ihrem Onkel, ihre Mutter auf der anderen Seite. Ihre Tante Madeleine goss zitternd und mit rot geweinten Augen Tee ein. Jo und ihre Mutter waren gerade erst eingetroffen. Harney, der Butler, hatte ihnen die Tür geöffnet. Er war äußerst ernst und hatte sie gleich in Phillips Arbeitszimmer geführt. Auch Caroline war zugegen, sie bat das Mädchen, im Kamin Feuer zu machen. Robert sollte später im Lauf des Tages aus dem Internat nach Hause kommen.

Phillip saß am Kamin, er trug Hosen, ein Hemd, einen Morgenrock. Er war aschfahl, auf seiner Stirn zeigte sich ein breiter Bluterguss. Sein Hemdkragen stand offen, darunter sah man eine Bandage. Auf einem Tisch neben ihm standen eine Karaffe mit Brandy und ein leeres Glas.

Jo war äußerst aufgebracht darüber, dass sie ihren Onkel so erschüttert und geschwächt sah. Sie wollte wissen, was vorgefallen war, wartete jedoch mit ihren Fragen, bis das Dienstmädchen wieder gegangen war.

»Phillip, was in Gottes Namen ist geschehen?«, fragte Anna, sobald das Mädchen die Tür geschlossen hatte.

»Alvah und ich waren auf dem Heimweg«, begann Phillip. »Wir haben bis gegen zehn Uhr gearbeitet und wollten unsere Köche nicht mit der Bitte um ein spätes Essen aufscheuchen, deshalb haben wir im Washington etwas gegessen.«

Jo kannte das Restaurant. Es gehörte zu einem Hotel ein paar Straßen westlich vom Gramercy Square. Ihr Onkel aß dort oft.

»Wir gingen danach ganz gemütlich nach Hause, als plötzlich ein Mann vor uns auftauchte. Er schlug mich ins Gesicht. Ich fiel auf den Rücken. Ich habe versucht, aufzustehen, war aber zu benommen, und während ich am Boden lag, ging er auf Alvah los. Er … er hatte ein Messer«, sagte Phillip mit brechender Stimme.

Anna rang nach Luft und bedeckte ihren Mund mit den Händen. Jo wusste, dass auch sie schockiert sein sollte, doch sie war es nicht. Sie hatte etwas Derartiges erwartet.

Phillip machte eine Pause, dachte nach, goss Brandy in sein Glas. Jo hatte ihren Onkel nur sehr selten Brandy trinken gesehen und schon gar nicht vor dem Abend.

»Nachdem er Alvah umgebracht hatte, ging er auf mich los. Ich kam wieder auf die Füße. Er stach nach mir, ich habe mich geduckt, so hat mich das Messer nur oberflächlich am Brustkorb verletzt. Ich konnte seine Hand mit dem Messer packen, damit er nicht noch einmal zustechen konnte. Alles danach ist ganz unscharf, aber ich habe wohl um Hilfe geschrien, denn plötzlich waren Polizisten da, und die haben den Mann zu Boden gerungen.«

»Gott sei Dank waren diese Polizisten in der Nähe und konnten ihn festnehmen, bevor er … er … oh, Phillip!« Madeleine brach in Tränen aus.

»Aber, aber, meine Liebe«, sagte Phillip.

Caroline nahm die Hand ihrer Mutter.

»Was passiert jetzt mit dem Mann?«, fragte Jo. Sie wollte noch mehr von ihrem Onkel wissen. Sie wollte erfahren, wie der Angreifer

309

ausgesehen und ob er etwas gesagt hatte, und auch, ob die Polizei ihn identifizieren konnte. Doch sie konnte diese Fragen nicht stellen. Nicht vor ihrer Mutter, ihrer Tante, ihrer Cousine. Ihr Onkel wusste, dass sie befürchtete, er würde einmal angegriffen – und auch, warum das geschehen könnte –, aber sie wussten nichts davon.

»Ich nehme an, er wird angeklagt«, antwortete Phillip. »Die Polizei wollte ihn in die Tombs bringen, aber er war so außer Kontrolle, dass sie ihn stattdessen in Darkbriar eingeliefert haben.«

Jo wusste, was die Tombs waren – das Stadtgefängnis in der Centre Street. Es trug den Spitznamen, weil es wie ein Mausoleum aussah.

»Darkbriar war nicht weit, viel näher als die Tombs«, fuhr Phillip fort, »und es gibt dort spezielle Zellen für Leute, die sich selbst verletzen könnten. Ich weiß nicht, ob ihn die Polizei dort lassen will. Vielleicht bringen sie ihn später ins Gefängnis, wenn er transportfähig ist.«

»Die Polizei hat Phillip gegen zwei Uhr nachts hergebracht«, warf Madeleine ein. »Ich habe gleich den Arzt rufen lassen.«

»Du hättest uns auch sofort holen lassen sollen, Maddie«, sagte Anna vorwurfsvoll.

»Unsinn«, widersprach Phillip. »Das war nicht nötig. Mir geht es gut.« Doch seine Hand zitterte so stark, während er sprach, dass er sein Glas abstellen musste.

»Papa, du bist erschöpft«, sagte Caroline besorgt. »Dr. Redmond meinte, du solltest dich nicht verausgaben. Er hat gesagt, du sollst dich heute ausruhen.«

»Das werde ich auch, Caro, aber ich bin noch nicht fertig. Ich habe euch leider noch nicht alles erzählt. Auch dir nicht, Maddie. Ich wollte warten, bis wir alle beisammen sind.« Er holte tief Luft, als wollte er seine Kräfte sammeln. »Der Mann, der mich angegriffen hat – er nannte sich Kinch –, behauptet, er wäre ein Angestellter von Van Houten gewesen.«

Jos Nackenhaare sträubten sich.

»Und? War er das?«, fragte Madeleine atemlos.

»Ich bin nicht sicher. Er behauptet, Van Houten habe ihm etwas weggenommen. Sogar noch, als die Polizei ihm Handschellen angelegt hat, hat er gerufen, dass er seine Rache bekommen würde. Und er ... er erwähnte Richard und Charles. Er sagte, sie hätten schon bekommen, was sie verdienten, und der Rest von uns würde das auch noch kriegen.«

Bis zu diesem Moment hatte Jo nicht bemerkt, wie fest sie die Armlehnen des Sessels umklammerte. Das war fast ein Geständnis. Fast, aber noch nicht ganz. Kinch hatte Beekman getötet, ihr Onkel war Augenzeuge. Hatte er auch ihren Vater und Richard Scully umgebracht?

»Phillip, was redest du denn da? Du kannst doch damit nicht meinen, dass dieser Mann ... Charles getötet hat?«, sagte Jos Mutter. Ihre Stimme war kaum mehr als ein Flüstern.

»Ich weiß es nicht, Anna. Ehrlich gesagt, ist mir nicht klar, wie er das hätte tun können. Wie wäre er ins Haus gekommen? Die Türen waren alle verschlossen. Das hat Theakston ja gesagt. Und Charles hätte einen derart wild aussehenden Mann niemals ins Haus gelassen«, argumentierte Phillip.

»Ich glaube das nicht. Ich *kann* es nicht glauben.« Madeleine schüttelte den Kopf. »Das ist ein Verrückter. Warum sollten wir irgendetwas von dem glauben, was er sagt?«

»Kinch ist jedenfalls nicht ganz bei Verstand«, meinte Phillip.

»Aber warum erzählst du uns das dann, wenn es nicht wahr ist?«, fragte Madeleine unglücklich. »Haben wir nicht schon genug durchgemacht?«

»Weil der Presse die Wahrheit gleichgültig ist«, antwortete Phillip. »Gestern Nacht tauchten schon die ersten Reporter am Ort des Geschehens auf, da war Alvahs Körper noch nicht einmal kalt. Wenn sie von Kinchs Anschuldigungen erfahren – und das werden sie –, wird das ein Freudentag für die. Drei Tote bei Van Houten, ein Verrückter – das ist ein gefundenes Fressen für einen Chefredakteur. Jedes Blatt in dieser Stadt wird Gerüchte breittreten, und jeder Schuhputzer und jedes Küchenmädchen wird sich über die Montforts das Maul zerreißen. Ich möchte, dass ihr darauf vorbereitet seid. Vielleicht werden wir in unseren Kutschen von Reportern bedrängt.

Vielleicht klopfen sie an unsere Haustüren und lagern auf unseren Eingangstreppen. Ihr dürft natürlich nicht mit ihnen sprechen.«

Ein Hustenanfall unterbrach ihn, und nachdem er vorbei war, lehnte er sich mit rotem Gesicht und erschöpft in seinem Sessel zurück.

»Papa, du übernimmst dich. Ruh dich aus«, drängte Caroline. »Soll ich nach Harney klingeln, damit er dich hinaufbegleitet?«

»Auf keinen Fall. Ich kann sehr gut in meinem eigenen Haus die Treppe hinaufgehen«, sagte Phillip und stand auf. »Wenn diese Belästigungen durch die Presse so ekelhaft werden, wie ich es befürchte, werde ich für uns alle ein Haus auf dem Land mieten. Die Aldriches kennen da sicher etwas Passendes.«

»Papa ...«, bat Caroline.

»Ja, Caro, ich weiß. Ich gehe ja schon.« Er verabschiedete sich von allen und verließ dann langsam das Zimmer.

»Wir haben so viel Glück gehabt, Maddie«, sagte Anna, als er gegangen war. »Wenn er härter gestürzt wäre, wenn dieser schreckliche Mensch schneller gewesen wäre ... Ich ertrage es gar nicht, daran zu denken.«

»Ja, wir hatten Glück«, stimmte Maddie zu. »Aber die arme Familie Beekman nicht, und uns allen steht wieder eine Beerdigung bevor. Das ist einfach zu viel.«

»Du glaubst ja nicht, dass etwas dran ist an dem, was Phillip gesagt hat? Dass dieser schreckliche Mann etwas mit dem Tod von Charles zu tun haben könnte?«, fragte Jos Mutter, ihre Augen waren voller Kummer. »Ich glaube nicht, dass ich es ertrage, falls ... falls ...«

Jo fühlte so sehr mit ihrer Mutter. Sie selbst hatte Zeit gehabt, um sich mit dem Gedanken vertraut zu machen, dass ihr Vater ermordet worden war; ihre Mutter hatte diese Zeit nicht gehabt.

»Das müssen wir abwarten, Anna«, sagte Madeleine. »Hoffentlich können die Ärzte in Darkbriar feststellen, ob dieser fürchterliche Kinch die Wahrheit sagt.«

»Wenn Phillip wieder bei Kräften ist, könnte er über Mr Stoatman vielleicht erfahren, was dessen Reporter gehört haben, wenn sie überhaupt etwas gehört haben«, schlug Anna vor. »Dass der Name von Charles jetzt von jedem Zeitungsburschen ausgerufen wird, zusätzlich zu dem, was wir schon hinter uns haben, das ist zu dem ganzen Schmerz auch eine Beleidigung.«

Jo wollte ebenfalls wissen, was Stoatmans Reporter gehört hatten. Sie brauchte keine Vorbereitung auf eine Welle von Klatsch, die ihr Onkel befürchtete. Ihr war es wichtig, herauszufinden, ob Kinch ihren Vater umgebracht hatte. Wenn die Ärzte in Darkbriar ein Geständnis von ihm erhielten, würde die Polizei das als Erste erfahren, die Presse gleich danach.

»Ich wünschte, wir müssten nicht warten. Wenn wir doch nur ein paar Reporter kennen würden, die wir gleich fragen könnten«, sagte Maddie seufzend.

»Gott sei Dank kennen wir keine«, gab Anna zurück.

Jo nahm ihre Teetasse und studierte deren Inhalt.

Aber ich kenne einen, dachte sie.

Eddie war wütend auf sie, und er hatte jedes Recht dazu, doch vielleicht würde er ihr helfen. Vielleicht würde er sich mit ihr treffen.

Nur noch ein letztes Mal.

»Wollen Sie sich setzen, Miss?«, fragte die junge Frau an der Kasse forsch, während sie die Rechnung eines Gastes kassierte.

»Ich suche eigentlich einen Freund. Ich setze mich dann an seinen Tisch, wenn ich darf«, antwortete Jo.

Die Frau nickte. Sie schaute kurz hoch, sah Jo dann von Kopf bis Fuß an, während die sich schon den Weg durch die Menge bahnte. Child's Restaurant auf der Park Row war mittags immer ziemlich gut besucht. Jo fiel hier in ihrem teuren Kostüm zwischen den anderen Frauen auf, die meisten trugen weiße Baumwollblusen und praktische Röcke aus kräftigem Stoff.

Child's war eine ganz neue Art von Lokal für Berufstätige. Jo hatte schon davon gehört, war aber noch nie dort gewesen. Sie staunte über die blütenweißen Kacheln an den Wänden, die blitzenden Theken mit Hockern aus glänzendem Metall darunter und über die Marmorplatten der langen Tische, an denen einander völlig fremde Leute einträchtig beisammensaßen und Suppe oder dick belegte Sandwiches aßen, die ihnen von Kellnerinnen in gestärkten Schürzen gebracht wurden.

»Eddie Gallagher? Der ist wahrscheinlich bei Child's«, hatte ihr die junge Frau am Empfang beim *Standard* gesagt. »Mittags geht er meistens dorthin. Ist gleich gegenüber.«

Jo hatte die Astor-Bibliothek und ihre Arbeit an der Historie von Van Houten wieder als Begründung angebracht, um das Haus verlassen zu können. Sie sagte, die Nachricht von Mr Beekmans Tod hätte sie so erschüttert, dass sie sich unbedingt irgendwie anders beschäftigen müsse.

»Wie kommst du mit dieser Geschichte voran?«, hatte ihre Mutter gefragt. »Ich würde das ganz gern einmal lesen.«

»Mama, meine Entwürfe gebe ich *nie* aus der Hand. Lass mich noch daran arbeiten, danach kannst du es lesen.«

Anna war einverstanden, ermahnte Jo jedoch, sich mit der Fertigstellung zu beeilen, da sie sich jetzt mit anderen Dingen befassen musste, die wichtiger waren als ihr Geschreibsel.

Fertigstellung?, hatte Jo schuldbewusst gedacht. Das wird ein bisschen schwierig, da ich ja noch nicht einmal angefangen habe.

In dem Restaurant ging sie bis ganz nach hinten durch, vorbei an Reportern, an Angestellten und Buchhaltern, Schreibkräften, Sekretärinnen und Ladenmädchen und entdeckte dort endlich Eddie. Er saß mit Oscar Rubin an einem Tisch am Fenster. Alle Stühle an dem Tisch waren belegt, nur der neben Oscar war noch frei.

»Mr Gallagher, Mr Rubin, welche Freude, Sie beide hier zu treffen«, sagte sie, als sie an den Tisch trat. Eddie hielt einen Becher Kaffee zwischen seinen Händen und knurrte, als er sie sah, stand jedoch sofort auf, wie sich das für einen Gentleman gehörte. Auch Oscar stand auf.

»Entschuldigung. Wir wollten gerade ...«

Gehen, wollte er wohl sagen. Jo war sicher. Doch Oscar unterbrach ihn. »Etwas bestellen! Schön, dich wieder mal zu sehen, Jo. Willst du dich zu uns setzen?«

Eddie warf ihm einen vernichtenden Blick zu.

»Sehr gern, vielen Dank.« Sie nahm Platz, Eddie und Oscar setzten sich ebenfalls wieder.

»Was führt dich in dieses edle Etablissement?«, erkundigte sich Oscar. »Das Corned Beef? Die Fleischbällchen?«

»Was möchten Sie essen?«, fragte eine Kellnerin, bevor Jo noch antworten konnte.

Eddie bestellte Würstchen, Bohnen und Brot und Vanilleeis in Root-Bier.

»Gut, dass ich heute nicht bei dir schlafe«, sagte Oscar. »Wusstest du, dass ein Mensch durchschnittlich fast einen Liter Gas ausscheidet? Und das ohne eine einzige Bohne im Essen.«

»Oscar«, schimpfte Eddie und deutete mit dem Kopf auf Jo.

Jo verkniff sich ein Lächeln. Wenn ein anderer Mann so etwas in ihrer Gegenwart angesprochen hätte, wäre sie ungehalten gewesen. Doch bei Oscar gehörten Körperfunktionen einfach dazu.

»Tut mir leid, Jo«, sagte er. »Ich vergesse immer, dass du ein Mädchen bist. Bringen Sie uns bitte zu dem Eis ein paar Löffel?«, bat er die Kellnerin. Dann bestellte er das Tagesgericht.

Jo wusste nicht, was sie wählen sollte, daher bestellte sie das Gleiche.

»Ich muss mal«, sagte Oscar und stand auf. »Bin gleich wieder da, Kinder.«

»Das ist übrigens ein Kompliment«, erklärte Eddie, sobald Oscar gegangen war. »Was er gesagt hat, wegen Mädchen. Das bedeutet, dass er dich gern mag.«

»Ich fühle mich geschmeichelt«, sagte Jo, die sich jetzt mit ihm so allein am Tisch nicht besonders wohlfühlte. Sie hatte ihre Hutkrempe über der rechten Wange, wo die Schrammen waren, tiefer gezogen und sah ihn jetzt von unten her an. »Eddie, der Grund, warum ich hier bin ...«

»Jo, ich habe das neulich ernst gemeint. Ich kann dich nicht mehr treffen«, sagte er mit Nachdruck. »Für mich ist das jedes Mal, als ob mir jemand eine Wunde wieder aufreißt.«

»Ich weiß das. Entschuldige bitte. Für mich ist es auch nicht leicht, und ich wäre nicht hergekommen, wenn nicht ...«

Eddies Vanilleeis kam in dem Glas mit Root-Bier. Nachdem die Kellnerin wieder fort war, nahm er einen Löffel, tauchte ihn tief in das Eis und hielt ihn ihr dann hin. Sie schüttelte den Kopf.

»Hast du schon mal so ein Eis probiert? Versuch's«, sagte er mit etwas weicherer Stimme. »Es schmeckt gut.«

Er hielt den Löffel so dicht vor ihr Gesicht, dass sie keine Wahl hatte. Geschmolzene Eiscreme lief ihr über das Kinn. Er wischte es mit seiner Serviette ab und stieß dabei an ihre Hutkrempe.

Seine Augen wurden schmal. »Was ist mit deinem Gesicht passiert?«

»Ich bin gestürzt.«

Sie zog den Hut tiefer und versuchte, die Wunden zu verbergen, doch zu ihrem Leidwesen langte Eddie über den Tisch und nahm ihr den Hut ab. Sie griff nach ihm und legte ihn auf ihren Schoß.

»Wo?«, wollte er wissen.

»In meinem Badezimmer. Hab mich an der Badewanne gestoßen.«

»Die Ränder von Badewannen sind gebogen. Da hättest du einen blauen Fleck oder so etwas, aber keine solchen Schrammen.«

»Bist du jetzt ein zweiter Oscar Rubin?«, witzelte Jo, um weitere Fragen abzuwenden.

»Du bist hier, weil du etwas von mir willst. Sag mir, was los war, oder du bekommst es nicht.«

»Ich habe dir doch gesagt, dass ich ...«

»Die Wahrheit. Sofort.«

Jo wollte nicht darüber sprechen; sprechen bedeutete, alles noch einmal zu durchleben, aber da musste sie jetzt durch. »Er hat mich überfallen«, gab sie schließlich zu.

Eddies Augen weiteten sich. Er schob das Eis zur Seite. »Kinch?«, fragte er.

»Ich weiß es nicht. Vielleicht. Oder es war das Narbengesicht. Ich konnte sein Gesicht nicht sehen.«

»Wie ist das passiert? Hat er dich bedroht?«

Jo antwortete nicht.

»Jo«, sagte Eddie und bemühte sich, leise zu sprechen.

»Er hat mich in eine Seitenstraße gezogen. Er sagte, er würde nachts in mein Haus kommen und meine Nase abschneiden. Mit einem Messer. So einem, wie er mir ins Gesicht hielt.«

Eddie sprang auf, rot vor Zorn im Gesicht. »Den bring ich um. Ich kriege heraus, wer das war, dann bring ich ihn um.«

»Setz dich«, zischte Jo entsetzt. »Führ dich nicht so auf.«

»Das ist alles viel zu weit gegangen. Schluss damit. Sofort!« Er hieb seine Faust auf den Tisch. »Du darfst, nie, *nie wieder* nachts allein aus dem Haus. Du hättest nicht einmal hierherkommen sollen!«

Jo lachte bitter. »Du hörst dich genauso an wie der. Der wäre auch glücklicher, wenn ich zu Hause bliebe.«

Eddie schüttelte den Kopf. »Ich kann nicht glauben, was du da gerade gesagt hast. Das ist totaler Sch... total unfair!«

»Mir zu sagen, ich soll zu Hause bleiben, ist genauso unfair!«, erwiderte Jo, die jetzt ebenfalls zornig war.

»Das ist doch bloß, weil ich mir Sorgen um dich mache! Was denn, wenn es nicht Kinch war? Wenn es das Narbengesicht war und der dich beobachtet? Er hat gedroht, mich umzubringen ...«

»Geht ihr irgendwie weg? Lasst Geld da, falls ihr das vorhabt. Denkt nicht mal im Traum daran, dass ich die Rechnung übernehmen könnte«, sagte Oscar zu Eddie, als der seinen Stuhl zurückschob. Er sah von Eddie zu Jo und schnitt eine Grimasse. »Oh, Verliebte unter sich?«

»Oscar!«, schimpfte Eddie erneut.

»He, was ist mit deinem Gesicht passiert, Jo?«, fragte Oscar. »Warte. Lass mal. Vielleicht werde ich *auch* angebrüllt, wenn ich danach frage.« Er nahm den zweiten Löffel, den die Kellnerin gebracht hatte, und zog Eddies Eisbecher zu sich. »Habt ihr beide über diesen seltsamen Mr Kinch gesprochen? Der Typ, dem sie den Mord an Beekman anhängen wollen?«

»Ja«, sagte Eddie, zog eine Brieftasche aus der Hose und legte einen Dollar auf den Tisch. Jo wurde mulmig, als sie sah, dass er wirklich gehen wollte.

»Die Bullen sagen, er wird gehängt. Wenn sie das machen, hängen sie einen Unschuldigen«, fuhr Oscar fort, den Mund voller Eiscreme. »Zumindest an dem Mord an Beekman ist er unschuldig.«

Eddie steckte seine Brieftasche wieder ein. »Wie kommst du denn darauf?«

Oscar leckte den Eislöffel ab. »Weil er's nicht war.«

70

Jo und Eddie gingen gleichzeitig auf Oscar los.

»Oscar, Alvah Beekman ist tot«, sagte Eddie, setzte sich wieder und lehnte sich zurück. »Er ist bei dir im Leichenschauhaus. Du hast ihn selbst dort auf einen Tisch gelegt.«

»Er ist tot, stimmt. Jemand hat ihm von einem Ohr zum anderen die Kehle durchgeschnitten. Hat die Halsschlagadern, die Drosselvenen, die Luftröhre und die Speiseröhre durchtrennt und sogar die Halswirbelsäule beschädigt«, sagte Oscar.

Jo drehte sich der Magen um, doch tief in sich spürte sie, wie eine winzige Glut, der müde Rest des Feuers, das einmal dort gebrannt hatte, ein wenig frischen Zug bekam.

»Und Kinch war da«, fuhr Eddie fort. »Die Polizisten, die dahin kamen, haben das gesagt.«

»Ich sage ja nicht, dass er nicht da war«, räumte Oscar ein. »Ich sage, dass er's nicht war.«

»Aber mein Onkel hat ihn gesehen«, drängte Jo. »Er wurde von ihm angegriffen.«

»Phillip Montfort ist nicht unbedingt ein zuverlässiger Zeuge«, entgegnete Oscar. »Er erhielt einen Schlag auf den Kopf. Ein Polizist, der dort war und mit dem ich gesprochen habe, sagte, er hätte benommen gewirkt. Montfort kann sich vielleicht an den Hergang des Ganzen nicht richtig erinnern. Er könnte Kinch auch mit einem Komplizen verwechselt haben. Vielleicht hat er nach dem Schlag nicht mehr gut gesehen. Hatte eventuell sogar einen Blackout.«

Jo erinnerte sich daran, wie ihr Onkel den Angriff geschildert hatte. »Er sagte, an einen Teil der ganzen Situation kann er sich nur undeutlich erinnern«, räumte sie ein.

Die Kellnerin brachte das Essen. Sie stellte einen Teller mit Würstchen, Bohnen und Brot vor Eddie. Jo und Oscar hatten gegrillten Käse und je eine Schale mit Tomatensuppe. Die Rechnung legte sie auf den Tisch.

»Woher weißt du, dass Kinch das nicht gewesen ist?«, fragte Eddie, nachdem die Kellnerin wieder gegangen war.

Oscar band sich die Serviette um den Hals. »Weil Beekmans Mörder Linkshänder war und Kinch Rechtshänder ist. Schaut euch das mal an ...«

Er bückte sich, kramte in seiner Arzttasche, die unter dem Tisch stand, und zog eine Ausgabe der *World* heraus. Auf der Titelseite war ein körniges Foto. Jo schüttelte sich, als sie sah, wer darauf abgebildet war: Kinch. Sie war beunruhigt, weil mindestens eine Zeitung die Geschichte schon hatte und sie noch dazu auf der Titelseite brachte.

»Seht ihr seine Hand?«, fragte Oscar.

Jo sah sich das Foto genau an und erkannte, dass Kinch sich vor dem grellen Blitzlicht zu schützen versuchte, indem er eine Hand vor das Gesicht hielt – seine rechte. Links von ihm stand ein Polizist. Auf der rechten Seite stand noch ein Mann, der eine weiße Uniform trug. Er hatte sich anscheinend bewegt, als das Foto aufgenommen wurde, da sein Gesicht ziemlich unscharf wirkte. Ein dünner, dunkler Schatten lag darauf. Die Bildunterschrift erläuterte, dass Polizeiwachtmeister Dennis Hart und der Krankenpfleger Francis Mallon den Gefangenen nach Darkbriar brachten.

»Francis Mallon«, sagte Jo. »Der war auch der Pfleger von Eleanor Owens. Wie eigenartig.«

»Eigentlich nicht«, wandte Eddie ein. »Das bedeutet doch nur, dass er einige Zeit in dem Sanatorium gearbeitet hat.«

»Da magst du recht haben«, meinte Jo. Sie schaute immer noch auf das undeutliche Gesicht und wurde das Gefühl nicht los, dass sie etwas daran kannte, doch dann sagte Oscar: »Hey, Jo!«

Sie sah auf, und da kam eine Scheibe von einem Radieschen auf sie zugeflogen. Sie schlug sie mit ihrer rechten Hand weg, das Scheibchen landete auf Eddies Teller.

»Kapiert? Das ist Instinkt. Wir versuchen immer, uns mit unserer dominanten Hand zu schützen.« Oscar nahm sich ein Dreieck von dem gegrillten Käse. »Du kannst die Zeitung behalten.«

»Das heißt doch nur, dass Kinch Rechtshänder ist«, sagte Eddie und fischte die Radieschenscheibe aus seinen Bohnen. »Und nicht, dass Beekmans Mörder Linkshänder war.«

Oscar hob einen Finger. Er hatte gerade von seinem Sandwich abgebissen, schluckte herunter und sagte: »Ganz genau. Du müsstest dir Beekmans Leiche anschauen, um zu sehen, dass sein Mörder ein Linkshänder war. Man sieht dann, dass er den Schnitt an der rechten Seite vom Hals angesetzt und das Messer zur linken durchgezogen hat. Ich zeig's euch mal.«

Er nahm mit der rechten Hand sein Buttermesser und stellte sich hinter Jo. »Du bist jetzt mein Opfer. Als Linkshänder komme ich so hinter dich, packe deine Haare mit meiner rechten Hand und schneide mit meiner linken. Ich setze hier an«, er legte das Buttermesser an die rechte Seite von Jos Kehle, »und ziehe das Messer nach links. Wenn man sich die Wunde genau ansieht, kann man erkennen, wo die Klinge angesetzt und in welche Richtung sie bewegt wurde. Bei Beekman war das von rechts nach links. Also ist sein Mörder Linkshänder.«

Die kurze Demonstration von Oscar weckte eine schreckliche Erinnerung in Jo. Für den Bruchteil einer Sekunde war sie nicht bei Child's; sie war wieder in der Gasse bei ihrem Haus. Ihr Angreifer hielt sie fest. Ihre rechte Wange wurde an die Wand gedrückt. Er hielt ihr ein Messer ins Gesicht – mit seiner linken Hand.

Oscar ließ Jo wieder los und legte das Messer auf den Tisch zurück. Einige Gäste hatten ihre Mahlzeit unterbrochen und spähten besorgt zu ihnen hinüber. Oscar machte ihnen deutlich, dass Jo nicht zu Schaden gekommen war, und setzte sich wieder.

»Hast du das Dr. Koehler gesagt?«, wollte Eddie wissen.

Oscar schnaubte. »Der sagt, dass die Polizei gesehen hat, wie Kinch ein Messer in der Hand hielt, und damit hat sich das.«

»Aber wenn Kinch Mr Beekman wirklich nicht umgebracht und auch meinen Onkel nicht angegriffen hat, weshalb um alles in der Welt war er dann da, wo das passiert ist? Und wer hat Beekman tatsächlich getötet?«, fragte Jo.

Oscar räusperte sich. »Gestattest du mir eine Indiskretion, Jo?«

»Also, Oscar, muss das jetzt sein?«, fragte Eddie.

»Das Gebäude, vor dem Beekman ermordet wurde, steht ganz nah bei einem Bordell, das Della McEvoy gehört. Die von der Polizei sagen, dass Beekman mehrmals in der Woche zu Della gegangen ist. Das wird wohl nie in der Zeitung stehen, aber man sollte sich vielleicht doch mal darum kümmern. Das Haus selbst, vor dem das Ganze passiert ist, steht leer. Also hat dort vermutlich niemand etwas gesehen oder gehört, aber vielleicht Della oder eine von ihren Mädchen.«

Jo wurde rot, als sie hörte, dass Mr Beekman Della McEvoy aufgesucht hatte. Wie *konnte* er das bloß tun? Er war verheiratet und hatte eine Tochter in ihrem Alter. Jeden Sonntag ging er in die Kirche.

»Die Spur hab ich schon überprüft«, sagte Eddie.

»Du?«, fragte Jo neugierig. »Wieso?«

Sie wusste, dass der *Standard* nichts darüber drucken würde, dass Alvah Beekman häufiger Gast eines Bordells war, daher nahm sie jetzt an, Eddie schrieb die Geschichte für ein anderes Blatt, oder er forschte doch noch nach den Hintergründen vom Tod ihres Vaters – auch wenn er ihr gesagt hatte, dass das vorbei sei.

»Mir war langweilig, hatte nichts anderes zu tun«, antwortete Eddie kurz angebunden. »Della ist nicht mehr in New York. Ihr Haus ist dicht.«

»So viel also dazu.« Oscar deutete mit seinem Löffel auf Jos Suppenschale. »Isst du das noch?«

Jo schaute auf die dicke, rote Suppe und schüttelte den Kopf. Das ganze Gespräch über durchgeschnittene Kehlen setzte ihr zu. Sie schob die Suppe und auch ihr Sandwich über den Tisch zu Oscar.

»Oscar Rubin? Bist du das etwa?«

Neben ihrem Tisch stand eine junge Frau, das dunkle Haar in einem hübschen Knoten hochgesteckt. Sie trug eine Brille, einen braunen Mantel, ein Kleid aus dunkelblauem Stoff und hatte ein dickes Manuskript dabei.

»Sarah Stein!«, rief Oscar und erhob sich mit einem breiten Grinsen.

Auch Eddie stand auf. »Hey, Sarah, wie geht's dir?«, fragte er.

»Gut! Gut! Esst ruhig weiter«, sagte die junge Frau und bat die beiden jungen Männer, sich wieder zu setzen.

Oscar stellte Jo Sarah vor. Eddie und Sarah kannten einander offensichtlich bereits. »Sarah studiert auch Medizin«, erklärte Oscar. »Sie ist die Klassenbeste.«

»Ach, Oscar.« Sarah errötete leicht.

»Ich habe eine neue Leiche für euch. Ich schick sie euch morgen rüber«, sagte Oscar und wirkte ein wenig verlegen. »Weiblich, Mitte zwanzig.«

Sarahs Augen leuchteten auf. Sie sah Oscar mit einem Blick an, als hätte er ihr gerade den Stern von Indien geschenkt.

»Todesursache?«, fragte sie aufgeregt.

»Fortgeschrittene tertiäre Syphilis.«

»Neuro?«

»Gumma.«

»Oscar, ich kann dir gar nicht sagen, wie dankbar ich dir bin«, sagte Sarah. »Wir hatten noch nie eine Leiche mit Gumma-Tumoren. Eitern sie?«

»Ein bisschen. Es gibt eine ganze Menge Nekrose. Granulation. Auch etwas Hyalinisation. Wenn ich wieder einen Todesfall mit extrapulmonaler Tuberkulose reinkriege, schicke ich ihn zu euch. Diese Ulcera können syphilitschem Gumma täuschend ähnlich sehen. Es ist gut, beides zu sehen, dann lernt ihr, sie zu unterscheiden.«

»Das ist eine großartige Gelegenheit.« Sarah floss über vor Be-

322

geisterung. »Vielen Dank noch mal. Das muss ich unbedingt den anderen erzählen!« Sie lächelte Eddie und Jo an. »Oscar denkt immer an uns. In der Frauenuni bekommen wir nicht viele Leichen. Die meisten gehen direkt an die Unis von den Männern. Aber er hat immer etwas für uns. Als wenn er zaubern könnte.«

»Abrakadabra.« Oscar schwang seinen Suppenlöffel wie einen Zauberstab.

Sarah lachte laut auf, dabei rutschte ihr die Brille von der Nase. Sie schob sie wieder hoch, verabschiedete sich und ging zum Tresen.

Oscar sah ihr nach. »Ist sie nicht wunderbar?«, fragte er verträumt.

»Setz dich doch zu ihr«, meinte Eddie.

Bedrückt schüttelte Oscar den Kopf. »Geht nicht. Beide Stühle neben ihr sind besetzt. Und was soll ich auch mit ihr reden? Das von der Leiche hab ich ihr doch schon erzählt.«

»Du könntest auch noch über Pupse reden«, schlug Eddie vor.

Oscar strahlte. »Stimmt, das ginge auch.«

»Schau mal!«, rief Jo. »Der Mann neben ihr steht auf. Er hat ihre Handschuhe vom Tisch gewischt. Heb sie auf und gib sie ihr, Oscar!«

»Er ist verrückt nach ihr«, sagte Eddie, der seinem Freund nachsah, wie er zum Tresen lief.

Jo lächelte. »Darauf wäre ich nicht gekommen. Studiert sie tatsächlich Medizin?«

Eddie nickte. »Ihr Vater hat den Kontakt zu ihr abgebrochen, als sie erklärt hat, dass sie Ärztin werden will. Ihre Großmutter gibt ihr allerdings ein bisschen Geld, das reicht für die Studiengebühren. Nachts arbeitet sie im Bellevue-Krankenhaus, damit sie ihre Miete bezahlen kann. Da hat Oscar sie kennengelernt.«

Jo und Eddie beobachteten, wie Oscar Sarahs Handschuhe aufhob. Sarah klopfte auf den Stuhl neben sich, und Oscar setzte sich mit hochrotem Kopf. Die beiden so zu sehen, machte Jo glücklich und traurig zugleich. Sie wandte sich ab und brachte das Gespräch wieder auf Kinch.

»Eddie, der Mann, der mich überfallen hat ... Er war auch Linkshänder. Als Oscar das demonstriert hat, ist mir das wieder ganz genau eingefallen. Da Kinch Rechtshänder ist, kann er es nicht gewesen sein, also war es wahrscheinlich das Narbengesicht. Er hat schließlich auch dich angegriffen. Wenn es ihm nicht passt, dass *du* recherchierst, dann gilt dasselbe für mich.« Sie dachte kurz nach, dann fuhr sie fort: »Beekmans Mörder ist ebenfalls Linkshänder. Wenn auch das das Narbengesicht war? Und was, wenn er hinter dem Mord an Scully steckt und auch hinter dem an meinem Vater?«

Eddie seufzte. »Du gibst einfach nicht auf.«

»Nein, ich gebe nicht auf.«

Er sah sie an, als ob er sich über etwas klar werden müsste, dann gestand er: »Ich war heute Vormittag in Darkbriar.«

Jo schlug mit der Hand auf den Tisch. »Ha! Hab ich's doch gewusst! Und *wer* gibt jetzt hier nicht auf? Du willst genauso wie ich die Wahrheit wissen.«

Eddie ignorierte ihren übertriebenen Tonfall. »Ich hatte gehofft, mit Kinch sprechen zu können, aber ich kam nicht an ihn ran. Niemand kommt an ihn ran. Der Direktor hat eine Pressekonferenz abgehalten und gesagt, dass Kinch eine Gefahr für sich und andere darstelle. Ich habe auch versucht, Frances Mallon zu finden, aber der war nicht da. Und ich hab sogar versucht, einen Pfleger zu bestechen – ohne Erfolg.«

Jo runzelte die Stirn, sie hatte eine etwas verwegene Idee. »Wenn wir doch bloß Della McEvoy finden könnten. Vielleicht weiß *die* etwas.«

»Jo, merk dir das jetzt bitte mal: Es gibt kein *Wir*. Es gibt *dich*, und es gibt *mich*. Und selbst wenn einer von uns Della finden würde und sie etwas wüsste, glaubst du wirklich, sie würde eine solche Information weitergeben? Besonders an jemanden von einer Zeitung? Aufmerksamkeit ist das Letzte, was sie jetzt will.«

Jo verarbeitete das erst einmal und sagte dann: »Was ist mit Esther?«

»Welche Esther?«

»Madame Esther. Sie arbeitet doch in derselben Branche, oder nicht?«

324

»Und was meinst du jetzt damit?«

Jo dachte an die Gehässigkeit, die sie von Mädchen kannte. »Della ist Esthers Konkurrentin, ja? Ihre Rivalin. Esther könnte etwas gehört haben. Falls ja, könnte sie uns das sagen. Bloß damit es für Della noch schwieriger wird.«

Eddie zog die Augenbrauen hoch. »Da könntest du recht haben.«

»Wir sollten bei Esther vorbeischauen. Ich habe noch etwas Zeit, bevor ich zu Hause zurückerwartet werde.«

»Nein, Jo. Ich hab's gerade gesagt – du bist raus. Ich kann *dich* nicht daran hindern, wenn du dein Leben aufs Spiel setzen willst, aber ich mache das mit *meinem* jedenfalls nicht.«

»Wenn du nicht mitkommst, gehe ich eben allein.«

»Aber sonst geht's dir gut, ja?«, spottete Eddie. »Du kannst da nicht allein hingehen.«

Jo fixierte Eddie mit einem entschlossenen Blick. »Ich gehe dahin. Ich habe das angefangen, und ich ziehe das auch durch bis zum Ende.«

Zornig schüttelte Eddie den Kopf, starrte aus dem Fenster auf die Park Row.

»Sag mir bitte mal eines, Eddie«, sagte Jo mit sanfter Stimme. »Tut es dir leid?«

Er antwortete nicht.

»Denn *mir* tut nichts leid. Ich bedauere nicht, dass ich dich beim *Standard* gehört habe. Ich bedauere nicht, dass ich die Agenda meines Vaters geöffnet habe. Ich bedauere auch nicht, dass ich dich geküsst habe. Und ich bedauere nicht, dass ich mich in dich ...«

»Lass es«, unterbrach Eddie sie hart. »Du hast deine Entscheidung getroffen. Du hast alles, was es vielleicht zwischen uns gegeben hat, hinter dir gelassen, in der Nacht, als du Brams Antrag angenommen hast. Gib mir auch die Chance, das hinter mir zu lassen.«

Jo nickte. »In Ordnung. Aber du sollst wissen, ich bedaure überhaupt nichts von dem, was zwischen uns war. Aber ich werde es sehr bedauern, wenn ich diese Geschichte nicht bis zu ihrem Ende durchhalte. Mein ganzes Leben lang werde ich das bedauern.« Sie stand auf, griff nach der Rechnung und Oscars Zeitung. »Kommst du?« Eddie sah sie lange an, bevor er nickte.

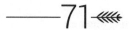

71

»Setz dich hin, Jo!«, zischte Eddie.

Jo linste zwischen den roten, mit goldenen Litzen besetzten Samtvorhängen hindurch, sie hörte Eddie nicht einmal.

Sie befanden sich in einem kleinen Salon in der Villa von Esther Arinovsky im Tenderloin-Viertel. Sie und Eddie hatten Benny, dem bulligen Türsteher, gesagt, dass sie von einer Zeitung waren und mit Esther sprechen wollten. Er hätte sie beinahe von der Eingangstreppe geworfen, doch als sie ihm versicherten, dass sie nur auf Informationen über Della McEvoy aus waren und ihm einen Dollar in die Hand gedrückt hatten, wurde er etwas milder, führte sie durch ein protziges Foyer in diesen Salon, wo sie warten sollten, bis er mit Esther gesprochen hätte.

»Weshalb heißt der Bezirk hier Tenderloin?«, hatte Jo unterwegs gefragt, während sie an den halbseidenen, glitzernden Restaurants, Hotels und Bars der Gegend vorbeikamen.

»Hier geht es um viel Geld und schöne Frauen, deshalb nennen die Bullen das so, und davon wollen sie auch etwas haben. Esther kann ihren Laden so wie jede andere Puffmutter nur halten, weil sie sie schmiert«, antwortete Eddie.

»Hier gibt es noch mehr Bordelle?«, fragte Jo erstaunt.

»Im Tenderloin? Machst du Witze? Dutzende. Und Tausende von Mädchen.«

Mit weit aufgerissenen Augen sah Jo jetzt einige dieser Mädchen. Sie trugen meist nichts als dünne, knappe Seidenkombis – einteilige Wäsche, die sowohl Hemd wie kurze Hose war. Einige hatten Söckchen an, andere keine Strümpfe. Ihre Wangen waren mit Rouge und Puder getönt, und sie trugen Lippenstift. Die meisten tranken.

Jo schockierte diese Nacktheit, doch vor allem schockierte sie der Ausdruck ihrer Augen: leer und tot. Die Mädchen saßen zusammengesunken auf Stühlen und Sofas, banden sich eine Schleife neu, drehten Haarsträhnen um die Finger, rauchten – bis ein Freier kam. Dann erwachten sie zum Leben wie Aufziehpuppen. Sie setzten sich gerade hin, warfen Kusshände, zeigten ihre schönen Beine oder knöpften das Oberteil etwas weiter auf, um ihre Brüste zu präsentieren.

»Die meisten sind anscheinend in meinem Alter«, stellte Jo fest und betrachtete immer noch hinter dem Vorhang stehend die Szenerie.

»Könnte hinkommen. Würdest du dich jetzt bitte setzen?«, bat Eddie genervt.

Jo beobachtete, wie ein dürrer Mann in billigem Anzug und abgetragenen Schuhen das Foyer betrat. Wie ein Truthahn drückte er seine Brust vor und stolzierte zwischen den Mädchen auf und ab, musterte jede genau. »Du da«, sagte er schließlich und deutete mit dem Finger auf eine Brünette. Sie stand eilig auf und folgte ihm die dunkle Treppe hinauf. Jo wollte sich nicht ausmalen, was danach geschehen würde.

»Er hat sie nicht einmal gefragt, wie sie heißt«, murmelte sie, als sie sich setzte.

»Ich hab dir gesagt, du sollst nicht hierherkommen.«

»Er hat sie angeschaut, wie sich Mrs Nelson ein Stück Grillfleisch anschaut.«

»Das war schon wieder so eine blöde Idee. Wir sollten jetzt gehen.«

Jo blieb still. Sie dachte an Oscar und seine Leiche. Er sagte, es war die Leiche einer Frau, die an Syphilis gestorben war. War auch sie eine Prostituierte gewesen? Jo wusste, dass über diese Krankheit nur hinter vorgehaltener Hand gesprochen wurde. Sie hatte Bettler gesehen, denen die Syphilis das halbe Gesicht weggefressen hatte, und Katie erzählte ihr haarsträubende Geschichten über Menschen, die daran erkrankten.

»Wer schreibt über *sie*, Eddie?«

»Über wen?«, fragte Eddie, der den Flur im Blick behielt.

»Die Mädchen von Esther.«

Eddie sah Jo wehmütig an. »Hättest du machen können.«

Jo zuckte zusammen. Damit traf er sie hart. Nicht weil das, was er gesagt hatte, gedankenlos oder grausam gewesen wäre, sondern weil es stimmte. Sie hätte über diese jungen Frauen schreiben können, wenn sie Brams Antrag nicht angenommen hätte. Jetzt war es damit für immer aus und vorbei.

»Sie können jetzt zu Esther«, sagte eine Stimme.

Das war Benny. Eddie und Jo standen auf.

»Überlass mir das Reden«, flüsterte Eddie, während sie hinter Benny den Salon durchquerten.

Er führte sie in einen Raum, der Jo wie ein Arbeitszimmer vorkam, obwohl es nicht wie das ihres Vaters oder ihres Onkels aussah. Möbel mit ramponierten Vergoldungen, staubigen und alten Kissen standen wahllos da. Drei winzige Pudel liefen herum. Jo sah, dass einer sein Bein hob und die Tapete anpinkelte. Ganz hinten im Zimmer saß eine dicke Frau an einem Schreibtisch und schrieb in ein Kassenbuch.

»Hinsetzen«, bellte sie, ohne aufzusehen.

Eddie setzte sich auf einen der Sessel vor ihrem Schreibtisch, Jo nahm einen zweiten daneben. Sie sah sich um, obwohl sie das unhöflich fand und eigentlich nicht tun wollte.

Esther Arinovsky schien um die fünfzig zu sein. Ihr schwarz gefärbtes, schon etwas ausgedünntes Haar trug sie in einer aufgetürmten Rolle. In den Falten auf ihren Wangen lagen Puderkrümel, Lippenstift war in den Linien um ihren Mund ausgelaufen. Sie trug mehrere falsche Perlenketten. Ihr enorm großer Busen spannte das Oberteil ihres Kleids, auf dem sich Puderzucker verteilt hatte. Vor ihr stand ein Tablett mit Süßigkeiten.

Nach ungefähr einer Minute schloss Esther ihr Kassenbuch.

»Guten Tag, Mrs Arinovsky«, sagte Eddie. »Ich bin ...«

»Ich weiß, wer du bist, du *Pisher*«, sagte Esther mit russischem Akzent. »Denkst du, ich lasse hier jeden rein?«

Dann fiel ihr Blick auf Jo, und wie ein Raubvogel stieß ihr Kopf nach vorn. »Aber du? Was führt dich zu mir, Liebchen? Ich kann mir nicht vorstellen, dass so ein hübsches Ding Arbeit suchen muss, aber falls doch ...«

Jo wurde rot. Eddie fiel Esther ins Wort. »Das ist Miss Jones. Sie ist ebenfalls Reporterin. Wir brauchen Informationen.«

»Was für Informationen?«

»Informationen, die dazu beitragen, dass der Mord an Alvah Beekman gerecht bestraft wird«, erklärte Jo.

Esther lachte.

»Ihr wollt Gerechtigkeit? In New York? Dann viel Glück.« Sie lehnte sich in ihrem Sessel zurück und zupfte mit einem Fingernagel ein Stück Essen zwischen ihren Zähnen heraus. »Ich gebe euch so viele Informationen, wie ihr wollt. Die Polizei ist auf dem Holzweg, wie immer. Alvah Beekman wurde nicht von dem *Meschuggenen* mit den Tattoos umgebracht.«

»Könnte es eines von Dellas Mädchen gewesen sein?«, fragte Jo. »Oder Della?«

Esther sah sie abschätzig an. »Hast du schon jemals einem Menschen die Kehle durchgeschnitten?«

Jo schüttelte den Kopf.

»Dazu braucht man Kraft, das lass dir gesagt sein. Della ist so dürr wie ein Stück altes Tau. Ihre Mädchen sind auch nicht besonders kräftig. Della gibt ihnen nicht genug zu essen. Will einfach nicht mehr Geld dafür ausgeben. Da bin ich ganz anders.« Esther schnaufte, als sich ein Pudel in einer Ecke hinter ihrem Schreibtisch niederließ. »In jener Nacht war noch ein vierter Mann da. Montfort, Beekman, Kinch und noch einer. Das weiß ich genau. Ich hab das von einem der Mädchen in dem *farschtinkenen* Haus von Della. Sie heißt Lucy.«

Hab ich's doch geahnt, dachte Jo. Esther Arinovsky kann es nicht lassen, einer Rivalin eins auszuwischen.

»Wieso sind Sie so sicher?«, fragte Eddie.

»Weil ich ihr Geld gegeben habe, damit sie mir sagt, was sie weiß.«

»Hat Beekman sich mit diesem Mädchen namens Lucy getroffen?«, fragte Eddie.

»Nein, *Chochem*, er hat sich doch immer mit einer Schimpansin getroffen!« Esther schüttelte den Kopf. »Natürlich trifft er sich mit ihr! Dreimal die Woche besucht der Beekman die. Sie ist siebzehn. Schreib *das* mal in deiner Zeitung!«

Mr Beekman hat ein Verhältnis mit einem Mädchen in meinem Alter. Im Alter seiner Tochter. Jo wurde schlecht bei dem Gedanken.

»In dieser Nacht kam er ziemlich spät zu ihr. Sie hat schon aus dem Fenster nach ihm Ausschau gehalten und sah, dass er auf dem Gehweg stand, ungefähr ein Haus weiter von dem von Della. Er sprach mit seinem Freund, dem Montfort. Dann tauchten zwei andere Männer hinter ihnen auf. Einer hatte überall Tattoos. Der andere war ziemlich groß. So wie Lucy es erzählt hat, hat der Große den Montfort niedergeschlagen und Beekman die Kehle durchgeschnitten.«

»Hat sie das der Polizei gesagt?«, fragte Jo. »Hilft sie denen, den Mann zu finden?«

»Den Bullen helfen? *Wir*?« Esther spuckte auf den Boden. »Wir hassen die. Das ist das eine, das Einzige, was Della und ich gemeinsam haben. Sie kassieren die Hälfte von unserem Verdienst – die Hälfte! – und nehmen sich die Mädchen für lau.«

»Hat Lucy das Gesicht von dem großen Mann gesehen?«, hakte Eddie nach.

»Gut genug, um zu erkennen, dass er dunkles Haar hatte und eine Narbe auf der Wange«, antwortete Esther.

Jo und Eddie sahen sich aufgeregt an.

»Der andere, der mit den Zeichen im Gesicht, sah krank aus, sagt jedenfalls Lucy«, fügte Esther noch hinzu. »Er schwankte. Schrie herum. Als wenn er nicht ganz richtig im Kopf wäre.«

Das überraschte Jo. Kinch hatte weder geschwankt noch verwirrt gewirkt, als er sich mit Scully traf. Er wusste genau, was er wollte.

Esther lächelte die beiden an, man sah ihre vom Kaffee verfärbten Zähne. Doch das Lächeln war nur Fassade. »Ich habe euch also gesagt, was in Della McEvoys Haus vor sich geht. Das bekommt ihr gratis. Ihr verwendet das und macht mich damit glücklich, aber wenn ihr auch nur *ein* Wort über *mein* Haus schreibt, Kinder, schicke ich Euch Benny auf den Hals, und der hackt euch die Hände ab. Dann schreibt ihr nie wieder eine einzige Zeile mehr. Haben wir uns verstanden?«

»Haben wir«, erwiderte Eddie.

Jo nickte schnell. Sie zweifelte keinen Moment daran, dass Benny genau das tun würde, was Esther androhte.

Esther wandte sich wieder ihrem Kassenbuch zu. Jo und Eddie waren entlassen. Sie bedankten sich bei ihr, den Dank wedelte sie mit einer Hand ab.

»Sie waren *zusammen* da«, flüsterte Jo, als sie Esthers Arbeitszimmer verließen. »Kinch und das Narbengesicht arbeiten zusammen!«

»Das sieht jetzt natürlich so aus«, stimmte Eddie zu. »Aber nur einer von ihnen ist eingesperrt worden. Du musst *wirklich* aufpassen. Versprich mir, dass du nicht mehr nachts allein aus dem Haus gehst. Versprich mir das jetzt hier sofort, sonst gehe ich zu deiner Mutter.«

Jo lachte. »Echt, Eddie? Du würdest mich verpetzen?«

»Das ist kein Witz, Jo, und ich schwöre bei Gott, dass ich das mache. Ich möchte nicht eines Morgens aufwachen und hören müssen, wie die Zeitungsjungen schreien, dass *du* tot in einer Gasse gefunden worden bist.«

»Ich kann dir das nicht versprechen, Eddie. Ich bin viel zu nah dran, herauszufinden, warum mein Vater umgebracht wurde, als dass ich jetzt noch aufhören könnte.« Sie fürchtete sich noch immer vor dem Mann, der sie überfallen hatte, doch von dieser Angst würde sie sich nicht mehr aufhalten lassen. Auch das Narbengesicht hatte Angst – dass Eddie und sie ihm auf die Spur kamen und die Wahrheit herausfanden. Deshalb hatte er sie beide überfallen.

Auf ihrem Weg zur Tür sah Jo, dass in der Zeit, als sie bei Esther saßen, das Geschäft in Gang gekommen war. Mindestens ein halbes Dutzend Männer inspizierten gerade die Ware. Einer küsste ein rothaariges Mädchen, ein anderer fummelte am Po einer Brünetten herum.

Eddie packte Jos Hand und zog sie weiter. Sie kamen an einem Mann vorbei, der in einem Sessel saß, auf dem Schoß ein blondes Mädchen. Sie versuchte, ihn zu animieren.

»Jetzt komm, Süßer«, schmeichelte sie ihm. »Komm mit rauf. Du wirst es nicht bereuen.«

Sie beugte sich vor, um ihn zu küssen, doch der Mann stieß sie von sich. Sie fiel hart zu Boden und schlug sich den Kopf an einem Tisch.

»Ich will 'ne Blonde, verdammt!«, grölte der Betrunkene. »Ne echte Blonde, die ganz echt ist!«

Das Mädchen war benommen und kam nicht wieder hoch. Wütend blieb Jo stehen. Sie zog ihre Hand aus der von Eddie.

»Was machst du da?«, zischte Eddie.

Doch es war zu spät. Sie ging zu dem Mädchen und half ihr auf. Dann drehte sie sich zu dem Mann um und sagte mit blitzenden Augen: »Sie sollten sich bei diesem Mädchen entschuldigen.«

Eddie sah alarmiert zu Jo. »Jo! Los, komm jetzt!«

Der Betrunkene schaute Jo erstaunt an. »Was?«

»Sie haben mich schon verstanden«, sagte Jo. »Wie fänden Sie es, wenn jemand mit Ihrer Mutter oder Schwester oder Tochter so umspringen würde, wie Sie es gerade mit dieser jungen Dame getan haben?«

Der Mann lachte laut auf. »Die ist keine Dame, du blöde Kuh. Sie ist eine Hure!«

»Und Sie, mein Herr«, Jo sprach so laut, dass ihr alle in dem Raum zuhörten, »sind ein ekelhaftes, betrunkenes Schwein!«

Der Mann knurrte eine unfreundliche Antwort, doch die hörte Jo nicht mehr. Sie machte auf dem Absatz kehrt und ging zurück in Esthers Büro. Esther war noch immer mit ihren Rechnungen beschäftigt, als Jo zu ihrem Schreibtisch marschierte.

»Bitte kaufen Sie Fay dem Taylor nicht ab«, sagte sie.

Esther sah auf. Ihre Augen verengten sich. »Woher weißt du denn davon?«

Eddie war ihr hinterhergelaufen, nahm sie am Arm und wollte sie wegziehen, doch Jo schüttelte ihn ab.

»Sie gehört hier nicht hin. Sie hatte ein hartes Leben. Wenn sie hierherkommt, wird alles nur noch schlimmer«, bat Jo für ihre Freundin.

»Wir hatten alle ein hartes Leben, meine Liebe. Das ist ein Geschäft. Zwischen mir und dem Taylor. Ich hab sie schon gekauft. Ich habe eben am meisten geboten. Die Sache ist gelaufen und geht dich nichts an.«

»Ich habe neunhundert Dollar«, fuhr Jo fort. »Ich kaufe sie Ihnen ab.«

Esther schnaubte. »Da müsste schon deutlich mehr auf den Tisch, damit ich sie wieder verkaufe. Sie ist jung und sieht gut aus. Wenn sie nicht krank wird, kann sie gut und gern zehn Jahre arbeiten. Sie wird mir ein paar Tausender einbringen.«

»Aber sie ist ein menschliches Wesen«, protestierte Jo, der beim Gedanken an Fays Schicksal ganz weh ums Herz wurde. »Sie können sie nicht einfach kaufen und verkaufen. Das ist Sklaverei. Haben Sie denn gar keine Moral?«

»Moral – das ist Luxus, meine Liebe. Ein sehr teures Luxusgut.«

»Aber ...«

Esther unterbrach sie. Kalt und berechnend sah sie Jo an. »Ich weiß, wer Sie sind, Miss *Jones*. Ich lese Zeitungen. Ich schau mir die Bilder an. Und ich weiß, dass Sie selbst gerade erst an den besten Bieter gegangen sind.«

Jo fühlte sich, als hätte man ihr ins Gesicht geschlagen. »Wie darf ich das verstehen?«, fragte sie außer sich.

»Sie sind doch mit Abraham Aldrich verlobt, oder etwa nicht? Ihre Mama hat sicher, wenn sie auch nur ein bisschen was taugt, die Vermögen und Aussichten von jedem jungen Mann in der Stadt abgeklärt, der überhaupt infrage kommt, und deren Dollars gegen Ihre Zugaben abgewogen, als da wären: Schönheit und Herkunft.« Sie machte eine Pause, damit ihre Worte wirken konnten, dann fuhr sie fort: »Irgendwann in nächster Zeit werden Sie, meine Liebe, genau dasselbe tun, was diese Mädchen hier machen, mit dem Unterschied, dass *Sie* nicht dafür bezahlt werden.«

Jo brannten die Wangen, und sie war zu verdutzt, um darauf etwas zu entgegnen. Eddie packte sie erneut am Arm, und dieses Mal ließ sie sich von ihm wegführen.

»Das hätte Esther nicht sagen sollen. Vergiss es am besten einfach«, riet er. »Das war grob und scheußlich, und es ist nicht wahr.«

Doch Jo hörte ihn kaum. Allerdings hörte sie in ihrem Inneren die Stimme ihrer Mutter. *Es ist nicht klug, dem Markt zu lange fernzubleiben*, hatte sie am Abend des Balls der Jungen Kunstfreunde gesagt. Und Grandma damals in Herondale: *Unsere Ehen werden mit dem Verstand geschlossen, nicht mit dem Herzen, damit unsere Familien und unsere Vermögen erhalten bleiben.*

Plötzlich erkannte Jo, was ihre Verlobung mit Bram genau genommen war: eine geschäftliche Transaktion, und sie war die Handelsware, um die es ging. Sie liebte Bram nicht. Und er liebte sie nicht. Er mochte sie auf seine Art, wie auch sie ihn gern mochte. Aber Liebe war das nicht. Es war nicht das, was sie für Eddie empfand.

»Sie wollte dich nur beleidigen, damit du gehst. Es stimmt nicht, was sie gesagt hat und ...«

Jo ballte ihre Hände zu Fäusten und schrie ihn an: »Eddie, halt den Mund!«

Eddie sah sie perplex an. »Oh, vielen Dank. Ich hab nur versucht zu ...«

»Hör auf, so was zu versuchen! Verstehst du denn nicht? Madame Esther ist nicht grob, und sie ist nicht scheußlich. Madame Esther hat einfach recht.«

Sie wartete nicht, bis Benny ihr die Tür geöffnet hatte, sondern riss sie selbst auf. Auf der Straße sah Eddie eine leere Droschke und winkte sie heran. Nachdem der Fahrer gehalten hatte, gab ihm Eddie die Adresse von Jo. Beim Einsteigen versuchte sie, ihr Gesicht vor ihm zu verbergen, damit er die Tränen nicht sah, aber vergeblich. Er machte eine Handbewegung, damit sie das Fenster herunterkurbelte, dann gab er ihr sein Taschentuch.

»Weißt du, dass Fay mich neulich gerettet hat?«, fragte Jo und tupfte sich die Augen ab. »Als ich in Brooklyn war und Mr Markham aufgesucht hatte. Ich wäre beinahe ausgeraubt und in den Fluss geworfen worden. Sie hat mich davor bewahrt. Wir sind danach über die Brooklyn Bridge gegangen. Wir haben geredet, über …« Sie zögerte, wollte ihm nicht sagen, dass sie über ihn gesprochen hatten. »Über Wahlmöglichkeiten«, sagte sie dann. »Ich habe sie gefragt, was das Allerbeste ist, und sie sagte: Freiheit. Freiheit, Eddie.«

»Ach, Jo.« Eddie legte eine Hand auf ihre.

»Ich möchte, dass sie frei ist. Warum wird keine jemals frei? Fay nicht. Und Eleanor Owens auch nicht. Oder …«

»Oder du«, sagte Eddie.

Der Kutscher knallte mit der Peitsche und ließ den Wagen langsam anrollen.

—72—≪≪

»Ein übertriebener Ärmel lässt eine so junge Frau leicht alt wirken«, sagte Madame Gavard. »Ich schlage vor, wir machen einen kleinen Puffärmel, ein in der Taille spitz zulaufendes Oberteil und legen den Rock schön in Falten. Dazu eine zarte Schleppe. Ungefähr einen Meter lang, nicht mehr.«

»Ja, das ist gut«, stimmte Anna Montfort zu. »Die Schleppen werden schon lächerlich. Die Ältere von den Adams, die letztes Jahr geheiratet hat, war praktisch schon am Altar und ihre Schleppe immer noch in der Kutsche!«

Jo sah sich in dem riesigen vergoldeten Spiegel von Madame Gavard. Sie war im Atelier der Schneiderin und probierte Modelle von verschiedenen Hochzeitskleidern an.

Anna schaute zu der zierlichen bemalten Uhr an der Wand und legte die Stirn in Falten. »Könnten Sie bitte noch einen Schleier bringen, Madame Gavard? Ach, es wäre so schön, wenn Madeleine hier wäre und uns sagen könnte, was sie davon hält. Warum kommt sie denn bloß so spät?« Sie drehte sich zu Jo um, als wäre die bloß ein Anhängsel. »Und was hältst du von dem Kleid, Jo?«

335

»Es ist sehr schön«, sagte Jo beflissen.

»Es ist mehr als schön. Du bist der reinste Traum darin!«

»Entschuldige, Mama. Ich war mit meinen Gedanken woanders. Es ist wunderbar.«

Ganz kurz sah Anna besorgt aus. »Geht es dir gut? Was ist denn nur los?«

Seit Esther ihr gestern die bittere Wahrheit gesagt hatte, war Jo unruhig und angespannt und konnte an nichts anderes denken als an die Worte dieser Frau. Esther hatte ihr die Augen geöffnet. Ihre Verlobung war ein Geschäft. Sie liebte Eddie, und er liebte sie. Und jetzt stand sie hier und suchte das Kleid aus, in dem sie Bram heiraten sollte.

Eine Ehe war kein Tanz, keine Party und auch kein Sommerflirt. Das war für immer. Wenn sie Bram erst einmal ihr Jawort gegeben hatte, würden ihr von Eddie nur Erinnerungen bleiben. Erst vor ein paar Wochen hatte sie – noch im Pensionat – beklagt, dass Trudy einen Mann heiraten wollte, den sie nicht liebte, und jetzt tat sie genau dasselbe.

Morgens Frühstück auf einem Tablett im Bett. Mittags mit Freundinnen essen. Nachmittags Spaziergänge im Park oder Stickarbeiten. Das war dann ihr Leben. Abendessen mit Bram. Und wenn dann so ein langweiliger Tag vorüber war, ab ins Bett, um all die Babys zu machen, die Grandma haben wollte. Liebe machen, sagten sie dazu. Aber sollte man einander nicht lieben, wenn man Liebe machen wollte?

Sie konnte das nicht tun. Sie *würde* das nicht tun. Sie würde mit ihrer Mutter sprechen. Jetzt gleich. Sie wollte ihr sagen, dass sie die Verlobung mit Bram lösen wollte, weil sie jemand anderen liebte. Ihre Mutter würde das sicher verstehen.

»Gefällt dir das Kleid nicht? Ist es das?«, fragte ihre Mutter. »Vielleicht hast du recht. Der Schnitt steht dir, aber irgendetwas stimmt daran nicht.«

»Der Schleier, Mrs Montfort«, sagte Madame Gavard, als sie mit einem längeren Stück Spitze zurückkam.

»Damit warten wir noch einen Moment. Helfen Sie ihr bitte,

das Kleid auszuziehen«, ordnete Anna an. »Es fällt nicht richtig. Man müsste das Korsett enger schnüren.«

»Mama, ich muss dir etwas sagen«, flüsterte Jo, und ihre Stimme war voller Gefühl. An ihrem Rücken spürte sie die Finger von Madame Gavard, die die Knöpfe des Kleids öffnete.

Jo musste ihrer Mutter die Wahrheit sagen. Über die Geschichten, die sie schreiben wollte. Den Jungen, den sie lieben wollte. Das Leben, das sie führen wollte. In ihrer Seele tobte ein Hurrikan aus Empfindungen, nahm Fahrt auf und musste sich Luft verschaffen.

»Was ist denn, Josephine?«

»Ich ... ich schaffe das nicht.«

Ihre Mutter lächelte verständnisvoll, und für den Bruchteil einer Sekunde glaubte Jo, alles wäre gut.

»Sei nicht dumm. Natürlich schaffst du das. Dir flattern jetzt einfach die Nerven etwas. Das geht jeder zukünftigen Braut so«, erwiderte Anna, und Jos Hoffnungen zerschlugen sich.

»Nein, es ist mehr als ein Nervenflattern«, beharrte Jo. »Ich schaffe diese Hochzeit nicht. Ich liebe nicht ...«

»Schluss. Sofort«, befahl Anna freundlich, aber bestimmt. »Ich verbiete dir jedes weitere Wort zu diesem Thema. Es ist eine Sache, wenn man schwache Nerven hat, aber etwas anderes, wenn man dem nachgibt. Wenn du deiner Unsicherheit Raum lässt, bringt dich das nur durcheinander, und das muss jetzt vorbei sein. Nach alldem, was wir in den vergangenen Wochen durchgemacht haben. Und mit einer Hochzeit, die ansteht.«

»Mama, hör mir zu. Bitte«, rief Jo. »Ich will diese Hochzeit nicht!«

»Josephine, es reicht!«

Die scharfen Worte ihrer Mutter hallten in dem Raum. Schockiert sprach Jo nicht weiter. Ihre Mutter erhob nie die Stimme. *Nie.* Jo sah den Zorn in ihren Augen. Aber auch noch etwas anderes: Angst.

Weshalb?, dachte Jo verwundert, wovor hat sie denn Angst? Was immer es sein mochte, beschloss sie, es würde sie nicht aufhalten. Diese Schlacht würde sie gewinnen.

Bevor sie ihren Mund wieder öffnen konnte, um weiterzudiskutieren, rauschte ihre Tante herein.

»Oh, Anna, meine Liebe! Hier bist du!«, sagte sie. Sie war außer Atem und ganz rot im Gesicht.

»Natürlich bin ich hier.« Anna drehte sich zu ihr um. »Warum kommst du denn so spät? Und bist so aufgeregt?«

Jos Tante setzte sich in einem Wirbel aus Seide und Pelz gegenüber von Anna auf einen Sessel. Eine der Angestellten von Madame Gavard brachte ihr sofort eine Tasse Tee.

»Vielen Dank«, sagte Madeleine und gab dem Mädchen ihre Stola. »Den Mantel lasse ich an. Ich bin ganz durchgefroren. Ich zittere am ganzen Körper. Das war ein ziemlicher Schock.«

»Was ist denn, Tante Maddie?«, fragte Jo und stellte ihre eigene Aufregung erst einmal zurück.

»Ach, Jo! Ich hab dich gar nicht gesehen«, sagte Maddie und presste eine Hand auf ihre Brust. »Wie ein Engel siehst du aus, meine Liebe.« Sie wandte sich an Madame Gavard. »Würden Sie uns bitte einen Moment allein lassen?« Es klang wie eine Frage, war aber eine unmissverständliche Anordnung.

Die Schneiderin senkte den Kopf. Sie ging mit ihrer Assistentin aus dem Raum und schloss die große Flügeltür hinter sich. Jo setzte sich zu ihrer Mutter und ihrer Tante auf einen der leichten Sessel an einem niedrigen Tisch.

»Madeleine, was ist denn geschehen? Du machst mir richtig Angst«, erkundigte sich Anna.

»Ach, Anna! Dieser verwirrte Kerl, Kinch, der Alvah ermordet hat, hat sich umgebracht!«, sagte Madeleine atemlos. »Man hat ihn heute früh gefunden. Sie gehen davon aus, dass er sich in der Nacht mit seinem Gürtel in der Zelle aufgehängt hat.«

»Wie schrecklich!«, rief Jos Mutter.

Jo sank in ihrem Sessel zurück. Kinch war tot. Er war nicht mehr da. Einige Antworten, die sie brauchte, hätte nur er geben können. Jetzt würde sie sie nie bekommen.

»Hat er mit der Polizei gesprochen, Tante Maddie?« Sie gab die Hoffnung einfach nicht auf. »Hat er ihnen irgendetwas gesagt?«

»Ja. Laut Polizei hat er letzte Nacht den Mord an Alvah und den Angriff auf Phillip gestanden. Dem Pfleger, der für ihn zuständig war, sagte er, was er getan hatte. Die Schuld hat ihn anscheinend so niedergedrückt, und er hatte wohl Angst vor einem Prozess.«

Jo setzte sich sehr aufrecht hin. Das kann nicht sein, dachte sie. Oscar sagte, dass Kinch es nicht getan haben konnte, weil Beekmans Mörder Linkshänder ist und Kinch Rechtshänder war. Warum sollte er ein Verbrechen gestehen, das er nicht begangen hat? Und sich danach selbst töten? Sobald sie konnte, würde sie zu Eddie gehen, um zu erfahren, ob er mehr wusste.

»Der Pfleger sagte, dass Kinch morphiumabhängig war und vielleicht während des Angriffs einen Wutanfall hatte, ausgelöst durch diese Sucht«, erklärte Madeleine. Sie griff nach Annas Hand und nach der von Jo. »Und es gibt noch etwas. Kinch hat auch zugegeben, dass er Richard Scully umgebracht hat ...«

»O nein, Maddie. Bitte. Bitte nicht.« Anna schloss die Augen.

»... und unseren geliebten Charles.«

Anna nickte und kämpfte um ihre Fassung. »Ich vermute, dass die Zeitungen das alles schon haben?«

»Du machst dir keine Vorstellung, Anna. Es ist, als ob in der ganzen Stadt ein irrsinniger Chor von schreienden Zeitungsjungen tobt«, sagte Madeleine. »An jeder Straßenecke brüllen sie die Schlagzeilen heraus.«

Annas Maske aus Gelassenheit brach unvermittelt auseinander. Sie ballte ihre Hände zu Fäusten. »Also werden wir es immer wieder und wieder zu hören bekommen«, sagte sie bitter. »Es war schon so hart, ihn zu verlieren, aber jetzt *das* ... ein Mord ... Jemand hat ihn also umgebracht ... jemand hat meinen Ehemann umgebracht ... Ich kann nicht ...«

Ein Schluchzen entrang sich ihr. Sie drückte ihre freie Hand auf den Mund, als wollte sie weitere Schluchzer unterdrücken, doch ihr Kummer überwältigte sie. Mit einem Schmerzenslaut sank sie vornüber. Jo legte einen Arm um sie, ihre Fragen über Kinchs Geständnis waren angesichts des Schmerzes ihrer Mutter vergessen.

Noch nie hatte sie ihre stoische, beherrschte Mutter weinen sehen. Jetzt traf sie das in ihrem Innersten und erschreckte sie auch. Sie erinnerte sich an ihren eigenen Schmerz, als sie die Wahrheit über den Tod ihres Vaters herausgefunden hatte, und wünschte jetzt, sie könnte irgendetwas tun, um ihrer Mutter diesen Schmerz zu nehmen, damit ihr leichter würde. Sie hätte alles für sie getan.

»Es tut mir so leid, Anna. Es tut mir so unendlich leid«, flüsterte Maddie.

Einige Augenblicke später richtete sich ihre Mutter wieder auf. Ihr Gesichtszüge zeigten die Verzweiflung, ihre Augen waren voller Kummer. Sie sah völlig hilflos aus.

»Was macht man denn jetzt?«, fragte sie. »Wie lebt man jetzt weiter?«

Ihre dünne, verwirrte Stimme brach Jo das Herz.

Madeleine nahm wieder ihre Hand. »Indem wir nach vorn schauen, Anna, und nicht zurückblicken«, sagte sie resolut. »Indem wir erleben, wie das Vermächtnis von Charles – unsere wunderschöne Jo –, wie sie ihre ersten Schritte in die Zukunft geht, mit einem wunderbaren Gefährten an ihrer Seite. Indem wir ihre Kinder auf den Knien wiegen und Charles in ihren kleinen Gesichtern erkennen und wissen, dass alles, was er war, wofür er gelebt hat, seine Güte und Freundlichkeit, darin weiterleben.«

Anna nickte gebrochen.

»Wir *müssen* stark sein, Anna. Diese schreckliche Zeit wird vorübergehen. Wir werden in Herondale eine wunderbare Hochzeit feiern. Mit einem schönen Paar, das all unsere guten Wünsche bekommen soll, und mit einem neuen Anfang, den wir gemeinsam erleben. Und es *wird* doch wunderschön, nicht wahr, Jo?«

Jo sah zu ihrer hoffnungsfrohen Tante. Sie sah, wie ihre Mutter – die immer so aufrecht war, so stark – kämpfte wie ein verwundetes Tier. Und da löste sich Jos Entschluss auf in nichts. Wie konnte sie ihrer Mutter das Herz brechen? Ihrer ganzen Familie?

»Ja, Tante Maddie«, sagte sie und fühlte sich auf der ganzen Linie besiegt. »Es wird wunderschön.«

340

—73—

Ein leichter Nieselregen fiel auf Jos schwarzen Schirm und den Saum ihres schwarzen Mantels.

»Schon wieder eine Beerdigung. Noch einer aus unserem Kreis, den wir begraben. Anscheinend kommen wir aus den schwarzen Kleidern nie mehr heraus«, sagte ihr Onkel.

Arm in Arm verließen sie den Friedhof von Grace Church mit den anderen Trauergästen. Sie alle hatten gerade eben erst gemeinsam am Grab von Alvah Beekman gestanden, als dessen Sarg in die Grube gelassen wurde.

Lautes Geschrei drang bis hierher. Vor den Toren des Friedhofs riefen Zeitungsjungen die Schlagzeilen aus.

»Tragödie an Thanksgiving! Heute Beekmans Beerdigung!«

»Tattoo-Mörder: Drittes Opfer begraben!«

»Mord und Totschlag in Manhattan!«

»Es gibt keinen Frieden für die Verstorbenen, nicht einmal hier«, bemerkte Phillip trocken. »Und auch nicht für die Lebenden.«

Vor zwei Tagen waren Kinchs Geständnis und sein Selbstmord bekannt geworden, und die Zeitungsverkäufer waren seitdem so gut wie immer auf den Beinen. Gestern hatte fast ganz New York Thanksgiving gefeiert, bis auf die Familien Beekman, Montfort und andere Trauernde, und Gesprächsthema Nummer eins an den Festtafeln waren der irre Kinch und wie er drei der Eigner von Van Houten umgebracht hatte. Aber wieso hatte er das getan? Genau das wollte ganz New York wissen, und alle Zeitungen – mit Ausnahme des *Standard* – ließen sich nur zu gern darüber aus.

Ein Sprecher von Darkbriar, ein Dr. Ellsworth, teilte der Presse mit, dass seit der Einlieferung von Kinch in das Sanatorium bis zu seinem Tod, der vierundzwanzig Stunden später festgestellt wurde, mehrere Ärzte versucht hatten, aus ihm schlau zu werden, dies jedoch keinem gelungen war. Von einem Augenblick zum nächsten fiel er aus einer Phase wütenden Zorns in eine fast katatonische Starre.

Als man ihn untersuchen und ein Pfleger ihn auskleiden wollte, geriet Kinch derart in Rage, dass er den Mann fast umgebracht hätte. Eben dieser Pfleger, Francis Mallon, äußerte die Ansicht, dass Kinch möglicherweise unter Drogeneinfluss stand. Man entschied daher, einen oder zwei Tage zu warten, damit die Substanz – welche auch immer das sein mochte – aus seinem Körper ausgeschieden wurde, danach wollten die Ärzte noch einmal versuchen, ihn zu befragen.

Bevor es dazu kam, erhängte er sich unglücklicherweise mit dem Gürtel am Gitter seines Zellenfensters.

In den Zeitungen stand, dass Kinch in der Nacht seines Todes schließlich doch wieder klar im Kopf geworden sei und Mallon gebeten habe, sich zu ihm zu setzen und ihm zuzuhören, damit er loswerden konnte, was er sagen wollte. Mallon tat das, und Kinch erzählte ihm seine Geschichte. Er sei ein früherer Angestellter von Van Houten und auf mehreren Schiffen des Unternehmens gefahren. Phillip Montfort wurde von der Polizei gefragt, ob er das bestätigen könne. Er sagte, dass er sich weder an den Namen noch an das Gesicht von Kinch erinnere, doch es sei durchaus möglich, dass Kinch für Van Houten gearbeitet habe. Er würde weder die Gesichter noch die Namen von allen Männern kennen, die auf Segelschiffen der Reederei fuhren.

Kinch behauptete, dass Van Houten ihn um ein riesiges Vermögen gebracht habe und er sich dafür rächen wolle. Als Mallon ihn nach der Art dieses Vermögens fragte, sagte Kinch, dass es eine Schatzkiste gewesen sei. Mallon brachte zum Ausdruck, dass er das nicht glaube, daraufhin wurde Kinch zornig. Er sagte, dass er die Adresse von Charles Montfort herausgefunden habe und eines Nachts zu ihm gegangen sei, um seinen Schatz wiederzuerlangen. Charles erkannte ihn und ließ ihn ein. Sie gingen in sein Arbeitszimmer, wo er gerade einen Revolver reinigte. Kinch forderte seinen Schatz, und als Charles ihn ihm nicht geben konnte, nahm er den Revolver, der auf Charles' Schreibtisch lag, und erschoss ihn. Voller Angst legte er Charles den Revolver in die Hand, damit es nach einem Unfall oder Selbstmord aussah, jedenfalls nicht wie ein Mord. Dann floh er durch das Fenster des Arbeitszimmers. Das war schwierig. Er musste das Fenster mit viel Kraft nach oben stoßen, dann auf dem schmalen Sims balancieren, das Fenster wieder schließen und von dort ungefähr sechs Meter in die Tiefe springen. Dabei brach er sich zwar nichts, erlitt allerdings einige starke Prellungen.

Kinch sagte Mallon auch, dass er Richard Scully auf Van Houtens Werft gestellt und ihm den Schädel eingeschlagen habe und ihn, als er bewusstlos gewesen sei, ins Wasser geworfen habe. Er habe Alvah Beekman die Kehle durchgeschnitten und dies auch bei Phillip Montfort versucht.

Man kam zu dem Ergebnis, dass er hoffnungslos verrückt war. Niemandem in Darkbriar gelang es herauszufinden, wer er wirklich war, woher er kam, oder was zu seinem geistigen Zusammenbruch geführt hatte. Sein Pfleger richtete die Leiche her, und dann wurde Kinch in den Kleidern, in denen man ihn eingeliefert hatte, auf dem einsamen Friedhof von Darkbriar begraben. Niemand war bei der Beerdigung dabei.

»Ich hoffe doch, dass dies für einige Zeit der letzte Besuch auf einem Friedhof ist, den ich machen muss«, sagte Phillip jetzt.

»Wie geht es dir denn?«, erkundigte sich Jo. Auf seiner Wange war dort, wo er getroffen worden war, ein hässlicher blauer Fleck, und die Messerwunde auf seinem Brustkorb war noch nicht verheilt.

»Mir geht es hervorragend. Und ich bin so froh, dass es vorbei ist. In ein paar Tagen ist das Thema auch in den Zeitungen durch, alles kommt zur Ruhe, und wir können unser Leben wieder aufnehmen.«

»Dann brauchen wir doch nicht in ein Haus auf dem Land umzuziehen?«, fragte Jo ihn. Sie wusste noch gut, wie er gedroht hatte, dass sie alle die Stadt verlassen müssten, wenn die Reporter ihnen nachstellten.

»Hoffentlich nicht«, sagte er lächelnd. Er legte eine Hand auf ihre, und sein Lächeln verflog. »Josephine, ich war nachlässig. Ich möchte mich bei dir bedanken.«

»Wofür, Onkel Phillip?«, fragte Jo, die sein plötzlicher Ernst überraschte.

»Weil du mich gewarnt hast. Ich hätte besser auf dich hören sollen, als du mir erzählt hast, dass du einen merkwürdig aussehenden

Mann vor eurem Haus gesehen hast. Ich war so überzeugt davon, dass Charles Selbstmord begangen hat, dass ich keine andere Erklärung zugelassen habe. Ich habe mich getäuscht, Jo. Gefährlich getäuscht. Doch letztendlich haben wir die Wahrheit erfahren, und Charles, Richard und Alvah ist auf gewisse Art Gerechtigkeit widerfahren. Dabei müssen wir es belassen.«

Ja, dachte Jo, das müssen wir. Es war leichter, nicht mehr zu wühlen, nach Beweisen zu forschen, Fragen zu stellen, auf die sie wohl keine Antworten erhalten würde. Wenn ihr das doch nur gelingen würde.

Sie würde einen Teil von sich abtrennen müssen – den unruhigen, wissensdurstigen Teil. In den kommenden Wochen und Monaten würde sie mehrere Teile von sich abtrennen müssen. Im Atelier von Madame Gavard hatte sie beschlossen, ihre Pflicht gegenüber ihrer Mutter und ihrer Familie zu erfüllen und Bram zu heiraten. Jetzt und für den Rest ihres Lebens würde sie versuchen müssen, das Beste aus dieser Entscheidung zu machen.

Doch es blieben noch Fragen. Und die nagten an ihr.

»Ich würde das gern auf sich beruhen lassen, Onkel Phillip«, sagte sie. »Aber ich hätte eigentlich doch gern noch viele Antworten. Ich weiß jetzt, wie Papas Mörder entkommen ist, da das Arbeitszimmer doch von innen verschlossen war – das ist schon etwas. Aber das Geständnis von Kinch erklärt nicht, wie das Projektil in den Vorhang geriet, wo ich es dann gefunden habe.«

»Dein Vater kann es schon vor Jahren verloren haben, Jo. Und hat es versehentlich mit dem Fuß unter die Vorhänge geschoben.«

»Vermutlich war das so. Aber was ist mit den Feststellungen von Oscar Edward, dass Beekmans Mörder Linkshänder war – und Kinch war Rechtshänder? Und dass Kinch einen Komplizen hatte, den Mann mit dem Narbengesicht?«

Jo verwendete immer noch ihren erfundenen Privatdetektiv als Maskerade, um die eher unangenehmen Fragen anzubringen. Von einigen Orten, an denen sie gewesen war, hatte sie ihrem Onkel nie erzählt, beispielsweise vom Leichenschauhaus und von Madame Esther.

»Dazu kann ich nichts sagen. Ich kann dir nur wiederholen, woran ich mich erinnere: Kinch hat mich zu Boden gestoßen und dann Alvah und mich mit einem Messer angefallen«, erklärte Phillip.

Jo rief sich Oscars Hinweis ins Gedächtnis, dass ihr Onkel zwei Schläge auf den Kopf abbekommen hatte und deshalb kein zuverlässiger Zeuge war.

Und sie erinnerte sich auch daran, wie überzeugt Oscar davon war, dass Kinch nicht Beekmans Mörder sein konnte. Sie war Oscar mit dieser Ansicht gefolgt, doch Eddie sagte, dass die meisten Leute seine Theorien ablehnten. Hatte sie Oscar voreilig geglaubt? Was, wenn er sich irrte? Kinch, der Rechtshänder, konnte trotzdem ihren Vater erschossen oder Richard Scully den Schädel eingeschlagen haben. Sie sagte sich jetzt, dass sich Oscar *tatsächlich* irrte. Und versuchte mit aller Kraft, das zu glauben.

Doch immer noch schwirrten Myriaden anderer Fragen in ihrem Kopf umher. »Was ist mit Eleanor Owens und den Ladelisten?«, fragte sie ihren Onkel. »Und welche Ladung transportierte die *Bonaventure*?«

»Ich glaube, das werden wir nie erfahren.«

Jo war in Gedanken so mit ihren Fragen beschäftigt, dass ihr der sorgenvolle Ton in Phillips Antwort entging.

»Was mich am meisten umtreibt«, fuhr sie fort, »ist Papas Traurigkeit. Du hast selbst gesagt, dass er kurz vor seinem Tod so verzweifelt war. Ich werde das Gefühl nicht los, dass seine Verzweiflung etwas mit seinem Tod zu tun hatte. Immer wieder drehe ich mich im Kreis und lande dann jedes Mal am selben Punkt: der Traurigkeit von meinem Papa.«

Phillip blieb unvermittelt stehen. »Josephine, warum musst du unbedingt immer weiter nach dunklen Stellen suchen? Haben wir davon in letzter Zeit nicht genug gehabt?«

Weil ich Antworten bekommen will, Onkel Phillip. Ich will die Wahrheit!, wollte Jo schreien. Weil ich eben so bin!

Doch sie sagte: »Ich habe dich verärgert, Onkel Phillip. Entschuldige bitte.«

»Du bist besessen davon.« Ihr Onkel sah sehr besorgt aus. »Die

Traurigkeit deines Vaters war nur eine Stimmung. So etwas erleben wir alle einmal. Aber jetzt müssen wir dieses hässliche Kapitel abschließen. Vor allem du. Du kannst dich nicht der Zukunft öffnen, wenn du dich weigerst, die Vergangenheit hinter dir zu lassen. Eine gute Ehe, ein schönes Heim, Kinder – damit solltest du dich jetzt befassen. Das hätte sich dein Vater für dich gewünscht.«

»Da bist du also, Jo«, sagte jemand hinter ihnen.

Jo drehte sich um. Es war Bram. Die Trauergäste hatten die Tore des Friedhofs erreicht. Jo und ihre Mutter waren mit den Aldriches in die Kirche und weiter zum Friedhof gefahren und sollten jetzt mit ihnen zum Haus der Beekmans fahren.

»Darf ich sie Ihnen entführen, Mr Montfort?«, fragte Bram.

»Ich glaube, das haben Sie schon längst getan, Bram. Mit dem ganzen Herzen«, erwiderte Phillip und lächelte wieder.

»Lolly, du Miststück! Komm sofort raus da!«, schimpfte jemand hinter ihnen.

Bram grinste. Er erkannte – wie sie alle – die Stimme seiner Großmutter.

Da tauchte atemlos und mit gerötetem Gesicht Addie auf. »Bram, könntest du bitte Grandma helfen? Eins von ihren Hündchen ist im Gebüsch verschwunden. Warum hat sie sie auch bloß mitgebracht? Auf einen Friedhof!« Sie nickte Phillip zu. »Hallo, Mr Montfort. Bitte entschuldigen Sie, dass ich störe. Ich bin wirklich entsetzt. Bitte, Bram, unternimm etwas!«

»Entschuldigt mich bitte«, sagte Bram.

»Geh nur«, erwiderte Jo. »Wir sehen uns dann am Wagen.«

Als Bram auf die Suche nach dem entlaufenen Spaniel ging, ließ Jo den Arm ihres Onkels los. »Und wir sehen uns dann bei den Beekmans, Onkel Phillip.«

»Jo«, sagte er und hielt sie am Ärmel fest.

»Ja?« Sie blickte ihn an. Er sah wieder so angstvoll und besorgt aus. »Was ist denn, Onkel Phillip?«, fragte sie alarmiert. »Geht es dir nicht gut?«

Seine Hand presste ihren Arm. »Mir geht's gut. Aber um *dich* mache ich mir Sorgen. Schreckliche Sorgen. Lass dich von der Düs-

ternis, die über diese Familie hereingebrochen ist, nicht derart einschließen, dass du nicht mehr hinausfindest. Mach Schluss damit,
liebste Jo. So lange du das noch kannst.«

—74—

Jo kam in ihr Zimmer und sank auf ihr Bett. Sie war erschöpft. Der
Trauerempfang bei den Beekmans war vorüber – eine anstrengende
Angelegenheit. Aber auch das Gespräch mit ihrem Onkel hatte sie
angestrengt.

Für sie und seine eigenen Kinder wollte er nur das Allerbeste – er
wollte, dass sie sich gut verheirateten, dass sie ein glückliches Leben
hatten. Er wollte, dass sie von Menschen wie ihm selbst umgeben
sein sollten – zurückhaltend, freundlich und ehrenhaft. Jo verstand
das und liebte ihn dafür, doch sie fragte sich auch, ob ihn Geld und
Privilegien nicht blind gemacht hatten gegenüber der Welt, wie sie
wirklich war.

*Lass dich von der Düsternis, die über diese Familie hereingebrochen
ist, nicht derart einschließen, dass du nicht mehr hinausfindest. Mach
Schluss damit, liebste Jo* – das war seine Warnung. Anscheinend begriff er nicht, dass sich die Düsternis, sobald man ihr den Rücken
zukehrte, nicht ihrerseits von einem selbst abwendete.

Jo starrte an die Decke. Später Nachmittag, das Licht des Tages
verblasste bereits. Die Aldriches hatten Jo und ihre Mutter an ihrem
Haus am Gramercy Square abgesetzt. Anna hatte Mrs Nelson gebeten, ihr das Abendessen auf einem Tablett in ihr Zimmer zu bringen.
Auch sie war mit ihren Kräften am Ende und wollte lieber allein
essen und früh zu Bett gehen. Katie hatte Jo ein heißes Bad eingelassen und ein Feuer im Kamin gemacht, und Jo war um beides froh.
In ein paar Minuten wollte Katie zurückkommen und ihr beim Aus-
ziehen helfen.

Jo setzte sich auf, sie wollte gern in die Badewanne, bevor das Wasser abkühlte. Zwei Dutzend cremefarbene Rosen in einer Vase auf ihrem Frisiertisch fielen ihr auf. Sie hatte sie vorher gar nicht bemerkt, wusste aber, ohne auch nur einen Blick auf die Karte zu werfen, die zwischen den Blüten steckte, dass sie von Bram kamen. Er schickte ihr jetzt jede Woche Rosen. Einige Kuverts in auffälligen Farben lehnten an der Vase. Einladungen, dachte sie, auf Partys für uns, das frisch verlobte Paar. Sie müsste sich Kleider dafür anfertigen lassen, erst in Grautönen, später malvenfarben. Besonders aufregend fand sie das nicht gerade.

Mit einem tiefen Seufzer zog Jo ihre Stiefel aus und trug sie zur Garderobe. Als sie sich vorbeugte, um sie an ihren Platz zu stellen, sah sie, dass die Zeitung, die sie gefaltet an die Seite ihrer Garderobe gelegt hatte, umgeknickt war. Es war die Ausgabe der *World*, die Oscar ihr im Child's gegeben hatte. Sie hatte sie in der Garderobe versteckt. Als sie sie jetzt herauszog, kam sie ihr vor wie ein Souvenir von einem lang vergessenen Ort.

»Das brauche ich nicht mehr«, sagte sie und trug die Zeitung zum Kamin.

Auf der Titelseite stand ein Artikel über die Festnahme von Kinch. Auf dem Foto war er für alle Zeit gebannt, zwischen Wachtmeister Dennis Hart und dem Pfleger Francis Mallon.

Jo zog den Schirm vor dem Kamin zur Seite, doch als sie das Papier in die Flammen werfen wollte, hielt sie inne. Sie kniete sich auf den Teppich, strich die Seite glatt und studierte das Foto.

Jetzt starrte sie nicht auf Kinch, sondern auf Mallon. Obwohl sein Gesicht nur unscharf zu erkennen war, hatte es für sie etwas Bekanntes an sich. Ihr Blick folgte dem dünnen Schatten, der sich über eine Wange hinzog. Sie fuhr den Schatten mit ihrem Finger nach.

Und plötzlich wusste sie es.

»O mein Gott«, sagte sie laut.

Sie erhob sich. Sie wusste, wohin sie gehen musste. Ihre Mutter hatte sich bereits zurückgezogen und würde nicht nach ihr fragen. Wenn sie leise war, kam sie unbemerkt aus dem Haus.

Katie erklärte sie in einer kurzen Notiz, dass sie nicht da sei, faltete einen Dollar in das Papier, damit sie Stillschweigen bewahrte, und legte das Blatt auf den Frisiertisch. Auf Zehenspitzen ging sie die Treppe hinunter, nahm Mantel und Hut und verließ das Haus durch die Eingangstür. Sobald sie den Gramercy Square überquert hatte, lief sie, so schnell sie konnte, zum Irving Place und hielt dort eine Droschke an.

Sie hatte keine Angst mehr davor, dass sie der Mann mit dem Narbengesicht überfallen könnte, wenn sie das Haus verließ. Das war vorbei. Mit ihr war er fertig. Und auch mit Eddie. Er hatte sie auf die falsche Spur gebracht.

»Park Row, bitte«, sagte sie, als sie in die Kutsche stieg. »Zum *Standard*.«

—75—⫷⫷⫷

»Nein. Das läuft nicht. Ist abgehakt. Jetzt ein für alle Mal. Kinch ist tot.«

»Vergiss einfach, dass ich es bin, die dich darum bittet.«

»Geht ja wohl schlecht.«

»Bitte. Du *musst*«, beharrte Jo. »Denn wenn das stimmt, was ich jetzt annehme, dann ist unsere Theorie nach dem Besuch bei Madame Esther falsch: Kinch und das Narbengesicht haben eben *nicht* zusammengearbeitet. Aber warum waren sie dann beisammen, als Beekman umgebracht wurde?«

Eddie lenkte ein. »In Ordnung. Zeig mal her.«

Jo saß an Eddies Schreibtisch in der Nachrichtenredaktion des *Standard*. Es war Freitagabend, die meisten seiner Kollegen waren schon gegangen, und sie hatte Glück gehabt, dass sie ihn noch angetroffen hatte.

Sie zog die Zeitung aus ihrer Tasche und breitete sie aus. »Er ist es.«

»Wie kommst du darauf? Das Bild ist total unscharf.«

»Siehst du das?« Sie deutete auf die Verfärbung in dem Gesicht des Mannes. »Ich hielt das für einen Schatten. Ist es aber nicht. Es ist eine Narbe. Gibt es noch mehr Fotos? Das müsste ich wissen. Vielleicht ist er auf einem, und wir könnten sein Gesicht deutlicher erkennen.«

»Gut, wir schauen nach. Komm mit.«

Sie verließen die Büros und gingen einen Block weiter zum Haus der *World*. Eddie sprach mit einem befreundeten Reporter und sagte ihm, was sie suchten. Er brachte sie zur Bildredaktion der Zeitung. Der Redakteur dort räumte gerade auf, um dann nach Hause zu gehen.

Eddie zeigte ihm das Foto, um das es ging, und fragte, ob sie andere Aufnahmen aus der Serie sehen könnten. Kurz darauf lagen drei weitere Bilder vor ihnen. Auf allen war Kinch undeutlich zu erkennen, ganz im Gegenteil zu dem Mann an seiner rechten Seite.

Jo gefror das Blut in den Adern, als sie die gezackte Narbe sah, das harte Gesicht. Auf zwei Bildern hielt er Kinch am Arm. Auf einem jedoch schützte er seine Augen vor dem Blitzlicht der Kamera.

»Das ist ja irre«, sagte Eddie. »Sie sind ein und derselbe. Und sieh mal, er hebt seine linke Hand, um sich zu schützen, seine dominante Hand. Die Hand, die er benutzt hat, als er dir das Messer ins Gesicht hielt. Und Alvah Beekman die Kehle durchgeschnitten hat.«

»Ich *wusste* es doch«, entgegnete Jo. »Er ist es. Francis Mallon ist der Mann mit dem Narbengesicht.«

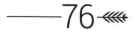

76

Eddie ging die Park Row hinunter. Ließ Jo hinter sich zurück.

»Du weißt, dass ich recht habe!«, schrie sie ihm nach, ohne Rücksicht darauf, wer sie hörte.

»Ist mir egal!«, rief er und drehte sich nicht einmal um.

»Es ist kein Zufall, dass Mallon der Pfleger von Kinch war!«

»Ist mir auch egal!«

Mallon war ihnen zu Walsh's gefolgt. Er hatte Eddie und auch Jo überfallen. Eines der Mädchen von Della McEvoy hatte erzählt, dass ein Mann mit einer Narbe im Gesicht der Mörder von Beekman war. Und dann war Mallon plötzlich der Pfleger von Kinch. So viele Zufälle nacheinander – das war unwahrscheinlich. Dafür gab es einen Grund, eine Verbindung. Jo war sich ganz sicher. Aber *was* für eine Verbindung war das?

Sie musste eine Antwort darauf finden und zwar schnell, bevor Eddie in wenigen Sekunden um die Ecke bog und verschwand. Aus ihren Augen. Aus ihrem Leben. Für immer.

»Das ist jetzt definitiv zu Ende, Jo. Und ich meine es ernst. Ich bin da nicht mehr weiter dabei«, sagte er noch bei der *World*, gleich nachdem ihm Jo angekündigt hatte, dass sie nach Darkbriar wolle, um mit Mallon zu sprechen.

»Wenn du glaubst, dass wir Francis Mallon zur Rede stellen wollen, dann denk bitte noch einmal darüber nach. Er hat uns angegriffen. Er könnte sehr wohl auch ein Mörder sein. Glaubst du wirklich, ich lasse zu, dass du dich derart in Gefahr begibst? Und wozu? Was wird er denn schon machen? Drei Morde gestehen, weil du ihn darum bittest? Schluss, Jo. Aus. Akzeptiere das bitte.«

Doch sie konnte es einfach nicht akzeptieren. Sie fühlte sich wie damals als kleines Mädchen, wenn sie Blinde Kuh spielten und sie genau, aber auch ganz genau wusste, dass ihre Spielkameraden direkt vor ihr standen, knapp vor ihrer ausgestreckten Hand.

Sie und Eddie waren so dicht an der Wahrheit wie noch nie zuvor. Sie konnten sie noch nicht erkennen, doch sie war fast zum Greifen nah. Francis Mallon war Teil dieser Wahrheit, aber da war noch mehr und etwas viel Größeres als er. Jo spürte das in ihren Knochen. Wenn sie doch bloß Eddie davon überzeugen könnte!

Denk nach, Jo, denk nach!, trieb sie sich an, während sie zusehen musste, wie Eddie davonging.

Sie versuchte, sich an die Begegnung zwischen Kinch und Scully zu erinnern. Bruchstücke des Gesprächs fielen ihr wieder ein. Steckte die Antwort in diesen Satzfetzen? Wo? Tausende Male war sie das alles schon durchgegangen.

Scullys Stimme: *Dein Aussehen ist wirklich ganz verändert.* Und dann Kinch: *Siebzehn Jahre, ohne einen einzigen Christenmenschen zu sehen. Mein Aussehen ist euer Werk. Schau mich an! Dieses Monster – das habt ihr geschaffen!* Und dann erklärte Kinch, wie ihn die anderen Matrosen tätowiert hatten.

»O mein Gott. *Das* ist es!«, rief sie.

Doch Eddie war schon fast am Ende des Häuserblocks angekommen und hörte sie nicht.

»Bleib stehen, Eddie, bitte!«, schrie Jo laut.

Eddie ging weiter.

»Eddie Gallagher, du bleibst jetzt sofort stehen!«, brüllte Jo.

Eddie drehte sich um. »Was denn?«, rief er genervt.

Jo lief zu ihm. »Kinch hat sich auf die Brust geschlagen«, keuchte sie atemlos. »Er hat seine Brust berührt, als er es gesagt hat!«

»*Was* gesagt hat?«

»*Das steht auf meinem Herzen eingeschrieben, und da bleibt's auch.*«

»Und?«

»Er hat *genau das* gemeint! Es steht tatsächlich auf seinem Herzen. Verstehst du denn nicht? Der Mann war über und über tätowiert! *Mit Tattoos erzählen die ihre Geschichten. So haben sie meine erzählt*«, zitierte sie Kinch weiter.

»Jo, das macht doch keinen Unterschied. Sogar wenn seine Geschichte auf seinem Herzen steht. Kinch ist tot. Er liegt mit seinen Tätowierungen zwei Meter tief unter der Erde.«

Jo leckte nervös über ihre Lippen. »Wie lange dauert es, bis die Verwesung eines Körpers einsetzt? Oscar weiß das.«

Eddie sah sie verwirrt an. Dann begriff er, was sie meinte. »Nein. Kommt nicht infrage. Das kannst du nicht ernst meinen.«

»Zwei Tage? Drei? Um diese Zeit des Jahres vielleicht ein wenig länger? Wir könnten ihn fragen. Wir könnten ihn mitnehmen«, schlug sie vorsichtig vor.

»*Wir* unternehmen da sowieso nichts. Wenn du das tun willst, dann machst du das bitte allein.«

»Aber ich wäre da nicht allein«, sagte Jo und fixierte ihn mit ihrem Blick. »Du wirst da sein. Du willst doch deine Geschichte, Eddie. Ich weiß, dass du die willst. Das bist du doch.«

»Es geht hier nicht um einen Besuch in dem gottverdammten Leichenschauhaus, Jo«, entgegnete Eddie wütend. »Wir schauen auch nicht bei Esther oder dem Taylor vorbei. Hier geht's um ein *Verbrechen*. Hast du überhaupt eine Vorstellung, was mit uns passiert, wenn die uns schnappen?«

»Bitte, Eddie. Das letzte Mal.«

Noch ein letztes Mal, das hatte Jo sich schon gesagt, als sie ihn im Child's überredet hatte, mit ihr zu Madame Esther zu gehen. Diese nächste Aktion wäre wirklich die letzte, die sie gemeinsam unternahmen. Das sah sie in seinen Augen.

Eddie starrte eine Weile in den Himmel. Als er Jo wieder ansah, erkannte sie dasselbe Feuer in ihm, das auch in ihr brannte. »Morgen Nacht«, sagte er. »Ecke Irving und 15th. Zehn Uhr. Ich warte dort auf dich.«

—77—≪≪≪

»Man weiß einfach nie, wie zersetzt so eine Leiche letztendlich schon ist«, meinte Oscar Rubin philosophisch. »Es ist immer wieder eine Überraschung.«

»Und wer mag denn keine Überraschungen?«, murmelte Eddie düster.

Jo, Eddie und Oscar schaufelten die Erde von einem frischen Grab im Friedhof von Darkbriar.

Vor einer Stunde hatten sie Flynn, den Totengräber, am hohen Eingangstor von Darkbriar getroffen – sie standen genau zu dem

Zeitpunkt dort, als der Wachmann wie jede Nacht in die Hauptküche ging, um dort einen heißen Kaffee zu trinken. Bevor er wieder in sein Häuschen zurückkehrte, ließ Flynn sie ein und führte sie über das mit vielen Bäumen bestandene Gelände.

Oscar hatte alles vorbereitet. Eddie erzählte ihm alles Notwendige über das Foto und dass Francis Mallon und Narbengesicht ein und derselbe Mann waren. Oscar kannte Flynn und bot ihm zwanzig Dollar aus Jos Geldreserven, wenn sie Kinch ausgraben durften. Flynn brachte ihnen eine kleine Laterne mit, Schaufeln und ein Stemmeisen, führte sie zu dem Grab und überließ die drei dann sich selbst.

In Darkbriar lebten vor allem Patienten aus reichen Familien. Die Leichen verstorbener Patienten wurden fast immer weggebracht und in Familiengräbern bestattet. Die wenigen, nach denen niemand fragte, fanden ganz am hintersten Ende des weitläufigen Geländes auf einem einsamen Fleckchen Erde ihre letzte Ruhestätte.

Vom Friedhof aus konnte Jo die Gebäude des Sanatoriums als Silhouetten gegen das Mondlicht erkennen. Der Wind jammerte in den Bäumen, rüttelte an den Ästen und wehte abgestorbene Blätter über den Boden. Gerade eben erst war sie ganz mutlos geworden. Sie wollte schon wegrennen von hier, und auch von allem, was sie da vorhatte. Sie wurde das Gefühl nicht los, dass sie dabei war, eine letzte und schreckliche Grenze zu überschreiten, und dass es in dem Moment, wenn sie den Sarg von Kinch öffnete, kein Zurück mehr geben würde. Und doch war sie nicht fortgelaufen. Ihre Angst war groß, doch ihr Bedürfnis, die Wahrheit zu erfahren, war größer.

Während sie, Eddie und Oscar schaufelten, sprach Oscar weiter. »Da spielt so vieles eine Rolle. Alter. Gewicht. Todesursache. Jahreszeit. Wenn man beispielsweise im Januar eine Leiche aus einem Lagerhaus zieht, die dort zehn Tage gelegen ist, dann hat man Verfärbungen, und es riecht ziemlich, vor allem, weil sich die Eingeweide entleeren. Die Augen sind nicht mehr da. Auch die Nase. Ratten *lieben* Augen. Aber dieselbe Leiche im Juli? Dann hat man es mit flüssiger Fäulnis zu tun. Mit Würmern. Mit einem aufgeblähten Körper. Das Ganze wird glitschig, bedeutet: Wenn man den Kerl bewegen will, löst sich die Haut ab. Und der Gestank – unbeschreiblich.« Oscar kicherte herzlich. »Dein Mittagessen bist du dann los. Garantiert.«

»Ich bin gleich mein Abendessen los, könntest du also bitte aufhören?«, fragte Eddie.

»Ich möchte euch ja bloß klarmachen, dass Mr Kinch noch ganz gut erhalten sein könnte«, sagte Oscar. »Er ist erst vor vier Tagen gestorben, und das Wetter war ziemlich kalt. Wir haben Glück, dass der Boden nicht gefroren ist, sonst könnten wir das alles sowieso nicht machen.«

»*Glück haben* ist ein Ausdruck, der mir jetzt eigentlich nicht gerade auf der Zunge liegt«, knurrte Eddie. »Ich kann nicht glauben, was ich da mache. Ich bin jetzt ein Grabräuber. Und ihr beide auch.«

»Technisch gesehen sind wir das nicht. Erst, wenn wir Kinch mitnehmen würden. Wir stören seine Grabesruhe, sicher, aber wir rauben es nicht aus.«

»Ach wirklich? Das ist klasse, Oscar. Jetzt geht's mir gleich viel besser. Weißt du was, Oscar? Du bist genauso durchgeknallt wie sie.« Eddie nickte zu Jo hinüber.

»Ich bin nicht durchgeknallt. Ich bin neugierig. Deshalb bin ich hier. Was ist denn, wenn Jo recht hat? Wenn die Antworten tatsächlich auf Kinchs Herzen stehen? Stell dir das mal vor – ein Toter, der Geschichten erzählt. Das kommt garantiert in mein Fallbuch.«

»Machen wir mal etwas schneller, ja?«, meinte Eddie nur. »Je eher wir ihn rausholen, desto eher kommen wir hier wieder weg.«

Jo versuchte, mit den beiden Männern mitzuhalten, doch das war nicht zu schaffen. Sie hatte in ihrem ganzen Leben noch nie eine andere Schaufel in der Hand gehabt als die kleine, mit der sie als Kind am Strand von Newport spielte. Die hier jetzt war schwer, und mit zwei anderen Leuten zusammen ein großes Loch zu graben, war ziemlich schwierig. Als sie ungefähr dreißig Zentimeter in die Tiefe geschafft hatten, wurde es zu eng, als dass sie alle drei gleichzeitig an dem Grab weiterarbeiten konnten. Eddie sagte, sie solle die Schaufel weglegen und stattdessen die Laterne halten.

Die beiden Männer wechselten sich jetzt ab und arbeiteten in der nächsten Stunde meistens schweigend vor sich hin, schnauften und ächzten im Schein der Laterne. Atemwolken standen in der eisigen Luft. Nach etwas mehr als einem Meter stieß Oscars Schaufel auf Holz. Ein ekelhafter süßlicher Geruch breitete sich aus. Jo versuchte nach Kräften, ihn nicht zu beachten.

»Tief ist das Grab nicht«, sagte Oscar. »Flynn ist nicht nur korrupt, sondern auch faul.«

Eddie und Jo sahen, wie Oscar die restliche Erde von Kinchs Sargdeckel wischte und an den Seiten kleine Löcher grub, damit er dort stehen konnte, wenn sie den Deckel anhoben.

»Stemmeisen«, bat er.

Eddie gab es ihm. Oscar stellte sich fest in die Löcher an den Seiten. Er hakte das Stemmeisen unter den Rand des Sargdeckels, dann holte er tief Luft und drückte das Eisen mit aller Kraft herunter. Knirschend brachen die Nägel aus dem Holz. Der Deckel öffnete sich auf Oscars Seite. Oscar hob gewandt ein Bein über den Sargdeckel, dann klemmte er ihn fest. Er gab Eddie das Brecheisen zurück. Gespenstisch stieg der Geruch von Tod auf, gnadenlos und durchdringend.

Jo schluckte. Sie bedeckte Nase und Mund mit ihren Händen.

Eddie fluchte.

Oscar rieb seine Hände. »Gebt mir die Laterne, Kinder!«

Im Schein der Kerosinlampe bot sich Jo ein Bild, das sie für den Rest ihres Lebens verfolgen würde.

Kinchs Gesicht war purpurrot und grotesk angeschwollen. Seine Zunge quoll zwischen seinen Lippen heraus. Seine Augen waren halb geschlossen. Jo wollte schreien. Sie wollte davonlaufen. Allein durch ihre Willenskraft blieb sie, wo sie war, und sah Oscar bei der Arbeit zu.

»Hast du Papier und Bleistift dabei?«, fragte er Eddie.

Eddie nickte, ganz grün im Gesicht.

»Gut. Schreib mit, was ich jetzt sage.« Oscar wandte sich wieder dem Toten zu. »Rede mit mir, Kinch«, murmelte er und inspizierte sorgfältig dessen Kleidung.

»Jacke, Hemd, Hose, Gürtel, Socken und Stiefel ... Laut Presse hat Kinch sich geweigert, sich auszuziehen, als man ihn hierhergebracht hat. Und da ist ziemlich wenig Blut dran. Wenn man bedenkt, dass das ein Mann ist, der einem anderen die Kehle durchgeschnitten hat.«

Mit Daumen und Zeigefinger zog er Kinchs Augenlider auseinander. Jos Magen hob sich, sie schluckte kräftig und beugte sich dann vor, damit sie besser erkennen konnte, was Oscar machte.

»Petechiale Blutungen sowohl in der Sklera wie auch am Innenlid.« Er deutete auf die roten Punkte in Kinchs Augen.

Dann betrachtete er die Finger und Handflächen von Kinch, schob ihm die Ärmel hoch und schaute sich die Haut an. »Keine Leichenblässe an Händen oder Unterarmen. Deutliche Prellungen und Einstichstellen an den Innenseiten der Ellbogen.«

»Keine Prellungen an den Armen außer an den Ellbogen?«, fragte Jo. »Was ist mit seinen Beinen?«

Oscar zog erst ein Hosenbein hoch, dann das andere. »Nichts Größeres. Wieso?«

»Weil er sechs Meter tief aus einem Fenster gesprungen ist«, antwortete Jo. »Wenigstens steht das so in den Zeitungen.«

»Stimmt«, erwiderte Oscar nachdenklich. »Das habe ich auch gelesen.«

»Was ist mit den Einstichen? Hat er sich das Morphium selbst verabreicht?«, fragte Eddie. »Das haben wir zumindest in der Nachrichtenredaktion so gehört.«

»Sieht so aus, als ob er sich *irgendetwas* gespritzt hat. Es sieht auch danach aus, dass er dabei nicht sehr geschickt war. Es sind wirklich ziemlich starke blaue Flecken. Als ob er eine Vene sucht, sie nicht trifft und es dann noch einmal probiert.« Oscar schlug Kinchs Jacke auf und starrte auf seine Mitte. »Wieso haben sie dir denn deinen Gürtel gelassen, Mr Kinch? Verrückte dürfen weder Gürtel noch Schuhbänder haben.«

Als er ihm den Kragen öffnete, wurde eine tiefe, schwarze Linie sichtbar, die sich um seinen Hals zog. »Horizontale Ligaturfurche, ungefähr zweieinhalb Zentimeter tief. Blutergüsse und Schürfwunden ober- und unterhalb der Furche.« Er fühlte vorsichtig am Hals von Kinch nach dem Adamsapfel. »Verdacht auf Fraktur des

Schildknorpels.« Danach schaute er sich den Gürtel von Kinch an. »Gürtel: ungefähr dreieinhalb Zentimeter breit. Passt nicht zu den Maßen der Furche.«

Eddie hörte auf zu schreiben. »Warte mal, Oscar. *Passt nicht?*«

Oscar nickte grimmig.

»Was bedeutet das?«, fragte Jo und blickte von Eddie zu Oscar.

»Das bedeutet, dass sich unser Freund Mr Kinch *nicht* aufgehängt hat«, antwortete Oscar.

»Du meinst – mit seinem Gürtel. Er hat etwas anderes benutzt«, vermutete Eddie.

»Nein. Ich meinte, dass er sich nicht aufgehängt hat«, wiederholte Oscar.

»Aber an seinem Hals ist doch diese Druckstelle«, entgegnete Jo.

»Schon, aber die wurde nicht von einer Schlinge verursacht«, stellte Oscar klar. »Kinch wurde erdrosselt.«

78

Fassungslos trat Jo einen Schritt von dem Grab zurück. Ihre Tante hatte als Erste über Kinchs Selbstmord gesprochen, und schon da fiel es Jo schwer, das zu glauben. Schuldgefühle nach dem Tod von Beekman hätten ihn zu diesem Schritt getrieben, sagte ihre Tante, doch weshalb sollte sich Kinch schuldig fühlen, wenn er – wie Oscar sagte – Beekman gar nicht umgebracht hatte?

Sie hatte sich bemüht, ihre Zweifel zum Schweigen zu bringen. Sie hatte sich auch bemüht, keine Fragen mehr zu stellen. Denn genau das erwarteten alle von ihr. Doch jetzt kamen die Fragen wieder hoch.

»Wie kann das sein, Oscar? Alle Zeitungen haben doch geschrieben, dass er sich erhängt hat. Dr. Ellsworth, der Sprecher von Darkbriar, hat gemeint, die Schuldgefühle hätten Kinch fertiggemacht.«

»Er *wurde* fertiggemacht, das stimmt. Von einem großen und starken Mann«, sagte Oscar und richtete sich sehr gerade auf. »Wenn er sich erhängt hätte, wäre die Furche, die der Gürtel verursacht hätte, breiter und nicht so tief und auch nicht so weit oben an seinem Hals. Es gäbe keine punktförmigen Blutungen und keine Stauung im Gesicht. Auf seinen Händen und Armen würde sich zumindest ein wenig Leichenblässe zeigen. Ich bezweifle, dass ich einen Bruch des Schildknorpels feststellen könnte. Jemand hat ihm eine Schlinge um den Hals gelegt und sie zugezogen. Sehr fest zugezogen.«

»Francis Mallon«, warf Eddie ein. »Ich wette tausend Dollar. Er hatte Zugang zu Kinch und Gelegenheit zu der Tat. Das war nur bei ganz wenigen Leuten gegeben, nur noch bei den Ärzten und einer Handvoll Polizisten.«

»Aber weshalb?«, fragte Jo.

»Um jemand anderem den Mord an Beekman in die Schuhe zu schieben«, sagte Eddie. »Eines der Mädchen von Della hat gesehen, dass Mallon Alvah Beekman getötet und Phillip Montfort angegriffen hat, stimmt's? Da Kinch am Tatort anwesend war, haben wir ihn und Mallon für Komplizen gehalten – aber wir haben uns geirrt.«

»Du meinst, dass Kinch zufällig zur falschen Zeit am falschen Ort war?«, erwiderte Jo skeptisch.

»Ja. Er hat gesehen, was da vor sich ging, und hat versucht, Mallon aufzuhalten, hat das aber nicht geschafft, da er unter Morphiumeinfluss stand«, fuhr Eddie fort. »Er hat allerdings noch Alarm auslösen können, und die Polizei kam dann. Dein Onkel, ganz benommen von den Schlägen auf den Kopf, die er abbekommen hat, ist verwirrt und beschuldigt Kinch, der Mörder zu sein. Kinch kann sich nicht dagegen wehren, da er nicht ganz bei sich ist. Er wird nach Darkbriar gebracht, wo Mallon arbeitet. Mallon bringt Kinch um und behauptet, Kinch hätte gestanden.«

»Das ist denkbar«, räumte Oscar ein.

»Aber wieso hat Mallon gesagt, dass Kinch alle drei Van-Houten-Morde gestanden habe?«, wandte Jo ein.

»Weil *er selbst* sie begangen hat. Und er befürchtete, dass er auffliegt. Deshalb hat er uns überfallen, Jo. Er muss gemerkt haben, wie wir die Spuren verfolgt haben, und fand, dass wir ihm zu nahe kamen.«

Jo schüttelte den Kopf. »Das ergibt immer noch keinen Sinn. Welchen Anlass hätte Francis Mallon – ein Pfleger in Darkbriar –, drei der Eigner von Van Houten umzubringen? *Kinch* war derjenige, der der Firma krumme Geschäfte vorgeworfen hat. *Er* war derjenige, der behauptete, Beweise dafür zu haben. *Er* hat die Firma erpresst, nicht Mallon.«

»Wo sie recht hat, hat sie recht, mein Lieber«, stimmte Oscar zu.

»Bloß weil wir den Grund nicht kennen, heißt das doch nicht, dass es keinen gibt«, sagte Eddie.

»Ja, klar«, gab Jo zu, der es auf die Nerven ging, dass sie die Geheimnisse zwar Schicht um Schicht freilegten, aber nicht an die eigentliche Antwort herankamen.

Oscar gab Eddie die Laterne, dann griff er dem Toten nacheinander in alle Hosentaschen, fand jedoch nichts. Er zog Kinch die Schuhe aus und fühlte an den Innenseiten. Wieder nichts. Er fingerte durch die Jackentaschen, dann ließ er seine Hände sicherheitshalber auch außen über das Jackett gleiten.

»Aha!«, rief er und hielt knapp über dem Saum inne. »Hast du ein Taschenmesser?«, fragte er Eddie.

Eddie gab ihm seins, und Oscar schlitzte das Futter des Jacketts auf. Er griff hinein und zog einen Anhänger an einer goldenen Kette heraus.

»Sieh mal!« Er gab ihn Jo.

Jo nahm den Anhänger und barg ihn in ihrer Hand, überwältigt von Gefühlen. Im Schein der Laterne schimmerte warm das kleine goldene Stück, geformt wie die Hälfte eines Herzens. *Eleanor* stand darauf. Obwohl Jo es nie gesehen hatte, erkannte sie es sofort.

»*Er* ist es«, sagte sie voller Ehrfurcht. »Von diesem Herz gab es zwei Hälften. Eleanor trug die eine, in die der Name *Stephen* eingraviert war, und Stephen die andere, mit dem Namen *Eleanor*. Er kam zurück, um sie zu heiraten, so wie er es versprochen hatte – siebzehn Jahre zu spät.«

360

»Kinch *ist* Stephen Smith«, sagte Eddie verblüfft. »Wie du vermutet hast, Jo.«

»Er ist doch nicht auf See geblieben. Den Sturm, der sein Schiff zerstört hat, hat er damals irgendwie überlebt und ist nach Hause gekommen.« Jo war voller Verwunderung über das Ausmaß ihrer Entdeckung.

»Kinch – Verzeihung, Mr Smith – hat uns ja bis jetzt schon eine Menge erzählt«, sagte Oscar und knöpfte das Hemd der Leiche auf. »Er hat uns erzählt, wie er gestorben ist. Vielleicht nennt er uns jetzt noch den Grund.«

—79—⋘

Jo, Eddie und Oscar wurden ganz still, als sie die nackte Brust von Stephen Smith sahen. Wie die Seite eines Buchs war sie über und über mit Worten bedeckt. Einige waren lesbar, andere hatte die Verwesung ausgelöscht.

Jo sprach als Erste. »Das ist seine Geschichte. Auf sein Herz geschrieben. Wie er es gesagt hat.« Sie hoffte so sehr, dass ihr diese Worte endlich offenlegen würden, was sie wissen musste.

»Er hat zu Scully gesagt, dass die Seeleute, die ihn tätowiert haben, aus Ostindien kamen oder Afrikaner waren, aber diese Worte sind alle auf Englisch«, warf Eddie ein.

»Vielleicht hat er sie aufgeschrieben. Dann mussten sie die Zeichen nicht verstehen, sondern nur nachzeichnen«, überlegte Oscar. »Gib mir mal deinen Block. Und leuchte mit der Laterne hierher.«

Eddie kniete am Rand des Grabes, lehnte sich über den Sarg und hielt die Laterne direkt über Kinchs Brust. Oscar schrieb alles auf und ließ zwischen den Buchstaben Platz, wo einzelne unlesbar geworden waren. Dann zeigte er den anderen seine Notizen.

I B EPH SM H. DI ONAV TRANS I HA VERSU D AUFZUHA
WU AUSGESE AUF BY D TEUF E SEIN SEELE GOTT NICHT.
Sie setzten einzelne Worte zusammen.

»Ich bin Stephen Smith«, begann Oscar.

»Die *Bonaventure* transportierte …«, fuhr Eddie fort.

»Transportierte *was*?«, sagte Jo vor sich hin. »Oscar, kannst du
sehen, welche Buchstaben da sind?«

»Leider nicht, die Haut ist schon zu blass.«

Jo starrte immer noch auf den Notizblock. »Ich habe versucht,
das aufzuhalten, wurde aber ausgesetzt auf …«, sagte sie, als sie noch
etwas mehr entziffern konnte. Sie sah Oscar an. »Wo?«

»Ich kann diese Buchstaben auch nicht erkennen«, seufzte Oscar. »Oder die nach *by*.«

»Er wurde ausgesetzt«, flüsterte Jo. »Er verschwand nicht in
einem Sturm, sondern wurde irgendwo ausgesetzt, um zu sterben.«

»Ich wette, dass die fehlenden Buchstaben den Namen der Person ergeben, die ihn ausgesetzt hat. Und wo das war«, sagte Eddie.
»Und ich wette auch, dass genau diese Person hinter den Verbrechen
steckt, die er aufgedeckt hat.«

»*Der Teufel hole seine Seele, denn Gott nimmt sie nicht*«, ergänzte
Jo die letzten fehlenden Worte.

Eddie sah sie mit einem langen Blick an. »Und du glaubst immer
noch, dass bei Van Houten nichts Schlimmes vor sich gegangen ist?«

Jo sah von dem Notizblock auf und Eddie in die Augen. »Die
ganze Zeit über ist es mir schwergefallen zu glauben, dass die Firma
in irgendwelche Machenschaften verstrickt gewesen sein soll, aber
jetzt ist es genau andersherum: Es ist schwer zu glauben, dass es nicht
so war.«

»Steckte einer der Eigner, die gestorben sind, dahinter – Scully
oder Beekman? Oder einer von denen, die noch leben? Asa Tuller?
John Brevoort?«

»Egal, wer es ist, aber er ist vermutlich derjenige, der Mallon geführt hat«, warf Oscar ein. »Er ist vermutlich die Verbindung zwischen Van Houten und Mallon, nach der ihr sucht.«

Jo nickte. »Ja, das könnte so sein, Oscar.«

Eddie war merkwürdig still. Dann sagte er: »Es gibt noch zwei Eigner, die du vorhin nicht erwähnt hast, Jo. Zwei außer Stephen Smith. Und beide waren in Sansibar.«

Jo verstand, was er meinte. »Nein«, presste sie vehement hervor. »Das ist einfach nicht möglich, Eddie. Du behauptest, mein Onkel oder mein Vater hätten hinter diesen Dingen gesteckt? Dass einer der beiden derjenige war, der Smith sterben lassen wollte? Das kann ich einfach nicht glauben.«

»Kannst du nicht oder willst du nicht?«

Jo war wütend und antwortete nicht gleich. Eddie wusste nicht, wovon er sprach. Er kannte ihren Onkel nicht und hatte auch ihren Vater nicht gekannt. Sie waren beide so wenig fähig, einem anderen Menschen zu schaden, wie sie selbst es war.

»Du verbringst zu viel Zeit bei der *World* und beim *Herald*. Daher kommt das wohl«, meinte sie schließlich. »So ein sensationslüsterner Unsinn passt zu denen, nicht zu dir.«

»Sensationslüstern? Wieso? Weil ich die Wahrheit sehen kann und du nicht?« Eddie klang sehr aufgebracht.

»Aber das ist nicht die Wahrheit!«, konterte Jo.

»Wieso, Jo? Weil in deiner schönen, perfekten kleinen Welt niemand irgendwelche schlimmen Dinge tut? Nur wir da draußen?«

Er meinte viel mehr als nur ihren Onkel, viel mehr als nur ihre gemeinsamen Recherchen. Er sprach über die Fehler, die sie gemacht hatte, als sie seine Schwester für seine Freundin hielt und Brams Heiratsantrag angenommen hatte.

»Eddie, das ist unfair!«, gab sie zurück. »Ich habe mich dafür entschuldigt. Ich habe versucht, dir das zu erklären, in der Nacht, als wir in die Pitt Street gegangen sind, aber du wolltest es nicht hören. Da geht es nicht nur um uns beide. Das wüsstest du, wenn du dir die Mühe gemacht hättest, mir zuzuhören. Aber du bist weggegangen und ...«

»Also, Eddie? Jo? Tut mir leid, dass ich euren Streit unterbrechen muss«, unterbrach Oscar sie. »Aber reden wir noch über den toten Mann? Den, in dessen Grab ich stehe? Falls ja, dann hätte *ich* mal eine Frage.«

»Entschuldigung, Oscar. Was ist?«, sagte Eddie, während Jo tief Luft holte, um sich wieder zu beruhigen.

»Warum hat Smith das gemacht? Ich verstehe, warum er sein Gesicht tätowieren ließ – damit er nicht erkannt wird. Aber diese ganzen Worte, die er auf sich schreiben ließ, ergeben noch keinen Sinn. Die Tätowierungen auf Schiffen werden mit schmutzigen Nadeln gemacht. Sie tun weh. Es gibt Infektionen. Leute sterben daran. Warum also hat er die Geschichte nicht auf Papier festgehalten? Warum auf seinem Körper?«

»Dann konnte es ihm niemand mehr nehmen. Weil ihm alles andere genommen worden war«, sagte Jo sanft, der zu ihrem eigenen Erstaunen plötzlich Tränen über das Gesicht liefen. »Wir haben so lange nach dem falschen Mann gesucht. Stephen Smith hat die Eigner von Van Houten bedroht, aber er hat sie nicht umgebracht. Das hat Mallon getan. Da bin ich mir jetzt ganz sicher.«

»Weshalb?«, fragte Eddie.

»Der Anhänger.« Jo hielt das Schmuckstück noch in Händen, betrachtete es jetzt und war tief bewegt, weil es für so vieles stand: Standhaftigkeit, Glaube, Liebe. »Nur Gott weiß, was Stephen Smith durchgemacht und wie er überlebt hat, aber er hat es nie aufgegeben, nach Hause zu gelangen, zu Eleanor. Ein derartiger Mann kann doch kein kaltblütiger Mörder sein. Er hat nur versucht, das einzufordern, was zu ihm gehörte – die Frau, die er liebte und ihr gemeinsames Kind.«

Ein Windstoß wirbelte durch den Friedhof. Jo zitterte. Eddie stand neben ihr und musste das gespürt haben. »Möchtest du meine Jacke?«, fragte er.

»Nein danke«, antwortete Jo. Ihr Frösteln hatte nichts mit dem Wind zu tun. »Der Mörder ist immer noch da draußen.« Mit dem Handrücken fuhr sie sich über ihre Wangen. »Alle denken, dass es jetzt, da Kinch tot ist, vorbei wäre, aber wenn unsere Annahmen stimmen, dann hat Mallon drei Männer getötet und läuft immer noch frei herum. Was ist, wenn es weitergeht? Wenn mein Onkel der Nächste ist?«

»Willst du ihm das von Mallon erzählen?«, fragte Eddie.

364

»Das muss ich.«

Bloß wie?, überlegte sie. Er wollte ja nicht einmal, dass sie an die Ereignisse der vergangenen Wochen überhaupt dachte. Wie würde er reagieren, wenn sie ihm erzählte, was sie heute herausgefunden hatte und wie das geschehen war? Würde er ihr glauben?

Irgendwo in der Stadt schlug eine Turmuhr.

»Mitternacht«, sagte Eddie.

»Spaß hat das ja jetzt schon gemacht, aber wir sollten langsam zusammenräumen und gehen«, wandte Oscar ein. Er setzte die Leiche auf, zog ihr das Hemd aus und schaute sich den Rücken an. Dort gab es keinerlei Tätowierungen. Oscar kleidete den Körper wieder an, dann faltete er Smiths Arme ordentlich über seiner Brust. Er wollte gerade den Sargdeckel wieder schließen, als Jo ihn zurückhielt.

»Sollten wir nicht irgendetwas sagen?«, fragte sie. Sie bezweifelte, dass Flynn dem toten Stephen Smith einige gute Worte mitgegeben hatte.

»Wie, *etwas sagen*?«

Jo dachte kurz nach, dann sprach sie: »Es tut mir leid, Mr Smith, dass wir Sie gestört haben. Aber wir danken Ihnen dafür, dass Sie uns Ihre Geschichte erzählt haben. Bitte seien Sie nicht böse, weil ich den Anhänger mitnehme. Ich brauche ihn als Beweisstück, wenn ich mit meinem Onkel spreche. Ich muss dafür sorgen, dass er in Sicherheit ist. Ich wünschte, Eleanor hätte überlebt. Dann würde ich sie für Sie finden und ihr Ihr Herz geben. Ich würde ihr sagen, dass Sie sie geliebt und alles versucht haben, zurückzukommen. Ich würde ihr erzählen, was auf Ihrem Herzen steht.«

80

»Wir haben's geschafft«, sagte Eddie und stieg Ecke Lexington und 22nd Street aus der Droschke.

»Vielen Dank«, meinte Jo zu dem Kutscher und zahlte.

Von Darkbriar waren sie erst einmal ein Stück zu Fuß gegangen, um den Todesgeruch wieder loszuwerden, obwohl der an Oscar immer noch zu riechen war. Jo war müde. Das Grab mit dem Sarg von Stephen Smith wieder zuzuschaufeln, war noch einmal harte Arbeit gewesen, und nur mit viel Glück kamen sie ungesehen durch das Tor: Trotz seiner großen Portion Kaffee saß der Wachmann schlafend in seiner Kabine.

Jo war auch bedrückt durch eine Art von Trauer. Das war jetzt das Ende der Geschichte. Sie konnte nichts mehr tun. Die Ladelisten, die Stephen Smith an Eleanor Owens geschickt hatte, würden nicht mehr auftauchen, da sie und Eddie vergeblich versucht hatten, sie zu finden. Mallon wurde für seine Taten nicht zur Rechenschaft gezogen, zumindest nicht von ihnen beiden.

Eddie sah das richtig: Es war zu gefährlich, mit Mallon Kontakt aufzunehmen. Sie wollte ihrem Onkel berichten, was sie erfahren hatte, danach würde er sich an die Behörden wenden. Die knöpften sich dann Mallon vor. Jos Zeit als Detektivin war vorbei. Mit ganzem Herzen wünschte sie sich, es wäre nicht so. Sie sehnte sich so sehr danach, dass alles anders wäre. Sie wünschte sich, *sie selbst* wäre anders: ein Mädchen, das die Verantwortung gegenüber ihrer Familie vergessen und ihren eigenen Sehnsüchten folgen könnte. Aber so war sie nicht.

»Hat jemand Hunger?«, fragte Oscar. »Das Portman's ist nicht weit. Die machen bestimmt noch ein paar Sandwiches für uns.«

»Wie kannst du überhaupt nur an Essen *denken* nach alldem, was wir gerade gemacht haben?«, wollte Jo wissen.

»Tote machen mich immer hungrig«, sagte Oscar. »Wenn du erst einmal unter der Erde bist, gibt's keine Nudelkugel mehr für dich, kein gebratenes Huhn und auch keine Kartoffellatkes. Also iss, trink und freu dich des Lebens. Aber vor allem iss.«

»Ich würde so gern mit dir mitkommen, Oscar, aber es ist fast schon ein Uhr, und ich muss mich noch ins Haus schleichen«, erwiderte Jo. Dann, ganz plötzlich, umarmte sie ihn.

»Wofür war das jetzt?«, fragte Oscar, als sie ihn wieder losließ.

»Ich weiß nicht, wann ich dich wieder einmal sehen werde. Ob ich dich überhaupt wiedersehe. Und ich möchte dir einfach danken. Für alles. Ich bin noch nie einem Menschen wie dir begegnet. Ich weiß, dass du ein wunderbarer Arzt wirst, und ich weiß noch etwas. Sarah Stein möchte gern von dir zum Abendessen eingeladen werden.«

Oscar wurde rot. Er küsste Jo auf die Wange.

Dann wandte sich Jo an Eddie. Sie sahen einander an, mit einem Blick voller Liebe und Verlorenheit, ungeschminkt und traurig. Oscar sah das. »Ich ... äh ... ich geh mal ein bisschen weiter. Nur so.«

»Von mir wirst du wohl auch nicht mehr viel zu sehen bekommen«, sagte Eddie. Er sah Jo an, nicht Oscar.

Jo senkte den Kopf, damit er ihre Tränen nicht bemerkte. »Ich werde dich an jedem Tag meines Lebens vermissen. Weil du mein Leben verändert hast, Eddie. Ich werde dich nie, nie vergessen.«

»Bitte, hör auf«, entgegnete Eddie mit belegter Stimme. »Bitte.«

Jo nickte. Sie hob den Kopf und versuchte zu lächeln. »Alles Gute«, wünschte sie und umarmte ihn.

Er schloss sie ebenfalls in seine Arme, hielt sie fest, dicht an sich gedrückt, mit geschlossenen Augen. Und dann ließ er sie los. »Soll ich dich nach Hause begleiten?«

»Das ist ja nur einen Block weiter. Kein Problem.«

»Na gut. Da kommt noch ein Wagen«, sagte er und sah die Straße entlang. »Gleich hinter der Kalesche da. Ich nehm den und gabel Oscar auf.«

Die kleine Kalesche, die Eddie gesehen hatte, war besetzt. Sie rollte vorbei und blieb dann abrupt stehen. Der Schlag wurde geöffnet. Ein schlanker, großer, junger Mann stieg aus.

»Jo? Jo Montfort?«, rief er. »Bist du das?«
Jo drehte sich langsam um, das Herz schlug ihr bis zum Hals.
Es war Bram.

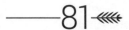

Bram sah Jo an, als traute er seinen Augen nicht.

»Josephine, was in Gottes Namen machst du zu dieser Zeit auf der Straße?«, fragte er fordernd.

»Na ja, ich ... ich wollte gerade ...«, stammelte Jo. Sie konnte ihm nicht die Wahrheit sagen, aber sagen musste sie etwas.

»Wer ist dieser Mann? Hat er dich verletzt?«, fragte er mit einem misstrauischen Blick auf Eddie.

»*Mich verletzt?* Nein!«, sagte sie. »Er ist mein Freund, Bram. Abraham Aldrich, darf ich dir Eddie Gallagher vorstellen.«

Eddie streckte seine Hand aus, Bram nahm sie nicht.

»Und Oscar Rubin auch. Also, Oscar ist gerade nicht hier. Er ist da drüben.« Sie deutete die Straße hinunter. Sie wippte nervös auf ihren Fußballen, lächelte und überlegte gleichzeitig fieberhaft, was sie sagen könnte. Schließlich fragte sie: »Und wieso bist du hier?«

»Ich komme von Teddy Farnhams Abschiedsparty.«

Jo erinnerte sich, dass Teddy demnächst zu einer Europareise aufbrach. »War's nett?«, erkundigte sie sich, als wäre es völlig normal, sich mitten in der Nacht auf der Straße über diese Dinge zu unterhalten.

Bram machte ein sorgenvolles Gesicht. »Jo, ist alles in Ordnung? Bitte komm in den Wagen. Ich bringe dich bis nach Hause.«

»Ist das für dich in Ordnung, Jo?«, fragte Eddie.

»Wie bitte?«, sagte Bram und drehte sich zu Eddie um.

»Sie haben mich gehört. Auch wenn ich nicht mit Ihnen gesprochen habe«, antwortete Eddie ungerührt.

»Das wäre großartig!«, sagte Jo schnell und ging zu der Kutsche. »Dann muss ich nicht über den Platz laufen. Gute Nacht, Mr Gallagher.«

»Miss Montfort.« Eddie tippte an den Rand seiner Mütze.

Bram legte schützend einen Arm um Jos Schultern und geleitete sie zu der Kutsche. »Gramercy Square, Nummer 14«, sagte er zum Kutscher, nachdem Jo eingestiegen war.

Die Kutsche fuhr an, und Jo lehnte sich in den Polstern zurück. Bram musterte sie von oben bis unten, von ihren schmutzigen Händen bis zu ihren Schuhen voller Erde. An der Verwirrung in seinem Blick konnte sie ablesen, wie sie auf ihn wirken musste. Sie trug einen alten Mantel. Ihr Kleid war dreckig. Ihr Haarknoten hatte sich teilweise aufgelöst.

»Jo, wo bist du denn gewesen? Was hast du gemacht?«

»Bram, du musst mir vertrauen«, sagte sie ernst und nahm seine Hand.

»Jo, ich *muss* jetzt wissen, was du mit diesen beiden Männern gemacht hast«, beharrte er.

»Ich werde es dir sagen, aber ich bezweifle, dass du mir glaubst.« Dabei hoffte sie inständig, dass er ihr *doch* glaubte. Dass sie sich auf ihn verlassen könnte. Dass er ihr helfen würde. Wenn das so wäre, könnte es der Beginn von etwas Neuem zwischen ihnen sein, etwas Echtem.

Sie atmete tief durch und wagte den Anfang. »Ich war in Darkbriar und habe eine Leiche ausgegraben.«

Aschfahl sank Bram auf seinem Sitz zurück.

»Diese Leiche war der Mann, den ich verdächtigt hatte, nicht nur Alvah Beekman, sondern auch Richard Scully und meinen Vater umgebracht zu haben«, redete sie immer schneller weiter. »Doch eine Geschichte, die auf den Brustkorb dieses Toten tätowiert ist, hat mich eines Besseren belehrt.«

»O mein Gott«, stöhnte Bram kaum hörbar.

»Ich weiß, dass das ein entsetzlicher Schock für dich sein muss, und das tut mir auch leid«, sagte Jo voll Bedauern darüber, dass sie ihn so aufgeregt hatte.

»Wenn ich das doch nur geahnt hätte. Ich hab's nicht erkannt. Phillip ...«

»... weiß nichts davon«, sagte Jo. »Nichts von dem, was ich dir gerade gesagt habe. Ich will ihm das morgen berichten. Er wird wissen, was zu tun ist.«

»Erst dein Vater, dann Richard, dann Alvah – das war alles zu viel für dich. Mein armes Mädchen. Wir haben uns solche Sorgen gemacht, dein Onkel, deine Mutter, sogar Katie.«

Jo sah aus dem Fenster und hörte ihn kaum. Der Wagen fuhr jetzt an der Ostseite des Platzes entlang. Sie wollte nicht weiter. »Lass hier bitte anhalten«, sagte sie erregt.

»Aber wir sind noch nicht an deinem Haus«, widersprach Bram.

»Ich möchte nicht, dass er vor dem Haus hält. Theakston könnte davon wach werden.«

»Aber wir *müssen* das Personal wecken. Sie müssen dir helfen. Auch deine Mutter.«

»Nein!«, widersprach Jo. »Bram, ich muss in mein Zimmer, ohne dass mich jemand sieht. Meine Mutter darf von heute Nacht nichts erfahren. Noch nicht. Nicht bevor ich mit meinem Onkel gesprochen habe. Sie würde das nicht verstehen.«

»Gut, Jo, gut«, besänftigte Bram sie. »Aber du musst mir erlauben, dass ich dich bis zur Tür bringe und warte, bis du sicher in deinem Haus bist.«

Bram ließ den Wagen halten. Er half Jo beim Aussteigen und brachte sie zum Dienstboteneingang.

»Versprich mir, dass du dich ausruhst«, sagte er bekümmert.

»Ganz bestimmt. Danke, dass du mir zugehört hast, Bram. Danke, dass du mir geglaubt hast.«

»Ist schon gut, Jo. Geh jetzt ins Haus.«

Jo nickte. Vorsichtig öffnete sie die Tür, schlüpfte hindurch und schloss sie hinter sich. Dann schlich sie auf Zehenspitzen die Hintertreppe hoch und hoffte, dass niemand wach wurde. Als sie in ihrem Zimmer war, sah sie aus dem Fenster.

Bram stand immer noch bewegungslos auf dem Gehweg. Er hob

seine Hand an die Augen und rieb etwas. Dann drehte er sich um und kehrte zu seiner Kutsche zurück.

—82—

Jo tat in dieser Nacht fast kein Auge zu. Sie zog ihre schmutzige Kleidung und die verdreckten Schuhe aus, rollte alles zusammen und steckte es in eine alte Teppichtasche, die ganz hinten in ihrem Kleiderschrank lag. Dann nahm sie ein heißes Bad, schrubbte sich gründlich und ging ins Bett, wo sie sich den Rest der Nacht hin und her wälzte, immer den Anblick von Stephen Smith in seinem Sarg vor Augen.

Beim Morgengrauen stand sie auf. Nachdem sie sich angezogen und frisiert hatte, verließ sie das Haus. Ihre Mutter stand gewöhnlich erst später auf, doch heute war Sonntag, und man ging dann gemeinsam in die Kirche. Jo musste noch vor dem Frühstück das Gespräch mit ihrem Onkel führen und wieder zurück sein. Ihre Tante und ihre Cousine schliefen ebenfalls lange.

Ihr Onkel allerdings nicht. Er sagte immer, dass der frühe Morgen seine liebste Zeit sei, und arbeitete gern schon ein paar Stunden in seinem Arbeitszimmer, bevor er mit der Familie frühstückte. Jo hoffte, dass das heute auch so war.

Sie lief die Stufen zum Haus ihres Onkels hinauf und klopfte vorsichtig. Sekunden später wurde geöffnet.

»Miss Montfort, guten Morgen. Erwartet Mrs Montfort Sie?«, fragte Harney und ließ sie eintreten.

»Ich möchte meinen Onkel sprechen, Harney«, erklärte Jo. »Könnten Sie ihm bitte sagen, dass ich da bin?«

Während Jo im Foyer wartete, starrte Admiral Montfort aus seinen harten Augen auf sie herunter. *Fac quod faciendum est*, flüsterte sie, und noch einmal verlieh ihr das Montfortsche Familienmotto Kraft. Die würde sie jetzt brauchen.

Harney kam zurück. »Gleich hier herüber, Miss Montfort«, sagte er und führte Jo zum Arbeitszimmer ihres Onkels.

Phillip stand schon unter der Tür. »Jo? Eine ungewöhnliche Zeit für einen Besuch. Ist alles in Ordnung?«

Jo wartete, bis Harney die Tür hinter ihr geschlossen hatte, bevor sie anfing zu sprechen.

»Nein, Onkel Phillip, es ist nicht alles in Ordnung. Ich muss dir einige ziemlich unangenehme Neuigkeiten mitteilen, und du wirst sehr ärgerlich über mich werden, wenn du sie hörst. Sehr ärgerlich. Aber bitte hör mich erst an.«

Jo setzte sich. Sie sah in das freundliche Gesicht ihres Onkels, das jetzt voller Sorge war, und hätte so gern vermieden, dass sie ihm das alles erzählen musste, was sie in Erfahrung gebracht hatte, doch es ging nicht anders. Sie brauchte seine Hilfe. Er war freundlich, ja, aber er war auch stark und klug und würde wissen, was zu tun war.

Jo streckte den Rücken, holte tief Luft und fing an. Sie begann mit ihrem Besuch im Child's und endete mit der Nacht in Darkbriar und der Heimfahrt mit Bram. Sie erklärte auch, was es mit Oscar Edwards auf sich hatte. Das war notwendig: Bram hatte Eddie und Oscar gesehen und könnte ihre Namen vor ihrem Onkel erwähnen.

Phillip wurde totenblass, während sie sprach. Er saß starr da und hörte ihr genau zu. Als sie geendet hatte, stand er auf, goss ein Glas Brandy ein und trank es in einem Zug leer. Obwohl er ihr den Rücken zukehrte, konnte Jo an seiner verkrampften Hand und dem Zucken in seinen Schultern erkennen, dass er mit großer Mühe versuchte, die Fassung zu bewahren. Dann drehte er sich zu ihr um und sah sie an.

»Und das soll tatsächlich *wahr* sein?«, fragte er.

»Es tut mir leid, Onkel Phillip. Es tut mir so leid«, sagte Jo, die es sehr bedauerte, dass sie ihm neuen Schmerz zufügen musste.

Phillip setzte sich schwerfällig wieder hin. »Kinch war also Stephen Smith ... Wie das denn? Smith ist auf See ums Leben gekommen. Sein Schiff ist in einem Sturm untergegangen.«

»Ich weiß nicht, wie, aber irgendwie hat er überlebt und ist nach

New York zurückgekehrt, um nach Eleanor Owens zu suchen und nach den Ladelisten, die er ihr geschickt hatte.«

»Und er hat sich in Darkbriar nicht selbst getötet, sagst du? Er wurde ermordet?«

»Ja. Ich glaube, dass sein Pfleger es getan hat, Francis Mallon. Ich glaube, dass Mallon Mr Beekman, Mr Scully und auch meinen Vater getötet hat.«

Phillip barg sein Gesicht in den Händen. Er schüttelte heftig den Kopf, als wollte er etwas loswerden. »Hast du irgendeinen Beweis für all das, was du mir erzählt hast?«

»Ich befürchte, dass ich insgesamt sehr wenig Beweise habe«, gab Jo zu. »Nur dies hier.« Sie holte Stephen Smiths Anhänger aus ihrer Tasche und legte ihn auf den Tisch.

Phillip starrte auf das Schmuckstück. Er nahm es in die Hand und las die Inschrift. »Lieber Gott, Jo. Bitte sag mir, dass du all das, wovon du gerade gesprochen hast, nicht getan hast.«

»Ich *musste* einfach, Onkel Phillip. Ich möchte, dass der Mörder meines Vaters – der wahre Mörder – vor Gericht kommt. Ich will die Wahrheit wissen. Und auch wenn ich vielleicht nicht sehr viele Beweise habe, so habe ich doch genug gehört und gesehen, um davon auszugehen, dass dein Leben immer noch in Gefahr ist.« Sie ging zu ihm, kniete sich vor ihn hin und nahm seine Hände. »Onkel Phillip, hör auf mich. Du musst handeln. *Bitte*. Du musst zur Polizei gehen. Ich habe meinen Vater durch einen Mörder verloren. Ich könnte es nicht ertragen, wenn dir etwas geschehen sollte.«

Für eine Weile erwiderte Phillip nichts, starrte stattdessen nur hilflos vor sich hin. Dann nickte er. »Ja, Jo. Du hast recht«, meinte er schließlich entschieden.

Jo war sehr erleichtert. Er sammelte sich. Seine Gesichtsfarbe kehrte zurück. Er setzte sich auf, hatte sich wieder in der Gewalt.

»Ich gehe unverzüglich zu den Behörden. Ich möchte dort den Anhänger zeigen, wenn du gestattest.«

»Natürlich«, sagte Jo. »Soll ich dich begleiten?«

»Nein, noch nicht. Ich bin sicher, dass die Polizei auch einmal mit dir sprechen möchte, doch du unternimmst jetzt nichts mehr.

Gar nichts. Hast du mich verstanden? Du hast dich genug in Gefahr gebracht. Du hast gesagt, dass dich dieser Mallon überfallen hat – was ist, wenn er das noch einmal versucht? Mein Gott, Jo, ich kann immer noch nicht glauben, dass ich mit dir über diese Dinge sprechen muss. Was du alles erlebt hast ... Keine junge Frau sollte *jemals* so etwas erleben.«

Jo nickte und betrachtete ihre Hände.

»Sieh mich an, Josephine«, sagte Phillip streng.

Jo hob ihren Blick. Jetzt kommt's, dachte sie und zuckte zusammen.

»Ich habe überhaupt keine Worte dafür, wie zornig ich auf dich bin. Wegen allem, was du getan hast. Wegen der Risiken, die du eingegangen bist. Weil du uns alle hintergangen hast – deine Mutter, Bram, mich. Ich hoffe bloß, dass er Grandma nichts erzählt hat. Falls doch, dann ist deine Heirat in Gefahr.«

»Ich würde meine Zukunft mit Bram dafür geben, wenn ich dein Leben retten könnte«, sagte Jo mit Tränen in den Augen.

Phillip wollte weiterschimpfen, zögerte jetzt jedoch. »Du bist ein ziemlich einfältiges Mädchen, Josephine. Sehr einfältig«, sagte er mit bebender Stimme. »Und sehr mutig.«

»Was ist mit Mama? Was sage ich ihr?«

Phillip räusperte sich. »Nichts. Jetzt noch nichts. Lass mich mit ihr sprechen. Ich möchte weder deine Mutter, deine Tante noch deine Cousine zu Tode erschrecken. Ich gehe heute nicht zur Kirche, sondern sage, dass ich mich nicht wohlfühle. Das solltest du auch tun. Das war alles ein viel zu großer Schock für dich, als dass du heute Vormittag unterwegs sein solltest.«

Jo nickte.

»Wenn Madeleine und Caroline in der Kirche sind, gehe ich zur Polizei und berichte denen von Mallon«, fuhr Phillip fort. »Dann informiere ich die anderen Partner. Sie sollten ebenfalls Bescheid wissen. Deiner Tante erzähle ich alles, sobald wir beide wieder zu Hause sind. Sie wird sich weniger aufregen, wenn ich ihr sagen kann, dass die Polizei und die anderen Eigner alarmiert sind. Wenn ich all das erledigt habe, werde ich mit Bram sprechen. Er ist sicher in großer Sorge um dich. Und dann komme ich zu euch und berichte das deiner Mutter. Wenn sie von deinen Aktivitäten hört, wird sie ziemlich bestürzt sein, doch sie nimmt das vermutlich besser von mir auf als von dir.«

Jo stimmte ihm zu und war dankbar dafür, dass ihr Onkel das Gespräch mit ihrer Mutter führen wollte.

»Es gibt noch eine Sache, Onkel Phillip«, sagte sie. »Wie wütend du auch auf mich bist – du darfst nicht wütend auf Eddie Gallagher oder Oscar Rubin sein. Das war alles meine Idee, nicht ihre.« Sie hielt inne, dann fügte sie hinzu: »Wenn ich mein Leben weiterführen und Brams Ehefrau werden soll, dann muss ich sicher wissen, dass auch sie ihr Leben weiterführen können, ohne dass sie Konsequenzen befürchten müssen, weil sie mir geholfen haben.« Sie sagte nicht offen, was sie meinte, war aber sicher, dass ihr Onkel sie trotzdem verstand.

Das tat er. »Ich versichere dir, dass sich mein Zorn nicht auf Mr Gallagher und Mr Rubin auswirken wird. Aber erst musst du mir versprechen, dass du keinen von den beiden je wiedertreffen wirst. Das liegt alles nicht mehr in deinen Händen, Jo. Es ist jetzt Sache der Polizei.«

»Ich gebe dir mein Wort«, sagte Jo.

Phillip stand auf. »Ich denke, du solltest jetzt nach Hause gehen. Du siehst sehr müde aus, und ich habe viel zu tun.«

Jo erhob sich ebenfalls. »Ich glaube, ich könnte zehn Jahre lang schlafen.«

Phillip nahm sie in die Arme, und sie drückte ihn ganz fest.

»Ich hatte so viel Angst davor, dir das alles zu erzählen, aber jetzt bin ich froh, dass ich es getan habe«, sagte sie.

»Ich bin auch froh«, erwiderte er und ließ sie los. »Du musst dir keine Sorgen mehr machen, meine liebe Jo. Ich kümmere mich darum. Ich kümmere mich um alles.«

83 ◄◄◄◄

Als Jo vom Besuch bei ihrem Onkel zurückkam, konnte sie nicht mehr ungesehen ins Haus zurückkehren.

Es war fast halb neun. Das Personal bereitete schon das Frühstück vor.

»Ich habe gemerkt, wie die Kopfschmerzen anfingen, und bin an die frische Luft gegangen, aber es hat nichts genützt«, schwindelte sie Mrs Nelson an. »Lassen Sie mir bitte Tee und etwas Toast aufs Zimmer bringen, und sagen Sie meiner Mutter, dass mir das Wetter zusetzt und ich nicht mit in die Kirche gehe.«

Jo betrat ihr Zimmer und zog ihr Nachthemd an. Eine Viertelstunde später kam ihre Mutter, die von Mrs Nelson informiert worden war, und sah nach Jo, gefolgt von Katie, die das Tablett mit Tee und Toast trug. Nachdem Anna sich vergewisserte, dass Jo kein Fieber hatte, ließ sie ihre Tochter allein. Jo aß ein paar Bissen von ihrem Frühstück, dann schloss sie die Augen. Als sie wieder aufwachte, meinte sie, dass sie nicht viel länger als eine Stunde geschlafen hatte, doch es war bereits halb fünf Uhr am Nachmittag. Sie läutete sofort nach ihrer Zofe.

»Katie, war mein Onkel schon da?«, fragte sie.

»Nein, Miss Jo, aber er hat Bescheid gegeben, dass er heute Abend um sieben Uhr kommen wird.«

Jo war erleichtert, dass sie ihn nicht verpasst hatte. Sie dankte Katie, bat sie dann, ihr ein Bad einzulassen und ein Kleid für sie herauszulegen. Am Morgen hatte sie nur ein kurzes Bad genommen und wollte jetzt ein richtig heißes mit viel Genuss. Vom Graben auf dem Friedhof taten ihr alle Muskeln weh, und ihr war das Herz schwer, weil sie sich von Eddie endgültig verabschiedet hatte.

Um halb sieben war sie gebadet, angezogen und hübsch frisiert. Punkt sieben läutete die Türglocke. Als Jo sie hörte, ging sie nach unten und sammelte noch einmal all ihre Kräfte, denn die folgende Stunde, das wusste sie, würde anstrengend werden. Ihre Mutter würde das, was Phillip ihr sagen wollte, nicht allzu gut aufnehmen.

»Guten Abend, Onkel«, sagte sie, als sie ins Foyer kam.

Theakston wollte Phillip den Mantel abnehmen, doch Phillip zog es vor, ihn nicht auszuziehen. Jo fand das eigenartig, sagte jedoch nichts, da Theakston noch da war.

Phillip gab Jo ein Küsschen auf die Wange. »Ich gehe jetzt zu deiner Mutter«, erklärte er verhalten. »Nachdem ich ihr das mitgeteilt habe, weswegen ich hier bin, rufe ich dich herein. Sie ist wahrscheinlich im Salon?«

»Ja«, sagte Jo.

Theakston begleitete Phillip in den Salon, und Jo beschloss, im Arbeitszimmer ihres Vaters zu warten, bis ihr Onkel sie rufen ließ. Um sich von ihrer Nervosität abzulenken, sah sie aus den Fenstern des Erkers. Im Schein einer Gaslaterne erkannte sie schräg gegenüber eine schmale, gebeugte Gestalt beim Dienstboteneingang der Villa der Cavendishes. Es war Mad Mary. Die Tür wurde geöffnet und Mrs Perkins, die Köchin der Cavendishes, gab Mary ein kleines Päckchen. Mary senkte den Kopf, dann lief sie schnell zur Eingangstreppe. Sie setzte sich dort hin, öffnete das Päckchen und begann hastig zu essen.

»Jo? Bist du da?« Sie hörte die Stimme ihres Onkels unten an der Treppe.

Jo lief in den Salon. Phillip hielt die Tür geöffnet und schloss sie hinter ihr. Ihre Mutter saß auf einem Sofa und presste ein Taschentuch zwischen ihren Händen. Ihre Augen waren rot und geschwollen.

»O Mama«, sagte Jo mit gebrochener Stimme und nahm neben ihr Platz.

Ihre Mutter griff nach ihrer Hand. Verunsichert sah sie erst ihre Tochter an, dann Phillip. »Ich kann es nicht glauben. Ich kann es einfach *nicht* glauben. Es ist nicht wahr!«

»Jo, deine Mutter tut sich doch recht schwer mit dem, was ich ihr gesagt habe. Erzählst du ihr einfach die ganze Geschichte? Fang ganz am Anfang an.«

»Ja, Onkel.« Sie hielt die Hand ihrer Mutter und erzählte ihr alles, begann mit ihrer Fahrt zum *Standard*, als sie Mr Stoatman das Geschenk ihres Vaters übergab.

Anna hörte zu, schüttelte einige Male den Kopf, drückte ihr Taschentuch an die Augen, murmelte hin und wieder ein Nein. Als Jo endete, war es totenstill. Nur das Ticken der Standuhr war zu hören.

Phillip sprach als Erster. Er wandte sich an Anna. »Siehst du es jetzt? Es ist, wie ich gesagt habe.«

Jo war so froh, dass er da war. Sie war dankbar für seine Gelassenheit und seine Stärke.

»Es ist schlimm«, fuhr er fort und sah Jos Mutter an. »Es ist niederschmetternd, das jetzt zu erleben, besonders nach alldem, was du durchgemacht hast. Aber ich habe es dir gesagt, Anna. Die ganze Zeit über habe ich es schon gesagt. Du wolltest es mir nicht glauben. Und jetzt? Glaubst du mir jetzt? Erkennst du jetzt, was geschehen ist? Unsere arme, liebe Jo hat den Verstand verloren.«

84

»Was?«, rief Jo und lachte ungläubig. »Um Gottes willen, Onkel Phillip, was redest du denn da? Ich habe doch nicht den Verstand verloren!«

»Josephine, bitte«, flehte Anna unter Tränen. »Denk doch nur an die schrecklichen Dinge, die du getan hast und von denen du mir gerade erzählt hast... Nachts in der Stadt unterwegs sein mit eigenartigen Männern, ins Leichenschauhaus gehen und Orte mit schlechtem Ruf aufsuchen, eine *Leiche* ausgraben ...« Ihre Stimme brach. Sie kämpfte darum, ihre Fassung zu wahren. »Das ist *grauenhaft*!«

Jo spürte, wie die ersten Angstschauder über ihren Rücken liefen. »Aber, Mama, das habe ich doch alles getan, um die Wahrheit über Papas Tod herauszufinden.«

»Und wann genau hast du das alles gemacht? Wann?«, erkundigte sich ihre Mutter.

»Meistens nachts. Manchmal auch tagsüber.«

»Nachts? Das ist eine Lüge, Josephine«, sagte ihre Mutter. »Ich sehe nachts immer noch einmal nach dir. Das mache ich, seit du ein kleines Mädchen warst. Und in jeder Nacht seit der Beerdigung deines Vaters warst du in deinem Bett. Hast tief geschlafen.«

»Da hast du Katie gesehen. Ich habe mehrmals mit ihr getauscht.« Jo wurde noch nervöser. »Mama, diese Dinge sind *wahr*!« Sie wandte sich an ihren Onkel. »Sag es ihr, Onkel Phillip! Sag ihr die Wahrheit!«

»Meine liebe Jo«, entgegnete Phillip mit sorgenzerfurchtem Gesicht, »ich habe ihr berichtet, was ich weiß – dass du heute Morgen sehr aufgeregt mit einer wilden und schmutzigen Geschichte zu mir gekommen bist. Und dass du auch nicht zum ersten Mal so etwas vorgebracht hast. Ich war so dumm und habe bis heute nichts unternommen, weil ich gehofft hatte, diese Manie sei durch den Kummer ausgelöst worden und würde sich wieder legen. Ich habe mich getäuscht. Es ist nur noch schlimmer und nicht besser geworden. Gestern Nacht hast du dir nicht bloß eingebildet, du hättest das Haus verlassen, sondern du bist *tatsächlich* aus dem Haus gegangen.«

»Aber du ... du hast mir doch geglaubt!«, wandte Jo ein.

»Ich habe so getan, damit du ruhiger wirst.«

»Du hast mich angelogen. Du hast gesagt, du gehst zur Polizei.« Phillip schüttelte voller Kummer den Kopf. »Bitte sag so etwas nicht, Jo. Ich hatte das nicht wirklich vor. Ich brauchte einfach Zeit.«

»Zeit? Wofür?«

»Um die Betreuung für dich zu finden, die du jetzt brauchst.«

»Aber ich brauche keine Betreuung!«, rief Jo in wachsender Angst. Anna und Phillip wechselten Blicke, und Jo begriff, dass sie nur den Verdacht der beiden bestätigte, sie sei hysterisch geworden.

Ruhiger und einigermaßen gelassen sagte sie: »Ich versichere euch, dass es mir wirklich gut geht.«

»Du bist ein empfindsames Mädchen, Josephine, und bist traurigerweise Opfer von allen möglichen Wahnvorstellungen geworden«, fuhr Phillip fort. »Ich, deine Tante, deine Mutter, wir alle haben es versucht. Wir haben dich gebeten, dich nicht immer wieder in diesen düsteren Grübeleien zu verlieren. Wir haben dir gestattet, die Regeln der Trauerzeit zu lockern. Haben dich ermutigt, dich mit Freundinnen zu treffen. Wir haben verzweifelt gehofft, dass dich deine bevorstehende Hochzeit aus deiner Trübsal herausholen würde, doch auch das hat keine Wendung zum Guten gebracht.«

»Du hast dich so eigenartig verhalten«, meinte nun auch ihre Mutter. »Als wir zu den Scullys gefahren sind. Auch bei der Schneiderin. Genau wie dein Onkel wollte ich nicht wahrhaben, was ich da erlebt habe. Jetzt habe ich keine Wahl.«

Jo erinnerte sich an den Besuch bei der Schneiderin. Sie wusste noch, wie angstvoll ihre Mutter aussah, als sie ihr sagte, dass sie diese Heirat nicht wollte. Und wie ihre Mutter und ihre Tante sich in der Kutsche auf der Fahrt zu den Scullys angesehen hatten. Anscheinend unterstützte alles, was sie sagte oder tat, die Überzeugung ihres Onkels, dass sie verrückt geworden war.

»Das ist ein schreckliches Missverständnis«, beharrte sie und bemühte sich, mit ruhiger Stimme zu sprechen. »Aber ich weiß, wie man das aufklären kann. Lasst Eddie Gallagher und Oscar Rubin kommen. Sie werden alles bestätigen, was ich euch erzählt habe.«

»Ich habe heute Nachmittag mit den beiden gesprochen, Jo«, sagte Phillip. »Sie sagten beide, dass sie dir erst gestern Nacht zum ersten Mal begegnet sind, als du sie in schmutziger Kleidung auf der Straße angesprochen hast. Sie haben mir auch gesagt, wie erleichtert sie waren, als Bram auftauchte und dich nach Hause gebracht hat.«

Jo saß da wie vom Schlag getroffen. »*Was?* Das ist *absurd*! Eine Lüge! Ich war einige Male in Eddies Wohnung! Natürlich kennt er mich!«

Anna sah sie entsetzt aus großen Augen an. »Wenn das herauskommt, Phillip, wenn die Leute erfahren, dass sie solche Dinge sagt ...«

»Ich habe auch nach deinem Privatdetektiv geforscht, Oscar Edwards«, wandte Phillip ein. »In der ganzen Stadt gibt es keinen Detektiv, der so heißt.«

»Ich ... ich habe dir doch gesagt, dass ich ... ihn mir ausgedacht hatte. Um Eddie zu schützen«, stammelte Jo.

»Du hast dir das *alles* ausgedacht, stimmt's, Jo?«, fragte Phillip sanft.

»Holt Katie! Sie wird euch bestätigen, dass alles stimmt, was ich euch erzählt habe«, sagte Jo erleichtert, denn Katie wusste ja so einiges über Jos jüngste Aktivitäten.

»Ich habe Katie und den anderen Mädchen heute Abend freigegeben. Und auch Mrs Nelson«, sagte ihre Mutter. »Nur Theakston ist noch da, und ich hoffe, er ist unten und putzt das Silber.«

»Warum wurden die denn alle weggeschickt?«, fragte Jo irritiert.

»Weil sie an den Türen lauschen und dann herumtratschen. Ich möchte nicht, dass das hier in der ganzen Stadt bekannt wird. Schlimm genug, dass Bram es mitbekommen hat«, seufzte Anna. Unter der Last ihrer Gefühle konnte sie nicht weitersprechen. Als sie sich wieder gefasst hatte, sagte sie: »Nur Gott weiß, wie Bram das alles aufnimmt. Er hat dich um ein Uhr nachts mit zwei fremden Männern auf der Straße aufgelesen! Dass er die Verlobung nicht auf der Stelle gelöst hat, liegt nur an seinem freundlichen Wesen und guten Charakter. Er kann das immer noch tun. Sollte Grandma es erfahren, bleibt ihm gar nichts anderes übrig.«

»Das möchten wir gern vermeiden, Jo«, meinte Phillip. »Wir werden sagen, dass dich die Aufregungen der vergangenen Monate nervlich erschöpft haben und dass wir dich zur Erholung fortschicken, damit du wieder zu Kräften kommst.«

Jo fühlte sich wie in einem Netz, das sich immer enger zusammenzog. »Fortschicken? Wohin?«

»Nur für eine kurze Zeit, um durchzuatmen«, sagte Anna. »Wir werden sagen, du seist bei meiner Schwester in Winnetka. Und wenn es dir wieder besser geht, was hoffentlich sehr bald sein wird, kommst du nach Hause.«

»Aber wohin soll ich denn?«, fragte Jo panisch.

»Keine Sorge, Josephine. Deine Mutter hat Katie noch gebeten, einige Dinge für dich zu packen. Genug für die ersten paar Tage. Den Rest schicken wir dann später.« Phillip stand auf und zog hinter einem Sessel einen kleinen Reisekoffer hervor. Jos Mantel lag gefaltet obenauf. »Komm jetzt her. Zieh deinen Mantel an.«

Jo sah ihre Mutter an. »Mama, bitte!«, schrie sie. »Hört auf!«

»Mein armes, liebes Mädchen, es ist nur zu deinem Besten.« Anna wandte sich ab und weinte in ihr Taschentuch.

Phillip gab Jo ihren Mantel. »Bitte, Jo. Mach es nicht noch schwerer, als es schon ist.«

Jo schwirrte der Kopf. Die ganze Situation erschien ihr völlig unwirklich. Wie kann das denn sein?, fragte sie sich.

Als sie ihren Mantel zugeknöpft hatte, nahm Phillip sie am Arm und führte sie zur Haustür. Er öffnete sie und Jo sah, dass draußen seine schwarze Kutsche wartete. Panik überkam sie. Sie wollte sich losreißen, doch ihr Onkel packte sie nur umso fester.

»Bitte, Onkel Phillip, bitte mach das nicht«, bat sie.

Doch Phillip war unerschütterlich. Er führte sie über den Gehsteig zu der Kutsche. Mad Mary ging gerade vorbei, während Jo ihren Onkel anflehte. Sie blieb stehen und beobachtete die Szene.

»Hau ab«, herrschte Phillip sie an.

Mary duckte sich. Sie zog sich einige Schritte zurück, auf die Eingangstreppe von Jos Haus. Phillip reichte dem Kutscher Jos Handkoffer hoch, dann schob er sie in den Wagen. Jo sah zum Fenster hinaus, während ihr Onkel sich gegenüber von ihr setzte. Sie hoffte, ihre Mutter käme doch noch heraus und würde das alles beenden. Doch ihre Mutter kam nicht, nur Mary saß da. Jo erhaschte den Blick der Bettlerin und sah, dass sich ihre eigene Angst darin spiegelte.

»Wohin, Mr Montfort?«, fragte Phillips Fahrer.

»In die East Side, bitte, Thomas«, antwortete Phillip. »Zum Darkbriar-Sanatorium für Nervenkranke.«

85

Ich bin gar nicht da, dachte Jo und presste ihre Augen fest zusammen. Das passiert alles gar nicht.

Ein Irrtum. Sie öffnete ihre Augen und sah, dass sich nichts verändert hatte. Sie saß da, ihr Onkel saß da, in seiner Kutsche, die nach Darkbriar fuhr. Sie wurde eingeliefert. Der Eindruck, dass das alles irreal war, wurde so stark, so verwirrend, dass sie schon meinte, sie sei krank.

Vielleicht stimmt es, was meine Mutter und mein Onkel denken, überlegte sie. Vielleicht bin ich übergeschnappt. Das denken Verrückte doch immer? Sie halten alle anderen für verrückt, bloß nicht sich selbst. Sie bedeckte ihr Gesicht mit den Händen, stöhnte leise.

Phillip bemerkte ihren Zustand und sagte: »Alles wird gut, Josephine. Das verspreche ich dir.«

»Meinst du?«, fragte Jo.

»Ja, das dauert nicht lange. Nutze die Zeit in Darkbriar, damit deine Nerven sich erholen und du wieder zu Kräften kommst. Ich weiß, dass du wütend auf mich bist, aber was hätte ich denn tun sollen, nach allem, was Bram mir erzählt hat? Nach allem, was du selbst erzählt hast? Dass du in Leichenschauhäusern und Bordellen warst. Dass du einen Toten ausgegraben hast. Dass Stephen Smith von den Amiranten zurückgekommen sei ...«

Jo gefror das Blut in den Adern.

Aber das habe ich dir doch gar nicht gesagt, Onkel Phillip, dachte sie. Weil ich es nicht wusste.

Bis gerade eben.

Der Verwesungsprozess hatte den Teil der Tätowierungen von Smith mit dem Namen des Orts, an dem er ausgesetzt wurde, bereits zerstört. Wie auch den Namen desjenigen, der ihn dorthin verschleppt hatte.

Jo wusste, dass die Amiranten, eine winzige Inselgruppe im Indischen Ozean, Teil der viel größeren Gruppe der Seychellen waren. Als Kind hatte sie das eine oder andere Mal gehört, wie über den Tod von Stephen Smith gesprochen wurde, doch nie hatte jemand in Verbindung damit die Amiranten genannt.

Woher konnte ihr Onkel wissen, wo Smith ausgesetzt gewesen war?

Doch nur, wenn *er selbst* es getan hatte.

Jos Herz hämmerte. Reines, blindes Entsetzen packte sie. Jetzt verstand sie endlich. Jetzt erkannte sie die Zusammenhänge.

Eddie hatte recht gehabt. Was hatte er damals am Hafen zu ihr gesagt? *Sie sollten sich mit der Vorstellung anfreunden, dass vielleicht doch* irgendeiner *von Van Houten nicht ganz so ehrbar ist.* Und gerade gestern Nacht erst hatte er noch einmal versucht, ihr die Augen zu öffnen, am Grab von Stephen Smith. Hätte sie doch bloß auf ihn gehört!

Ihr Onkel, ihr so überaus geliebter Onkel, war derjenige, der hinter dem Verbrechen steckte, das Stephen Smith aufgedeckt hatte. Smith musste ihm gedroht haben, das öffentlich zu machen, deshalb versuchte er, ihn verschwinden zu lassen. Vielleicht hatte damals ihr Onkel die Erkundungsreise vorgeschlagen und den Kapitän des Schiffes bestochen, damit der Stephen Smith beseitigte. Doch Smith war zurückgekehrt. Und dieses Mal erledigte Mallon den Auftrag – ohne Zweifel auf Betreiben ihres Onkels.

Jo begriff noch etwas anderes: Ihr Onkel glaubte nicht wirklich, dass sie verrückt geworden war. Er tat nur so, damit er sie aus dem Weg schaffen konnte. Denn sie war zu einer Bedrohung für ihn geworden.

Sie sah ihn von der Seite an. Er starrte aus dem Fenster und sprach immer noch. Angst, Wut und Widerwillen stiegen in Jo hoch. Instinktiv rutschte sie von ihm fort.

»… na ja, die Geschichte wird immer haarsträubender, je öfter man sie erzählt«, sagte er. »Das musst du verstehen. Und du musst auch begreifen, dass wir Hilfe für dich suchen mussten, Jo. Jo?«

Er drehte sich zu ihr um. Sein Blick wurde schärfer, als er erkannte, dass sie sich etwas weggesetzt hatte, und plötzlich war da noch etwas ganz anderes unter seiner Maske aus Fürsorge und Kummer, etwas unendlich viel Dunkleres.

Spiel mit, riet Jos innere Stimme. Er darf nicht sehen, dass du Bescheid weißt.

Sie lächelte schnell. »Das verstehe ich, Onkel Phillip. Es ist nur ... Ich habe so viel Angst.«

»Das brauchst du nicht. Je eher du einsiehst, dass du krank bist und mit den Ärzten kooperierst, desto schneller können sie dich heilen.«

»Ja, natürlich«, versicherte Jo ergeben.

Bloß werden die mich nicht heilen, dachte sie. Die Chance bekommen sie gar nicht. Heute Abend lieferst du mich in Darkbriar ein und dann kommt er – Mallon. Vielleicht morgen Nacht. Vielleicht nächste Woche. Aber kommen wird er. Er wird mich erwürgen und lässt das so aussehen, als hätte ich mich erhängt. Wie er es mit Stephen Smith gemacht hat.

Jos innere Stimme schwieg einen Moment lang, dann sagte sie noch einen letzten Satz: Wenn du leben willst, Jo, dann musst du rennen.

—86—

Erst sah Jo die hohen Mauern, dann das riesige schwarze Tor. *Darkbriar-Sanatorium für Nervenkranke* stand auf dessen Schild.

Jo wusste, dass die Tür der Kutsche rechts von ihr versperrt war. Sie hatte gesehen, wie ihr Onkel den Riegel vorlegte, nachdem sein Kutscher sie geschlossen hatte. Hatte er vielleicht wie durch ein Wunder vergessen, die Tür auf der linken Seite zuzusperren? Sie linste zu der Tür.

Phillip bemerkte das. »Mach keine Schwierigkeiten, Josephine. Beide Türen sind versperrt. Und selbst wenn du aus der Kutsche kämst, holen Thomas und ich dich ziemlich schnell ein.«

Gleich darauf passierten sie das Tor. Ihr war klar, dass sie das Gelände nicht mehr verlassen konnte, sobald der Wachmann das Tor geschlossen hatte. Darkbriar hatte keinen anderen Ausgang, es gab nur noch den Fluss, und der war so kalt und reißend, dass das ein schneller Tod für sie wäre. Außer sich vor Angst griff Jo nach der linken Tür, doch ihr Onkel stieß sie zurück.

»Ich sage das nicht zweimal«, wies er sie kalt zurecht.

Thomas fuhr weiter. Der Wachmann schloss das Tor. Jo hatte keine Chance mehr. Die Kutsche hielt vor dem Hauptgebäude – einem neugotischen Koloss mit Türmen und Türmchen und vergitterten Fenstern –, und Jo versank in einer Welle der Verzweiflung.

»Versuch nicht noch einmal davonzulaufen«, warnte Phillip, »oder es wird dir sehr leidtun.« Verschwunden waren sein beschwichtigendes Lächeln und seine sanfte Stimme – diese Seite von ihm hatte Jo nie kennengelernt.

Thomas öffnete den Schlag. Phillip stieg aus, dann half er Jo und hielt ihren Arm mit festem Griff. Eine steinerne Treppe führte von der Auffahrt zum Eingang des Hauptgebäudes. Auf den Stufen wartete eine Oberin in Schwesterntracht.

»Willkommen, Miss Montfort. Wir haben Sie schon erwartet«, sagte sie forsch. »Ich bin Schwester Williams und für Sie zuständig.«

Jo sah wild um sich und hoffte nach wie vor, eine Fluchtmöglichkeit zu entdecken. Phillip packte sie noch fester. »Miss Montfort ist sehr erregt«, sagte er der Schwester.

»Das kommt manchmal vor.« Schwester Williams sah Jo mit einem falschen Lächeln an. »Sie brauchen keine Angst zu haben, meine Liebe. Wir werden gut für Sie sorgen.« Sie drehte sich um und sprach mit jemandem, der hinter ihr stand. »Würden Sie Mr Montfort behilflich sein, dass seine Nichte sich beruhigt, Mr Mallon?«

Jo schnappte nach Luft. Sie hatte das Gefühl, ihr Kopf würde gleich platzen. Oben an der Treppe stand der Mann mit dem Narbengesicht. Er war da. Jetzt. Ihr Onkel wartete gar nicht erst ab, er wollte sie schon heute Nacht umbringen lassen.

»Nein! Lass mich los!«, rief sie und schlug um sich, um freizu-
kommen. »Er ist ein Mörder!«

»Mr Mallon, darf ich bitten?«, sagte die Schwester streng.

Jo begriff, dass es hier nichts zu diskutieren gab. Sie erinnerte
sich an *Zehn Tage in einem Irrenhaus*: Dort hatte keiner vom medizi-
nischen Personal den Patienten zugehört, die behaupteten, sie seien
gesund. Sie wusste, dass diese Schwester ihr ebenfalls nicht zuhören
würde.

Mallon kam die Treppe herunter. »Ich übernehme sie, Sir.« Seine
Hand schloss sich um Jos Handgelenk.

Phillip ließ sie los und ging die Treppe hoch zu der Schwester.

Jo versuchte, sich zu befreien, doch mit eisenhartem Griff drehte
ihr Mallon den Arm auf den Rücken. »Hör auf«, zischte er ihr ins
Ohr. »Oder ich breche ihn dir.«

Jo musste mit ihm die Stufen nach oben gehen.

»Sehen Sie? Ihre Aufregung lässt schon nach. Er hat eine gute
Hand mit den Patienten. So beruhigend. Er hat einfach unglaublich
viel Erfahrung. Einer der Pfleger, die schon sehr lange bei uns arbeiten«, erklärte Schwester Williams. »Ihre Nichte wird natürlich
von einer Schwester betreut, aber bei der Ankunft bringen männliche
Pfleger die Patienten in ihre Zimmer. Sie kommen besser mit denen
zurecht, die gewalttätig werden.«

»Ich bin sicher, dass sie hier sehr gut aufgehoben ist«, erwiderte
Phillip. »Mir wäre lieb, wenn sie heute Nacht ein Sedativum bekommt, damit sie sich entspannt und leichter einschläft. Ich möchte
nicht, dass sie fixiert wird.«

»Selbstverständlich, Mr Montfort.«

Jo sah schon im Geiste, wie sich das Ganze abspielen würde. Mallon verabreichte ihr ein Medikament. Später käme er noch einmal
und erwürgte sie. Dann würde er irgendetwas – vielleicht ihr eigenes
Betttuch – an das Gitter vor dem Fenster binden. Das andere Ende
schlang er um ihren Hals.

Am nächsten Tag erinnert sich die Schwester dann daran, wie
durcheinander ich war, dachte sie. Sie sagt dann, dass das Sedativum
nicht mehr gewirkt und ich mich erhängt hätte und dass das nicht

passiert wäre, wenn mein so überaus wohlmeinender Onkel ihnen nicht die Verwendung von Fixierungen untersagt hätte.

Angst schrillte in Jo. Sie hatte schon die halbe Treppe hinter sich. Wenn sie jetzt nicht losrannte, war sie verloren. Doch Mallon hielt sie im Würgegriff. Ich werde hier sterben, dachte sie. Nur noch wenige Meter bis zu der Tür. Mallon stieß Jo vorwärts, sie stolperte und verlor dabei fast ihren Schuh.

Da schoss ihr eine letzte, verzweifelte Idee durch den Kopf.

»Mein Schuh!«, schrie sie. »Ich hab ihn verloren!«

Schwester Williams drehte sich um. Auch Phillip wandte sich verärgert um. »Hol ihn ihr!«, bellte er Mallon an.

Mallon wollte nicht, dass die Schwester sah, wie er Jo den Arm verdrehte und ließ sie los, hielt sie jedoch immer noch am Handgelenk und bückte sich nach dem Schuh.

Physisch war ihm Jo weit unterlegen, doch ihr Trumpf war die Überraschung, und den spielte sie jetzt aus. Als Mallon sich wieder aufrichtete, packte sie ihn mit ihrer freien Hand am Hinterkopf und zog ihr rechtes Knie hoch, direkt in sein Gesicht.

Diese Bewegung hatte sie im Walsh's gesehen, und Fay hatte ihr gezeigt, wie man das macht – und, o Wunder, es funktionierte.

Mit einem unschönen Geräusch knallte das Knie auf Mallons Nasenbein. Er fiel nach hinten, jaulte auf vor Schmerz und griff mit seinen Händen nach seinem Gesicht. In dem Augenblick, als Jo spürte, dass er ihr Handgelenk losließ, rannte sie los.

Sie spurtete die Treppen hinunter und in die nächtliche Dunkelheit des Parks von Darkbriar. Mallon brüllte hinter ihr her. Sie riskierte einen Blick nach hinten, als sie auf eine Baumgruppe zustürzte. Nicht er verfolgte sie. Er war die Treppe hinuntergestürzt, presste seine Hände auf die Nase, und durch die Finger rann ihm das Blut.

Es war Phillip, der ihr auf den Fersen war. Und Jo erkannte an seinem Blick, dass er mit ihr kurzen Prozess machen würde. Er würde sie nicht erst einfangen und dann noch einmal die Stufen vor dem Eingang hinaufzerren.

Er würde sie auf der Stelle umbringen.

87 ◀◀◀

Jo rannte um ihr Leben.

Erst die Baumgruppe, dann eine Wiese, dann in die Dunkelheit. Ihr Atem dröhnte in den Ohren wie ein Orkan, ihr Herz gab den Donner dazu. Bestimmt würde beides sie verraten.

Weiter weg riefen ihr Onkel und Mallon sich etwas zu. Dann waren sie etwas näher zu hören. Sie konnte nicht mehr weiterlaufen. Sie musste sich verstecken und darauf hoffen, dass sie an ihr vorbeiliefen. Das Tor des Sanatoriums war ein Stück weit hinter ihr. Nur dort kam sie nach draußen. Sie musste sich vorsichtig über das Gelände zurückschleichen, um dorthin zu gelangen.

Vor ihr lag ein Dickicht aus Buchsbaum, sogar jetzt im Dezember war das Gebüsch noch grün. Sie zog ihren zweiten Schuh aus, legte ihn auf den Weg links von den Büschen und kroch in das Dickicht hinein. Dabei war sie froh, dass sie einen dunklen Mantel trug, mit dem sie sich besser verbergen konnte. Durch die Zweige beobachtete sie den Pfad, auf dem sie hergelaufen war.

Jo verhielt sich völlig still und versuchte, ihren Atem und ihren Herzschlag wieder zu normalisieren. Da sah sie ihren Onkel auf dem Weg, er keuchte und fluchte. Sofort fiel ihm der Schuh auf.

»Mallon! Hierher!«, schrie er und blieb auf dem Pfad – wie sie gehofft hatte.

Sowie er weg war, sprang Jo aus dem Gebüsch und lief in die entgegengesetzte Richtung, in eine Gruppe von Birken, um sich dort zu verstecken. Sie vermutete, dass Mallon hinter ihrem Onkel war und ebenfalls auf dem gleichen Weg weitersuchte.

Ein Fehler. Knapp vor den Birken trat Mallon aus dem Dunkel zwischen den Bäumen und stürzte sich auf sie. Ihm lief immer noch Blut über das Gesicht. Schreiend drehte Jo sich um, sah weiter hinten ein Gebäude und rannte darauf zu.

»Ich hab sie!«, gellte Mallon.

Jo war nur in Strümpfen, sie war leichter und wendiger als Mallon, sodass die Entfernung zwischen ihnen sich schnell vergrößerte. Als sie das Gebäude erreichte, warf sie sich gegen die Tür – verschlossen. Sie hastete um die Ecke, hoffte einen anderen Eingang zu finden und sah im Untergeschoss ein leicht angelehntes Fenster. Es war ein Flügelfenster, dessen oberer Teil offen stand. Sie schob sich rückwärts durch den Spalt, krallte sich mit den Fingern am Fensterrahmen fest und ließ sich fallen. Der Sturz war nicht tief, nur etwa einen halben Meter. Sie trat aus dem Streifen Mondlicht, der durch das Glas fiel und betete, dass Mallon sie nicht gesehen hatte. Einige Sekunden vergingen, eine Minute, dann tauchte vor dem Fenster ein Paar Hosenbeine auf. Ein zweites Paar kam dazu.

»Hier draußen? Wie denn? Dann wissen die, dass wir das waren!«, sagte eine Stimme – Mallon. Das Fenster war immer noch angelehnt, und Jo konnte ihn deutlich hören. »Wir sagen, dass sie mit dem Kopf auf einen Stein gestürzt ist.« Ihr Onkel.

»Erst mal müssen wir sie finden«, erwiderte Mallon.

»Du siehst da drüben nach. Ich gehe noch mal zurück«, sagte ihr Onkel.

Als sie weggingen, sank Jo erschöpft auf den schmutzigen Boden. Ihr Onkel versuchte, sie umzubringen – ein Mann, den sie ihr ganzes Leben lang geliebt und dem sie vertraut hatte.

Schluchzen stieg in ihr auf. Sie biss sich in die Faust, um alles Weitere zu verdrängen, denn wenn sie erst einmal anfing, würde sie nicht mehr aufhören können. Mit Tränen kam sie nicht hier heraus, nur mit einer guten Idee. Sie zwang sich zur Ruhe und überlegte, was sie als Nächstes tun musste.

Hier konnte ihr niemand helfen. Durch ihren Onkel glaubten alle, sie sei verrückt geworden, und er hatte vermutlich auch diverse Papiere abgezeichnet, die das bestätigten. Niemand würde ihr zuhören, egal was sie sagte. Ihre einzige Chance war, zu Eddie zu gelangen. Er und Oscar konnten ihre Geschichte bestätigen.

»Dafür musst du aber aufstehen, raus aus diesem Keller und durch das Tor nach draußen«, ermahnte sie sich.

Bloß wie?, entgegnete ihr Verstand. Alles ist versperrt, und der

Wachmann hat den Schlüssel. Flynn musste euch gestern heimlich einlassen ...

»Flynn! Den brauche ich!«, flüsterte sie.

Der Totengräber lebte hier. Er ließ sich vielleicht darauf ein, sie durch das Tor zu schmuggeln, wenn sie ihm genug Geld dafür anbot. Sie musste nur sein Haus finden.

Wenn er sie nach draußen brachte, konnte sie Richtung Süden zur Reade Street gehen, wo Eddies Pension war. Ihr Plan machte sie wieder etwas zuversichtlicher. Sie stand auf und stolperte durch die Kellerräume, bis sie zu einer Treppe kam. Sie hatte nicht die geringste Ahnung, was sie an deren oberen Ende vorfinden würde.

»*Fac quod faciendum est*«, sprach sie laut in dieser völligen Dunkelheit.

Und betrat die unterste Stufe.

—88—⫷⫷

Fast eine Minute stand sie ganz oben, auf der letzten Stufe der Kellertreppe, die Hand auf dem Türknauf, bis sie genug Mut aufbrachte, um den Knauf zu drehen.

Langsam und so leise wie möglich schob sie die Tür auf. Die Angeln quietschten ein wenig. Sie war in einer großen Küche gelandet. Undeutlich erkannte sie rechts neben sich einen Herd. Über ihr hingen Töpfe. Zwei Spülbecken, eine hölzerne Eiskiste sah sie.

Und einen Wachmann.

Er saß mit dem Rücken zu ihr. Auf dem großen Holztisch, an dem er hockte, hatte er seinen Kopf auf seine Arme gebettet. An seinem Gürtel hing ein Schlüsselring aus Metall. Und er schnarchte laut.

Jo blickte sich um. Auf der rechten Seite der Küche waren einige Fenster, auf der linken ein offener Flur. Den durchquerte sie auf Zehenspitzen und kam in einen schmalen Korridor, der sich von der

Rückseite des Gebäudes bis zu seiner Vorderseite erstreckte. Direkt daneben lag noch ein Flur, kürzer als dieser und ohne Ausgang. Nur an seiner rechten Seite gab es eine Tür.

Jo hoffte, dass diese Tür vielleicht ein Ausgang war, doch sie sah ein Schild, das dort befestigt war: *Gefahr. Zugang nur für Berechtigte.* Darunter: *Forensische Männerabteilung.* Weitere Warnungen wiesen darauf hin, dass das Personal diese Räume immer nur zu zweit betreten, lockere Kleidungsstücke feststecken und sich auf keine Konfrontationen einlassen sollte.

Da kam sie also nicht weiter. Jo ging den langen Korridor zurück, leise an der Küche vorbei, wo der Wachmann immer noch friedlich schnarchte. Auf der linken Seite des Korridors war keine einzige Tür. Auf der rechten sah sie eine mit der Aufschrift *Aufenthaltsraum* und eine zweite *Vorratsraum* – beide Türen waren versperrt. Ganz vorn im Korridor war der Ausgang. Links davon lag wieder ein kurzer Flur, wie der auf der anderen Seite der Küche. Auch er führte in die Männerabteilung.

Jo drehte am Knopf der Haupttür. Verschlossen. Sie brauchte den Schlüssel, um herauszukommen. Und sie wusste, wer ihn hatte. *Flirt, Schöntun, Geschick*, hatte Fay gesagt. Das brauchte man, um eine Tasche auszuräumen oder sich einen Schlüsselring zu krallen.

Die ersten beiden nützen jetzt nichts, dachte Jo und lief zurück in die Küche, aber geschickt muss ich jetzt sein. Ziemlich geschickt.

Langsam trat sie hinter den Wachmann. Kurz bevor sie bei ihm war, knarrte eine Diele unter ihren Füßen – sie erstarrte. Der Wachmann schnaufte einmal, schlief aber weiter. Sie wartete geschlagene zwei Minuten, die sie an einer Wanduhr ablas, dann schlich sie weiter, bis sie direkt bei dem Mann stand. Sie kniete sich nieder und inspizierte den Schlüsselring. Fünf lange, metallene Hauptschlüssel hingen dort. Mit allergrößter Sorgfalt schob sie ihre Finger zwischen die Schlüssel, damit sie nicht klapperten.

Dann löste sie den Verschluss des dünnen Lederbands, mit dem der Schlüsselring am Gürtel des Wachmanns befestigt war. Vorsichtig hielt sie mit einer Hand den Ring, stabilisierte mit der anderen die Schlüssel und zog den Schlüsselring heraus. Jetzt musste sie nur noch zurück durch den Korridor bis zur vorderen Tür. Sie huschte aus der Küche und war gerade einen Schritt weit in dem langen Flur, als sie zusammenschreckte: Jemand hämmerte laut und heftig an die Tür.

»Aufmachen! Aufmachen, da drinnen!«, brüllte Mallon. Sein Gesicht erschien im Fenster der Tür. Jo japste nach Luft und schob sich flach an die Wand. Vorn an der Tür brannte Licht, doch in diesem Teil des Flurs war alles dunkel. Mallon hatte sie nicht gesehen.

»Was ist denn los?«, fragte der Wachmann verschlafen. Jo hörte, wie er seinen Stuhl über den Küchenboden zurückschob. »Wer ist da?«, rief er und kam schwerfällig durch die Küche.

Zwei Sekunden – dann würde er vor ihr stehen. Jo jagte in den kurzen Gang, der zur Männerabteilung führte. Sie rannte an der Tür vorbei bis ans Ende und drückte sich in eine dunkle Ecke. Einen Augenblick später lief der Wachmann aus der Küche den großen Korridor entlang und knöpfte dabei noch seine Jacke zu. Er hatte sie nicht bemerkt.

»Lassen Sie mich rein! Ein Notfall!«, schrie Mallon.

»Immer mit der Ruhe, ja? Ich komm ja schon!«, bellte der Wachmann zurück. Dann sagte er voller Panik: »Wo sind meine Schlüssel? Ich hab meine Schlüssel nicht! Warten Sie, ich hole den Generalschlüssel! Warten Sie da!«

Er lief in die Küche zurück. Jo hörte, wie er fluchte und herumsuchte, dann hastete er wieder zur vorderen Tür. Gleich kam Mallon herein. War ihr Onkel bei ihm?

Ich sitze in der Falle, dachte Jo hektisch. Sie werden alles durchsuchen und mich hier in der Ecke finden. Ich kann nirgendwohin.

Ihr gehetzter, angstvoller Blick fiel auf die Tür zur Männerabteilung. Am anderen Ende des Gebäudes gab es diese zweite Tür, mit genau solchen Warnschildern wie die erste. Die Abteilung lag parallel zu dem Flur. Wenn sie es da hindurchschaffte, bis Mallon den Korridor entlangkam, konnte sie vielleicht die Eingangstür erreichen. Während er das Gebäude durchsuchte, wäre sie schon auf dem Weg zum Haus von Flynn.

Jo schob einen der großen Schlüssel in das Schloss zur Männerabteilung und drehte ihn. Nichts. Sie probierte den nächsten. Und noch einen. Und als sie bereits hörte, wie Mallon den Korridor betrat, funktionierte endlich einer – der vierte. Sie schob die Tür zur Abteilung auf, trat ein und schloss sie wieder hinter sich ab. Dabei hoffte sie, dass die Stimmen und Schritte ihrer Verfolger die Geräusche der Schlüssel und der Tür übertönt hatten.

Sie holte tief Luft, um sich zu stärken – und bereute das sofort. Der Gestank von Urin und ungewaschenen Körpern traf sie heftig. Seufzen und Klagen erfüllte den Raum.

Mit festem Griff packte sie den Schlüsselring und tat einen ersten vorsichtigen Schritt. In der Tür zur Männerabteilung gab es ein kleines Fenster aus Sicherheitsglas. Das ließ nur gerade so viel Licht durch, dass Jo die beiden Reihen vergitterter Zellen und einen knapp anderthalb Meter breiten Gang dazwischen erkennen konnte. Weiter vorn schimmerte ein schwacher Lichtschein durch das Fenster in der vorderen Tür. Dorthin musste sie es schaffen.

»Ich will dich anfassen.«
»Ich will dich küssen.«
»Ich will dich töten.«

Da sind Sie nicht der Einzige, Sir, schoss es Jo durch den Kopf.

Langsam folgte sie dem Gang und achtete darauf, möglichst nicht zu weit nach rechts oder links von der Mitte zu geraten. Hände streckten sich ihr entgegen, Finger griffen ziellos nach ihr. Sie schaute stur geradeaus auf das Licht im vorderen Türfenster und versuchte, nicht in die Gesichter zu sehen, die sich an die Gitter drückten – einige zornig, einige schmerzverzerrt, andere voller Hass. Sie bemühte sich, nicht auf die Menschen zu achten, die in Nachthemden, Zwangsjacken oder ganz nackt in den Zellen waren, und auch nicht die flüsternden, schmeichelnden, zischenden Stimmen zu hören.

Sorgfältig setzte sie einen Fuß vor den anderen. Das Viereck aus Licht kam mit jedem Schritt näher. Sie war schon fast an der Tür, als es passierte.

Einer der Patienten warf etwas nach ihr – etwas Warmes, Klebriges, und traf sie am Arm. Sie duckte sich, verlor das Gleichgewicht, stolperte und stürzte. Sofort waren überall Hände an ihr, zupften an ihrem Rock, griffen nach ihren Füßen und Beinen. Das Gewisper und Geraune wurde zum Geschrei.

Jo musste sich zwingen, nicht zu schreien. Einer packte ihren Mantel und zog sie daran bis an die Gitterstäbe vor seiner Zelle.

Die Schlüssel!, warnte etwas in ihr. Die dürfen sie nicht kriegen!

Sie schob den Ring von sich weg und zielte auf die Mitte des Gangs, doch er landete weit daneben. Noch mehr Hände schossen zwischen den Gitterstäben hervor und streckten sich nach den fünf Schlüsseln.

Ihre Arme konnte Jo noch frei bewegen. Sie bekam die Vorderseite ihres Mantels wieder zu fassen und riss sie auf. Der Mann, der sie am Mantel gezogen hatte, zerrte ihn ihr herunter. Sie stieß heftig mit den Füßen um sich, traf jemanden am Kopf. Der Mann fiel auf den Rücken und heulte auf. Ihren Rock konnte sie einem anderen wieder entreißen, dann kroch sie zur Mitte des Gangs und packte die Schlüssel.

Schlotternd vor Angst stürzte sie vor bis zur Tür und begann, die Schlüssel einen nach dem anderen in das Schloss zu stecken. Der zweite passte. Gerade als sie die Tür öffnete, stieß jemand auch die Tür am anderen Ende des Gangs auf.

»Ruhe da drinnen!«, brüllte der Wachmann. »Was macht ihr ... Hey!« Entsetzt starrte er auf Jo. »Hey, du da! Halt!«

Wie der Teufel rannte Jo durch den Gang bis zur Haupttür und drehte am Knauf. Die Tür ging auf und beinahe hätte sie vor Erleichterung laut aufgeschrien. Der Wachmann musste vergessen haben, sie hinter Mallon wieder zuzusperren. Jo knallte die Tür zu, schob zitternd einen Schlüssel in das Schloss und hatte schon mit dem aller-

395

ersten Glück. In dem Moment, als sich die Zapfen drehten, spürte sie einen harten Schlag gegen die Tür. Sie schaute hoch und sah im Fenster Mallons blutverkrustetes Gesicht. Er warf sich noch einmal gegen die Tür, dann rief er nach dem Wachmann.

Jo zog den Schlüssel aus dem Schloss, stolperte die Treppe hinunter, stürmte los zu Flynns Haus. Jetzt kam sie hier heraus. Sie würde nicht sterben. Nicht hier. Nicht jetzt. Nicht in dieser Nacht.

Als sie ihren Onkel sah, der aus dem Schatten der alten Eiche vor ihr trat, war es zu spät.

90

Der Schlag warf Jo zu Boden.

Sie versuchte aufzustehen, schaffte es jedoch nicht. Phillip zog sie hoch und schleifte sie durch einen Teppich nasser, fauliger Blätter Richtung Hauptgebäude. Sie kämpfte mit aller Kraft, klammerte, schlug und trat um sich. Immer wieder schrie sie: »Mörder, Mörder!«, bis er ihr mit dem Handrücken so fest ins Gesicht schlug, dass sie wieder zu Boden fiel. Blut tropfte von ihrer Lippe.

Er stand über ihr, atmete schwer. »Du dummes kleines Stück!«, fauchte er, seine Augen funkelten dunkel vor Wut. »Warum musstest du dich auch einmischen? Du hattest doch *alles*! Du hattest Bram Aldrich, und du hättest ein bequemes Leben haben können. Ich habe selbst dafür gesorgt. Aber das war dir wohl nicht gut genug, ja? Alles hast du weggeworfen!«

Jo saß mit gesenktem Kopf auf dem Boden und weinte. Bis zum Tor – das schaffte sie niemals mehr. Ihr Zuhause, ihre Mutter – vorbei. Auch Eddie würde sie nie mehr sehen.

»Mallon!«, brüllte Phillip. »Hierher!«

Schritte krachten durch das Gebüsch.

»Zieh sie hoch«, befahl Phillip.

»Wieso denn? Ich finde, die erledigen wir gleich hier, sofort. Die Kuh hat mir die Nase gebrochen!«, zischte Mallon. Er hatte einen ziemlich großen Stein dabei.

»Nein, es sind zu viele Leute hinter ihr her. Die könnten uns sehen. Wir müssen das so machen wie geplant.«

»Scheiß Plan«, knurrte Mallon.

Dann hörte Jo ein scheußliches Geräusch – ein kurzes metallisches Klicken. Das kannte sie: vom Schießstand, wenn sie mit ihrem Vater dort war. Sie schloss die Augen, jammerte ängstlich. Sie hoffte inständig, dass Mallon ein guter Schütze war, und war dankbar, dass sie am Ende durch eine Kugel umkam – schnell und sauber, nicht durch einen Stein.

Dann fiel ein ohrenbetäubender Schuss. Jo roch das Schießpulver. Sie spürte, wie Blut über ihre Wange lief, warm und feucht. Sie wartete auf den Schmerz, die Dunkelheit, das Verklingen der Stimmen um sie herum.

Nichts davon geschah.

Aber eine neue Stimme erhob sich laut und deutlich: »Wenn du dich auch nur einen Zentimeter bewegst, Montfort, kriegst du in deinen Schädel eine Kugel, wie du sie schon in deiner Kniescheibe hast.«

91

»Fay?«, flüsterte Jo und traute ihren Augen nicht.

»Pack sie!«, brüllte Phillip und hielt seine blutende Kniescheibe.

Mallon machte einen Schritt nach vorn.

»Setz dich, du widerlicher Mistkerl«, sagte Fay.

Er blieb stehen. Da hob Fay ihren kleinen silbernen Revolver und schoss auch ihm ins Knie. Er stürzte zu Boden, schrie vor Schmerzen, sah das hässliche Loch in seinem Bein, das dunkle Blut, das herausschoss – und fiel in Ohnmacht.

»Steh auf, Jo«, sagte Fay.

Jo kam auf die Beine, ging schwankend zu ihrer Freundin und wischte sich dabei Phillips Blut aus dem Gesicht.

»Wo kommst du denn her?«, fragte sie mit zittriger Stimme und am ganzen Körper schlotternd.

»Mad Mary«, antwortete Fay, die beiden Männer immer im Blick. »Tumbler hat sie gesehen, da ist sie die Straße entlanggelaufen, als hätte sie jemand in Brand gesteckt. Sie hat geweint und geschimpft und die ganze Zeit meinen Namen gerufen. Ich hab wie jede Nacht am Union Square gearbeitet. Tumbler hat sie zu mir gebracht. Ich konnte sie etwas beruhigen, und sie hat mir erzählt, dass dich ein Mann weggebracht hat. Sie hatte gehört, wie er Darkbriar nannte, und sagte, das sei ein schlimmer Ort und dass ich dir helfen müsse. Sie wusste, dass wir Freundinnen sind, weil sie uns an der Brooklyn Bridge zusammen gesehen hat. Mit einer Droschke bin ich hierhergefahren. Mary wartet noch im Wagen. Sie wollte nicht aussteigen. Was ist hier eigentlich los?«

»Mein Onkel will mich umbringen. Er ist der Mörder, nicht Kinch. Eddie, Oscar und ich ... wir haben herausgefunden, dass Kinch früher Stephen Smith hieß. Mein Onkel wollte ihn schon auf den Seychellen töten lassen, aber Smith hat überlebt, deshalb hat mein Onkel Mallon beauftragt, ihn hier in Darkbriar zu erledigen. Ich habe die Verbindung nie begriffen. Ich war so dumm und habe ihm alles erzählt, was ich herausgefunden hatte, und er hat das benutzt, um meiner Mutter weiszumachen, ich sei verrückt geworden.«

»Verdammt noch mal. Dein *Onkel*? Wieso denn?«

»Ich weiß es nicht«, sagte Jo.

Mit hartem Blick und ohne Vorwarnung schoss Fay noch einmal auf Montfort. Die Kugel bohrte sich eine Armlänge vor seinem unverletzten Knie in den Boden.

»Rede, Montfort, du Hurensohn«, forderte Fay. »Oder ich treffe beim nächsten Mal.«

Phillip Montfort starrte sie hasserfüllt an. »Ich habe dir nichts zu sagen. Los. Erschieß mich. Innerhalb einer Woche wirst du dafür gehängt.«

»Oh, dann bring ich dich eben um«, erwiderte Fay. »Aber hängen werden sie mich nicht. Ich hau hier wieder ab und verschwinde im Schatten, wie immer. Aber irgendwann komme ich zurück, mitten in der Nacht, und brenne dein Haus nieder. Mitsamt deiner ganzen Familie. Mein Freund Tumbler bringt mich rein. Ashcan legt das Feuer. Ach, warte, es werden zwei Feuer: eines an der Haustür, eines an der hinteren Tür. Da kommt keiner mehr raus. Ich krieg sie alle – deine Frau, deinen Sohn und deine Tochter. Wenn du nicht redest. *Jetzt*.«

Jo glaubte, dass Fay bluffte, doch bei ihrem Onkel zeigten die Worte Wirkung.

Er schloss seine Augen, als wollte er sich konzentrieren, dann öffnete er sie wieder.

—92—⋙

»1871 hat das angefangen«, begann er und zog seinen Gürtel aus den Schlaufen der Hose. Er schlang ihn um sein Knie und zurrte ihn fest. »Van Houten hatte Probleme. Wir nahmen einen neuen Partner auf: Stephen Smith. Die Einlage, die er zahlte, hat uns eine Weile gestützt, aber es reichte nicht. Da haben wir einen Plan gemacht und ein Schiff dafür gekauft.«

»Die *Nausett*«, sagte Jo.

»Ja«, erwiderte Phillip mit schmerzverzerrtem Gesicht.

»Aber die ist vor Portugal gesunken.«

»Nein. Wir haben den Kapitän und die Mannschaft bestochen, damit sie sagen, das Schiff wäre untergegangen und wir die Versicherungssumme ausbezahlt bekamen. Das Schiff haben wir umbenannt in *Bonaventure*. Wir hatten gefälschte Papiere, die sie als portugiesisches Schiff auswiesen.«

»*Wir?*«

»Die Partner von Van Houten.«

Jo fürchtete sich vor der nächsten Frage.

»Alle?«

Phillip lächelte hinterhältig. »Willst du wissen, ob dein Vater mitgemacht hat? Ja, hat er. Alle haben mitgemacht, außer Stephen Smith. Er war zu kurz in der Firma, wir wussten nicht, ob wir ihm trauen können. Das ganze Ding – das Schiff, seine Ladung – hielten wir vor ihm geheim.«

»Welche Ladung?«, fragte Jo.

Phillip antwortete nicht.

»Mach hin, Montfort, wir haben nicht die ganze Nacht Zeit«, knurrte Fay und hielt ihn mit ihrem Blick und ihrem Revolver in Schach.

»Smith hat herumgeschnüffelt. Er hat herausgefunden, was wir gemacht haben, und wollte uns davon abhalten. Er fand einige Dokumente und hat damit gedroht, sie zu veröffentlichen, wenn wir nicht aufhören.«

»Die Ladelisten. Die er an Eleanor Owens geschickt hat«, warf Jo ein.

»Ja«, fuhr Phillip fort. »Die enthielten Aufstellungen über die Ladung des Schiffs. Es gab auch Verträge mit dem Kapitän, die ich unterzeichnet hatte. Belege über ausgezahlte Heuer an die Crew. Und ein Bankbuch für eine Bank in Durban, das auf meinen Namen ausgestellt war und über das wir die Gewinne laufen ließen. Einmal im Monat bin ich nach Durban gefahren und habe das Geld selbst dorthin gebracht. Der Präsident der Bank hat nicht viele Fragen gestellt. Wären diese Dokumente an die Öffentlichkeit gekommen, hätte das den Ruin für Van Houten bedeutet. Das musste ich verhindern, deshalb habe ich getan, was getan werden musste. So wie die Montforts das immer gemacht haben.«

»Du hast Stephen Smith auf den Amiranten ausgesetzt«, sagte Jo. »Oder jemand anderes hat das in deinem Auftrag getan. Die Ge-

400

schichte von einem Schiff, das in einem Sturm untergegangen ist – das ist doch auch so eine Lüge?«

Phillip nickte. »Ich sagte zu Stephen, dass wir die *Bonaventure* aufgeben und neue Möglichkeiten finden wollten, um Geld zu verdienen. Ich habe ihn dazu überredet, dass er die Amiranten erkundet, ob wir dort eigene Gewürzplantagen aufbauen könnten. Er fuhr mit einem kleinen Schiff los, der *Gull*. Smith wusste nicht, dass die *Bonaventure* schon vorausfuhr. Sie wartete an der Küste einer der Inseln, und als sie die *Gull* ausmachte, fuhr sie zu ihr. Die Crew der *Gull* zerstörte ihr eigenes Schiff und ließ Smith an Bord zurück.«

»Damit er *ertrinkt*?«, fragte Jo schockiert.

»Ja. Die Mannschaft der *Bonaventure* hat die Leute von der *Gull* nach Indien in den Hafen von Cochin gebracht. Sie waren bloß zu viert und wurden gut bezahlt, damit sie untertauchen.«

»Du hast versucht, einen unschuldigen Menschen zu ermorden!«, rief Jo mit geballten Fäusten. »Wie konntest du so etwas nur *tun*?«

»Weil kein anderer den Mut dazu hatte. *Fac quod faciendum est*«, sagte er bitter.

»Kannte mein Vater die Wahrheit über Smith?«

»Ich glaube, er hat etwas vermutet. Er hat mich allerdings nie danach gefragt. So war es viel leichter. *Falls* er mich gefragt hätte, hätte er mit dem Wissen weiterleben müssen, dass sein Bruder ein Mörder war. Die *Bonaventure* fuhr noch zwei Jahre lang weiter, bis ein Feuer sie zerstört hat.« Phillip hielt inne, er lächelte finster. »Das muss ich Stephen lassen: Er hat Wort gehalten.«

»Was meinst du damit?«, fragte Jo.

»Der Kapitän der *Bonaventure* erzählte mir, dass Smith an Deck der sinkenden *Gull* stand und beobachtete, wie die *Bonaventure* davonfuhr. Für einen Moment legte sich der Wind, und auf der *Bonaventure* hörten sie, wie Smith schrie. Er schrie, dass er uns eines Tages kriegen würde. Alle. Und das hat er geschafft.«

»Aber warum? Warum hast du ihn umgebracht?«

»Ich habe es dir gerade gesagt«, meinte Phillip kalt.

»Nein, das hast du nicht. Du hast mir nicht gesagt, was so wertvoll war, dass es das Leben eines Mannes gekostet hat.«

Phillip blieb stumm.

»Onkel Phillip, was war die Ladung der *Bonaventure*?«, fragte Jo noch einmal.

Phillip sah sie an, mit offenem Blick und ohne jede Reue.

»Sklaven«, sagte er.

93

Jo schwankte, fassungslos. Ihr ganzes Leben lang hatte sie ihren Onkel geliebt. In den vergangenen Stunden hatte sie ihn fürchten gelernt. Doch jetzt hasste sie ihn.

»Van Houten hat Sklaven verkauft«, sagte sie und versuchte, das Unbegreifliche zu begreifen. »Das glaube ich dir nicht. Du lügst. Mein Vater hätte so etwas nie getan. *Niemals.*«

»Wir haben Sklaven an Käufer in Arabien, Ägypten und Brasilien verkauft – alle, auch dein Vater. Ich habe dir gesagt, dass die Firma kurz vor dem Zusammenbruch stand. Was denkst du denn, wovon dein wunderbares Leben finanziert wurde? Die Villa am Gramercy Square, das Anwesen in den Adirondacks, die Sommerferien in Newport?«, höhnte Phillip.

»Deshalb hattet ihr alle Angst. Keine ehrbare Firma hätte Geschäfte mit Sklavenhändlern gemacht. Erst recht nicht nach dem Krieg. Niemand von den anständigen Leuten hätte mehr etwas mit euch zu tun haben wollen. Stephen Smith wusste das. Als er schließlich doch nach New York zurückkam, hat er das gegen euch verwendet.«

»Smith hat es bis auf eine der Inseln geschafft. Dort hat er neun Jahre lang gelebt, bis ihn ein Piratenschiff aufgenommen hat. Mit denen war er dann sieben Jahre unterwegs. Er hat dem Kapitän gute Dienste geleistet, deshalb ließen sie ihn dann gehen. Sie haben ihm ein bisschen Geld gegeben, damit ist er nach Hause gereist. Das hat noch einmal ein ganzes Jahr gedauert. Mitte September kam er in New York an und wollte Eleanor Owens und das Kind suchen. Er wusste nicht, dass beide tot waren.«

Jo erinnerte sich an das Gespräch zwischen Stephen Smith und Scully. Sie hörte ihn noch, wie er sagte: *Siebzehn Jahre, ohne einen einzigen Christenmenschen zu sehen. Ohne Freunde. Ohne Trost. Siebzehn Jahre Hunger, Skorbut, Fieber. Mein Aussehen ist euer Werk. Schau mich an! Dieses Monster – das habt ihr geschaffen!*

Sie empfand unendliches Mitgefühl für Stephen Smith. Für Eleanor. Für alles, was sie verloren hatten.

»Woher weißt du das mit der Insel? Und über die Piraten?«, fragte sie.

»Charles hat es mir erzählt. Nach dem Mittagessen damals bei euch im Haus, als alle anderen schon fort waren. In der Nacht zuvor hatte er Smith getroffen und wollte seine Forderungen erfüllen. Er wollte Van Houten aufgeben. Er sah keine andere Möglichkeit.«

»Aber du«, sagte Jo und gallige Bitterkeit stieg in ihr auf. Sie wusste, was als Nächstes kam. Sie wusste, was er getan hatte. Und das traf sie im tiefsten Inneren ihres Herzens.

»Ich wollte Smith loswerden. Nur *ihn*. Aber dein Vater wollte nicht auf mich hören. Er wollte Smith tatsächlich *helfen*. Ihm Entschädigungen zahlen. Charles machte mir Vorwürfe. Nach allem, was ich für ihn getan hatte! Sein ganzes Leben – seinen Reichtum, den Respekt, seinen Einfluss – hatte er mir zu verdanken. Weil ich den Mut hatte, das zu tun, was notwendig war.«

»Hast du Scully und Beekman selbst umgebracht? Oder war das Mallon?«, fragte Jo.

Phillip schwieg wieder. Fay hatte einen dicken Ast aufgehoben und schlug ihm jetzt damit gegen sein blutendes Knie. Er jaulte auf vor Schmerz, seine Zähne klapperten, und an seinem Hals traten die Sehnen hervor. Dann beugte er sich vor und übergab sich. Jo beobachtete ihn ungerührt.

»Rede. Ich sag dir das kein zweites Mal«, knurrte Fay.

»Ich hoffte, dass Mallon Smith fand, bevor Smith sich noch die anderen Eigner von Van Houten vorknöpfen konnte«, sagte Phillip und wischte sich den Mund an seinem Ärmel ab. »Aber er bekam Smith nicht zu fassen. Der ging inzwischen Scully und Beekman an. Auch die haben mir dann Vorwürfe gemacht, aber Mallon hat sich um die beiden gekümmert. Und dann hat er Smith gefunden. Und als ich ihn schließlich hatte, hatte ich auch die Lösung – eine Möglichkeit, dass das alles ein Ende fand.«

»Indem du ihn umgebracht hast, aber vorher hast du ihm noch die drei anderen Morde angehängt«, mutmaßte Jo.

Phillip zögerte. Fay klopfte mit ihrem Stock auf den Boden, das wirkte. »Im Keller von Darkbriar gibt es Zellen, die nicht genutzt werden und von denen niemand etwas weiß. Da hat Mallon Smith hingebracht. Ein paar Tage lang gab er ihm starke Dosen Morphium, und als ich alles vorbereitet hatte, hat er es unmittelbar abgesetzt. Ich hatte einen Plan. Beekman habe ich zum Abendessen eingeladen, damit wir über Smith sprechen konnten. Ein enttäuschendes Gespräch. Als wir danach aufgebrochen sind, ist Beekman wie so oft zu Della McEvoy, und ich habe ihn begleitet. Mallon wartete mit Smith in einem verlassenen Haus neben Dellas Puff auf uns. Ich hatte ihm in der Nacht zuvor geholfen, Smith unbemerkt dorthin zu bringen. Wir haben ihn gefesselt und geknebelt dort gelassen. Am nächsten Abend ist Mallon wieder zu ihm hin, hat ihn ins Erdgeschoss geschleppt und dort gewartet. Als er uns dann kurz vor Dellas Haus gesehen hat, hat er Smiths Fesseln durchgeschnitten und ihn aus dem Gebäude gezogen. Da war Smith schon voll auf Entzug von dem Morphium. Er torkelte und tobte.«

»Du hast dafür gesorgt, dass du mit Beekman unterwegs warst, dann konntest du nämlich auch angegriffen werden. Damit jeder denkt, du wärst ebenfalls ein Opfer des Überfalls.«

Phillip nickte. »Mallon hat Beekman sofort getötet. Ich ließ mir von ihm eine Schnittwunde zufügen, und er schlug mich auch auf den Kopf. Dann drückte er Smith das Messer in die Hand. Ich habe es dort selbst festgehalten und um Hilfe gerufen. Als die Polizei kam, sahen sie, wie ich mit Smith gekämpft habe. Ich sagte ihnen, Smith hätte Beekman getötet und mich angefallen. Sie sahen, dass Smith ein

Messer in der Hand hielt und sich wie ein Verrückter aufführte, also haben sie mir geglaubt.«

»Wo war Mallon?«, wollte Jo wissen.

»Der ist zurück nach Darkbriar, hat seine blutige Kleidung entsorgt, seine Pflegerkluft angezogen, seine Schicht begonnen und gewartet. Smith wurde auf meinen Vorschlag nach Darkbriar gebracht. Mallon hat ihn da übernommen. Den Rest weißt du – Kinch, der ausgerastete ehemalige Angestellte, der seine Verbrechen gesteht und Selbstmord begeht.«

»Beinahe wärst du damit durchgekommen«, sagte Jo nachdenklich.

»Das geht immer noch, wenn du es willst.«

Jo sah ihn verständnislos an. »Was *bist* du bloß für ein Mensch?«

Ihr Onkel sah ihr in die Augen. »Begreifst du eigentlich, was du anrichtest? Alles wird auseinanderbrechen. Van Houten. Unsere Familie. Deine Zukunft. Es ist noch nicht zu spät. Ich kann dafür sorgen, dass alles wieder in Ordnung kommt. Ich habe auch mit Stephen Smith aufgeräumt. Du kannst Bram haben, Herondale, ein bequemes Leben. Was willst du mehr?«

»Meinen Vater«, antwortete Jo unendlich traurig.

Einen Augenblick lang lebte etwas in Phillips Augen auf, etwas Vertrautes, Menschliches. Jo versuchte, dieses Gefühl anzusprechen, als sie Phillip die Frage stellte, vor der sie sich am meisten fürchtete.

»Du hast ihn selbst umgebracht, nicht wahr? Du, nicht Mallon.«

Bevor Phillip antworten konnte, drangen Rufe durch die Dunkelheit.

»Aufseher«, warnte Fay. »Sie kommen näher. Wir müssen hier weg.«

Doch Jo hörte sie kaum. In Gedanken war sie nicht mehr in Darkbriar, sondern im Arbeitszimmer ihres Vaters. Sie erkannte die falschen Schlüsse, die Eddie und sie auf der Suche nach der Wahrheit gezogen hatten, und erkannte auch die richtigen – sie konnte jetzt das Puzzle jenes Tages zusammensetzen.

»Du bist mittags zum Essen gekommen, Du hast dich mit meinem Vater gestritten. Theakston hat euch gehört. Du bist gegangen und hast dabei den Schlüssel von Mrs Nelson genommen. Im Polizeibericht steht, dass du in der Küche warst, um Mrs Nelson zu loben. Dort steht auch, dass sie verzweifelt war, nachdem man die Leiche meines Vaters gefunden hatte, weil sie ihren Schlüssel *verloren* hatte und glaubte, der Mörder hätte ihn benutzt, um ins Haus zu gelangen. Aber sie hatte ihn nicht *verloren*. Theakston fand ihn genau dort, wo er sein sollte: am Haken in der Küche. Bevor du gegangen bist, hast du ihn an dich genommen und ihn dann benutzt, um später in der Nacht wieder ins Haus zu kommen, ohne dass dich jemand vom Personal bemerkt. Mein Vater hat nicht um Hilfe gerufen, als du in sein Arbeitszimmer kamst. Warum auch? Er hat dich vielleicht sogar herzlich begrüßt. Du hast die Tür geschlossen. Ihr habt miteinander gesprochen. Es kam wieder zum Streit. Er war dagegen, dass du Smith beseitigen wolltest, also hast du stattdessen ihn beseitigt. Du hast ihn mit deinem eigenen Revolver erschossen. Er wollte nie Selbstmord begehen. Das hast du dir ausgedacht, um die Polizei auf eine falsche Fährte zu locken. Und mich auch.«

»Es war ein Unfall«, sagte Phillip flehentlich. »Ich wollte ihm nur drohen. Der Schuss hat sich von selbst gelöst.«

Jo schüttelte den Kopf. »Du weißt ja gar nicht, wie sehr ich mir wünsche, dass ich dir das glauben könnte.«

»Das ist die Wahrheit, Jo. Ich schwöre es.« Phillip legte eine blutige Hand auf sein Herz.

»Der Schuss hat das ganze Haus aufgeweckt«, fuhr Jo fort und ignorierte sein verzweifeltes Bemühen, sie für sich einzunehmen. »Aber damit hattest du gerechnet. Du hast die Tür des Arbeitszimmers zugesperrt und damit etwas Zeit gewonnen, dann hast du den Revolver meines Vaters aus dem Schrank geholt, eine einzelne Patrone aus der Kammer genommen, die Hülle der Kugel, die du abgeschossen hattest, hineingesteckt und meinem Vater den Revolver in die Hand gedrückt. Die Kugel durfte man nicht finden, also hast du sie in deine Manteltasche gesteckt und dich hinter den Vorhängen verborgen, aber die Kugel fiel durch das Loch in der Tasche auf den Teppich.«

Geschlagen nickte Phillip.

»Dann hast du ganz still hinter den Vorhängen gestanden, bis Mrs Nelson meine Mutter in ihr Zimmer begleitet hat und die Mädchen nach oben gingen, um sich umzuziehen, und bis Dolan den Gerichtsmediziner holte, und Theakston und Wachtmeister Buckley den Hintereingang überprüften. Als alle weg waren, bist du die Treppe hinuntergelaufen, vorne zur Tür raus, in dein Haus. Dort hat Pauline dich angetroffen, als sie dich holen sollte. Nachdem du die Leiche meines Vaters gesehen hattest, wolltest du unbedingt in die Küche gehen und dir selbst ein Glas Wasser holen. Dr. Koehler und der Wachtmeister sind mit dir gegangen. Dort hast du sie bestochen, damit sie den Todesfall als Selbstmord einstufen. Sie gingen dann zurück ins Arbeitszimmer, und du hast Mrs Nelsons Schlüssel wieder an den Haken gehängt. Gerade rechtzeitig bevor Wachtmeister Buckley überprüft hat, wo sich die vier Hausschlüssel befinden.«

Phillip schloss seine Augen.

»Er war dein Bruder«, sagte Jo beklommen. »*Dein Bruder.*«

Wieder waren Stimmen zu hören, schon viel näher als zuvor. Der Schein von Laternen zerriss die Dunkelheit.

»Wir müssen jetzt los«, drängte Fay.

Doch Jo musste noch etwas fragen. »Weißt du, wo die Ladelisten sind?«

Phillip antwortete nicht.

»Weiß Mallon es?«, fragte Jo. »Er war der Pfleger von Eleanor. Hat sie es ihm gesagt? Hast du sie? Antworte mir!«

»Ich sehe sie!«, rief jemand.

Jo schaute auf und sah einen Mann in einer weißen Uniform, der auf sie zurannte.

»Die Märchenstunde ist vorbei«, sagte Fay. »Wir hauen ab, Jo. *Jetzt.*«

94

Fay stopfte den Revolver in ihre Rocktasche und packte Jos Hand. Sie liefen durch den Park bis zur Begrenzungsmauer.

»Wir müssen zum Haus vom Totengräber«, sagte Jo außer Atem, »die Tore sind verschlossen.«

»Nicht mehr. Der Wachmann hat sie geöffnet, als ich in der Droschke gekommen bin. Ich hab ihm die Schlüssel für das Tor abgeschwatzt.«

»Was? Wie denn?«, fragte Jo.

Fay rollte mit den Augen.

»Verstehe. Der Revolver.«

Sie liefen weiter an der Mauer entlang bis zum Eingangsbereich des Sanatoriums. Kurz vor dem Tor blieb Fay abrupt stehen und zog Jo mit sich hinter ein Gebüsch. Jo sah erleichtert, dass das Tor offen stand, doch direkt davor spielte sich eine ziemlich erschreckende Szene ab.

»Was ist da los? Ist das Mary?«, fragte sie.

»Ja, verdammt!«, zischte Fay. »Sie ist *völlig* durchgedreht! Sieh sie dir an!«

Ganz im Alleingang griff Mad Mary das Sanatorium an. Der Wachmann lag bewusstlos auf dem Boden, neben seinem Kopf lag ein Stein. Schwester Williams schrie gellend aus einem Fenster im ersten Stock. An der Haupttür war das Glas eingeschlagen. Überall gingen Lichter in den Fenstern an. Die Droschke, mit der Fay und Mad Mary gekommen waren, war nirgendwo zu sehen.

»Was ist denn hier los? Wieso sind heute Nacht alle Verrückten *draußen* und nicht drinnen in der Klapse?«, fragte Fay.

Mary nahm einen Stein und warf noch ein Fenster ein.

»Das können wir jetzt *überhaupt nicht* gebrauchen. Wir müssen die Fliege machen«, sagte Fay. Sie spurtete zu Mary, Jo dicht hinter ihr. »Mary! Hey, Mary! Lass das!«, rief sie.

Mary drehte sich um, und Jo sah ihr tränenüberströmtes Gesicht.

»Lasst mich gehen!«, rief sie und stampfte mit den Füßen. »Ich kann nicht hierbleiben!«

»Wer sagt denn, dass du hierbleiben sollst, du Dummerchen!«, brüllte Fay zurück. »Komm! Wir müssen weg, bevor die Bullen hier auftauchen. Sieht so aus, als hättest du den Kutscher total verschreckt, also müssen wir laufen. Los jetzt!«

Weiter weg heulte eine Sirene. Fay packte Marys Arm und zog sie weiter.

»Ich habe gerade einen Mann angeschossen, Mary«, erklärte sie ihr. »Eigentlich zwei. Deshalb muss ich weg sein, bevor die Bullen auftauchen, oder ich geh in den Knast. Und du«, sie stach mit einem Finger nach Jo, »musst auch abhauen. Sonst hat dein Onkel noch einen Grund mehr, um dich einweisen zu lassen.«

Das Heulen der Sirene war schon lauter zu hören, und die drei rannten auf das Tor zu. Sie waren fast da, als ein Polizeiwagen in die Auffahrt bog.

Jetzt geschah alles gleichzeitig. Jo konnte nicht mehr reagieren. Fünf Polizisten sprangen aus dem Wagen. Sie umzingelten sie, Fay und Mary. Schwester Williams rannte aus dem Gebäude und schrie, sie sollten Mary ins Gefängnis stecken. Pfleger kamen aus dem Park und schleppten Phillip Montfort und den immer noch bewusstlosen Mallon auf Tragen mit sich.

»Ich bin Wachtmeister Terence Cronin«, rief der Einsatzleiter. »Was ist hier los?«

»Ich bin Phillip Montfort. Und dieses Mädchen da hat auf mich geschossen. Sie hat auch auf einen Pfleger geschossen«, sagte Phillip und deutete auf Fay. »Sie muss festgenommen werden. Neben ihr, das ist meine Nichte, Josephine Montfort. Sie gehört hier ins Sanatorium.«

»Er lügt!«, rief Josephine. »Er ist ein Mörder. Und der andere auch.« Sie zeigte auf Mallon. »Er hat meinen Vater umgebracht, Charles Montfort. Und er ist verantwortlich für den Tod von Richard Scully, Alvah Beekman und Stephen Smith. Heute Abend hat er versucht, mich umzubringen. Er hat alles gestanden. Meine Freundin hat alles gehört.«

»Wer? *Die da?* Fairy Fay?« Cronin schnaubte. »Die ist eine Taschendiebin! Der glaube ich gar nichts.«

Jo war klar, wie das weiterging: Die Polizisten glaubten natürlich ihrem Onkel, einem mächtigen Mann, Stütze der Gesellschaft, und nicht ihr und Fay.

»Wachtmeister Cronin, Fairy Fay hat mir das Leben gerettet«, sagte Jo energisch. »Ich gehöre nicht nach Darkbriar, und sie gehört nicht ins Gefängnis. Sie müssen mir glauben. *Bitte.* Wenn Sie mich ins Sanatorium stecken, werde ich das nicht überleben.«

»Na, na, Miss. Da sind wir jetzt aber ein bisschen sehr dramatisch, was?« Er ging zu Jo, starrte ihr ins Gesicht und runzelte die Stirn. »Wer hat Sie so zugerichtet?«, fragte er.

»Mein Onkel.«

»Hören Sie nicht auf sie, Sie Idiot! Sie ist verrückt!«, schrie Phillip.

Sein arroganter Ton kam bei dem Wachtmeister schlecht an. Er verzog den Mund und drehte sich zu Phillip um. »Sir, wer gibt Ihnen das Recht, mich einen Idioten zu nennen?«

»Tun Sie, was ich sage, oder ich sorge dafür, dass Sie entlassen werden!«, befahl Phillip.

»Am besten jetzt gleich, ja?«, fragte Cronin. »Robinson! Gates!«, bellte er. »Im Hauptgebäude gibt es eine Krankenstation. Holen Sie ein paar Ärzte und lassen Sie diese Männer medizinisch versorgen. Ryan! Bauer! Bringen Sie die Damen auf die Wache. Meine Damen, Sie sind festgenommen. Morgen früh wird sich ein Richter mit Ihnen befassen. Damit fange ich erst gar nicht an.«

Ein Polizist führte Fay ab und brachte sie zum Polizeiwagen. Um die heulende, kämpfende Mary abzuführen waren zwei Männer nötig.

»Ich komme zurecht, danke«, sagte Jo höflich zu dem Polizisten, der auf sie zuging.

Währenddessen trugen die Pfleger gerade Phillip an ihr vorbei. Seine Hand schoss hervor, packte Jos Handgelenk, die Finger gruben sich tief in ihr Fleisch. Die Pfleger blieben sofort stehen. Ein harter und kalter Blick traf Jo. Jeder Rest von Menschlichkeit, den sie zuvor in den Augen ihres Onkels gesehen hatte, war verschwunden.

Er zog Jo zu sich herunter und leise drohte er: »Überleg dir gut, was du als Nächstes tust. Ich habe schon ein paar Menschen unter die Erde gebracht – und dich kann ich auch noch begraben.«

Wachtmeister Cronin und seine Männer durchsuchten die Frauen gründlich, bevor sie sie in das Gefährt steckten.

Mary gefiel das nicht. Sie wollte sich nicht durchsuchen lassen, doch Cronin blieb hart.

»Ich kann nicht riskieren, dass eine von euch auf dem Weg zur Wache eine von den anderen absticht«, sagte er.

Er griff in Taschen, tastete Kragen und Manschetten ab, schaute in die Schuhe und Stiefel. Bei Jo fand er nichts. Mary hatte ein paar Münzen und einen Apfel in einer Tasche, das ließ er ihr alles. Um den Hals trug sie eine Kette. Er zog sie ihr aus der Bluse, betrachtete sie genau, dann ließ er sie wieder in ihren Ausschnitt fallen.

»Hast einen Liebsten, Mary, was?«, fragte er spöttisch.

Mary sah ihn finster an und schob die Kette wieder unter ihre Bluse. Fays Revolver konfiszierte Cronin. Er wusste, dass sie eine Rasierklinge im Mund hatte und zwang sie, sie auszuspucken. In ihrer Jacke fand er auch die Taschenuhr und die Brieftasche eines Mannes.

»Widerstand gegen Polizeigewalt, Diebstahl und auch Mord, falls dieser lange Kerl nicht mehr aufwacht. Dieses Mal bist du dran, Fairy Fay. He, was ist das denn?« Er zog das Lumpenpüppchen aus ihrer Rocktasche.

»Mein Glücksbringer«, sagte Fay sarkastisch.

»An deiner Stelle würde ich mir einen neuen besorgen. Mit deinem Glück ist es erst mal vorbei«, erwiderte Cronin.

Mary griff nach der kleinen Puppe. »Die will ich haben! Gib sie mir!«, rief sie immer wieder. Sie hörte gar nicht mehr auf.

»Geben Sie sie ihr, damit sie die Klappe hält«, bat Fay den Wachtmeister.

Cronin gab Mary die Puppe. Sie hörte sofort auf zu greinen und starrte das kleine Ding konzentriert an. »Rein mit dir, Mary«, sagte er.

Mary kletterte gehorsam in das Gefährt, Fay kam nach ihr. Jo wollte gerade einsteigen, als sie hörte, dass jemand ihren Namen rief.

Noch bevor sie sich umdrehte, wusste sie, wer das war. »Eddie!«, schrie sie überglücklich, ihn zu sehen.

»Bitte steigen Sie ein, Miss«, sagte ein Wachtmeister. Er legte eine Hand an Jos Rücken und schob sie in den Wagen. Dann knallte er die Tür zu und schloss sie ab. Das Gefährt war ganz geschlossen, hatte jedoch vergitterte Fenster an den Seiten.

Eddie blickte durch eines herein. »Jo, mein Gott, das bist ja tatsächlich *du*! Fay? Mad Mary?«

»Wie hast du uns gefunden, Schreiberling?«, fragte Fay.

»Tumbler. Als du mit Mary weg warst, hat er mich geholt.« Er schob eine Hand durch die Stäbe. Jo nahm sie. »Was ist passiert? Bist du verletzt? Wo ist dein Onkel?«

»Mir geht's gut, Eddie, ich ...«

»Weg da«, sagte ein Polizist und schob Eddie von dem Wagen weg.

»Wo bringen Sie sie hin?«, wollte Eddie wissen.

»In die Tombs.«

»Was haben sie gemacht?«

»Aus der Irrenanstalt ausgebrochen, einen Wachmann niedergeschlagen, zwei Leute angeschossen.«

»Das ist ja wohl totaler Unsinn, oder?«, sagte Eddie.

»In der Krankenstation vom Sanatorium liegen zwei Männer, die nie mehr richtig laufen werden. Klingt das nach Unsinn für Sie? Wir behalten die Damen über Nacht bei uns, und morgen wird's dann amtlich.« Der Polizist klopfte auf eine Seite des Gefährts. »Und los!«, rief er. Der Wagen fuhr an.

412

»Jo!«, rief Eddie und lief hinterher. »Ich komme so schnell wie möglich in die Tombs. Gibt es jemanden ...«

»Bram! Geh zu Bram! Sag ihm, dass ich einen Anwalt brauche!«

»Mach ich!«, schrie Eddie.

Jo wusste, dass Bram ihre einzige Hoffnung war. Er kannte gute Anwälte und würde deren Honorar übernehmen, da sie ja heute Nacht nichts aus ihrem Geldversteck holen konnte. Aber würde er kommen? Vielleicht nicht. Er glaubte ja, dass sie verrückt war. Wenn er nicht kam, war sie verloren.

Das Gefährt rumpelte durch das Tor von Darkbriar, und Jo konnte Eddie nicht mehr sehen. In dem Wagen war es dunkel, doch einer der Polizisten hatte seine Laterne hinten bei ihnen befestigt, dadurch hatten sie ein wenig Licht. An den Seiten waren schmale Holzbänke. Jo setzte sich.

Fay saß ihr gegenüber und streckte ihre Beine aus. Sie war stinksauer. »Wie soll ich bloß aus *diesem* Mist wieder herauskommen?«

Mary saß neben Fay. Sie schaute immer noch die kleine Puppe an, die sie in der Hand hielt, und war völlig still geworden. In ihren Augen schimmerten Tränen.

»Was ist denn, Mary?«, fragte Jo. »Warum weinst du?«

Mary sagte keinen Ton. Aber sie begann, der Puppe den Kopf abzureißen.

»Hey! Lass das mal!«, rief Fay wütend. »Was machst du denn da?«

Aber Mary riss ganz konzentriert die Puppe immer mehr auseinander.

»Schönen Dank auch. Die hab ich mein ganzes Leben dabeigehabt«, sagte Fay, als sie mit ansehen musste, wie ihr Glücksbringer Stück für Stück in Fetzen auf den Boden des Wagens flog. Sie schüttelte den Kopf. »Falls euch das noch nicht aufgefallen sein sollte: Wir haben gerade eine Menge Probleme. Vor allem ich. Könntest du, Jo, bitte ruhig sein und du, Mary, aufhören, Sachen kaputt zu machen, damit ich einfach mal nachdenken kann?«

In diesem Moment fiel mit einem metallischen Klimpern ein kleiner Gegenstand aus dem zerfetzten Körper der Puppe auf den

413

Boden. Er glänzte im Licht der Laterne. Jo beugte sich vor und hob ihn auf. Es war ein Ring. Ein Ring mit Saphiren und Diamanten.

»Fay«, sagte sie ruhig. »Gib mir mal die Laterne.«

Fay reichte sie Jo hinüber und schielte auf den Ring. »*Der* war in *meiner* Puppe?«, fragte sie überrascht. »Wenn ich das gewusst hätte.«

Jo hielt den Ring ins Licht und drehte ihn so, dass sie die Innenseite erkennen konnte. Dort war etwas eingraviert: *Stephen & Eleanor, 12. März 1873.*

Jos Herz tat einen Satz. Sie sah Mary in die Augen. »*Sie* ist es, nicht wahr? Aber wie ist das möglich?«

Mary nickte und blickte Fay an. Tränen strömten über ihr Gesicht. Sie streckte ihre Hand nach Fay aus.

Fay nahm sie und tätschelte sie geistesabwesend. Sie achtete weder auf Mary noch auf Jo. »Ist ja gut, Mary. Sei jetzt mal still, ja, bitte?«

Sie ist doch *nicht* gestorben, dachte Jo. Mallon hat sie aus dem Sanatorium geholt und verkauft. Er hat ein Kind verkauft, der Teufel soll ihn holen.

»Mary«, sagte Jo, »deine Halskette ... die der Polizist angeschaut hat. Darf ich sie mal sehen?«

»Die gehört mir!«, rief Mary.

»Um Gottes willen, Jo, jetzt fängt sie gleich wieder an«, stöhnte Fay ungeduldig.

»Bitte, Mary, ich will sie nur anschauen.« Jo versuchte, ganz ruhig zu sprechen, obwohl ihre Gedanken rasten. »Du hast so lange gut darauf aufgepasst. Ich weiß das. Ich nehme sie dir nicht weg, das verspreche ich.«

Behutsam zog Mary die Kette aus ihrer Bluse. Ohne sie abzunehmen, hielt sie sie Jo hin. An der Kette war ein goldener Anhänger: die Hälfte eines Herzens. Darauf stand ein Wort: *Stephen.*

Sprachlos lehnte sich Jo an die kalte Wand. Charles Montfort, Richard Scully, Alvah Beekman, Stephen Smith – sie alle waren Opfer ihres Onkels geworden. Doch es gab noch zwei weitere.

»Mary«, sagte sie nach einer Weile. »1874 wurde die Leiche einer

Frau aus dem East River gezogen. Ihr Gesicht war schon zerstört, aber sie trug eine Jacke und eine Uhr, die dir einmal gehört hatten. Wer war sie? Wen haben deine Eltern begraben, als sie dachten, sie begraben dich?«

Marys Augen wurden zu Schlitzen. »Lizzie the Cat«, sagte sie wütend. »Die hat Leute ausgeraubt, und hat sie gebissen und zerkratzt, wenn sie sich gewehrt haben. Sie hat meine Uhr und meine Jacke genommen. Hat mein Geld genommen. Hat mich auf der Straße liegen gelassen, damit ich sterbe. Aber ich durfte nicht sterben. Ich musste leben. Ich musste *sie* finden. Lizzie hat sich von meinem Geld betrunken. Ist in den Fluss gefallen und ertrunken. Aber *ich* hab gelebt.«

»Kannst du mir etwas über Stephen sagen?«

Mary schüttelte den Kopf, sie schaukelte auf der Bank vor und zurück.

»Bitte, Mary«, sagte Jo.

»Er hat mir einen Ring gegeben. Ich hab ihn in die Puppe getan, die ich für sie gemacht hab. Und die Puppe hab ich mit den Kleidern, die ich gemacht hab, in einen kleinen Korb gelegt. Ich hab denen nicht vertraut. Hab schon gedacht, dass sie sie mir wegnehmen. Ich hab gehofft, dass sie dann die Sachen, die ich gemacht hab, auch nehmen. Ich hab gehofft, dass sie die Puppe behält und dass sie eines Tages den Ring spürt und weiß, wer sie ist – mein Kind und das von Stephen. Lizzie hat Stephens Herz auch nicht gekriegt, ich hab die ganzen Jahre darauf aufgepasst. Stephen ist auf dem Meer gestorben. Die Zeitungsjungen haben das gerufen, ich hab's gehört. Jahre ist das her, Jahre. Aber sein Geist ist zurückgekommen. Ein schrecklicher Geist mit Teufelszeichen im Gesicht. Ich hab mich gefürchtet, als ich das gesehen hab. Hab Angst gehabt, dass der Geist böse mit mir wird, weil ich unser Kind verloren hab und nicht mehr finden konnte, obwohl ich so sehr danach gesucht hab. Aber wenn ich den Geist jetzt noch mal sehe, kann ich ihm sagen, dass ich es *doch* gefunden hab. Ich kann ihm sagen, dass unser Herz wieder geflickt ist.«

Jo gab Mary den Ring zurück. Sie weinte jetzt auch, aber sie lächelte dabei.

Fay dachte immer noch über ihre schwierige Lage nach, sah nun jedoch Jo an. »Was ist denn mit dir los? Du weinst und lächelst gleichzeitig? Vielleicht hat Montfort ja doch recht. Vielleicht spinnst du *wirklich*.«

Jo griff nach der Hand ihrer Freundin. »Fay, hör zu, du weißt nicht, wer sie ist.« Aus ihrer Stimme sprach ihr von Gefühlen übervolles Herz.

»Jo, Schätzchen!«, zischte Fay. »Und *wie* ich zuhöre! Ich höre, wie dieser Wagen zu den Tombs rollt. In einer halben Stunde höre ich die Zellentür, die ins Schloss fällt. Und in ein paar Tagen höre ich den Richter, der mir zehn Jahre aufbrummt, weil ich Phillip Montfort ins Knie geschossen hab. Und ja, ich weiß sehr wohl, wer sie ist. Sie ist Mad Mary!«

»Nein, Fay, das ist sie nicht. Sie ist Eleanor Owens. Deine Mutter.«

—96—⫷⫷⫷

Jo ging in ihrer Zelle auf und ab wie ein Tiger im Käfig.

Vor Jahrzehnten hatte man die Tombs auf einem verseuchten und dann trockengelegten Teich errichtet, die Zellen waren kalt und feucht und rochen faulig. Jo musste sich einfach durch Bewegung warm halten.

Plötzlich blieb sie stehen und spähte den schwach beleuchteten Gang hinunter. Er kommt, sagte sie sich. Er sagte, er kommt, und dann kommt er auch.

Sie begann wieder ihre Tour durch die Zelle, erschöpft, aber zu unruhig, um sich hinzusetzen. Auf einer Metallpritsche an der Wand hatte sich Fay ausgestreckt und schlief, ihr Kopf lag in Marys Schoß. Mary lächelte und streichelte ihr Haar.

Auch Jo lächelte. Sie hatte Fay noch nie weinen sehen, doch in dem Polizeiwagen hatte sie geweint. Das harte, zynische Mädchen hatte Rotz und Wasser geheult. Auch Mad Mary hatte geweint.

Eleanor, korrigierte Jo sich, nicht Mad Mary. Das war vorbei.

Sie schaute wieder auf den Gang, klammerte sich mit den Händen an das Gitter vor der Zelle, und dieses Mal wurde sie belohnt. Die Sicherheitstür am anderen Ende öffnete sich, und ein Mann kam herein.

Als sie ihn sah, wie er, ein Ritter im zerknautschten Tweedjackett, auf sie zuging, dachte sie: Egal, was in den nächsten Tagen auf mich zukommt, egal, wie schlimm das alles noch wird – ich hatte einfach wahnsinniges Glück, dass ich ihm begegnet bin.

»Wo ist dein Mantel?«, fragte Eddie Gallagher, als er am Gitter ihrer Zelle stand. Er legte eine Hand auf Jos Hand.

»Hab ich einem Verrückten geborgt«, antwortete Jo und erinnerte sich schaudernd daran, wie ihr im Sanatorium einer der Insassen den Mantel heruntergerissen hatte.

Eddie zog sofort sein Jackett aus und schob es ihr durch die Gitterstäbe.

»Konntest du mit Bram sprechen?«, fragte sie eindringlich.

»Ja. Er ist auf dem Weg hierher«, antwortete Eddie.

Wie aufs Stichwort öffnete sich die Sicherheitstür zum zweiten Mal, und Bram eilte den Gang entlang, in Begleitung eines schon etwas kahlköpfigen Mannes, der eine Brille trug und ungefähr dreißig Jahre alt zu sein schien.

Jo war unendlich erleichtert. »Ich danke dir, Bram«, sagte sie, als er vor ihrer Zelle stand. Sie wusste, dass er die Tombs und alles, was dieser Ort bedeutete, hasste, aber er war trotzdem hierhergekommen. Weil sie ihn darum gebeten hatte. Weil er einfach ein Mann war, der das dann tat.

Bram musterte Jo, ihre geschwollene Lippe, ihr verschrammtes Gesicht, die zerrissene, blutbefleckte Kleidung. Er schluckte einmal. Eine oder zwei Sekunden lang hatte Jo den Eindruck, dass er seine Gefühle zeigen würde, doch er drückte den Rücken gerade durch und verkniff sich alles andere. Schließlich und endlich war er eben ein Aldrich.

»Jo, das ist Winthrop Choate, ein Freund von mir und ein sehr guter Anwalt«, sagte er. »Er wird dir helfen.«

Choate schüttelte durch die Stäbe hindurch Jos Hand und bat darum, dass sie ihm ihre ganze Geschichte erzählte – von Anfang an. Jo hatte gerade angesetzt, als sich die Sicherheitstür zum dritten Mal öffnete. Ein untersetzter, gut genährter Mann im feinen Zwirn eilte in Begleitung eines Polizisten geschäftig auf Jos Zelle zu.

Jo erkannte ihn: John Newcomb, ein Anwalt, der für ihren Vater gearbeitet hatte. Und für ihren Onkel.

»Ich erwarte, dass Miss Montfort unverzüglich in meinen Gewahrsam überstellt wird!«, blaffte er den Polizisten an. »Eine Gefängniszelle ist nicht der richtige Aufenthaltsort für eine schwache und instabile junge Frau. Sie muss in ärztliche Betreuung.«

»Das geht nicht, Sir. Sie können mit ihr sprechen, aber mehr auch nicht. Miss Montfort wurde festgenommen, wie die beiden anderen Frauen. Morgen früh wird sie dem Haftrichter vorgeführt«, erklärte der Polizist.

»Festgenommen? Aus welchem Grund? Sie hat nichts getan! Sie hat Mr Montfort nicht angeschossen, das war die andere junge Frau!«

»Wer was getan hat, entscheidet der Richter«, sagte der Polizist.

Newcomb blieb vor Jos Zelle stehen. »Miss Montfort!«, rief er und legte eine Hand auf seine Brust. »Mein armes, liebes Mädchen. Es tut mir so leid, dass ich Sie an diesem grässlichen Ort wiedersehen muss. Man hat mich geschickt, damit ich Sie von hier fortbringe, doch ich stelle fest, dass ich damit nicht weiterkomme. Aber ich werde dafür sorgen, dass Sie morgen früh wieder auf freiem Fuß sind.«

Jo hätte froh darüber sein sollen, dass Newcomb da war, doch sie empfand alles andere als Freude. Eine innere Stimme warnte, sie solle vor ihm auf der Hut sein. »Wo bringen Sie mich hin, wenn ich entlassen werde?«, fragte sie ihn.

»Nach Hause natürlich«, antwortete Newcomb lächelnd.

»Wer hat Sie geschickt?«, wollte sie jetzt wissen.

»Ihre Familie.«

»Sie meinen wohl meinen Onkel«, warf Jo ein. »Meine Mutter hat wahrscheinlich nicht die geringste Ahnung, dass ich hier bin.«

Newcomb zögerte. Es war nur ein Moment, doch der genügte, um Jo zu zeigen, dass ihr Instinkt richtig gewesen war.

»Sie sind doch gar nicht hier, um mich nach Hause zu bringen«, sagte sie wütend. »Sie sollen mich wieder nach Darkbriar zurückbringen.« Zum ersten Mal war sie froh darüber, in dieser Zelle zu sein. Dort war sie vor den Nachstellungen ihres Onkels sicher. »Sie sind der Anwalt von Phillip Montfort, nicht meiner. Ich habe meinen eigenen rechtlichen Beistand. Mr Winthrop Choate wird sowohl mich vertreten wie auch Miss Eleanor Owens und Miss Fay *Smith*. Guten Abend, Mr Newcomb.«

Rot vor Zorn erwiderte Newcomb: »Ihr Onkel und Ihre Mutter haben die notwendigen Dokumente für Ihre Einweisung unterzeichnet. Ich rate Ihnen, ohne Widerstand mit mir zu kommen, sobald ich Ihre Kaution hinterlegt habe. Falls Sie das nicht tun, werde ich Sie mit Gewalt aus dem Gerichtssaal holen und nach Darkbriar bringen lassen.«

»Versuch das mal, du Dickwanst«, sagte Eddie.

»Wo sind die Dokumente, von denen Sie sprechen, Herr Anwalt?«, fragte Winthrop Choate und trat einen Schritt vor. »Ich möchte sie gern sehen.«

»Wer zum Teufel sind Sie denn?«, fauchte Newcomb und musterte Choate von oben bis unten.

»Winthrop Choate, Anwalt von Miss Montfort. Die Dokumente, bitte?«

»Sind natürlich im Sanatorium!«

Choate sah den anderen bedauernd an. »Ich fürchte, Sie werden sie zur Begutachtung einem Richter vorlegen müssen, bevor ich Ihnen genehmigen kann, meine Klientin mitzunehmen.«

Jetzt lief Newcomb dunkelrot an. Er beugte sich ganz weit nach vorn an die Gitterstäbe. »Sie spielen ein gefährliches Spiel, Miss Montfort. Eines, das Sie kaum gewinnen können«, warnte er sie. Dann stolzierte er davon und knallte die Sicherheitstür hinter sich zu.

Jo zuckte zusammen. Bekümmert verschränkte sie die Arme vor der Brust und umklammerte ihre Ellbogen. Choate hatte eine Aktenmappe dabei und suchte etwas darin.

»Wir müssen jetzt ziemlich schnell arbeiten, Miss Montfort.« Er zückte einen Füller und ein Notizbuch. »Wenn diese Dokumente, die Newcomb erwähnt hat, tatsächlich existieren, dann kann er uns ziemliche Probleme bereiten. Erzählen Sie mir alles, was zu der Situation von heute Abend geführt hat. Lassen Sie nichts aus.«

Jo sah Eddie an, den Mann, den sie verloren hatte. Sie sah Bram an und wusste – ein Blick in sein aschfahles Gesicht genügte –, dass sie auch ihn verloren hatte. Sie dachte an ihre Mutter, an ihr Zuhause, an das Institut von Miss Sparkwell, an ihre Freundinnen – und ihr wurde klar, dass sie, noch bevor diese Nacht vorüber war, mehr, viel mehr verlieren würde.

Sie atmete tief durch und begann.

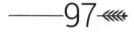

Zwei Stunden später, Mitternacht war gerade vorüber, hörte Winthrop Choate auf zu schreiben. Er sah Jo an und fragte: »Ist das alles?«

»Ja«, antwortete Jo müde.

Sie ließ sich auf die Bank fallen. Fay schlief noch immer, mit dem Kopf im Schoß von Eleanor. Eleanor war wach, sie blieb misstrauisch und vorsichtig. Eddie, der von den Ereignissen in Darkbriar so gut wie nichts mitbekommen hatte, notierte jedes Detail, das er erfahren hatte. Bram lehnte am Gitter der gegenüberliegenden Zelle, hohlwangig und mit leerem Blick.

Choate war die Brille heruntergerutscht, er schob sie wieder hoch. »Phillip Montfort wird ein tödlicher Gegner, aber ich gehe davon aus, dass Ihnen das längst klar ist. Unsere ganze Hoffnung, ihn schlagen zu können, beruht auf den Briefen, die Stephen Smith an Miss

Owens geschickt hat. Ohne diese Unterlagen haben wir keine Beweise für die kriminellen Machenschaften von Van Houten. Was Phillip Montfort Ihnen auf dem Gelände des Sanatoriums gestanden hat, kann er leugnen – und das wird er auch tun. Er wird sagen, dass er sich das alles aus Angst um sein Leben ausgedacht hat, damit Miss Smith ihn nicht umbringt.«

Jo nickte. Sie hatte jetzt wirkliche, tiefe Angst. Choate hatte nach vielen Details gefragt, während sie ihre Geschichte erzählte. Immer und immer wieder wollte er wissen, ob sie Beweise für ihre Anschuldigungen hatte. Ihr Mut sank von Mal zu Mal, weil sie ihm sagen musste, dass sie eigentlich nichts in der Hand hatte – nur die Agenda ihres Vaters. Jo erinnerte sich, dass sie die vor Wochen ihrem Onkel in seinem Arbeitszimmer gezeigt hatte. Er wollte sie damals haben, doch sie hatte sie behalten. Ohne sich der Bedeutung bewusst zu sein, hatte sie ihm allerdings das einzige andere Beweisstück ausgehändigt, den goldenen Anhänger, auf dem *Eleanor* stand. Ihr Onkel hatte das Schmuckstück vermutlich in dem Moment weggeworfen, als sie das Haus verließ, und genauso hätte er auch die Agenda ihres Vaters entsorgt.

»Mr Choate«, sagte sie.

»Bitte nennen Sie mich Win.«

»Win, können Sie dafür sorgen, dass die Polizei bei den Owens nach den Ladelisten sucht?«

»Mit einer richterlichen Anordnung schon.« Choate sah sie über seine Brillengläser hinweg an. »Die Frage ist: Kann ich den Richter, der die Anordnung ausstellen müsste, davon überzeugen, dass es diese Ladelisten überhaupt noch gibt?«

Angesichts dessen, was sich inzwischen herausgestellt hatte, gab es für Jo nur eine Person, die diese Frage beantworten konnte. Sie wandte sich an die Frau, die neben ihr saß.

»Eleanor«, sagte sie. »Mr Choate und ich bemühen uns gerade sehr, dass keine von uns ins Gefängnis muss, aber du musst uns dabei unterstützen. Würdest du das tun?«

Eleanor schürzte ihre Lippen, strich durch Fays Haare. Und sagte nichts.

»Du müsstest dich an etwas erinnern, was schon sehr, sehr lange her ist, aus der Zeit, als Stephen noch lebte.«

Eleanor ballte eine Hand zur Faust und hieb sie einige Male auf die Bank.

»Hat Stephen dir aus Sansibar Briefe geschickt?«

Eleanor hielt ihre Hand jetzt ruhig. »Er hat gesagt, er kommt zurück zu mir«, flüsterte sie und starrte auf den Boden. »Er hat gesagt, das macht er bestimmt, aber bevor er kommen konnte, ist er gestorben, und dann kam stattdessen ein Geist.« Sie schlug sich mit ihrer Hand an ihre Stirn.

Jo nahm Eleanors Hand sanft in ihre und hielt sie. Eleanor Owens war ein gebrochener Mensch, dem man alles genommen hatte. Sie hatte es überlebt, als sie den geliebten Mann verlor, und überlebt hatte sie auch den Verlust ihres Kindes. Sie hatte überlebt, als man sie in einem Irrenhaus wegsperrte, und überlebte auch das Leben auf den Straßen von New York. Und trotz alldem hatte sie nie die Hoffnung aufgegeben, dass sie eines Tages ihre Tochter wiederfinden würde.

An diese Überlebende, diese Kämpferin wandte sich Jo jetzt.

»Kannst du dich erinnern, wo die Briefe sind, Eleanor? Bitte, denk an Fay, denk an deine Tochter und sag mir, wo ich sie finden kann.«

Eleanor beuge sich ganz nah zu Jo. »Die sind sicher unter dem Firmament«, flüsterte sie. »Die Götter passen auf sie auf. Und auf uns.«

Jo bemühte sich, ihre Enttäuschung zu verbergen. Diesen Unsinn hatte sie auch schon von Sally Gibson gehört, die es wiederum so von der früheren Köchin der Familie Owens übernommen hatte.

»Bitte, Eleanor. Bitte sag mir, wo die Briefe sind. Wenn wir sie nicht finden, muss ich ins Irrenhaus, Fay landet im Gefängnis und du wieder auf der Straße.«

»Sicher unter dem Firmament«, wiederholte Eleanor. »Sonne und Mond bewachen sie.«

Eddie hörte, wie Jo Eleanor noch einmal bat und sagte: »Jo, vielleicht bezieht sie sich auf etwas Bestimmtes. Du hast in dem Haus

422

ihr Zimmer durchsucht, ich den Keller. Niemand hat den Rest des Hauses durchsucht. Gibt es einen Gegenstand – vielleicht ein Bild –, der Sonne und Mond zeigt? Hast du auf dem Weg in ihr Zimmer etwas Derartiges gesehen?«

Jo schloss die Augen und versuchte, sich das Haus der Owens vorzustellen. Erst kamen die Zimmer der Dienstboten. Dann die Küche. Die Hintertreppe. Der Korridor. Eleanors Zimmer. Und der große Garten. Sie sah Stephen Smith dort stehen, wie er aus glühenden Augen zu ihr hochschaute, von der Gartenlaube aus. Unter den Statuen von Helios und Selene.

Jo riss die Augen auf. »Ich weiß, wo sie sind!«, schrie sie.

»Wo?«, fragte Eddie.

»In der Gartenlaube. Dort stehen zwei Statuen, eine ist Helios, der Sonnengott, die andere ist Selene, die Mondgöttin.«

»Bewacht von Sonne und Mond«, wiederholte Bram.

»Sagenhaft, Jo!«, rief Eddie aufgeregt.

Win sagte: »Ich fertige die Papiere sofort aus und bringe sie höchstpersönlich zum Richter. Der Durchsuchungsbeschluss wird bei Tageslicht zugestellt. Mit einer großen Portion Glück haben wir die Ladelisten in der Hand, bevor Newcomb aus Darkbriar zurückkommt. Aber, Jo, ich muss Sie etwas fragen ...«

»Ja, bitte?«

»Sind Sie sich ganz sicher bei alldem? Nicht nur wegen der Ladelisten, sondern mit allem? Weil nichts davon Ihre Privatsache bleiben wird. Innerhalb von einem Tag, spätestens in zwei, weiß ganz New York, was Ihr Onkel und Ihr Vater getan haben. Diesen Geist bringt man nicht mehr in die Flasche zurück.«

Jo sah Win an und überlegte, was sie antworten sollte. Sie dachte an das alte Foto, das im Foyer der Reederei Van Houten hing, und ihren Vater und ihren Onkel vor vielen Jahren in Sansibar zeigte. Sie fühlte sich ganz beklommen. Sie hatte ihren Vater geliebt und vermisste ihn, aber ihr war klar, dass sie ab jetzt ihr ganzes Leben lang versuchen würde, den guten Menschen, den sie gekannt hatte, in Einklang zu bringen mit den schrecklichen Dingen, die er getan hatte.

Wie viele Leben hatten er und ihr Onkel bereits gestohlen, als dieses Bild aufgenommen wurde? Wie viele Menschen der Sklaverei ausgeliefert? Eheleute voneinander getrennt, Kinder aus den Armen ihrer Eltern gerissen. Sie dachte an ein weiteres gestohlenes Kind, an Fay. Sie rief sich wieder ins Gedächtnis, wie Fay und Eleanor einander angesehen hatten, als sie begriffen, dass sie Mutter und Tochter waren. Sechzehn lange Jahre hatte Eleanor Owens gebraucht, um ihre Tochter wiederzufinden. Dem armen Stephen Smith war das nicht vergönnt.

»Ja, Win«, erwiderte Jo mit fester Stimme. »Ich bin mir sicher.«

Bram trat einen Schritt vor. »Mein Gott, Jo, tu das bitte nicht. Es muss doch einen anderen Weg geben.«

»Es gibt aber nur einen richtigen Weg.« Sie lächelte ihn an, mit einem Lächeln voller Mut und Angst und auch voller Trauer darüber, dass sie so viel verloren hatte. Jetzt tat sie den Schritt über die Klippe.

»Du wirst deine ganze Familie zerstören.«

»Mein Onkel hat meine Familie zerstört. Und auch mein Vater. Schon vor vielen Jahren in Sansibar.«

Dann wandte sie sich an Eddie. Er hatte seine Aufzeichnungen beendet und klappte den Notizblock zu. Ihr war klar, dass alles, was er mitgeschrieben hatte, ihr Leben zerstören und seines voranbringen würde. Diese Geschichte war ein unglaublicher Knüller und bescherte ihm sicher den Job, den er haben wollte.

»Ich muss das nicht machen, Jo«, sagte er, als könnte er ihre Gedanken lesen. »Es kann auch jemand anderer darüber schreiben.«

Jo schüttelte den Kopf. »Bei unserem ersten Treffen habe ich mich bei dir bedankt. Jetzt danke ich dir noch einmal, Eddie.«

»Wofür? Dass du in einer Klapsmühle gelandet bist? Und dann in einer Gefängniszelle?«, witzelte er und ging vor bis an die Gitterstäbe.

»Weil du mir geholfen hast, die Wahrheit herauszufinden.«

Eddie umklammerte einen der kalten Eisenstäbe. »Die Wahrheit hat einen hohen Preis, Jo. Einen ziemlich hohen. Das weißt du hoffentlich.«

Sie nickte und legte eine Hand auf seine. Ganz kurz schoben sich ihre Finger ineinander. Ganz kurz war es so, als hätte sie ihm nie misstraut. Als hätte sie nie geschwankt. Nie Brams Antrag angenommen. Ganz kurz war er wieder eins mit ihr.

»Lügen sind viel teurer«, sagte sie voller Bedauern.

Sie ging einen Schritt zurück in die Zelle und sagte mit einem traurigen Lächeln: »Los, Eddie. Beeil dich. Bevor die ganze Meute von der Park Row davon Wind bekommt. Jetzt hast du endlich deine Geschichte.«

GRAMERCY SQUARE

3. März 1891
Jo ging durch die ausgeräumten Zimmer ihres Hauses, vom einen zum nächsten, und fühlte sich so leer wie diese Räume.

Sie strich mit einer Hand über die marmorne Kaminumrandung im Esszimmer und zog auf der Tapete, dort, wo einmal ein Bild gehangen hatte, einen Schatten nach. Das Echo ihrer Stiefelabsätze hallte auf den blanken Holzdielen wider.

So viel Schönes hatte sie hier erlebt – Weihnachten und Geburtstage gefeiert, festliche Abendessen mit Gästen. Fast schien ihr, als hörte sie die Stimme ihres Vaters, wie er Familienmitglieder und Freunde begrüßte.

Das alles war jetzt endgültig vorbei, so wie auch er nie wieder zurückkehren würde.

In einer Auktion hatte man die Möbel versteigert, das Haus war verkauft an eine Familie aus Philadelphia. Deren Vater war ein moderner Geschäftsmann, Eigentümer einer Fabrik für Schreibmaschinen. Mit ihm änderte sich auch die Klientel am Gramercy Square.

Auch der *Standard* war verkauft. Eddie arbeitete jetzt bei der *Tribune*. Dort hatte man ihn nach der Van-Houten-Geschichte sofort eingestellt. Fast über Nacht war er zum meistgelesenen Reporter in New York geworden. Jo freute sich sehr darüber, und das hatte sie ihm auch geschrieben. Seit der Gerichtsverhandlung hatte sie ihn nicht mehr gesehen. Er hatte jetzt sehr viel zu tun – zumindest sagte er das.

Jo wartete auf ihre Mutter, um sich von ihr zu verabschieden. Anna fuhr heute Nachmittag nach Winnetka, sie wollte dort in der Nähe ihrer Schwester leben.

»Das ist weit weg von New York«, hatte sie erklärt, als sie Jo ihren Plan unterbreitete, »aber nicht weit genug, fürchte ich. Nach allem, was geschehen ist, kann es nirgendwo weit genug sein.«

Die Montforts gab es nicht mehr. Sie hatten aufgehört zu existieren. Jedenfalls für alle, die – so hätte Grandma es formuliert – eine Rolle spielten. Für das *übrige* New York existierten sie sehr wohl. In den vergangenen drei Monaten hatten sie täglich die Titelseiten der Tageszeitungen beherrscht – seit dem Tag, als Jo aus den Tombs wieder herauskam.

An jenem Morgen fuhr Winthrop Choate sehr früh in die Villa am Gramercy Square, um Anna Montfort über alles zu unterrichten, was sich in Darkbriar abgespielt hatte. Sowie sich Anna von ihrem Schock erholt hatte, widerrief sie alle Unterschriften, mit denen sie Jos Einweisung abgesegnet hatte. Bei der Vorführung von Jo, Fay und Eleanor vor dem Haftrichter hatte dieser Fay angeklagt, Phillip Montfort und Francis Mallon angeschossen zu haben. Eleanor warf er Widerstand gegen Polizeigewalt vor, zudem hatte sie den Wachmann vor Darkbriar niedergeschlagen und das Sanatorium beschädigt. Jo wurde nichts vorgeworfen. Ihren Angriff auf Francis Mallon stufte der Haftrichter als Notwehr ein. Win hatte einen Richter davon überzeugt, dass alle drei Frauen auf Kaution entlassen wurden, und Anna hatte nicht nur für Jo, sondern auch für Fay und Eleanor die Kautionssummen hinterlegt.

»Die Kaution lassen wir verfallen. Wir hauen ab, ich und Eleanor«, flüsterte Fay Jo zu, als sie den Verhandlungsraum verließen. Sie hatte entsetzliche Angst davor, dass die Anklage gegen sie bestehen blieb und man sie zu einer Haftstrafe verurteilte. Sie traute weder der Polizei noch dem Gericht und glaubte nicht daran, dass sie ihr eine faire Chance geben würden. »Irgendwann zahle ich dir das Geld für die Kaution zurück. Das schwöre ich«, sagte sie.

»Du machst nichts dergleichen«, entgegnete Jo. »Van Houten schuldet dir und Eleanor das Geld. Das für die Kaution und noch viel mehr. Geh jetzt. Beeil dich. Und, Fay, sei um Gottes willen bitte vorsichtig.«

Nachdem Fay und Eleanor abgetaucht waren, stand Jo umso mehr im Rampenlicht.

Mit Win Choate als Anwalt hatte sie ihre eigenen Anklagepunkte ausgearbeitet. Ihrem Onkel und Francis Mallon warf sie ein ganzes Bündel an Verbrechen vor, darunter Sklavenhandel, Versicherungsbetrug, tätliche Angriffe, Entführung, versuchter Mord und Mord.

Man bestellte ein Geschworenengericht ein, und die Geschworenen hörten die Zeugenaussagen von Jo, Eddie und verschiedenen anderen Personen, die in den Fall verwickelt waren. Win Choate hatte gemutmaßt, dass Eddie als Angehöriger der Presse möglicherweise von seinem Recht aufgrund des Ersten Zusatzartikels zur Verfassung Gebrauch machen und die Aussage verweigern würde. Doch Eddie berichtete den Geschworenen alles, was er in Verbindung mit dem Fall gesehen, gehört und unternommen hatte. Sein Bericht bestätigte die Aussagen von Jo und trug wesentlich dazu bei, dass gegen Phillip Montfort und Francis Mallon Anklage erhoben wurde.

Nach der öffentlichen Verlesung der Anklageschriften explodierten die Nachrichtenredaktionen förmlich. Vor dem Gerichtsgebäude und auf den Stufen der Montfort-Villa campierten Reporter. Jos Bild, ihre Art sich zu bewegen und sich zu kleiden, sogar Details ihrer Frisur wurden allgemeiner Gesprächsgegenstand.

Die New Yorker sogen begierig alles rund um diese Geschichte in sich auf. Jeder Mann auf der Straße wusste darüber Bescheid, wie Mr und Mrs Owens sich geweigert hatten, zu glauben, dass ihre Tochter lebte, und wie sie versuchten, die Polizei am Betreten ihres Hauses zu hindern. Win präsentierte einen Durchsuchungsbeschluss, und dann fand man die geheimnisvollen Ladelisten – genau dort, wo Jo sie vermutete. Sie waren gut und wetterfest verpackt und belegten detailliert den Sklavenhandel von Van Houten.

Diese Belege bewirkten, dass die öffentliche Meinung Phillip Montfort noch vor dem Beginn seiner eigentlichen Gerichtsverhandlung aburteilte. Während der ganzen Verhandlung beharrte John Newcomb, Phillips Anwalt, darauf, dass sein Mandant in allen Punkten unschuldig war. Mallon allerdings brach schon am zweiten Tag zusammen.

An dem Morgen rief die Staatsanwaltschaft zwei Zeugen auf, einen Matrosen und einen Barkeeper, die Eddies Artikel gelesen und sich daraufhin gemeldet hatten. Beide Männer sagten unter Eid aus, dass sie Mallon in der Nacht von Scullys Tod zusammen mit Scully an der Reede von Van Houten gesehen hatten. Voller Panik ging Mallon auf Montfort los und legte ein umfassendes Geständnis ab. Er sagte dem Gericht, dass Montfort ihn dafür bezahlt hatte, Richard Scully, Alvah Beekman und Stephen Smith zu töten, und ihn auch für die Überfälle auf Edward Gallagher und Josephine Montfort zahlte. Er bestand jedoch darauf, dass er Charles Montfort nicht getötet hatte – das war Phillip Montforts eigenes Werk.

Vor den Geschworenen berichtete Mallon, wie seine Beziehung zu Phillip Montfort begann und auch, wie das Kind von Eleanor Owens in die Hände von Jacob Beckett geriet, Einwohner von Mulberry Bend und besser bekannt als der Tailor.

Zum ersten Mal hatte ihn Montfort 1874 angesprochen, sagte Mallon, als er in seiner Zeit in Sansibar einmal nach Hause gereist war. Montfort war angeblich nach New York gereist, um seine Frau, seinen kleinen Sohn und seine Tochter, die noch ein Baby war, zu besuchen. Doch der eigentliche Zweck seiner Reise war Eleanor Owens. Er wusste, dass sie die Verlobte von Stephen Smith war und dass dieser ihr Beweise für den Sklavenhandel des Unternehmens geschickt hatte.

Mallon erklärte, dass ein Privatdetektiv in Phillips Auftrag herumgeschnüffelt und herausbekommen hatte, dass und aus welchem

428

Grund Eleanor in Darkbriar war. Dieser Detektiv brachte Mallon, der – wie er zugab – sich immer gern etwas zusätzlich verdiente, in Kontakt mit Phillip Montfort.

Phillip war davon überzeugt, dass Eleanor und ihr Kind eine Bedrohung darstellten, und beauftragte Mallon, sich um die beiden zu kümmern. Mallon sagte Phillip, dass das Kind in ein Waisenhaus kommen sollte, doch das reichte Phillip nicht. Er befürchtete, dass es eines Tages herausfinden wollte, wer seine wahren Eltern waren und was aus ihnen geworden war, und das wollte er nicht.

Mallon war nicht imstande, ein Kind umzubringen, wollte aber unbedingt das Geld von Phillip. Mit der Hilfe eines korrupten Leichenbestatters besorgte er eine Kinderleiche und vertauschte sie mit Eleanors Baby. Der überarbeitete Arzt des Sanatoriums warf nur einen Blick auf das Baby, unterschrieb den Totenschein und drehte weiter seine Runden. Das vertauschte Baby wurde in Darkbriar beerdigt, doch Eleanor sagte man nie, dass ihr Kind gestorben sei. Der Arzt hielt sie für zu geschwächt, um eine derartige Nachricht zu verarbeiten, und instruierte Mallon, er solle sagen, das Baby sei in einem Waisenhaus, wo es ein liebevolles Zuhause hätte.

In der Zwischenzeit hatte Mallon das Kind mit dem Korb voller Sachen, die Eleanor für das Kleine angefertigt hatte, aus Darkbriar herausgeschmuggelt und an den Tailor verkauft – und ihm die Warnung mitgegeben, dass es niemals die Wahrheit über seine Eltern erfahren durfte. Weder Mallon noch der Tailor ahnten, dass in der kleinen Lumpenpuppe aus dem Babykorb der Verlobungsring der Mutter versteckt war.

Der Tailor war ebenfalls vorgeladen worden, um die Anschuldigung von Mallon zu überprüfen. Er hatte sich dagegen gewehrt, wurde jedoch zwangsweise vorgeführt. Im Gerichtssaal stritt er ab, dass er Fay gekauft hätte, und behauptete, er habe sie verlassen im Treppenhaus eines Mietshauses gefunden. Er beharrte darauf, dass er sie mit viel Sorgfalt aufgezogen hatte, sie liebte wie ein eigenes Kind und sie unbedingt suchen lassen und in seine Wohnung zurückbringen wollte.

Auch Oscar Rubin war in den Zeugenstand gerufen worden. Er

sagte aus, dass die Verletzungen bei allen vier toten Männern nicht mit den offiziellen Darstellungen ihrer Todesumstände übereinstimmten, und erklärte den Geschworenen dann die Gründe dafür. Newcomb hatte fast allem widersprochen, was Oscar vorbrachte, doch zur allgemeinen Überraschung wies der Richter seine Einsprüche zurück. Sowohl der Richter wie auch die Geschworenen zeigten sich beeindruckt von Oscars zwingenden Schlussfolgerungen und den wissenschaftlichen Kenntnissen, die dazu führten.

Eddie trat nach Oscar in den Zeugenstand und wiederholte vor den Geschworenen alles, was er bereits vor dem Geschworenengericht ausgesagt hatte. Das Personal der Familie des verstorbenen Charles Montfort wurde angehört, ebenso die anderen Miteigner von Van Houten, Asa Tuller und John Brevoort. Weitere Zeugen waren Jackie Shaw, Samuel und Lavinia Owens, Sally Gibson, Simeon Flynn, der Totengräber von Darkbriar, die Krankenschwester Ada Williams, der Wachmann Alfred Black, Lucy Byrne, die bei Della McEvoy arbeitete, und mehrere Polizisten, die entweder bei der Verhaftung von Jo, Fay, Eleanor oder Kinch dabei waren oder mit den Ermittlungen rund um den Tod von Charles Montfort, Richard Scully oder Alvah Beekman zu tun hatten. Man legte den Geschworenen die Ladelisten der *Bonaventure* vor und auch die Agenda von Charles Montfort sowie das Projektil, das Jo im Arbeitszimmer ihres Vaters auf dem Boden gefunden hatte.

Als schließlich Jo aufgerufen wurde, ging ein Raunen durch den Gerichtssaal. Die im Saal anwesenden Reporter verrenkten sich die Hälse, um jedes Wort von ihr verstehen zu können. Schließlich konnte ihre Aussage durchaus das Todesurteil für ihren Onkel bedeuten. Newcomb versuchte alles, um Jo in seinem Kreuzverhör in Widersprüche zu verwickeln, scheiterte damit jedoch. Jo schilderte die Ereignisse nach dem Tod ihres Vaters klar und überzeugend, und jeder im Saal sah, dass ihr die Geschworenen glaubten.

Obwohl die Anklage gegen Phillip Montfort und Francis Mallon nur auf Indizienbeweisen beruhte, war ganz New York zu dem Zeitpunkt, als die Plädoyers gehalten werden sollten, sicher, dass beide für schuldig erklärt würden. Dazu kam es fast auch – fast, denn im letzten Moment servierte John Newcomb eine schockierende Überraschung.

An diesem Morgen sollte die Staatsanwaltschaft mit ihren Schlussplädoyers beginnen. Doch Newcomb verblüffte die Geschworenen mit der Eröffnung, dass Montfort den Mord an seinem Bruder gestanden hatte.

Im Gerichtssaal brach ein so unglaubliches Durcheinander aus, dass der Richter sein Hämmerchen zerbrach, weil er wild auf den Richtertisch klopfte, um wieder Ruhe herzustellen. Als sich alle einigermaßen beruhigt hatten, erklärte Newcomb, dass ihn in der Nacht zuvor ein überaus verstörter Phillip Montfort zu sich in die Tombs rufen ließ und ihm dort erklärte, er wolle sein Gewissen erleichtern. Er hatte seinen Bruder erschossen, das stimmte, aber es war ein schrecklicher Unfall gewesen.

Phillip Montfort war aus Reue über den Sklavenhandel von Van Houten wahnsinnig geworden. Er bekam Visionen von der Hölle und glaubte, seine Seele müsse wegen seiner Verbrechen dort büßen. Er trug immer und jederzeit seine Waffe bei sich. Eines Abends besuchte er Charles und wollte sich verzweifelt mit ihm aussprechen. Während seines Besuchs glaubte er plötzlich, dass Charles selbst der Teufel wäre. In einem Panikanfall zog er seine Waffe und irgendwie löste sich ein Schuss. Aus Angst, dass ein weiterer Dämon hinter ihm her wäre, weil er seinen Bruder erschossen hatte, ließ er den Mord wie einen Selbstmord aussehen und flüchtete später.

Weiterhin informierte Newcomb das Gericht darüber, dass er nach Montforts Geständnis einen Arzt holen ließ. Dieser untersuchte Montfort und stellte fest, dass er paranoid war, Wahnvorstellungen hatte und auf keinen Fall eine Gerichtsverhandlung überstehen würde.

Newcomb rief dann diesen Arzt auf, der seine Diagnose vor dem Gericht wiederholte. Die Sitzung wurde vertagt und ein zweiter Arzt hinzugezogen. Er bestätigte die Diagnose, und am folgenden Tag wurde Phillip Montfort nach Auburn in die Anstalt für geisteskranke Verbrecher gebracht. Sämtliche Zeitungen äußerten den Verdacht, dass Newcomb die Ärzte bestochen hatte, doch man konnte nichts beweisen.

Jo hatte die Behauptung ihres Onkels, dass Charles' Tod ein Unfall war, nicht akzeptiert. Er hatte schon in Darkbriar versucht, ihr diese Version weiszumachen. Sie glaubte auch nicht, dass er geisteskrank war. Newcomb hatte im letzten Moment einen tollkühnen Versuch unternommen, den Kopf von Phillip buchstäblich aus der Schlinge zu ziehen, und hatte damit Erfolg. Über die Todesstrafe für Phillip wäre Jo nicht glücklich gewesen, und sie empfand auch keinerlei Wut über diese Wendung der Dinge – nur einen tief sitzenden, dauerhaften Kummer. Ihr Vater war tot. Ihr Onkel war jetzt ebenfalls tot, zumindest für sie. Im Grunde war er schon auf der Fahrt in seiner schwarzen Kutsche nach Darkbriar gestorben.

Die Zeitungen äußerten sich enttäuscht darüber, dass Montfort dem elektrischen Stuhl entkommen war – der neuesten Errungenschaft, um zur Todesstrafe Verurteilte hinzurichten. Doch die meisten sahen es als eine irgendwie ausgleichende Gerechtigkeit, dass er jetzt selbst in einer Nervenheilanstalt endete, wo er zuvor versucht hatte, seine Nichte in einer solchen Einrichtung aus dem Weg zu räumen.

Am Tag, nachdem Phillip Montfort nach Auburn verfrachtet worden war, befand das Gericht Francis Mallon in zwei Fällen von Körperverletzung und drei Fällen von Mord ersten Grades für schuldig. Die Geschworenen kamen zu dem Ergebnis, dass die Staatsanwaltschaft nicht überzeugend dargelegt hatte, dass er das Baby von Eleanor Owens an Jacob Beckett verkauft hätte, und ließ die Anklage wegen Entführung fallen. Er wurde zum Tod verurteilt, doch angesichts seiner Aussagen gegen Phillip Montfort wandelte der Richter das in eine lebenslange Haftstrafe um.

Und dann war diese ganze hässliche Geschichte vorbei, und Jo musste sich mit dem auseinandersetzen, was davon übrig blieb. Wie Bram prophezeit hatte, zerstörte sie nicht nur Phillip, sondern ihre ganze Familie. Die Upperclass wollte mit den Montforts nichts mehr zu tun haben. Madeleine, Caroline und Robert zogen nach Oregon um. Asa Tuller und John Brevoort mied man wegen ihrer

Beteiligung am Sklavenhandel, sie verließen mit ihren Familien New York.

Anna hatte das alles sehr mitgenommen, doch sie überstand ihre Verluste mit Mut und Anstand. Phillip Montfort, ein Mann, den sie geliebt und dem sie vertraut hatte, war der Mörder ihres Mannes. Und eben dieser Ehemann war am Handel mit Sklaven beteiligt gewesen. Sie selbst hätte beinahe ihr Kind in ein Irrenhaus eingeliefert – dafür entschuldigte sie sich bei Jo aus tiefstem Herzen.

Alles, was Charles für die Familie erworben hatte, wurde verkauft, die Erlöse an wohltätige Organisationen verteilt. Anna verkaufte auch alles, was sie in die Ehe eingebracht hatte – die Villa am Gramercy Square, Juwelen und viele schöne Erbstücke. Sie wollte von diesen Erlösen ihr weiteres Leben bestreiten.

Für Jo richtete Anna einen Fonds ein, aus dem sie monatlich fünfhundert Dollar erhalten sollte. Das war bei Weitem nicht so viel, wie Jo zur Verfügung gehabt hätte, wenn sie nichts gesagt, nichts unternommen und Bram geheiratet hätte, doch es war genug zum Leben.

Während der Zeit der Gerichtsverhandlungen hatte Jo ihre Mutter ganz anders kennen- und schätzen gelernt. Sie bewunderte ihre Zähigkeit, ihre Widerstandskraft und ihr Beharren darauf, dass nicht einfach nur das Notwendige, sondern das Richtige getan wurde. Das liegt am *Stammbaum*, hätte Grandma gesagt. Jo gefiel der Begriff *Charakter* besser.

»Josephine!«, rief Anna jetzt laut.

Sie kam gerade die Treppe herunter und gab Jo noch jede Menge Anweisungen in letzter Minute. Anna sollte schon nach Winnetka vorausfahren und das neue Zuhause der beiden Frauen einrichten. Das Haus war klein und bescheiden, lag jedoch in einer sehr guten Gegend. Jos Aufgabe war es, in der kommenden Woche die restlichen Möbel in das Auktionshaus schaffen zu lassen und die letzten noch ausstehenden Rechnungen zu begleichen.

Ein Zurück in das Pensionat von Mrs Sparkwell war ausgeschlossen. In einem Brief hatte die Direktorin geschrieben, dass Jo angesichts des tragischen Todes ihres Vaters und weiterer nachfolgender

Ereignisse wahrscheinlich sehr angegriffen war und vielleicht in diesem Jahr lieber nicht mehr in das Pensionat zurückkehren sollte. Das bedeutet: überhaupt nicht mehr, las Jo zwischen den Zeilen von Miss Sparkwell heraus.

»Diese Papiere müssen noch zum Anwalt, und vergiss bitte nicht, den neuen Eigentümern die Schlüssel zu bringen. Sie wohnen im ...«

»... Fifth Avenue Hotel! Das hast du mir jetzt schon fünfmal gesagt, Mama!«

Anna knöpfte ihren Pelzmantel zu. »Hast du die Fahrkarten für den Zug? Für dich und Katie?«

»Ja, Mama.« Katie sollte Jo als Anstandsdame auf der Fahrt nach Winnetka begleiten.

»Vergiss nicht, die Türen nachts abzuschließen, und lösch die Lampen. Mr Theakston kann das ja jetzt nicht mehr machen.«

Sie hatten ihn vor einer Woche entlassen.

»Mach ich. Deine Droschke ist da«, sagte Jo. »Wenn du jetzt nicht fährst, verpasst du deinen Zug.«

Anna gab Jo einen Kuss, sagte Auf Wiedersehen und ging zur Haustür. Einen Schritt davor blieb sie jedoch noch einmal stehen und drehte sich ein letztes Mal um.

»Es tut mir so leid, Josephine«, sagte sie voller Gefühl.

»Was denn?«, fragte Jo, die solche Töne von ihrer Mutter nicht gewohnt war.

»Wegen allem, was du verloren hast«, antwortete Anna. Und dann ging sie in einer seltenen Gefühlsaufwallung zu Jo, nahm ihr Gesicht in ihre Hände und küsste sie noch einmal. »Aber du bist ein besonderes Mädchen. Ganz anders, als ich einmal erwartet hatte. Und die Zeiten haben sich sehr geändert. Daher setze ich auf all das, was du in der Zukunft entdecken wirst.«

Und dann war sie draußen, aus der Tür, die Treppe hinunter und Jo hatte das Gefühl, sie hätten einander *Adieu* gesagt und nicht *Auf Wiedersehen*. Sie wäre gern zu ihrer Mutter hinausgestürzt, um sie in den Arm zu nehmen, doch sie sagte sich, das wäre kindisch. Und sie wusste nur zu gut, wie ihre Mutter auf eine derartige dramatische

Szene in der Öffentlichkeit reagierte. Daher schaute sie einfach nur der Droschke nach, die um den Gramercy Square fuhr und dann verschwand.

Wie komisch, dass ich jetzt in der Tür des Hauses stehe, dachte sie. Normalerweise verabschiedete Theakston diejenigen, die abreisten. Ganz kurz vermisste sie ihn fast.

Jo wollte schon hineingehen, als sie hörte, wie jemand ihren Namen rief.

Sie drehte sich um und lächelte einem gut aussehenden jungen Mann zu, der auf der untersten Stufe der Eingangstreppe stand: Bram Aldrich, der Verlobte von Elizabeth Adams.

—99 ⫷⫷⫷

»Der Januar hat doch gerade erst angefangen und ist schon fast wieder vorbei. Die Zeit vergeht so schnell«, sagte Bram wehmütig und betrachtete die kahlen Bäume und den Schnee auf den Ästen. Dann sah er Jo an. »Ich habe gehört, du ziehst nach Winnetka. Was wirst du dort machen?«

»Ich habe nicht die geringste Ahnung«, antwortete Jo. »Irgendetwas wird mir hoffentlich einfallen.«

»Du hast doch immer gern geschrieben. Wäre das nicht etwas? Während der Gerichtsverhandlung hast du gesagt, du hättest dich als Reporterin ausgegeben.«

Jo lachte. »Ja, das stimmt. Aber sich als eine ausgeben und tatsächlich eine sein – das sind zwei verschiedene Paar Stiefel. Winnetka ist nicht New York. Nicht jede Stadt ist scharf darauf, eine eigene Nellie Bly zu haben.«

Sie saß mit Bram auf einer Bank im Gramercy Park. Er hatte den Schnee weggewischt, beiden machte die kalte Luft nichts aus. Auf dem Weg zu einer Teegesellschaft bei den Rhinelanders war er an

Jos Haus vorbeigekommen, hatte sie auf der Treppe gesehen und gefragt, ob sie mit ihm spazieren gehen würde.

Jo hatte sofort ihren Mantel und die Handschuhe geholt. Es setzte ihr zu, dass ihre Mutter fort und sie jetzt allein war, und sie hatte gar keine Lust darauf, nur mit Katie als Gesellschaft in dem traurigen, leeren Haus zu sein.

Schon vor einigen Wochen hatte Bram ihre Verlobung aufgelöst. Als Grandma von Jos Verhaftung hörte, bekam sie derart schwere Herzrhythmusstörungen, dass der Arzt gerufen werden musste. Sie war hundertprozentig überzeugt, dass ihre letzte Stunde geschlagen hatte und sie nur gerettet werden konnte, wenn Bram nicht in eine Familie mit einem derart starken Hang zum Wahnsinn einheiratete.

Jo hatte so etwas schon erwartet und war nicht betrübt, bloß erleichtert über diese Entwicklung. Sie gab Bram den Verlobungsring zurück und bat nur darum, dass ihr seine Freundschaft erhalten bliebe. Da lächelte er und sagte: »Auf immer, Jo.«

»Ich wollte dir etwas erzählen«, sagte er jetzt. Er hatte seinen Hut abgenommen und fingerte am Rand herum. »In dem ganzen Trubel hatte ich einfach keine Gelegenheit dazu.«

»Und was ist das?«, fragte Jo.

»Ich wollte sagen, wie leid es mir tut. Dass ich Phillip und nicht dir geglaubt habe. Dass ich dich für verrückt gehalten habe.«

»Ach, Bram, das ist schon in Ordnung. Ich kann dir kaum einen Vorwurf machen. Jeder andere hätte genauso wie du gedacht, dass ich verrückt bin, so wie ich in der Nacht damals daherkam – mitten auf einer Straße in der Stadt zu so später Zeit, dreckig wie ein Schwein, und dann habe ich noch erzählt, dass ich eine Leiche ausgegraben hätte. Die Leute hier in der Stadt halten mich doch *immer noch* für verrückt.«

»Ich bin so froh, dass du mich damals geholt hast. Ich bin froh, dass ich Win engagiert habe. Ich bin auch froh, dass dein Onkel und Francis Mallon hinter Gittern sind. Wenn ich denke, was dir hätte passieren können ...« Seine Stimme wurde brüchig.

»Ich habe Phillip von Anfang an in die Hände gearbeitet. Er hätte sich das alles nicht besser ausdenken können. Und er ist fast damit durchgekommen. Mit allem.«

»Aber du bist jetzt frei«, sagte Bram.

»Gott sei Dank.«

»Du bist Phillip los. Und alles andere und alle anderen Leute mit ihren Erwartungen.«

»Wahrscheinlich.«

»Wie das wohl ist?«, sagte Bram so leise, dass Jo es fast nicht hörte. Er sah auf seine Uhr. »Fast schon vier.« Er seufzte. »Ich sollte vermutlich nicht allzu spät bei den Rhinelanders zum Tee eintreffen.« Er sah sie an. »Ich bin froh, dass wir doch noch miteinander sprechen konnten. Ich werde dich vermissen, Jo. Du hast in den vergangenen Wochen für ganz schön viel Aufregung gesorgt.«

»Dir steht doch deine Hochzeit bevor, die wird dir auch eine ganze Menge Aufregung bescheren«, erwiderte Jo. »Ich habe gehört, dass Elizabeth nach Paris fährt, damit Monsieur Worth höchstpersönlich ihr Hochzeitskleid entwirft. So wie ich sie kenne, wird die Hochzeit *das* Ereignis des Jahres.«

»Das wird es ganz bestimmt. Sieht ganz so aus, dass ich im Juni ein verheirateter Mann bin. Aus dieser Verlobung komme ich nicht mehr raus, es sei denn, Elizabeth endet auch im Gefängnis«, scherzte Bram. »Die Schlinge liegt jetzt fester um meinen Hals.«

Jo lachte. »Es gibt Schlimmeres, als ein schönes und reizendes Mädchen zu heiraten. Elizabeth wird dir eine gute Ehefrau sein. Sie hat dich sehr gern. Und ich habe gehört, dass sie sogar Grandmas Herz gewonnen hat. Wenn das nicht Liebe ist, was ist es dann?«

Auch Bram lachte. »Sie mag Herondale sehr gern, das stimmt schon. Und die Spaniels.«

»Also, dann versteht ihr euch doch gut. Das ist wichtig.«

»Bei den meisten Dingen verstehen wir uns, ja«, gab Bram zu. Dann sagte er mit plötzlicher, heftiger Ehrlichkeit: »Du bist sehr mutig, Jo. Ich wünschte, ich wäre nur halb so mutig.«

Jo hörte ihm an, dass er sehr bewegt war. Mehr als er sie jemals hatte merken lassen. Ihr wurde klar, dass sie in der letzten halben

Stunde viel aufrichtiger miteinander gesprochen hatten als in all den Jahren zuvor.

»Ich fühle mich gar nicht mutig, Bram. Ich habe Angst. Immer habe ich gemeint, genau zu wissen, was das Leben für mich bereithält: das Pensionat, Tanzereien und Partys. Dich, eines Tages. Bis ganz zum Schluss dachte ich, dass ich meinen Weg zurück in meine Welt schon finden werde. In *unsere* Welt. Aber das hat nicht geklappt. Ich hab mich verlaufen. Den Weg verloren. Ich *bin* verloren.« Sie schüttelte den Kopf. »Winnetka? Mein Gott. Was um alles in der Welt soll ich denn da? Welken und sterben.«

»Nein. Du doch nicht, Jo. *Welken* passt überhaupt nicht zu dir.«

Er hatte ihr so vieles gesagt, und doch glaubte Jo, als sie in seine Augen sah, dass es noch viel Ungesagtes gab. Sie fragte sich, ob sie ihn falsch eingeschätzt hatte. Vielleicht trug auch er geheime Träume in seinem Herzen. Andere als Grundstücksgeschäfte und Eisenbahnlinien, Träume, die er gern verwirklichen wollte. Solche Geheimnisse zu lüften war jetzt Elizabeths Sache, nicht mehr ihre.

Sie standen auf. Jo reichte ihm ihre Hand, doch anstatt sie zu nehmen, zog er Jo in die Arme und hielt sie ganz fest. »Alles Gute, meine liebe Jo«, sagte er. »Ich würde dir ja Glück wünschen, aber das brauchst du nicht. Du wirst jetzt deine eigene Geschichte schreiben. Nichts macht einen glücklicher als das.«

Auf dem Weg, den sie so gut kannte, ging er durch den Park davon. Mit jedem Schritt wurde er kleiner. Undeutlicher. Dann war er nur noch eine Gestalt unter vielen.

Während Jo ihm nachsah, hatte sie das Gefühl, einen Menschen aus einer Fotografie zu sehen.

Ein Bild aus der Vergangenheit.

Unscharf und verblasst. Und vorbei.

—100—

»Los, Katie!«, rief Jo. »Lauf! Wir verpassen noch den Zug!«

»Wir müssten uns nicht so hetzen, wenn Sie uns nicht so aufgehalten hätten«, rief Katie zurück.

Jo und Katie rannten in den Grand Central Bahnhof. In fünf Minuten sollte ihr Zug abfahren. Erst ging's nach Chicago, dort stiegen sie um nach Winnetka. Jo hatte nicht vorgehabt, so knapp aufzubrechen, doch eins war zum anderen gekommen.

In der Woche seit der Abreise ihrer Mutter hatte sie sehr viel zu erledigen, bis heute. Am Morgen kam der Anwalt ihrer Mutter mit einem ganzen Stapel Papiere vorbei, die Jo mitnehmen sollte. Und dann fiel ihr ein, dass sie noch zum Postamt gehen und die Adresse für das Nachsenden der Post angeben musste. Der Mann am Schalter gab ihr ein Formular und einen Schwung Briefe, die dort schon lagerten. Sie bedankte sich und lief eilig zurück zum Haus.

Wenigstens hatten sie nicht viel Gepäck zu tragen – jede nur einen Koffer. Katie bekam zwar ein gutes Honorar für die Fahrt nach Winnetka und zurück, doch sie war nicht sehr glücklich darüber. Sie hatte einen neuen Freund und wäre lieber mit ihm zusammen gewesen.

»Ausgerechnet *Sie* brauchen eine Anstandsdame?«, spöttelte sie, als Jo sie bat, sie zu begleiten. »Wofür denn? Falls einer Sie mal schief anschaut? Revolver raus, wie Ihre Freundin, die Taschendiebin, und schon hat er ein Loch in der Kniescheibe.«

Jo suchte auf der Tafel mit den Abfahrtszeiten das Gleis für ihren Zug und sah, dass er zwanzig Minuten Verspätung hatte. »Oh, Gott sei Dank. Jetzt atmen wir erst einmal in Ruhe durch.«

Sie setzte sich mit Katie auf eine Holzbank in der Nähe des Fahrkartenschalters. Katie schlug eine Zeitung auf, die sie mitgenommen hatte, und Jo beobachtete die Leute um sie herum. Sie sah eine Familie mit fünf geräuschvollen Kindern. Zwei ältere Frauen – allem Anschein nach Schwestern. Ein Handelsreisender mit einem Musterkoffer. Einige Geschäftsleute. Zwei Frauen, die Hüte mit dichten Gesichtsschleiern trugen, gingen vor ihr vorbei. Ein Zeitungsverkäufer brüllte die neuesten Schlagzeilen. Ein Junge warb laut um Kunden für seine Dienste als Schuhputzer. Eine Brezelverkäuferin kam vorbei.

Und Jo wurde mit schwerem Herzen bewusst, dass das jetzt die letzten Minuten waren, die sie in New York verbrachte, der Stadt, in der sie geboren und aufgewachsen war. Fast brach ihr das Herz. Wie kann ich denn von hier weggehen?, fragte sie sich. Aber wie sollte sie bleiben können? Das Haus war verkauft. Die Zugfahrkarten gekauft.

Sie beschloss, sich von der aufkommenden Traurigkeit abzulenken, indem sie die Post durchsah, die man ihr im Postamt gegeben hatte. Ein Brief von der Bank an ihre Mutter war dabei. Ein weiterer Brief von dem Auktionshaus. Dann noch einige Rechnungen.

Und ein Brief für sie. Von Eddie. Ihr Herz tat einen Sprung, als sie den Absender sah. Eilig riss sie den Umschlag auf und las.

9. März 1891

Liebe Jo,

ich schulde Dir noch etwas: eine Antwort.
Vor einiger Zeit hast Du mich im Child's gefragt, ob es mir leidtut.
Ich habe Dir damals nicht geantwortet. Ich konnte nicht.
Jetzt kann ich das. Deshalb: Nein, mir tut es nicht leid.
Ich bin wütend und traurig, aber ich bedaure nichts und werde es nie bedauern.
Viel Glück in Winnetka. Ich werde Dich vermissen.
New York ist ärmer ohne Dich.

Dein Eddie

Mit zitternden Fingern steckte Jo den Brief wieder in den Umschlag. Bram hat gesagt, ich sei mutig, dachte sie. Aber das bin ich nicht. Ich bin feige. Ich habe jetzt noch viel mehr Angst als damals, als mein Onkel mich umbringen wollte.

Weil ich Eddie Gallagher liebe.

Ich liebe ihn, und ich habe Todesangst, dass er mich nicht mehr liebt. Dass es zu spät ist. Dass er mir nicht verzeihen kann und mir immer böse sein wird, weil ich mich so dumm, so hastig für Bram entschieden habe.

Jo hörte, wie ein Mann laut durch die Halle rief, dass der Zug nach Chicago jetzt bereit zum Einsteigen war.

»Das sind wir«, sagte Katie. Sie öffnete ihren Koffer und steckte ihre Zeitung wieder hinein.

Doch Jo blieb sitzen, sie konnte sich nicht rühren.

Die beiden verschleierten Frauen von vorhin kamen wieder vorbei, und sie konnte hören, wie sie miteinander sprachen. Sie gingen zum Fahrkartenschalter, und die größere Frau sagte dem Mann, dass sie zwei Fahrkarten nach Chicago bräuchte. Sie klang selbstbewusst, doch Jo sah, dass sie ihre behandschuhte Hand zur Faust ballte.

Jo erkannte die Stimme.

»Tut mir leid, Miss«, sagte der Kartenverkäufer, »für heute ist der Zug ausverkauft. Ich kann Ihnen Karten für den von morgen geben.«

»Gibt es heute keinen anderen Zug mehr, den wir nehmen können?«, fragte die große Frau und klang besorgt.

Kein Wunder, dachte Jo. Sie ist auf der Flucht. Die Polizei ist hinter ihr her. Sie hat die Kaution verfallen lassen, und ihr wird Missachtung des Gerichts vorgeworfen, weil sie nicht als Zeugin im Prozess gegen meinen Onkel erschienen ist. Ich möchte wissen, ob sie sich darüber im Klaren ist. Und ob sie weiß, dass der Tailor sie sucht, weil Madame Esther die Ware haben will, für die sie bezahlt hat.

Jo stand auf und ging zu den beiden Frauen. »Hier«, sagte sie und gab der Großen die zwei Fahrkarten. »Bis Chicago könnt ihr auf unsere Namen fahren, damit die Polizei nichts davon mitbekommt.

Oder der Tailor. Dann müsst ihr euch neue einfallen lassen. Seid vorsichtig.«

Sie drehte sich um und wollte wieder gehen, aber die große Frau packte sie am Handgelenk. »Erinnerst du dich an unseren Spaziergang? Über die Brooklyn Bridge?«

Jo nickte.

»Wir haben damals über Freiheit geredet. Die war alles, was ich wollte, und jetzt hab ich sie, dank dir. Meine Mutter auch. Ohne dich würde sie immer noch auf der Straße leben, und ich wäre bei Madame Esther, und sie und ich hätten uns nie gefunden. Freiheit ist wirklich das Allerbeste. Ich danke dir für meine Freiheit, Jo Montfort. Das kann ich dir nie zurückzahlen.«

Jo zog sie fest an sich. »Hast du doch schon getan.«

Die beiden Frauen umarmten sich innig. Dann rief ein Schaffner zum letzten Mal die Reisenden nach Chicago zu ihrem Zug.

»Geht jetzt«, sagte Jo. »Beeilt euch.«

Fay Smith und Eleanor Owens liefen zum Zug. Jo sah ihnen nach, und Katie trat zu ihr.

»Fahren wir jetzt, oder nicht?«, fragte sie und ließ die Schlösser ihres Koffers zuschnappen.

»Nein, wir fahren nicht. Ich habe es mir anders überlegt. Ich fahre nicht nach Winnetka. Oder sonst wohin. Unsere Fahrkarten habe ich gerade verschenkt.«

»Sie haben *was*?«, keifte Katie. »Wem haben Sie die denn gegeben?«

»Einer Freundin«, sagte Jo. »Der besten, die ich jemals hatte.«

Sie wartete noch, bis Fay und Eleanor im Zug waren, dann verließ sie mit Katie im Schlepptau die Düsternis von Grand Central und ging in das winterliche Licht ihrer Stadt.

Epilog ⫸

CHELSEA

23. März 1891

»Alles Gute, Jo! Mach sie platt!«, rief Sarah Stein laut.

»Das mach ich, und dann bring ich dir ihre Leichen!«, rief Jo über ihre Schulter zurück.

Sarah lachte wieder laut und grell, wie es ihre Art war, und winkte zum Abschied mit einem blutigen Skalpell. Sie sezierte gerade auf dem Küchentisch den Augapfel einer Kuh. Jo schloss die Wohnungstür und lief die Treppe hinunter.

Jo und Sarah teilten sich jetzt eine Wohnung. Zufällig war Jo Sarah im Büro einer Wohnungsagentur begegnet, als Sarah eine Suchanzeige für eine Mitbewohnerin aufgeben wollte, weil die bisherige geheiratet hatte, und Jo gerade nach einer Mitwohnmöglichkeit suchte.

Jetzt wohnten sie im Jeanne d'Arc zusammen, einem großen Haus an der Ecke 14th und 7th Street. Die kleine, in sich abgeschlossene Wohnung bestand aus einigen zusammenhängenden Räumen mit einer winzigen Küche und einem Badezimmer. Zum ersten Mal in ihrem Leben konnte Jo nach Belieben kommen und gehen, ohne Gründe dafür angeben zu müssen, ohne Entschuldigungen und Anstandsdame.

Freiheit, dachte sie, als sie die Haustür öffnete und auf die Straße trat. *Das ist das Allerbeste.*

Heute war ihr erster Arbeitstag. Sie war aufgeregt und nervös, als sie Richtung Downtown ging. Sie musste all ihren Mut zusammennehmen, als sie sich bewarb, doch ihr neuer Arbeitgeber hatte sie auf der Stelle engagiert und gesagt, sie sei ein Naturtalent. Er hatte ihr

443

gezeigt, wo ihr Arbeitsplatz war und sie einigen ihrer neuen Kollegen vorgestellt.

Ihr Wochenlohn war nicht gerade üppig. Sie bekam zwar die Zahlungen aus dem Fonds, den ihre Mutter eingerichtet hatte, doch mit diesem Geld wollte sie sparsam umgehen. Einige ungeplante Ausgaben hatte sie bereits jetzt schon gehabt, beispielsweise Galoschen, die sie gegen den Straßenschmutz über ihre Schuhe zog. Sie war noch nie im Winter auf der Straße unterwegs gewesen. Es hatte ja immer einen Dolan gegeben.

Nachdem sie Fay die Fahrkarten gegeben und Grand Central verlassen hatte, verkaufte sie sofort bei einem Juwelier ihre Uhr, ein Paar Ohrringe und ein Armband. Sie zahlte Katie, was die noch zu bekommen hatte, verabschiedete sich von ihr und mietete sich dann in einem bescheidenen Hotel ein Zimmer. Von dort schrieb sie ihrer Mutter, dass sie nicht nach Winnetka kommen würde, weil ihr Herz hier war, in New York.

Unsere alte Welt ist jetzt für mich verschlossen, Mama, schrieb sie, *aber das ist in Ordnung. Ich vermisse sie nicht. Sie ist viel dunkler, als ich jemals dachte. Und ich entdecke gerade erst eine neue Welt, in der so viele Menschen leben. Wunderbare Menschen. Und schreckliche. Mehr Menschen, als ich mir überhaupt vorstellen konnte, mit mehr Geschichten, als ich mir jemals werde vorstellen können.*

Anna hatte geantwortet, dass sie nicht wirklich überrascht sei, und dass Winnetka, wie sie jetzt merkte, ihre Tochter niemals würde halten können.

Bitte gib acht auf Dich, Josephine, hatte sie geschrieben. *Und vergiss nie, dass Du eine Montfort bist. Das war einmal ein geachteter Name. Vielleicht kannst Du ihn wieder dazu machen.*

Nach einer halben Stunde Fußweg war Jo Downtown. Sie hatte noch einmal einen akuten Nervositätsschub, als sie an der Ecke Broadway und Murray Street darauf wartete, dass der Verkehr langsamer wurde, damit sie die Straße überqueren konnte. In ihrer Manteltasche griff sie nach der Postkarte, die dort steckte. Die Post hatte sie an ihre neue Adresse weitergeleitet. Auf der Vorderseite war ein Bild vom Lake Michigan. Auf der Rückseite stand: *Wär schön, wenn*

Du auch hier wärst. Ohne Unterschrift, ohne Absender. Jo wusste trotzdem, von wem die Karte kam, und sie hoffte, die braven Bürger von Chicago passten gut auf ihre Brieftaschen auf. Sie war froh, dass Fay und Eleanor es bis dahin geschafft hatten, und wünschte ihnen, sie hätten ein sicheres und warmes Zuhause und genug zu essen. In jedem Fall hatten sie einander.

Sie steckte die Karte zurück in die Manteltasche, wo sie sie immer in die Hand nehmen konnte, wenn sie eine Dosis Mut brauchte. Wie jetzt gerade.

Ein Lieferwagen voller Bierfässer bremste direkt vor ihr und verursachte beinahe einen Zusammenstoß mit einem Holztransporter. Als die beiden Fahrer einander anbrüllten und ein Verkehrschaos produzierten, sah Jo ihre Chance, rannte über die Straße, am Rathaus vorbei zur Park Row, dann in die Nassau Street. Dort blieb sie vor der Tür des beeindruckenden, neun Stockwerke hohen Gebäudes stehen, wo sie sich einfinden sollte. *The New York Tribune* stand groß darüber.

»*Fac quod faciendum est*«, flüsterte sie und stieß die Tür auf.

Jo sagte der gehetzt wirkenden Frau am Empfangstresen, wer sie war, daraufhin deutete die nur zur Treppe hinüber. Dann lief Jo hoch in die laute, verrauchte Nachrichtenredaktion. Sie ging auf der einen Seite weiter bis nach hinten durch und sah den Lokalredakteur, der einen glücklosen Reporter zusammenstauchte, und Mr Johnson, den Chefredakteur, der auf seinem Schreibtisch ausgebreitete Fotografien durchschaute. Er bemerkte Jo und nickte ihr kurz zu. Sie nickte zurück. Er war derjenige, der sie als Naturtalent bezeichnet hatte.

Ganz hinten gab es noch ein Büro. Es war nicht für einen Redakteur, sondern für den Polizeireporter – einer der Chefreporter – reserviert. Die Tür stand offen. Jo blieb stehen, wartete, bis der Mann in dem Büro, der mit einem Bleistift zwischen den Zähnen wie ein Wilder auf seine Schreibmaschine hackte, aufblickte.

»Jo?«, sagte Eddie Gallagher, nachdem er den Bleistift aus dem Mund genommen hatte. »Was führt dich hierher?«

Lächelnd zog sie einen Notizblock aus ihrer Tasche – von derselben Marke, die er benutzte – und hielt ihn hoch.

Eddie war einen Moment lang verwirrt. Dann lächelte er. »Willkommen in der Nachrichtenredaktion, Miss Montfort. Nellie Bly sollte sich mal warm anziehen.« Er schob den Bleistift wieder zwischen die Zähne und schrieb weiter.

Ein Lächeln, dachte Jo. Das ist doch schon etwas. Für den Anfang.

Sie ging noch weiter bis zum allerletzten Zimmer, wo die Nachwuchsreporter anfingen. Dort setzte sie sich an einen abgenutzten Holztisch, auf dem nur eine Schreibmaschine stand, darauf lag ein Packen Papier.

Einen Augenblick lang sah sie noch einmal sich selbst, an dem Tag, als sie in die Nachrichtenredaktion des *Standard* gegangen war, um Arnold Stoatman das Geschenk ihres Vaters zu geben.

Dieses Mädchen von damals existierte nicht mehr. Auch die Illusionen aus jener Zeit waren verflogen.

Jo war zum Ausgangspunkt zurückgekehrt und war jetzt wieder da, wo sie begonnen hatte. Wo sie immer sein wollte.

Sie wollte an einer Geschichte arbeiten.

Und ihre eigene schreiben.